'불온'을 넘어, '반시론'의 반어

김수영 문학과
번역 · 검열 · 섹슈얼리티

'불온'을 넘어, '반시론'의 반어

김수영 문학과 번역·검열·섹슈얼리티

초판 1쇄 발행 2020년 4월 20일
초판 2쇄 발행 2021년 10월 15일
지은이 박지영 **펴낸이** 박성모 **펴낸곳** 소명출판
출판등록 제13-522호 **주소** 서울시 서초구 서초중앙로6길 15, 2층
전화 02-585-7840 **팩스** 02-585-7848
전자우편 somyungbooks@daum.net **홈페이지** www.somyong.co.kr

값 35,000원
ISBN 979-11-5905-461-7 93810
ⓒ 박지영, 2020

金洙暎

'불온'을 넘어,
'반시론'의 반어

김수영 문학과 번역·검열·섹슈얼리티   박지영

BEYOND 'BURON(不穩)', 'AGAINST POETRY'

소명출판

    이 책은 2000년대 초반 이후 현재까지 진행된 김수영 연구의 결과물을 정리해 낸 것이다. 김수영을 왜 이렇게 지속적으로 연구하는가를 내게 묻는다면, 단지 그가 한국문학사를 통틀어 가장 전위적인 시인이라는 막연한 이유를 대지 않을 것이다. 매년 경전을 읽듯 『전집』을 펼쳐 들 때마다 매번 텍스트가 새로운 얼굴로 다가오는 내면적 진풍경을 경험하기 때문이다. 1990년대 근대성 연구로부터 출발하여 번역, 젠더, 검열, 섹슈얼리티 등 문화사상사 연구로 중심 테마가 확장되어 갈 때에도 김수영의 텍스트는 우리 사유의 진폭을 뛰어넘어 탄성을 자아낼 정도로 깊고 풍부한 이야기를 우리에게 해 주고 있었다. 특히 2000년대 중반 일명 '서랍 속'에서 나오지 못했던 텍스트들이 발굴되면서 그의 사유가 식민지와 해방, 그리고 전쟁과 혁명이라는, 한국의 아픈 역사를 온몸을 부딪히며 고통스럽게 사유했던 고뇌의 흔적들이라는 점을 재확인하기도 했다. 이 안에서 김수영의 사유는 단지 한반도 내부에 국한된 것이 아니라, 국경을 뛰어넘어 세계사, 더 나아가 국가 / 인종 / 성별 등 모든 경계를 뛰어넘는 전위적 공간에 닿아 있었다는 점을 확인하곤 했다.

    무슨 행운인지 나는 유중하, 김명인 선생님의 후의로 박수연 선생님과 함께, 부인 김현경 선생님의 댁을 방문하여 그 텍스트들이 서랍 속을 나오는 역사적 순간을 참관하게 되었다. 지금도 생생하게 기억하는 것은, 김현경 선생님의 정성으로 아직도 생생한 상태로 보관되어 있던 원고들의 실체였다. 그 원고에서 청서했던 김현경 선생님과 시인 본인의 필체가 뿜어내던 아우라에 경탄스러운 환희와 복잡미묘한 슬픔과 고통을 느꼈다. 이후 유중하, 박수연 선생님과 진행했던 김현경 선생님의 구술 작업 역시, 나의 연구의 주요 내적 추동력이 되었다. 그 결과가 본서 곳곳에 묻어 있다.

본서의 제1부는 '번역'이란 키워드로 쓴 글들로 구성하였다. 제2부는 '번역'과 '검열 / 섹슈얼리티'란 주제로 쓴 연구 텍스트들을 모아 보았다. 제1부는 박사논문 작성을 위해 김수영 번역 연구를 시작한 이래 현재까지 진행된 연구의 결과를 정리한 것이다. 꽤 시간이 지난 원고들을 꺼내 하나의 저서에 묶어낸다는 것이 연구자로서 무안한 일이기는 하다. 그렇지만 이것들이 이 글의 시발점이 된 흔적들이고 이후의 연구를 진행하면서 지속적으로 수정보완하는 과정을 거쳤다는 점을 변명삼아, 부끄럽지만 이들을 다시 한번 재정리하여 책으로 묶어 내어 본다.

본서 곳곳에서 밝히고 있듯, 이 글의 출발은 김수영의 「시작노트」의 "내 詩의 비밀은 내 번역을 보면 안다"는 의미심장한 한 구절에서 출발한다. 이를 증명하듯 과연 김수영의 시와 산문 곳곳에는 "긴장tension"이라든가, "반시反詩"처럼 그가 독서하고 번역한 텍스트와 용어들이 빈번하게 등장한다. 이 선문답 같은 시인의 조언에 귀를 기울이는 순간, 그간 텍스트의 맥락 안에서는 속 시원하게 풀어낼 수 없는 난해성에 갇혀 있었던 언어의 장막을 걷어낼 실마리를 얻는다. 김수영에게 번역은 생계의 수단이기도 했지만, 시적 인식을 끊임없이 발전시켜 갈 학습의 매개였다. 김수영은 산문에서 번역 작업을 단지 지식을 전달받기 위한 수단으로만 치부하는 모순적인 사회적 토대를 신랄하게 비판한다. 그러면서 그는 번역을 통해 자신의 의식을 구성하고, 때론 시쓰기로, 혹은 번역 그 자체로 제국 / 식민의 논리를 뚫고 나갈 자기 논리를 만들어 갔다.

이를 위해 그가 뒷주머니에 『애틀란타』, 『파르티잔 리뷰』 등 당대 서구의 전위 잡지를 꽂고 다니며 스스로 번역할 대상을 선정하고 출판사를 상대로 번역료를 흥정했다는 일화는 이미 유명한 것이다. 이러한 광경은 한국 번역문학사상사 전반에서 펼쳐진, 가장 강렬한 진풍경일 것이다. 이를 통해 그는 언어의 경계를 뛰어넘는 코뮌의 시공간을 형상화해 내는 데 골몰했다.

물론 그 과정에서 그에게는 감히 어떤 전쟁 서사로도 표현하기 어려운 역경이 있었다. 이미 몇몇 평전이나 김현경 선생님 구술 작업에서 밝히고 있듯 시인이 식민지와 해방, 한국전쟁과 혁명의 시간을 경유하며 겪었던 잔인한 체험은 그의 생명을 위협하는 동시에 전 생애에 걸쳐 그에게 붉은 낙인을 찍는다. 덕분에 늘 그는 감찰 대상이었고 텍스트는 주요 검열 대상이기도 했다.

그가 한국에서는 검열 때문에 소설은 쓸 수 없다라고 말했다는 김현경 선생님의 회고는 그가 왜 시라는 상징적 언어 체계를 선택했는가를 넘어, 죽는 순간까지 얼마나 치열하게 이 냉전 이데올로기하 검열 체제와 싸웠는지를 그의 텍스트 곳곳의 흔적들과 함께 짐작하게 한다. 그의 글은 논쟁의 와중에 신문 데스크에서 의도적으로 수정되기도 하고, 통째로 전면 삭제되기도 한다. 이 과정이 너무나 굴욕스러워 그는 차라리 원고를 발표하지 않고 서랍 속에 넣어 버리기도 한다. 때론 검열을 통과하기 위해 고민 끝에 스스로 수정하기도 했지만, 그는 이마저도 그 과정을 고해성사처럼 산문에 기록하는 반항을 하기도 한다. 그리고 그는 결국 검열 체제를 뚫고 '반어'의 경지, 당대 보수적 질서를 뒤엎는 위반의 언어를 창조하며 새로운 시적 진경을 연출한다. 그의 이러한 고투의 과정은 본서 2부에 5편의 글에 서술되어 있다.

본서 1부 서술의 특징은 연구자의 분석이나 주장보다는 김수영의 텍스트를 전면에 배치하여 그 언어들이 말하는 바를 따라가고자 애썼다는 점이다. 이러한 것이 가능했던 것은 늘 같은 주제와 기법의 시를 지양했던 그의 결벽에 가까운 지독한 창작 열정 덕일 것이다. 비슷한 시기의 시라고 하더라도 말하고자 하는 바를 각기 다른 시를 통해서 완결된 상태로 혹은 서로 연관된 형태로 썼고, 이러한 형상은 검열 체제를 뚫고 그의 산문, 그리고 무엇보다 그의 번역 텍스트와 얼기설기 거미줄처럼 얽힌 구조 속에 서서히 드러난다. 특히 번역 작업을 통해 얻은, 텍스트에 언뜻언뜻 등장하는 주요 키워드들은 난해성의 장막을 만들어 검열의 칼끝을 교묘하게 따돌린다. 그래서 상징적으로 자기 언술을 수행하는 데 유효한 매개가 된다. 연구자로서 이러한 메커니즘을 파헤쳐 그 의식의 심연을 하나하나 밝혀가는 과정은 지난했지만, 또 마치 내가 당대 검열관과 싸우는 것마냥 얼마나 짜릿했는지 모른다.

본서가 나오기까지 도움을 주신 많은 분들이 있다. 이미 앞서 발간한 『번역의 시대, 번역의 문화정치(1945~1969)』(소명출판, 2018)의 서문에서 그분들을 언급했기 때문에 여기서는 간단한 인사로 대신하고자 한다. 그럼에도 불구하고 나의 보잘것없는 김수영 연구에 냉정한 채찍질로, 때론 따뜻한 격려로 큰 원기를 불어넣어 주었던 허윤회, 심선옥 선생님께는 특별히 감사의 말씀을 전하지 않을 수 없다. 특히 김수영 번역 연구는 허윤회 선생님의 인도로 이루어진 것이라는 점은 분명히 한다. 김수영 연구에 큰 자극을 주신 김명인, 유중하, 박수연 선생님과 귀한 자료를 제공해 주신 김현경 선생님께 감사드린다. 또 늘 뒤에서 든든하게 큰 산처럼 서 계시는 정우택 선생님과 시전공 선배님들, 번역 텍스트 분석에 많은 실제적 도움을 주신 문학세미나 선생님들께 감사드린다. 어떤 말로도 그 든든함과 감사함을 다 전할 수 없는 이혜령, 이승희, 배선애 선생님 고맙습니다. 마지막으로 내 삶의 원동력, 지금도 나이 먹은 딸의 끼니를 걱정하시는 나의 부모님, 이제는 그럴듯한 충고로 나를 위로하는 속깊은 나의 딸 세은과 가족들에게 무한한 사랑을 표한다.

서울의 끝자락인 도봉구에 몇십 년 살면서 이 동네를 떠날 수 없었던 것은, 도봉산 품안에 시인의 무덤이 있고 김수영 문학관이 나의 발걸음 닿는 곳에 자리 잡고 있기 때문이기도 하다. 마음이 어지럽고 힘들 때면 무덤 앞을 찾아가서 마음을 다잡곤 했던 버릇은 현재에도 여전하다. 아주 많이 부끄럽지만 본서가 김수영 문학관 서가의 한 귀퉁이에 놓일 날을 기다려 본다.

2020년 봄이 시작되는 시간 속에서
방학동에서 저자가

차례

제1부

김수영과 번역,
번역과 김수영

제1장

번역과 김수영 문학의 문제성

내 시의 비밀은 내 번역을 보면 안다. 내 시가 번역 냄새가 나는 스타일이라고 말하지 말라. 비밀은 그런 천박한 것은 아니다. 그대는 웃을 것이다. 괜찮다. 나는 어떤 비밀이라고 모두 털어내 보겠다. 그대는 그것을 비밀이라고 생각할 것이다. 그것이 그대의 약점이다. 나는 진정한 비밀은 나의 생명밖에 없다. 그리고 내가 참말로 꾀하고 있는 것은 침묵이다. 이 침묵을 지키기 위해서라면 어떤 희생을 치러도 좋다.

—「시작노트」(1960. 2. 20)

1990년대 말에서 현재까지 진행된 김수영 연구의 가장 큰 특성은 김수영의 번역에 관한 관심이 늘어난 것이다.[1] 이러한 관심은 위에서 인용

---

1   김수영 번역 연구는 번역 연구의 중요성을 제기한 조현일의 논의에서 출발한다. 조현일, 「김수영의 모더니티관에 관한 연구」, 『작가 연구』 5, 새미, 1998. 이 외에도 허윤회, 「김수영 지우기—탈식민주의 논의와 관련하여」, 『상허학보』 14, 상허학회, 2005. 2; 박수연, 「故 김수영 산문」, 『창작과비평』, 2001. 여름호; 쉬르머 안드레아스(Schirmes Andreas), 「번역가로서의 김수영」, 『문학수첩』, 2006. 겨울호가 있다. 이후 저자가 연구한 논의 이외에도 최근에 연구된 논의로는 조연정, 「'번역체험'이 김수영 시론에 미친 영향—'침묵'을 번역하는 시작 태도

한 시작노트의 "내 시詩의 비밀은 내 번역을 보면 안다"는 의미심장한 한 구절에서 출발한다. 이를 증명하듯 과연 김수영의 시와 산문 곳곳에는 그가 독서하고 번역한 텍스트와 용어들이 빈번하게 등장한다.

"'우리'라는 말을 써보려고 했는데 하나도 성공한 것이 없는 것 같다. 이에 대한 자극을 준 것은 C. 데이 루이스의 시론이고, 『시문학』 9월호에 발표된 「미역국」 이후에 두어 편가량 시도해 보았는데 이것은 '나'지 진정한 '우리'가 아닌 것 같다",[2] "트릴링은 쾌락의 부르죠아적 원칙을 배격하고 고통과 불쾌와 죽음을 현대성의 자각의 요인으로 들고 있으니까 그의 주장에 따른다면 나의 현대시의 출발은 「병풍」 정도에서 시작되었다",[3] "「만용에게」를 쓰고 나서 그 대결의식이 마야콥스키의 「새로 1시에」라는 작품에서 온 것이라고 생각했는데, 이 「잔인의 초」에서 무의식 중에 그것이 또 취급된 것을 보니 그것은 아무래도 나의 본질에 속하는 것 같고 시의 본질에 속하는 것 같다"[4]란 식이다. 덕분에 이 상징적인 문구들을 의식하기 시작하면, 산문 한 장 읽고 넘기기가 어려워진다.[5] 이러한 용어들은 김수영의 시적 사유의 본질을 알아내는 데 중요한 열쇠

와 관련하여」, 『한국학연구』 38, 고려대 한국학연구소, 2011; 박연희, 「1950~60년대 냉전문화의 번역과 "김수영"」, 『비교한국학』 20-3, 국제비교한국학회, 2012; 임세화, 「김수영의 시와 시론에 나타난 시어로서의 '국어'와 '번역'의 의미」, 『인문학논총』 36, 경성대 인문과학연구소, 2014; 홍성희, 「김수영의 이중 언어 상황과 과오·자유·침묵으로서의 언어 수행」, 연세대 석사논문, 2015 등이 있다.

2　「시작노트 4」(1965), 『김수영 전집』 2(산문), 민음사, 2003, 440쪽. 이하 김수영 전집은 『전집』으로 표기함.

3　「연극을 하다가 시로 전향」(1965.9), 『전집』 2, 337쪽.

4　「시작노트」(1965.11), 『전집』 2, 445쪽.

5　이처럼 김수영의 시 텍스트를 분석하고 복잡하다 못해 영롱한 그의 의식 세계를 고찰하는 데 번역 연구는 실증적인 분석의 도구가 된다. 물론 번역 연구가 김수영의 모든 텍스트의 의미를 규명할 '마스터키'가 될 수는 없다는 점은 전제하더라도, 번역 텍스트를 고찰할 때만이 그 텍스트의 의미가 더욱 섬세하게 고찰될 수 있다. 그에게 번역은 어떤 의미에서 창작된 산문, 시 텍스트 창작에 지식과 영감을 제공하고, 동시에 텍스트에 생성된 여백을 채워줄 서브 텍스트의 역할을 하기 때문이다.

였지만, 그간 텍스트의 맥락 안에서는 속시원하게 풀어낼 수 없는 난해성에 갇혀 있었던 것이다. 그러나 "내 시詩의 비밀은 내 번역을 보면 안다"는 선문답 같은 시인의 조언에 귀를 기울이는 순간, 그 장막을 걷어낼 실마리를 얻는다.

그는 앞에서 인용한 시적 노트 말미에 "나는 진정한 비밀은 나의 생명 밖에 없다. 그리고 내가 참말로 꾀하고 있는 것은 침묵이다. 이 침묵을 지키기 위해서라면 어떤 희생을 치러도 좋다"고 했다. 김수영에게 '침묵'은 중요한 시적 경지이다. 그가 다른 산문에서 언급한 "침묵 한 걸음 앞의 시"는 '반시'의 경지와도 통하는 것이다.[6] 결국 김수영은 번역을 통해서 이 시적인 경지에 다다른 것이고, 이 과정의 전모를 풀어내는 것이 김수영 연구의 과제가 되었다.[7]

그리하여 현재 김수영 번역 연구의 결과 「반시론」의 '반시'란 키워드는 김수영이 번역한 클로드 비제의 「반항과 찬양」에서 "진정한 시는 무시無詩와 반시反詩가 되지 않으면 아니 된다.(죠오지・바테이유가 지극히 적절하게 말한 것처럼)"[8]라는 구절에서[9] 그 의미를 구체적으로 증명할

---

6 본서 제1부 제2장 4절 1항의 '(3) 존재론적 시론과 '반시(反詩)'의 의미' 참조.
7 물론 김수영 번역 연구에는 난점이 존재한다. 앞에서 제시한 「시작노트」에서 그가 "나는 어떤 비밀이라고 모두 털어내 보겠다. 그대는 그것을 비밀이라고 생각할 것이다. 그것이 그대의 약점이다. 나는 진정한 비밀은 나의 생명밖에 없다"면서 당당하게 말할 수 있었던 것은 그가 단지 번역 텍스트를 창작 텍스트에 단선적으로 수용한 것만은 아니었기에 가능한 것이다.
8 클로드 비제(C.Vigee), 김수영 역, 「반항과 찬양 - 불란서 현대시의 전망(上)」, 『사조』, 1958.9, 314쪽 참조.
9 이 구절과 함께 김수영은 이미 산문에서 바타유를 언급한 바 있다. 김수영이 「시작노트」에서 자신이 당시 읽었다는 일역판 바타유와 블랑쇼 텍스트는 바타유의 책은 ジョルジュバタイユ, 山本 功 譯, 『文學と惡』(現代文芸評論叢書), 東京 : 紀伊國屋書店, 1959로 추정된다. 블랑쇼의 책 역시 M.ブランショ, 重信常喜訳, 『焔の文学』(現代文芸評論叢書), 東京 : 紀伊国屋書店, 1958라고 볼 수 있다. 본래 프랑스 본 텍스트 Bataille, La litterature et le mal(Paris : Gallimard, c1957)에서 이 부분은 'La poésie est toujour en un sens un contraire de la poesie'라고 쓰여 있다. 이것이 일본어 원서에서는 '反詩 혹은 無詩'로 번역되어 이를 김수영이 인용한 것이다.

논거를 얻었고, '긴장tension'[10]의 의미는 김수영이 이상옥과 공동 번역한 『현대문학의 영역』(중앙문화사, 1962) 중 「시詩에 있어서의 텐슌」(1955)이라는 논문을 통해서 논할 수 있었다.[11]

그런데 그는 "죠쥐 바타이유의 『문학의 악』과 모리스 브랑쇼의 『불꽃의 문학』"같이 정작 마음에 드는 책은 "너무 마음에 들어서 읽고 나자마자 즉시 팔아버렸다"[12]고 한다든가, "스승, 없다, 국내의 선배 시인한테 사숙한 일도 없고 해외 시인 중에서 특별히 영향을 받은 시인도 없다"[13]고 말한다. 그는 그만큼 어느 한 작가나 작품에 얽매이지 않고 끊임없이 변모를 지향하면서도, 그 안에서도 자신의 주체적 관념들과 새로운 지식들과의 균형감각을 유지했던 강한 자의식의 소유자였던 것이다.

김규동의 회고에 의하면 그의 "허름한 외투주머니에는 『애틀랜틱』이니 『포이트리』 같은 외국잡지가 꽂혀 있"었고, "미국문화원에 들러 신간

---

10 김수영은 「시작노트」에서 "나는 알렌 테이트의 시론을 충실히 지키고 있다. Tension의 시론이다"라고 말한 바 있다(「시작노트 6」, 『전집』 2, 453쪽). 알렌 테이트은 김수영의 산문 속에서 여러번 언급된 작가이다. 테잇의 「현대작가론」은 원문이 인용되기도 했다(「히프레스 문학론」, 『전집』 2, 285쪽).

11 김수영이 번역한 원문에는 이러한 구절이 있다. "나는 (…중략…) 「텐슌」이란 말을 제시했다. 내가 이 말을 사용하는 것은 일반적인 은유로서가 아니라 논리학의 용어인 외연(extension)·내포(intension)에서 접두사를 잘라버리고 얻은 특별한 은유로써 사용한다. 내가 말하는 것은, 물론 시의 의미란 그 「텐슌」(tension), 즉 시에서 발견되는 모든 「외연」과 「내포」를 완전히 조직한 총체라는 것이다. 우리들이 유출할 수 있는 가장 먼 비유적 의의도 자의대로의 기술의 외연을 무효화하지 않는다. 또 우리는 자의대로의 기술에서 출발해서 한 단계 한 단계씩 은유의 복잡성을 전개할 수도 있다. 매단계마다 머물러 가지고 여기까지 이해된 의미를 서술할 수도 있다. 그리고 매 단계에 그 의미는 일관되어 있을 것이다. 극단한 내포와 극단한 외연 사이에 개재하는 무한선상의 다른 지점에서 우리들이 선택한 의미는 우리들 개인의 「경향(傾向)」이나 「흥미」나 「방법」에 따라 달라질 것이다." 알렌 테잇, 김수영·이상옥 공역, 「시에 있어서의 텐슌」, 『현대문학의 영역』, 중앙문화사, 1962, 100쪽 참조. 김수영은 테잇이 이 글에서 설명한 대로, 시에서는 지적 능력에 관한 '외연의 언어'와 감각적 능력에 관한 '내포의 언어'가 공존해야 하며, 이 둘이 어우러져 긴장이 형성되어야 한다는 데 공감하고 이를 시 속에서 실현하고자 노력했다.

12 「시작노트 4」, 『전집』 2, 441쪽.

13 「시작노트 2」, 『전집』 2, 432쪽.

잡지를 입수해보는 것은 그의 주요한 과제"이며, "그리해서 그 속에 번역거리라도 있으면 밤새워 번역해서는 잡지에" 팔았다[14]고 한다. 이 동료 문인의 회고는 치열한 생존경쟁에 뛰어든 생활인, 번역가 김수영의 모습을 연상하게 한다. 그는 "일을 하자. 번역이라도 부지런히 해서 '과학서적'과 기타 '진지한 서적'을 사서 읽자"[15]고 자기를 독려했다. 이 회고가 말해주는 대로 그는 열심히 독서를 하고 그 텍스트 중 번역하기 좋다고 판단되는 것은 골라서 '번역'을 했다. 학습과 생계를 동시에 해결하려 했던 것이다.

그러나 그에게 번역은 생계 그 이상의 매개체였다. '번역이 단지 하나의 텍스트가 다른 텍스트로 변환되어 두 개의 언어나 두 개의 집단이라는 이항관계 속에서 완료되는 것이 아니라, 제3항, 제4항으로 무한히 증식해가는 연쇄'[16]라고 한다면 그에게 '독서 → 번역 → 창작'이라는 연쇄 고리는 '번역'이라는 기호가 본질적으로 지향해야 할 바를 완성시키는 과정이기도 했다.

근대 이래, 한국이라는 후진적인 문화 풍토에서 전문가이기보다는 기술자 취급을 받았던 번역인들, 비평가로 인정받고 싶어 했던 해외문학파, 그리고 최고의 번역가로 인정받으면서도 늘 '창작에 대한 향수'를 가지고 있었다고 고백했던 1950년대 번역가들이 창작을 통해 번역의 궁극을 완성시키는 김수영의 번역 양태를 본다면 아마 복합적인 의미에서 무릎을 쳤을 것이다. 이렇게 번역을 통해서 서구의 선진 지식을 습득하는 데 그치지 않고, 그것을 자신의 창작에 녹여내는 데까지 이른다는 것,

---

14 김규동, 『김수영의 모자』, 『작가세계』 61, 세계사, 2004.5 참조.
15 「일기초2, 1960년 9월 13일자」, 『전집』 2, 501~502쪽 참조.
16 사카이 나오키, 후지이 다케시 역, 『번역과 주체―일본과 문화적 국민주의』, 이산, 2005, 9쪽 참조.

여기에 김수영이라는 '번역가'의 특수성이 있는 것이다.

또한 김수영은 1950~1960년대 주요 번역가 그룹[17]이었던 이중어 세대 문인번역가이다. 일본어를 모국어처럼 구사했던 이중어 세대였던 점은, 해방 이후 언어적 혼란기에 번역가로서 활동하는 데 많은 기여를 했을 것이다. 또한 이미 그의 영어 실력은 정평이 나 있는 것이다. 연희전문 영문과를 다닌 적이 있으나 석 달이라는 매우 짧은 기간[18]이라 전공이라 보기 어렵지만, 한국전쟁 당시 포로수용소에서 통역관을 지냈던 경력을 보았을 때, 그의 영어 실력은 능히 짐작할 수 있는 것이다. 최하림의 평전에 의하면, 그는 선린상고 재학 시절 외국문학 텍스트를 원어로 줄줄 외우고 다녔다고 한다.[19] 이렇게 그는 당대 번역 장場의 중심부에서 활동을 하면서 후진국 지식인으로서의 모순성을 몸소 체험했던 것이다.[20]

---

17 1960~1960년대 번역가 그룹은 크게 문인번역가와 교수번역가군으로 나뉜다. 원어역보다는 중역이 성했던 상황에서 일본어에 능통한, 식민지 교육의 수혜자인 문인들이 번역가로서의 역할을 담당하였다. 이후 대학제도가 자리를 잡아가면서 대학 강단에 선 외국문학전공자, 교수들이 부업으로 번역가로 활동을 하게 된다.(이에 대한 자세한 사항은 박지영, 「'번역'의 시대, 번역의 문화 정치─1950년대 번역 정책과 번역문학장」, 성균관대 대동문화연구원, 『대동문화연구』 71, 2010.9 참조)

18 부인인 김현경 선생님의 회고에 의하면 김수영은 당대 연희전문의 강의 수준이 자신이 체득하고 있는 지식 수준보다 그리 높지 않다고 판단하여, 곧바로 자퇴하였다고 한다.(박수연·류중하·박지영, 「시인 김수영의 미군정기·한국전쟁기 체험(김현경, 故 김수영 부인)」, 2011년 국사편찬위원회 구술자료 수집 지원 사업 보고서. 회고 내용은 모두 이 텍스트 참조)

19 최하림, 『김수영 평전』, 실천문학사, 2001 참조.

20 그가 번역 작업을 했던, 1950~1960년대는 흔히 번역문학의 르네상스기로 통한다(김병철, 『한국 현대번역문학사 연구』 상·하, 을유문화사, 1998 참조). 해방 직후부터 지속적으로 시행된 미군정의 번역 정책이 1950년대 본격적으로 전개되고, 이후 문교부 등 국가 기관으로 그 주관지가 이행되면서 번역 정책은 많은 성과물을 내놓는다(「도서번역 심의위원회 규정을 제정─업적 및 본 위원회 규정 제정의 의의」, 『문교공보』 58, 1960.12 참조). 김수영은 이러한 전후 번역 환경 속에서 미공보원의 정책에 의해 번역을 한 것이다. A. 테잇의 『현대문학의 영역』과 R.W. 에머슨의 『문화·정치·예술』(이상 중앙문화사, 1961)이 그 대표적인 예이다. 이 번역 작업은 중앙문화사의 원응서의 소개로 이루어진 것이다. 김현경 선생님의 회고에 의하면, 공보원의 번역원조는 인세를 한 번에 지불하는 것으로 유명했고, 이러한 혜택 덕분에 김수영은 이 번역 작업을 시작하면서 다니던 직장을 나왔다고 한다. 결국 이후 그는

1950년대의 산문에서는 번역가의 모습을 투영시키지 않았지만, 1960년대부터는 본격적으로 번역가로서의 내면을 드러내 보이고 있다. 그리하여 1960년대 그의 산문에서는 모순적인 사회적 토대 속에서 번역 작업에 고뇌하는 모습을 보이고 있다. 그리고 그는 번역을 통해 자신의 의식을 구성하고, 때론 시쓰기로, 혹은 번역 그 자체로 제국 / 식민의 논리를 뚫고 나갈 자기 논리를 만들어갔다.

　이 책은 김수영의 번역 행위의 지향점은 서구화도 토착화도 아닌, 그 경계를 뛰어넘는 자리에 있다고 본다. 김수영은 늘 동시대의 전위적인 세계와 소통하기를 희망했고, 그것이 가능하다고 믿었다. '번역'을 하는 순간, '시'를 쓰는 순간에는 그는 후진국 지식인이 아닌, 그냥 '시인'이었다.[21] 그가 지향했던 '시 그 자체'가 영원한 '혁명'으로 전환되는 그 기점에는 국경도 인종도 없을 것이기 때문이다. 그것이 바로 진정한 '탈식민'의 귀결이 아닌가 한다. 이러한 전제라면, 김수영의 번역 작업과 의식을

번역을 통해 생계를 해결했고, 그 덕에 시작(詩作) 활동에 전념할 수 있게 된 것이다. 또한 세계문학전집 중 『주홍글씨』(창문사, 1965)를 번역하거나, 신구문화사에서 펴낸 『노벨상문학전집』(1964)의 주요 번역가이기도 했다. 신구문화사에서 펴낸 『노벨상문학전집』 중 김수영이 번역한 텍스트는 예이츠의 「데어드르」(詩劇), 「沙羅樹 庭園 옆에서 外」(詩), 「임금님의 知慧」(隨相)과 어윈 쇼의 「運命의 사람」(戱曲), 엘리엇의 「空虛한 人間들 外」(詩)와 「文化와 政治에 대한 覺書」(隨想)와 아스투리아스의 「大統領閣下」이다. 신구문화사에서 나온 『현대세계문학전집』(1968~)에서는 뮤리엘·스파크의 『메멘토·모리』와 볼드윈의 『또 하나의 나라』를 번역하였다. 신태양사에서 발간한 『日本短篇文學全集』(1969)에서는 佐藤春夫, 「女人焚死」; 丹羽文雄, 「追憶」; 大岡昇平, 「雅歌」; 田村泰次郎, 「肉體의 惡魔」; 宰田文, 「검은 옷자락」; 伊藤桂一, 「반디의 江」을 번역했다. 희망사에서 나온 『日本代表作家 白人集』에서는 이들 외에 國木田 獨步의 「少年의 슬픔」이 추가되며 이 외에 파스테르나크 篇으로 『空路』와 『後方』을 正韓出版社에서 발행된 『世界代表短篇文學全集』 시리즈에서 번역한다. 이 외에 신태양사에서 1968년 『白樂天, 蘇東坡』(東洋歷代偉人傳記選集 6)를 번역한다. 이 외에 벌 아이비스의 『아리온데의 사랑』, 원응서와의 공역으로 Rose, Anna Perrott의 『나의 사랑 안드리스』를 중앙문화사에서 1958년 발간한다. 신태양사에서 1959년 교양신서 시리즈에는 괴테의 『젊은베르테르의슬픔』을 번역한다. 탐구당에서 1965년 나온 메리 메카시의 『여대생그룹』도 있다. Labin, Suzanne의 『황하는 흐른다』는 중앙문화사에서 1963년 번역·발행했다. 이 외에도 더 많을 것으로 보인다.

21　허윤회, 「김수영 지우기―탈식민주의 논의와 관련하여」, 『상허학보』 14, 상허학회, 2005. 참조.

살펴보는 일은 시인 김수영의 인식 세계는 물론, 해방 이후 한국 번역문학사의 한 결절점을 살펴보는 일이 될 것이다.

제2장

김수영 문학과 번역의 도정

'오든 그룹'에서 '하이데거의 릴케론', 반시론'까지

1. 경험의 '극화劇化'와 '현대성'의 모색

— 영미 비평의 수용과 시의 효용성에 대한 신뢰

1) 현대 시인의 태도와 문학의 자율성과 저항성

김수영은 해방 직후에 본격적인 창작 활동을 시작한다. 그는 박인환이 운영하는 '마리서사'에 다니면서 김광균, 김기림, 이시우, 이한직, 박인환, 이활, 배인철, 양병식 등 당시 모더니스트들과 문학적 교분을 쌓게 된다. 김수영은 산문에서 이 시기를 "가장 자유로웠던, 좌·우 구별이 없던, 몽마르뜨 같은 분위기"[1]였다고 회고한다. 이 시기의 체험을 이렇듯 아름다운 추억으로 형상화한 것은 그가 이 때의 경험에 무의식적

---

1 「마리서사」, 『전집』 2, 109쪽.

영향을 받았다는 것을 고백한 것이다.

해방기에 작품 활동을 시작했던 '마리서사' 일원들은 거의 일제 식민지 치하에서 교육을 받았던 세대다. 김경린의 일본에서의 활동이 이들에게 동경의 대상이 될 수 있었던 것 역시도 성장기에 심어진 일본문학이 곧 전위적인 문학이라는 선망에서 비롯된 것이다. 또한 해방 공간 좌우의 이념이 모두 자주적인 근대화의 대안이 될 수 없는 절망적인 상황에서 새롭게 이식된 서구적 근대화의 모델은 그들에게 새로운 환상을 부여하기에 충분했다. 그리고 문학이라는 도피처는 이념의 선도성에 지친 지식인들에게 전위 의식을 불어넣으면서 자기위안의 구실을 한다. 이 상황에서 이들이 서구의 모더니즘 문학을 전면적으로 수용한 것은 정해진 수순이었다고 할 수 있다. 김수영 역시도 이러한 세대의식을 공유하고 있었다. 그에게도 문학은 지식인으로서 합당한 자기 정체성을 만들어 준다.

그러나 같은 세대임에도 불구하고 '마리서사' 일원들이 추구하는 문학적 경향은 각기 달랐다. 김경린이 영미 이미지즘에, 조향이 유럽의 초현실주의에, 그리고 김병욱이 좌익적 편향을 지닌 것은 당시 모더니즘의 다양한 색깔을 입증해 준다.

여기서 김수영은 부르똥, 트리스탄 짜아라, 니시와키 준자부로西脇順三郎[2] 등 일본과 서구의 초현실주의 그룹의 전위적인 시인들의 시를 접하게 되었다고 서술한다. 그러나 김수영이 이미 일본 유학 중에 西脇順三

---

2 서협은 일본 문단에서 라이너 마이너 릴케, 폴 발레리, 엘리엇과 함께 20세기 대표적인 4대 시인으로 평가될 정도로 중요한 시인이다. 그는 일본 내에서 『詩と詩論』이라는 잡지를 주관하면서 서구의 전위적인 초현실주의 사조를 시에 도입하는 데 앞장섰다. 그러나 그의 초현실주의는 서구의 개념 그대로의 내용을 갖는 것이 아니라 초자연주의적 성격을 지닌 것으로 알려졌다.

郎이 주재하는 『시와 시론詩と詩論』에서 활약했던 일본 모더니스트들의 시와 영미 시를 찾아 읽었다는 점은 이미 연구사[3]에서 밝혀진 바다. 『시와 시론』이 일본의 초현실주의 문학을 선도적으로 수행했던 잡지였다고 한다면 김수영은 이미 일본에서부터 급진적인 유럽 모더니즘을 접했었다고 할 수 있다. 그럼에도 불구하고 김수영은 '마리서사'에서 접했던 초현실주의 시에 대하여 거리감을 가지고 있었다. '마리서사' 일원들의 초현실주의 시에 대한 관점과 그의 시적 인식은 달랐던 것이다. 그는 인환을 비롯하여 이들이 가진 예술가적 치기를 '기계적이고 유치한 허위'라고 비난한다. 그에게 영향을 미친 것은 전위 예술이 갖고 있는 자유분방한 형식과 귀족적인 포즈가 아니었던 것이다. 오히려 그는 초현실주의보다는 현실비판적인 성향을 지닌 오든 그룹에 경도되었다. 이는 그의 산문에서 공공연히 드러나는 바다.

> 이를테면 심볼리즘이 득세를 하고 있었을 시대의 시인이나 지금도 심볼리즘의 시를 쓰고 있는 사람들은 작품의 내용에 있어서는 고사하고 그들의 문학태도에 있어서는 스티븐 스펜더나 딜런 토마스에 비하여 훨씬 행복하다. 내가 시에 있어서 영향을 받은 것은 불란서의 쉬르라고 남들은 말하고 있는데 내가 동경하고 있는 시인들은 이마지스트의 일군이다. 그들은 시에 있어서는 멋쟁이였기 때문이다. 그러나 이들 이마지스트들도 오든보다는 현실에 있어서 깊이 있는 멋쟁이가 아니다. 앞서 가는 현실을 포착하는 데 있어서 오든은 어깨에 진 짐이 없기 때문이다.[4]

---

3 박수연, 「김수영 시 연구」, 충남대 박사논문, 1999, 33쪽 참조.
4 「無題」, 『전집』 2, 30쪽 참조.

위의 글에서 그는 자신이 불란서 쉬르의 영향을 받았다고 생각하는 남들의 인식과 달리, '이마지스트의 일군'의 영향을 받았다고 서술한다. 이러한 이미지즘에의 경도는 시세계 중반까지 이어지고 있었다.[5] 그중에서도 그가 가장 경도된 집단은 그 그룹 내에서도 사회성이 짙은 성격을 지닌 '오든 그룹'이었다. 오든 그룹은 오든과 스티븐 스펜더, C. D. 루이스, 로이스 맥니스 등이 속한 예술가들을 통칭해서 부르는 말이다.[6] 대표적인 시인인 스펜더가 잠시 파시즘에 대항하여 마르크시스트가 되었던 경력이 있었을 정도로 이들은 문학의 사회성을 강조하고 있는 시인들이다.

그러나 이들의 본질은 개인주의[7]이다. 개인적 경험과 감정을 정치적 주체와 동렬에 놓고 의미를 부여하는 것이 그들 시의 특성이었다. 결국 이러한 성향으로 인해 스펜더의 사회주의자로의 길은 곧 끝이 난다. 이후에 그는 예술과 정치적 행동의 분리를 주장한다.[8] "중요한 것은 분석이지 변화를 일으키는 수단이 아니고 그것은 예술의 주된 관심사가 아니다"[9]라는 말은 그들이 지향하는 문학이 어떠해야 하는가를 잘 설명해준다. 이들의 문학적 인식은 김수영의 문학과 사회에 대한 고민과도 연

---

5 그는 후기 산문에서도 이러한 뜻을 비치고 있다. "노상 느끼는 일이지만 배우도 그렇고, 불란서놈들은 멋있는 놈들이다. 영국사람들은 거기에 비하면 촌뜨기이다. 바타이유를 보고 새삼스럽게 그것을 느낀다. 그러나 당분간은 英美의 시론을 좀 더 연구해보기로 하자"라고 말한다. 「시작노트」, 『전집』 2, 294쪽 참조.
6 범대순, 『1930년대 영시 연구』, 한신문화사, 1986, 2~3쪽 참조.
7 "Of human activities, writing poetry is one of the least revolutionary.", "…artists have always been and always will be individualists." Spender, "Poetry and Revolution", 1933(위의 책, 216쪽에서 재인용).
8 범대순, 앞의 책, 203~205 · 216쪽 참조.
9 "What is important is analysis, and not the means of achieving the change, which is not the primary concern of art." Stephen Spender, "The New Realism : a discussion", london : Hogarth, 1939; "the essay was originally as a lecture to the Association of writers for Intellectual Lieberty" 위의 책, 205쪽에서 재인용.

결된다. 김수영 역시 문학의 사회적 성격에 대하여 고민하지만, 심미적 관점에서 벗어났던 적은 한 번도 없었기 때문이다.

당시 김수영은 자신이 관심을 가지고 있었던 분야를 외국 이론을 통해 연구하고 있었다. 산문 속에 등장하는 문인들의 작품을 번역한 것은 이러한 점을 입증한다. 그는 오든 그룹의 일원인 스티븐 스펜더의 「모다니스트운동運動에의 애도哀悼」(F. 브라운 편, 김수영・유영・소두영 역, 『20세기 문학평론』, 중앙문화사, 1970)도 번역한다. 이 번역을 보면 김수영이 왜 오든을 "현실에 있어서 깊이 있는 멋쟁이"라고 하고, 그 이유를 "앞서 가는 현실을 포착하는 데 있어서 오든은 어깨에 진 짐이 없기 때문이"라고 말했는지를 추측할 수 있다.

이 글에서 드러난 오든의 문학적 인식 중 가장 두드러진 것은 모더니즘의 목적이 "사회와 그의 모든 제도에 대한 적대적인 태도"[10]라는 것이다. 스펜더에 의하면 문학은 항상 억압적 제도와 싸워야 하는 것이다. 이 글은 그럼에도 불구하고 점점 제도화되고 있는 당대 모더니즘 운동에 대해 비판한다. 스펜더는 모더니즘은 "극도로 현대적인 동시에 몽상적인 특색이 있는 예술을 창조해야 한다"고 주장한다. 또한 그는 "영웅적이라고 할 만큼 예민한 현대적 힘과 각고한 현대의 현실 — 기계, 도시, '아부산'주酒 혹은 매음부 같은 — 사이의 긴장이야말로 '모더니즘'의 기조와 같이 생각된다"고 하였다. 이들에게 현대적인 것은 막 현대화의 물결에 휩쓸려 들어가는 현실에 대한 비판적 긴장을 놓치지 않는 것이다. 그래서 현대적인 것이 곧 저항적인 것이라는 명제가 성립할 수 있는 것이다. 그리고 위에서 살펴본 대로 그들은 제도에서 자유로울 수 있는

---

10 스티븐 스펜더, 「모다니스트運動에의 哀悼」, F 브라운 편, 김수영・유영・소두영 역, 『20세기문학평론』, 중앙문화사, 1970, 74쪽 참조.

문학, 즉 문학의 자율성이 곧 저항성이 될 수 있다는 인식을 가졌다.

또한 오든 그룹은 어떤 주의를 신봉하지는 않는다. 따라서 스펜더는 미래파와 같은 추상파와 초현실파에 대한 비판도 서슴지 않는다. 그 이유는 스펜더가 말한 대로 '그들이 너무나 이론적이고 현대적 장면의 외관을 전혀 무시하고 있기 때문'이다. 김수영이 초현실주의에서 멀어졌던 것도 이와 같은 점 때문이라고 할 수 있다. 김수영은 신동엽에게 "문학이 무슨무슨 주의의 노예가 되어서는 안된다"[11]고 했다고 한다. 김수영도 문학이 어떤 주의主義에 복무하면 자율성과 저항성을 상실하게 된다고 보았던 것이다. 스펜더가 후기 시세계 속에서 사회주의와의 결별을 선언했던 것도 문학의 현대성과 자율성에 대한 신봉과 관련이 깊은 것이고, 이 역시 전쟁 체험을 통해 이념의 경직성이 얼마나 인간의 내면을 파괴하는가를 경험했던 김수영의 인식과 통한다.

그래서 김수영이 말한 "심볼리즘이 득세를 하고 있었을 시대의 시인이나 지금도 심볼리즘의 시를 쓰고 있는 사람들은 작품의 내용에 있어서는 고사하고 그들의 문학태도에 있어서는 스티븐 스펜더나 딜런 토마스에 비하여 훨씬 행복하다"는 문맥도 이를 통해 해명이 된다. 심볼리즘의 시인들인 보들레르, 발레리, 말라르메 모두 시의 본질적 성격에 천착했던 시인들이다. 이러한 성격의 심볼리즘은 당연히 "앞서 가는 현실을 포착하는 데"는 별 관심이 없을 수밖에 없다. 이에 비해 오든 그룹은 시의 본질론에 대한 천착보다는 사회성에 더 비중을 두고 고민하였던 그룹이다. 왜냐하면 김수영이 보기에 오든은 "어깨에 진 짐" 즉 '이념'적 편향이나, 시에 대한 인식의 경직성이 상대적으로 덜 했기 때문이다.

---

11 신동엽, 「지맥 속의 분수」, 황동규 편, 『김수영의 문학─김수영 전집 별권』, 민음사, 1983, 45쪽 참조.

이러한 점은 그의 다른 번역물을 살펴보면 더욱 분명해진다. 그의 번역물인 비제의 「'반향과 찬양' 불란서 현대시의 전망」(『사조』, 1958.9~1958.11), 이브 본느프와의 「영·불 비평의 차이」(『현대문학』, 1959.1)는 그의 영미비평에 대한 경도가 어떠한 연유로 이루어졌는지를 해명해준다. 이 두 글을 보면 김수영이 프랑스 시와 영미 시 사이에서 자신의 시적 방법론을 고민했다는 점을 알 수 있다.

전자의 글은 프랑스 상징주의의 존재론적 시에 대한 논의다. 그리고 후자의 글은 시의 현실성에 많은 비중을 두고 있는 영미 시와, 시어의 존재론적 성찰에 비중을 두고 있는 프랑스시를 비교한 것이다. 본느프와는 '위대한 불란서 시와는 판이하여 영시는 항상 무엇인가를 주장하려고 시도하고 있는 종류의 시[12]이며, 이에 비해 불란서 비평은 '의미의 비평에 반기를 들고 나설 것'[13]이라고 하였다. 그러면서 본느프와는 "시는 정확한 기호-언어에 자기 자신을 세우고, 기호의 가장 객관적인 특질에 지지를 발견하려고 하는 개념적 의미와, 모든 뜻을 초월하고, 기호로 하여금 정확한 정의를 중단하도록 강요하는 직각直覺과의 사이의 투쟁이"[14]라는 말로 이 두 비평의 대화가 필요함을 역설하고 있다.

그런데 이 논자는 일면적으로는 이 두 비평에 공평한 평가를 내리고 있는 것처럼 보이지만 사실은 영미 비평을 두둔하고 있다. 불란서 비평을 평하는 자리에서 그는 이 비평이 "'진실된' 것과 '현실적인' 것에서 지극히 멀리 떨어져 있는 것이며, 의미가 기호가 되는 여하한 현실과도 아주 멀리 소격疏隔되어 있는 것"이라는 블랙머의 비판적 입장[15]을 부각시

---

12 이브 본느프와, 「영·불 비평의 차이」, 『현대문학』, 1959.1, 327쪽 참조.
13 위의 글, 331쪽 참조.
14 위의 글, 336쪽 참조.
15 위의 글, 335쪽.

키고 있다. 이러한 본느프와의 입장을 김수영 역시도 지지하고 있었던 것으로 보인다. 김수영은 문학의 본질적 인식을 추구하는 불란서 비평보다 현실성을 강조하면서 변화를 추구하는 영미 비평이 당대 현실에 보다 적합한 것이라고 판단했던 것이다.

물론 그렇다고 해서 김수영이 시의 본질론에 대한 고민을 덜했다고는 할 수 없다. 이후에 구체적으로 살펴볼 것이지만 그는 1950년대 후반에 이르러서는 시적 본질에 대한 본격적인 천착을 시작해야 한다고 생각한다. 그러나 적어도 이 산문을 쓰던 1955년 당시까지는 거기에 대한 고민에는 미치지 못했던 것으로 보인다. 그럼에도 불구하고 이 당시에 가졌던 문학의 자율성에 대한 인식은 그의 전 작품 세계를 관통하는 의식이었다.

2) '경험의 전체성'과 극화劇化—'긴장tension'의 형성

김수영의 번역물 중에서 번역서는 몇 권 존재하지 않는다. 그것도 한 문인의 책을 통째로 번역한 것은 소설을 제외하고는 R. W. 에머슨의 『문화, 정치, 예술』(중앙문화사, 1956)과 알렌 테잇[16]의 텍스트이다. 김수영이 이상옥과 공동 번역한 『현대문학의 영역』(중앙문화사, 1962)은 테잇의 『현대세계의 문인The man of letter in the modern world』(1955)과 그의 다른 글들을 편집하여 번역한 것이다. 그는 산문 속에서 그가 번역한, 테잇의 「현대작가론」을 구체적으로 인용하기도 한다.

---

16 알렌 테잇(Allen Tate)은 뉴 크리틱들 중에서 비판적인 평론가로 평가된다. 첫 평론집 『시와 사상에 대한 반동적 평론집』은 제목이 암시하듯이 '반동적'이다. 그가 반발한 것은 현대의 정신 상황에서 특히 과학주의, 공리주의, 산업자본주의 등이 보편적으로 팽배하고 있는 상황이다. 그는 정신적, 종교적, 성장을 저해하는 모든 현대적 요소들(특히 실증주의)에 대한 것들에 반발한 것이다. 이처럼 그는 처음부터 대결적, 공격적 자세를 취한 평론가였다. 이상섭, 「알렌 테잇」, 『복합성의 시학—뉴크리티시즘연구』, 민음사, 1987, 93쪽 참조.

민주주의 사회는 말대답을 할 수 있는 절대적인 권리가 있는 사회다. 그런데 이 지대에서는 아직까지도 이 '절대적인' 권리에 '조건'을 붙인다. 아렌 테이트 「현대작가론」에 다음과 같은 구절이 있다.

우리들은 다른 특권을 향유하는 것과 같은 조건으로 민주주의 특권을 향유하고 있다 ― 즉 우리들은 어떤 것은 반환할 수 있다는 조건으로, 작가가 그의 자유 대신에 돌려주는 것은 그의 형제들 ― 쥬리앙 소렐, 램버트 스트레저, 죠 크리스머스 ― 을 위한 어려운 자유의 모형이며, 작가의 분부를 받고 이들도 역시 자유를 누리게 되고, 작가 자신의 자유를 지탱해주게 된다. 작가가 사회에 반환하는 것은 흔히 민주주의사회가 다른 사회처럼 거의 좋아하지 않는 것이 되는 수가 있다. 즉 민주주의의 악용을 저주하는 용기, 특히 민주주의의 찬탈을 식별하는 용기가 그것이다.

미국의 민주주의의 성격이나 그의 수출태도나 자유의 본질을 논하는 것은 나의 능력 이외의 일이며, 다만 내가 여기서 말하고 싶은 것은 언어의 문화를 주관하는 것이 작가의 임무이며, 그 밖의 문화는 언어의 문화에 따르는 종속적인 것이며, 우리들의 언어가 인간의 정당한 목적을 향해서 전진하는 것을 중단했을 때 우리들에게 경고를 하는 것이 작가의 임무라는 것이다. 사회인의 목적은 시간을 초월한 사랑을 통해서 적시에 심금의 교류를 하는 데 있다는 것이다. 그리고 그러한 활동에 지장이 되는 모든 사회는 야만의 사회라는 것이다.[17] (1964)

---

17 「히프레스 문학론」, 『전집』 2, 278~286쪽 참조.

김수영이 신비평가에 경도되었다는 점은 다소 의아스럽게 느껴진다. 하지만 인상적 비평과 역사적·전기적 비평 풍토 속에서 활동했던 많은 비평가들은, 1950년대 후반부터 우리나라에 유입되기 시작한, 작품의 내재적 질서를 객관적으로 규명하려는 신비평에 매력을 느낀다. 그리고 반공이데올로기 때문에 이데올로기적 비평이 거의 불가능했던 풍토에서 문학성 자체를 비평 대상으로 삼는 신비평은 문학인들에게 겨우 숨통을 틔워주는 것이었다.[18] 더구나 신비평의 주요 비평 대상은 '시'였다. 신비평은 주로 시의 문학성을 옹호하는 비평이다. 이러한 풍토 속에서 김수영에게도 역시 시인으로서의 고민에 신비평이 많은 해소책을 제공했으리라 추측할 수 있다. 하지만 다른 신비평가들인 리차즈나 브룩스가 아닌 알렌 테잇에 경도된 것은 다른 논자들에 비해 상대적으로 두드러진 테잇의 비판적 의식 때문이었다고 할 수 있다.

김수영이 인용한 테잇의 글의 핵심은 "민주주의의 악용을 저주하는 용기, 특히 민주주의의 찬탈을 식별하는 용기"라는 문학자의 대사회적 태도다. 이 산문을 쓴 의도가 문학자의 '권리'와 '임무'에 대해 논하는 것이라고 할 때 테잇의 논의는 그에게 적절한 시사점을 준다.

이 글에서 말하는 작가의 권리는 창작의 '절대적'인 자유를 말하는 것이며, 임무는 바로 이 권리를 쟁취하는 것이다. 문학의 자율성이 곧 사회적 저항성이라는 논지에서 본다면 문학자의 권리를 찾는 것은 곧 사회적 운동이 된다. "언어의 문화를 주관하는 것이 작가의 임무이며, 그 밖의 문화는 언어의 문화에 따르는 종속적인 것이며, 우리들의 언어가

---

18 전후 신비평의 유입 양상은 송왕섭, 「전후 「신비평」의 수용과 그 의미」, 『성균어문연구』 32, 성균관대 국어국문학과, 1997, 299~300쪽; 황호덕, 「백철의 '신비평' 전후, 한국 현대문학비평이론의 냉전적 양상」, 『상허학보』 46, 상허학회, 2016 참조.

인간의 정당한 목적을 향해서 전진하는 것을 중단했을 때 우리들에게 경고를 하는 것이 작가의 임무"라는 문화주의적 발언은 테잇의 중요한 논지를 뒷받침하는 것이다.

테잇은 시인 대신 '문인'이라는 표현을 쓴다. 김수영이 번역한 이 책의 원제도 『현대세계의 문인』이다. 그 이유는 그가 글쓰는 사람, 글 다루는 사람을 '문화'의 중심 힘으로 보고 있기 때문이다. 테잇은 세계 속 인간의 비인간화에 저항한다. 비인간화는 인간의 수단으로 삼는 자본주의적 세속주의에서 오는 것이며, 세속화의 가장 큰 상징은 언어의 세속화라는 것이다. 테잇은 이러한 언어적 세속주의에 대하여 주의를 환기시켜야 하는 것이 문인의 책임이라고 한다.

김수영이 「히프레스 문학론」에서 테잇의 글을 인용한 것은 그 역시 이 논지에 동의하고 있다고 말하기 위해서이다. 그리고 그 이후에 '사랑'의 개념도 테잇의 논지를 따온 것이라고 밝히고 있다. 테잇은 사회가 세속주의로 물들고 인간이 도구화되면서 언어 역시도 단순한 '전달'의 기능에 머물게 되었다고 한탄한다. 그 반면에 문학은 전달의 도구가 아니라 '친교communion'에의 참여[19]라고 말한다. 그러면서 김수영이 인용한 대로 테잇은 "사회인의 목적은 시간을 초월한 사랑을 통해서 적시에 심금의 교류를 하는 데 있다"고 한다. 그리고 그는 그러한 활동에 지장이 되는 모든 사회는 '야만의 사회'라고 한다.

위와 같이 김수영이 알렌 테잇의 논의에 깊이 공감을 하는 것은 문인으로서의 태도와 시의 기능에 대한 원론적인 합의 때문이다. 김수영은

---

19 김수영에게도 '사랑'은 중요한 개념이다. 그 개념은 이 시에서처럼 '친교'의 개념과도 가깝다. 그러나 알렌 테잇의 개념이 다소 종교적인 색채가 강한 것이라면 김수영의 개념은 알렌 테잇을 벗어나면서 점차 정치성을 획득하게 된다는 데 구별점이 놓인다. 알렌 테잇, 김수영 · 이상옥 역, 『현대문학의 영역』, 중앙문화사, 1962 참조.

여기에 그치지 않고 테잇의 시론을 활용하기도 하였다.

　도대체 시라는 것은 그것이 새로운 자유를 행사하는 진정한 시인 경우에
는 어디엔가 힘이 맺어있는 것이다. 그러한 힘은 初行에 있는 수도 있고 終
行에 있는 수도 있고 중간의 어느 行에 있는 수도 있고 行間에 있는 수도 있
다 ― 이것이 시의 긴장을 조성하는 것이다. 진정한 시를 식별하는 가장 손
쉬운 첩경이 이 힘의 소재를 밝혀내는 일이다.[20] (1964)

　이 시에서도, 그밖의 시에서도 나는 알렌 테이트의 시론을 충실히 지키고
있다. Tension의 시론이다. 그러나 그의 시론은 검사를 위한 시론이다. 受動
的 詩論이다. 眞僞를 밝히는 도구로서는 우선 편리하지만 위대성의 여부를
자극하는 발동기로의 역할은 못한다. 이것은 시론의 숙명이다. 이런 때는
시를 읽는게 최상이다. 예를 들자면 보들레르의 「고양이」를 읽어보라. 「파
리의 憂鬱」보다도 「고양이」가 더욱 위대하다. 「파리의 憂鬱」도 「고양이」도
둘 다 모두 Tension의 시론의 두레박으로 퍼낼 수 있지만, 「고양이」는 「파
리의 우울」보다도 팔이 아프도록 퍼내지 않으면 바닥이 보이지 않는다.[21]
(1966)

　위의 시에서 나오는 가장 중요한 개념은 '긴장tension'이다. 이미 많은
연구자들이 이 긴장이란 용어에 관하여 논한 바 있다.[22] 그러나 정작 이
논의들은 '긴장'이 시 속에서 형식적으로 어떻게 적용되는지에 관해서

---

20 「生活現實과 詩」, 『전집』 2, 266~267 참조.
21 「시작노트 6」, 『전집』 2, 453쪽 참조.
22 대표적으로 강웅식, 「김수영의 시의식 연구―'긴장'의 시론과 '힘'의 시학을 중심으로」, 고려
　대 박사논문, 1997.

는 밝히지 못하고 있다. 그 점을 밝히기 위해 먼저 테잇이 말한 '긴장'의 의미를, 김수영의 번역문을 통해 인용해보도록 하겠다.

> 나는 (…중략…) '텐션'이란 말을 提示했다. 내가 이 말을 사용하는 것은 일반적인 은유로서가 아니라 논리학의 용어인 外延(extension) 內包(intension)에서 接頭辭를 잘라버리고 얻은 특별한 隱喩로써 사용한다. 내가 말하는 것은, 물론 詩의 의미란 그 '텐션'(tension), 즉 詩에서 발견되는 모든 '外延'과 '內包'를 완전히 組織한 總體라는 것이다. 우리들이 유출할 수 있는 가장 먼 比喩的 意義도 字義대로의 記述의 外延을 無效化하지 않는다. 또 우리는 字義대로의 記述에서 출발해서 한 단계 한 단계씩 隱喩의 복잡성을 전개할 수도 있다. 每段階마다 머물러 가지고 여기까지 이해된 의미를 敍述할 수도 있다. 그리고 每段階에 그 의미는 일관되어 있을 것이다.
>
> 극단한 內包와 극단한 外延사이에 개재하는 無限線上의 다른 지점에서 우리들이 선택한 의미는 우리들 개인의 '傾向'이나 '興味'나 '方法'에 따라 달라질 것이다.[23]

위의 인용구에 나온 대로 '텐션'의 의미를 해석하자면, 그 의미는 '외연'과 '내포'의 결합체다. 외연은 '자의字義대로의 기술記述'이고 내포는 '비유적 의의'다. 테잇에 의하면 외연만 표현한 시는 '전달하는 시'이고 내포만 표현한 시는 '가느다랗게 흘러내리는 말초적인 시', 즉 감정적인 시다. 그런데 현재의 시는 "외연이란 언어를 과학자들에게 인도引渡해 버리고 자기들은 계속적으로 가느다랗게 흘러내리는 말초적인 내포를 간직

---

23 알렌 테잇, 김수영·이상옥 역, 「시에 있어서의 텐션」, 앞의 책, 100쪽 참조.

하게 되었다"[24]는 것이다. 테잇은 시가 외연적인 기능 즉 전달의 기능을
하는 것에 무척 반감을 가지고 있었다. 시가 '친교에의 참여'라는 의미는
시가 일방적인 전달의 기능을 넘어서서 시적 경험을 독자로 하여금 공
유하게 만드는 것이므로 외연의 기능이 시에 전체화되는 것을 막아야
한다는 것이 그의 논지였다. 그렇다고 해서 역으로 내포의 의미만을 강
조한 것은 아니다. 내포의 시는 '가느다랗게 흘러내리는 말초적인' 감각
만을 전달하기 때문에 독자에게 하등 도움이 되지 않는다는 것이다.

테잇은 이 논문의 초입에 '감정의 상태'를 일으키는 데 더 흥미를 가지
고 있는 시를 비판한 바 있다.[25] 보편적으로 엘리엇에서 출발한 영미 신
비평가들은 낭만주의에 대한 반발감을 가지고 있다. 이들이 활동했던
당시의 비평의 주요 과제는 현대 세계의 감수성의 분열을 극복하고 정
신적 무질서에 질서를 부여하는 것이었다. 엘리엇을 비롯하여 영미 이
미지즘 시인들이 주장한 이미지의 형태가 지성과 정서의 결합체인 것은
이러한 과제에 대한 응답이었다. 테잇의 경우도 예외가 아니다. 그 역시
'감정'의 상태는 현실 속에서 아무런 힘을 불러일으키지 못하기 때문에
시에서 감정적인 상태를 지양해야 한다고 주장한다.

그리고 테잇은 인간의 정신에는 "세계에 대한 감각과 지적 능력이 공
존"한다고 본다. 그는 "정신의 그 두 극이 서로 분리되어 있지 않다. 우리
는 상극적 활동에 의해 쉽사리 노정됨은 명백한 긴장에서 그 두 극을 짐
작한다. 생각 그 자체라는 것도, 감정 그 자체라는 것도 없고, 둘이면서
도 둘이 아닌 경험의 독특한 초점만이 있다"[26]고 분석한다. 이러한 정신

---

24 위의 글, 99쪽 참조.
25 위의 글, 89쪽 참조.
26 이상섭, 앞의 글, 96쪽 참조.

에 호소하는 것이 시라고 한다면 시는 감각과 지적 능력 모두에 호소해야 한다. 그래서 시에는 지적 능력에 관한 '외연의 언어'와 감각적 능력에 관한 '내포의 언어'가 공존해야 하며 이 둘이 어우러져 긴장을 만들어야 한다는 것이다. 그런데 이 구절에서 주의해서 보아야 할 부분은 감각과 지적 능력을 통합해서 인간 정신이 인식할 수 있는 것은 '경험의 독특한 초점'이라는 것이다. 그렇다면 테잇의 논리대로 한다면 시가 인간 정신의 감각과 지적 능력 모두에 호소하기 위해서는 이 '경험'을 보여주는 방법이 가장 현명한 방법이라는 결론이 도출될 수 있다. 테잇은 물론 이 점에 대해서도 과학적으로 분석하고 있다.

> 논리적으로 연결되지 않는 사물 사이의 연결을 시는 **극적**으로 가능케 한다. 그것은 역사적인 맥락 관계도, 철학적인 연역 관계도 아닌 구체적 상황의 체험에서 얻어지는 것이다. 그 상황을 고착시킨 것이 '형식'이다. 삶의 한 질이라고만 느껴졌던 것이 특수한 경험의 차원으로 승격된 것이 즉 형식인 것이다. 논리적 모순을 담고서도 성립될 수 있는 통일된 형식이므로 '긴장'이 있다. 이 긴장이야말로 그 형식을 맥빠진 죽은 형식으로 전락하지 않게 한다. 이 형식은 경험되는 '살아지는' 지식의 모습이다.[27] (강조는 인용자)

위의 인용문을 살펴보면 시에서 '긴장'은 '논리적으로 연결되지 않는 사물 사이의 연결'에서 형성된다. 시는 "논리적 모순을 담고서도 성립될 수 있는 통일된 형식이므로 '긴장'이 있다"는 것이다. 그런데 테잇은 시가 '극적'으로 될 수 있기 때문에 '긴장'이 형성된다고 한다. '극적'인 것은

---

27 알렌 테잇, 김수영 · 이상옥 역, 앞의 책, 69 · 106쪽 참조.

사건이나 인물간의 갈등을 통해서 형성되는 것이다. 다음에 나오는 '구체적인 상황의 체험'이라든가 '특수한 경험의 차원으로 승격된 것'이라는 구절은 테잇이 비평 대상으로 하고 있는 시가 극적인 것, 즉 '구체적인 상황' 혹은 '경험'을 형상화한 것이라는 점을 알려 준다.

> 테잇은 에밀리 디킨슨의 시를 분석하는 글에서 그녀의 시의 위대성은 시가 철학적인 설교를 하는 대신 '경험'을 보여준다는 데 있다고 하였다. 그녀는 '개인의 경험에 대해서 영웅적 均衡과 비극적 樣相'을 부여했다고 한다. 그리고 그녀의 시에는 경험의 나열만이 있을 뿐 거기에는 문제에 대한 해결은 없다 다만 知性과 感情의 충분한 연관 속에 그것에 대한 표현이 있을 수 있을 뿐이다. 心意의 모든 抽象力으로 다듬어진, 인간 의지의 구조가 구체적인 경험의 시험대에 제시되어 있다. 불멸의 관념이 물질적 崩壞의 사실에 직면하고 있는 것이다. 무엇을 생각할까 우리들에게 말하고 있는 것이 아니라 그 상황을 바라보라고 우리들에게 말하고 있는 것이라고 한다.[28]

그런데 왜 이렇게 이들에게 경험의 서술이 중요했을까? 이 역시 역사적인 맥락 속에서 살펴보아야 할 것이다. 현대 비평에 있어서 중요한 토대는 전통의 상실이다. 전통의 상실로 이 시대의 시인들에게는 체계적인 철학이나 사상의 외적인 체계를 갖지 못하였다. 그 때문에 이들은 경험과 의미의 알맹이로서 그들 자신의 개성을 이것 대신에 사용한다. 에밀리 디킨슨의 시에서 발견할 수 있는 바와 같이, 현대시인에게서 영혼의 극화 대신에 '배경에 위배되는' 개성의 극화를 확인할 수 있는 것은 바

---

28 엘런 테잇, 김수영 · 이상옥 역, 「에밀리 디킨슨」, 앞의 책, 268쪽 참조.

로 이 때문이다.[29]

그래서 테잇은 디킨슨의 시를 중요한 비평 텍스트로 선정하고 경험의
서술을 통해서 시는 '일종의 연극'으로 극화劇化되고 그것을 통해서 '긴장'
이 형성된다는 것을 밝힌 것이다. 그러면 이 긴장을 통해 형성되는 문학
의 유용성을 무엇일까?

> 진정한 문학은 무엇을 증명하지 않는다. 그것은 경험의 질을 통째로 창조
> 한다. 그것을 적인 행위의 형태와는 아무런 유용한 관계를 갖지 않는다. (…
> 중략…) 시는 그 완전한 비실용성에서 그 진정한 유용성을 얻는다. 그것은
> 간단없이 부분적 공식의 강압으로 사람과 사회의 균형을 교란시키는 의지
> 적 지성에게 휴식을 제공한다. 의지가 발동시킨 지성의 고달픔에서 벗어난
> 상태의 시를 제안하는 것이다. 경험의 전체성을 강압적인 의지로써는 달성
> 할 수 없음은 자명하다.[30]

그 결과 위의 인용문에 따르면 시는 무엇을 전달하려고 의도하지 않
음아야 더 큰 효과, 즉 "비실용성에서 그 진정한 유용성을 얻는" 경지에
다다르는 것이다. "그녀(디킨슨)의 동同시대인들과는 달리 자기의 관념이
나 안이安易한 해결이나 자기의 사적욕망私的慾望에 굴屈하는 법이 없었"음
에도 시적인 파장력이 대단했던 것처럼 동시대의 시인들은 그저 경험을
드러내주는 방식으로 "의지가 발동시킨 지성의 고달픔에서 벗어난 상
태의 시"를 만들어냈던 것이다. 그리고 이들에게는 이러한 자기 경험만

---

29 로버트 스톨먼, 「뉴크리틱스의 공동이념」, 정태진 편역, 『뉴크리티시즘―신비평의 이론과
    실제』, 원광대 출판부, 1989, 141~142쪽 참조.
30 이상섭, 앞의 글, 100쪽 참조.

이 삶에 대한 진실을 알려줄 수 있다고 믿었기 때문에 이러한 경험의 드러냄은 삶의 전체성을 드러내 줄 수 있다. '경험의 전체성'[31]은 이것을 설명해 주는 용어라고 할 수 있다.

에밀리 디킨슨 외에도 김수영이 산문에서 언급했던 예이츠, 오든 그룹, 그리고 뢰스케, 매클리시, 브레히트, 프로스트 등 모두가 자기 경험의 서술을 시 창작의 주요한 방법으로 삼았다는 것은 김수영의 창작 방법이 왜 자신의 경험을 극화시키는 방향으로 흘렀는가를 설명해 주는 것이다. 그 결과 그들 모두의 시에서 경험의 총체성이 드러나고 있었다.

그리고 이 경험이 비논리적으로 드러난 형상을 통해서 형성되는 긴장은 이 경험의 전체성에 더 큰 힘을 실어주는 것이다. 그리고 긴장은 결국 시의 힘이다. 김수영이 그의 산문 「생활 현실과 시」에서 "진정한 시인 경우에는 어디엔가 힘이 맺어있는 것이다"라고 말했을 때 그 힘이 바로 이 '긴장'의 효과인 것이다. 원래 긴장의 뜻은 생명적 활기, 탄력을 뜻한다. 그 힘은 독자의 입장에서 보았을 때는 그 시에 집중력을 부여하는 원동력이 될 것이며, 그것이 인지적 지각을 불러일으키는 시의 능력인 것이다. 이들에게 시는 과학적 능력을 상회하는 인식적 능력을 보유하고 있는 최고의 형태였던 것이다.

김수영은 물론 앞에서 인용한 대로 그의 시세계의 후반에 이르러서는 텐션의 시학이 '검사를 위한 시론'으로 '수동적 시론'이라고 비판한다. 그것이 '진위를 밝히는 도구로서는 편리하지만 위대성의 여부를 자극하는 발동기로의 역할은 못한다'는 것이다. 그럼에도 불구하고 그는 초입에 '나는 알렌 테이트의 시론을 충실히 지키고 있다'고 말한다. 그리고

---

31 위의 글.

다음 시월평에서 쓰여진 용어는 그가 알렌 테잇의 시론에 깊이 경도되어 있었다는 점을 증명한다.

기술과 감성의 半徑은 同伴的인 사상의 반대반경의 伸長을 동시에 정리해 나가야 하는 것이 이상적이라는 평자의 평소의 그에 대한 개인적 요구는 이런 면에서 다시 한번 강조되어야 할 증좌를 보이고 있다.[32] (1966)

또한 작품형성의 과정에서 볼 때는 '의미'를 이루려는 충동과 '의미'를 이루지 않으려는 충동이 서로 강렬하게 충돌하면 충돌할수록 힘있는 작품이 나온다고 생각된다. 이런 변증법적 과정이 어떤 先入見 때문에 충분한 충돌을 하기 전에 어느 한쪽이 약화될 때 그것은 작품의 감응의 강도에 영향을 줄 뿐만 아니라 작품의 성채를 좌우하는 치명상을 입히는 수도 있다.[33]

같은 해에 쓰인 이 산문에서는 앞에서 다룬 「시작노트」에서와 다른 입장을 보여주고 있다. 김영태의 시를 평가하면서 쓴 글에서 서술된 '기술과 감성의 반경'을 정리하는 방법은 분명 시에서 긴장을 조성하는 방법이다. 그는 이 "작품은 가장 중요한 끝대목이 좀 미흡하다"고 했는데 이 역시 마지막까지 놓치지 말아야 할 시의 '긴장'에 관련된 조언이었다. 그는 테잇의 시론이 '수동적 시론'이라고 하고는 있지만 그 자신의 무의식 속에서는 이 '긴장'의 시학이 체화되어 있었던 것이다.

그러나 이 비평을 쓸 당시인 1966년은 한창 그가 하이데거의 시론에 몰두해 있을 때다. 물론 이러한 선회가 테잇의 시론에 대한 회의에서 비

---

32 「詩月評 – 젊은 세대의 결실」, 『전집』 2, 547쪽.
33 「변한 것과 변하지 않은 것」, 『전집』 2, 368쪽.

롯된 것이라고도 할 수 있다. 분명 1950년대 말기부터 김수영의 시적 인식에 작은 변모가 있기 시작했기 때문이다. 그러나 테잇의 시론은 그에게 시를 보는 중요한 인식적 잣대였음은 분명하다. 그리고 중요한 것은 시세계 후반의 상황 속에 나온 반성이지 시세계 초반의 논리는 아니라는 것이다. 그렇다면 역으로 추적하면 전기에는 '텐션'의 논리에 충실했었다는 결론도 가능하다. 이것은 김수영이 왜 굳이 알렌 테잇의 책은 통채로 번역했는가에 대한 의문점에도 답을 준다. 그것은 그만큼 테잇의 논리에 경도되어서가 아닐까라는 추측이 가능한 것이다. 그리고 무엇보다도 중요한 것은 그의 시 속에서 테잇의 논리가 보이고 있다는 점이다.

단지 '긴장'이라는 형식적 의미에서뿐만 아니라 경험의 전체성이라는 측면에서도 그렇다. 여기서 김수영의 시쓰기가 갖는 새로움이 밝혀질 수도 있다는 가정이 세워진다. 지금까지 여러 논자들에 의해서 밝혀진 김수영 시어의 특성인 '일상어의 사용'이나 '리듬'의 특성들은 모두 이러한 경험의 전체성이라는 논리 속에서 해명이 되는 것이다. 그러면 구체적인 시 분석을 통해서 경험의 총체성이 실현되고 긴장이 형성되는 과정을 살펴보아야 할 것이다.

> 팽이가 돈다
> 어린아이이고 어른이고 살아가는 것이 신기로워
> 물끄러미 보고 있기를 좋아하는 나의 너무 큰 눈 앞에서 아이가 팽이를 돌린다
> 살림을 사는 아이들도 아름다웁듯이
> 노는 아이도 아름다워 보인다고 생각하면서
> 손님으로 온 나는 이집 주인과의 이야기도 잊어버리고 또한번 팽이를 돌

려주었으면 하고 원하는 것이다

都會안에서 쫓겨다니는 듯이 사는

나의 일이며

어느 小說보다도 신기로운 나의 生活이며

모두 다 내던지고

점잖이 앉은 나의 나이와 나이가 준 나의 무게를 생각하면서 정말 속임없

는 눈으로

지금 팽이가 도는 것을 본다

그러면 팽이가 까맣게 변하여 서서 있는 것이다

누구 집을 가보아도 나 사는 곳보다는 餘裕가 있고

바쁘지도 않으니

마치 別世界같이 보인다

팽이가 돈다

팽이가 돈다

팽이 밑바닥에 끈을 돌려 매이니 이상하고

손가락 사이에 끈을 한끝 잡고 방바닥에 내어던지니

소리없이 회색빛으로 도는 것이

오래 보지 못한 달나라의 장난같다

팽이가 돈다

팽이가 돌면서 나를 울린다

제트機 壁畵밑의 나보다 더 뚱뚱한 주인 앞에서

나는 결코 울어야 할 사람은 아니며

영원히 나 자신을 고쳐가야 할 運命과 使命에 놓여있는 이 밤에 나는 한사

코 放心조차 하여서는 아니될 터인데

팽이는 나를 비웃는 듯이 돌고 있다

비행기 프로펠러보다는 팽이가 記憶이 멀고

강한 것보다는 약한 것이 더 많은 나의 착한 마음이기에 팽이는 지금 數千

年前의 聖人과같이

내 앞에서 돈다

생각하면 서러운 것인데

너도 나도 스스로 도는 힘을 위하여

공통된 그 무엇을 위하여 울어서는 아니된다는 듯이

서서 돌고 있는 것인가

팽이가 돈다

팽이가 돈다

— 「달나라의 장난」(1953) 전문

전기 대표작인 위의 시는 그의 창작방법상의 특징을 거의 그대로 지니고 있는 작품이다. 김수영의 시의 특성은 소재가 '일상'에서 온다는 것이다. 김주연은 이를 '교양주의의 붕괴와 언어의 범속화'라고 표현하는데 이는 분명 우리 시문학사 속에서 증명할 수 있는 김수영 시의 '새로움'을 대변하는 것이다. 그런데 언어의 범속화라고 지칭하는 일상어의 도입은 그가 자신의 일상생활의 경험을 그대로 시화詩化했기 때문에 당연히 따라오는 결과다.

이 역시 에밀리 디킨슨의 시에서 나타났던 자기 경험의 중요성과 같은 맥락에서 이해되어야 할 것이다. 김수영 역시 전통에 대한 부정의식에 사로잡혀 있었던 시인으로 그 역시 자기 경험만을 가장 중요한 진리로 믿을 수밖에 없었던 것이다. 위의 시의 경우도 당대 최고의 놀이감인

'팽이'와 관련된 그의 일상적인 경험을 서술한 것이다. 위의 시에서 시간은 운동을 하고 있는 것이 아니라 거의 정지된 순간 속에 놓여 있다. 여기서 시간은 행동의 시간이 아니라 순간에 가까운 성찰의 시간이라고 할 수 있다. 팽이가 돌아가고 있는 시간은 그리 길지 않은 시간이다. 그러나 그 짧은 순간에 이루어진 성찰임에도 불구하고 그 성찰의 성과는 분명하다.

위의 시는 내용 속에 존재하는 시간에 비해 지나치다 싶을 정도로 긴 길이를 가지고 있다. 위의 시의 경우도 결론은 "너도 나도 스스로 도는 힘을 위하여 / 공통된 그 무엇을 위하여 울어서는 아니된다"는 것으로 간단하게 정리가 될 수 있다. 그러나 그렇게 정리하지 않은 이유, 즉 군이 성찰의 시간을 늘여서 보여주는 것이 이 시에서는 중요한 형식적 고리다. 그 이유로는 먼저 시인이 이 시를 쓰는 목적이 자기 성찰에 있기 때문이다. 시인이 시를 쓰는 과정은 시인이 자기 자신을 성찰해 가는 과정과 일치한다.[34] 이러한 과정이 바로 테잇이 말한 극화의 과정[35]이기 때문이다.

이처럼 그의 시에 드러나는 또 하나의 보편적 특성은 자기 성찰의 과

---

34 김수영의 창작방법이 자신의 의식의 흐름을 연쇄적으로 표현하는 것이었다는 점은 이미 한 연구자에 의해서도 밝혀진 바이다. 노철, 「김수영과 김춘수의 시작방법 연구」, 고려대 박사 논문, 1998 참조.

35 황동규는 이 개념을 빌어 '劇抒情詩' 양식 명칭을 만들어내었다. "일상적인 생활 속에서, 그리고 평범한 사물과의 관계 속에서, 그러나 예술가적인 상상력의 움직임과 그 움직임 속에서 만난 구체적인 술맛에 힘입어 화자는 갑자기 변화를 체험하게 되는 것이다. (…중략…) 이 시의 후반에 가서 화자는 변화를 겪는다. 친구에게 욕하는 전화를 걸려다가 자신의 몸이 갑자기 환해짐을 느끼는 것이다. 다시 말해 친구를 용서하는 것이다. 군이 종교적인 용어를 쓰자면 규모는 작지만 '거듭나는' 변화를 겪는 것이다. 이런 거듭남의 변화가 작품 속에서 일어나는 서정시를 나는 '극서정시(劇抒情詩)'라고 부른다." 황동규, 「알레고리와 상징의 밀회」, 『나의 시의 빛과 그늘』, 중앙일보사, 1994, 280쪽 참조. 물론 황동규가 이러한 '劇化'의 과정을 김수영의 시를 통해서 체득하였다고 장담할 수는 없지만 이러한 극화의 양식은 김수영의 시에서 먼저 선보였다고 할 수 있다.

정 속에서 문득 자기 성장을 지각하는 순간이 반드시 존재한다는 것이다. 테잇의 경우는 시가 어떠한 진리에 관하여 전달하지 않고 시적 화자의 경험을 보여줌으로써 독자가 경험을 공유하게 된다는 의미에서 시를 '극화劇化'시킨다고 하였다. 그리고 이 '극화'의 양식 속에서 성찰의 빛나는 순간이 존재함을 그는 에밀리 디킨슨의 시 분석을 통해서 보여준 바 있다.[36]

이 시 역시도 목적은 김수영 자신이 팽이를 보면서 느꼈던 내적 성찰의 경험을 극화시키는 데 있다. 경험을 그대로 극화시켜 보여주는 가운데 김수영은 이 시에서 자신이 말한 결론 '공통된 그 무엇을 위하여 울어서는 아니된다'는 결론 이상의 것을 드러내 줄 수 있는 것이다. 그것은 시인 자신의 성찰 과정이 가지는 지난함이나 '나 자신을 고쳐가야 할 운명과 사명'과 같은 의무감, 그리고 설움의 정서와 같은 것들을 논리화시키지 않았기 때문에 가능한 것이다. 경험의 극화는 논리화가 가지는 형식적 공고화를 막을 수 있다. 그 결과 극화된 시는 보다 열려진 경험의 차원을 열어주어 시인이 성찰하는 고통을 감각적으로 지각한 독자와 공유할 수 있는 것이다. 그래서 김수영 시는 결론을 계몽적으로 진술하지 않았던 것이다.

테잇은 시에 나타난 경험은 '해결해야 할 문제라기보다는 그 온 뜻을 지닌 채로 보존해야 할 문제'라고 하였다. 에밀리 디킨슨을 분석하는 자리에서는 테잇은 그녀가 자신이 경험을 통해 체득한 문제를 그대로 열어두었다고 하였다. 결론을 보여주는 것은 이미 시가 설교의 차원으로, 실용성의 차원으로 전락하게 되는 것이다. 경험을 공유하는 것으로 시

---

36 알렌 테잇, 김수영·이상옥 공역, 「에밀리 디킨슨」, 앞의 책, 255~277쪽 참조.

는 드러내고자 하는 바를 효과적으로 전달하면서 비유용성이 가지는 휴식 속에 더 큰 예술적 공감을 만들어낼 수 있기 때문이다. 김수영이 '공통된 그 무엇을 위하여 울어서는 아니된다'로 결론짓지 않고, '공통된 그 무엇을 위하여 울어서는 아니된다는 듯이 서서 돌고 있는 것인가'라는 물음으로 열려진 결론을 유도한 것은 이 이유에서다. 게다가 그는 팽이가 도는 모습을 그대로 보여주는 방식을 통해서 여운을 남기고 있다.

그런데 이 시의 형식적 특성 중 가장 큰 장점은 긴 시임에도 불구하고 그리 지루하지 않게 느껴진다는 것이다. 이는 그가 시에 있어서 '긴장'을 염두에 두고 있었기 때문에 가능했던 것이다.

이 시에서 먼저 눈에 띄는 운율 구조는 반복이다. 이 역시 김수영 시의 운율적 특성이다. 김수영 시는 자유로운 산문적 서술방법을 체택하고 있기 때문에 전통적인 외형율적인 리듬은 느껴지지 않는다. 대신 내재 율적 리듬이 느껴지는데 이는 대부분 시구를 배열하는 전체적인 구조 속에서 나온다. 운율을 만들어 가는 방식은 여러 가지가 있다. 먼저 언어의 구조가 앞서는가, 생활의 구조가 앞서는가 등등 여러 방식이 있겠지만 김수영 시의 리듬은 의식의 흐름에 따르고 있다고 할 수 있다. 이는 초현실주의적 기법과도 관련이 있다. 그러나 초현실주의 기법은 주로 인간의 내적 무의식의 흐름에 따르고 있는 데 비해 김수영은 '의식적' 흐름에 따르고 있다. 자신이 바라보는 대상에 대해 느끼는 그때그때의 인상을 서술하고 있다. 이러한 서술 방법에서는 다소간에 비약이 느껴지기도 하는데 이러한 비약은 그의 서술 방식이 논리를 따르고 있는 것이 아니라 직관에 따르고 있기 때문에 나타난 것이다. 그리고 이러한 비약은, 시이기 때문에 가능한 것이다.

그는 시에서 서술된 방식의 논리성을 거부하고 있으며, 그 때 그 때 의식의 경험에 따라서 서술하고 있다. 이것이 시에 긴장을 일으키는 역할을 한다. 그런 사유들이 단지 아무런 연관 없이 나열되어 있는 것만은 아니다. 그 사유들은 김수영의 의식 내에서 끊임없이 갈등하고 있다. 그것은 이 시에서 나온 시구대로 "영원히 나 자신을 고쳐가야 할 운명運命과 사명使命"을 가지고 그가 끊임없이 자기 사유를 부정하기를 멈추지 않기 때문이다. 그러면서 이 사유 내적 갈등은 시에 긴장을 부여한다. 이 시에서는 '팽이가 돈다'는 시구가 가장 중요한 키 포인트이다. '팽이가 돈다'는 그의 사유의 운동을 불러일으키는 주요 원인이자 매개체다. 그렇기 때문에 이 '팽이가 돈다'는 매개체를 통해서 그의 사유는 운동하고 있는데, 이러한 사유 방식이 그대로 시에서 반복구조로 드러나고 있는 것이다. '팽이가 돈다'는 시구를 사이에 두고 그의 사유가 비슷한 구조로 반복되고 있는 것은 이러한 점을 보여주는 것이다.

다음 팽이가 돈다는 시구에서는 팽이가 도는 것이 '마치 별세계같이 보인다'고 한다. 별세계같이 보인다는 것은 '팽이가 도는' 너무나 일상적인 것이 어느 순간 갑자기 낯설어지는 느낌을 표현한 것이다. 이 낯설음을 통해서 '팽이가 돈다'는 일상적 체험이 특수한 경험의 차원으로 승격된다. 이 특수한 경험은 인식론적 매개체가 된다. 다음 번 "팽이가 돈다"까지의 시 구절에서는 이것이 "달나라의 장난" 같다고 한다. 이 두 번째 단계에서는 이 낯선 경험이 유희화된다. 첫 번째 단계보다 더 차원이 깊어지는 낯설음이 여기에서 느껴지는 것이다. 별세계를 넘어서 달나라의 '장난'으로 변모하면서 이 경험은 삶에서 더 한층 유리된 환상의 체험을 하게 한다. 그러면서 시적 화자는 일상적 삶에서 서서히 탈각하게 되면서 좀 더 본질적인 사유로 들어가게 된다. 그러면서 다음 '팽이가 돈다'까지는 김수영의 당대의 중심적 정서인 '설움'이 부각된다. 이제 그는 자신이 왜 팽이를 보면서 '별세계처럼' 느꼈는지를 깨달아가는 것이다.

'팽이'처럼 돌지 못하는 것, 즉 영원히 나 자신을 고쳐가야 하는데 그렇지 못하는 자신에 대한 끊임없는 자책과 원망이 그에게 가장 근원적인 고민이었던 것이다.[37] 그러면서 이 부분에서는 '내 앞에서'라는 부사를 강조한다. 다른 사람도 아닌 내 앞이라는 것은 자기 자신의 자책감을 강조하기 위한 부사인 것이다. 이 부사를 통해서 그는 '팽이'를 통해 자신이 얻은, 자기 성찰의 순간이 더욱 강조되는 것이다. 이 부분이 바로 시 속에서 자기 변모를 이룩하는 순간이며 그러면서 그가 추구했던 현대성을 획득하는 순간인 것이다. 그러면서 마지막 단계는 앞 부분에 대한 부연 설명과 더불어 좀 더 깊이 있는 인식이 드러나는 순간이 된다. "너도 나도 스스로 도는 힘을 위하여" 돌아야 하는데 "공통된 그 무엇을 위하여" 우는 것이 아니다. "스스로 도는 힘을 위하여" 울어야 하는 것이다.

여기서 '스스로' 역시 중요한 부사다. '스스로' 역시 자기 주체성을 표현하는 부사다. 다른 누구의 것도 아닌 자기 스스로의 힘으로 '영원히 나 자신을 고쳐가야' 한다는 인식이 그가 결국 팽이를 통해 얻은 인식이며, 그것 때문에 그는 서러운 것이다. 그리고 이 서러움은 "팽이가 돈다 / 팽이가 돈다"는 반복구를 통해서 그 깊이가 더욱 증폭된다.

그러나 이 시에서는 이 '설움'이 단지 말초적 감정으로만 와닿지 않기 때문에 그 깊이를 더한다. 이렇게 보았을 때 이 시에서는 "영원히 나 자신을", "스스로" 고쳐가야 한다는 논리적 사유와 '설움'이라는 정서가, 반복되는 구문들 속에서 이질감 없이 서로 결합되어 있다. 테잇이 말한 "지

---

37 본서의 제2부 제3장 「김수영의 전쟁체험과 정치체에 대한 인식의 도정」 참조.

성과 감성의 부러운 일치관계"로서의 긴장이 이 시에서 성립된 것이다.

그러면 이제는 김수영이 자신의 경험을 직관적으로 형상화한 이 시들을 통해서 무엇을 하고자 했는지를 살펴보아야 할 것이다. 이 역시 테잇의 논리를 따르고 있는지도 알아보아야 할 것이다.

> 심금의 교류를 할 수 있는 언어, 오늘날의 우리들이 처해있는 인간의 형상을 전달하는 의무를 이행할 수 있는 언어, 인간의 장래의 목적을 위해서 선택이 이루어질 수 있는 자유로운 언어 ─ 이러한 언어가 없는 사회는 단순한 전달과 노예의 언어밖에는 갖고 있지 않다. 그리고 인간 사회의 진정한 새로운 **지식**이 담겨있는 언어를 발굴하는 임무를 문학하는 사람들이 이행하지 못하는 나라는 멸망하는 나라다.[38](강조는 인용자)

> 내가 이런 말을 하는 것은 시란 단지 어떤 것을 '아는' 한 방법인 까닭이다. 그 시가 진정한 창조라면 그것은 우리가 전에 소유하지 못하였던 지식의 한 가지이다. 그것은 무엇에 '대한' 지식이 아니다. 그 시는 그 지식의 충만함(완전함) 그 자체이다. 우리는 구체적인 그 시를 아는 것이지 우리가 다른 말로 바꾸어 말할 수 있는 것을 아는 것이 아니다. 시는 그 스스로를 아는 주체라고 말할 수도 있겠다. 시인도 독자도 시의 낱말들을 떠나서는 시가 말하는 어떤 것도 알 수 없으니 말이다.[39]

두 번째 인용한 김수영이 번역한 테잇의 논문 「지식으로서의 문학」에서는 문학을 지식 습득의 매개체로 본다. 다분히 계몽적인 언술로 들리

---

38 「히프레스 문학론」, 『전집』 2, 283쪽.
39 알렌 테잇, 김수영·이상옥 공역, 「知識으로서의 文學」, 앞의 책, 105쪽 참조.

는데 그러나 이 인용문에서 말한 지식은 논리적이고 실용적인 지식이 아니다. 그것은 문학을 통해 공감할 수 있는 것들을 말한다. 테잇이 에밀리 디킨슨의 시를 분석하는 자리에서 시인이 전해주는 것이 죽음에 대한 성찰 등 철학적인 진리들이었다고 할 때 이들이 말하는 지식은 철학적인 진리에 가깝다. 그리고 이 진리는 논리적으로 규명되는 것이기 이전에 시를 통해서 감득되는 것이다. 시를 통해서 감득되는 것이기 때문에 그것은 이성과 감성 양자에 호소하는 것으로 단순히 논리적 사유 체계로만 습득될 수 있는 지식보다 더 포괄적이고 함축적인 것이라고 한다. 그리고 테잇은 이것이 과학적 인식과 다른 심미적인 인식이라고 주장한다. 그렇다면 시는 과학이 해낼 수 없는 삶의 진정한 본질에 대한 인식의 매체로서 승격된다. 이것과 관련하여 김수영은 이러한 점을 시의 새로움이라고 말한 바 있다.

> 시적 인식이란 새로운 진실(즉 새로운 리얼리티)의 발견이며 사물을 보는 새로운 눈과 각도의 발견인데, (감상의 범주를 조금 상회하는), 말하자면 감상과 비슷한 인식이 있을 수 있는지 지극히 의아스럽다. 이달의 「靈魂」만 보더라도 평자는 여기에서 아무런 새로운 것도 느낄 수가 없다. 그의 詩에 '의미'가 있든 없든 간에, 詩에 있어서 인식적 詩의 여부를 정하려면 우선 간단한 방법이, 거기에 새로운 것이 있느냐 없느냐, 새로운 것이 있다면 어떤 모양의 새로운 것이냐부터 보아야 할 것이다. 인식은 본질적으로 새로운 것이다. 나는 이 말을 백번, 천번, 만번이라도 되풀이해 말하고 싶다.[40](1967)

---

40 「詩月評」, 『전집』 2, 589쪽 참조.

이를 통해 볼 때에도 김수영은 시에 인식적 기능을 부여하고 있다는 것을 알 수 있다. 시적 인식이란 새로운 진실의 발견이라고 할 때 여기서 진실이 바로 테잇이 말한 '지식'이란 의미가 아닐까 한다. 김수영의 시에서 언제나 새로운 진실을 습득하는 빛나는 순간이 존재하는 것은 그에게 시가 인식의 수단이었다는 점을 분명히 말해주는 것이다. 또한 이 순간이 긴장이 존재하는 형식을 통해 드러나는 것이라고 할 때 테잇의 논리와 관련이 없는 것이라고도 말하기 힘들다. 물론 그 진리가 전기 시에서는 자기 인식의 성숙과 관련된 자기 성찰의 내용이었다고 하더라도 그것은 자기 존재 사유만이 자명한 진리로 이끌어질 수 있다고 믿는 현대 철학의 중요한 진리 내용이기 때문에 인정 가능한 것이다. 그러므로 그가 체득한 지식은 개인적 인식에만 그치는 것이 아니라 현대 세계에 대한 중요한 통찰 결과가 된다.

예를 들자면 시 「달나라의 장난」은 팽이를 매개로 이루어지는 자기 인식의 과정에 대한 형상화이며, 거기에는 '스스로' 해야 한다는 작은 진리를 체득하는 순간이 존재한다. 그리고 그 순간을 우리에게 전달하는 능력은 시에 있어서 긴장을 형성하려는 그의 시적 형식에 대한 의지에서 비롯된 것이라는 점은 자명하다.

> 하나의 시는 도덕의 한 예일 수도 사회적 상황의 하나일 수도, 심리적 케이스의 하나일 수도 있으나 그중의 다만 하나나 둘만이 되는 법은 없다. 언제나 그 전부다이다. 즉 하나나 두 개의 지식의 체계가 시를 모두 점유할 수 없다는 말이다. 시는 지식이되 최대한의 포괄적 지식이다.

위의 인용문에서 테잇은 시가 드러내는 진리 내용이 얼마나 포괄적일 수 있는가에 대해 주장한다. 김수영에게도 시는 지식 즉 진리 내용을 전달해 줄 수 있는 효과적인 인식의 도구였으며, 이 논리는 시를 과학보다 상위의 위치로 끌어올린다.

3) '제스춰로서의 언어'와 의식의 성장으로서의 글쓰기

이 당시 김수영이 테잇만큼 관심을 가지고 있었던 신비평가겸 시인은 블랙머다. 블랙머의 번역물을 살펴보면 김수영의 시에 대한 또 하나의 경향이 분석된다. 시인이라면 누구나 시적 언어에 대한 탐색에서 벗어날 수 없다. 자신만의 방법을 통한 언어 숙련은 독자적인 세계를 추구하는 시인에게는 필수적인 과정이다. 일상어의 사용 등 당대에는 파격적인 시적 언어를 운용했던 김수영에게 언어에 대한 인식 역시 중요한 고민이었을 것이다. 그런 면에서 리처드 P. 블랙머Richard Palmer blackmur[41]의 「제스춰로서의 언어─시어詩語의 기능機能에 대하여」(『현대문학』, 1959.5∼6)는 그의 시에 대한 고민의 향방을 암시해주고 있다.

제스춰Gesture는 몸짓, 행동이라는 의미다. 언어가 제스춰가 된다는 것은 시가 행동 그 자체가 될 수 있다는 의미이다. 김수영은 그의 산문에서 "시詩의 마력, 즉 말의 마력도 원은 행동의 마력이다"[42]라고 말한 바 있다. 이는 그만큼 시어가 대중에게 끼치는 위력이 정치적 행동의 논리와 맞먹을 만큼 강하다는 믿음을 보여주는 것이다. 이 역시 강한 정치적

---

41 문학평론가 겸 시인, 신비평가들 중에서 가장 분석적인 비평을 행하는 사람으로 유명하다. 후기에는 신비주의적 경향으로 변모한다. 그의 이러한 변모가 김수영이 후기로 가면서 비의적 세계에 대한 관심을 가졌던 것과 어떠한 연관성이 있는가를 살펴보는 것도 흥미로운 일이다.

42 그러나 이 말 이후에 그는 "그러나 그것은 시의 원리상의 문제이고, 속세에 있어서는 말과 행동은 완전히 대극적인 것이다"라고 부연하고 있다. 이 산문이 쓰인 시기가 1967년인 만큼, 이 구절은 그가 후기에는 시가 행동이 되는 원리에 대하여 다시 한 번 깊이 고민하게 되었다는 점을 말해준다. 그 과정에서 그는 블랙머의 논의에서 벗어나 하이데거의 언어론을 공부하게 된다. 「民樂記」, 『전집』 2, 126쪽.

성향에도 불구하고 시인으로서의 길을 포기하지 않았던 김수영의 논리
와 통하는 것이기도 하다. 김수영에게 시는 무엇인가를 주장하는 것이
아니라 시에 드러난 경험을 공감하게 하는 것이다. 그러므로 그 경험을
공감할 수 있게 하는 시적 언어의 형식적 힘에 대한 고민은 자연스럽게
도출되는 것이다. 그러면 블랙머의 논의를 통해서 이 점을 좀 더 구체적
으로 살펴보아야 할 것이다.

> 言語라는 것은 語句들로서 成立되어 있다. (…중략…) 語句들은 움직임으
> 로 成立되어 있으며, 行動 즉 상호간의 反應으로 성립되어 있고 제스취는 언
> 어로서 성립되어 있다. 語句의 言語의 위나 아래나 옆에 있는 言語로서 성립
> 되어 있다. (…중략…) 만약에 우리들이 전진을 해서 語句의 언어가 가장 성
> 공을 할때에 그것은 그 語句 속에서 제스취가 된다고 말한다면, 우리들은 藝
> 術의 언어속의 意味深長한 表現의 中心的이거나 혹은 終局的인 極意에의 接
> 近으로서 시작되는 語句上의 수수께끼를 해결한 것이 된다. 또한 우리들은
> 詩의 言語는 象徵的行動으로 看做될 수 있다는 케네스 · 버어크Keneth Berk
> 의 한결 더 知的인 命題의 想像上의 同價物을 만든 것이 된다.(…중략…) 나
> 는 여러 가지 同類의 一連의 標本속에서 象徵이 어떠한 方法으로 言語속의 行
> 動에 詩的 實感을 賦與하는가를 보이어 주려고 노력하고 있다.[43]

그가 해야 할 일은 속기자나 보도의 全理論을 잊어버리고 그의 붓끝의 어
구로 하여금 그의 입끝의 어구가 한 것을 할 뿐만 아니라 우선 그가 얼굴과
손으로의 육체적 제스취와 억양의 변이에 있어서의 음성의 제스취를 시작

---

43 리처드 P. 블랙머, 김수영 역, 「제스취로서의 言語—詩語의 機能에 대하여」, 『현대문학』,
  1959.5~6, 243~244쪽 참조.

할 절박한 순간에 그 어구들이 하지 못한 것을 하도록 할 일이다. 또한 그는 자기가 적은 어구를 독자의 내면의 귀에 들리도록 함으로써 또한 따라서 그 어구가 그 어구의 뒤에 생명의 제스춰를 끌어당길 뿐만 아니라 그 어구 자체의 새로운 제스춰를 생산하는 협력과 對位와 標型에 의해서 彼此의 위에 작용하도록 함으로써 이 일을 하지 않으면 아니된다. (…중략…) 그것은 형태내에서 행해지지 않고서는 도저히 명확하게 표현될 수 없는 것이다.[44]

위의 글들은 시어의 제스춰가 개별적 언어가 아닌, 언어가 형성하는 어구語句에서 형성되는 것이라고 알려준다. 블랙머는 "케네스 버크가 '언어'의 수수께끼를 탐구하는 데 비해 자신은 '언어가 제스춰의 힘을 획득하는 상황'에 대하여 탐구"한다고 한다.

언어 그 자체를 중요시하는 것은 프랑스비평의 특징이다. 이에 비해 영미 신비평은 언어 그 자체보다는 언어가 서술된 그 상황을 더 중요시한다. 이 역시 시의 효용성을 강조한 신비평가적 인식의 일면이 엿보이는 부분이다. 그리고 신비평가들이 중요시하는 것은 바로 경험을 독자들과 공감하는 것이다.

알렌 테잇에게 극적인 순간이 독자들을 흡입하는 힘이었다면 제스춰를 만드는 상황은 블랙머가 주장하는 시의 힘이다. 다음 인용구에 나와 있는 "그 어구 자체의 새로운 제스춰를 생산하는 협력과 대위使命와 표형標型에 의해서 피차彼此의 위에 작용하도록 함으로써 이 일을 하지 않으면 아니된다"는 말 역시도 어구의 배열에서 흘러나오는 함축적 파장이 얼마나 중요한 것인가를 강조하는 것이다. 블랙머는 역시도 개별 언어의 함축적

---

44 위의 글, 252~253쪽 참조.

의미보다는 시구들의 배열을 통해서 형성되는 효과를 더욱 중시한다. 그러므로 "언어속의 의미심장한 표현의 중심적이거나 혹은 종국적인 극의 極意에의 접근으로서 시작되는 시구상詩句上의 수수께끼", 즉 '언어의 상징적 행동'인 제스춰는 완성된 시詩 전체를 통해서 울려나오는 것이다.

블랙머는 자신이 거리를 걸으면서 바라본 간판을 통해 느꼈던 경험을 서술하면서 제스춰가 어떤 힘인가에 대하여 은유적으로 설명한다. 그는 간판 속의 어구를 바라보면서 "고양되고 흥분된 존재의식의 일정한 경험을 가졌다"고 한다. 이처럼 시어의 제스춰가 만들어낸 효과는 '존재의식의 일정한 경험'이다. 이는 근본적인 의식적 전환을 가져오는 강력한 영향력이다. 그러나 이 효과는 이성에 호소하는 계몽적 체험과는 거리가 먼 것이다. "나는 이 어구 속에 있는 열광은 이해하였지만, 그 어구는 이해하지 못했다"는 말이나 "내 자신이 그 안에 포괄되어 있었고 또한 사실상 내가 일부분은 그것을 창조하였기 때문에" 제스춰의 체험이 가능했다는 말은 이 체험이, 의미의 전달이 중요한 이성적인 체험이 아니라, 심미적인 경험이라는 점을 알려준다. 이러한 심미적 체험, 특히 다른 여타 장르의 예술보다 뛰어난 제스춰를 형성하는 시적 체험은 "전 존재를 형성하는 의미의 모든 작용",[45] 더 나아가 "시는 의미의 의미, 혹은 적어도 의미의 예언이" 될 수 있다. 이는 블랙머가 시어의 제스춰가 가지는 힘이 얼마나 위대한 것인가를 역설한 것이다.

이 논의를 김수영에 대입시켜 보면, 그의 시의 특질 중 한 가지가 해명된다. 그것은 그 역시 시를 쓸 때 언어의 의미를 추구하기보다는 어구의 배열을 통해 드러나는 시적 파장력을 중시하였다는 점이다. 그리고 전

---

45 위의 글, 252쪽 참조.

존재를 투사하는 '온몸의 시론' 역시 "전존재를 형성하는 의미의 모든 작용"[46]인 제스취로서의 시어를 만들어내는 과정을 논리화시킨 것이라고 할 수 있다. 그 결과 그 역시 '의미의 의미, 혹은 적어도 의미의 예언이' 가능한 시의 경지를 추구한 것이다.

그런데 이 논문에서 눈에 띄는 것은 "시인은 가장 자기 자신을 잃고 있는 순간에는 그의 가장 심오한 제스취는 아닐지라도 그의 가장 순수한 제스취를 만들고 싶어한다"는 말이다. 이는 "의미의 짐을 넘어서서 도약하는 어구들"을 만들어낸다.[47] 이 말은 김수영의 후기 산문 속에 등장하는 죽음과 침묵의 의미와 통하는 것으로 들린다. 물론 여기서 블랙머는 이러한 '넌센스에의 의존'에 의한 제스취보다는 플롯과 같은 의도된 형식에 의한 제스취가 더 유능하다고 말하고 있다. 제스취를 만들어 내는 방법으로 블랙머는 반복이나 플롯과 운율^{meter}과 후렴^{refrain}과 같은 형태를 들었다.

반면 이후에 김수영은 이러한 인식적 사유를 좀 더 극단화시켜 바타유와 블랑쇼의 사유를 경유하며, 주체의 죽음을 기반으로 한 시적 경지에 대해서 탐색하게 된다.[48] 그만큼 김수영에게 '죽음'의 의미는 중요한 시적 인식의 화두였던 것이다.

그리고 번역을 통해 이루어진 것은 아니지만 김수영의 시에 드러나는 형식을 살펴보는 것도 의미가 있을 것이다. 김수영의 시쓰기가 자기 존재의 단련 과정임은 위에서 언급한 바 있다. 이는 삶과 문학의 일치라는 명제와 관련이 깊은 것이다.

---

46 위의 글, 252쪽 참조
47 위의 글, 237쪽 참조
48 이 역시 다음 장에서 설명하도록 한다.

시나 소설을 쓴다는 것은 그것이 곧 그것을 쓰는 사람의 사는 방식이 되는 것이다. 따라서 시나 소설 그 자체의 형식은 그것을 쓰는 사람의 생활의 방식과 직결되는 것이고, 후자는 전자의 敷衍이 되고 전자는 후자의 敷衍이 부연이 되는 법이다.[49]

위의 인용문에서 그는 '사는 방식'과 '형식'의 일치에 대하여 말하고 있다. '사는 방식'이라는 것이 그 사람의 삶에 대한 '인식의 방법'에 의해 좌우된다고 할 때 그가 세계를 인식하는 방식은 극히 '자기' 의식적인 것이다. 자신이 이 세계에 대응하여 어떻게 변모해 가는가가 그의 시의 주요 주제였다면 이러한 의식은 그대로 형식에 반영된다.

이러한 점은 그가 시를 완성하기 위해 첨삭을 행하는 과정 속에서 더욱 분명히 드러난다. 김수영은 시작노트에서 자신이 창작한 몇몇 시의 창작 과정을 서술한 바 있다. 이 시작노트에는 김수영이 시를 창작하는 데 얼마나 많은 공을 들이고 있었는지가 드러나고 있다.

내 시는 '인찌끼다' 이 「후란넬 저고리」는 특히 '인찌끼'다. 이 시에는 결구가 없다. '낮잠을 자고나서 들어보면 후란넬 저고리도 훨씬 무거워졌다'에 基幹的인 이미지가 걸려있기는 하지만 이것이 과연 결구를 무시한 홈점을 커버해줄만한 강력한 투영을 가졌는지 의심스럽다. 나는 이 시의 후반은 완전히 절단해버렸고 총 40여행의 초고가 청서를 하고 났을 때는 19행으로 줄어 버렸다. 너무 짧아진 것이 아깝고 분해서 고민을 한 끝에 한 행씩 떼가면서 청서를 할까 하다가 너무 장난이 심한 것 같아서 그만두었다.

---

49 「문단추천제 폐지론」, 『전집』 2, 190쪽.

(…중략…)

그러면 이 시의 基幹的인 이미지인 벽두의 제1, 2행 자체는 완전한 것이란 말인가? 그러나 그것도 장담할 수 없다. 맨처음에는 '낮잠을 자고나서 들어보니 / 후란넬 저고리도 무거웁다'로 되어있던 것이, '보니'가 '보면'이 되고, '무거웁다'가 '무거워졌다'라는 過去로 변하고, 게다가 '훨씬'이라는 강조의 부사까지 붙게 되었다. 그러고 보니 이 이미지의 OK교정이 나왔을 때는 이것은 교정이 아니라 자살이 되고 말았고, 본래의 '이데야'인 노동의 찬미는 자살의 찬미로 화해버렸다. 그래서, 나는 에스키스의 윗난에다 아래와 같은 낙서를 했다.[50]

위의 글에서 그는 자신의 시가 '인찌끼'라고 말하고 있다. '인찌끼'는 잉크의 찌꺼기다. 자신의 시가 잉크의 찌꺼기라고 표현한 것은 자신의 시를 비하하는 표현이기도 하지만 그것이 찌꺼기를 만들어낼 만큼 많은 첨삭의 과정을 거치고 있다고 말하기 위한 것이다. 어느 시인이 첨삭을 하지 않을 리 없겠지만 대개의 경우 자신이 처음 창작을 시도했을 당시의 의도를 관철시키려고 하기 마련이다. 그러나 김수영의 경우 위의 인

---

50 전기 시에 대한 「시작노트」에는 그 자신의 시작 과정이 정리되어 있는 것이 없다. 그 관계로 궁여지책으로 후기 시에 대한 「시작노트」를 인용하기로 한다. 그러나 이 노트의 내용은 그의 시 창작 과정에 일반에 대한 내용으로 전형화될 수 있는 내용이기 때문에 인용구로 사용하기에 큰 무리는 없으리라 본다. 「시작노트」, 『전집』 2, 435~436쪽 참조.

용문대로 첨삭의 과정에서 처음의 뜻이 관철되지 않고 그 과정 속에서 정반대의 결과를 만들기도 한다. 그것은 시 쓰는 과정 자체를 항상 열어 두는 김수영 특유의 시작 방법 때문이다. 이는 시 쓰는 과정을 통해 자신의 의식을 단련하려는 의지의 소산이라 하겠다. 그에게 시는 의식의 최종산물이 아니라 자기 단련의 과정을 표현한 것이다.

위의 인용문에서도 마찬가지다. "낮잠을 자고나서 들어보니 후란넬 저고리도 무거웁다"로 되어있던 것이, '보니'가 '보면'이 되고, '무거웁다'가 '무거워졌다'라는 과거過去로 변하고, 게다가 '훨씬'이라는 강조의 부사까지 붙게 되는 과정을 통해서, "본래의 '이데아'인 노동의 찬미는 자살의 찬미로 화해버"리게 되는 결과가 이를 말해주고 있다. 초고는 "낮잠을 자고 나서" 새삼스럽게 후란넬 저고리를 들어보고 그 무게를 보니 자신의 노동도 제법 무거운 노동의 값어치를 갖는구나라는 뿌듯함을 느꼈다는 것이 주요 내용이었다. 그러나 김수영은 이러한 결론이 자신의 양심에 비추었을 때 낯간지러운 것이었던 모양이다. '보니'가 '보면'으로 변하고 '무거웁다'가 '무거워졌다'로 변하면서 후란넬 저고리의 무게는 낮잠을 자기 전 자신의 노동 때문에 무거워진 것이 아니라 '낮잠을 자는 동안' 무거워진 것이 된다. 낮잠을 자는 것은 노동이 아니라 휴식이다. 그렇기 때문에 시에서 자기 자긍심은 자기 풍자로 되어 자신의 후란넬 저고리는 노동의 상징이 아니라 '휴식에의 갈망'이라는 자신의 무의식적 소망의 발현체가 되어버린다. 그 결과 '휴식' 없이 끊임없이 정신적 노동을 행해야 할 시인이 갖는 '휴식'에의 갈망은 시인의 자살이 되어버린다. 물론 이 자살은 단순히 생리학적인 자살이 아니다. 다음에 나와 있는 표에 의하면 이 자살은 '자의식의 괴멸'이다. '자의식의 괴멸'은 단순히 자의식이 사라졌다는 의미의 어구가 아니다. 이 다음에 나와 있는

'애정'은 이 자의식의 괴멸이 만들어낸 생산적인 성과다. 그렇다면 이 '자의식의 괴멸'은 애정을 만들어내는 '주체의 죽음'을 뜻한다. 이 글에 따르면 자의식의 괴멸은 '노동의 찬미', 즉 자기 자긍심의 죽음을 뜻하기도 하면서 시인의 죽음을 뜻하기도 한다. 시인의 죽음 역시 생리학적인 죽음이 아니라 시 창작 과정을 통해서 소멸되는 자기 의식의 죽음이다. 김수영에게 시 창작 과정은 자신의 죽음을 만들어내야 하는 과정이다. 이 죽음은 시 창작 과정 속에 몰입하는 과정을 통해 이루어진다. '죽음' 은 순간적으로 자기 의식을 상실하는 순간을 표현한 것으로, 이 상황은 시가 자기 의식적 운동의 산물이 아니라 과정이고 진전하는 텍스트인 까닭에 만들어진다.

그래서 그 다음 설명에서 자신은 "당신들의 그러한 모든 힐난 이상으로 소중한 것이 나의 고독, 이 고독이다"라고 자신 있게 말하고 있는 것이다. 순간적인 자기 상실의 과정은 외부와 철저하게 차단된 의식의 고투를 통해서만 이루어지기 때문에 고독한 것이다. 결국 이 시 전체는 시인의 죽음, 곧 시인의 노동에 대한 은유이고 첨삭의 과정은 여기로 가기 위한 도정이었다. 이처럼 그에게 시 창작 과정은 처음엔 무의식적으로 단순하게 시작되었던 시상이 의식화되면서 새롭게 조직되는 과정이다.

그런데 이것은 시쓰기라는 본연의 본성과도 관련이 있는 과정이다. 현대시의 요건이 낭송이 목적이 아니라 읽혀지기 위한 것이라고 할 때 현대시는 문자성을 갖추고 있는 것이다. 그런 의미에서 문자성의 특성으로 "쓰기는 의식을 재구조화한다"[51]라는 관점이 제시될 수 있다. 쓰기는 기술이다. 쓰기가 기술이기 때문에 이 기술 과정을 통하여 인간은 자

---

51 월터 J. 옹, 이기우·임명진 역, 『구술문화와 문자문화』, 문예출판사, 1995, 123·130쪽 참조.

신의 의식을 성숙시킬 수 있다. 김수영 역시도 시쓰기 과정을 통해서 의식을 정리하고 재정립하였다. 그런데 김수영 시는 여기서 한 걸음 더 나아간다. 김수영 시 구문들의 특성은 구어적 특성을 많이 가지고 있다는 점이다. 먼저 들 수 있는 특성으로는 대화체적 구성을 들 수 있다.

> 뮤우즈여
> 용서하라
> 생활을 하여나가기 위하여는
> 요만한 輕薄性이 必要하단다
>
> ─「바뀌어진 地平線」 중에서

> 벗이여
> 그대의 말을 고개숙이고 듣는 것이
> 그대는 마음에 들지 않겠지
> 마음에 들지 않어라
>
> ─「死靈」 중에서

> 기침을 하자
> 젊은 詩人이여 기침을 하자
> 눈 위에 대고 기침을 하자
> 눈더러 보라고 마음놓고 마음놓고
> 기침을 하자
>
> ─「눈」 중에서

위의 시들의 경우는 분명히 청자가 정해져 있는 것들이다. 청자는 대화를 전제로 한다. 대화체는 문어체보다는 구어체라고 할 수 있다. 마지막 시의 시구의 어미는 '자'로 끝나는 청유형 어미다. 청유형의 문장도 문어체라기보다는 구어체에 가깝다. 그리고 청자가 드러나지 않는 경우에도 누군가 청자를 상정하고 있는 시도 다수 존재한다. 이러한 경우에도 구어적 성격은 더 강하게 드러나고 있다.

이러한 말하기의 효과에는 여러 가지가 있다. 먼저 이러한 말하기는 리듬을 형성시킨다. 문어체로 쓰인 글은 리듬을 만들어내기가 쉽지 않다. 통사적인 문법적 구조에 맞추어지기 때문에 경직된 구조를 갖기 쉽다. 그러나 구어체로 쓰인 글들은 시각적인 자극보다는 청각적인 자극에 호소한다. 그러면서 감각적이면서 자연스러운 리듬을 형성해낸다.

또 하나는 '낯설게하기' 효과다. 김수영에게 시 창작은 자기 의식의 진전 과정을 써 나가는 과정이다. 이 쓰기의 과정에서 시적 화자의 진전되어가는 사고는 애초의 사고에 말을 걸고 변화를 요구한다. 이러한 자기 의식의 분할은 한국 시에서는 낯선 방법이다. 이 구조는 시인—독자의 독서구조를 애초의 사상—시 창작 과정 속에서 변화되는 사상의 대화로 전도시켜 버린다. 그리하여 이 낯설게하기를 통해 내용에 대한 환기효과를 얻어낼 수 있다.

또 문어체가 의식적으로 내용을 구조화시켜 전달하는 문체라면 구어체는 이러한 구조화의 과정이 훨씬 직접적으로 드러난다. 김수영 시의 구어체적 특성은 바로 이점과 관련이 깊다. 그에게 시가 자기 의식의 운동을 표현한 것이라면, 이러한 운동성을 표현하는 데 문어체보다 적합하다. 구어체는 자기 의식의 직접적인 표현이기 때문이다. 그리고 구어체가 가지고 있는 '논쟁적 어조'[52]는 사고의 변증법적인 구조가 되어 그의 시 속에서 살아있다.

문어체 속에서도 논쟁적인 어조가 존재하지 않는 것은 아니지만 구어체보다는 그 강도가 약하다. 논쟁적인 어조는 구어체 속에서 좀 더 활기를 얻게 되는데 항상 대결의식이 살아있었던 김수영에게 구어체는 이러한 자신의 의식을 단련시키는 중요한 도구였다.

그러나 무엇보다도 중요한 구어체의 미덕은 의미의 개방성에 있다. 구어체는 사고의 최종적인 형태가 아니라 과정과 변화를 표시해주는 문체다. 문어체는 의미를 고정시키는 닫혀진 체계다. 구어체는 주로 대화를 지향하며 그 대화는 끊임없이 결론을 유보시킨다. 경직된 관념에 균열을 가하는 언어체계가 구어체인 것이다. 소크라테스의 지적 산파술이 이러한 점을 유도해내는 철학적 사유방법이었다는 것은[53]은 주지의 사실이다.

실제로 김수영이 구어체로 쓴 시의 특성은 결론이 유보되어 있다는 것이다. 그리고 시에서 구어체는 문어체보다 함축성이 강하다. 문어체는 무엇인가를 규정하고 논리적으로 규명해야 한다는 강박에서 자유로울 수 없는 서술법이다. 그러나 구어체에는 이러한 강박이 존재하지 않거나 대체로 느슨하게, 살아있는 생동감 속에서 언어에 논리보다 실재성을 부여한다. 그러면서 논리적 의미를 강요하지 않는 가운데 새로운 의미를 내포하게 된다. 끊임없이 자기 의식을 변모시키면서 원했던 사고의 개방성을 추구했던 김수영에게 이러한 문체는 좋은 도구라고 할 수 있다.

---

52 위의 글, 71쪽 참조.

53 앙리 르페르브, 이종민 역, 「전주곡 1 — 아이러니, 지적산파술, 그리고 역사에 대하여」, 『모더니티 입문』, 문예출판사, 1999, 22~31쪽 참조.

김수영 시의 또 하나의 특성은 시적 화자가 항상 '나'로 명시되어 있다는 것이다.[54] 그는 예이츠에 대한 글에서 "그의 시적 이상이란 '자신을 시 속에 담고, 정상적이고 정열적이며, 사리를 분별하는 자아, 하나의 전체로서의 인격을 시 가운데서 유지하는 것'이었다. 그래서 그의 시는 자서전적인 형태를 띠고 있다고 할 수 있는 것이다"[55]라고 말한 바 있다. 비록 예이츠에 대한 서술이지만 이 글은 마치 자신의 시에 대한 고백처럼 들린다. 이 역시 경험의 총체성이 발현되는 현대시인의 시적 태도와 유사한 것이며, 김수영이 지향하는 것이다.

그리고 이 글에서 말한 '자서전적인 형태'와 그의 시의 형태도 역시 유사하다. 시적 화자인 '나'는 브레히트의 '자서전적인 시적 자아'와도 같은 성질을 공유하는 것이다. 브레히트 역시 그가 사숙했던 작가 중 하나다.[56] 이 '자서전적 자아'는 준실제적 자아라고도 부를 수 있는데 이것은 일상 언어에서의 자아, 즉 실제적 자아와 같다. 이것은 절대적 자아가 등장하는 낭만주의와 후기 낭만주의의 시적 자아와는 구조적으로 엄격히 반대 입장에 놓인다.[57] 낭만주의의 절대적 자아는 독자들의 자아와 구별점을 갖지 않는, 주관성의 또 다른 표면 형상이다. 절대적으로 사용된 낭만주의적 시적 자아는 무엇보다도 독자들의 실제적인 자아로 하여금 시의 주관성에 바로 '빠져들어' 몰두하게 하고, 그 안에서 시적 자아

---

54 이 점에 대한 연구로 장인수, 「김수영 시 연구―'나'의 단독성과 주체성을 중심으로」, 성균관대 석사논문, 2001가 있다.
55 「신비주의와 민족주의의 시인 예이츠」, 『노오벨상문학전집』 3, 신구문화사, 1964(『창작과비평』, 2001 여름, 251쪽에서 재인용).
56 「반시론」에서 맨 마지막에 언급한 단락에 '릴케와 브레히트의 싸움…'이라는 구절이 있다. 이는 그가 후기에 릴케가 되는 방법과 브레히트가 되는 방법 사이에서 고민했다는 점을 암시한다. 「反詩論」, 『전집』 2, 416쪽 참조.
57 위르겐 링크, 「브레히트와 말코브스키의 서정시 혁신」, 김용민 역, 문학이론연구회 편, 『담론 분석의 이론과 실제』, 문학과지성사, 2002, 134~137쪽 참조.

와 완전한 동일시를 느끼게 해준다.

그러나 '자서전적 자아'는 독자들의 실제적 자아로 하여금 녹아들지 못하게 만든다. 다시 말하자면 텍스트의 자아는 그것을 읽는 독자의 자아에게는 낯설게, 즉 다른 사람의 자아로 여겨진다.[58] 김수영에게 드러나는 이러한 시적자아는 낭만주의를 지양하고 모더니즘을 지향했던 김수영에게 어울리는 것이었다고 할 수 있다.

그리고 이러한 자아와 자아가 서술하는 '일상적 삶의 사건'이라고 할수 있는 경험 사이에는 분명히 거리가 존재한다. 이는 '바로 보기'의 수행에서 파생된 것이기도 하다. 이러한 태도는 작품과 독자의 거리를 유발시키는데 이 역시 자아와 세계가 직접적으로 합일을 이루는 낭만주의시의 법칙 체계와 거리가 있는 것이다. 브레히트 시에서 나타났던 '소격효과'가 김수영의 시에서도 나타나고 있는 것이다.

물론 사회주의적 이념을 계몽하고자 했던 브레히트가 다룬 '일상적삶의 사건'은 사회적 의미를 가지고 있는 것으로 김수영의 사건과 철저히 사적 체험이라는 점에서 구별된다. 이는 김수영과 브레히트의 정치적·문학적 이념의 차이에서 기인한다. 그러나 이러한 대상과의 거리는 '지식으로서의 문학'이라는 신비평적 인식을 가지고 있었던 김수영의 시적 인식과는 자연스럽게 합일될 수 있는 것이었다.

또한 이러한 점은 자신의 의식마저 철저하게 대상화시켰던 김수영의 시적 방법과도 일치하는 방법이었다. 그리고 대상화시켰던 자신의 의식을 다시 자기 의식으로 수렴하고 그것을 다시 대상화시키는 의식의 연쇄 고리는 자신의 의식의 성장 과정을 여과없이 그대로 수용해서 보

---

58 위의 글, 137쪽 참조.

여주는 과정이었다. 이러한 과정은 「잔인의 초」에 대한 시작노트에서 잘 드러나고 있다.[59]

이처럼 논리적인 말하기에서는 존재하기 힘든 '나'라는 화자의 부각은 자신의 인식과정과 시쓰기 과정을 일치시키고자 했던 김수영 시 창작 방법의 대표적인 담론상의 특성이다. 이러한 창작방법은 구술성의 도입과 결합하여 김수영의 자의식을 정확히 반영하고 있다. 김수영의 시에 나타난 시의 형식은 그가 시를 자기 정립의 한 방법으로 수용했던 결과였다.

이와 같이 살펴본 대로 김수영의 전기 시에 나타난 인식은 영미 비평을 수용하는 과정에 정립된 것이다. 그것은 '경험의 총체성'의 발현이었으며, 그 경험을 심미적으로 전달하는 지식으로서의 문학의 추구였다. 이것이 그가 판단했던 시의 현대성modernity이었으며, 이는 전통이 단절된 상황에서 자기 경험의 내용만을 신뢰할 수밖에 없었던 전후 세대의 자의식과 관련된 것이라고 할 수 있다. 이는 그가 「지식으로서의 문학」이라는 시의 인식적 기능의 강화에 경도되어 있었다는 점을 알려준다. 이러한 방법은 김수영이 추구했던 시의 사회성에 대한 고민의 일환으로 자신이 비판했던 지나친 선동과 계몽 위주의 참여시가 갖고 있는 심미성의 손상에 대응할 수 있는 나름의 방법이었다. 그에게 예술가는 관념적 내용을 주장하는 사람이 아니라 공감을 불러일으키는 심미적인 체험을 만들어내는 사람이었기 때문이다.

그런데 이러한 영미 문학 편향성은 그가 영문학도였다는 의식성향에서 나타난 결과이기도 하지만 탈식민의 과정에 놓여 있었던 전통 단절

---

59 「시작노트 5」, 『전집』 2, 441~445쪽 참조.

세대가 갖는 특성을 드러내 주는 일례이기도 한다.

그러면 다음 장에서는 시에서 그가 드러낸 경험의 내용이 무엇이었는지를 살펴보도록 하겠다. 그 경험은 위에서 살펴본 대로 자신이 신뢰할 수 있는 유일한 것으로서의 자기 경험이었음은 유추할 수 있는 것이다. 그리고 그가 오든 그룹과 신비평가들을 통해서 얻은 것이 진정한 현대적인 시인이란 어떠해야 하는가라는 예술가로서의 삶에 관한 고민이었다면, 그의 전기 시세계는 그러한 고민을 현실 속에서 실험하는 과정이었다고 할 수 있다. 그러므로 그의 시에 드러난 경험의 총체성은 사회 속에서 끊임없이 싸워가야 하는 예술가로서의 자기 인식에 머물게 된다고 볼 수 있다.

2. 예술가로서의 자기 인식과 '경험의 전체성'의 발현 양상
—'바로 보기'의 태도와 이성적 사유의 추구

김수영은 '마리서사'에 대한 회고에서 이들에게 전위 시인을 사숙하게 해 준 복쌍이라 부르는, 박일영朴一英이라는 화가와 만나고 그를 통해 "예술가의 양심과 세상의 허위"를 배웠다고 말한다. "세상의 허위에 대항하는 예술가적 양심"이라는 말은 물론 박일영이 사숙했던 초현실주의를 통해서 얻은 덕목[60]이라고도 할 수 있다. 그렇지만 김수영은 역으

---

60 박수연, 「김수영 시 연구」, 충남대 박사논문, 1999, 33~34쪽 참조.

로 이러한 덕목을 '오든 그룹'이 가지고 있는 사회적 태도와 결합시켰다. 그는 1961년의 한 일기에서 "나는 쉬르리얼리즘으로부터 너무나 오랫동안 떨어져 살고 있다"[61]고 말한 바 있다. 그는 오든 그룹을 발견하고 난 이후에는 초현실주의에서 더욱 멀어졌다. 물론 여기에는 '마리서사' 일원들에 대한 경멸이 무의식적인 반작용을 일으켰으리라 본다.

그러나 그가 오든 그룹에 경사되게 된 까닭 중 가장 중요한 것은 사회주의에 대한 부채의식이라고 볼 수 있다. 포로수용소 생활 동안 그 환상이 처참히 깨졌다고 해도, 한때 잠시나마 조선문학가동맹 사무실에서 번역 일을 할 정도로 사회주의 사상에 대한 선망을 가졌던 점은 그의 사회 현실에 대한 책임감이 얼마나 강했는가를 설명해 준다. 이러한 부채의식은 한때 사회주의에 경도되었던 스펜더의 이력과 자신을 동일시함으로써 다소나마 해소되었을 것으로 보인다.[62] 스펜더가 간 길이 자유주의자로서의 길이었으며, 문학의 자율성을 통한 사회 현실 비판이었다는 점은 그의 앞으로의 항로를 예고해 준다. 그리고 스펜더가 사회주의를 포기하면서까지 문학의 자율성을 고지했던 것은 그가 자유주의적 성향의 예술가였기 때문이다. 김수영은 자신이 예술가로서 살아가는 일이 바로 현실에 대한 비판적 인식을 견지할 수 있는 길이라는 점을 자유주의적 예술가그룹 오든 그룹을 통해서 확인했다고 할 수 있다. 그가 고민했던 시적 인식에 영향을 주었던 블랙머나 테잇이 속한 신비평가 그룹의 비평 역시도 속악한 시대의 예술가로서 자기 위치를 격상시켜나가는 투쟁의 과정이었다. 이로써 그에게 예술가로서의 정체성은 그의 지

---

61 「日記抄 — 1961년 2월 10일자」, 『전집』 2, 509쪽 참조.
62 이러한 사상에 대한 부채의식과 극복 과정이 이 책 제2부 제1장 「김수영 시에 나타난 '자기 비하'의 심리학」에서 다루고 있다.

식인으로서의 정체성과 동위의 위치를 획득하게 된다. 그 결과 이러한 '예술가'로서의 '자기 인식'은 '참여시인의 옹호자라는 달갑지 않은, 분에 넘치는 칭호'[63]를 물리칠 만큼 그에게 중요한 자긍심이 된다. '세상의 허위에 대항하는 예술가'는 무언가 계몽적 인식을 추구하는 참여시인보다 인식적으로 자유로워야 하기 때문이다. 이미 이러한 예술가적 자의식이 심어준 '의식의 명증성'이 그의 자유 개념이나 시작 방법과 밀접한 관련이 있다는 점을 밝힌 연구도 존재한다.[64] 이러한 점은 그의 전기 시세계를 바라보는 데도 중요한 관점을 제공하는데 전기 시세계에서는 바로 이러한 예술가적인 자의식을 확립해 가는 도정에서 부딪히는 고뇌가 자기 경험의 중심을 이루기 때문이다.

김수영이 '마리서사' 시절에 창작한 것은 주로 '모던한'[65] 것을 지향한 시들이다. 그의 산문을 통해서 볼 때 '모던'하다는 것은 그의 처녀작인 「묘정廟廷의 노래」(1947)를 발표하면서 들은, '낡았다'는 수모를 받지 않을 만한 것이다. 이 시에서는 김수영이 추구했던 '모던한 것'이 무엇인가가 드러나고 있다. 이 역시 그가 추구한 것이 '마리서사'의 일원들과 다른 길이었다는 점을[66] 보여주는 것이다.

꽃이 열매의 上部에 피었을 때

---

63 「詩여, 침을 뱉어라」, 『전집』 2, 399쪽 참조.
64 김우창, 「예술가의 良心과 自由」, 황동규 편, 『김수영의 문학』, 민음사, 1983, 189~205쪽 참조.
65 이 용어는 김수영의 말에서 그대로 따온 것이다. 「演劇하다가 詩로 전향—나의 처녀작」, 『전집』 2, 333쪽 참조.
66 김수영은 이들에 대하여 의도적으로 거리를 두고 있었던 듯싶다. 인환이 「새로운 도시와 시민들의 합창」을 기획했을 때 그와 친한 병욱이 빠진다는 말에 자신도 빠질까 하다가 마지못해 두 편을 주었다고 한다. 그리고 주었던 작품도 병욱이 원했던 이전에 일본말도 창작했던 「아메리카 타임지」가 아니라, 거기에 대한 반발로 제목을 「아메리카 타임지」로 바꿔서 붙인 다른 작품을 히야까시쪼로 내어주었다고 서술한다. 위의 글, 334쪽 참조.

너는 줄넘기 作亂을 한다

나는 發散한 形象을 求하였으나
그것은 作戰같은 것이기에 어려웁다

국수 — 伊太利語로는 마카로니라고
먹기 쉬운 것은 나의 叛亂性일까

동무여 이제 나는 바로 보마
事物과 事物의 生理와
事物과 數量과 限度와
事物의 愚昧와 事物의 明哲性을

그리고 나는 죽을 것이다

　　　　　　　　　　　　—「孔子의 生活難」(1945) 전문

　위의 시는 많은 논자들이 그의 실질적인 처녀작으로 손꼽고 있는[67]
작품이다. 그러한 만큼 이 작품은 그의 향후 작품 세계에 대한 분석에 많
은 시사점을 던져주고 있어 앞으로 그가 드러낼 자기 경험이 무엇인가

67　이전의 처녀작으로 「廟廷의 노래」가 있지만 김수영 자신도 이 작품이 당시 자신이 추구했던
　　모더니티에 어긋나는 고색창연한 작품이라면서 부끄러움을 토로한다.(「마리서사」) 김수영
　　을 연구하는 대부분의 논자들도 같은 맥락에서 「廟廷의 노래」를 분석 목록에 넣지 않고 있다
　　(대표적으로 유종호, 「교양주의의 붕괴와 언어의 범속화」, 황동규 편, 앞의 책). 그러나 「묘
　　정의 노래」를 분석해 볼 때 이 작품에 나타난 시적 주제는 고색창연한 전통이 가속화되는 근
　　대화의 열풍 속에서 얼마나 초라한 자리를 차지하게 되는가이기 때문에 이 역시 그의 모더니
　　티 추구의 맥락에서 크게 벗어난 작품은 아니라고 할 수 있다. 단, 감상적인 어투 등 형식적인
　　측면에서 볼 때 이후의 작품과는 거리를 갖고 있는 작품이다.

를 추측할 수 있게 한다.

위의 시에서 '나'는 김수영이고 '너'는 그가 대립적 인물로 설정했던 박인환 혹은 그를 추종했던 '마리서사'의 일원들이라고 추측할 수 있다. 이 시 첫째 행에 나오는 "꽃이 열매의 상부上部에 피었을 때"는 불합리한 상황이다. 꽃이 져야만 열매가 열릴 수 있는 상황이 순리대로의 상황이라면 "꽃이 열매의 상부에 핀 상황"은 불합리한 상황, 더 나아가 주객이 전도된 상황이다. 이는 해방기인 당대의 불합리한 모순적 현실을 풍자적으로 드러내주고 있는 은유다.

이러한 모순적 상황에 '너'는 뭐 그리 대단한 일도 아닌 '줄넘기 작란作亂'을 한다. '작란'이라는 표현은 현실적인 현안과는 무관하게 자신들의 예술적 치기를 행하는, 그가 복쌍에게서 '시를 얻지 않고 코스츔만 얻었다'[68]고 야유한 박인환을 비롯한 이들에 대한 야유인 것이다. '발산發散'할 형상이라는 것은 이미지즘 시가 구가하는 참신하고 감각적인 이미지라는 말로도 통한다. 그러면서 이것은 이미지즘적 시가 추구하는 본질에 대한 인식적 욕구와 현실에 대한 비판적 성격을 갖춘 형상이다. 그것이 "작전作戰 같은 것이기에 어려"운 이유는 이 형상이 현실을 제대로 드러내고 풍자할 수 있어야 하는 것이기 때문이다. 이것은 능력도 없으면서 이들을 비판하는 자신에 대한 자조이기도 하다. 더 나아가 그는 다음 연에서 자기 풍자를 행하고 있다. 그는 기어이 국수를 이태리어로 '마카로니'라고 하면서 그것에 쉽사리 적응하여 먹고 있는 자신에게도 '나의 반란성反亂性일까'라는 반어적이고 조소 어린 야유를 보내고 있다. 이러한 자기 풍자 후에 그는 동무에게 '이제' 나는 '바로 보마'고 자신의 의지

---

68 「茉莉書舍」, 『전집』 2, 107쪽 참조.

를 다진다.

　그런데 바로 이 지점이 김수영이 이 시를 창작하면서 자신을 극화시킨 곳이다. 김수영은 테잇이나 블랙머의 논의대로, 자기가 사유하고 있는 내용을 서술하며 배열한다. 여기서 배열된 구절들은 언뜻 보기에는 아무런 형식적 구도 없이 나열된 듯하지만 모두 '바로 보마'라는 극화된 지점을 향하여 응집되어 있다. 그러면서 긴장을 형성하고 있는데, 논리적 구도 없이 나열된 듯한 이 어구들의 배열은 독자에게 '낯설게 하기'를 수행하면서, 김수영의 '바로 보마'라는 구절에 집중하게 한다. 이후에 분석할 시의 거의 대부분은 모두 이러한 형식으로 이루어져 있다.

　그가 보고자 하는 대상은 '사물事物과 사물事物의 생리生理'와 '수량數量과 한도限度'와 '우매愚昧'와 '명석성明晳性'이다. 그가 단지 '현실'이라는 포괄적인 단어 대신에 구체적으로 '사물'이라고 대상을 명명한 까닭은 더 깊은 데 있다. 사물의 '생리, 수량과 한도'라는 객관적인 수량의 척도와 더 나아가 사물의 '우매와 명석성'이라는, 그 사물의 모순과 총체적 성질까지 보고자 하는 태도는 그가 자신에게 과학자적 자질을 넘어 철학자적인 태도를 요구하고 있다는 것을 보여준다. 그러므로 여기서 '본다'는 행위는 단지 현실에 대한 표면적인 분석을 넘어서 이 세계의 본질에 대하여 과학적이고 본질적으로 탐구하겠다는 의지를 드러내주고 있는 것이다.

　같은 시대에 창작 생활을 했던 김규동은 인환과 그를 비교하는 자리에서 그의 이러한 경향에 대하여 논한 바 있다. 그는 "인환寅煥의 페시미즘이 세계와 인생과 젊음의 막막한 사면을 흐르는 인광을 다만 싸늘한 피부처럼 느끼고 쓰러져가는 환상과 욕망을 목메어 울 때 수영洙暎은 실체와의 대결에서 합리주의적인 사상의 지평을 끌어낸다"[69] 고 하면서 김수영의 시적 태도를 설명하고 있다. 그리고 김수영의 시 「꽃」을 설명하는 자리에서 "시가 이미지가 아니고 철학이 되어 갈 때, 음악이나 그림이 아니고 사상의 영역을 뛰어넘는 거대한 무기가 될 때 거기서 느끼는 참혹과 비참을 우리는 어떻게 받아들여야 할까"라고 서술한다. 이 글을 보면 인환은 비극적 낭만주의자, 수영은 합리주의자가 된다. 당시의 지우知友가 판단하기에도 김수영은 시가 철학의 영역, 사상의 영역을 뛰어넘는 거대한 무기가 되기를 희구했다는 것이다.

다음 연에 나와 있는 "그리고 나는 죽을 것이다"라는 시 구절은 이러한 면을 더욱 면밀하게 증명해주고 있다. 이 시 구절은 제목에 나와 있는 '공자孔子'의 '조문도석사가의朝聞道夕死可矣'라는 구절을 연상하게 한다.[70] 죽음을 걸고 추구하는 공자의 '도道'는 그에게 '바로' 본 결과로 얻어지는 시적 성취와 다른 것이 아니다. '공자의 생활난生活難'이라는 제목도 이러한 '도'를 얻어야 하는 삶이기에 불가피하게 따라오는 세속적 가난을 자신도 감수하겠다는 김수영의 의지[71]를 보여준다. 결국 이 시에는 그가 앞으로 살아가고자 하는 빈한하지만 염결한 삶, 예술가적인 삶에 대한 희구가 담겨 있는 것이다.

그런데 여기서 또 한번 고민해 보아야 할 중요한 단어는 '본다'는 행위의 의미다. 그의 전기 시들에서는 이 '본다'는 단어가 많이 등장한다. '본다'는 말에는 이미 인식 주체와 대상의 분리가 전제되어 있다. 인식 주체의 우위를 전제하고 있는 이성중심주의적 철학의 시각을 대변해주는 것

---

69 김규동, 「寅煥의 화려한 蹉跌과 洙暎의 疎外意識」, 『현대시학』, 1978.11, 136쪽 참조.

70 이 점은 이미 유종호의 글에서 밝혀진 바 있다. 유종호, 「시의 자유와 관습의 굴레」, 황동규 편, 앞의 책, 245쪽 참조.

71 이러한 점 때문에 그의 금욕주의를 '유교적 금욕주의'로 보는 관점도 존재하는데 이 관점도 어느 정도 타당성이 있다고 보인다. 그의 학문적 출발은 다섯 살 때부터 배운 한학이었다고 할 때 이 근원적 체험 또한 그의 세계에 미친 영향력이 있었다고 볼 수 있기 때문이다. 박수연, 「김수영 시 연구」, 충남대 박사논문, 1999, 32~36쪽 참조.

이 바로 '본다'는 시각중심주의다. 이렇게만 본다면 김수영은 분명 이성중심주의자다.

그러나 김수영은 '바로' 본다고 한다. 이 '바로'라는 수식어는 이성중심주의가 가지는 주체의 일방적인 관념의 질주를 막아주고 있다. 그 자신은 '세상의 허위'를 '발산할 형상'으로 구해야 하는 예술가이기 때문이다. 대상에 대한 형상화는 대상의 본질에 대한 이성적 도식화를 막아주고 있기 때문이다.

그리고 이러한 인식론적 견지에서가 아니라 예술가의 태도에서 본다면 이 '본다'는 의미는 어느 정도 세상에 대한 거리를 상정하고 있다. 이 태도는 비판적 거리화로, 생활이라는 삶의 현장에서의 속화를 막아야 하는 예술가의 길을 가겠다는, 다분히 의식적인 것이다. 그러나 이 의식적인 거리가 김수영의 경험적인 삶의 체험을 통해서 시험된다는 데 또 하나의 문제의식이 놓인다.

위의 시 분석에서 '도'의 체득이 자기 완성을 통해 이루어지는 것이라면 그리고 그것이 '우리'라는 주체가 아닌 '나'라는 개인적 주체의 완성이라 할 때 이 점은 김수영의 앞으로의 행보가 사회의 변혁보다는 자기 주체의 혁신에 많은 주안점을 두게 된다는 것을 시사해주는 것이다. 결론적으로 이 '본다'는 말은 여러 가지 의미에서 김수영의 향후 행보를 암시해주는 서술어다. 그러면 그가 '바로' 본 대상이 무엇이었는가를 살펴보아야 할 것이다.

홀러가는 물결처럼
支那人의 衣服
나는 또하나의 海峽을 찾았던 것이 어리석었다

機會와 油滴 그리고 능금

올바로 精神을 가다듬으면서

나는 數없이 길을 걸어왔다

그리하야 凝結한 물이 떨어진다

바위를 문다

瓦斯의 政治家여

너는 活字처럼 고웁다

내가 옛날 아메리카에서 돌아오던 길

뱃전에 머리 대고 울던 것은 女人을 위해서가 아니다

오늘 또 活字를 본다

限없이 긴 활자의 連續을 보고

瓦斯의 政治家들을 凝視한다

— 「아메리카 타임誌」(1947) 전문

위의 시를 살펴보면 그가 '바로' 보고 있는 것은 "와사瓦斯의 정치가政治家"와 "아메리카 타임지"다. 이 정치가는 '아메리카에서 돌아온 사람'이라는 구절로 미루어볼 때 이승만이다. 그가 당대 현실을 왜곡시켜 보여주는 창慇인 '아메리카 타임지'의 "활자의 연속連續"과 정치가를 응시하겠다는 구절은 이 정권의 친미성을 날카롭게 지적한 것이다. 그는 이미 당대에 그가 극복해야 할 문화적 충격이 미국의 제국주의적 문화정책의 일환임을 깨닫고 있었다.[72]

---

72 김수영의 이러한 인식에 대한 연구는 이미 탈식민주의적 시각에서 김수영의 시세계를 분석한 연구사 속에서 드러난 바 있다. 김승희, 「김수영의 시와 탈식민주의적 반(反)언술」, 『김수

그런데 여기서 그의 딜레마가 시작된다. 문화적 식민지로 전락해 가는 현실 속에서 자신이 받아들여야 할 문학적 전범이 전위적 서구문학이라는 상황은 김수영에게 평생 동안 따라다니며 극복해야 할 고민[73]이었다.

가까이 할 수 없는 書籍이 있다

이것은 먼 바다를 건너온

容易하게 찾아갈 수 없는 나라에서 온 것이다

주변없는 사람이 만져서는 아니될 冊

만지면은 죽어버릴듯 말듯 되는 冊

가리포루니아라는 곳에서 온 것만은

確實하지만 누가 지은 것인줄도 모르는

第二次大戰 以後의

긴긴 歷史를 갖춘 것같은

이 嚴然한 冊이

지금 바람 속에 휘날리고 있다

어린 동생들과의 雜談도 마치고

오늘도 어제와 같이 괴로운 잠을

이루울 準備를 해야 할 이 時間에

괴로움도 모르고

나는 이 책을 멀리 보고 있다

영 다시 읽기』, 프레스21, 2000.

73 이러한 점을 극복하기 위해서 김수영은 이후에 동양적인 禪이나 원효 사상 등 동양적인 사상에 대하여서도 고민한다. 이러한 점은 그의 산문 「臥禪」(『전집』 2)과 시 「元曉大師」(『전집』 1)에서 나타난다.

그저 멀리 보고 있는 듯한 것이 妥當한 것이므로

나는 괴롭다

오오 그와 같이 이 書籍은 있다

그 冊張은 번쩍이고

연해 나는 괴로움으로 어찌할 수 없이

이를 깨물고 있네!

가까이 할 수 없는 書籍이여

가까이 할 수 없는 書籍이여.

—「가까이 할 수 없는 書籍」(1947) 전문

이 시에서 김수영이 응시하고 있는 것은 책이다. 김수영에게는 '책'에 관한 시가 몇 편 존재한다. '책'이라는 것은 근대적 사유체계의 대표적인 결과물이다. 계몽적 이성은 자율적 이성을 의지하자마자 타인과의 단절 또는 외면과의 분리 작용 속에 놓는다. 이 분리 작용 속에서 계몽적 이성이 도피하고 거주하게 되는 집은 책이며 텍스트 공간이다. 이성은 이제 거기서 글을 쓰는 자로서만 존재한다. 그 책 속에서만 자기를 자기로서 의식할 수 있을 때, 계몽적 이성이 말을 건네는 상대는 '독자'로서의 타인이다. 저자의 존재는 글쓰기를 통해서만 실현되고 유지되지만, 이 저작 행위는 타인의 읽기를 통해서 완성된다.[74] 이성적 사유의 산물인 책은 이성적 사유의 계승과 발전을 위한 주요 매개체였던 것이다. 이러한 책을 공유한다는 것은 바로 이성적 사유를 행하는 지식인의 반열에 끼게 된다는 의미로, 이는 근대적 부르주아 계급이 추구했던 교양인

---

74 김상환, 「모더니즘과 책의 책과 저자」, 『해체론 시대의 철학』, 문학과지성사, 1996, 383쪽 참조.

이 되는 가장 주요한 길이었다. 김수영은 누군가의 사숙을 통해서 공부한 것이 아니라 서구 서적을 번역하면서 자신의 독자적인 길을 모색했던 지식인으로 그의 시세계의 변이 과정에서 그가 당시 탐닉했던 책과의 연관성을 무시할 수 없다.[75]

김주연의 경우 그의 시세계를 교양주의의 붕괴[76]라고 서술하는데, 그는 김수영이 교양주의의 틀에 있으면서도 '마리서사'의 일원들을 비롯한 당대 서구추수주의적인 포즈를 지녔던 속물적 지식인의 교양주의에 대한 혐오감을 가졌다고 쓰고 있다. 그러나 이러한 속물적 교양주의에는 거리감을 갖고 있으되 그 역시 바람직한 의미에서 교양주의적 틀 안에서는 끝까지 벗어나지 않았다고 보는 것이 타당하다. 후기 시의 거의 마지막 순간까지 그는 철학을 통한 문학적 성찰을 놓치지 않고 있었다. 비록 그 길에서 벗어나고자 노력하였다는 측면은 인정되지만 그가 추구한 것 역시 또 다른 관념론의 길[77]이었기 때문이다. 그에게 교양주의는 거의 정신적으로 습관화되어 있었다.

위의 시에서는 그가 추구했던 그 교양의 내용이 문제시되고 있다. 여기서 김수영이 응시하고 있는 것은 서적이다. 그런데 그는 이를 "가까이 할 수 없는" 것이라고 명명하고 있다. 그것이 "그저 멀리 보고 있는 듯한

---

75 김수영의 시에 나타난 책에 관한 관념의 변모 양상에 관하여서는 이미 김상환의 논의가 있으며 이 논문은 그의 시세계의 변모 과정에 관한 논의에 시사하는 바가 크다. 김상환, 「시인과 책의 죽음」, 『풍자와 해탈 혹은 사랑과 죽음』, 민음사, 2000 177~228쪽 참조. 최근에도 이러한 점을 지적한 논의들이 꾸준히 발표된 바 있다. 김지녀, 「책, 은폐와 개진의 변증법-김수영 시의 '책'에 대한 인식을 중심으로」, 『돈암어문학』 21, 돈암어문학회, 2008; 여태천, 「김수영의 시와 근대 극복의 한 방식-'책'에 대한 인식을 중심으로」, 『우리文學硏究』 35, 우리문학회, 2012 등.
76 김주연, 「교양주의의 붕괴와 언어의 범속화」, 황동규 편, 앞의 책, 263~264쪽 참조.
77 김상환은 김수영의 시세계를 통틀어 '성장과 변모를 낳는, 따라서 피로와 궁지를 동시에 수반하는 일관성을 갖는 현명한 관념론의 길'이라고 통칭하였다. 김상환, 「머리말」, 위의 책, 6쪽 참조.

것이 타당妥當한 것"인 이유는 그 다음 시구에서 추론할 수 있다. 이 책은 '가루포니아'라는, 당시 지식인들이 서구적 모더니티를 중점적으로 건네받았던 미국의 책이다.

이 점 역시 시사할 만한 부분이다. 이전에 김수영 세대가 읽었던 책들은 일본어로 번역된 책들이었다.[78] 해방 이후에 이들이 문학적 자양분을 받아야 할 곳은 서구의 문학, 특히 영미 문학이었으니 영어로 번역된 책들이 그들에게는 읽어야 할 숙제와 같았다. 물론 김수영은 번역가로 이러한 영어 책을 숙독하는 데 많은 문제점은 없었다. 그러나 이때 김수영에게는, 일본문학을 통해서 문학적 모더니티에 대하여 고민할 때와는 또 다른 난점에 있었을 것이라고 보인다. 그것은 서구문학의 방대함과 깊이에 대한 경외심과 그에 따른 열등감이었을 것이다. 이러한 점은 "제이차대전第二次大戰 이후以後의 긴긴 역사를 갖춘 것 같은 / 이 엄연한 책이 / 지금 바람 속에 휘날리고 있다"거나 "그 책장冊張은 번쩍이고"라는 구절에서 느껴지는 것이다.

그런데 만약 김수영이 이러한 서구문학에 무조건적으로 추종하였다면 이 책을 그저 멀리 보고만 있었을 리 없다. 혼탁한 현실에서 자신이 지향해야 할 모더니티가 무엇인가를 고민해야 했기에 "오늘도 어제와 같이 괴로운 잠을 / 이루울 준비準備를 해야 할 이 시간時間에 괴로움"에도 불구하고 이 책을 덥썩 읽지 않고 "이 책을 멀리 보고 있"는 것이다. 그 이유도 "그저 멀리 보고 있는 듯한 것이 타당妥當한 것이므로"라고 말하

---

78 김수영은 산문에서 우리나라 문학의 연령을 35세를 기준으로 이분하고 그 이상은 일본어를 통해서 문학의 자양을 흡수한 사람이고 그 미만은 영어나 우리말을 통해서 그것을 흡수한 사람이라고 하였다. 이 산문을 쓸 당시(1964)에 그의 나이가 44세였다고 할 때 그 역시 일본어를 통해 문학의 자양을 흡수한 사람 축에 속한다. 「히프레스 문학론」, 『전집』 2, 278~286쪽 참조.

고 있다. 이 부분이 바로 이 시에서 극화된 부분인데, 이 '타당'한 이유는 무엇일까? 그것 역시 이 '바로 봄'에 있다.

이는 열등감에도 불구하고 이러한 서구문학을 무조건적으로 추종하고 있는 자신의 동무들을 비난하는 이유와 같다. 이 때문에 그는 이 책으로 표상되는 서구적 모더니티에 거리를 두고 있는 것이며 그만큼 고민이 뒤따르고 있기에 괴롭다고 한 것이다. 다른 시 「헬리콥터」에서도 이러한 후진국 지식인에 대한 비애가 등장한다. 그리고 자신의 정체성을 찾아가기 위해서 그가 '바로 보기'를 행해야 할 대상이 또 등장한다.

> 아버지의 寫眞을 보지 않아도
> 悲慘은 일찌기 있었던 것
>
> 돌아가신 아버지의 寫眞에는
> 眼鏡이 걸려있고
> 내가 떳떳이 내다볼 수 없는 現實처럼
> 그의 눈은 깊이 파지어서
> 그래도 그것은
> 돌아가신 그날의 푸른 눈은 아니요
> 나의 飢餓처럼 그는 서서 나를 보고
> 나는 모오든 사람을 또한
> 나의 妻를 避하여
> 그의 얼굴을 숨어 보는 것이요
>
> 詠嘆이 아닌 그의 키와

詛呪가 아닌 나의 얼굴에서
오오 나는 그의 얼굴을 따라
왜 이리 조바심하는 것이요

조바심도 습관이 되고
그의 얼굴도 습관이 되며
나의 無理하는 生에서
그의 寫眞도 無理가 아닐 수 없이

그의 寫眞은 이 맑고 넓은 아침에서
또하나의 나의 팔이 될 수 없는 悲慘이요
행길에 얼어붙은 유리창들같이
時計의 열두시같이
再次는 다시 보지 않을 遍歷의 歷史……

나는 모든 사람을 避하여
그의 얼굴을 숨어 보는 버릇이 있소

— 「아버지의 寫眞」(1949) 전문

이 시에서 김수영이 바라보는 대상은 '아버지의 사진寫眞'이다. 그러나 다른 시 속에서 드러나는 대상들과는 달리 김수영은 이 대상을 '바로 보지 못'한다. 이미 돌아가신 아버지의 사진이지만 그는 "그의 얼굴을 숨어서 보"고 있다. 다른 시 「이蝨」에서도 그에게 아버지는 이蝨와 같은 존재로 묘사된다. '어두운 옷 속에서만 / 사람을 부르고 / 사람을 울'리는 존재인 이蝨와 같이 김수영에게 아버지는 가까이 다가갈 수 없는 존재였다. 이러한 시구에 대한 해석은 그의 가계사에서 유추해 볼 수 있다.

김수영은 어릴 때부터 건강이 좋지 않았다. 더구나 위로 형제들이 일찍 사망한 관계로 부모 형제들의 걱정과 근심 속에서 자랐다. 그가 남긴 사진을 들여다보고 있으면 한 번도 그의 몸집에 살이 오르거나 건강한 모습이 보인 적이 없다. 다만 그의 크게 뜬 눈만이 형형할 뿐이다. 그는 겁이 많고 외로운 아이로 자라났다. 어느 식구나 친구와도 다정하게 지내지 않았다고 한다. 이와 같은 점에 비추어보았을 때 그에게 아버지는 다정한 존재는 아니었으며 항상 장남으로서의 과도한 부담감과 자신의 병약함에서 나오는 콤플렉스를 일깨워주는 매개체였다.

물론 이 콤플렉스가 오히려 그의 예술가적 감수성을 키우는 데 기여한 면도 있을 것이다. 그러나 이러한 콤플렉스를 극복하는 것 또한 일생 내내 그에게 중요한 과제가 된다. 결혼 이후에도 이 심약한 소년이 생활력이 강한 가장으로 거듭나야 한다는 강박관념이 그에게 상당한 스트레스로 작용했을 것이다. 바로 이 점이 "나는 모오든 사람을 또한 / 나의 처妻를 피하여 / 그의 얼굴을 숨어 보는 것이요"라는 구절에서 드러난 것이다.

그의 아버지는 그에게 생활인 혹은 강한 남성상을 요구했던 인물이다. 그래서 그는 아버지의 얼굴에 '조바심'을 하고 그 사진은 "나의 무리無理하는 생生에서 / 그의 사진寫眞도 무리無理", 혹은 "또 하나의 나의 팔이 될 수 없는 비참悲慘"이 되는 것이다. 이렇게 볼 때, 이 시에서 '아버지'란 존재는 단순히 친부라는 생물학적인 존재 이상의 의미를 갖는다. 예술가가 되고 싶은 그로 하여금, 끊임없이 생활적 존재, 한국적 의미의 강한 남성상으로 이끄는 가부장제적인 모든 사고방식을 대변하는 것이다.

그렇기 때문에 그는 아버지의 사진을 "다시 보지 않을 편력遍歷의 역사……"로 치부해 버리고 싶은 것이다. 또한 한 편으로 "내가 떳떳이 내다볼 수 없는 현실"(생활)이기도 한 것이다. 이 시에서는 이 부분이 김수영의 경험이 극화된 부분이다. 이러한 인식에는 양가적인 감정이 들어 있다. 어쩌면 아버지의 삶은 곧 나에게도 권장된 것이니까, '편력의 역사'에 대한 감정은 미움이기도 하지만 연민이기도 한 것이다. 이렇게 교차되는 애증이 "……" 안에 들어가 있는 것이다.

결국 위의 시들을 살펴보면 그가 '바로 보기'를 통해 경험한 것들은 모순된 현실, 억압적 제도였고, 그 현실을 통해서 바라본 '자기 자신'의 초라함이었다. 이 역시 세상의 허위에 대항하는 예술가가 되지 못한 자신에 대한 자책감에서 나온 것이다. 김수영은 '바로 보기'를 통해서 자기가 싸워야 할 대상이 무언인가를 깨달았다. 그래서 전기 시세계가 자신이 진정한 예술가가 되는 길을 막고 있는 현실과, 혹은 나약한 자기 자신과의 싸움에 바쳐지게 된다는 것은 예비된 일이다.

3. 실존적 죽음의 인식과 예술적 기투

김수영은 이제 본격적으로 자신에게 설움을 준 '자본'과 현대 문명의 문제에 대해서 탐색하기 시작한다.

너를 믿고 일어서면
생각하는 것은 먼 나라의 일이 아니다

나의 가슴속에 허트러진 파편들일 것이다

너의 表皮의 圓滑과 角度에 이기지 못하고 미끄러지는 나의 발을 나는 미
워한다
　방향은 애정 ―

구름은 벌써 나의 머리를 스쳐가고
설움과 과거는
오천만분지 일의 俯瞰圖보다도 더
조밀하고 망막하고 까마득하게 사라졌다
생각할 틈도 없이
애정은 절박하고
과거와 미래와 誤謬와 혈액들이 모두 바쁘다

너는 기류를 안고
나는 근지러운 나의 살을 안고

四星將軍이 즐비한 거대한 파아티같은 풍성하고 너그러운 풍경을 바라보
면서 나에게는 잔이 없다
　투명하고 가벼움고 쇠소리나는 가벼운 잔이 없다
　그리고 또하나 指揮鞭이 없을 뿐이다

정치의 작전이 아닌
애정의 부름을 따라서

네가 떠나가기 전에

나는 나의 조심을 다하여 너의 내부를 살펴볼까

이브의 심장이 아닌 너의 내부에는

"시간은 시간을 먹는 듯이 바쁘기만 하다"는

기계가 아닌 자욱한 안개같은

준엄한 태산같은

시간의 堆積뿐이 아닐 것이냐

죽음이 싫으면서

너를 딛고 일어서고

시간이 싫으면서

너를 타고 가야 한다

創造를 위하여

방향은 현대 ─

[註] 레이판彈은 최근 미국에서 새로 발명된 誘導彈이다

─「레이판彈」(1955) [79] 전문

　이 시에서 살인무기인「레이판탄(네이팜탄)」은 현대라는 심상 그 자체
다. 그리고 그것이 "먼 나라의 일"이 아니라 "나의 가슴 속에 허트러진 파
편들"이 되는 것은 그가 "너를 딛고 일어서야" 하기 때문이다. "딛고 일

79 　최근에 출판된『김수영 전집』에서는 '네이팜탄'으로 수정되어 있다.

어선다"는 것은 그것을 단지 먼나라의 일로 치부하지 않고 자기 현실의 일로 받아들일 때 가능한 것이다. 레이판탄이 보여주는 "표피의 원활과 각도"는 바로 현대의 성격, 과학적이고 실용적이라는 미명하에 만들어진 잔인성이다. 이러한 현대적 성격에 염증을 내고, 거부감을 갖지만, 그럼에도 주체는 그것에 "이기지 못하고 미끄러"질 수밖에 없다. 그러나 이러한 혼란에도 방향은 분명하다. "방향은 애정 —"이라는 말은 현대의 지향이 어떠해야 하는가를 시사해 주는 것이다. 이러한 명확한 지향점에 그는 "설움과 과거는 / 오천만분지 일의 부감도俯瞰圖보다도 더 / 조밀하고 망막하고 까마득하게 사라졌다"고 한다. 이로써 그는 '설움'을 준 원인을 직시하면서 이를 극복하기 시작한다.

결국 이 시에서 김수영이 탐색한 현대의 근원적인 성격은 전쟁의 잔인성과 현대 문명의 도구성, 이를 통과하는 시간 의식이다. 그리고 파괴적인 현대(전쟁) 직선적인 시간 의식의 끝에는 죽음이라는 종말이 존재한다. 그럼에도 불구하고 우리는 이 현대 문명에 이미 저항할 수 없는 상황에 놓여 있는 것이다. 그래서 그는 "죽음이 싫으면서 / 너를 딛고 일어서고 / 시간이 싫으면서 / 너를 타고 가야 한다"는 현대의 묵시론적 결론을 내린다. 그것을 직시해야 한다는 것이다. 김수영은 이러한 현대의 시간 의식을 인정하면서 그 안에서 이에 대응하는 방향 의식은 분명히 세우려 한다. 그것은 "정치의 작전이 아닌 / 애정의 부름을 따라서"라고 하는데 이는 그가 살펴보고자 하는 현대성의 내면이, 인간의 탐욕을 채우는 실용성의 차원에서가 아니라 바로 "애정의 부름"이라는, 사랑을 일깨워주는 시적인 탐사의 길이기 때문이다. 그래서 맨 마지막 연에 "창조를 위하여"라는 전언이 존재하는 것이다.

시 「거리 2」에서도 나타났던 것처럼 김수영이 경험한 현대의 징후들은 무조건적으로 대항해야 할 대상이 아니라 받아들여야 할 대상이었다. 시 「헬리콥터」(1955)에서도 제트기나 카아고보다 먼저 발명되었지만 문명의 잔인성에 의해 이미 구닥다리가 되어버린 헬리콥터, 그럼에도 끊임없이 비상을 꿈꾸는 동양의 풍자 때문에 후진국 지식인으로서의 설움이 배어 있다. 이미 현대라는 거대한 조류는 거역할 수 없는 시대의 조류였고, 이에 따라 후진국 지식인으로서 서구 세계에 대한 동경과 반발이 교차하고 있었던 시점에서 김수영에게 이러한 이중적인 현대성이라는 거대 담론을 자기화하는 일은 가장 시급한 문제였다. 김수영은 본격적으로 이 문제와 치열하게 대결하기 시작한다. 그러면서 그는 '시인'으로서의 존재성에 대해서도 다시 고민하기 시작한다. 이러한 점을 잘 보여주는 시가 그의 초기 시세계의 대표작이라고 손꼽히는 시 「폭포」와 「병풍」이다.

전후에 이렇게 다시 '시인'으로서의 고민을 다시 수행할 수 있게 된 것은 전쟁 기간 동안 잠깐 동안이나마 헤어져 있었던[80] 부인 김현경 선생님과의 재결합을 통해 얻은 생활인으로서의 안정이다. 부인의 증언에 의하면, 「폭포」와 「병풍」은 그와 결합하고 성북동에 새살림을 차린 후 백낙청 선생의 일가인 백낙승 씨의 별장에 세를 들어 살면서 쓴 시들이다. 다음은 부인의 증언 중 일부이다.

그 전의 시는 이제 「아버지의 사진」이라든지, 부산 있을 때에 「달나라의 장난」이라든지. 완전 어두운 시 아니에요. 그리고 슬프지, 너무 슬프죠. 근

데 「폭포」, 「병풍」 이때서부터는 제자리를 잡기 시작하고, 성북동에서는 「영사판」, 구수동에서는 「국립도서관」 이런 것들을 썼어. 근데 그 때 가서는 내가 봐도 환해. 환한 시를 쓴 거 같아. 생활시라도 환한 시였고, 힘이 있고 그러더라고.[81]

이러한 점을 보았을 때에도 「병풍」과 「폭포」를 쓰면서 그는 본격적으로 시인으로서의 길에 들어서게 된 것이다. 이 소외와 역사적 체험의 비극성을 뚫고 참다운 문학을 하는 것, 그것이 1950년대 김수영에게 맡겨진 참다운 운명이자 사명이었던 것이다. 다음은 김현경 선생님의 증언이다.

좋죠. 시가 좋고, 역시 이 양반이 틀림없는 시인이다 하는 걸 배우고. 우리나라에선 최고다 하고 느끼는 거지. 그 때 쓴 게 「미숙한 도적」이라든지, 이런 거라든지 「시골 선물」. 이게 이제 이병기 선생한테 놀러 간 얘기에요. 이제 그리고 이 양반의 글 쓰는 장소가 다방이야. 다방 한 구석에 자리가 있었대요. 차 한 잔만 마시면 종일 그 자리에 앉아있어도 되니깐. 제일 구석진 자리에 하나에서 책도 읽고 초고도 쓰고 그랬다 그러더라고. 다방이 아주 정해져 있었어요. 그 때 이제 「구라중화」서부터, 「도취의 피안」은 신문에 게재가 되어서 내가 읽었었어. 그 때 같이 있진 않았어도, 「도취의 피안」도 이제. 「방 안에서 익어가는 설움」, 「나의 가족」 이것이 그 때 다 일련의 시에요. 신당동에 인쇄소 방에서 기거할 때. 「더러운 향로」 「거미」 이 때 다 쓴 거예요. 그 때 아주 굉장히 많이 썼어요. 「나비의 무덤」도 다 그 때 쓴 거예

81 위의 글 중 「해방공간, 전쟁, 소설과 시」.

요. 이게 신문에 게재도 되고, 대한신문인가 동아일본가. 대한신문인 거 같
기도 한데. 그러고 나서 나하고 재회를 한 게 2월 달인가 3월 달인데, 재회한
다음에 쓰신 게 「긍지의 날」, 무슨 또 「영사판」. 이건 내가 베껴드린 거 같
아. 「헬리콥터」 이건 여름에 쓰셨어.[82]

　　전후에 김수영은 본격적으로 생활의 전선에 뛰어들게 된다. 인생의
후반기에 그의 삶을 꾸려주었던 양계를 시작하기 전, 짧은 기간 동안 그
는 소위 사회생활이라는 것을 한다. 주간 『태평양』(태평양신보사)에 근무
하게 되고 이후에 '평화신문사 문화부차장'으로 6개월가량 근무하게 된
다.[83] 그동안 그는 예술가의 생활과 괴리된 생활인으로서의 고통을 겪게
된다.
　　전쟁의 폭력성을 몸소 체험하면서 느꼈던 실존적 고통과 전후 끔찍한
빈곤, 그리고 억압적으로 전개되는 전후 복구 과정, 모순된 정치상황을
지켜보면서 느낀 고통스러운 인식은 '바로' 보기의 의기를 꺾어 놓기에
충분한 것이었다.

　　　오래간만에 거리에 나와보니
　　　나의 눈을 흡수하는 모든 물건
　　　그 중에도
　　　빈 사무실에 놓인 무심한
　　　집물 이것저것

82　위의 글.
83　「연보」, 『전집』 1, 384∼393쪽; 최하림, 앞의 책; 김현경·신수정, 앞의 글 참조.

누가 찾아오지나 않을까 망설이면서

앉아있는 마음

여기는 도회의 중심지

고개를 두리번거릴 필요도 없이

태연하다

— 일은 나를 부르는 듯이

내가 일 우에 앉아있는 듯이

그러나 필경 내가 일을 끌고 가는 것이다

일을 끌고 가는 것은 나다

헌 옷과 낡은 구두가 그리 모양수통하지 않다 느끼면서 나는 옛날에 죽은 친구를

잠시 생각한다

벽 우에 걸어놓은 지도가

한없이 푸르다

이 푸른 바다와 산과 들 우에

화려한 태양이 날개를 펴고 걸어가는 것이다

구름도 필요 없고

항구가 없어도 아쉽지 않은

내가 바로 바라다보는

저 허연 석회천정 —

저것도

꿈이 아닌 꿈을 가리키는

내일의 지도다

스으라여

너는 이 세상을 點으로 가리켰지만

나는

나의 눈을 찌르는 이 따가운 가옥과

집물과 사람들의 음성과 거리의 소리들을

커다란 해양의 한 구석을 차지하는

조고마한 물방울로

그려보려 하는데

차라리 어떠할까

― 이것은 구차한 선비의 보잘것없는 일일 것인가.

[註] 스으라 : 죠오지 스으라(1859-1891) 프랑스 畵家

―「거리 1」(1955) 전문

위의 시를 보면 그가 생활의 고통을 정공법으로 극복하는 길 역시도 생활을 예술적으로 형상화시키는 길 뿐이라는 점이 드러난다. 위의 시적 화자에게는 생활에 고통스럽게 강박된 느낌이 이전 시보다는 적다. '도회의 중심지'에서 가지는 '태연한' 자세는 그가 조금씩 생활이라는 것을 인정하게 되었다는 점을 보여준다. 그리고 더 나아가 "그러나 필경 내가 일을 끌고 가는 것이다 / 일을 끌고 가는 것은 나다"라는 구절은 그가 이러한 생활이라는 현실에 주체적으로 대응하기 시작했다는 것을 보여준다. 이러한 당당한 자세로 그는 자기 주변 "빈 사무실에 놓인 무심한 집물 이것저것"을 보게 된다. 그러면서 그는 생각의 연상을 하나하나 넓혀가고 시야는 점점 구체적인 사물로 좁혀진다. '헌 옷과 낡은 구두'에서 생각의 연상은 '옛날 죽은 친구'의 사물로, 그리고 '벽 우에 걸어놓은 지도'로 간다. '잠시' 죽음에 대하여 생각하지만 곧 그것은 "한없이 푸르"고 "화려한 태양이 날개를 펴고 걸어들어" 가는 환상을 부여하는 밝은 그림이 주는 인상으로 곧 깨어진 것이다. 그러나 그것도 잠깐이고 연상의 시선은 곧은 현실의 꿈으로 이어진다. 현실적인 사물이자 삶의 토대인 그다지 밝은 빛이 아닌 뿌연 '석회천정'이 그것이다.

그리고 그는 예술가답게 이것을 형상화시킨다. 신인상주의 화가 스으라(쇠라)에게 묻는 화법을 통해서 그는 현실적인 사물과 풍경을 "조그마한 물방울로 / 그려보려" 한다. 결국 그에게는 '생활'을 정공법으로 향유하고 그것을 예술가로서 형상화하는 데 의미가 있었던 것이다. 비록 시 말미에 "이것은 구차한 선비의 보잘것없는 일일 것인가"라는 주저의 빛이 보이지만, 그에게 '석회천정'을 꿈을 가리키는 '내일의 지도'로 그리는 것은 그가 나름대로 선택한, 생활을 극복하기 위한 정공법인 것이다.

그리고 그에게 중요한 것은 예술적 형상화의 '방법'이다. 굳이 '스으라'(쇠라)라는 전위적인 화가의 이름을 빌린 것, 그리고 쇠라를 비롯한 신인상주의의 주요 기법인 점묘 대신 '차라리' '조그마한 물방울'이라는 자기 나름의 방법으로 이 현실을 그리겠다는 것은 현실을 형상화하는 예술적 방법에 승부를 걸겠다는 그의 의지를 드러내 주는 것이다. 결국 그는 현대의 미의식과 이에 걸맞는 형식에 대하여 고민하고 있었다. 그리고 이러한 현대 세계에 대한 탐구와 미의식, 그리고 형식에 대한 탐구는 전후 창작을 통해서 좀 더 다양하게 변주되고 있다.

1) '설움', 혹은 '죽음'과 '생활'의 극복

앞서 분석한 대로, 김수영은 이러한 '설움' 속에서도 예술적 지향을 놓치지 않고 있었다.

> 이렇게 고통스러운 순간에 다닥칠 때 나라는 동물은 비로소 생명을 느낄
> 수 있고 **설움**의 물결이 이 동물의 가슴을 휘감아 돌 때 암흑에 가까운 낙타
> 산의 원경이 황금빛을 띠고 번쩍거리네.
> 나는 확실히 미치지 않은 미친 사람일세 그려.
> 아름다움으로 병든 미친 사람일세.
>
> ──「駱駝過飮」(1953.9) (강조는 인용자)

위의 산문에서 "고통스러운 순간이 다닥칠 때" 오히려 "비로소 생명을 느낄 수 있"다는 구절은 이 고통의 순간이 오히려 예술적 생명력을 불어넣어 주는 것이라고 말해주는 것이다. 그리고 "설움의 물결이 이 동물의 가슴을 휘감아 돌 때" 바라보는 낙타산의 원경이 "황금빛을 띤다"는 것은 그의 감수성이 바라보는 대상에 아름답게 반응한다는 것이다. 이러한 자신을 김수영은 "아름다움으로 병든 미친 사람"이라고 칭하고 있다.

김수영에 대한 여러 회고[84]와 비록 미완이지만, 그가 직접 상징적인 필치로 작성한 자전적 소설 「의용군」 등의 내용을 종합해 보면, 김수영

---

84 최하림, 『김수영 평전』, 실천문학사, 2001; 김현경·신수정, 「(시인을 찾아서 김수영) 인터
뷰 : 내일 아침에는 夫婦가 되자, 집은 산 너머가 좋지 않으냐─부인 김현경 여사에게 듣는 김
수영의 삶과 문학」, 『문학동네』, 2008. 여름; 김혜순, 『김수영─세계의 개진과 자유의 이행』,
건국대 출판부, 1995; 맹문재, 「김수영의 포로생활」, 『유심』, 2015.6 참조. 이 외에 박수연·
류중하·박지영, 「시인 김수영의 미군정기·한국전쟁기 체험(김현경, 故 김수영 미망인)」,
2011년 국사편찬위원회 구술자료 수집 지원 사업 보고서를 참조했다. 이에 대한 구체적 내
용은 2부 1장, 3장에서 자세히 다룬다.

은 한국전쟁 시기에 여러 번의 생사의 고비를 넘긴다. 서울 한복판에서 '의용군'에 끌려가 그곳에서 비참한 군생활을 영위하다 이후 생사의 고비를 넘겨가며 그곳에서 탈출한 후에도 그는 가족의 품에 안기지 못하고, 죽기 직전의 순간에 영어 능력 때문에 기적적으로 살아나 미군 통역관으로 포로수용소에 수용되는 끔찍한 경험을 한다. 이후 수용소에서 석방된 이후에 부인과 재결합 이후에도 그는 한참 동안, 그 속에서 겪은 잔인한 체험에서 벗어나지 못한다.

그래서 1950년대 초반, 시의 주요 주제는 그가 전쟁 체험의 악몽을 통해서 느낀 국가 체제와 이념 체제에 대한 환멸과 소외감, 가족으로부터의 소외, 전후 복구 사업에 놓여 있는 황폐하고 냉정한 자본주의 현실에서 생활인으로 느끼는 소외 의식이다. 그리고 이를 '설움'이라는 정서로 표현하고, 이를 극복하는 데 놓여 있었다.

그러나 그는 이러한 소외 의식을 예술가적 자의식으로 승화시키려 한다. 이 시기 1950년대 김수영의 번역 목록에는 최근 문학 동향에 관한 논의도 있지만,[85] 본질론으로서 예술론[86]과 예술가론이 있다. 특히 '지드',[87] '월레스 스티븐스',[88] 테네시 윌리엄스[89]에 관한 논의를 공들여 번역한 것을 보면, 그가 예술가란 어떠한 존재여야 하는가에 대한 고민이 깊었다는 점을 우리에게 알려준다.

---

85 장 부로쉬 미셸, 김수영 역, 「최근 불란서의 전위소설」, 1958.9.20~23; 이브 본느프와, 김수영 역, 「영·불비평의 차이」, 『현대문학』, 1959.1.
86 이브 본느프와, 김수영 역(이하 생략), 「영·불비평의 차이」, 『현대문학』, 1959.1; 리처드 P. 블랙머, 「제스처로서의 언어」, 『현대문학』, 1959.5~6; 아치볼드 매클리시, 「시인과 신문」, 『현대문학』, 1959.11~12; A. 매클리시, 「시의 효용」, 『시와 비평』, 1956.6.
87 토마스 만, 김수영 역, 「지드의 조화를 위한 무한한 탐구」, 『문학예술』, 1957.6.
88 라이오넬 아벨, 김수영 역, 「아마추어 시인의 거점」, 『현대문학』, 1958.9.
89 S. P. 얼만, 김수영 역, 「테네씨 윌리암스의 문학」, 『思想界』, 1958.11.

그는 자유를 몸에 지니는 것이 얼마나 어려운 일인가를 알고 있었지만, 이에 대한 그의 두려움은 정신적 사치와, 모든 준봉주의(遵奉主義)("Conformism")와, 생기 있는 긴장의 치완(馳緩)과, 권위(權威)에 대한 미지근한 굴복에 관한 두려움에 의해서 한층 더 무거워졌다. '지드'는 만족을 느끼고 싶은 유혹에 빠질 때에는 언제나 재빨리 그의 오만하고 교활(狡猾)한 개인주의의 황무지로 퇴각하였다. 인간으로서 그리고 혼자서 그는 '스핑크스'의 눈을 바라보았고 그의 눈 위에 자기의 얼게미를 걷어 올렸다.[90]

이 번역문의 구절은 늘 틀에 박힌 통념에 안주하지 않고 새로운 것을 추구했던 자유주의적 예술가 지드의 모습을 잘 보여주고 있다. 그는 평론가 궤라드Albert J. Guerard의 말을 빌어 지드를 "조심성 있는 급진주의자이며 대담한 보수주의자"라고 지칭한다. 이러한 면모를 김수영 역시 배우고 싶었다고 볼 수 있다. 「아마추어 시인의 거점」에서는 월레스 스티븐슨이 직업시인이 아니라, 하버드와 뉴욕법률학교를 졸업하고, 보험회사의 부사장을 직업으로 삼고 있는 아마추어 시인이었기에, 오히려 직업 시인들의 추구하는 "현대시의 주류적인 분위기"에서 해방되어 있었다는 점을 증명한다. 이 번역문 역시 그간의 타성에서 벗어나 있는 시인에 관한 논의인 것이다. "시인의 정신은 미지"라고 말한 대로, 끊임없이 고정된 타성과 전쟁을 치러야 진정한 예술가라고 생각했던 김수영의 인식은 이 시기부터 형성된 것이다. 이 시기 그는 시의 대부분을 이러한 점을 깊이 있게 실현해 내는 데 바친다.

앞서 말한 대로, 김현경 선생님과의 재결합 후 안정을 찾은, 1950년대

---

90 토마스 만, 김수영 역, 「지드의 조화를 위한 무한한 탐구」, 『문학예술』, 1957.6.

중반을 기점으로 김수영의 시세계는 미세한 변화를 보인다.[91] 지금까지의 연구사에서는 해방 직후에서부터 4·19 이전까지의 시세계를 전기 시세계로 규정하고 그 시세계를 통합된 시각으로 바라보려는 의도가 많았다. 이러한 시도는 김수영의 시세계를 하나의 커다란 틀 안에서 통찰해내는 데는 유효한 방법론일 수 있지만 다소 도식화된 결론을 낳고 있다는 것이 가장 큰 단점이다. 이는 김수영이 4·19를 기점으로 참여시로의 가파른 변모를 보이고 있다는 초기 연구의 도식적 관점에서 가장 두드러지게 나타나는 것이고 김수영 연구사 속에서도 좀처럼 사라지지 않고 있다.

그런데 이러한 도식에 의거하면 4·19혁명의 실패 이후 점점 참여시적 성격이 약화되어 가는 과정에 대한 설명은, 다소 비약적으로 이루어질 수밖에 없다. 이러한 변모의 징후가 이미 4·19혁명 이전의 시에서도 나타나고 있는 것이 아닌가라는 가설이 가능함에도 불구하고 전기시에 대한 연구는 기존 관행을 반복하고 있었던 것이다. 이러한 도식을 극복하기 위해서는 그가 어떠한 경로를 통해서 전기 시세계 내부의 변화를 일구어나가는가에 대한 좀 더 정치한 분석이 요구된다.

앞에서 살펴본 대로 김수영의 시세계에서는 해방 직후와 전쟁 사이에서 한 번의 미세한 변모가 있었으며 1950년대 후반의 시에서도 역시 지속적인 변화가 있었다. 김수영이 '마리서사' 시절의 열등감과 우월감이 교차되는 시적 체험과 전쟁 체험의 고통에서 벗어나 자기의 시적 방법을 본격적으로 모색하기 시작하는 시기는 1950년대 후반부터이다.

---

91 이러한 시기적 분할은 본인의 박사 논문에서는 물론 최근까지 여러 논자들이 지적한 바 있다. 한용국, 「김수영 시의 생활인식과 시적 대응」, 『비평문학』 40, 한국비평문학회, 2011 등 참조.

우선 가장 중요한 변모는 '모더니티(현대성)'에 대해 본격적으로 고민을 하기 시작했다는 것이다. 앞 시에서도 제기되었던 현대성의 주요 범주에 속하는 시간 의식과 그에 따른 죽음의 극복 문제는 이 당시 가장 중요한 고민거리였던 것으로 보인다. 이러한 고민은 이미 1954년부터 시작되고 있었던 것이기도 하다. 시 「구라중화九羅重花」(1954)에서는 죽음에의 초월의지가 드러나고 있다. '글라디오라스'라는 서구식 표기 대신 굳이 "꽃 봉우리 위에 거듭해서 아홉 번 피어나는 비단"이라는 표현인 동양적 표기인 "구라중화九羅重花"라는 상징적 이름을 차용한 시인의 의도에서도 이러한 점이 보인다. 이 이름은 이 꽃이 마치 "이중二重의 봉오리를 맺고 날개를 펴고 / 죽음 우에 죽음 우에 죽음을 거듭하"고 있는 것으로 연상하도록 만든다. 그것도 "누구의 것도 아닌" 자신의 독자적인 존재성 내에서 주체적으로 배태된 것으로 보이도록 하기에 이 꽃이 더욱 경이롭게 느껴진다.

그리고 이 꽃의 형상이 내포하고 있는 죽음에의 초월이라는 이미지는, 김수영이 '희망'이라는 메시지를 표현하기 위한 것이다. 그래서 시적 화자는 그 꽃에게 "생기生氣와 신중愼重을 한몸에 지니고 / 사실은 벌써 멸滅하여 있을 너의 꽃잎 우에 // 지금 마음놓고 고즈너기 날개를 펴라 / 너의 숨어있는 인내忍耐와 용기勇氣를 다하여 날개를 펴라"고 더욱 격려하는 것이다. 물론 이러한 격려는 대리만족적인 것이다. 시적 화자에게는 여전히 죽음에 대한 공포, 즉 시간의 흐름에 대한 공포가 살아있었기 때문이다.

屛風은 무엇에서부터라도 나를 끊어준다

등지고 있는 얼굴이여

주검에 醉한 사람처럼 멋없이 서서

屛風은 무엇을 向하여서도 無關心하다

주검에 全面같은 너의 얼굴 우에

龍이 있고 落日이 있다

무엇보다도 먼저 끊어야 할 것이 설움이라고 하면서

屛風은 虛僞의 높이보다도 더 높은 곳에

悲爆을 놓고 幽島를 점지한다

가장 어려운 곳에 놓여있는 屛風은

내 앞에 서서 주검을 가지고 주검을 막고 있다

나는 屛風을 바라보고

달은 나의 등뒤에서 屛風의 主人 六七翁海士의 印章을 비추어주는 것이었다

— 「屛風」(1956) 전문

위의 시는 시인 스스로가 산문 속에서 자신의 현대시 창작의 출발이
될 수도 있었다고 했던 시[92]다. 그는 그 근거로 그가 번역했던 트릴링의
논리를 들었다. 트릴링은 「쾌락의 운명」에서 "쾌락의 부르주아적 원칙
을 배격하는 고통과 불쾌와 죽음을 현대성의 자각 요인"으로 들었다. 물
론 이 시 「병풍」을 쓸 당시의 김수영의 고민이 1965년의 상황과 반드시
일치하고 있었다고는 할 수 없지만 이 시에 나타난 죽음에 대한 고민을
현대성의 실현에 관한 중요한 화두였던 것만은 틀림이 없다.

이 시를 분석해보면 김수영이 현대성에 대한 고민을 본격적으로 시작
하면서 설움에 대한 정서에서 벗어나려 노력하였다는 것이 드러난다.
"무엇보다도 먼저 끊어야 할 것이 설움이라고 하면서 / 병풍屛風은 허위虛

---

92 「연극을 하다가 詩로 전향—나의 처녀작」, 『전집』 2, 337쪽 참조.

僞의 높이보다도 더 높은 곳에 / 비폭悲爆을 놓고 유도幽島를 점지한다"는 시 구절은 이러한 점을 보여준다.

또 "병풍은 허위의 높이보다도 더 높은 곳에 / 비폭을 놓고 유도를 점지한다"는 구절에 나와 있는 것처럼 죽음의 문제는 그에게 허위의 가장 마저 허용해서는 안 되는 절대적인 문제의식이었다. 병풍이 "가장 어려운 곳에 놓여있"으며, "내 앞에 서서 주검을 가지고 주검을 막고 있다"는 말은 이러한 죽음에 대한 인식이 그에게 얼마나 힘겨운 문제인가를 알려준다.

이즈음의 시에서는 김수영이 이 문제를 어떻게 극복하려 했는가에 대한 여러 가지 방향이 드러난다. 시 「도취陶醉의 피안彼岸」에서는 "차라리 앉아있는 기계와 같이 / 취하지 않고 늙어가는 / 나와 나의 겨울을 한층 더 무거운 것으로 만들기 위하여 나의 눈이랑 한층 더 맑게 하여다우"라는 구절이 등장한다. 이 말은 오히려 이러한 유한한 시간에 대응하여 보다 "맑은 눈으로" 현실적인 방법을 모색하겠다는 의지를 다지는 것으로, 실존적인 기투의 의미를 띠기도 한다.

전후 현실에 대한 가장 보편적인 인식론의 기조는 실존주의적인 것이다. 전후 전쟁의 포화로 겪은 인간의 존재성에 대한 위협은 인간의 존재성에 대한 새로운 통찰을 불러왔다. 전쟁을 통해서 인간들이 직면한 실존의 고통은 바로 인간 존재의 유한성이었다. 그러나 이 유한성을 극복하는 길은 신의 영역에서만 가능했지만 이미 종교에 대한 불신은 이러한 신에의 의지마저 불가능하게 하였다.

그렇다면 길은 인간의 주체성의 강화로 귀결될 수밖에 없다. 인간이 이미 불가역적인 시간의 흐름에 대항할 수 없다면 이 시간의 흐름을 주체적으로 선취하는 길만이 남아 있었다. 그래서 인간에게 주어진 시간

내에서라도 이를 주체적으로 사용하는 것만이 이 시간의 위협에 조금이나마 저항할 수 있는 길이다. 그래서 실존주의에서 나온 용어가 존재의 기투企投다. 이는 순간순간에 자신의 존재성 전체를 투사하는 것이다.

이러한 주체 중심적인 철학에 김수영은 잠시나마 경도되어 있었던 것으로 보인다. 김수영은 이 기투의 방법까지도 예술가적인 자의식으로 행하고 있다. 다음의 시는 이러한 점을 말해주고 있다.

> 瀑布는 곧은 絶壁을 무서운 기색도 없이 떨어진다
> 規定할 수 없는 물결이
> 무엇을 향하여 떨어진다는 意味도 없이
> 季節과 晝夜를 가리지 않고
> 高邁한 精神처럼 쉴사이없이 떨어진다
>
> 金盞花도 人家도 보이지 않는 밤이 되면
> 瀑布는 곧은 소리를 내며 떨어진다
>
> 곧은 소리는 소리이다
> 곧은 소리는 곧은
> 소리를 부른다
>
> 번개와같이 떨어지는 물방울은
> 醉할 瞬間조차 마음에 주지 않고
> 懶惰와 安定을 뒤집어놓은 듯이
> 높이도 幅도 없이

떨어진다

—「瀑布」(1957) 전문

「폭포」도 앞에서 분석한 시 「병풍」과 함께 자신의 현대시 창작의 출발점으로 삼았던 작품이다. "「병풍」은 죽음을 노래한 시詩이고「폭포瀑布」는 나타懶惰와 안정을 배격한 시"[93]라고 했다.

이 시에서 폭포의 자세를 수식하는 "계절季節과 주야晝夜를 가리지 않고", "번개와같이", "취醉할 순간瞬間조차 마음에 주지 않고" 등의 수식어는 이후에 김수영이 개진하는 온몸의 시론을 연상케 한다. "나타懶惰와 안정安定을 뒤집어놓은 듯이 / 높이도 폭幅도 없이" 떨어지는 모습에서도 어떠한 방해물로 아랑곳하지 않아도 될, 고도의 정신집중을 한 주체의 저돌적인 모습이 떠오른다. 이러한 태도에서 김수영은 "곧은 소리"가 나온다고 한 것이다.

그리고 그 곧은 소리는 '밤'이라는 상징적 배경에서 더욱 값진 의미를 얻는다. 이 시는 어떠한 내용이냐에 앞서 어떠한 태도냐는 문제, 다시 말하면 "고매高邁한 정신精神"과 같은 자세를 먼저 문제삼았던 김수영의 사고방식을 극명하게 드러내 준다. 그러면 이 "나타와 안정을 배격"한 자세로 그가 해야 할 일은 무엇이었을까?

눈은 살아있다
떨어진 눈은 살아있다
마당 위에 떨어진 눈은 살아있다

---

93 위의 글 참조.

기침을 하자
젊은 시인이여 기침을 하자
눈 위에 대고 기침을 하자
눈더러 보라고 마음놓고 마음놓고
기침을 하자

눈은 살아있다.
죽음을 잊어버린 靈魂과 肉體를 위하여
눈은 새벽이 지나도록 살아있다.

기침을 하자
젊은 시인이여 기침을 하자
눈을 바라보며
밤새도록 고인 가슴의 가래라도
마음껏 뱉자.

—「눈」(1956)

 '눈'이라는 대상의 가장 중요한 특성은 그 시각적 심상에 있다. 백색이라는 심상이 일반적으로 떠오르게 하는 것은 순수다. 순수한 대상은 보통 그 대상을 바라보는 주체로 하여금 자기 성찰을 수행하게 한다.

 우리 시문학사 속에서 이러한 「눈」과 같은 역할을 하는 것이 '거울'과 '물'이다. 이상의 시에 등장하는 거울, 그리고 윤동주의 「참회록」에 등장하는 청동거울, 「자화상」에 등장하는 우물은 모두 주체의 성찰을 이끌어내는 매개체다. 이상의 시에서 거울은 분열된 자아를 그대로 투영해

내는 잔인한 매개체다. 윤동주의 시에서의 '거울'과 '우물' 역시도 이상과 괴리된 현실 속의 나약한 주체의 추상을 비춰주는 잔인한 매개체다. 그런데 여기서 주체의 태도를 살펴보면 이들 시와는 다른 일면이 있어 주목된다.

이상과 윤동주의 시에 등장하는 성찰의 매개체들은 주체와의 관계에서 우위를 점하고 있다. 위의 시에서 성찰의 매개체가 드러내주는 표상은 자신들이 인정하고 있는 자아의 모습이며, 거기에서 부끄러움을 느끼는 것이다. 그러나 위의 시의 주체는 성찰의 매개체인 눈이 드러내주는 심상에 당당히 맞서고 있다. 이 시에서 성찰의 매개체인 '눈'은 이상과 윤동주의 시 속에서 드러나는 매개체들처럼 수동적인 반영체가 아니다.

"살아있다"는 표현은 이 성찰의 매개체가 이 매개체를 바라보고 있는 주체에게 성찰을 강요하고 있는 것처럼 느껴지게 한다. 이러한 표현은 시적 주체가 그만큼 '눈'에게 위압감을 느끼고 있다는 점을 시사해 준다. 그리고 그는 이 '눈'이 '살아있'는 이유는 "죽음을 잊어버린 영혼과 육체"를 위해서라고 한다. '죽음'은 인간 삶의 근원상황이다. 인간만이 이 죽음을 '인식'할 수 있다 그래서 인간의 삶은 그 유한성 속에 거의 절대적인 가치를 갖게 되며, 그 결과 인간에게는 삶의 순간 순간에 대한 처절한 기투가 요구되는 것이다.

그렇다면 인간의 삶을 응시하고 그 가치를 드러내려는 시인에게는 이러한 처절한 기투의 순간이 바로 시 창작의 순간이 될 수 있다. 죽음을 항상 인식하고 있다는 것은 시인에게는 거의 생명과 같은 것이다. 그래서 이 죽음을 잊는다는 것은 시인으로서의 소명을 잊어버리는 것이다. '눈'은 시인에게 이러한 자각된 순간을 각성하게 해 주는 매개체이다. 그리고 위의 시의 주체는 여기에 당당하게 응답을 하고 있다. "기침을 하"는 동작은 주체가 자신의 정신이 살아있음을 눈에게 시위하듯이 보여주는 의미를 갖는다. 김수영의 이런 의기는 시 「영롱한 목표」(1957)에서도 분명하게 드러나고 있다.

새로운 目標는 이미 나타나고 있었다

죽음보다 嚴肅하게

귀고리보다도 더 가까운 곳에

종소리보다도 더 玲瓏하게

나는 오늘부터 地理敎師모양으로 壁을 보고 있을 필요가 없고

老懷한 宣敎師모양으로 낮잠을 자지 않고도 견딜만한 强靭性을 가지

고 있다

이러한 目標는 劇場 議會 機械의 齒車

船舶의 索具 등을 呪詛하지 않는다

사람이 지나간 자죽 우에 서서 부르짖는 것은

개와 都會의 詐欺師뿐이 아니겠느냐

모든 觀念의 末端에 서서 생활하는 사람만이 이기는 법이다

새로운 目標는 이미 作業을 시작하고 있었다

驛을 떠난 汽車 속에서

능금을 먹는 아이들의 머리 우에서

설명이 필요하지 않는 喜悅 우에서

四十年間의 組版經驗이 있는 近視眼의 老職工의 가슴속에서

가장 深刻한 나의 愚鈍 속에서 새로운 目標는 이미 나타나고 있었다

죽음보다도 嚴肅하게

귀고리보다도 더 가까운 곳에
종소리보다도 더 玲瓏하게

—「玲瓏한 目標」(1957) 전문

위의 시는 "새로운 목표目標는 이미 나타나고 있었다"는 첫 구절로 시인의 의지를 다지며 출발한다. 그리고 그는 새로운 목표는 "죽음보다 엄숙嚴肅하게 / 귀고리보다도 더 가까운 곳에 / 종소리보다도 더 영롱玲瓏하게" 자리잡고 있다고 한다. 이는 그가, 이전에 고민했던 죽음의 초월과 생활의 극복이라는 과제를 이제는 어느 정도 극복하고 있었다는 점을 보여준다. 그래서 그 자세는 당당하다. 그는 "나는 오늘부터 지리교사地理教師모양으로 벽壁을 보고 있을 필요가 없고 / 노회老懷한 선교사宣教師모양으로 낮잠을 자지 않고도 견딜만한 강인성强靭性을 가지고 있다"고 자신감을 내비치고 있다.

그리고 그는 이러한 '죽음'과 '생활'의 극복이라는 과제를 어떻게 풀었는가를 설명하고 있다. "모든 관념觀念의 말단末端에 서서 생활하는 사람만이 이기는 법이다"라는 말은 이러한 과제가 책 속의 관념으로는 풀 수 없다는 점을 그가 체득했다고 알려 준다. 그는 오히려 그것은 "역驛을 떠난 기차汽車 속", "능금을 먹는 아이들의 머리 우"와 같은 소소한 일상 속에서, 그리고 그 속에서 피어나는 "설명이 필요하지 않는 희열喜悦 우에서" 이루어지는 것이라고 깨달은 것이다.

"사십년간四十年間의 조판경험組版經驗이 있는 근시안近視眼의 노직공老職工의 가슴속에서"라는 시구는 이 진리가 묵묵히 진행되는 일상 속에서 체득된다는 점을 보여준다. 이 시는 이처럼 그가 더 이상 관념 속에서 이 삶의 고통을 풀고자 하지 않아도 된다고 느끼는 순간의 홀가분함을 표현한 것이다. 시 「예지叡智」(1957)에서도 역시 이러한 인식이 드러난다.

바늘구녕만한 叡智를 바라면서 사는 者의 설움이여
너는 차라리 不正한 者가 되라
오늘
이 헐벗은 거리에 가슴을 대고
뒤집어진 不正이 正義가 되지 않더라도

그러면 너의 벗들과
너의 이웃사람들의 얼굴이
바늘구녕 저쪽에 떠오르리라
縮小와 擴大의 中間에 선 그들의 얼굴
强力과 祈禱가 一體가 되는 거리에서
너는 비로소 謙虛를 배운다

바늘구녕만한 叡智의 저쪽에서 사는 사람들이여
나의 現實의 메에뜨르여
어제와 함께 내일에 사는 사람들이여
强力한 사람들이여

위의 시에서 "바늘구녕만한 예지叡智를 바라면서 사는 자者"는 앞 시에
서 "관념의 말단에서 사는 자"와 대척적인 지점에 놓인 사람이다. "바늘
구녕만" 하다는 표현은 "예지"라는 것이 이 현실의 돌파구를 열어주기에
너무나 무력하다는 점을 보여준 것이다. 그래서 그는 "너는 차라리 부정

不正한 자者가 되라"고 한 것이다. 반면 이웃 사람들은 시인에게 무력한 관념보다는 '현실'(생활)의 진리를 깨닫게 하는 사람들이다. 김수영이 이들에게 기대하는 것은 관념이 가지고 있는 "축소縮小와 확대擴大"의 "중간中間에 선" 그들의 실재성이며, 또한 "강력强力과 기도祈禱가 일체一體가 되는", 즉 자신들의 기원하는 것과 그 힘을 일치시킬 줄 아는 오만하지 않은 건강성이다. 이러한 점 때문에 시인은 이들에게서 "비로소 겸허謙虛를 배운다" 이러한 겸허는 김수영에게 이 시기에 얻은 가장 중요한 소득이었다고 보여진다. 왜냐하면 이것을 통해 그는 생활과 시의 관계에 대하여 구체적으로 고민하게 되는 성과를 얻었기 때문이다.

55년의 한 일기에 나타나는 "① 독서와 생활과를 혼동하여서는 아니 된다. 전자는 받아들이는 것이다. 그러나 후자를 뚫고 나가는 것이다. ② 확대경을 쓰고 생활을 보는 눈을 길러야 할 것이다"[94]라는 말은 이러한 점을 보충해 준다. 물론 이러한 결론이 나올 수 있었던 것은 「지구의地球儀」라는 시에서 나타난 대로 생활을 극복하기 위해 생활의 위험에 몸을 맡기는 정공법을 선택할 수 있었던 그의 용기 때문이다.

시 「봄밤」에서 그는, 일단 죽음과 생활을 극복할 수 있다는 자신감을 얻은 후 이러한 자신감을 통해 자꾸만 성급해지는 마음을 한 번 가다듬는다. 이제 그는 "눈을 뜨지 않은 땅속의 벌레같이 / 아둔하고 가난한 마음은 서둘지 말라"고 한다. 거기에는 예술가로서의 자신감도 내비친다. "애타도록 마음에 서둘지 말라 / 절제節制여 / 나의 귀여운 아들이여 / 오오 나의 영감靈感이여"라는 시구는 영감과 그것을 다스릴 '절제'를 갖춘 자신에 대한 자신감을 표현한 것이다. 그리고 이 '영감'과 '자신감'으로

---

94 「日記抄(I)―1955년 2월 2일자」, 『전집』 2, 490쪽 참조.

그는 미적인 것에 대하여 고민한다.

꽃은 過去와 또 過去를 向하여
피어나는 것
나는 결코 그의 種子에 대하여
말하고 있는 것은 아니다
또한 설움의 歸結을 말하고자 하는 것도 아니다
오히려 설움이 없기 때문에 꽃은 피어나고

꽃이 피어나는 瞬間
무르고 연하고 길기만한 가지와 줄기의 內面은
完全한 空虛를 끝마치고 있었던 것이다

中斷과 繼續과 諧謔이 一致되듯이
어지러운 가지에 꽃이 피어오른다
過去와 未來에 通하는 꽃
堅固한 꽃이
空虛의 末端에서 마음껏 燦爛하게 피어오른다

—「꽃(二)」(1956) 전문

그가 이 시에서 형상화한, 꽃이 피어나는 과정은 시작 과정과 통한다. 꽃이 "과거過去와 또 과거過去를 향向하여 / 피어나는 것"이라는 말은 「공자의 생활난」에서 "꽃이 열매의 상부에 피었을 때"와 같이, 과학적 논리 근거로는 설명할 수 없는 것이다. 꽃이 피는 것은 이 식물의 최종 목표다. 그 꽃이 피는 순간은 주체가 과거에 체험했던 모든 극한 고통의 시간들이 승화되는 순간[95]이다. 그렇기 때문에 이 꽃이라는 결정체는 그 과거의 시간들을 승화시키는 길로 나아가는 것이기도 하다. "과거를 향하여 피어난다"는 말은 이러한 의미다. 그런데 꽃이 피는 것은 '순간'의 일이다. 그런데 이 순간이 지나서 그 고통의 과거들이 승화되어버리고 나면 그 자리에 남는 것은 이 시의 표현대로 '공허'다. 그러나 그것은 순간이기 때문에 더욱 아름다운 공허라고 할 수 있다. 만약에 아름다움이라는 것이 영원히 고정되는 물상이라면 그것을 아름다움이라고 칭할 수 없는 것이다. 그래서 그 아름다움을 피우는 작업은 언제나 계속된다. "중단中斷과 계속繼續과 해학諧謔이 일치一致되듯이 / 어지러운 가지에 꽃이 피어오른다"라는 시구는 순간의 미학이 가지는 아이러니를 '해학'이라는 양태로 표현해 준 것이다. 그리고 순간의 아름다움은 영원의 아름다움이며 그 영원성은 늘 미래로 지양된다. "과거過去와 미래未來에 통通하는 꽃"이라는 표현은 이를 말한 것이다. 그래서 아름다움은 "견고堅固한 꽃"이 되는 것이다.

시가 연마해내는 아름다움 역시 순간의 미이자 영원의 미이다. 김수영은 여기서 "과거過去와 미래未來에 통通하는 꽃"이라고 비유한, 시라는 매체를 통해서 죽음이라는 시간의 한계를 극복할 수 있다고 확신한 것이다. 또한 "오히려 설움이 없기 때문에 꽃은 피어나고"라는 표현은, 그가 생활과의 싸움을 통해서 느꼈던 '설움'이라는 정조가 이러한 영원성의 창출이라는 미학적 작업을 통해서 극복할 수 있다고 믿었다는 것을 말해준다.

---

95 한국전쟁 체험과 「꽃잎」 연작시에 관한 내용은 이영준, 「꽃의 시학─김수영 시에 나타난 '꽃' 이미지와 '언어의 주권'」, 『국제어문』 64, 국제어문학회, 2015 참조.

그러나 이러한 깨달음이 있었다고 해서 그의 모든 고민이 해결된 것은 아니었다. 시의 미학적 성격을 어떻게 현실에 접목시킬 것인가라는 보다 본질적인 물음이 아직 해결되지 못했기 때문이다. 그는 한 산문에서 "우리에게 있어서 정말 그리운 건 평화이고 온 세계의 하늘과 항구마다 평화平和의 나팔소리가 빛나올 날을 가슴 졸이며 기다리는 우리들의 오늘과 내일을 위하여 시詩는 과연 얼마만 한 믿음과 힘을 돋구어 줄 것인가"[96]라고 썼다. 그는 전후 고통스러운 현실을 평화로운 세상으로 바꾸는 데 시가 믿음과 힘을 주어야 한다고 생각하고 있었던 것이다.

그러나 김수영은 전쟁을 겪으면서, 아직까지는 이러한 점에 대해 의식적 혼란을 겪었던 듯하다. 생활에 대한 인식과 시 창작의 욕망이 아직까지는 이원화되어 드러나고 있었다.

이미 그는 시 「구름의 파수병」에서 "나는 내가 시詩와는 반역反逆된 생활을 하고 있다는 것을 알 것이다"라고 쓴 바 있다. 이 시에서 역시 시와 생활은 분리되어 표현되고 있다. 생활을 극복하는 방법이 시를 통해서임을 이미 깨달은 상황에서도 이러한 이원화된 사고가 왜 도출되었을까? 이 시에서는 이에 대한 중요한 단서를 제공하고 있다. 이 시에서 그는 "거리에 나와서 집을 보고 / 집에 앉아서 거리를 그리던 어리석음도 이제는 모두 사라졌나보다"라고 말하고 있는데 이는 김수영이 가지고 있었던 '거리'와 '집'에 대한 이원적 생각을 드러내주고 있는 것이다. 거리는, 이미 앞에서 분석한 「거리」라는 시 두 편을 통해서 드러난 대로, 그가 추구할 현대성의 물질적 토대다. 그 반면 집은 그에게 말 그대로 생활生計의 터전이다. 더 깊이 추론해 들어간다면 거리는 그가 추구하는 정

---

96 「시작노트 1」, 『전집』 2, 430쪽 참조.

신적 지향점의 토대이며, 집은 그가 지양하고 싶은 토대인 것이다. 그렇다면 그가 지금까지 바로 보아야 할 대상은 거리였을까, 집이었을까? 지금까지는 전자에 가깝다. 이는 그의 현실인식이 갖는 관념성을 드러내 주는 부분이다. 이러한 관념성으로 인해 그의 생활에 대한 발견은 그저 공론으로 그칠 수밖에 없는 위험에 노출된다.

이는 아직까지 그의 예술가적 자의식이 의도적으로 생활과의 거리를 두게 하기 때문에 나타난 문제이다. 이러한 혼돈이 드러나고 있는 시가 바로 「구름의 파수병」이다. 이러한 상황에서는 생활은 여전히 그에게는 고통일 뿐이다. 「생활」이라는 시에서 나오는 대로 "생활生活은 고절孤絶이며 / 비애悲哀이었다" 그리고 그는 그 고통 속에서 그처럼 "나는 조용히 미쳐간다 / 조용히 조용히"라고 절규하는 것이다.

그러나 적어도 김수영은 이 간극에 대하여 분명히 응시하고 있었던 것으로 보인다. 이 시기에 보이는 김수영의 자학적인 시들은 이러한 면모를 보여 준다. 시 「영교일靈交日」에 등장하는 "가장 깊은 영혼靈魂이 흔들리는" 사나이는 김수영 자신이다. 그는 "뒷걸음질치는 것은 오만傲慢인가 조소嘲笑인가 회한悔恨인가 / 무수無數한 궤도軌道여"라면서 자신을 질책하고 있다. 그는 자신을 "굵은 밧줄 밑에 딩구는 / 구렁이"로 표현한다. 이러한 상황에서 그는 "무수無數한 공허空虛 밑에 살찌는 공허空虛"와 "흔적痕迹이 더 없는 내어버린 자아自我"를 가진 자신의 상황이 악몽이라고 한다. 그런데 이러한 질책의 원인은 자신이 "위안慰安이 되지 않는 시詩를 쓰"고 있다는 자각에 있다. 그러면 왜 "위안이 되지 않는 시"를 쓰게 되는가는 다음 시가 말해 주고 있다.

> 그대의 正義도 우리들의 纖細도

行動이 죽음에서 나오는

이 욕된 郊外에서는

어제도 오늘도 내일도 마음에 들지 않어라

그대는 반짝거리면서 하늘아래에서

간간이

자유를 말하는데

우스워라 나의 靈은 죽어있는 것이 아니냐

—「死靈」(1959) 후반부

　이 시에서 말하는 활자란 '언어'라고 통칭해도 무방하리라 본다. 더 나아가서 그 언어는 김수영이 시를 통해 표현하고 싶은 '자유'라는 기호다. 그러나 '자유'를 말하는 활자는 아직까지는 김수영의 시어가 되지 못하고 아직은 '하늘'에 있는 것이다. 그 이유로 김수영은 자신의 '영靈'이 죽어있기 때문이라고 한다. 영이 죽어있는 상황에서의 행동은 시의 윤리성을 항상 문제삼는 김수영의 사고에 의하면 바로 거짓이기 때문이다. 이런 상황에서 나온 시는 당연히 위안이 되지 않는다.

　시인으로서의 자기 의식이 강했던 김수영에게 이러한 점은 가장 치명적인 고통일 수밖에 없었다. 이는 '설움'이라는 정서가 갖는 치명적인 한계에서 도출된 것이기도 하다. 앞서 언급했듯이 전쟁 중 포로수용소의 극한 상황에서 경험했던 '버려진 자'로서의 체험이 가져올 '설움'은 전후 반공이데올로기 체제 속에서도 극복하기 어려운 정서라고 볼 수 있다.

　또한 이는 그가 추구하는 예술가적인 태도와 근대 자본주의적 현실의 불화와도 연결된다. 이미 불화가 내장되어 있는 이 상황에서 현실의 변모가 불가능할 것이라면 주체가 스스로의 태도를 변모시키는 길밖에는 대안이 있을 수 없다. 이러한 지점에서 김수영은 지금까지 지향했던 자본주의적 근대성에 관하여 회의하게 된다.

2) 자연의 발견과 새로운 시적 인식의 탐색

전쟁 체험으로 지친 마음과 몸을 위로해 주는 것은 '자연'과 '가족'이었다. 전후 시에서 이러한 주제의 시가 많다는 점은 이를 증명해 준다. 자연이 주는 이러한 위안은 이 후의 시에서도 지속적으로 형상화된다. 포로수용소 석방 이후 1950년대 후반, 그에게 닥친 자본주의적인 근대 일상 세계와의 대결 문제, 그리고 인간 존재론적인 의미에서의 죽음의 문제, 그리고 무엇보다 중요한 예술가로서의 자기 정립의 문제를 한꺼번에 풀어주는 시적 주제는 바로 '자연'이었다.

그는 자연을 통해 새로움에 대한 모색이 어떠한 방식으로 이루어져야 하는가에 또 다른 고민을 시작한다. 이는 곧 바로 시에 대한 인식의 변모를 가져온다.

> 나는 너무나 많은 尖端의 노래만을 불러왔다
> 나는 停止의 美에 너무나 等閑하였다
> 나무여 靈魂이여
>
> 가벼운 참새같이 나는 잠시 너의
> 흉하지 않은 가지 위에 피곤한 몸을 앉힌다
> 成長은 소크라테스 이후의 모든 賢人들이 하여온 일
> 整理는 戰亂에 시달린 二十世紀 詩人들이 하여놓은 일

그래도 나무는 자라고 있다 靈魂은

그리고 敎訓은 命令은

나는

아직도 命令의 過剩을 용서할 수 없는 時代이지만

이 時代는 아직도 命令의 過剩을 요구하는 밤이다

나는 그러한 밤에는 부엉이의 노래를 부를 줄도 안다

지지한 노래를

더러운 노래를 生氣없는 노래를

아아 하나의 命令을

—「序詩」(1957)

　이 시의 제목은 「서시」다. 윤동주의 「서시」에서는 자기 자신에 대한 성찰과 앞으로의 삶에 대한 의지가 들어있었다. 김수영의 시에서도 마찬가지로, 지금까지 자신의 시에 대한 반성과 앞으로의 계획이 들어있다.

　먼저 그가 행한 성찰은 첫 행에 나오는 "나는 너무나 많은 첨단의 노래만을 불러왔다"는 구절에서 집약적으로 드러난다. 김수영 자신이 지금까지 추구해 온 것은 새로움이다. 「달나라의 장난」에서 이때까지 「구름의 파수병」에서 나온 시구처럼 "어디로인지 알 수 없으나 / 어디로이든 가야 할 반역反逆의 정신"이 그가 세운 모토였다. 그러나 이 시기에 그는 이러한 생각에 근원적인 반성을 행하고 있다. "나는 정지停止의 미美에 너무나 등한等閑하였다"는 시구가 이를 말해준다. '정지'란 앞으로만 달려가는 현대의 속도를 배반하는 포즈다. 그 자신이 이제는 이러한 현대성의 현기증에 무비판적으로 편승하지 않겠다는 의지를 표명한 것이다.

"성장成長은 소크라테스 이후의 모든 현인賢人들이 하여온 일 정리整理는 전란戰亂에 시달린 이십세기二十世紀 시인詩人들이 하여놓은 일"이라는 시구는 이미 다른 현인들이 다 만들어 놓은 성장과 그 성장을 한 번 갈음하는 정리를 자신이 다시 반복할 필요가 있겠느냐는 말이다. 그는 무조건적인 변모에의 추구는 새로운 지식 습득에만 머물 수 있다고 경계한 것이다. 그럼에도 불구하고 이 시대는 그가 보기에 "아직도 명령命令의 과잉過剩을 용서할 수 없는 시대時代이지만 / 이 시대時代는 아직도 명령命令의 과잉過剩을 요구하는 밤이다". 이 구절은 아직도 현대성의 추종이라는 과잉된 명령이 진리처럼 통용되고 있는 현실을 풍자적으로 표현한 것이다. 그리고 이러한 지식을 습득하지 못해도 나무는 성숙하고 있다는 구절은 이러한 현대성의 맹목적 답습만이 세계를 변화시키는 것이 아니라는 깨달음을 비유적으로 표현한 것이다.

그렇다면 진정으로 나무를 성숙시키는 것은 무엇일까. 오히려 그는 나무를 성장시키는 것은 "지지한 노래", "더러운 노래", "생기生氣없는 노래"라고 한다. 여기서 김수영은 "부엉이의 노래"라는 의미심장한 표현을 쓰고 있다. 이 부엉이란 존재는 "미네르바의 부엉이의 황혼녘에야 날아오른다"라는 헤겔의 명제를 생각나게 한다. '미네르바'는 지혜의 여신이다. 낮에는 시안視眼을 갖지 못하는 부엉이는 저녁이 되어서야 세계를 바로 볼 수 있다. 오히려 지혜는 한창 일이 벌어지고 있는 낮에 얻어지는 것이 아니라 오히려 그 모든 일이 마무리되는 황혼녘에야 얻어질 수 있다는 말이다. 진정으로 올바른 성찰은 당시의 혼란 상황 속에서는 얻어질 수 없다는 각고의 진리를 내포하고 있는 이 말을, 김수영은 유념하고 있었다. 그래서 이미 지나간 다음에 부르는 노래이기 때문에 한편으로는 "지지한 노래", "더러운 노래", "생기없는 노래"가 될 수 있다고 표현한 것이다. 그렇지만 또 그래서 이 노래는 더 정확한 "하나의 명령命令"이 될 수 있다고 한다. 이제 김수영은 진리, '명령'을 수행하기 위해서 더 이상 껍질만의 현대성을 맹목적으로 추구하지 않겠다고 결심한 것이다. 그리고 좀 더 여유 있는 태도를 갖게 된다.

> 이제 나는 曠野에 드러누워도
> 時代에 뒤떨어지지 않는 나를 發見하였다
> 時代의 智慧
> 너무나 많은 羅針盤이여
> 밤이 산등성이를 넘어내리는 새벽이면
> 모기의 피처럼
> 詩人이 쏟고 죽을 汚辱의 歷史
> 그러나 오늘은 山보다도
> 그러나 나의 肉體의 蜂起
>
> 이제 나는 曠野에 드러누워도
> 共同의 運命을 들을 수 있다
> 疲勞와 疲勞의 發言
> 詩人이 恍惚하는 時間보다도 더 맥없는 時間이 어디있느냐 逃避하는 친구들
> 良心도 가지고 가라 休息도 —
> 우리들은 다같이 산등성이를 내려가는 사람들
> 그러나 오늘은 山보다도
> 그것은 나의 肉體의 蜂起

曠野에 와서 어떻게 드러누울 줄을 알고 있는

나는 너무나도 악착스러운 夢想家

粗雜한 天地여

간디의 模倣者여

여치의 나래 밑의 고단한 밤잠이여

「時代에 뒤떨어지는 것이 무서운 게 아니라

어떻게 뒤떨어지느냐가 무서운 것」이라는 죽음의 잠꼬대여 그러나 오늘
은 山보다도

그것은 나의 肉體의 蜂起

—「曠野」(1957) 전문

　「광야」에 나타난 시적 공간은 광활한 대지이지만 황량하고 이정표 역
시 없는 장소다. 지향점도 정해지지 않은 이곳에서 달리지는 못할망정
드러눕는다는 것은 이미 그 질주를 포기했다는 뜻이다. 그러나 그럼에
도 시적 화자는 "시대時代에 뒤떨어지지 않는 나를 발견發見하"고 "공동共同
의 운명運命을 들을 수 있다"고 한다. 중요한 것은 "시대時代의 지혜智慧 /
너무나 많은 나침반羅針盤"을 따라 산을 넘는 것이 아니라는 것이다. 이러
다 보면 "공동의 운명"인 "모기의 피처럼 / 시인詩人이 쏟고 죽을 오욕汚辱
의 역사歷史를 간과하게 된다. 그래서 넘어야 할 것은 "산山보다도"나 "나
의 육체肉體의 봉기蜂起"라고 한다. 여기서 시인이 말하는 '육체'는 "시대
의 지혜"와 반대되는 의미로 이성이 가지는 관념성과 반대되는 실재성
을 의미한다. 그렇다면 이제 그에게 중요한 것은 "너무나 많은 나침반"
이 아니라 "치욕의 역사"와 '육체'로 상징되는 구체적이고 실재적인 삶의

문제인 것이다. 그래서 그는 "시대時代에 뒤떨어지는 것이 무서운 게 아니라 / 어떻게 뒤떨어지느냐가 무서운 것이라는 죽음의 잠꼬대"를 하게 된다고 한다.

"어떻게"는 내용이 아니라 태도의 문제다. 그는 이제 더 이상 무엇이 새로운가가 중요한 것이 아니라 어떻게 하는 것이 진정 새로운 것인가가 중요하다는 깨달음을 얻은 것이다. 이 깨달음 때문에 김수영이 모더니즘 문학을 유행사조나 기법의 측면에서만 이해한 것이 아니라 내면성을 확보한 작가로 평가받는 것이다.[97] '내면성의 확보'란 자신의 삶을 근원적으로 문제삼을 때 가능하다.

이미 '바로 보기'를 통해서 모더니즘적 태도를 구현하기를 원했던 그가 이제 와서 다시 한번 태도를 문제삼은 것은 이전에 전범으로 삼았던 모더니티에 대해 보다 근원적인 문제제기를 하였기 때문이다. 그것은 이즈음의 그의 시 속에서 새로운 소재로 등장하는 '자연'의 모습이 보다 분명하게 증명해 준다.

> 무엇때문에 不自由한 생활을 하고 있으며
> 무엇때문에 自由스러운 생활을 피하고 있느냐
> 여름뜰이여
> 나의 눈만이 혼자서 볼 수 있는 주름살이 있다 屈曲이 있다 모오든 言語가
> 詩에로 通할 때
> 나는 바로 一瞬間 전의 大膽性을 잊어버리고
> 젖먹는 아이와같이 이즈러진 얼굴로

---

97 최미숙, 「한국모더니즘 시의 글쓰기 방식에 관한 연구」, 서울대 박사논문, 1997.

여름뜰이여

너의 廣大한 손(手)을 본다

"操心하여라! 自重하여라! 무서워할 줄 알어라!"하는

億萬의 소리가 비오듯 내리는 여름뜰을 보면서

合理와 非合理와의 사이에 默然히 앉아있는

나의 表情에는 무엇인지 우스웁고 간지럽고 서먹하고 쓰디쓴 것마저

섞여있다

그것은 둔한 머리에 움직이지 않는 思念일 것이다

무엇때문에 不自由한 생활을 하고 있으며

무엇때문에 自由스러운 생활을 피하고 있느냐

여름뜰이여

크레인의 鋼鐵보다 더 强한 익어가는 黃金빛을 꺾기 위하여

너의 뜰을 달려가는 조고마한 動物이라도 있다면

여름뜰이여

나는 너에게 犧牲할 것은 準備하고 있노라

秩序와 無秩序와의 사이에

움직이는 나의 生活은

섧지가 않아 屍體나 다름없는 것이다

여름뜰을 흘겨보지 않을 것이다

여름뜰을 밟아서도 아니될 것이다

默然히 默然히

그러나 속지 않고 보고 있을 것이다

— 「여름뜰」(1956)

이 시에서 여름뜰은 자연의 표상이다. 굳이 소재가 '여름'뜰이었던 까닭은 이 계절이 다른 때와 달리 자연의 생명력이 왕성하게 드러나는 시기이기 때문이다. '자연'은 이 글에서 단순히 '배경'의 의미를 넘어선다. 흔히 자연은 '인공적인 것'에 대한 대타개념으로 존재한다. 근대 세계가 형성되면서 자연은 이 '인공적인 것'에 자리를 내어주는 수모를 겪기도 했지만, 역으로 근대적인 것의 폐해를 극복할 대안으로 제시되기도 하였다.

이즈음에 그의 시에서는 이러한 자연에 대한 심상이 자주 등장한다. 이 글에 등장하는 '여름뜰'도 그가 현대성에 대한 막연한 동경에서 벗어나 또 다른 대상을 모색하는 와중에 나온 소재라고 할 수 있다. "무엇때문에 부자유不自由한 생활을 하고 있으며 / 무엇때문에 자유自由스러운 생활을 피하고 있느냐 / 여름뜰이여"라는 시구는 자연이 가지고 있는 반反근대적인 성질에 대해 언급한 것이다. 이 시에서 '자유'는 「조그마한 세상의 지혜知慧」에서 나오는 "자결自決과 같은 맹렬猛烈한 자유自由"와 같은 말로 유추할 수 있다. 이 자유自由는 "작열灼熱할 지점地點을 향하여 / 지극至極히 정확正確한 각도角度로써 / 목적目的을 이루게 되기 전에 // 승패勝敗의 차이差異를 계산할 줄 아는 포탄砲彈의 이성理性"이라는 자유로운 이성의 본질적 성격이다. 그렇다면 이 "부자유"는 이성적인 것을 거부하는 다른 무엇이다. 따라서 "부자유"는 대상에 대한 인식과 개발을 통해 발전을 도모하는 이성의 힘과는 다르게, 그 대상과의 자연스러운 합일을 꿈꾸는 자연의 섭리라고 유추할 수 있다.

김수영은 이성보다도 이 힘이 더 무서운 것이라고 본다. 여름뜰은 "광대廣大한 손"이며, "조심操心하여라! 자중自重하여라! 무서워할 줄 알어라!"라고 그에게 성찰을 권고하는 대상이다. "나의 눈만이 혼자서 볼 수 있는 주름살"이라는 구절은 자연물로서 여름뜰의 이러한 힘을 표현한 것이다.

그리고 특히 이러한 여름뜰의 무게는 "모오든 언어言語가 시詩에로 통通할 때" 즉 시를 창작하고 난 이후에 더욱 느껴진다고 한다. 가뜩이나 「영교일」에서처럼 자신의 시 창작에 회의를 품고 있던 상황이라 그 느낌은 더욱 강렬한 것이다. 그는 "바로 일순간一瞬間 전의 대등성大謄性을 잊어버리고 / 젖먹는 아이와같이 이즈러진 얼굴로" 여름뜰을 본다. 시를 창작하고 난 이후의 의기양양함을 뺏어가는 것이 바로 이 여름뜰로 표상되는 자연의 힘이라는 것이다.

그러나 이 시에서 시적 화자는 아직까지는 이 자연의 힘에 무조건적으로 경도되어 있지는 않은 것으로 보인다. "억만億萬의 소리가 비오듯 내리는 여름뜰을 보면서 / 합리合理와 비합리非合理와의 사이에 묵연黙然히 앉아있는 / 나의 표정表情에는 무엇인지 우스웁고 간지럽고 서먹하고 쓰디쓴 것마저 섞여있다 / 그것은 둔한 머리에 움직이지 않는 사념思念일 것이다"라는 표현은 그가 여전히 이성적 합리성과 자연의 비합리적 힘 사이에서 갈등하고 있다는 것을 보여준다. 그러면서 그는 "여름뜰을 흘겨보지 않을 것이다 / 여름뜰을 밟아서도 아니될 것이다 / 묵연黙然히 묵연黙然히 / 그러나 속지 않고 보고 있을 것이다"라고 하면서 좀 더 이 힘들에 대하여 숙고하겠다고 한다.

그러나 이 시를 창작한 후 몇 년이 지난 후에 태도는 바뀐다.

拒逆하라 拒逆하라

가을이 오기 전에는

내 팔은 좀체로 제대로 길이를 갖지 못하고

그래도 햇빛을 가리킨다

풀잎끝에서 일어나듯이

太陽은 자기가 내린 것을 거둬들이는데

시들은 자죽을 남기지만 도처에서

도처에서

卽決하는 靈魂이여

完全한 놈

구름끝에 혀(舌)를 대는 잎사귀처럼

몸을 떨며

귀기울이려 할 때

그 無數한 말 중의 제일 첫마디는

"나는 졌노라……"

*

自然은 「旅行」을 하지 않는다

*

그러나 오늘은 末伏도 다 아니 갔으며

밤에는 물고기가 물 밖으로

달빛을 때리러 나온다

永遠한 한숨이여

—「末伏」(1959) 후반부

위의 시에서 표현된 '자연'은 "완전完全한 놈"이다. "태양太陽은 자기가 내린 것을 거둬들이는데 / 시들은 자죽을 남기지만 도처에서 / 도처에서 / 즉결卽決하는 영혼靈魂이여"라는 구절은 떨어지는 즉시 새로운 생성을 기약하는 자연이 가지고 있는 무한한 생산력과 생명력을 찬탄한 것이다. 그래서 그는 "「나는 졌노라……」"라고 고백하는 것이다. 그리고 자신이 획득한 작은 진리인 "자연自然은 「여행旅行」을 하지 않는다"라고 내뱉는다.

'여행'은 돌아옴을 위한 경로다. 이미 그 끝이 정해져 있는 것이 여행이라고 할 때 자연은 자신의 행로의 끝을 정하고 있지 않다. 자연은 끊임없이 순환하면서 생성하기 때문이다. 그는 이러한 생성의 힘에 허무한 현대성의 몸가짐을 대비시킨다. 이러한 허무한 현대적 몸가짐에 지나지 않는 자신의 태도를 반성하면서 그는 영원永遠한 한숨을 짓는 것이다.

이처럼 이 시기의 김수영은 자연의 힘에 압도당하고 있었다. 이 시기의 다른 시 「초봄의 뜰안에」에서 그는 "흐린 하늘에 이는 바람은 / 어제가 다르고 오늘이 다른데 / 옷을 벗어놓은 나의 정신精神은 / 늙은 바위에 앉은 이끼처럼 추워라"라고 하면서 자연의 힘에 비해서 초라한 자신의 이성적 정신에 대하여 말한다. 그러면서 그는 이러한 자연의 힘을 받아들이기로 한다.

> 어둠속에 비치는 해바라기와…… 주전자와…… 흰 壁과……
> 불을 등지고 있는 城隍堂이 보이는
> 그 山에는 겨울을 가리키는 바람이 일기 시작하네
>
> 나들이를 갔다 온 씻은 듯한 마음에 오늘밤에는 아내를 껴안아도 좋으리

밋밋한 발회목에 내 눈이 자꾸 가네
내 눈이 자꾸 가네

새로 파논 우물전에서 도배를 하고난 귀얄을 씻고 간 두붓집 아가씨
에게 무어라고 수고의 인사를 해야 한다지
나들이를 갔다가 아들놈을 두고 온 안방 건넌방은 빈집같구나
文明된 아내에게 '實力을 보이자면' 무엇보다도 먼저
발이라도 씻고 보자
냉수도 마시자
맑은 공기도 마시어두자

自然이 하라는대로 나는 할 뿐이다
그리고 自然이 느끼라는대로 느끼고
나는 失望하지 않을 것이다

意志의 저쪽에서 營爲하는 아내여
길고긴 오늘밤에 나의 奢侈를 받기 위하여
불을 끄자

—「奢侈」(1958) 전문

위의 시에서 가장 중요한 연은 4연이다. 이러한 태도는 자연의 힘에
절대적으로 수긍했을 때 나올 수 있는 것이다. 이 자연의 힘과 대비되어
드러나는 것이 "문명된 아내"다. 김수영에게 아내는 생활로 표상된다.
생활을 책임져야 하는 아내에 대한 열등감이 역으로 표출된 것이 바로

아내에 대한 경멸이다. 생활이 바로 문명된 생활, 즉 자본주의화된 생활의 표현이라면 아내는 그가 경원시했던 문명의 표상이다. 그러면서 그는 이 아내를 이길 수 있는 방법으로 자연의 힘을 내세우고 있다. 그는 "문명된 아내에게 '실력을 보이자면' 무엇보다도 먼저 / 발이라도 씻고 보자 / 냉수도 마시자 / 맑은 공기도 마시어두자"라고 말한다. 그가 아내를 이기는 방법으로 채택한 것은 그 스스로 자연의 힘과 대등한 위치를 부여하는 성적인 본능이었다.

여기서 김수영의 인식 속에 내재되어 있는 이성과 본능, 그리고 문명과 자연이라는 이원대립이 드러나게 된다. 이러한 이원대립 속에 김수영은 자연에 대한 탐색을 본격적으로 시작할 뜻을 밝힌다.

내 몸은 아파서
태양에 비틀거린다
내 몸은 아파서
태양에 비틀거린다

믿는 것이 있기 때문이다
믿는 것이 있기 때문이다
光線의 微粒子와 粉末이 너무도 시들하다
(壓迫해주고 싶다)
뒤집어진 세상의 저쪽에서는
나는 비틀거리지도 않고 墮落도 안했으리라

그러나 이 눈망울을 휘덮는 싯퍼런

灼熱의 意味가 밝혀지기까지는

나는 여기에 있겠다

햇빛에는 겨울보리에 싹이 트고

강아지는 낑낑거리고

골짜기들은 平和롭지 않으냐 ─

平和의 意志를 말하고 있지 않으냐

울고 간 새와

울러 올 새의

寂寞 / 사이에서

— 「冬麥」(1958) 전문

　　문명의 대타개념으로 자연에 대한 숭배는 현실에 대한 도피라는 혐의
를 벗어나기 어려운 것이었다. 낭만주의자들의 자연철학이 갖는 맹점
이 이것이었다면[98] 이 시에서 김수영은 이러한 자연의 향유가 도피가
아니어야 한다고 말한다. "뒤집어진 세상의 저쪽에서는 / 나는 비틀거
리지도 않고 타락墮落도 안했으리라 // 그러나 이 눈망울을 휘덮는 싯퍼
런 / 작열灼熱의 의미意味가 밝혀지기까지는 / 나는 여기에 있겠다"라는
구절은 "뒤집어진 세상의 저쪽"이 의미하는 피안으로의 도피는 절대로

98　낭만주의는 예술이란 더 이상 자연의 모방이 아니라 역사적 현전이라는 새로운 규정을 예술
　　에 부여한다. 그러나 여기서 자연은 전적으로 온전한 것, 유기적으로 조화로운 미적 세계로
　　자연의 충동적이고 생산적인 측면은 배제된다. 그러므로 낭만주의적인 자연의 미학은 조화
　　로운 미적인 세계가 파괴된 근대 세계에서는 공허한 미적 초월일 뿐이라는 혐의를 벗기 어렵
　　다. 한스 로베르트 야우스, 김경식 역, 「반(反)자연으로서의 예술─1789년 이후의 미적 전환
　　에 관하여」, 『미적 현대와 그 이후』, 문학동네, 1999, 153~154쪽 참조.

하지 않겠다는 스스로의 의지를 밝히는 것이다. 대신 그는 지금 대면하고 있는 자연의 의미를 밝히기 전까지는 현재 이 자리 즉 현실 속에서 굳건히 자리잡고 있겠다는 의지를 표명한다. 이는 그에게 "자연"의 탐구가 단순히 피안에의 도피를 위한 것이 아니라 현실 속에 새로운 돌파구를 마련하기 위한 모색이었다는 점을 입증한다.

그리고 이 시에서 또 한 가지 주의해서 보아야 할 것은 "몸이 아프다"는 표현이다. '몸'의 아픔은 정신의 피로와는 다른 것이다. 정신의 운동이 대상에 대한 지배의 욕망에서 나온 것이라면 몸의 운동은 대상과 자연스러운 합일로 이어진다. 그렇기 때문에 정신의 피로가 대상을 제압하고자 하는 고투의 과정이라면 몸이 아픈 것은 대상에 대한 합일이 좌절되었을 때 생기는 것이다. 따라서 '몸'이 "아프다"는 것은 아직 이 몸이 '태양'으로 상징되는 자연이라는 대상과 자연스러운 합일을 이루지 못했다는 점을 의미한다. "내 몸은 아파서 태양에 비틀거린다"는 표현은 그런 맥락에서 이해할 수 있다. 아직 김수영은 자연에 대한 관조의 태도에서 벗어나지 못했던 것이다.

위의 시에서는 물질과 자연, 정신과 육체의 이분법이 아직은 그 안에서 해소되지 못하고 있었다. 그러나 "햇빛에는 겨울보리에 싹이 트고 / 강아지는 낑낑거리고 / 골짜기들은 평화平和롭지 않으냐— / 평화平和의 의지意志를 말하고 있지 않으냐"라는 구절은 그가 자연이 가지고 있는 힘을 "평화의 의지"라고 인정하고 있다는 점을 보여준다. 그리고 그는 그 힘의 구사는 인간적 시간 개념을 뛰어넘는 공간에서 이루어지고 있다고 보고 있다. "울고 간 새와 / 울러 올 새의 / 적막寂寞 / 사이에서"라는 구절에서 나오는 '시간'은 현세의 직선적 시간 의식에서는 벗어난 것이다. 그 시간은 물질적으로 환산 가능한 시간이 아니며, 죽음이라는 종말을 내장하고 있는 인간적 시간을 뛰어넘는 자연의 시간이다. 김수영은 이러한 자연의 시간을 통해 삶에 대한 작은 진리를 얻어내고 있었다.

삶은 계란의 껍질이

벗겨지듯

묵은 사랑이

벗겨질 때

붉은 파밭의 푸른 새싹을 보아라

얻는다는 것은 곧 잃는 것이다

먼지앉은 석경너머로

너의 그림자가

움직이듯

묵은 사랑이

움직일 때

붉은 파밭의 푸른 새싹을 보아라

얻는다는 것은 곧 잃는 것이다

새벽에 준 조로의 물이

대낮이 지나도록 마르지 않고

젖어있듯이

묵은 사랑이 뉘우치는 마음의 한복판에

젖어있을 때

붉은 파밭의 푸른 새싹을 보아라

얻는다는 것은 곧 잃는 것이다

— 「파밭 가에서」(1959)

　"붉은 파밭의 푸른 새싹"은 열매가 진 후에만 얻어질 수 있는 것이다. 그는 이 현상을 통해 "얻는다는 것은 곧 잃는 것이다"라는 진리를 얻게 된다. 이 진리는 그가 앞으로 추구하게 될 사랑의 길과 관련이 깊은 것이다. "삶은 계란의 껍질이 / 벗겨지듯 / 묵은 사랑이 / 벗겨질 때", "묵은 사랑이 뉘우치는 마음의 한복판에 / 젖어있을 때"라는 표현은 이제까지 가지고 있었던 '사랑'의 관념에서 벗어나겠다는 그의 의도로 읽힌다. 다소 비약적으로 연상해 본다면 "묵은 사랑"은 이전의 시 속에서 드러난 설움과 같은 자기애적 사랑이었다고도 할 수 있겠다. "얻는다는 것은 곧 잃는 것이다"라는 표현은 앞으로 그가 추구할 사랑은 현실적인 욕망에서 벗어난 공동체적인 것이라는 추측을 가능하게 한다.

　그 밖에도 시 「초봄의 뜰안에」(1958)나 「동야東夜」(1959)에서 드러나는 대로, 순리대로 운행되는 자연의 질서에서 삶에 대한 여유를 배운 성찰의 결과는 인생의 대전환점을 시사하는 것이기도 하다. 이러한 통찰은 4·19혁명 체험을 통해서 더욱 현실적인 의미를 얻게 되기 때문이다. 그리고 이 시기에 얻었던 새로운 고민인 자연과 몸에 대한 통찰 역시 인생의 고비를 넘어가면서 깊이를 얻게 되면서 '혁명'과 '역사'에 대한 좀 더 구체적인 시적 표현으로 승화된다.

4. 심미성의 심화와 생성의 시학

1) 정치성의 급진화와 예술에 대한 본질적 사유

(1) 자유주의적 상상력과 모더니즘의 정치성

4 · 19혁명에서 김수영은 「하 그림자가 없다…」라는 시에서 드러난 대로 정치적 열망이 현실에서 실현되는 진경을 경험한다. 그러나 혁명이 현실적으로 완수되지 못하자 「그 방을 생각하며」라는 시에서 드러난 대로 김수영의 절망은 냉소적 태도로 전환된다. 그러나 한 번 경험한 혁명 체험은 그에게 자유에 대한 갈망을 더욱 강화시킨다. 그런데 특히 그의 혁명 이후의 산문 속에서 드러나는 자유에의 갈망에는 언론의 자유 혹은 창작의 자유에 대한 주장이 주류를 이룬다. 산문 「나의 신앙信仰은 '자유自由의 회복'」, 「창작자유創作自由의 조건」 등에서 드러나는 창작의 자유에 대한 주장은 그의 중요한 정치적 논리를 대변해 준다. 그리고 다음의 글은 그의 시인옹호론의 대표적인 수사다.

> 시 無用論은 시인의 최고 혐오인 동시에 최고의 목표이기도 한 것이다. 그러나 진지한 시인은 언제나 이 양극의 마찰 사이에 몸을 놓고 균형을 취하려고 애를 쓴다. 여기에 정치가에게 허용되지 않은 詩人만의 모럴과 프라이드가 있다. 그가 사랑하는 것은 '不可能'이다. 연애에 있어서나 정치에 있어서나 마찬가지. 말하자면 진정한 시인이란 선천적인 혁명가인 것이다.[99]

---

99 「詩의 뉴 프런티어」, 『전집』 2, 239쪽 참조.

이 글에 따르면 그에게 시인은 시가 필요 없는 유토피아, '시詩'의 '뉴 프런티어'를 지향하면서도 시인의 존엄성이 사라져가는 현대 사회 속에서 자신들의 지위를 되찾으려고 싸우는 존재다. 이 이중적인 정체성 속에서 균형을 찾는 것이 김수영이 생각하는 시인만의 '모랄과 프라이드'다. 그 이유는 시인이 선천적인 혁명가이기 때문이다. '불가능'을 추구하는 것이 그가 정리한 혁명의 원형질이라면, 그리고 '불가능'을 추구한 것이 시인의 본성이라면, 시인은 선천적인 혁명가가 되는 것이다.

김수영의 논리대로라면 시인은 정치가보다 위대한 존재다. 이미 혁명의 과정에서 정치가에 대한 환멸을 느낀 그에게 정치가는 현실적인 논리에 의해서 자신의 신념을 버릴 수 있는 기회주의자다. 그에 비해 그가 생각하는 문학의 본질이 항상 새로운 것, 불가능한 것을 추구하는 것이라면 이 문학을 관장하는 시인은 그 본질상, 현실과의 타협을 모르는 사람인 것이다. 이미 오든 그룹을 통해서 확신을 얻은 이 현대시인의 모랄 의식은 그의 가장 중요한 자부심이었던 것이다.

그리고 이러한 점은 전기에서부터 이어진 예술가적 자의식에서 나온 것으로, 이는 테잇이 말한 '문인'으로서의 자각과 같은 것이다. 테잇은 언어의 순수성을 지키는 것이 그 사회의 정의를 지키는 길이라고 한다. 그러나 이러한 테잇의 논리가 체제의 안정을 꾀하는 다소 보수주의적 색채를 띠고 있다면,[100] 혁명 이후의 김수영의 인식에는 좀 더 문화혁명적인 인식이 강화되고 있었다. 그가 "문학하는 사람들이 문자를 통해서 자유의 경간徑間을 넓혀가야 한다는 과제는, 일제 시대의 지사들의 독립

---

100 테잇은 미국의 남부 출신으로, 미국 남부의 전통을 유지하고 전파하려는 의지가 강했다. 이러한 성향에 의해 그는 신비평가 중에서는 가장 비판적인 성향을 띠고 있음에도 불구하고 신비평의 근원적인 속성인 보수주의적 경향에서는 벗어나지 못했다.

운동만한 비중이 있는 대업"[101]이라고 말한 것은 이러한 점을 증명해 준다. 그는 혁명 후에 '문자' 즉 언어를 통한 점진적인 진보를 지향하는 문화혁명적인 관점을 가지고 있었던 것이다. 그러므로 사회 속에서 예술의 역할을 강조하는 김수영에게 예술 창작의 자유는 곧 현실적 자유의 척도를 가늠하는 잣대가 된다. 그가 부르짖는 창작의 자유에 대한 주장은 그 사회의 자유를 부르짖는 가장 정치적인 발언인 것이다.

J. M. 코헨의 「내란 이후의 서반아시단」(『현대문학』, 1960.4~5)의 번역은 정치적 억압 속에서 "대부분의 다른 나라들과는 대조적으로, 새로운 표현의 단순성과 직접성과 수사학으로부터의 자유"[102]를 발견한 그 나라 시인들의 고투를 옹호하기 위한 것이다. 이는 그가 당대 상황에서 우리 시인들 역시도 시적 인식을 포기하지 않고 예술가적 고투를 시행할 것을 암묵적으로 주장한 것이다.

그 역시도 이러한 정치성을 예술을 통해 실현하고자 한다. 이미 신비평을 통해서도 예술에 대한 심미적 인식을 포기하지 않았던 그였기에 혁명 이후에도 이러한 인식은 변모하지 않는다. 오히려 혁명의 실패는 심미적 형식에 대하여 더욱 진지하게 고민하게 만든다.

이러한 고민의 과정에 그가 번역한 대상은 정치성이 심미적 인식으로 전환된 비평가들에 대한 글이다. 그러나 가장 두드러지게 나타나는 것은 『파르티잔 리뷰Partisan Review』에 수록되었던 글들의 번역이다. 조지 스타이너(「맑스주의와 문학비평」, 『현대문학』, 1959.11~12), 앨프리드 케이진(「정신분석과 현대문학」, 『현대문학』, 1964.6), 리차드 스턴(「이」, 『문학춘추』, 1964.7), 라이오넬 트릴링(「쾌락의 운명」, 『현대문학』, 1965.10~11), 조셉 프랑

---

101 「히프레스 文學論」, 『전집』 2, 282쪽 참조.
102 J. M. 코헨, 김수영 역, 「내란 이후의 서반아시단(下)」, 『현대문학』, 1960.5, 316쪽 참조.

크(「도스또에프스키와 社會主義者들」, 『현대문학』, 1966. 12)는 흔히 뉴욕 지성인
파로 불리는 미국 내 자유주의 비평가그룹에 속한 작가들이다.

이들은 1930년대 이후 미국 내 전반적인 조류로 자리잡았던, 신비평
가들과 같은 시대에 활약했던 급진 자유주의적 성향의 비평가 그룹이
다. 이들은 문학에서의 복잡성, 통일성, 아이러니, 합리성, 모호성, 진지
성, 지성 및 문학적 가치를 중요시하였다. 이들은 때로는 의식적으로 때
로는 실용적으로, 범세계적인 문화와 급진적인 정치의 결합을 지향한
다. 이들은 강력한 사회윤리적인 태도를 강조하는 어조로 비평적인 글
을 기고하였다

앨프리드 케이진은 자신들의 활동을 회상하는 자리에서 그들의 "목
적은 무한한 사색의 자유, 자유 급진주의자와 모더니즘의 결합이었
다"[103]라고 자신들의 정치적이고 문화적인 성향을 설명한다.

이들은 좌파적 상상력을 가지고는 있지만 미국식 민주주의뿐만 아니
라 소련의 사회주의에 대하여서도 강한 반발감을 표시하는 자유주의 그
룹이다. 이들이 내세우는 "자유주의적 상상력"[104]은 급진적인 정치적
인식과 문학의 결합을 추구하는, 그들의 인식을 대변해 주는 문구이다.
트릴링에 의하면, 자유주의적 상상력은 "자유주의에 다양성과 가능성
이라는 본래의 주요한 상상력을 상기하는 것"이다. 이는 김수영의 후기
문학세계에서 드러나는 정치적 성향과 유사하다. 미학적 측면에서 모
더니티의 극단을 추구하는 것이 가장 정치적인 것이라는 이들의 명제와
김수영의 후기의 문학적 태도는 특히 산문에서 드러나는 정치적 성향에

---

103 Vincent. B. Leitch, 김성곤 외역, 「뉴욕지성인유파」, 『현대미국문학비평』, 한신문화사, 1993,
    105~106쪽 참조.
104 이 말은 L. 트릴링의 저서 『문학과 사회』의 원제다(L. 트릴링, 양병탁 역, 『문학과 사회』, 을
    유문화사, 1974).

서 비슷한 점을 발견할 수 있다. 다소 보수주의적 입장을 견지했던 신비평에서 자유주의적 성향의 뉴욕 비평가 그룹으로의 관심의 이동은 그의 정치적 성향이 점차 강화되어 가는 과정을 설명해준다.

특히 조지 스타이너의 「맑스주의와 문학비평」은 마르크스주의 문학론 중 엥겔스와 레닌의 입장을 비교한 텍스트이다. 레닌의 입장은 정통 사회주의 문학론, 즉 당의 이념에 문학적 인식을 맞추어가는 당문학을 주장하는 것이다. 반면에 엥겔스의 입장은 이념에 대한 문학의 자율성을 상대적으로 인정하고 예술적 형상화 능력을 중요시한다. 스타이너는 이러한 두 가지 문학적 조류를 설명하면서 "문학을 가볍게 보지 않는" 엥겔스의 입장을 옹호한다.

이러한 점은 김수영에게 여전히 마르크스주의가 주요한 관심사였다는 점을 반영하는 것이다. 그러면서도 예술이 도식적 이념 편향에 종속되는 것에는 상당한 거부감을 갖고 있었던 것으로 보인다. 이후에 소련에 대한 비판적 인식이 드러난 텍스트[105]를 번역한 것을 보면 이러한 점이 보다 분명해진다.

한편 앨프리드 케이진의 「정신분석과 현대문학」과 라이오넬 트릴링의 「쾌락의 운명」은 뉴욕비평가 그룹의 주요 특징인 정신분석학에 대한 관심을 드러내는 논의다. 뉴욕 지성인파 비평의 특징은 문화비평이라는 점이다. '사회'와 '문화'라는 개념이 어느 정도는 상호 교환되어 사용될 수 있기 때문에, 이들 자신은 자신들이 수행하는 '문화비평'을 전형적인 '사회비평'이라고 강조하였다.[106] 이들은 광범위한 문화비평 활동에

---

105 피터 비어렉, 김수영 역, 「쏘련文學의 分裂相, 로보트主義에 항거하는 새로운 感情의 陰謀에 對한 目擊記(상, 하)」, 『사상계』 10-6, 1962.6; 『사상계』 10-9, 1962.9 참조.
106 Vincent. B. Leitch, 앞의 글, 111쪽 참조.

서 특징 있게도 그 연구영역을 미학, 문체론, 심리분석같이 전문적인 비평적 접근으로만 제한하였다. 위의 두 비평은 그 중에서도 프로이트의 심리분석을 문화비평에 적용시킨 대표적인 것이다.

트릴링이 프로이트주의와 마르크스주의에서 배운 것은 첫째, 고정적이고 제도화된 현실개념을 분명히 하고, 둘째, 역사, 사회, 문화의 실상과 친밀성을 인정하는 것이었다.[107] 이들이 마르크스주의에게서 배운 것은 사회와 문화의 긴밀한 관련이었던 것이다. 그리고 이들이 프로이트에게서 배운 것은 이 철학자가 성찰하고 있는 인간의 다양한 내면을 이해하는 방식이었다. 특히 트릴링이 '부르주아적 쾌락을 배격하는 불쾌'와 '죽음충동'을 현대적인 것으로 바라보는 관점은 이들이 프로이트에게서 배운 것이 부르주아적인 것을 비판하는 그의 태도였다는 점을 알려 준다. 이는 무의식처럼 인간의 내면적 인식을 중시하는 모더니즘적 인식과도 관련이 깊은 논의다.

그러나 트릴링은 프로이트가 바라보는 예술가에 대한 관점은 비판한다. 예술가를 신경증 환자로 바라보는 논리나 예술 작품을 환상 및, 욕망의 결핍에 의한 도피처로 바라보는 프로이트의 관점에는 반대를 한다. 트릴링은 "무의식과 완결된 시 사이에는 사회적 의도와 의식이 공식적으로 통제하게 된다"고 못박는다. 그는 예술에 사회적 현실을 구체적으로 반영하려는 예술가의 의도적인 노력에는 갈채를 보내야 한다는 문학관을 분명히 한 것이다.

또한 이들의 비평 속에서 두드러지게 드러나는 것은 도스토옙스키에 대한 찬양이다. 트릴링의 위의 논문과 함께 조셉 프랑크, 「도스또에프

---

107 위의 글, 121쪽 참조.

스키와 사회주의자社會主義者들」(『현대문학』, 1966.12)에서는 도스토옙스키의 「지하생활자의 수기」를 부각시킨다. 그들은 이 작품에서 작가가 내면의 정신적 자유를 추구하는 현대인의 고투를 전형적으로 형상화한 점에 주목한다. 트릴링이 이 작품의 주인공이 정신적 자유를 위해서 기꺼이 불쾌를 선택하는 과정을 영웅적인 형상으로 보았던 것처럼 조셉 프랑크 역시도 도스토옙스키의 성찰이 사회주의자들의 이념적 도식으로 점철된 문학의 논리보다 훌륭하다는 점을 강조한다. 그들이 추구하는 것이 인간의 정신적 자유의 추구[108]임을 이 논문들은 보다 분명하게 증명한다.

이러한 점 역시 김수영의 자유주의적 문학 인식과 통하는 것임은 물론이다. 김수영이 이들의 논의에 깊은 인상을 받았다는 것은 그의 산문 속에서 드러나고 있다. 자신의 처녀작을 설명하는 자리에서 언급한 트릴링의 「쾌락의 운명」에 대한 언급은 이들의 논리가 그에게 중요한 고민거리였음을 말해 준다.

그는 산문 「연극을 하다가 시로 전향―나의 처녀작」에서 "트릴링은 쾌락의 부르죠아적 원칙을 배격하고 고통과 불쾌와 죽음을 현대성의 자각의 요인으로 들고 있으니까 그의 주장에 따른다면 나의 현대시의 출발은 「병풍」 정도에서 시작되었다고 볼 수 있고, 나의 진정한 시력詩歷은 불과 10년 정도밖에는 되지 않는다"고 하였다. 그리고 그는 「변한 것과 변하지 않은 것」에서는 "진정한 폼의 개혁은 종래의 부르조아사회의 미美 ― 즉 쾌락 ― 의 관념에 대한 부단한 부인과 전복에 의해서만 이루어진다"고 하여 트릴링의 논의에서 얻은 깊은 인상을 서술한다.[109]

---

108 L. 트릴링, 양병탁 역, 앞의 글 91쪽 참조.
109 「변한 것과 변하지 않은 것」, 『전집』 2, 368쪽.

그가 추구했던 자유라는 것이 창작적 자유 혹은 자기세계를 용인하는 내면의 자유였다면 이 역시 이들의 논리와 일맥상통하는 것이다. 그리고 그가 말한 "시의 기술은 양심을 통한 기술"[110]이라는 말은 트릴링의 "시에 있어 모든 성공의 기초가 되고 있는 것, 시의 모양이나 암유의 기지보다 더욱 중요한 것은 시인의 소리"[111]라는 말과 유사한 논리를 가지고 있다. 이 역시 예술가의 윤리를 중요시하였던 뉴욕비평가 그룹의 논리와 김수영 논리가 서로 합치되는 부분이다.

이처럼 뉴욕 비평가 그룹은 김수영의 인식에 많은 영향을 주었다. 그중에서도 특히 정치적 인식과 문학적 인식의 연관성은 그의 산문 속에서 주장하는 내용과 거의 일치하는 것들이다. 이러한 논리들이 산문이 아닌 시 창작 방법에는 직접적으로 영향을 끼치지는 않았지만, 그의 문학적 인식에 확신을 주었던 것만은 틀림없다.

그런데 혁명 이후 이루어진 변화 중 중요한 것은 그가 점점 서구적 모더니티에 대한 선망에서는 벗어나고 있다는 점이다.

'4월' 이후에 달라진 것은 국내 잡지를 읽게 되었다는 것이다. 그전만하면 송충이같이 근처에 두지도 못하게 하던 불결한 잡지들(문학지는 상기도 불결하다)도 인내성을 발휘해서 읽어나가면 그중에는 예상보다도 훨씬 진지한 필자들이 많은 데에 새삼스러이 부끄러운 마음도 들고 퍽 대견스러운 감도 든다.

이제는 후진성이라는 것이 너무나도 골수에 박혀서 그런지 그리 겁이 나지 않는다.[112]

---

110 「난해의 장막」, 『전집』 2, 272~273쪽 참조.
111 Vincent. B. Leitch, 앞의 글, 434쪽 참조.

혁명의 실패 이후에 그가 느낀 것은 세상에 대한 좀 더 넓은 통찰이었다. 그는 "모든 것이 그렇다. 되면 다행이지만 매사건건에 꼭 되어야만 한다고 이를 바득바득 갈고 조바심만 하다가는 대한민국에서는 말라죽기 꼭 알맞다"고 한다. 그는 지식인적인 관념적 논리와 조급성에서 벗어나야 한다고 생각했던 것이다. 그는 전후에 "독서와 생활과를 혼동하여서는 아니된다. 전자는 받아들이는 것이다. 그러나 후자는 뚫고 나가는 것이"[113]라는 점을 좀 더 실감한 것이다. 이것은 현실이 그렇게 호락호락하지 않다는 점을 체험한 그가 자기 반성을 하는 가운데 얻어 낸 성찰 중 하나다. 그래서 그는 후진성을 벗어나야 한다는 조급성에서도 벗어나게 된다. 그래서 이 글에서 서술된 대로, 받아본 지 일주일도 넘은 『엔카운터』지誌를 그대로 두고 있다. 그는 이제는 서구적 모더니티에 대한 무조건적인 추종에서는 벗어나는 여유를 획득하였다. 특히 오든 그룹이나 뉴욕비평가 그룹처럼 한 일파의 문학적 인식에 대해서는 좀 더 무관심해지는데 그것은 서구 모더니즘의 규격화된 시선에서 벗어나서 좀 더 유연한 번역 의식을 마련하려는 그의 노력의 일환이다.

후기로 갈수록, 그의 정치적 인식이 점차 급진화될수록 그의 시적 인식 대한 고민은 깊어간다. 물론 이 길이 정치와 문학의 이원화된 길은 아니었음은 분명하다. 이 둘을 결합하는 길을, 그는 정치적 인식을 내용에 대입하는 것이 아니라 문학의 심미적 성격 그 자체에서 찾아내려고 한 것이라고 추측할 수 있다. 그리고 그는 그 길을 여러 경로를 통해 찾고 있었다. 그래서 후기에 논의할 만한 번역물은 어떤 일파의 논의라기보다는 그가 때에 따라 관심을 두고 있는 작가의 글을 채택하여 번역한 것

---

112 「밀물」, 『전집』 2, 42쪽 참조.
113 「日記抄-1956년 2월 2일자」, 『전집』 2, 490쪽 참조.

들이다. 그래서 후기에 그는 이러한 번역물에서 드러난 관점을 그의 시와 산문에 자유롭게 대입해 보는 형식적 실험을 하기도 한다.

(2) '참된 것'의 추구와 정신과 육체의 이분법의 극복

전기 시세계에서 김수영은 자신이 체험한 '경험의 전체성'을 드러내주는 데 주력하였다. 후기 시세계에서도 역시 이러한 경험의 전체성을 드러내주는 시가 여전히 존재하기는 하지만 1960년대 후반부에 오면서 이러한 유형의 시는 점차 줄어들게 된다. 이는 그의 시에 대한 인식이 변모하고 있다는 점을 말해준다. 이 산문은 혁명 직후인 1961년에 쓰여진 글로, 급격하다고도 할 수 있는 이 시기의 의식적 변모 양상을 살펴보는 데 많은 시사점을 주고 있다.

> 현대시는 이제 그 '새로움의 모색'에 있어서 역사적인 徑間을 고려에 넣지 않으면 아니 될 필연적 단계에 이르렀다. 연극성의 와해를 떠받치고 나가야 할 역사적 지주는 이제 개인의 신념이 아니라 인류의 신념을, 관조가 아니라 실천하는 단계를 밟아 올라가고 있다. 그리고 이러한 실천은 윤리적인 것 이상의, 作品의 image에까지 강력한 영향을 끼치는, 보다더 근원적인 것으로 되어있다. 현대의 순교가 여기서 탄생한다. 죽어가는 자기를 바라볼 수 있는 자기가 아니라, 죽어가는 자기 ― 즉 죽음의 실천 ― 이것이 현대의 순교다. 여기에서는 image는 바라볼 것이 아니라, 자기가 바로 image이다. 이러한 의미에서 그것은 image의 순교이기도 하다.
>
> (…중략…)
>
> 演劇…具象…이런 것을 미워하기 시작하면서부터 나는 다시 추상을 도입

시킨 작품을 실험해보았지만 몇 개의 실패작만을 내놓고 말았다. 그러고보면 아직도 drama를 포기할 단계는 못된 것 같으나 되도록 자연스럽게 되고 싶다는 것이 요즈음의 나의 심정이다. 현대의 의식의 위기를 극복하는 길은 어디까지나 common sense와 nomality이기 때문이다.

이 詩人들의 새로움들은 새로움

없는 詩人들을 지나서

역시 새로움의 힘으로 날으고 있다 (1961).[114]

위의 산문은 영국 시인 피터 비어렉Peter Viereck와 프랑스 시인 줄 슈페르비엘Jule supervielle에 대한, 그의 변모된 인식에 관한 이야기다. 그는 이들을 좋아한 이유로 '연극성'을 들었다. 그는 그들의 시에 나타난 '연극성'이 우선 풍자성을 갖춘 재미 때문에, 또 하나는 연극에는 의례히 따르게 마련인 구상성 때문에 좋다고 하였다. 그리고 이 구상성이 좋은 이유로, 그는 이들의 구상성에는 "말라르메의 lnvisibility나 추상적인 술어의 나열같은 것이 일절 자취를 감추고 있"기 때문이라고 한다. 그리고 또한 그는 "'로맨티시즘'에 대한 극도의 혐오가 이런 형식으로 나타났는지는 몰라도 그 당시에는 나는 발레리에게도 그다지 마음이 가지 않았다"고 한다. 말라르메나 발레리는 시적 언어의 절대성과 시의 순수성을 추구했던 시인들로, 김수영이 이들에게 관심이 없었던 이유는 당시 그의 관심이 현실과 시의 긴장이었지, 시의 순수성이라는 본질론적 탐색이 아니었기 때문이다. 그러나 이 문구에서 김수영은 "그 당시에는" 이라는 부사구를 사용하여 시간적인 한정을 두고 있다. "그 당시에는" 아니지만

---

114 「새로움의 摸索 - 슈뻴비엘과 비어레크」, 『전집』 2, 237~238쪽 참조.

지금은 그가 상징주의 시인들이 사유했던 시의 본질론에 대한 고민을 할 수도 있다고 느꼈기 때문이다. 이러한 변이는 슈페르비엘과 비어렉에 대한 그의 인식의 변모에서 드러난다.

먼저 이들 시의 연극성에 대한 그의 인식이 변모한다. 슈페르비엘의 시를 분석하는 자리에서 그는 슈페르비엘의 시에 나타난 풍자성을 말한다. 슈페르비엘의 시는 '스토리'를 가지고 있는데 그의 시에서는 이 "'스토리' 자체가 벌써 하나의 풍자가 된다"는 것이다. 그리고 그는 "더 정확하게 말하자면 '스토리'의 선천적인 풍자성이 그의 작품의 내용적인 풍자성을 비극으로 연결시키고 있다"고 한다.

이러한 내용은 이전의 김수영의 시의식과 유사하다. 김수영이 전기시 속에서 지향하는 경험의 총체성 역시 스토리성을 갖고 있는 것이며, 그 속에 김지하가 말한 자기 풍자가 녹아 있었기 때문이다. 그러나 여기서 김수영은 최근 슈페르비엘의 시에서는 이 연극성에서 "모진 구상성이 없어지고 어디인지 원만미가 감돌고" 있다고 했다. 이는 그가 슈페르비엘의 시에서 풍자의 날카로움이 사라져가는 것에 대한 안타까움을 표시한 것이다. 그래서 그는 "슈페르비엘의 시는 낡은 것이고, 이러한 인식이 싹틀 무렵에 나는 슈페르비엘과 이별하였다"고 한다. 그가 생각하기에 날카로움이 사라진 슈페르비엘 시의 풍자성은 더 이상 새로운 것이 아닌, 낡은 형식이라는 것이다. 그리고 그는 슈페르비엘과 결별한 이유가 "나에게는 이미 새로움의 모색이 필요 없었기 때문이라고 말한다.

여기서 그에게 "이미 새로움의 모색이 필요 없었다"는 의미는 중요한 것이다. 새로움의 추구가 생명이었던 그의 혁명 이전의 사고 방식에 미루어 보았을 때에 그러하다. 그러나 여기서 새로움의 모색이 필요 없다는 의미는 단지 표면적인 의미에서만 볼 것은 아니다. 그는 "현대시는 이제 그 '새로움의 모색'에 있어서 역사적인 경간經間을 고려에 넣지 않으면 아니 될 필연적 단계에 이르렀다"고 한다. 그는 새로움의 모색이 필요 없어진 것이 아니라 새로움의 의미를 달리 보아야 한다는 자각을 하였던 것이다. 그러므로 그에게 이제는 슈페르비엘의 시에 나타난 새로움 즉 풍자성에 대한 매혹이 중요한 것이 아니라 그 날카로운 풍자성을 지키지 못했던 그의 태도가 더 중요했던 것이다.

그래서 이 글의 요지는 그가 예전에 집착했던 형식적 새로움에는 고별을 고하고 있다는 내용이다. 그는 또한 "연극성의 와해를 떠받치고 나가야 할 역사적 지주는 이제 개인의 신념이 아니라 인류의 신념을, 관조가 아니라 실천하는 단계를 밟아 올라가고 있다"고 한다. 이 말은 혁명 이후의 급변하는 현실에서 이제는 연극성이 와해될 수밖에 없으며, 그 대신 새로운 시적 인식을 모색해야 한다는 것이다. "개인의 신념이 아니라 인류의 신념을, 관조가 아니라 실천하는 단계를 밟아 올라가고 있다"는 말은 혁명 이후의 그의 인식의 변이를 대변해주는 것이다.

좀 더 구체적으로 살펴보자면 그는 "영원히 자신을 고쳐가야 할 운명"이라는 자기 중심적 인식에서 인류의 신념을 논하는 지식인의 사명감으로, '바로 보기'라는 관조의 태도에서 "행동으로서의 시"라는 실천의 태도로 옮아간 것이다.

4·19 이후에 김수영에게는 정치적 행동과 시는 동질의 개념이다. 그는 1967년에 쓴 산문에서 학생들의 정치적 행동을 보고 "그들은 시를 이행하고 있는 것이고 진정한 시는 자기를 죽이고 타자가 되는 사랑의 작업이며 자세인 것이다"[115]라고 한 바 있다. "이러한 실천은 윤리적인 것

---

115 「로터리의 꽃의 노이로제─시인과 현실」, 『사상계』, 1967.7(『전집』 2, 201쪽).

이상의, 작품作品의 image에까지 강력한 영향을 끼치는, 보다 더 근원적인 것"이라는 말은 그가 실천의 방법으로서 시의 형식에 대하여 고민하고 있었다는 점을 설명해 준다. 그는 아래의 인용구에서 구체적인 시작 방법론에 대한 고민을 털어놓고 있다.

"연극演劇… 구상具象… 이런 것을 미워하기 시작하면서부터 나는 다시 추상을 도입시킨 작품을 실험해보았지만 몇 개의 실패작만을 내놓고 말았다"라는 독백은 그가 시에서, 연극성을 벗어나 새로운 방법인 '추상'을 시험하고 있었다는 점을 말해 준다. 이 언급에 따라 이 시기의 작품을 살펴보면, 「먼 곳으로부터」와 같은 작품이 이러한 실험에 해당하는 작품으로 보인다.

그러나 이 외에는 추상을 실험한 작품은 보이지 않는다. 그 실험이 신통치 않았던 듯싶다. 그래서인지 그가 "그러고보면 아직도 drama를 포기할 단계는 못된 것 같으나 되도록 자연스럽게 되고 싶다는 것이 요즈음의 나의 심정"이라고 말하는 이유에 수긍이 간다.

"현대의 의식의 위기를 극복하는 길은 어디까지나 common sense와 nomality이기 때문이다"라는 말은 그의 이러한 여유를 보여주는 것이다. "common sense와 nomality"를 추구하는 태도는 "되도록 자연스럽게"라는 태도와 같은 말이며 이전의 전위에의 강박에서 벗어난 것이다. 그는 "시가 영원히 낡은 것"이라는 인용구에서처럼 계속된 새로움의 추구는 영원히 지연되는 것이라고 말한다. 그렇다면 이 말은 현재의 전위적인 것은 곧 낡은 것이 될 것이며 이 낡은 것을 극복할 대안이 이전의 것이라면, 이전의 것이 오히려 새로운 것이 될 수도 있다는 의미다. 이 의미에서 김수영은 "이 시인詩人들의 새로움들은 새로움 없는 시인詩人들을 지나서 / 역시 새로움의 힘으로 날으고 있다"는 장난스러운 패러디를 만들어내고 있다. 이러한 태도는 그의 다른 산문에서 좀 더 구체화되어 드러난다.

> 나는 일본어를 사용하고 있는 것이 아니라 亡靈을 사용하고 있는 것이다 아무도 사용하지 않는 것에는 동정이 간다. 그것도 있다. 순수의 흉내, 그것도 있다. 한국어 잠시 싫증났다, 그것도 있다. 일본어로 쓰는 편이 편리하다, 그것도 있다. 쓰면서 발견할 수 있는 새로운 현상의 즐거움, 이를테면 옛날 일영사전을 뒤져야 한다, 그것도 있다. 그러한 변모의 발견을 통해서 시의 레알리테의 변모를 자성하고 확인한다.(자코메티의 발견), 그것도 있다. 그러나 가장 새로운 신념은 상이하게 되는 것이 아니라 동일하게 되는 것이다. 약간 빗나간 인용처럼 생각키울지 모르지만 보브왈 가운데 이러한 一節이 있다.
>
> 「쁘띠블의 패들은 모두 獨創的으로 되려는 버릇이 있다.」라고 모올이 말했다. 「그것이 역시 서로 닮는 방식이라는 것을 모르고 있어.」
> (…중략…)
>
> 詩의 스타일에 싫증이 났을 때, 동일하게 되고자 하는 投身의 용기가 솟아난다. 그것은 뱀의 아가리에서 빛을 빼앗는 것과 흡사한 기쁨이다. [116]

한국어가 잠시 싫증났을 때 일본어로 쓰는 것 혹은 옛날 일영 사전을 뒤진다든가 하는, 시를 쓰면서 발견할 수 있는 즐거움은 상이하게 되고

---

[116] 「시작노트 6」, 『전집』 2, 451~452쪽 참조.

자 하는, 새로움을 추구하는 방법이다. 그러나 김수영은 "가장 새로운 집념은 상이하게 되는 것이 아니라 동일하게 되는 것이다"라고 말한다. 서로 독창적으로 되려는 방식이 오히려 서로 닮는 방식이라는 말은 맹목적인 형식적 새로움의 추구가 가지는 허무함에 대해 일침을 놓은 것이다.

이러한 인식에 동의한 결과 김수영은 "동일하게 되고자 하는 투신投身에의 용기"가 솟아난다고 하는데, 이것이 오히려 "뱀 아가리에서 빛을 빼앗는 것과 흡사한" 기쁨을 준다고 하였다. 이 역시 그가 새로움의 추구가 단지 새로움 자체에 대한 집착이 아님을 깨달았다는 점을 보여주는 것이다. 이로써 김수영은 새로움에 대한 형식적인 강박에서는 벗어났다. 이러한 점은 그가 시월평 속에서 형식적인 새로움을 추구하는 모더니즘 시인들에 대하여 왜 그토록 강도 높은 비판을 행했는가를 보여주는 것이다.

그 결과 그는 그러한 변모의 발견을 통해서 "시의 레알리테의 변모를 자성하고 확인(자코메티의 발견)"하기도 했다. 그런데 '시의 레알리테의 변모를 자성한다'는 말은 그가 자코메티의 발견에서 얻어낸 성과다.

김수영의 또 하나의 번역물 칼톤 레이크의, 「자코메띠의 지혜知慧―그의 마지막 방문기」(김수영 역, 『세대』, 1966.4)는 그가 자코메티[117]의 창작 방법에 흥미를 가졌음을 알려준다. 이 글은 미술평론가인 레이크가 자코메티의 작업실을 방문하여, 이 화가의 작업 과정을 관찰하고 그의 예술관에 관하여 나눈 대화를 그대로 서술한 것이다. 김수영이 인용한 원어 원문과 관계된 이 글에서 중요하게 부각되는 점은 자코메티의 리얼

---

117 자코메티는 피카소와 함께 유명한 초현실주의 조각가로 후기에는 이 초현실주의적 작풍에서 벗어나 사실주의적 작품으로 창작을 행한다.

리티에 관한 관점이다. 자코메티는 리얼리티란 비독창적인 것이 아니라고 한다. 무엇이고 보는 대로 충실하게 그릴 수만 있다면, 그것은 과거의 걸작들 만큼 아름다운 것이 될 것이고, 그것이 참된 것이면 것일수록 더욱 더 소위 위대한 스타일에 가까워진다고 하였다.[118] 이는 초현실주의적인 추상 작품을 선호하던 초기의 작품 세계에서 벗어나 대상에 대한 리얼리티의 실현에 많은 심혈을 기울였던 말년의 자코메티의 생각을 표현한 말이다.

"리얼리티가 비독창적인 것이 아니"라는 말이나 "참된 것이면 것일수록 더욱 더 위대한 스타일"이라는 자코메티의 생각은 김수영이 새로움에 대한 강박관념에서 벗어나 "common sense와 nomality"의 추구가 오히려 진실한 현대성일 수 있다는 자각과 서로 유사하다. 이미 대가의 경지에 들어선 이 노老예술가가 말년에 찾고 있었던 것이 새로운 형식의 추구라는 참신성이 아니라 '참된 것'이었다는 점은 김수영에게도 적용될 수 있는 것이다. 김수영도 혁명을 겪고 나이가 들어가면서 새로움이라는 신기루보다는 진실된 예술 세계가 무엇인가라는 본질적 고민이 필요하다고 깨닫고 있었던 셈이다.

그는 시작노트에서 로버트 프로스트의 시론을 인용하면서 이와 같은 맥락의 내용을 서술한다. 이 산문에 인용된 프로스트의 말을 인용하면 다음과 같다.

"More than once I should have lost my soul to radicalism if it had been the originality it was mistaken for by its young converts."(만약에 내가 독창성을

---

118 칼톤 레이크, 김수영 역, 「자코메띠의 知慧 — 그의 마지막 방문기」, 『세대』, 1966. 4, 316쪽 참조.

가지고 있었더라면 급진주의에 한 번 이상 내 영혼을 잃어버리지 않았을텐데, 이것은 젊은 전향에 의한 실수였다. 번역-인용자) 나도 이런 과오를 많이 저지른 셈이다).

"For myself the originality need be no more than the freshness of a poem ren in the way I have described; from delight to wisdom"(나에게 독창성은 내가 묘사했던 방법으로 진행된 시의 신선함에 다름아니다; 희열에서 지혜로)

위의 글을 인용한 시작노트는 「풀의 영상」, 「엔카운터지」, 「전화이야기」에 관한 것이다. 이 시들 모두 후기 시에서 중요한 작품들이다. 이 작품들을 쓰면서 그가 프로스트의 이 글을 인용한 것은 그의 후기 시세계의 중요한 고민을 고백하기 위해서이다. 이 글에는 '급진주의'에 대한 우려, 그리고 독창성이 어떤 규칙에 의해 정해지는 것이 아니라 자기 나름의 방식에서 나온 것이라는 내용이 담겨져 있다. 이러한 내용 역시 그가 자코메티를 통해서 얻은 통찰과 통하는 것이다. "희열에서 지혜로"라는 잠언은 그가 이제는 '급진주의' 즉 새로움의 추구라는 형식적이고 순간적인 희열에 얽매이는 것이 아니라 좀 더 본질적인 통찰을 행하는 지혜의 혜안을 가지고 싶어한다는 점을 암시하는 것이다.

후기의 중요한 번역 중 하나인 데니스 도나휴의 「예이쓰의 시詩에 보이는 인간영상人間影像」(『현대문학』, 1962.8·10) 역시도 같은 맥락에서 살펴볼 수 있는 것이다. 이 글의 주제는 "예이쓰의 작품을 읽을 때 우리들은 영혼과 육체의 조화될 수 없는 주장에 강렬하고도 고통스럽게 사로잡혀 있는 시인을 발견한다"는 첫 구절이 시사하고 있다. 다른 동물과 달리 정신적 존재인 인간 고유의 이중성인 '정신'과 '육체'의 이분법을 극복하는 것은 인간의 한계를 극복하는 일이며, 정신적인 가치를 우위에 두는 인간의 오만을 반성하는 일이다. 그리고 특히 이 이중성을 극복해야 하는 것은 이 글에 따르자면 "시인인 예이츠는 어찌할 수 없이 '전체全體'와 통일統一과 '완전'의 이미쥐를 추구해야 했기 때문"이다. '완전'의 이미지를 추구하는 것은 비단 예이츠뿐만이 아니라 모든 시인들의 열망일 것이다.

이 글에서 예이츠가 육체와 정신의 이분법을 시 속에서 극복하는 과정은 두 단계로 나누어진다. 먼저 예이츠는 육체의 발견을 통해서 이분법을 극복하려 한다.

> 이 시집 속의 즐거운 생은 주로 육체에 관계되는 것이다. 그밖의 모든 것은 변화하고 분해될 수 있겠지만 그것만은 그렇지 않다. (⋯중략⋯)
>
> 예이쓰의 시를 읽어볼 때 우리들은 公共的이거나 節制的인 신앙을 하나도 믿고 있지 않은 詩人을 발견한다. (⋯중략⋯)
>
> 언어적인 전달의 원천으로서의 육체적인 명령의 거대한 유리점은 그것이 사상이나 신념의 모든 충돌에 앞서 있다는 것이다. 그것은 논쟁적인 경험의 수준을 넘어 버린다. (⋯중략⋯)
>
> 인간의 육체는 보다더 신뢰할 수 있는 것이었다. 사실상 육체는 예이쓰가 소속하고 있는 유일한 宇宙的인 敎會이다.[119]

예이츠는 육체 속에서 솟아오는 성적 욕망의 발현을 통해 생에의 희열을 느낀다. 그것은 "공공적公共的이거나 절제적節制的인 신앙"이라는 이

---

119 데니스 도나휴, 김수영 역, 「예이쓰의 詩에 보이는 人間影像(上)」, 『현대문학』, 1962.8, 257쪽 참조.

성적인 억압을 벗어던지는 길이다. 육체적인 언어는 "사상이나 신념의 모든 충돌에 앞서 있"는 길이기 때문이다. 그러면서 육체는 예이츠에게 "유일한 우주적宇宙的인 교회教會"로 승격되는 것이다. 그러나 이 길은 육체를 통해 이성을 배제시키는 길이었지 정신과 육체의 이분법을 통합시키는 과정은 아니었다. 도나휴는 이 길의 난점은 "그가 인간 육체를 그 자체로서 평가할 수 없었다는 데 있다. 다만 그것이 휘황한 흥분의 후광後光을 쓰는 데 동의할 때에만 비로소 그 난점은 해소되었다", "존재의 충만이 전부라고 보고 있는 시인詩人은 정수精髓에 대한 열광 속에서 어떤 종류의 인간의 재능을 발길로 차 내버리게 되고 만다. '완전完全'의 귀의자歸依者는 파편破片들 앞에 굴복한다"는 말로 설명한다. 그래서 이후에 예이츠는 이 난점을 극복하기 위해 "육체를 그 자체로 평가하는 일"을 형상화시키는 데 주력하게 된다.

이후에 예이츠는 시에서 인간의 행동이 예술화되는 '무용'의 동작을 형상화한다. 도나휴는 "「쿠레의 들백조」가 인간상태의 중심점에 위치하고, 인간이 광폭이나 비굴감을 갖지 않고 그 자신을 명확히 할 수 있는 가치를 모색하고 있다는 것이 여간 중요한 일이 아니"라고 한다. 그 이유는 "「쿠레의 들백조」가 존재存在의 충만充滿을 동적動的인 행동으로 나타내려고 한 노력의 극점極點이기 때문이다. 이러한 점은 같은 글에서 더욱 구체적으로 설명되고 있다.

예이쓰의 舞姬는 사상을 모조리 춤 속에 나타냈다. 즉 사상을 제스춰의 模型 속에다 요약했다. 그녀의 춤은 「神의 狀態」 즉 「神의 期間」에 대한 欲求의 행동이다. 舞姬는 「본질적인」 人間影像, 즉 肉體線의 끝에서 자유로히 형상화되는 — 이루어지는 — 力學的인 완성의 이미쥐를 따르려고 애를 쓴다. (…

중략…) 진리는 행동의 자태 속에서 具體化된다. 이 舞姬에 있어서는 意味는 제스춰 속에서 구체화되며, 거기에는 유일한 표현인 제스춰만이 있다. 사상은 불충분한 것이고, 「육체에 대한 思索」조차도 그렇다. 가장 정확한 註譯은 사상을 모조리 밖으로 나타내고 제스춰 속에서 인간의 潛在力을 要約하는 그 행동이다.[120]

이와 같이 예이츠에게 인간 행동의 이미지는 사상을 밖으로 나타내는 틀이다. "사상은 불충분한 것"이라는 말은 사상은 인간의 잠재력을 표현하는 데는 무기력한 것이라는 의미를 갖는다. 육체의 욕망을 표현하는 것도 인간의 잠재력을 표현하는 데 불충분한 것이었다고 할 때, 육체의 행동은 사상이 육화되어 표현되는 적절한 場인 것이다. 이러한 "인간의 행동의 이미지를 통해서 예이츠는 "모든 사상이 영상影像으로 화하고 영혼이 육체로 화한다"[121]는 경지에 다다르게 된다. 도나휴는 예이츠의 이러한 "영상影像의 추구 그 자체가 행동이며, 훈련이며, 환영이다. 「쿠레의 들백조」는 등신대等身大의 서책書冊이며, 행동의 서책이며, 따라서 도덕의 서책이다"라고 말하면서 이 글을 끝맺는다. 이처럼 도나휴에 의하면 예이츠는 인간의 영혼과 육체가 합일되는 경지에 다다랐던 시인이다. 그 길은 인간 행동의 영상화映像化를 통해서 가능한 것이었다.

김수영이 예이츠에 관심이 있었다는 것은 그의 한 편의 예이츠론과 일기에서 언급한 내용으로 알 수 있다.[122] 그리고 김수영의 후기 텍스트

---

120 데니스 도나휴, 김수영 역, 「예이쓰의 詩에 보이는 人間影像(下)」, 『현대문학』, 1962. 10, 261쪽 참조.
121 위의 글, 262쪽 참조.
122 김수영의 예이츠론 「신비주의와 민족주의의 시인 예이츠」(『노오벨상문학전집』 3, 신구문화사, 1964)에서는 그가 가지고 있는 시인에 대한 경외감에 배어 나온다. 그리고 이 글이 예이츠에 대한 탄탄한 정보를 기반으로 그의 전 생애를 개관하고 있어 그의 예이츠에 대한 공

에서는 위의 번역물에 나와 있는 고민이 엿보인다. 김수영의 시 「사치」에서는 시인의 성욕과 자연의 명령을 동일시하고 있다. 육체성와 자연의 유사점은 위의 번역물에서 언급된 바[123]이다. 산문 「원죄」에서는 성욕을 죄악시하고 여성의 육체의 터부시하는 관념들에 대한 비판이 들어 있다. 이 역시 예이츠가 초기에 육체의 성욕을 삶의 희열로 받아들였던 점과도 관련이 깊은 것이라고 할 수 있다. "한 사람의 육체를 맑은 눈으로 바라보는 것"이 곧 그 사람에 대한 본질적 인식이며 사랑의 인식이라는 김수영의 깨달음은 예이츠의 인식에 힘입은 바가 없다고 하기 힘들다. 물론 이 글에서 김수영은 성욕의 희열을 찬양한 것은 아니다. 그러나 육체성의 인식은 「성性」이라는 시에서도 드러나고 있어 그가 예이츠가 고민했던 정신과 육체의 이분법을 극복하려는 노력을 기울였다는 점은 인정해야 한다.

육체성의 자각은 본능의 자각이며, 이는 이성의 통제와 검열에 대한 저항의 의미를 갖는다.[124] 그리고 육체성의 자각은 데카르트 이후 이성에 의해서 철저히 배제된 육체의 인식적 능력을 회복하는 것이다. 육체적 인식은 몸 전체로 지각되는 감각적 인식이다. 그래서 몸의 인식은 이성적 지각의 한계인 도식적 체계를 벗어나 대상을 전체적으로 인식할 수 있다. 이성적 사유가 주체중심의 사유방식이라면, 육체적 사유는 대상중심적 사유방식이라는 점은 이미 알려진 사실이다. 그러므로 이성

부가 어느 정도의 수준에는 도달하고 있었다는 점을 알 수 있다. 그리고 김수영의 일기(1960년 12월 27일자)에는 "Spiritus Mundi — 예이츠의 The Second Comming의 세계와 虎鎭에 대한 나의 연민(혹은 연민에의 노력) — 여기에 또한 무한한 평면이 있다"라는 구절이 있다. 이 역시 예이츠에 대한 사유가 그의 현실 속에서 적용되고 있었다는 점을 알려 준다. 「日記抄 (II)」, 『전집』 2, 507쪽.
123 영혼 = 정신, 육체 = 자연의 도식은 도나휴의 논리이자, 예이츠의 논리다. 데니스 도나휴, 김수영 역, 「예이쓰의 詩에 보이는 人間影像(上)」, 『현대문학』, 1962.8, 252쪽 참조.
124 이에 대한 자세한 내용은 이후 2부 2장에서 다루도록 한다.

적 사유가 폭압의 사유라면 육체적 사유는 사랑의 사유다. 예이츠가 이러한 경지에 다다랐는지는 이 글에서는 논외의 것이다. 그러나 김수영의 후기 시에는 이러한 경지에 다다르려는 노력이 엿보인다. 이 번역물만 보았을 때에는 오히려 그의 사유가 예이츠의 사유보다 한발 앞서 간논의였다고 할 수 있다. 이야말로 인식론적 의미에서 벤야민이 말한, 번역하는 시대에 맞추어 번역의 내용이 완성되는 '원본의 번역 가능성'의실현이다. 그는 원문을 번역하고 그것을 체화하는 데만 그친 것이 아니다. 그는 원문의 내용을 현실 속에서 대입하여 끊임없이 고민하면서 번역의 내용을 자기화하고 보다 풍부하게 하는 과정을 수행한 사람이다.

이러한 고민의 추이는 그가 점차 이성중심적 사유에서 벗어나고 있었다는 점을 알려 준다. 예이츠가 추구한 '인간 행동의 영상화'는 아니지만「풀」과 같은 자연물에 대한 동적인 형상화는 행동의 형상화가 가지고있는 장점을 그가 수용하고 있었다는 점을 밝혀준다. 행동의 동적인 형상화는 서술적 문체는 드러내 줄 수 없는, 사상이 보다 육화되어 생생하게 드러나게 하는 장점을 가지고 있기 때문이다. 그 결과 이 영상은 육체와 정신의 이분법적인 사유에서 벗어나 이성적 사유가 육체 화하여 체득되는 경지를 만들어 준다. 이는 자코메티가 조각을 통해서 드러내고자 했던 새로운 리얼리티의 경지와 유사한 것이다. 김수영이 이들에게서 얻은 것은 대상에 대한 표면적인 모사가 아니라 대상의 본질을 보다감각적으로 형상화하는 것이다. 이것은 육체를 통해서 정신적인 것이드러나는 새로운 리얼리티의 경지와 다르지 않은 것이다.

이는 '풀'과 같은 자연에 대한 그의 사유와 함께 논의되어야 할 것이다. 이미 그는 자연에 대한 철학적 인식을 개진했던 R. W. 에머슨의『문화, 정치, 예술』(중앙문화사, 1956)을 번역한 바 있다. 에머슨의 철학적 토대와 김수영의 것이 일치하는 것은 아니지만 그가 이 글에서 받은 영향도 그리 미비한 것은 아니라고 할 수 있다. 물론 이러한 사유 역시 김수영의 독자적 방식에 의해서 다시 한번 체계화되는 과정을 겪는다. 그리고 이러한 고민의 추이는 풍부하게 시 속에 수렴된다.

낭만주의자들의 믿음대로 예술적인 사유인 직관적 사유는 이성적 사유보다 그 방식에 있어서는 우월성을 갖는다. 결국 그가 이성중심주의적 사유에서 벗어날 수 있었던 것은 바로 그가 예술적 사유를 행하는 시인이었기 때문이다.

이처럼 뉴욕 지성인파의 번역물을 제외하고 김수영의 후기 번역물 중 자코메티와 예이츠에 대한 번역물은 그에게 예술이란 무엇인가에 대한 형이상학적 물음에 해답을 구해주는 것들이었다. 그리고 이들이 초기에는 현대적인 '형식'을 추구하다 후기에는 '참된 것이 위대한 것'이라는 진리나, '초자연적인 노래'라고 이름붙인 철학적인 시[125]로 돌아갔던 경로를, 김수영 역시 밟고 있었다는 점은 이 글에 시사하는 바가 크다. 이러한 점은 그가 왜 관념적이고 근원적인 사유를 시행하는 하이데거에 경도되었는가를 암시해주는 점이기도 하다.

(3) 존재론적 시론과 '반시反詩'의 의미

그의 산문에서 하이데거에 대한 언급은 곳곳에 존재한다. 그는 「반시론」에서 "요즘의 강적은 하이데거의 「릴케론論」이다. 이 논문의 일역판을 거의 안 보고 외울 만큼 샅샅이 진단해 보았다"고 했다. 이는 그의 하이데거에 대한 관심이 얼마나 지대한 것이었는가를 말해 준다.

---

125 「신비주의와 민족주의의 시인 예이츠」, 『노오벨상문학전집』 3, 신구문화사, 1964(『창작과 비평』, 2001여름, 258쪽에서 재인용).

전기 시에서도 하이데거가 등장한다. 시 「모리배謀利輩」(1959)에서 그는 "그래서 나는 우둔愚鈍한 그들을 사랑한다 / 나는 그들을 생각하면서 하이덱거를 / 읽고 또 그들을 사랑한다"고 하였다. 여기서 모리배는 "나의 화신化神", 즉 시를 뜻한다고 볼 수 있다. 그는 이 "모리배들한테서 / 언어의 단련을 받는다"고 하였다. 이는 "나의 팔을 지배支配하고 나의 / 밥을 지배하고 나의 욕심慾心을 지배"하는 이 시적 언어를 통해서 자기 자신을 수련한다는 의미다.

하이데거는 『예술작품의 근원』에서 '언어는 존재의 집이다'라고 말한다. 언어가 있을 때만이 존재는 근원을 찾아가는 자기 운동을 통해서 진정한 존재성을 영위할 수 있다. 김수영은 이러한 하이데거의 사유에 전적으로 동감하고 있었던 것이다. 그래서 그는 하이데거의 예술론 전체를 자기의 시적 사유에 대입한다.

김수영은 자신의 온몸의 시론을 설명하는 산문, 「시詩여, 침을 뱉어라」에서 하이데거의 논의를 자신의 논리적 근거로 인용한다.

시에 있어서의 모험이란 말은 세계의 개진, 하이데거가 말한 '대지의 은폐'의 반대되는 말이다. (…중략…) 산문이란, 세계의 개진이다. 이 말은 사랑의 留保로서의 '노래'의 매력만큼 매력적인 말이다. 시에 있어서의 산문의 확대작업은 '노래'의 유보성에 대해서는 侵攻적이고 의식적이다. 우리들은 시에 있어서의 내용과 형식의 관계를 생각할 때, 내용과 형식의 동일성을 공간적으로 상상해서, 내용이 반 형식이 반이라는 식으로 도식화해서 생각해서는 아니 된다. '노래'의 유보성, 즉 예술성이 무의식적이고 隱性的이기는 하지만 그것은 반이 아니다. 예술성의 편에서는 하나의 시작품은 자기의 전부이고, 산문의 편, 즉 현실성의 편에서도 하나의 작품은 자기의 전부이다. 시

의 본질은 이러한 개진과 은폐의, 세계와 대지의 양극의 긴장 위에 서있는 것이다. [126]

이 인용문에서 김수영은 문학을 형식과 내용으로 나누어 사고하는 도식에 대하여 비판한다. 그는 '예술성'의 편에서도, '현실성'의 편에서도 '작품은 자기의 전부'가 된다고 하였다. 즉 그에게 시에서 중요한 것은 내용과 형식이 아니라 예술성과 현실성의 결합이라는 문제라는 것이다. 이것이야말로 김수영이 시에서 지향하는 목표인데, 그는 이러한 경지를 실현하는 방법을 모색하는 와중에 하이데거를 만난 것이다. 이는 하이데거의 「예술작품의 근원」에 나오는 예술작품이 세계의 개진과 대지의 은폐의 긴장 속에서 형성된다[127]는 내용을 토대로 하고 있다.

하이데거의 용어를 살펴보면, 여기서 '세계'는 개인적 주체의 생활 세계뿐 아니라 역사적 운명 가운데 서 있는 주체가 시행하는 본질적 결단의 광대한 궤도의 개시이다. 대지란 좀 더 설명을 요한다. 예술작품은 일차적으로 사물이다. 사물은 기본적으로 자기 폐쇄적인 속성을 가지고 있다. 그렇기 때문에 예술 작품은 사물의 이러한 불가침성과 신비를 공유한다. 이러한 사물의 자기 억제가 예술 작품 가운데 나타날 때 대지라 부른다. 그래서 대지란 모든 예술 작품에 퍼져 있는 국면이며 이것은 자신을 감춰진 것으로서 나타내는 작품의 자기 폐쇄적 근거다.

이것을 좀 도식적이기는 하지만 작품 창작 과정에 대입시켜서 살펴보

---

126 김수영, 「시여, 침을 뱉어라—힘으로서의 시의 존재」, 『전집』 2, 399쪽.
127 하이데거에 의하면 진리가 생성되는 방식 가운데, 하나가 작품의 존재이다. 진리가 밝힘과 은폐 사이의 근원적 투쟁으로 생성되는 한, 세계를 건립하고, 대지를 설립하는 작품에서 이 둘의 투쟁이 이루어지고, 그 가운데에서, 전체에 있어서의 존재자의 비은폐성, 즉 진리가 전취된다고 한다. M. 하이데거, 오병남·민형원 역, 『예술작품의 근원』, 경문사, 1979, 125쪽 참조.

면, 세계란 예술 작품의 의미적인 것 내지는 작품이 열고 있는 세계이며, 대지란 좁게 말한다면 소재와 질료다. 예술 창작 과정에서 인간이 소재를 복종시키고자 하는 시도와 소재와 질료의 저항 즉 세계와 대지의 대립에서 균열이 생긴다. 그 균열이 하나의 윤곽을 낳으며, 윤곽이 형태를 가져온다. 여기서 작품의 형태적 완성이 성취된다. 그래서 예술이란 형태 가운데로의 진리의 확립이라고 하이데거는 말하고 있는 것이다. 그러므로 '대지와 세계의 대극적 긴장'이라는 말은 지금까지 문학 작품을 김수영의 말대로 "내용이 반 형식이 반"이라고 말하는 도식적 논리에서 벗어난 것이다.

하이데거의 '예술이란 형태 가운데로의 진리의 확립'이라는 말은 인간의 인식과 세계의 진리는 분리되어 있으며, 인간이 이성을 통해서 이 세계의 진리를 인식한다는 서구의 이성적 이분법적 사유체계에서도 벗어나 있는 것이다. 이는 진리는 더 이상 주체가 일방적으로 인식하는 대로의 주체와 객체 간의 일치와 부합이 아니라 오히려 사물 자체의 '비은폐성'의 '본 모습 그대로의 드러남'이라는 관점에서 조망되어야 한다는 하이데거의 현상학적 기획[128]에서 나온 논리다. 그래서 시적인 언어는 세계 존재자의 진리를 인식하고 설명하는 것이 아니라 그 언어로 이루어진 시를 통해서 '존재' 자체를 '육체적'으로 지각할 수 있게 도와주면서 존재의 깊이를 체험할 수 있게 하는 것[129]이다.

결국 시가 내용과 형식의 차원을 넘어서는 존재성 실현의 장이라면 내용과 형식의 이분법적 운산運算은 필요 없는 것이다. 여기에 존재의

---

128 앨런 메길, 정일준·조형준 역, 「하이데거와 위기」, 『극단의 예언자들―니체, 하이데거, 푸코, 데리다』, 새물결, 1996, 267쪽 참조.
129 박이문, 「왜 하이데거는 중요한가―시와 사유」, 『세계의 문학』, 1993 여름 참조.

온전한 투기를 해야만 하는 온몸의 시론의 이론적 근거가 제공되는 것이다.

이렇게 고민한 그의 본질적인 시적 사유의 결정판은 「반시론」이다. 이 시론은 그의 시 「미인美人」에 대한 후일담에 관한 것이지만 정작은 하이데거의 「릴케론論」에 자극을 받고 쓴 것이다. 그중 「릴케론」에의 경사는 그의 릴케라는 시인에 대한 경외감과 결합되어 있다. 이러한 점은 하이데거가 릴케를 택한 이유와도 통하는 것이다. 릴케가 추구한 것은 그의 '천사'라는 심상에서 드러나는 것처럼 신적인 것이 사라진 인간 세상에서 시를 통해서 신적인 것을 찾으려는 몸부림이었다. 하이데거가 그를 선택한 것도 이러한 '절대자'인 '신神'적인 경지에 시를 올려놓고자 하는 릴케의 의도 때문이다. 여기에서 시는 비로소 '절대시'의 위치, 철학보다 상위의 위치에 오른다.

김수영은 "우리의 현실 위에 선 절대시의 출현은, 대지의 발을 디딘 초월시의 출현은 서구가 아닌 된장찌개를 먹는 동양의 후진국으로서의 역사의식을 체득한 지성이 가질 수 있는 포멀리즘의 출현은 아직도 시기상조인가?"[130]라고 안타깝게 반문한다. 그렇다면 김수영이 궁극적으로 바라는 것도 바로 릴케가 추구한 '절대시'였던 것이다.

그러나 이러한 관점이 다분히 서구적인 것이었다면 김수영은 "우리의 현실 위에 선" 절대시의 출현, "대지의 발을 디딘", "서구가 아닌 된장찌개를 먹는 동양의 후진국으로서의 역사의식을 체득한", "초월시의 출현"을 바라고 있었던 것이다. 이것은 김수영의 평생의 과업이었다.

「와선臥禪」에서 나오는 것처럼 동양적인 선에 릴케의 태도를 비유한

---

130 「詩月評 — 새로운 포멀리스트들」, 『전집』 2, 592~593쪽 참조.

의도는[131] 이러한 주체적인 모색의 경로에서 나온 것이다. 그러나 그는 이 시기까지는 하이데거의 릴케론에라도 충실한 시를 쓰고자 노력했던 것으로 보인다. 그러므로 그에게 하이데거의 「릴케론」은 다음 단계로 넘어가기 위한 하나의 돌파구였다고 볼 수 있다.[132]

다음의 인용구는 「반시론」 안에서 인용된 「릴케론」에 나오는 「올페우스에 바치는 송가頌歌」의 일부분이다. 이 부분을 살펴보면 그가 릴케론을 통해서 얻은 것이 무엇인가가 좀 더 분명해진다.

> 노래는 욕망이 아니라는 것을 곧 알게 될 것이다.
>
> 그것은 급기야는 손에 넣을 수 있는 事物에 대한 哀乞이 아니라는 것을 알게 될 것이다.
>
> 노래는 存在다. 神으로는서는 손쉬운 일이다
>
> 하지만 우리들은 언제 存在할 수 있겠는가? 그리고 우리들은 언제
>
> 神의 명령으로 大地와 星座로 다시 돌아갈 수 있게 되겠는가?

---

131 김수영은 산문에서 "내 딴으로 생각한 와선이란, 부처를 천지팔방을 돌아다니면서 구하는 것이 아니라 자기의 골방에 누워서 천장에서 떨어지는 부처나 자기의 몸에서 우러나오는 부처를 기다리는 가장 태만한 버르장머리 없는 선의 태도이다. 이런 무례한 수용의 창작태도로 詩를 쓴 사람의 비근한 예가 릴케다"라고 한 바 있다. 여기서 릴케의 창작태도 부처를 기다리는 태도라고 본 것은 릴케가 시인이 '신의 안을 불고 가는 바람'을 만들어내는 사람, 즉 신이 사라진 시대에 시가 그 역할을 대신한다고 주장했던 점을 비유적으로 표현한 것으로 보인다. 그리고 禪에서 부처가 나타나는 시기가 바깥에서 들리는 소리가 까맣게 안 들렸다가 다시 또 들릴 때라고 한 점은 예술이 만들어주는 침묵의 순간이 바로 禪적인 순간과 같다고 표현한 것이다. 「臥禪」, 『전집』 2, 151~152쪽 참조.
132 부인의 인터뷰에 의하면 김수영은 하이데거의 릴케론을 보고 그것을 배우려고 했다기보다 그것을 보면서 자신의 생각이 틀리지 않았다고 확인했다고 볼 수 있다. 그는 이를 확인하고 환호성을 질렀다고 한다. 그리고 이후의 산문에서도 김수영은 "여기서도 빠져나갈 구멍을 있을 텐데 아직은 오리무중이다"라는 말이나 "때늦은 릴케식의 운산만이라도 홀가분하게 졸업해야 할 것이다"라고 말해 그가 단순히 하이데거의 논리를 모방하고 있었다고 볼 수만은 없다. 단지 그의 고민과 하이데거의 논리가 통했다고 볼 수 있으며 그러므로 하이데거와의 영향관계를 일방적인 숙지로 보는 논의는 수정되어야 한다고 본다. 「反詩論」, 『전집』 2, 410·416쪽 참조.

젊은이들이여, 그것은 뜨거운 첫사랑을 하면서 그대의 다문 입에

정열적인 목소리가 복받쳐오를 때가 아니다. 배워라

그대의 격한 노래를 잊어버리는 법을. 그것은 아무짝에도 소용없는 것이다.

참다운 노래가 나오는 것은 다른 입김이다

아무것도 바라지 않는 입김. 神의 안을 불고 가는 입김

바람.

이 시에서 중요한 화두는 '노래'는 욕망이 아니라는 것이다. 여기서는 욕망이라는 뜻이 중요하다. '욕망'은 "손에 넣을 수 있는 사물事物에 대한 애걸哀乞이 아니"라는 구절에서 유추할 수 있는 것처럼 이는 인간의 본능적 차원의 의미라기보다 예술가의 욕망이라는 뜻이다. 시인의 욕망은 '사물'을 "손에 넣을 수 있는" 것처럼 생동감 있게 표현해야 하는 것이기 때문이다.

그러나 릴케는 이러한 모사에의 욕망에서 시가 벗어나야 한다고 주장한다. 그리고 릴케는 『말테의 수기』에서 "시는 사람들이 생각하듯이 단순히 감정이 아니다. 그것은 체험이다"라고 한 바 있다. 시는 낭만주의적인 영탄에서도 벗어나야 한다는 것이다. 또한 노래는 '격한 노래'도 아니다. "정열적인 목소리가 복받쳐오를 때가 아니다. 배워라"라는 구절은 시가 무엇인가를 주장하고 선동하는 것이 아니라는 의미를 담고 있다. 릴케는 시인이 이러한 시에 대한 전형적인 관념들에서 벗어나야 한다고 주장했기 때문이다.

김수영이 시에서 배제하고자 하는 것도 낭만주의 시에서 나타나는 자기 감상의 영탄이나 참여시가 가지고 있는 계몽에의 열망과 같은 것들

이다. 낭만주의의 감상이나 관념에 종속된 시는 오히려 독자들에게 '힘'[133]을 주지 못한다. 이러한 점 때문에 그는 한국 현대시에 나타난 '애수'를 배격한 것[134]이며, 기왕의 참여시를 배격한 것이다. 그는 오히려 감상적으로 호소하거나 주장하지 않을 때 그 시가 지향하는 바가 이루어질 수 있다고 한다. 이처럼 김수영도 기존의 시적 욕망에서 벗어났을 때 시가 더욱 큰 힘을 갖게 된다고 생각한 것이다.

그는 자신의 「미인美人」이라는 시에 대하여 논하면서 이를 실현했다고 만족해 한다.

> 美人을 보고 좋다고들 하지만
> 美人은 자기 얼굴이 싫을 거야
> 그렇지 않고야 미인일까
>
> 美人이면 미인일수록 그럴것이니
> 미인과 앉은 방에선 무심코
> 따놓은 방문이나 창문이
> 담배연기만 내보내려는 것은
> 아니렷다
>
> ―「美人―Y 여사에게」(1967.12)

---

133 여기서의 '힘'은 새로운 인식의 전이를 가능하게 하는 시의 형식이 내포하고 있는 질적인 충격, 즉 '긴장(tension)'에 가까운 것이다.

134 그는 "엄격한 의미에서 볼 것 같으면 예술의 본질에는 애수가 있을 수 없다. 진정한 예술작품은 애수를 넘어선 힘의 세계다"라고 하였다. 그러면서 그는 영화 「벙어리 삼룡이」를 애수에 그친 애수를 예술작품으로 오인하고 있는 세큘러리즘의 가장 대표적인 예의 하나라고 비판하였다. 그 이유로 '속세는 힘은 보지 못하고 눈물만을 보고 이 눈물을 자기의 진정한 모습이라고 생각하고 있는 모양인데, 이러한 유구한 우매야말로 정말 눈물거리이기 때문'이라고 한다. 「예술작품에서의 한국인의 애수」, 『전집』2, 340~351쪽 참조.

이 작품을 쓰고 나서, 나는 노상 그러하듯이 運算을 해본다. 그리고 내가 창을 연 것은 담배연기 때문이 아니라 그녀의 천사같은 훈기를 내보내려고 연 것이라는 것을 알았다. 됐다! 이 작품은 합격이다. 창문－담배·연기－바람 그렇다, 바람. 내 머리에는 릴케의 유명한 「올페우스에게 바치는 頌歌」의 제3장이 떠오른다.[135]

「미인」이라는 시는 부인의 친구와 함께 식사를 하고 나서 지은 시라고 한다. 그는 이 미인과 식사하는 도중에 담배 연기를 내보내기 위하여 문을 열었다고 한다. 그러나 이후에 그는 이 행동이 그녀의 "천사 같은 훈기"에서 생긴 욕망을 절제하기 위한 것이었다는 점을 깨달았다고 한다. 여기서 욕망을 내보내기 위한 행동, 욕망의 절제는 바로 시에서의 욕망의 절제와 상동의 것이다. 그가 내보낸 연기는 "신적인 미풍"이 되는 것이다. 그러므로 이 시는 미인에 대한 찬양의 시이자 시란 어떠해야 하는가에 대한 자기 깨달음에 대한 보고서가 된다.[136]

여기까지 보면 「반시론」에서 '반시'는 기왕의 시적인 개념에서 벗어난 시, 하이데거에 의한 것처럼 기술문명시대에 대응하기 위한 "참다운 입김"이라는 새로운 시라는 의미이다. 그러나 김수영의 '반시'가 어떠한 형상을 띠는가를 시를 통해서 분석해보았을 때에는 좀 더 복잡한 문제가 내포되어 있음을 알 수 있다. 또한 '반시'라는 개념에는 그의 후기 산문에 집요하게 등장하는 '침묵'과 '죽음'의 문제가 공존하고 있다.

---

135 「反詩論」, 『전집』 2, 415쪽 참조.
136 이러한 점 역시 릴케의 영향을 받은 부분이다. 릴케는 시란 무엇인가에 관련된 시 — 즉 메타시를 창작하면서 자신의 시론을 시 속에서 피력하였다. 김수영 역시도 시에 관한 시가 존재하는 것은 그가 온 생애에 걸쳐 시란 무엇인가에 관한 본질적인 사유를 시행했다는 것을 보여준다. 그 예로 김수영은 「詩」라는 제목의 시와 「長詩」라는 제목의 시를 두 편씩 창작한 바 있다.

이 '반시'라는 개념 역시 그의 번역물에서 발견할 수 있다. 클로드 비제의 「반항과 찬양」에서 "진정한 시는 무시無詩와 반시反詩가 되지 않으면 아니 된다. (죠오지 · 바테이유가 지극히 적절하게 말한 것처럼) "시의 증오"가 그의 아우성 소리가 될 것이다"[137]라는 구절이 나온다. 이 구절에 따르면 '반시'는 바타유의 개념이다. 바타유의 『문학과 악』은 김수영도 본 책이다.[138] 그렇다면 여기서 바타유의 '반시' 개념을 『문학의 악』 속에서 탐구해 볼 필요가 있다.

오늘날까지 살아남아 있는 시는 언제나 시의 역이라는 것은 사실이다. 소멸성을 목표로 삼고 있으면서 그것을 영원성으로 바꾸어놓았으므로. 그러나 시의 객체를 주체에 결합시키는 것이 본질인 시인의 놀음이 시를 반드시 기만당한 시인, 실패로 모욕감을 느끼는 불만족한 시인과 결합시킨다는 것은 그다지 중요치 않다. 결국 객체, 즉 한편의 시에 배반당한 채 시의 혼합적 창조 속에 구현되어 있는, 완강하며 반항하는 세계는, 살 만한 것이 못 되는 시인의 삶에 의한 것이 아니다. 엄밀히 말해서, 죽어가는 시인의 기나긴 고통만이 마지막으로 시의 진정성을 드러내 준다. 따라서 사르트르는 이에 대해 무어라고 말했든 간에, 보들레르의 죽음은 불가능의 끝까지 가기를 원했다는 그의 의지에 부응했던 것임을 믿어 의심치 않도록 하는 데에 도움을 주고 있다. 죽음은 그를 돌로 변화시켜 줄 수 있는 단 한 가지 방법이었을 영광보다 먼저 그를 찾아왔기 때문이다[139]

---

137 클로드 비제, 김수영 역, 「'반항과 찬양 – 불란서 현대시의 전망(上)」, 『사조』, 1958. 9, 314쪽 참조.
138 그는 산문 「시작노트」에서 "요즘 詩論으로는 졸쥐 바타이유의 『문학의 악』과 모리스 브랑쇼의 『불꽃의 문학』을 일본 번역 책으로 읽었는데, 너무 마음에 들어서 읽고나자마자 즉시 팔아버렸다"고 말한다. 그리고 "노상 느끼고 있는 일이지만 배우도 그렇고, 불란서놈들은 멋있는 놈들이다"라고 한 바 있다. (「시작노트」, 『전집』 2, 294쪽 참조)

인용문 제일 첫줄에 나와 있는 구절에 의하면 바타유의 '반시反詩' 혹은 '무시無詩'는 '시의 역'이라는 의미다. 그리고 그것은 "소멸성을 목표로 삼고 있으면서 그것을 영원성으로 바꾸어놓"는 것이라고 한다. "소멸성을 목표로 삼는다"는 말은 릴케의 논의처럼 시적 언어가 "침묵과 무에 도달했을 때"의 상황과 같은 의미다. 시적 언어가 침묵과 무에 도달했을 때, 그는 표현할 수 없는 것을 불러낼 수 있고 그것을 생겨나게 하는 것이다. 언어는 오히려 침묵 속에서 존재의 본질을 불러낼 수 있다는 말이다.[140] 이 수수께끼와 같은 말은 원래 시의 본질, 혹은 시적 언어의 본질에 대한 사유에서 나온 것이다.

시는 "사유를 통과한 사물들과 그 사물들을 사유하는 의식의 일치를, 즉 불가능을 원"[141]하는 법이다. 그것이 불가능한 것은 본질적으로 언어가 드러낼 수 있는 것은 대상과 그것을 의식하는 사유가 일치된 것이 아니기 때문이다. 그래서 "실패로 모욕감을 느끼는 불만족한 시인"이 할 수 있는 가장 최상의 길은 대상과 그것을 의식하는 사유 사이에 존재하는 간극을 그대로 표현해 주는 것일 뿐이다. 이 표현이 바로 침묵이고 무인 것이다. 이는 "시의 객체를 주체에 결합시키는 것이 본질인 시"에 "배반당"하는 길이며, "시의 역—반시反詩"가 되는 길이다.

그래서 이 길은 시인이 죽음으로 가는 길이기도 하다. 시 속에서는 대상과 그것을 사유하는 의식 사이의 간극만이 살아남기 때문에, '반시'의 길에서 객체와 주체는 모두 죽음으로 가게 된다. 시인의 시적 대상이 모두 사라진 자리에 오직 언어만이 살아남는 길,[142] 그것이 바로 오직 '시

139 조르주 바타유, 최윤정 역, 『문학과 악』, 민음사, 1995, 53쪽 참조.
140 짱 롱시, 백승도 외역, 『도와 로고스』, 강, 1997, 159~162쪽 참조.
141 조르주 바타유, 앞의 책, 49쪽 참조.
142 김수영이 바타유의 『문학의 악』과 함께 숙독했던 책, 「불꽃의 미학」에서 블랑쇼는 작가의 죽

의 영원성'을 구출하는 길이다.

김수영 역시도 이러한 점을 숙고하고 있었던 듯 싶다. 김수영은 시 「말」(1964)에서 "세상이 나의 말에 귀를 기울이지 않"기 때문에 "나는 입을 봉하고 있는 셈이고 / 무서운 무의식無意識을 자행하고 있다"고 말한다. 이는 이제는 언어가 더 이상 소통의 도구로 사용될 수 없다는 절망의 표현이다. 그러나 "무언無言의 말"은 오히려 백 마디의 말보다 더 큰 힘을 갖기도 한다. 이것은 침묵의 힘이다. "하늘의 빛이요 물의 빛이요 우연偶然의 빛이요 우연偶然의 말"인 이것은 "죽음을 꿰뚫는 가장 무력한 말"이면서 "만능萬能의 말"이요 가장 강력한 의미의 파장을 지닌 자연의 말 "겨울의 말이자 봄의 말"인 것이다. 그리고 "이제 내 말은 내 말이 아니다"라는 표현은 이러한 침묵의 언어가 시인이 언어의 주체임을 포기한 상태, 즉 시인의 죽음을 통해서만 이루어질 수 있다는 점을 설명해주는 것이다.

「시작노트」(1966.2.20)에서 나오는 "만세, 언어에 밀착했다"는 환호는 이 침묵의 말을 완성했음을 뜻한다.

　　눈

　　눈이 온 뒤에도 또 내린다.

　　생각하고 난 뒤에도 또 내린다.

음만이 문학의 영원성을 보장하는 길임을 주장한다(Maurice Blanchot, *La part du feu*, Gallimard, 1949, pp.293~331 참조). 이에 대한 자세한 내용은 본서의 각주 9번 참조.

응아 하고 운 뒤에도 또 내릴까

한꺼번에 생각하고 또 내린다.

한줄 건너 두줄 건너 또 내릴까

폐허에 폐허에 눈이 내릴까

There is no hope of expressing my
vision of reality. Besides, if I did,
it would be hideous something to
look away from

(…중략…)

그대는 사실주의적 문체를 터득했을 때 비로소 비사실에로 해방된다. 웃음이 난다. 이 웃음의 느낌. 이것이 양심인 것이다. 나는 또 쟈코메티에게로 돌아와버렸다.(…중략…) **침묵의 한 걸음 앞의 시**. 이것이 성실한 詩일 것이다.(…중략…) 이 시는 '廢墟에 눈이 내린다'의 八語로 충분하다. 그것이 쓰고 있는 중에 쟈코메티적 변모를 이루어 六行으로 되었다. 만세! 만세! 나는 언어에 밀착했다. 언어와 나 사이에는 한 치의 틈사리도 없다. '廢墟에 廢墟에 눈이 내릴까'로 충분히 '廢墟에 눈이 내린다'의 宿望을 達했다[143](강조는 인용자)

---

[143] 김수영, 「시작노트 6」, 『전집』 2, 449~451쪽 참조.

먼저 인용구 이후에 서술된 김수영의 설명을 참고하여 인용된 자코메티의 글을 범박하게나마 번역해 보면 그 내용은 이러하다. "나의 리얼리티에 대한 비전을 표현할 희망이 없다. 그 외에 만약에 내가 그것을 행한다면, 그것은 얼굴을 돌리게 하는 몸서리나도록 싫은 무엇이 될 것이다"이다. 이 말은 김수영이 '리얼리티'에 대한 고민을 새롭게 시작하고 있다는 점을 보여주는 것이다.

자코메티에 의하면 리얼리티는 단순히 논리로써는 설명될 수 없는 것이다. 얼굴을 돌리게 하는 끔찍한 것이라는 말에는 예술 작품을 통해서 사물의 리얼리티가 그대로 드러날 수 있는가에 대해 회의적인 입장이 들어있다. 이러한 불가능의 경지에 도전하기 위해 자코메티가 끊임없이 대상에 대한 스케치를 고치는 고통을 감행했으며 그 결과 역시 그에게 만족스러운 것은 아니었다고 한다.[144] 그렇다면 김수영이 말한 "언어에 밀착했다"는 말 역시도 그의 시 「눈」이 현실 그대로의 눈을 묘사해 냈다는 의미는 아닐 것이다. 이는 그가 시작노트에서 행한 '양심'이라는 말에서 느껴질 수 있는 것이다. "사실주의적 문체를 터득했을 때 비로소 비사실에로 해방된다"는 말에서 "사실주의적 문체"란 사물의 리얼리티를 구하려는 욕망에서 벗어나서 얻은 것, "비사실에의 해방"이라는 결과로 귀결된 것이다. 그것은 "침묵의 한 걸음 앞의 시", 대상과 그것을 의식하는 사유 사이에 존재하는 간극을 그대로 표현해 준 것이다. "언어와 나 사이에 한 치의 틈사리도 없"는 상태가 바로 이것이다.

위에서 인용된 시 「눈」을 분석해 보면 이 경지가 무엇인지 좀 더 명확하게 드러난다. 이 시에서 중요한 점은 눈이 움직이는 동작 그대로를 동

---

144 자코메티의 이러한 창작방법은 그가 번역한 칼톤 레이크의 글에서 보여주고 있다. 칼톤 레이크, 앞의 글 참조

적으로 형상화한 것이다.

　움직이는 대상을 그대로 형상화하는 것은 불가능한 것이다. 그러나 그러한 상황을 표현하려는 것이 김수영의 의욕이었다고 할 수 있다. 그가 '폐허廢墟에 눈이 내린다'라는 팔어八語로 충분한 형상을 군이 육행六行으로 표현한 것은 '폐허廢墟에 눈이 내린다'라는 규정된 언어의 의미를 파괴하기 위한 행위이다. 이 시의 행이 "내린다"와 "내릴까"라는 서술어의 반복을 통해서 결말지어지는 것은 "내린다"라는 규정된 의미를 파괴하면서 끊임없이 고정된 시적 사유를 부정하려는 시인의 의지에서 나온 것이다. 결국 건너 뛴 "내린다"와 "내릴까"라는 시행 사이의 여백을 통해서 이 시의 시어는 고정된 의미망에서 끊임없이 벗어난다.

　바타유는 "시 속에는 불만족 상태를 하나의 고정된 사물로 나타내야 한다는 의무감이 내재되어 있다"고 한다. 그러기 위해서 시의 맨처음 움직임은 인지된 대상들을 파괴하는 것이다. 그리하여 그것들을, 파괴를 통해서 시인이라는 존재가 지니는 파악이 불가능한 유동적 흐름에 실어 보낸다. 바로 이런 값을 치르면서 시는 인간과 세계의 정체를 재발견하기를 희망하는 것이다. 그러나 시는 '놓치기'를 실행에 옮기는 동시에 이 놓치기를 붙들려는 시도를 한다. 시가 할 수 있었던 것은 움츠러든 삶이 붙들어놓은 사물들을 이 놓치기로 바꾸어놓는 것이 전부이다.[145] 그 결과 시는 의미의 형성이 아닌 의미의 해체인 무無, "침묵 한 걸음 앞의 시"가 된다. 그래서 가장 중요하게 부각되는 것은 시적 주체도 시적 대상도 아닌 '언어'인 것이다. 김수영이 '대상'에 밀착했다고 하지 않고 "언어에 밀착했다"고 환호를 지른 것은 이러한 의미에서 그런 것이다. 그러면서

---

145 조르주 바타유, 앞의 책, 50쪽 참조.

시적 주체는 장렬히 전사하게 된다. 이 시작노트는 그가 "시의 객체를 주체에 결합시키는 것이 본질인 시"에 "배반당"하는 길이며, "시의 역─반시反詩"가 되는 길을 모색하는 과정에 관한 실험 보고서였다.

이러한 실험은 다른 시를 통해서 행해지고 있어서 그의 시세계에서 반시론의 경지가 어떠한 것이었는가를 증명해주고 있다. 시 「먼지」(1967)의 경우가 대표적인 것이다. 이 시는 초현실주의 시의 기법, 즉 의식의 흐름 수법을 사용하고 있다. 끊임없이 내면의 웅얼거림은 논리적 틀을 거북하고 있다. 이러한 시 구절들의 흐름은 맨 마지막 연의 "죽은 행동이 계속된다 너와 내가 계속되고 / (…중략…) / 끝이 없어지고 끝이 생기고 겨우 / 망각忘却을 실현한 나를 발견"하기 위해서 이어진 것이다. 끊임없이 언어가 시적 대상과의 상식적 의미 연결을 거부하면서 '망각' 즉 주체의 죽음을 실현하는 과정이 이 시의 내용이다. 이 시에서도 결국 시적 언어만이 살아남았다.

시 「거대한 뿌리」를 창작한 이후에 쓴 메모에서도 이 점이 드러난다.

> 모든 언어는 과오다. 나는 시 속에서 모든 과오인 언어를 사랑한다. 언어는 최고의 상상이다. 그리고 시간의 언어는 언어가 아니다. 그것은 잠정적인 과오다. 수정될 과오. 그래서 최고의 상상인 언어가 일시적인 언어가 되어도 만족할 줄 안다.
>
> (…중략…)
>
> 나는 이런 실감이 안 나는 생경한 낱말들을 의식적으로 써 볼 때가 간혹 있다. '第三人道橋'의 '과오'를 저지르는 식의 억지를 해 보는 것이다. 이것은 구태여 말하자면 眞空의 언어다. 이런 진공의 언어 속에 어떤 순수한 현대성을 찾아볼 수 없을까? 양자가 부합되는 교차점에서 시의 본질인 냉혹한

영원성을 구출해 낼 수 없을까

　(…중략…)

　언어에 있어서 더 큰 주는 시다. 언어는 원래가 최고의 상상력이지만 언어가 이 주권을 잃을 때는 시가 나서서 그 시대의 언어의 주권을 회수해주어야 한다. 그런 의미에서 모든 시간의 언어는 언어가 아니다. 그것은 잠정적인 과오다. 수정될 과오. 이 수정의 작업을 시인이 해야 하는 것이다. 그래서 최고의 상상인 언어가 일시적인 언어가 되어서 만족할 수 있게 해야한다. 아름다운 낱말들, 오오 침묵이여, 침묵이여.[146]

　위의 산문에서 중요한 것은 언어가 아니라 "시어詩語"다 "언어에 있어서 더 큰 주는 시다"라는 말은 여기서 지칭하는 언어가 시가 살아나게하는 언어, 즉 시어라는 것을 말해준다. 그런데 시 속의 언어는 "일시적인 언어", "과오"의 언어다. '제삼인도교第三人道橋'라는 낱말은 현실 속에서는 아직 존재하지 않은 사물을 지칭한 것이므로 현실적으로 의미를얻을 수는 없는 것이다. 그래서 그는 이를 '진공眞空의 언어', 즉 침묵의언어라고 지칭하는 것이다. 그러나 이렇게 의미가 사라진 언어가 시 속에서는 오히려 현실 속에서 획일적인 의미를 얻고 있는 일상언어보다위대하다. 시 속에서 이 언어의 의미는 '미래'에 다시 살아날 수 있다. '제삼인도교第三人道橋'의 '과오'는 곧 미래에 그 의미를 얻을 것이기 때문이다. 여기에 시의 힘이 있다. 일상어는 현재에만 쓰임새가 있다. 그러나시 속의 언어는 살아남아 미래로 지향되면서 끊임없이 새로운 의미를부여받을 수 있기 때문이다. 예술에서는 순간적인 인간의 경험을 탄생

---

146 「가장 아름다운 우리말 열 개」, 『전집』 2, 373쪽 참조.

과 쇠락과 죽음으로부터 끄집어내어, 그 순간적인 인간의 경험에 영원한 형태를 부여해 준다. 그리하여 그 경험은 작품이 경험될 때마다 항상 지속적으로 살아있게 된다. 그러므로 시는 독자들이 다시 한번 그 순간을 되살리기를 기다린다. 결국 쓰여진 시는 혀보다 더 설득력 있게 된다.[147] 여기서 "어떤 순수한 현대성", "시의 본질인 냉혹한 영원성"이 획득되는 것이다.

그런데 김수영은 '반시'의 길만을 무주체적으로 받아들인 것은 아니었다. 그는 시의 길도 함께 고려하고 있었던 것이다. 다음의 문구는 이러한 점을 설명해주는 것이다.

> 歸納과 演繹, 內包와 外延, 庇護와 무비호, 유심론과 유물론, 과거와 미래, 남과 북, 시와 반시의 대극적 긴장, 무한한 순환, 圓周의 확대. 곡예와 곡예의 혈투, 뮤리엘 스파크과 스프트니크의 싸움, 릴케와 브레흐트의 싸움, 앨비와 보즈네센스키의 싸움, 더 큰 싸움, 더 큰 싸움, 더, 더, 더 큰 싸움……반시론의 반어.[148]

위의 인용구에서 나열된 대립항들은 그가 지금까지 사유했던 모든 개념들의 총합처럼 보인다. 귀납과 연역, 내포와 외연은 '긴장'의 개념에서 고민했던 개념들이며, 유심론과 유물론, 과거와 미래, 남과 북은 그의 사상 체계를 수립하는 데 고민했던 핵심 개념들이다. "릴케와 브레히트의 싸움" 역시 그의 가장 중요한 핵심적 고민이었던 시의 본질적 사유로 회귀할 것인가. 시의 사회성으로 선회할 것인가라는 시적 사유에 대한

---

147 쨍 롱시, 앞의 책, 115쪽 참조.
148 「反詩論」, 『전집』 2, 416쪽 참조.

근원적 갈등을 고백하고 있는 것으로 들린다. 그러나 그는 자신의 시적 사유는 혼돈이라고 말한 바 있다.

이 개념 역시 바타유의 개념[149]이다. 시인의 사유는 고정된 관념이 되어서는 안 된다는 것이 그의 현대시인으로서의 신념이다. "더 큰 싸움, 더 큰 싸움, 더, 더, 더 큰 싸움…… 반시론의 반어"라는 말은 이러한 개념들이 앞으로도 그의 내면에서 끊임없이 변증법적인 대립으로 혼돈을 이어갈 것이라는 점을 말해주는 것이다. 그것이 불가능을 끝까지 추구하는 진정한 현대시인의 내면이며, 시의 영원성을 구출하는 길이다.

그 결과 그의 시는 이 혼돈 자체를 표현하게 될 것이다. "시와 반시의 대극적 긴장"이라는 구절이 암시하는 대로, 그가 지향하는 바는 "시가 되려는 열망과 시가 되지 않으려는 열망 사이의 긴장", 즉 "의미를 구하려는 시어"와 "의미를 배제시키려는 시어"의 싸움, "세계와 대지의 대극적 긴장, "시와 반시"의 긴장 사이에서 탄생하는 '시'로 귀결된다고 할 수 있다.

이는 위에서 설명한 불佛 현대시가 추구하는 '반시'의 형태에 좀 더 현실성을 강화시킨 형식이다. 그는 김춘수를 비판하는 데서 "먼저부터 '의미'를 포기하고 들어[150]가는 무의미에서는 벗어나고자 한다. 그리고 "'의미'를 껴안고 들어가서 그 '의미'를 구제함으로써 무의미에 도달하는 길도 있"다고 하면서 "작품형성 과정에서 볼 때는 '의미'를 이루려는 충동과 '의미'를 이루지 않으려는 충동이 서로 강렬하게 충돌하면 충돌할

---

149 바타유는 자신의 책의 서두에서 "내 영혼을 집요하게 물고 늘어지던 혼란의 와중에서, 생각이라는 것이 우선은 불투명한 형체를 띨 수밖에 없다. 혼란이란 근원적인 것이다. 이것이 이 책이 의미하는 바이다"라고 말하고 있다. 이는 그가 책에서 서술한 예술가들의 정신 세계가 혼란, 즉 혼돈으로 가득차 있다는 점을 암시하는 것이다. 그리고 그 혼돈은 현대 예술가 정신의 본질이다. 조르주 바타유, 앞의 책, 12쪽 참조.
150 「변한 것과 변하지 않은 것」, 『전집』 2, 367쪽 참조.

수록 힘 있는 작품이 나온다"고 하였다. 이것이 위에서 말한 "시와 반시의 대극적 긴장"에서 나온 시라는 의미다. '풀'은 이러한 시적 사유의 결과물인 것이다.

이를 볼 때 그의 자기 시학의 정립을 위한 번역 작업은 하이데거가 주장하는 미학적 인식과 바타유, 블랑쇼 등 불란서 철학(문학)에서 절정에 이른다. 하이데거는 이 세계를 성찰하고 구원하는 것이 문학, 특히 릴케와 휠덜린의 시와 같이, 시에서만 이루어질 수 있다고 믿는 미학적 관점을 견지했다.

하이데거에게 '예술'은 존재론적으로 창조적인 잠재력을 갖고 있다는 이념이 결정적인 역할을 한다. "언어는 존재의 집이다"라는 유명한 명제가 들어있는 『예술작품의 근원』에서 하이데거는 예술이 세계의 모방이 아니라 비로소 세계를 존재할 수 있도록 해주는 근원이라는 주장을 하고 있다. 「시와 철학」에서 하이데거가 릴케와 휠덜린을 집중적으로 조명한 것은 "가난한 시대의 시인"이라는 부제가 말해주듯이 철학이 위력을 잃고 있는 가난한 시대에 시인이 시의 언어를 통해서 어떻게 세계를 구원할 수 있는가라는 대명제를 증명하기 위한 것이었다.

김수영이 하이데거의 릴케론에 몰입한 것 역시도 이 궁핍한 시대에 시인이란 어떤 존재여야 하며, 시인이 쓴 시가 세계를 어떻게 구원할 수 있는가라는 고민을 하고 있었기 때문이다. 그 역시도 시인이 신과 인간의 매개자였던 천사 역할을 할 수 있다는 하이데거의 진실에 공감하고 있었던 것이다. 이러한 '혁명의 미학적 전환'으로서의 김수영의 후기 시에 대한 인식은 하이데거의 릴케론에 나오는 "노래는 욕망이 아니다"라든가, "참다운 노래가 나오는 것은 다른 입김이다. 아무것도 바라지 않는 입김"이라는 시구를 통해 획득한 심미적 인식의 결과이다. 여기에 바타유의 『문학의 악』을 읽고 나서 얻은 성찰이 합쳐져 그는 "시가 되려고 하는 의도와 시가 되려고 하지 않으려는 힘이 긴장을 일으키고 있는 시", 침묵으로 되고자 하는 시라는 의미의 「반시론」을 완성한다. '반시'란 의미는 사물의 실체를 그대로 재현해낼 수 없는 언어의 한계를 돌파하려는 시적 언어의 특성에서 나온 것이다. 언어의 한계가 그러하다면 그것은 무, 즉 침묵을 통해서만이 대상의 실체를 드러내줄 수 있기 때문이다. 이러한 시적 언어에 대한 통찰로 그는 침묵과 죽음의 시학에 이른다.

시적 언어가 만들어 낸 침묵의 순간은 시인이 자기 존재의 전면적인 망각을 경험하는 '죽음'의 순간이기도 하다. 이러한 시적인 순수한 순간을 통해서 현실의 억압적인 시간을 끊임없이 배반하고 초월하는 영원의 시간이 완성된다.

그래서 그는 "'의미'가 들어있든 안 들어있든 간에 모든 진정한 시는 무의미한 시"라고 한다. "오든의 참여시도, 브레히트의 사회주의 시까지도 종국에 가서는 모든 시의 미학은 무의미의 ― 크나큰 침묵의 ― 미학으로 통하는 것이다"라고 하였다.[151] 그러므로 여기서의 침묵의 의미도 릴케나 바타유의 의미에서 더 확장된다.

이는 김수영이 도달하고자 하는 "산문과 노래의 결합" 또는 "세계의 개진과 대지의 은폐의 양극"의 긴장이라는 시의 경지를 뒷받침하는 논리다. 그는 정치적 인식을 시를 통해서 가장 심미적인 방식으로 실현했던 것이다. 이는 '예술의 정치화'를 부르짖는 아방가르드적 인식과도 같은 인식이면서도 그가 독자적으로 개척한 새로운 방식의 정치적 예술의

---

151 위의 글, 368쪽 참조.

경지다.

김수영은 「반시론」에서 "나의 이런 일련의 배부른 시詩는 도봉산 옆의 날카롭게 닳은 부삽날의 반어가 돼야 할 것이다. 그럴 때 우리의 시에서는 남과 북이 서로 통한다"고 하였다. "도봉산 옆의 날카롭게 닳은 부삽날"은 노동의 상징이다. 그는 노동의 건강성에 대하여 항상 열등감으로 가지고 있었는데 이번 기회에 이러한 열등감에서도 벗어난 듯하다. 이것 역시 미인을 통해서 얻은 진리, 릴케론을 통해서 획득한 자신감에서 나온 것이다. 그가 릴케론에서 얻은 가장 큰 수확은 시인으로서의 자부심이다. 릴케가 말한 '노래는 존재이다'라는 말에는 시에 대한 보다 본질적인 탐색이 들어있는 것이다. 릴케에게 시인은 신이 할 수 있는 것을 하는 존재다. '노래는 존재이다'라는 표현은 시인이 만들어내는 시가 신이 창조한 존재의 진정한 존재성을 구현해주는 도구라는 것을 주장하는 것이다. 시인이 이 세상을 구원하는 릴케의 천사의 역할을 할 수 있다면 그는 그간에 가지고 있었던 사회주의에 대한 부채감 즉 노동을 하는 사람들에 대한 그간의 콤플렉스에서는 거뜬히 벗어날 수 있는 것이다. 그는 이념이 아니라 시를 통해서 현실을 구원할 수 있다는 확신을 하이데거의 릴케론을 통해서 이제야 얻은 것이다. 그럼으로써 그는 예술성과 현실성이 결합된 경지에 다다르고자 했다.

2) 혁명의 미학적 전환과 시의 영원성 추구

(1) 참여시에의 회의와 '일상'으로의 회귀

김수영에게 4·19혁명이 어떠한 의미였는지는 이미 거의 모든 연구사 속에서 중점적으로 논의된 바 있다. 이러한 글들에서는 그의 정치의식의 변모를 주로 문제삼았다. 참여시인이라는 과도한 명제가 그를 평가하는 데 연역적으로 작용한 까닭이다. 그러나 중요한 것은 그가 예술가적 자의식이 강한 시인이었다는 것이다. 이러한 점은 그에게 참여시라고 말할 수 있는 시는 오히려 적은 수라는 것이 보여준다. 참여engagement문학이란 작품이 문학성 고유의 요구 이외에 다른 이념적 요구에 복속된 문학을 말한다. 그러므로 참여문학에 대중에 대한 계몽을 전제로 한다. 그러나 김수영은 문학은 어느 이념의 노예가 되어서는 안 된다는 생각을 가지고 있었던 사람으로 그에게 참여시인이란 수식어를 붙이는 것 자체가 어불성설이다.

혁명 직후 쓰였던 몇 편의 시의 경우에는 혁명의 이념이 계몽적 언술로 생경하게 강조되고 있어 참여시적 면모가 보이고 있다. 그만큼 당시 그에게 4·19혁명이 큰 충격으로 다가왔다는 점을 말해주는 것이기도 하다. 1950년대 창작된 시와 내용면에서 가파른 편차를 보이기도 한다. 하지만 4·19혁명 직후의 시와 달리 1960년대 후반에 창작된 시들은 1950년대 창작된 시들과 비교할 때 오히려 내용면에서 많은 편차가 존재하지 않는다. 이 점은 그에게 4·19혁명이 미친 영향은 오히려 정치의식만이 아니었음을 말해주는 대목이기도 하다. 그는 여전히 개인주의자였고 자유주의자였다. 그래서 4·19혁명은 그에게 자신의 예술적 인식을 발전시켜가는 도정에서 만난 한 계기가 아닐까라는 의문이 가능하다.

이러한 점을 유념에 두면서 4·19 이후의 후기 시를 살펴보는 것은 그에 대한 좀 더 객관적인 연구를 가능하게 할 것이다.

우리들의 敵은 늠름하지 않다

우리들의 敵은 카크 다글라스나 리챠드 위드마크 모양으로 사나웁지도 않다

그들은 조금도 사나운 惡漢이 아니다

그들은 善良하기까지도 하다

그들은 民主主義者를 假裝하고

자기들이 良民이라고도 하고

자기들이 選良이라고도 하고

자기들이 會社員이라고도 하고

電車를 타고 自動車를 타고

料理집엘 들어가고

술을 마시고 雜談하고

同精하고 眞摯한 얼굴을 하고

바쁘다고 서두르면서 일도 하고

原稿도 쓰고 치부도 하고

시골에도 있고 海邊가에도 있고

서울에도 있고 散步도 하고

映畵館에도 가고

愛嬌도 있다

그들은 말하자면 우리들의 곁에 있다

우리들의 戰線은 눈에 보이지 않는다

그것이 우리들의 싸움을 이다지도 어려운 것으로 만든다

우리들의 戰線은 당게르크도 놀만디도 延禧高地도 아니다

우리들의 戰線은 地圖冊 속에는 없다

그것은 우리들의 집안 안인 경우도 있고

우리들의 職場인 경우도 있고

우리들의 洞里인 경우도 있지만

보이지는 않는다

우리들의 싸움의 모습은 焦土作戰이나

건 힐의 昊齒모양으로 활발하지도 않고 보기좋은 것도 아니다

그러나 우리들은 언제나 싸우고 있다

아침에도 낮에도 밤에도 밥을 먹을 때에도

거리를 걸을 때도 歡談을 할 때도

장사를 할 때도 土木工事를 할 때도

여행을 할 때도 울 때도 웃을 때도

풋나물을 먹을 때도

市場에 가서 비린 생선냄새를 맡을 때도

배가 부를 때도 목이 마를 때도

戀愛를 할 때도 졸음이 올 때도 꿈속에서도

깨어나서도 또 깨어나서도 또 깨어나서도……

授業을 할 때도 退勤時에도

싸일렌소리에 時計를 맞출 때도 구두를 닦을 때도…

우리들의 싸움은 쉬지 않는다

우리들의 싸움은 하늘과 땅 사이에 가득차있다

民主主義의 싸움이니까 싸우는 방법도 民主主義式으로 싸워야 한다 하늘
에 그림자가 없듯

民主主義의 싸움에도 그림자가 없다 하…… 그림자가 없다

하…… 그렇다……
하…… 그렇다……
아암 그렇구 말구…… 그렇지 그래……
응응…… 응…… 뭐?
아 그래…… 그래 그래.

— 「하…… 그림자가 없다」(1960.4.3) 전문

　이 시는 4·19혁명 바로 직전, 혁명의 분위기가 무르익을 무렵에 쓰여진 것이다. '혁명'이라는 단어가 직접적으로 드러나고 있지 않는 것은 이러한 분위기의 영향으로 보인다. 이 시는 혁명의 본질에 대하여 명확히 꿰뚫고 있다. 이 시에서 중요한 것은 '적'의 인식과 '싸움'의 방법이다. 그는 "우리들의 적은 한국의 정당과 같은 섹트주의가 아니라 우리들 對 그 잉여 전부剩餘全部이다. 혹은 나 對 전 세상이다"[152]라고 표현한 바 있다.

　이처럼 여기서 싸워야 할 '적'에는 '독재 정권'이라는 외부의 적뿐만 아니라 일상에 존재하는 내부의 적도 포함되어 있다. 이 논리대로 이 시에서 적은 "늠름하지" 않고, "사나웁지도" 않고 "조금도 악한惡漢이" 아니며, "선량하기까지 한" "그들은 말하자면 우리들의 곁에 있"는 적이다. 그래서 "전선戰線은 눈에 보이지 않고", "그것이 우리들의 싸움을 이다지도 어

---

152 「詩의 〈뉴 프런티어〉」, 『전집』 2, 241쪽 참조.

려운 것으로 만든다". 그러나 어려운 가운데에서도 "싸움은 쉬지 않는다"고 한다. 혁명의 본질은 일시적인 솟아오름이 아니라 부단히 계속되는 데 있는 것이다. 그래서 그는 "현대의 혁명은 어디까지나 평범하고 상식적인 것"[153]이라고 하였다.

그리고 혁명은 그 자체로 순수한 완결성을 갖는다. "그림자가 없다"는 것은 그 자체의 완결성을 말하고 있는 것이다. 그림자는 본체의 여운이다. 그러나 외관적인 형태는 본체와 같지만 그림자는 내용성은 갖추지 못한 껍데기일 뿐이다. 이 시를 볼 때 싸움의 끝에는 여운이 남지 않아야 한다는 것, 그 자체의 순수한 완결성을 갖추어야 하는 것, 그리고 외관은 같지만 질이 다른, 허구적인 포즈가 없어야 한다는 것이 김수영이 바라본 혁명의 본모습인 것이다.

물론 이러한 혁명관은 그가 이미 책을 통해서 의식적으로 선취한 것으로 볼 수 있다. 이 시는 이렇게 의식적으로 선취한 혁명의 본질을 형상화한 것이다. 그리고 그는 이 이론이 현실화될 수 있다는 희망을 가지고 있었을 것이다. 그래서 단순히 "하…… 그림자가 없다"로 시를 끝내지 않은 것이다. 말미에 나오는 "하…… 그렇다…… / 하…… 그렇다…… / 아암 그렇구 말구…… 그렇지 그래…… / 응응…… 응…… 뭐? / 아 그래…… 그래 그래"라고 재차 확인을 해보는 약간의 주저함은 이러한 점을 말해 준다. 김수영은 혁명의 완성을 꿈꾸었던 것이고, 이를 다시 한번 현실 속에서 확인하고 싶었기 때문에 단정적인 결론을 유보했던 것이다. 그리고 과연 4월 19일 혁명은 터졌고 그 현장을 목도하면서 이러한 희망을 다시 되새김질 한다.

---

153 김수영, 「(북리뷰—C. 라이트 밀즈 저 〈들어라 양키들아〉」, 『사상계』 95, 1961.6.

우선 그놈의 사진을 떼어서 밑씻개로 하자

그 지긋지긋한 놈의 사진을 떼어서

조용히 개굴창에 넣고

썩어진 어제와 결별하자

그놈의 동상이 선 곳에는

民主主義의 첫 기둥을 세우고

쓰러진 성스러운 學生들의 雄壯한

紀念塔을 세우자

아아 어서어서 썩어빠진 어제와 결별하자

　　　　—「우선 그놈의 사진을 떼어서 밑씻개로 하자」(1960.4.26 早朝) 전반부

詩를 쓰는 마음으로

꽃을 꺾는 마음으로

자는 아이의 고운 숨소리를 듣는 마음으로

죽은 옛 戀人을 찾는 마음으로

잊어버린 길을 다시 찾은 반가운 마음으로

우리는 우리가 찾은 革命을 마지막까지 이룩하자

　　　　—「祈禱—四·一九殉國學徒慰靈祭에 붙이는 노래」(1960.5.18) 후반부

　　위의 두 시는 혁명의 와중에 일어난 감격을 격양된 어조로 표현하고
있다. 첫 번째 시에서는 혁명의 주요 대상이 '그놈'이라고, 적에 대한 규
정까지 구체적으로 나와 있다. 그러나 이 시는 성공에 대한 흥분에서만
그치지 않고 '혁명'의 완성에 대한 기원에 더 많은 초점을 두고 있다. "어
서 어서 썩어빠진 어제와 결별하자"는 시구나 "우리는 우리가 찾은 혁명

革命을 마지막까지 이룩하자"는 시구는 이러한 열망을 반영한 것이다. 물론 그가 바라는 혁명은 앞의 시에서처럼 "그림자가 없는" 하나의 완결된 형태로 이루어져야 하는 것이다.

그런데 여기에서 주의해서 보아야 할 것은 두 번째 시에서 나와있는 혁명을 대하는 마음이다. 그는 여기에 "詩를 쓰는 마음으로" 라는 부사구를 쓰고 있다. 이는 시를 쓰는 것과 혁명을 이룩하는 것이 동위의 것이라는 인식을 보여준다. 혁명과 시에 공통적으로 내재한 마음으로 그는 "꽃을 꺾는 마음", "자는 아이의 고운 숨소리를 듣는 마음", "죽은 옛애인을 찾는 마음" 등 이 세상에서 가장 순수하고 평화로운 자세를 들고 있다. 이러한 마음은 통상적으로 생각하는 혁명의 과격성과는 거리가 먼 자세다. 이 마음들의 공통점은 아름다움을 찾는 '사랑'의 마음이다. 김수영에게 시를 쓰는 마음 역시도 '사랑'의 방법이었다면, 이 모두가 사랑을 통한 아름다움의 창조 과정이 되는 것이다. 그러므로 여기서 사랑과 시, 그리고 혁명은 동일한 의미를 갖게 되는 것이다. 그러나 그가 그토록 원했던 현실적인 혁명의 완성은 이루어지지 않았다.

어둠 속에서도 불빛 속에서도 변치않는
사랑을 배웠다 너로해서
그러나 너의 얼굴은
어둠에서 불빛으로 넘어가는
그 刹那에 꺼졌다 살아났다
너의 얼굴은 그만큼 불안하다

번개처럼

번개처럼

금이 간 너의 얼굴은

—「사랑」(1961) 전문

이 시에서 너는 '혁명'이라고 할 수 있다. 그가 혁명을 통해서 배운 것은 사랑이라고 한다. 사랑은 그의 전기시에서부터 등장했던 중요한 화두인 만큼 4·19를 통해서 처음 깨달은 것은 아니다. 그러나 새삼스럽게 "사랑을 배웠다"는 것은 그가 사랑의 소중함을 재확인했다는 뜻이며, 또한 새로운 의미 규정을 할 수 있었다는 것이기도 하다. 혁명이 고독한 것이라는 것을 깨달았던 것과 마찬가지로 혁명 속에서 깨달은 '사랑'은 단순히 인정론적인 측면의 사랑을 뛰어넘는 것이다. '사랑'은 '혁명'과 동의어가 될 때 더욱 값진 것이 된다. 즉 사랑은 혁명을 위한 것일 때 값진 것이며 사랑은 진정한 혁명을 완수하는 길인 것이다. 그리고 사랑이 가장 소중한 것은 "어둠 속에서도 불빛 속에서도 변치않는"다는 데 있다. 그러나 그는 지금은 이 사랑이 위태로운 상황이라고 한다. 현실적 성과의 좌절 때문에 "(사랑이) 어둠에서 불빛으로 넘어가는 / 그 찰나刹那에 꺼졌다 살아났다"는 의미는 "그만큼 불안하다"는 말 그대로다. 그래서 이 불안의 원인을 서술한 시도 있다.

아아 새까맣게 손때묻은 六法全書가

標準이 되는 한

나의 손등에 장을 지져라

四.二六革命은 革命이 될 수 없다

차라리

革命이란 말을 걷어치워라

허기야

革命이란 단자는 학생들의 宣言文하고

新聞하고

열에 뜬 詩人들이 속이 허해서

쓰는 말밖에는 아니되지만

그보다도 창자가 더 메마른 저들은

革命의 六法全書는 「革命」밖에는 없으니까

—「六法全書와 革命」(1960.5.25) 후반부

이 시를 쓸 당시만 해도 혁명의 마무리 작업이 진행 중인 상황이었지만 김수영은 이 과정을 지켜보면서 이미 혁명의 실패를 예감한다. 『육법전서六法全書』는 형법, 상법 등 기존의 여섯 가지 법률을 서술하고 있는 책이다. 그런데 이러한 기존의 법률을 가지고 혁명을 바란다는 것은 혁명의 기본 이념에 원칙부터 위배되는 것이다. 혁명은 기존 질서의 전복이기 때문이다. 그런데 현실 속에서는 이러한 제 가치들의 혁명적인 전복이 이루어지지 않고 정치가들은 혁명 이전의 제 가치들을 잣대로 혁명을 이행하고 있었다. 그래서 그는 "혁명革命이란 방법方法부터가 혁명적革命的이어야 할 텐데"라면서 현실에서 수행되는 혁명은 방법부터가 틀렸다고 야유를 던지고 있는 것이다. 그는 그래서 이미 혁명의 본질적 의미는 사라지고, "학생들의 선언문하고 / 신문新聞하고 / 열에 뜬 시인詩人들이 속이 허해서 / 쓰는 말", 껍데기만이 남은 상황이 되어버렸다고 한다.

위의 시는 4·19혁명의 본질적인 한계가 무엇인지를 드러내주고 있는데, 그것은 정신적인 혁명으로까지 가는 데 실패한 것이다. 주체의 미흡성과 조급성이라는 한계는 결국 혁명을 미완으로 머물게 한다. 김수영의 말대로 한다면 그 혁명은 그림자가 "있는" 혁명이 되어버린 것이다.

시 「중용中庸에 대하여」에서는 "여기에 있는 것은 중용中庸이 아니라 / 답보踏步다 죽은 평화平和다 나타懶惰다 무위無爲다"라는 구절이 있다. 중용은 '어느 한쪽으로 치우치지 않는 태도'를 말한다. 철학적으로 분석해보면 중용은 무엇이든지 받아들일 수 있는 열려진 태도를 뜻한다. 이는 답보와 나타와 무위가 아니라 진보와 근면과 인위人爲의 태도가 기본으로 상정되었을 때 가질 수 있는 경지다. 그렇다면 중용은 어떠한 혁명적인 변화도 수용할 수 있는 진보적인 태도라는 말이다. 그러나 현실의 중용은 순수한 뜻을 훼손하고 있다고 그는 주장한다.

거기에 대한 분노로 이 시를 김수영은 일사천리로 내리썼다고 한다. 그만큼 흥분된 상태였다고 하는데, 그러면서 그는 훼손된 중용과 싸우듯, 주변의 소리들과도 끊임없이 대결을 하는 긴장감을 늦추지 않고 있었다. 괄호 쳐진 바깥 축사에서 들리는 소리는 그의 이러한 분노를 엿듣는 세력을 은유적으로 표현한 것이다. 그리고 그는 글씨가 떨리도록 끓어오르는 분노를 잠재우지는 못한다.

그러나 이 시 이후의 그의 시 속에서는 이제 이러한 분노의 목소리가 점차 사라지게 된다. 「'사・일구四・一九' 시詩」에서 혁명에 대한 시를 쓰는 것이 너무나 싫은 상황을 풍자적으로 드러낸 것이 고작이다. 이 외의 그의 시 속에서는 거의 분노가 드러나지 않는다. 대신 그가 계속 추진했던 "진보와 근면"의 추구, 시 창작에 대한 열정이 새롭게 대두한다. 그는 다시 시인의 길로 들어선 것이다.

그러나 그 시인의 길은 참여시인으로의 길은 아니었다. 시 「눈」에서 그는 "그대의 저항抵抗은 무용無用 / 저항시抵抗詩는 더욱 무용 / 막대莫大한 방해妨害로소이다"라는 구절이 있다. '저항시'는 '방해'이고 '무용'이며 시인은 "용감한 착오"라는 자조 섞인 발언은 혁명시로 떠들썩했던 지난 시기를 무색케하는 대목이다. 그 저항시의 떠들썩함이 현실의 잔인함을 이기지 못하는 상태는 시인에게 시의 무력감을 처절하게 깨닫게 한다.

혁명을 겪으면서 김수영의 내면 속에서는 현실과 시가 서로 정면에서 충돌하게 된다. 그 속에서 김수영은 시가 현실 논리를 따라 갈 수 없다는 시인으로서의 아픈 자성을 행하게 된다. 그래서 지식인이라고 할 수 있는 시인의 저항은 무용이고 거기에 비해 "민중은 영원히 앞서 있다"고 한 것이다. "앞서 있는" '민중'의 모습은 김수영의 다른 시 「쌀난리」에서 드러나고 있다. 「쌀난리」(1961)라는 시에서 민중은 "오히려 더 착실하게 온 몸으로" 살고 있는 존재로 드러난다. 노동의 건강함으로 민중은 '머리'로 살아가는 지식인들이 절망 속에 빠져 있을 때 건강하게 그 현실을 이겨내는 강인한 존재다.

그렇다면 이렇게 나약한 지식인이 건강한 '민중'을 교화하고 선동한다는 것은 어불성설이다. 그리하여 민중에 대한 계몽을 중요시하는 참여시에 김수영은 일침을 가하고 있는 것이다. 지식인으로서 현실에 대한 부채감을 느끼고 있었던 김수영이지만, 그렇다고 그가 택하려고 했던 방법이 참여시적인 것은 아니었던 것이다. 가장 현실적인 것을 추구하는 참여시인들은 그들의 선민의식에 오히려 "영원히 앞서 있는 민중"이 살아있는 현실과 유리되어 있다. 그렇다면 기존의 참여시 속에서 이원화된 현실과 시의 접점을 김수영은 모색하여야 했다. 그러나 주의해야 할 것은 이 시가 말하고 있는 것은 참여시의 무용성이지 혁명 자체를 부정하는 것은 아니었다는 점이다. 혁명은 그에게 여전히 중요한 화두로 살아남을 수밖에 없는 원체험이기 때문이다. 현실 속 혁명의 좌절은 그에게 하나의 중요한 인식을 심어주었다.

> 푸른 하늘을 制壓하는
> 노고지리가 自由로왔다고
> 부러워하는
> 어느 詩人의 말은 修正되어야 한다.
>
> 自由를 위해서
> 飛躍하여 본 일이 있는
> 사람이면 알지
> 노고지리가
> 무엇을 보고
> 노래하는가를
> 어째서 自由에는
> 피의 냄새가 섞여있는가를
> 革命은
> 왜 고독한 것인가를
>
> 革命은
> 왜 고독해야 하는 것인가를
>
> ―「푸른 하늘을」(1960.6.15) 전문

이 시에서는 '자유'의 의미가 중요하다. 진정한 자유는 쉽게 주어지는 것이 아니다. 노고지리의 비약은 피를 흘렸기 때문이다. 그는 자유를 얻는 도정이 얼마나 험난한 것인가를 혁명의 실패를 통해서 깨달은 것이다. 그러나 중요한 것은 '혁명'이 고독하다는 것이다. 혁명이 피를 흘려야 하는 것이라는 것은 당연지사이지만, 고독하다는 것은 난센스로 보일 수도 있다.

그의 글에서 '고독'은 자주 볼 수 있는 단어다. 후기 산문 중에 나오는 "고급속물은 반드시 '고독'의 자기 의식을 갖고 있어야 할 것이다"[154]라는 말도 이 중 하나다. 여기서 고급 속물이란 그가 설명한 대로 하면, "자폭自爆을 할 줄 아는 속물, 즉 진정한 의미에서는 속물이 아니라는 말이다". 그러므로 그가 고독한 것은 자본주의적 현실에 순응할 수 없는 그의 양심 때문에 파생한 상태라고 할 수 있다.

그리고 '고독'은 혁명이 획득하려고 하는 '자유'의 본질을 구성하는 요소다. 어떠한 규칙과 체제에도 종속되지 않으려는 태도인 '자유'는 근본적으로 고독을 동반할 수밖에 없다. 특히 끊임없이 불가능을 향해 치달아야 하는 시인의 자유로운 감수성[155]은 특히 고독할 수밖에 없다.

　6월 16일
　'4월 26일' 후의 나의 정신의 變移 혹은 발전이 있다면, 그것은 강인한 고독의 感得과 인식이다. 이 고독이 이제로부터의 나의 창조의 원동력이 되리라는 것을 나는 너무나 뚜렷하게 느낀다. 혁명도 이 위대한 고독이 없이는 되지 않는다. 두말할 나위도 없이 혁명이란 위대한 창조적 추진력의 複本(counterpart)이니까. 요즈음의 나의 심경은 외향적 명랑성과 내향적 침잠

---

154 「이 거룩한 속물들」, 『전집』 2, 121쪽.
155 바타유는 이 감수성을 "외부적인 요인은 전혀 고려하지 않으며, 삶의 맨 처음 움직임에만 종속되어 있다는 의미에서" 자유로운 감수성이라고 한다. 조르주 바타유, 앞의 글. 53쪽 참조.

혹은 섬세성을 완전히 일치시키는 데 성공하고 있다. 拙詩「푸른 하늘을」이 약간의 비관미를 띠우고 있는 것은 역시 격려의 의미에서 오는 것이리라.[156]

고독은 예술가의 특권이다. 여기서 고독은 '창조의 원동력'이라고 말한 것이 이 맥락이다. 릴케는「로댕론」의 첫 문장을 예술가의 고독에 대한 이야기로 시작하고 있다.[157] 이는 릴케가 되고 싶은 예술가상이 고독한 형상이었다는 것을 드러내주는 것이다. 예술가는 고독 속에서 자기 집중이 가능하고, 그것은 곧 영웅적이며 예술가적인 행위를 위한 전제가 된다.[158] 김수영에게도 고독은 중요한 느낌이다. 그는「후란넬 저고리」에 대한「시작노트」의 말미에서 그에게 중요한 것은 후란넬 저고리가 노동복이라는 피상적 의미가 아니라고 했다. 대신 "당신들의 그러한 모든 힐난 이상으로 소중한 것이 나의 고독, 이 고독이다"[159]라고 말한 바 있다. 그에게 노동은 시 창작 과정이다. 고독한 과정 속의 끊임없는 노동의 열정이 바로 릴케가 로댕을 통해서 배운 예술가적 자세다. 김수영에게도 이 창조적 노동 과정, 극도의 자기 집중 상태, 고독의 상태는 예술가적 자세를 규정짓는 것이다. 그리고 김수영은 이 고독을 혁명과 연관시킨다. "혁명이란 위대한 창조적 추진력의 복본複本, counterpart"이라는 말은 고독을 동반한 창조적 과정과 혁명이 유사하다는 의미다. 그리고 혁명이 위대한 창조의 거름이라는 의미이기도 하다.

이는 '혁명의 미학적 전환'이라는 과정으로 설명할 수 있다. 프랑스혁

156「日記抄(II)」,『전집』2, 494쪽 참조.
157 R. M. 릴케, 전광진 역,「로댕론」,『로댕』, 범문사, 1973.
158 김재혁,「해설 – 릴케와 로댕의 만남과 예술」, 릴케,『황홀의 순간』, 생각의나무, 2002, 121쪽 참조.
159「시작노트 3」,『전집』2, 437쪽 참조.

명과 독일의 낭만주의를 비교하는 과정에서 보러는 독일은 프랑스가 이룩한 정치적 혁명을 문화혁명을 통해서 이룩하였다고 말한다. 독일 낭만주의와 프랑스혁명은 문명화 과정 중에 나타난 서로 다른 문화혁명의 진행과정으로 파악될 수 있으며, 이러한 의미에서 '독일 낭만주의는 내부를 향한 프랑스혁명'이라는 표현이 가능하다. 프랑스혁명의 조화와 질서에 대항하는 창조적 파괴의 충동인 '혁신성', '자발성'과 낭만주의의 파괴, 혁신, 자발성은 서로 유사한 성격을 갖기 때문이다.[160] 이러한 문화혁명의 관점을 김수영은 고민하고 있었다.

> 6월 17일
>
> 말하자면 혁명은 상대적 완전을, 그러나 시는 절대적 완전을 수행하는 게 아닌가.
>
> 그러면 현대에 있어서 혁명을 방조 혹은 동조하는 시는 무엇인가. 그것은 상대적 완전을 수행하는 혁명을 절대적 완전에까지 승화시키는 혹은 승화시켜보이는 역할을 하는 것이 아닌가.
>
> 여하튼 혁명가와 시인은 구제를 받을지 모르지만, 혁명은 없다.
>
> — 하나의 현대적 상식, 그러나 좀 더 조사해볼 문제.[161]

앞의 일기 바로 그 다음날의 일기에서 그는 혁명과 시의 관련성에 대하여 고민하고 있다고 밝히고 있다. 혁명의 순간과 멀어질수록 혁명은 그 순수성을 상실하기 마련이다. 그렇기 때문에 혁명의 결과는 끊임없이 지연되며, 혁명은 그 순간에만 자족성을 갖는다. 그런 의미에서 김수

---

160 칼 하인츠 보러, 최문규 역, 『절대적 현존』, 문학동네, 1998, 14쪽 참조.
161 「日記抄(II)」, 『전집』 2, 495쪽 참조.

영은 "혁명은 상대적 완전"이라고 말한 것이다.

그렇다면 시가 "절대적 완전"인 이유는 무엇인가? "상대적 완전을 수행하는 혁명을 절대적 완전에까지 승화시키는 혹은 승화시켜 보이는 역할을 하는 것이 아닌가"라는 자문은 여기에 대한 답을 주고 있다. 그가 바라보는 현대적 예술의 본질이 끊임없이 새로운 것을 추구하는 것이라고 한다면 이 새로움을 추구하는 자세는 혁명과 통한다. 아방가르드의 미학적 인식이 그러하며, 보러가 말한 혁명과 낭만주의의 '혁신성'과 '자발성'의 상동성은 바로 이 점을 말하고 있는 것이다.

그렇다면 김수영에게 시는 일시적인 자족성으로 끝나는 혁명의 이념을 총족시켜 줄 수 있는 훌륭한 기제가 될 수 있다. 그래서 "혁명가와 시인은 구제를 받을지 모르지만, 혁명은 없다"는 말이 가능한 것이다. 이러한 인식은 김수영에 있어서는 가장 중요한 인식적 전환을 하게 한다. 시 「거미잡이」에서 "나는 오늘아침에 서약誓約한 게 있다니까 / 남편은 어제의 남편이 아니라니까 / 정말 어제의 네 남편이 아니라니까"라는 말은 이 때의 인식의 변모가 얼마나 급진적인 것이었나를 보여주는 시 구절이다. 아이러니하게 혁명의 실패가 그를 좀 더 깊이 있는 시적 고민으로 몰고 간 것이다.

> 革命은 안되고 나는 방만 바꾸어버렸다
> 그 방의 벽에는 싸우라 싸우라 싸우라는 말이
> 헛소리처럼 아직도 어둠을 지키고 있을 것이다
>
> 나는 모든 노래를 그 방에 함께 남기고 왔을 게다
> 그렇듯 이제 나의 가슴은 이유없이 메말랐다

그 방의 벽은 나의 가슴이고 나의 四肢일까

일하라 일하라 일하라는 말이

헛소리처럼 아직도 나의 가슴을 울리고 있지만

나는 그 노래도 그 전의 노래도 함께 다 잊어버리고 말았다 革命은 안되고

나는 방만 바꾸어버렸다

나는 인제 녹슬은 펜과 뼈와 狂氣—

失望의 가벼움을 財産으로 삼을 줄 안다

이 가벼움 혹시나 歷史일지도 모르는

이 가벼움을 나는 나의 財産으로 삼았다

革命은 안되고 나는 방만 바꾸었지만

나의 입속에는 달콤한 意志의 殘滓 대신에

다시 쓰디쓴 냄새만 되살아났지만

방을 잃고 落書를 잃고 期待를 잃고

노래를 잃고 가벼움마저 잃어도

이제 나는 무엇인지 모르게 기쁘고

나의 가슴은 이유없이 풍성하다

　　　　　　　　　　　—「그 방을 생각하며」(1960.10.30) 전문

　　혁명革命은 안되고 나는 방만 바꾸어버렸다는 말은 혁명에 대한 그의 좌절감을 표현한 것이다. 그럼에도 불구하고 "무엇인지 모르게 기쁘고 / 나의 가슴은 이유 없이 풍성"한 이유는 그에게 시인으로서 자기 인식을

재정립한 인식적 변이가 있었기 때문이다. 혁명의 실패라는 잔인한 역사적 사실 덕분에 얻은 시인으로서의 자기 인식은 그에게 인생을 바라보는 자세에도 영향을 끼치게 된다. "나는 인제 녹슬은 펜과 뼈와 광기狂氣 ─ / 실망失望의 가벼움을 재산財産으로 삼을 줄 안다"는 말이나 "이 가벼움 혹시나 역사歷史일지도 모르는 / 이 가벼움을 나는 나의 재산財産으로 삼았다"는 말은 그가 혁명의 실패로 인한 고통을 시적 자양분으로 삼을 수 있었다는 의미다. 그 결과 그가 시인으로 돌아가는 길은 이제 자기 정당성을 얻게 된다.

> 무엇보다도
> 내가 정말 詩人이 됐으니 시원하고
> 인제 정말
> 진짜 詩人이 될 수 있으니 시원하고
> 시원하다고 말하지 않아도 되니
> 이건 진짜 시원하고
> 이 시원함은 진짜이고
> 自由다
>
> ─ 「檄文─新歸去來 2」(1961.6.12) 후반부

이 시를 보면 그의 마음이 이제는 '증오憎惡'와 '치기稚氣'와 '굴욕屈辱'을 "깨끗이 버리고"나니 모든 것이 "편편하게 보이는" 경지, 즉 모든 것을 넓은 식견을 가지고 볼 수 있는 경지로 되었다는 것이 드러난다. 그리고 이러한 경지는 그에게 무엇보다도 "진짜 시인"이 될 수 있다는 자신감을 심어주게 된다. 인용한 시 구절은 그가 이제는 현실적 혁명의 완수가 불

가능한 상황에서 벗어나 시적인 본연의 혁명을 이룩하려는 길로 들어선 것이 얼마나 그에게 큰 변모인가를 말해주는 것이다. 그리고 이 시를 보면 이러한 혁명의 미학적 전환이 자신에게 최선의 길이었음을 그는 믿어 의심치 않았던 것으로 보인다.

> 정말 문학을 해야겠다. 생활에 여유와 윤택을 가져야겠다는 것은 진심으로 느낀다.[162]

> 오늘 시「피곤한 하루의 나머지 시간」을 쓰다. 前作과는 우정 백팔십도 전환. '일보퇴보'의 시작. 말하자면 반동의 시다. 자기확립이 중요하다. 다시 뿌리를 펴는 작업을 시작하자.[163]

위의 산문에는 혁명 직후의 좌절감을 극복하기 위해 그가 얼마나 노력했는가가 드러나고 있다. 이는 "정말 문학을 해야겠다"라는 말에 잘 나타난다. 이는 시인 본연의 자세로 돌아가고자 하는 소망을 표현한 것이다. 그리고「피곤한 하루의 나머지 시간」이 "반동의 시"라는 자기 비판도 이러한 맥락이다. 이러할 때일수록 "자기확립이 중요하다"는 의지는 그가 여전히 자기 완성에의 욕구를 버리지 않았다는 점을 드러내주며, "다시 뿌리를 펴는 작업을 시작하자"는 의지는 새로운 시적 인식을 암시하는 것이다.

그런데 언제나 그랬듯이 시인으로서의 자기 인식에서 가장 중요한 것은 생활과의 연관성이다. 첫 인용문에서 "정말 문학을 해야겠다"와

162「日記抄(II)」,『전집』2, 510쪽 참조.
163「日記抄(II)」,『전집』2, 505쪽 참조.

연관된 말은 "생활에 여유와 윤택을 가져야겠다"는 말이었다. 진정한 '문학'을 하는 것과 "생활의 여유와 윤택"은 혁명 이전의 생활 속에서는 찾아보기 힘든 말이었다. 혁명 이전의 생활은 그가 추구하는 예술가적인 생활과는 끊임없이 이반되면서 그 사이에 긴장을 유지하고 있었기 때문이다.

그렇다면 "생활의 여유와 윤택"은 이러한 긴장의 완화를 뜻하는 것일까? 그리고 생활에 대한 태도의 변화는 현실에 대응하는 태도의 변화와 연관이 깊다고 할 때 어떠한 자세의 변이가 이루어지는 것일까? 이러한 의문 역시 그의 후기시의 출발점을 해명하는 데 중요한 문제다.

그는 혁명 직후에 김병욱에게 쓴 편지에서 앞으로 그가 쓸 시는 "좀더 가라앉고 좀 더 힘차고 좀 더 신경질적이 아니고 좀 더 인생의 중추에 가깝고 좀 더 생의 희열에 가득찬 시다운 시가 될 것이오"[164]라고 말한다. 여기서 "좀더 인생의 중추에 가깝고 좀 더 생의 희열에 가득찬 시"라는 어구는 그가 문학을 위해서 "생활의 여유와 윤택"을 찾는 이유를 설명해줄 수 있다.

그가 혁명의 정치적 열정에서 일상에의 칩거로 다시 돌아가 시와 생활에 대한 고민을 다시 시작했다는 것은 혁명 이후에 쓰인 연작시 「신귀거래新歸去來」 9편에서 드러나고 있다. 제목부터가 의미심장하다. '신귀거래'라는 제목은 도연명의 「귀거래사歸去來辭」에서 따온 듯하다. 이 시문은 그가 최후의 관직을 버리고 고향인 시골로 돌아오는 심경을 읊은 시로, 세속과의 결별을 진술한 선언문이다. 그러나 도연명의 시가 전원으로 돌아가는 심경을 정신 해방으로 간주했던 데 비해 김수영의 「신귀거

---

164 「저 하늘이 열릴 때」, 『전집』 2, 164쪽 참조.

래」에는 내면적 갈등으로 인한 고통이 가득하다. 「신귀거래」 연작 중 처음 시에는 그가 집으로 돌아온 목표가 드러나고 있다.

여편네의 방에 와서 起居를 같이해도
나는 점점 어린애
나는 점점 어린애
太陽 아래의 단하나의 어린애
죽음 아래의 단하나의 어린애
언덕 아래의 단하나의 어린애
愛情 아래의 단하나의 어린애
思惟 아래의 단하나의 어린애
間斷 아래의 단하나의 어린애
點의 어린애
베개의 어린애
苦悶의 어린애

여편네의 방에 와서 起居를 같이해도
나는 점점 어린애
너를 더 사랑하고
오히려 너를 더 사랑하고
너는 내 눈을 알고
어린놈도 내 눈을 안다

—「여편네의 방에 와서—新歸去來 1」(1961.6.3) 후반부

혁명의 실패가 김수영에게 가져다 준 것은 역사의 잔인함에 대한 경험이었다. 그러나 이 잔인함이 대신 그에게 남겨준 것은 "어둠 속에서도 불빛 속에서도 변치않는 / 사랑"이라는 보편의 명제를 체화시키는 것이었다. 그는 '자유'라든가 '평등'이라든가 서구의 아름다운 정치적 명제가 우리 현실 속에서는 얼마나 신기루 같은 존재였는가를 깨달았다. 그것 대신에 이 땅에서 그가 실천해야 할 것은 좀 더 삶 속에서 구체화된 무엇이었다. 위의 연작시 「신귀거래」는 시인의 사유가 좀 더 일상 깊숙이 들어와야 한다는 깨달음에 대한 그의 실천 결과다.

'여편네의 방'이라는 공간은 그런 의미에서 그에게 좀 특별한 공간이다. 그에게 여편네는 그의 시세계를 통틀어서 애증의 대상이었다. 그의 아내는 그에게 자신의 시를 제일 처음 보여줄 수 있을 만큼 중요한 문학적 조언자의 역할을 한다. 반면, 시인이었던 그 대신 생활의 방편을 책임지고 있었던 관계로 아내는 그에게 알게 모르게 속물적 삶을 강요하였던 존재였다. 그래서 예술가적 삶을 지향하는 그에게 여편네와의 거리는 의도적으로 만들어야 하는 것이었다.

그런 의미에서 '여편네의 방'에 들어왔다는 것은 그가 예전의 삶의 방식을 전면적으로 재검토하였다는 점을 의미한다. 이전 같았으면, 여편네의 방에 들어와서는 그와 여편네 간의 끊임없는 의식의 싸움이 이루어져야 할 텐데 이 시에서 그는 "여편네의 방에 와서 기거起居를 같이해도 / 나는 이렇든 소년少年처럼 되었다"면서 그가 이러한 전의戰義를 상실했음을 고백한다. 그러므로 여편네 방으로의 귀환은 그가, 거리를 두고자 애썼던 세속적 삶, 즉 일상으로 귀환했음을 말하는 것이다. 또한 이는 현실 속에서 실패한 혁명을 끝까지 완수하는 길을 모색하는 과정이기도 하다.

소년의 천진난만함은 아직 세상의 때가 덜 묻었기 때문에 가능한 것인데 이러한 천진성은 달리 말하면 정치적 삶에 대한 무지와 무관심에서 나온다고 할 수 있다. 그가 소년이 되었다는 것은 후자의 차원이 되고 싶은 욕망의 표현이라고도 할 수 있다. "흥분興奮해도 소년少年 / 계산計算해도 소년少年 / 애무愛撫해도 소년少年"이라는 말이나 "어린놈 너야 / 네가 성을 내지 않게 해주마 / 네가 무어라 보채더라도 / 나는 너와 함께 성을 내지 않는 소년少年"이라는 시구는 일상적 삶에 동화되어가려는 그의 의지를 보여주는 것이다.

그러나 그는 일상 속에서도 여전히 그는 자신이 시인임을 끝까지 잊지 않았다. 다음에 나오는 어린애를 표현하는 수많은 관형사구는 그의 시인됨에 대한 갈구를 여전히 표현해주고 있다. "태양太陽 아래의 단하나의 어린애 / 죽음 아래의 단하나의 어린애 / 언덕 아래의 단하나의 어린애 / 애정愛情 아래의 단하나의 어린애 / 사유思惟 아래의 단하나의 어린애 / 간단間斷 아래의 단하나의 어린애 / 점點의 어린애 / 베개의 어린애 / 고민苦悶의 어린애"라는 표현은 그가 갈구하는 소년의 상태가 단순한 천진난만함에 그치는 것이 아님을 말해주는 것이다. "태양, 죽음, 애정, 사유, 간단"이라는 수식어들은 그가 생각하는 시인으로서의 덕목들을 표현한 것이기도 하다. '베개'와 '고민' 역시도 그가 끊임없이 고뇌하고 있는 상황을 보여주고 있는 용어들이다.

그런데 여기서 김수영은 "단하나의"라는 관형구를 사용한다. "단하나의"라는 표현에는 함축적인 의미가 들어있다. 그것은 아무도 도와줄 수 없는 삶의 단독자로서의 고독한, 본질적인 존재성을 표현한 것이다. 혁명이 실패로 돌아갔을 때 김수영은 여전히 문제는 '자신'이라고 '자기 확립'의 중요성을 말한 바 있다.

"점點의 어린애"라는 시구에서 '점'의 뜻 역시 이러한 단독자로서의 표현이라고 할 수 있다. '점'은 모든 존재성의 시초다. 예술에서도 선과 색을 사용하는 회화이든, 언어를 사용하는 문학이든 '점'은 모든 표현의 출발이다. 그러므로 자신이 하나의 '점'이라는 것은 고독한 단독자로서의 그가 이 세상의 새로운 출발점이 되고 싶은 욕망을 표현한 것이다.

그러나 이 욕망은 세속적인 욕망과는 다른 것이다. 그것은 사랑을 희구하기 때문이다. "여편네의 방에 와서 기거起居를 같이해도 / 나는 점점 어린애 / 너를 더 사랑하고 / 오히려 너를 더 사랑하고"라는 표현은 그가 일상적 삶 속에서 피어나는 사랑의 중요성을 깨달았다고 표현해 준다. "너는 내 눈을 알고 / 어린놈도 내 눈을 안다"는 시구는 가족 간의 사랑이 주는 기쁨을 노래하는 것이다. 결국 여기서 그는 사랑의 길이 일상적 삶 속에 존재한다는 것을 깨닫게 된 것이다. 그의 예술가적 욕망은 사랑의 길이며, 여기서 진정한 삶과 예술이 합치되는 길이 발견된다.

앞에서 살펴본 대로 그의 시세계를 살펴보는 데 있어 이 「신귀거래」 연작시는 많은 문제의식을 제공한다. '귀거래'라는 제목이 암시하듯 그는 혁명의 실패로 인하여 정치적인 현실에서 일상적 다시 돌아왔으며, 이 변모를 통해서 그는 많은 사고의 변이를 겪게 된다. 먼저 그가 정치적 현실 속에서의 혁명은 포기한 상태이며, 그 대신 일상 속에서의 사랑의 소중함을 더욱 뼈저리게 깨닫게 되었다는 것이다. 그러나 그럼에도 불구하고 아직까지는 일상의 모든 것을 수동적으로 수용한 것이 아니라는 점 역시 중요하다. 그는 여전히 일상 속에서 자신이 시인이라는 점을 지각하고 있었다. 이 역시 혁명의 실패로 인한 것으로 혁명을 완전하게 완수하는 길이 예술의 길에 있음을 깨달았기 때문이다.

그러면서 그는 지금까지의 그의 인식을 전면적으로 재고찰해나가기 시작한다. 혁명을 완수하기 위한 예술이 어떠한 것이었는가에 대한 탐색을 하기 위해서다. 이 역시 「신귀거래」 연작시 안에 이미 내재되어 있는 고민이다.

누이야
諷刺가 아니면 解脫이다
너는 이 말의 뜻을 아느냐
너의 방에 걸어놓은 오빠의 寫眞
나에게는 「동생의 寫眞」을 보고도
나는 몇 번이고 그의 鎭魂歌를 피해왔다
그전에 돌아간 아버지의 鎭魂歌가 우스꽝스러웠던 것을 생각하고 그래서
나는 그 寫眞을 十년만에 곰곰이 正視하면서
이내 거북해서 너의 방을 뛰쳐나오고 말았다
十년이란 한 사람이 준 傷處를 다스리기에는 너무나 짧은 歲月이다

누이야
諷刺가 아니면 解脫이다
네가 그렇고
내가 그렇고
네가 아니면 내가 그렇다
우스운 것이 사람의 죽음이다
우스워하지 않고서 생각할 수 없는 것이 사람의 죽음이다 八月의 하늘은
높다
높다는 것도 이렇게 웃음을 자아낸다

누이야

나는 분명히 그의 앞에 절을 했노라

그의 앞에 엎드렸노라

모르는 것 앞에는 엎드리는 것이

모르는 것 앞에는 무조건하고 숭배하는 것이

나의 習慣이니까

동생뿐이 아니라

그의 죽음뿐이 아니라

혹은 그의 失踪뿐이 아니라

그를 생각하는

그를 생각할 수 있는

너까지도 다 함께 숭배하고 마는 것이

숭배할 줄 아는 것이

나의 忍耐이니까

「누이야 장하고나!」

나는 쾌활한 마음으로 말할 수 있다

이 광대한 여름날의 착잡한 숲속에

홀로 서서

나는 突風처럼 너한테 말할 수 있다

모든 산봉우리를 걸쳐온 突風처럼

당돌하고 시원하게

都會에서 달아나온 나는 말할 수 있다

「누이야 장하고나!」

―「누이야 장하고나!―新歸去來 7」(1961.8.5) 전문

위의 시는 김지하의 평론「풍자냐 자살이냐」[165]를 통해서 유명해진 시이기도 하다. 물론 이 제목은 위의 시의 첫 구절인 "누이야 / 풍자가 아니면 해탈이다"의 오독誤讀이다. 비록 오기誤記이긴 하지만 '해탈'과 '자살'의 의미의 차이는 큰 것이다. 그리고 김지하가 본 '풍자'는 사회인식적 측면에서 바라본 것이지만 이 시에서 '풍자'의 의미는 시적 수사학과도 관련이 깊은, 이중적인 의미로 보아야 한다. '해탈'의 뜻 역시도 마찬가지다.

위의 시에서 김수영이 말한 '풍자냐 해탈이냐' 고민의 계기는 죽음 때문이다. 포로수용소 체험 등, 전쟁으로 인해 얻은 죽음에 대한 물리적 공포를 벗어나는 일부터, 주체의 죽음을 통한 영원성의 완성이라는 미학적 인식까지 그의 시세계에 드러나는 다양한 스펙트럼의 '죽음' 문제는 그의 전기 시세계에서부터 끊임없이 등장하는 문학적 화두였다. 전기의 죽음의 문제가 실존주의적 색채의 관념적인 것이었다면 혁명 이후의 죽음은 예술의 완성이라는 예술가로서의 자의식과 보다 밀착된 것이었다. 예술가가 꿈꾸는 것이 영원성이라고 한다면 예술가가 극복해야 할 것은 영원성의 가장 주요한 걸림돌인 시간의 유한성, 육체적 죽음이었다. 이 문제는 그의 산문 속에서 지속적으로 운위되고 있는 문제다.

---

165 물론 여기서 김지하는 자신의 평론의 제목이 김수영의 원문에서 나오는 '풍자냐 해탈이냐'의 誤讀임을 분명히 밝히고 있다. 그러면서 그는 김수영의 풍자의 방법이 소시민적 자기 풍자에 머물고 있어 진정한 민중적 풍자에는 이르지 못한 채 자살에 이를 수도 있음을 경계하고 있다. 물론 여기서 김지하의 관점이 오독에서 나온 것이라고 하더라고 김수영의 방법이 소시민적 자기 풍자라고 밝힌 것은 올바른 분석이었다. 그러나 위의 시를 쓸 당시 즉「新歸去來」연작시를 쓸 당시의 김수영의 고민의 과정을 좀 더 객관적으로 살펴보면 이러한 김수영에 관한 민중주의적 도식에 의한 평가는 분명히 재고되어야 한다. 김지하,「풍자냐, 자살이냐」,『詩人』, 1970.7(『타는 목마름으로』, 창작과 비평사, 1882, 140~156에서 재인용).

나에게는 아직도 해결하지 못하고 있는, 그리고 앞으로도 좀처럼 해결하지 못할 것 같은 세 가지 문제가 있다. 죽음과 가난과 賣名이다. 죽음의 구원. 아직도 나는 시를 통한 구원을 받지 못하고 있는 것처럼 죽음에 대한 구원을 받지 못하고 있다. 그런 의미에서 문자 그대로 헛 산 셈이다[166]

위의 산문에서도 역시 그가 해결해야 할 가장 중요한 문제 중 하나는 '죽음'의 문제다. 가난의 문제가 지식인으로서의 사회적 책임에 관련된 문제라고 한다면 매명의 문제는 예술가로서의 자의식에 관련된 문제다. 물론 이 둘도 따로 떼어내어서 생각할 수 없는 문제다. 예술가로서의 책임이 곧 그에게는 지식인으로서의 사회적 책임이기 때문이다.

그러나 죽음은 예술가로서의 자의식과 보다 밀접한 관련이 있다. "시를 통해서 구원을 받지 못하고 있는 것처럼 죽음에 대한 구원을 받지 못하고 있다"는 글귀는 시를 통한 구원과 죽음의 구원이 같은 동위소 안에 묶이는 문제임을 시사하는 것이다. 시를 통한 구원이 곧 죽음의 문제와 통한다면 시의 영원성을 구하는 것이 곧 1111에 대한 구원이라는 말이다. 위의 시를 보면 이러한 점에 대한 실마리가 나와 있다.

위의 시는 한국전쟁 때 실종된 김수영의 남동생[167]의 사진을 바로 보는 고통을 형상화한 것이다. 십 년 전의 실종으로 생사를 확인할 길 없는 동생의 사진을 보면서 그는 죽음의 문제를 떠올릴 수밖에 없었다. 또한 그것이 예전의 아버지의 죽음과 겹쳐지면서 그에게 죽음에 대한 슬픔과 두려움은 배가된다. 김수영은 아직도 위의 산문에서처럼 죽음 앞에서

---

166 「마리서사」, 『전집』 2, 107~108쪽 참조.
167 김현경 선생님의 증언에 따르면 동생들 중, 수강과 수경이 이북에 있다. 이 시에서 사진은 경기고를 다녔고 야구선수를 한 수경의 사진이었다고 한다. 선생님의 증언에 따르면 수경이 김수영과 제일 많이 닮았다고 한다. 류중하 · 박수연 · 박지영, 앞의 글 참조.

당당하지 못하다. "십+년이란 한 사람이 준 상처傷處를 다스리기에는 너무나 짧은 세월歲月이다"라는 구절은 그의 죽음에 대한 고통을 설명해주는 것이다.

그러나 그는 이렇게 죽음 앞에 좌절할 수만은 없었다. 이 시에서 운위되는 '풍자'와 '해탈'은 죽음을 극복하는 두 가지 방안으로 그가 세운 것이다. 다음에 나온 "우스운 것이 사람의 죽음이다 / 우스워하지 않고서 생각할 수 없는 것이 사람의 죽음이다"라는 표현은 풍자와 해탈의 묘한 경계에 서 있는 자신의 모습을 보여준다. 우습다는 정서적 표현은 풍자와 해탈의 경지 모두에 쓰일 수 있는 표현이기 때문이다.

풍자는 대상을 비판적으로 응시하는 방법 중 하나다. 정공법으로 죽음이라는 대상을 바라볼 때 그 대상은 아무 것도 아닌 듯 격하시켜 버릴 수 있다. '해탈'은 보다 종교적인 의미를 갖는다. 대상의 본질에 대하여 꿰뚫어버린 이후에는 그 대상에 대한 심각한 고려의 고통이 없어진다. 그러면서 그 대상에 대한 무심함이 생성되는 것이다. 그러나 풍자나 해탈이나 모두 대상의 본질을 정공법으로 꿰뚫어 볼 때만 그 대상에 대한 심적 해방을 얻을 수 있다는 점에서 공통점을 갖는다. 반면 풍자가 현실 속에서 이루어지는 것이라면 해탈은 피안의 세계를 지향하는 것이라는 점에서 지향하는 바가 다르다.

이 시에서는 두 가지의 지향이 모두 보이고 있다. "팔월八月의 하늘은 높다 / 높다는 것도 이렇게 웃음을 자아낸다"는 것은 풍자적인 방법이다. 높은 것이 웃음을 자아낸다는 것은 높은 것을 현실적인 공간을 끌어내리는 방법이기 때문이다. 그러나 마지막 연에 나오는 "이 광대한 여름날의 착잡한 숲속에 / 홀로 서서 / 나는 돌풍突風처럼 너한테 말할 수 있다 / 모든 산봉우리를 걸쳐온 돌풍突風처럼 / 당돌하고 시원하게 / 도회都

薔에서 달아나온 나는 말할 수 있다"라는 시구에서 보이는 태도는 해탈의 경지에 가깝다.

그렇다면 그는 이 시작詩作 과정을 통해서 죽음에 대한 풍자의 경지에서 해탈의 경지로 이동해갔다고 할 수 있다. 물론 이 경지를 만들어 낸 것은 그의 누이 때문이다. 그에 비해서 누이는 동생의 사진을 걸어 놓을 수 있을 만큼 그의 실종 혹은 죽음이라는 사건을 담대하게 받아들이고 있다. 그것은 풍자의 경지보다는 해탈의 경지에 가깝다.

물론 이것이 가능했던 것은 누이가 종교적인 도를 닦았기 때문이 아니다. 누이의 이 경지는 생활에 단단하게 뿌리박고 있는 일상인의, 삶에 대한 담담함과 담대함에서 나오는 것이다. 일상 속에서의 삶의 건강함은 때로는 심각한 고민을 가벼운 것으로 승화시켜버리기도 한다. 이러한 경지는 시 「쌀난리」에서도 나오는, 항상 노동하는 생활인으로서의 민중에 대한 그의 열등감을 가능하게 하는 것이기도 하다. 그래서 그는 "누이야 장하고나!"라고 말하고 있는 것이다.

이 시에서의 풍자와 해탈의 경지는 앞으로 그가 삶을 대하는 두 가지의 태도로 자리매김하게 된다. 위의 시에서는 비록 해탈의 경지로 끝을 맺고 있지만 이후의 시 속에서 자기 풍자의 고삐는 여전히 늦추어지지 않기 때문이다. 대표적인 자기 풍자의 시가 「어느 날 고궁古宮을 나오면서」다. 이 시에는 사소한 것에 여전히 화를 내고 있는 자신의 소시민적 근성에 대한 신랄한 자기 풍자가 살아 있다. 여전히 살아있는 자기 풍자의 내용은 여전히 예술가로서의 자기 인식을 강화시키는 것이었다.

더러운 日記는 찢어버려도
짜장 재주를 부릴 줄 아는 나이와 詩

배짱도 생겨가는 나이와 詩

정말 무서운 나이와 詩는

동그랗게 되어가는 나이와 詩

辭典을 보면 쓰는 나이와 詩

辭典이 詩같은 나이의 詩

辭典이 앞을 가는 變化의 詩

감기가 가도 감기가 가도

줄곧 앞을 가는 辭典의 詩

詩.

— 「詩」(1961) 후반부

　위의 시는 당시의 그가 시에 대한 관념을 변모시키고 있음을 알 수 있
게 한다. 앞의 시에서 말한 풍자와 해탈의 경지이든 그는 이제는 현실의
변모가 끝이 났다고 하더라고 어서 가야한다는 의지를 북돋을 만큼 단
단해져야 한다고 생각한다. 그러나 시에 대한 생각에는 아직 이러한 여
유를 획득한 것 같이 보이지 않는다. 이 역시 풍자와 해탈의 경지 사이에
서 방황하고 있는 듯 보인다. "더러운 일기日記는 찢어버려도 / 짜장 재주
를 부릴 줄 아는 나이와 시詩"라는 구절은 이러한 점을 보여 준다. 일기는
주체의 무의식적인 산물이다. 그것도 '더러운' 일기日記는 아직까지 내면
에 무의식적으로는 남아 있는 혁명에 대한 고통스러운 의식의 산물이라
는 점을 은유적으로 드러내주는 표현이다. 이러한 일기를 찢어버린 이
유는 그가 혁명으로 인한 고통을 잊어버리고 싶기 때문이다.

　그러나 인생의 경험으로 단련된 나이와 그 나이에 쓰여진 시는 고통
에도 불구하고 "짜장 재주를 부릴 줄" 알게 된다. 그에게 시는 재주로 쓰

는 것이 아니다. 고은의 시를 높이 평가하면서도 그의 시 쓰는 능력을 재주라고 표현한 것은 그 재주에 대한 오만을 경고하기 위해서다. 그에게 시를 쓰게 만드는 '재주'는 분명 합당한 가치의 능력은 아니었던 것이다. 그런데 자신이 시가 재주를 부린다고 말한 구절은 자신에 대한 풍자적인 언술이다. 한편으로는 그것이 "배짱도 생겨가는 나이와 시詩"로 보일 수도 있지만 "정말 무서운 나이와 시詩는 / 동그랗게 되어가는 나이와 시詩"라고 한다. 이 구절은 재주를 부린다는 말만큼 그가 싫어했던, 무던해지는 것, "동그랗게 되어가는" 자신의 모습에 대한 경계를 표현한 것이다.

그리고 이후에 나오는 "사전辭典을 보면 쓰는 나이와 시詩 / 사전辭典이 시詩같은 나이의 시詩 / 사전辭典이 앞을 가는 변화變化의 시詩"라는 표현 역시도 마찬가지다. 사전은 의미가 규정된 언어의 집합소다. 항상 새로워지는 의식을 추구했던 그에게 규정된 의미는 배격의 대상이다. 그러므로 이러한 규정된 의미, 즉 상식적 의미의 시를 쓰고 있는 현재의 자신의 모습은 그에게 괴로운 것이다. 그 고통에 그는 몸이 아픈 것이다. '감기'는 이러한 정신적 고통에 대한 육체적 호응의 결과다.

마지막 행에서 동그마니 남아서 결론에 못을 박고 있는 '시詩'라는 한 글자의 시구는 그가 아무리 동그랗게 되어가는 시를 싫어한다고 하더라도 이것이 "정말 무서운" 일이 되는 것처럼 시가 고정된 의미로 이루어진 사전 같은 시가 되고, 그렇게 쓰이는 것이 어쩌면 당연한 순리로 여겨지는 상황에 대한 그의 절망을 함축적으로 말해 주는 것이다.

그러나 이제는 동그랗게 되어가는 것에 대해서, 그는 이제까지와는 다른 식견으로 고민을 시작한다. 그러면서 그의 '적敵'에 대한 인식에도 조금씩 변모가 이루어지기 시작한다. 그는 자신의 예술가적 자의식을 거역하는 모든 외부적인 것들을 '적敵'으로 규정하고 싸워나갔었다. 그러나 이 태도에도 변화가 있었다.

더운 날
敵이란 海綿같다
나의 良心과 毒氣를 빨아먹는
문어발같다

吸盤같은 나의 大門의 명패보다도
正體없는 놈
더운 날
눈이 꺼지듯 敵이 꺼진다

金海東──그놈은 항상 약삭빠른 놈이지만 언제나
部下를 사랑했다
鄭炳一──그놈은 內心과 正反對되는 행동만을
해왔고, 그것은 가족들을 먹여살리기 위해서였다
더운 날
敵을 運算하고 있으면
아무데에도 敵은 없고

시금치밭에 앉는 흑나비와 주홍나비 모양으로
나의 過去와 未來가 숨바꼭질만 한다
"敵이 어디에 있느냐?"

"敵은 꼭 있어야 하느냐?"

순사와 땅주인에서부터 過速을 범하는 運轉手에까지
나의 敵은 아직도 늘비하지만
어제의 敵은 없고
더운날처럼 어제의 敵은 없고
더위진 날처럼 어제의 敵은 없고

—「敵」(1962.5.5) 전문

위의 시의 주제는 그가 끊임없이 상정해왔던 '적敵'이 어쩌면 "정체正體 없는 놈"일지도 모른다는 깨달음이다. 처음에 "더운 날 / 적敵이란 해면海 綿같다 / 나의 양심良心과 독기毒氣를 빨아먹는 / 문어발같다"는 표현은 이 제까지의 '적'에 대한 표현과 다르지 않은 맥락을 보인다. 하지만 그 다 음 연에 와서는 정반대로 상황이 역전된다. "흡반吸盤같은 나의 대문大門 의 명패보다도 / 정체正體없는 놈 / 더운 날 / 눈이 꺼지듯 적敵이 꺼진다" 는 상황의 역전은 마치 하루아침에 혁명의 이념이 무너져가는 상황의 알레고리처럼 느껴진다.

혁명의 좌절은 이념의 좌절이었으며, 그 이념의 좌절에 대한 화살이 혁명의 주체들에게로 돌려지고 있는 상황에서는 적과 나의 구분은 무의 미해지는 것이다. 적과 나의 대결구도가 남아있는 것이 아니라 혁명의 이념과 아닌 것이라는 대결구도만이 남아 있는 상황에서는 그 이념을 제대로 실천하지 못하는 주체들 역시도 적과의 구별점을 상실하기 때문 이다.

그러면서 이 시에서는 김해동과 정병일의 행동에 나름대로 적당한 변명이 붙고 "더운 날 / 적敵을 운산運算하고 있으면 / 아무데에도 적敵은 없"
는 상황이 연출된다. 단지 여기에는 혁명 이전과 혁명 이후라는 시간의
구분만이 남아 있는 것이다. "시금치밭에 앉는 흑나비와 주홍나비 모양
으로 / 나의 과거過去와 미래未來가 숨바꼭질만 한다"는 표현은 혁명이 점
차 무의미해져가는 시간의 무상한 흐름에 대한 은유적 표현이다. 그리
고 ""적敵이 어디에 있느냐?" / "적敵은 꼭 있어야 하느냐?""라는 자문은
적이 분명히 존재했던 혁명의 무상함에 대해 반발한 것이다. 그런 의미
에서라면 이 시는 풍자의 시다. 이 시에서는 적에 대한 옹호 속에서 혁명
에 대한 날카로운 풍자가 살아있기 때문이다.

> 우리는 무슨 敵이든 敵을 갖고 있다.
> 敵에는 가벼운 敵도 무거운 敵도 없다
> 지금의 敵이 제일 무거운 것같고 무서울 것같지만
> 이 敵이 없으면 또 다른 敵 ― 來日
> 來日의 敵은 오늘의 敵보다 弱할지 몰라도
> 오늘의 敵도 來日의 敵처럼 생각하면 되고
> 오늘의 敵도 내일의 敵처럼 생각하면 되고
>
> 오늘의 敵으로 來日의 敵을 쫓으면 되고
> 來日의 敵으로 오늘의 敵을 쫓을 수도 있다
> 이래서 우리들은 태평으로 지낸다.
>
> ― 「敵(一)」(1965.8.5) 전문

위의 시는 누구에게나 '적'은 존재하지만 그 적에 연연해하지 않는 태

도가 필요하다고 말해준다. 그는 "지금의 적이 제일 무거운 것같고 무서울 것 같지만" 그리고 "이 적이 없으면 또 다른 적 — 내일"의 적이 생성되는 것이지만, "오늘의 적도 내일의 적처럼 생각하면 되고 / 오늘의 적도 내일의 적처럼 생각하면" 된다고 한다. 이러한 태도는 해탈의 경지에 가까운 것으로 적을 대하는 적대적인 태도보다 오히려 더 능란한 응수의 태도다. "이래서 우리는 태평으로 지낸다"는 마지막 행의 표현은 김수영이 한결 여유 있는 삶에 대한 태도를 획득하고 있음을 보여준다.

그러나 앞에서도 살펴보았듯이 해탈의 경지 역시 풍자와 마찬가지로 대상에 대한 보다 본질적인 통찰 이후에야 가능한 것이었다. 김수영에게 해탈의 경지도 그가 '적'이라는 대상에 대한 좀 더 본질적인 통찰을 행할 수 있었기 때문에 가능한 것이었다. 이 역시 세계를 바라보는 세계관의 변이와 함께 온 것이다. 이를 그에게 가장 막강한 적이었던 그의 아내에 대한 통찰을 통해서 알아볼 수 있을 것이다.

제일 피곤할 때 敵에 대한다
바위의 아량이다
날이 흐릴 때 정신의 집중이 생긴다
神의 아량이다

그는 四肢의 관절에 힘이 빠져서
특히 무릎하고 大腿骨에 힘이 빠져서
사람들과
특히 그가 가장 사랑하는 사람과의 관련을 解體시킨다
詩는 쨍쨍한 날씨에 晴朗한 뜰에

歡樂의 개울가에 바늘돋친 숲에

버려진 우산

忘却의 想起다

聖人은 妻를 敵으로 삼았다

이 韓國에서도 눈이 뒤집힌 사람들

틈에 끼여사는 妻와 妻들을 본다

오 결별의 신호여

李朝時代의 장안에 깔린 개왓장 수만큼

나는 많은 것을 버렸다

그리고 가장 피로할 때 가장 귀한

것을 버린다

흐린 날에는 演劇은 없다

모든게 쉰다

쉬지 않는 것은 妻와 妻들 뿐이다

혹은 버림받은 愛人뿐이다

버림받으려는 愛人뿐이다

넝마뿐이다

제일 피곤할 때 敵에 대한다

날이 흐릴 때면 너와 대한다

가장 가까운 敵에 대한다

가장 사랑하는 敵에 대한다

偶然한 싸움에 이겨보려고

— 「敵(二)」(1965.8.6) 전문

여기서의 적은 처妻다. 이 처는 평범한 아내가 아니라 예술가의 처다. "성인聖人은 처를 적으로 삼았다"라는 구절은 역시 김수영의 예술가적 자의식을 보여주는 측면이다. 김수영에게 성인과 예술가는 동격의 인물상이기 때문이다. 다음 행에서 말하는 "한국韓國에서도 눈이 뒤집힌 사람들 틈에 끼여 사는 처妻와 처妻들"이라는 시구에서 "눈이 뒤집힌 사람들"은 자본주의적 욕망의 화신들이다. 이러한 속물들 속에서 살고 있는 처는 당연히 예술가들의 적이다.

그런데 그는 이 처들에 대한 경계심을 의도적으로 풀려고 한다. 가장 피곤할 때, 날이 흐릴 때는 대상에 대한 전의戰意가 불타오를 수 없는 조건이다. 항상 '역경주의力耕主義'를 체화하려 노력했던 김수영에게 피곤할 때 적을 대한다는 의미는 나름의 의미가 있는 것이다. 그 의도는 그가 대결의지를 어느 정도 포기하려는 의지에서 나온 것이기 때문이다. 그래서 "제일 피곤할 때 적敵에 대한다"는 것이 "바위의 아량이"라는 의미가 가능한 것이다.

그러나 그 다음 행에 나와 있는 말은 단지 "피곤할 때"가 무방비의 나태한 상태만은 아니라는 점을 강변해준다. "날이 흐릴 때 정신의 집중이 생긴다"는 말은 욕망이 사라져갈 때 오히려 정신이 맑아지는 상태가 온다는 의미다. 그 상태는 위의 시에 따르면 "신神이 사람들과 특히 그가 가장 사랑하는 사람과의 관련을 해체시킨" 상태이기도 하다.

미움 또한 욕망에서 나온다. 상대방을 자기방식대로 변모시키려는 집착이 그를 적으로 만든다. 그래서 사랑하는 사람에 대한 집착과 욕망이 사라진 그 맑아진 상태에서는 사랑하는 사람과의 관계에 대하여 다시 한번 냉정하게 사고할 수 있게 된다.

그렇다면 시 역시도 날이 흐릴 때, 정신이 집중이 생기는 상태에서 만들어지는 것이다. "시詩는 쨍쨍한 날씨에 청랑晴朗한 뜰에 / 환락歡樂의 개울가에 바늘돋친 숲에 / 버려진 우산 / 망각忘却의 상기想起다"라는 말은 시는 오히려 "쨍쨍한 날씨, 혹은 환락의 개울가에" 온전히 존재하는 것이 아니라 "버려진 우산"과 같은 존재라는 의미를 내포한다. "쨍쨍한 날씨" 혹은 "청랑晴朗한 들"은 날이 흐릴 때 혹은 가장 피곤할 때와 정반대의 상태이다. 이러한 상태에서 버려졌다는 것은 시 역시 날이 맑을 때 혹은 가장 원기왕성할 때는 쓰이기 어려운 것이라고 그는 말하고 있는 것이다. 오히려 이런 상태에서는 중요한 것을 망각하기 쉽다. 욕망이 과도할 때는 오히려 사물에 대한 본질을 제대로 살필 수 없기 때문이다. 그래서 이 상태에서 버려진 우산인 시가 오히려 이러한 망각을 상기시킬 수 있는 것이다.

이는 날이 흐릴 때 "쉬지 않는 처妻와 처妻들"이라는 대상을 좀 더 본질적으로 바라볼 수 있는 맑은 시안視眼을 갖게 된다는 논리와 같은 맥락이다. 지피지기知彼知己면 백전백승이라고 한다. "제일 피곤할 때 적敵에 대한다 / 날이 흐릴 때면 너와 대한다 / 가장 가까운 적敵에 대한다 / 가장 사랑하는 적敵에 대한다 / 우연偶然한 싸움에 이겨보려고"라는 말은 적에 대한 욕망에서 벗어나 대상의 본질을 파악했을 때만이 싸움에라도 이길 수 있다는 말이다.

그래도 처와의 싸움은 쉽지 않은 모양이다. "우연한 싸움에 이겨보려고"에서 '우연한'이라는 표현은 그만큼 일상과의 싸움이 쉽지 않다고 말해주는 것이다. 그 싸움이 일상적이지만 또 그만큼 승리도 '우연'처럼 어렵다는 뜻을 갖고 있다.

그러나 이 시에서 중요한 것은 김수영이 적을 대하는 태도가 변모했다는 점이다. "날이 흐릴 때"로 표현되는 절제된 욕망은 항상 전투적으로 적대의식을 가지고 대상을 대했던 그의 태도에 많은 변이가 있었다는 점을 보여주는 것이다. 그리고 이러한 변이는 대상을 바라보는 태도의 변이이자 사랑에 대한 관점의 변모에서 올 것이다. 그리고 가장 중요한 것은 그의 진심은, 아내가 순수하게 '적'만이 아니었다는 점이다.

> 여편네를 욕하는 것은 좋으나, 여편네를 욕함으로써 자기만 잘난 체하고 생색을 내려는 것은 稚氣이다. 시에서 욕을 하는 것이 정말 욕이 되는 것은 아니지만, 하여간 문학의 惡의 언턱거리로 여편네를 이용한다는 것은 좀 졸렬한 것같은 감이 없지 않다. 이불 속에서 활개를 치거나, 아낙군수노릇을 하기는 싫다. 대개 밖에서 주정을 하는 사람이 집에 들어오면 얌전하고, 밖에서는 샌님같은 사람이 집안에 들어오면 호랑이가 되는 수는 많다고 하는데 내가 그짝이 아닌지 모르겠다.[168]

이 인용문 전에는 세계일주를 하는 꿈에 관한 이야기가 나온다. 세계일주를 하는 꿈을 꾸었지만 정작 여행을 하는 동안 그는 눈을 뜨지 않았다고 한다. 그는 "말하자면 나는 한국에서도 볼 수 있는 것만은 보았지만 그 이외의 것을 일절 보지 않았다"는 것이다. 그 반면에 그는 집으로 돌아오는 길은 "여간 마음이 흐뭇하지 않았다"고 한다. 이는 자신의 소심함에 대해 풍자한 것이다. 그는 자신은 좀 더 깊은 시안을 가질 수 있

---

168 「시작노트 4」, 『전집』 2, 440쪽 참조.

는 기회가 생긴다고 하더라고 자신이 보고 싶은 것만 보고 싶어 하는 매우 시각이 협소한 사람이라고 말을 하고 있다. 그래서 그는 "요컨대 나는 이런 속물이다. 역설의 속물이다"라면서 자기 비판을 한다.

그러면서 그는 자신의 처를 바라보는 입장 역시도 자신이 보고 싶어 하는 대로만 판단하려는 독선에서 나온 것이라고 고백한다. 자신을 "이불 속에서 활개를 치거나, 아낙군수 노릇을 하는 사람, 혹은 밖에서의 행동과 자신의 아내를 대하는 태도가 이중적인 사람"으로 비유하면서 자신이 아내를 시 속에서 이용하는 것이 자기의 옹졸함을 감추기 위한 제스춰라는 것을 이 글은 고백하고 있다. "여편네를 욕함으로써 자기만 잘난 체하고 생색을 내려는 것은 치기稚氣이다"라는 말이나 "문학의 악惡의 언덕거리로 여편네를 이용한다는 것은 좀 졸렬한 것 같은 감이 없지 않다"는 말은 이러한 점에 대해 자기 비판을 한 것이다.

바타유의 『문학과 악惡』은 김수영이 이 시를 쓸 당시 인상 깊게 읽었던 책이다. 바타유의 『문학과 악』은 '도덕을 넘어서는 도덕hypermorale'[169]이라고 할 수 있는 인간의 한 본성인 '악'이 표면적인 본성으로 드러난, 문학 속의 여러 인물들에 대한 분석서다. 그러나 이 글에서 저자는 '악'이야말로 죄지은 자로서의 인간의 본연의 본성이라고 말한다. 이 악을 논하지 않고는 인간의 아픔, 고통[170]을 논할 수 없기 때문이다.

실제로 이 책에서 논하고 있는 문학 속의 주요 인물들은 죄지은 자인 인간으로서 천형을 겪고 있는 사람, 혹은 점점 악마적인 본성을 요구해

---

169 조르주 바타유, 최윤정 역, 「서문」, 『문학과 악』, 민음사, 1995, 12쪽 참조.
170 이 책의 역자는 역자 후기에서 불란서에서의 악(mal)이라는 말은 '잘못된, 서투른, 부정확한, 나쁜, 아픈' 등의 여러 가지 뜻으로 쓰인다고 덧붙여 놓아 이 책의 이해에 많은 도움을 주고 있다. 즉 이 책은 『문학과 아픔』이라는 말이 더 적절하다는 말인데, 한편으로는 이 말에 더 수긍이 간다. 최윤정, 「옮긴이의 말」, 위의 책, 235~236쪽 참조.

가는 급진적인 자본주의적 물결의 희생자들이다. 이러한 형상들은 인간에 대한 선과 악의 이분법을 무색하게 만든다. 선과 악의 도식으로 이 인물들을 재단할 때 그 화살은 이 인물들뿐만 아니라 바로 우리 자신에게도 돌려질 수 있기 때문이다. 그만큼 이들 주인공들의 악마적 본성에는 타당한 근거가 있었고, 그것에 작가는 공감을 느끼고 있었던 것이다. 그래서 바타유는 서문에서 "악 — 악의 첨예한 형태 — 은 우리에게 더할 나위없는 가치를 지니는 것"이라고 말하고 이러한 점을 보여주는 문학이야말로 가장 본질적인 것이라고 하는 것이다.

김수영은 물론 위의 「시작노트」에서는 이들 불란서인들이 멋쟁이임에도 불구하고 "당분간은 영미英美의 시론을 좀 더 공부해야겠다"고 말하고 있지만, 이 책의 많은 부분에서 그들에게 깊은 인상을 받은 듯하다. 이 책에서 말하고 있는 문학의 본질이 영원성을 향한 것이라는 점 등이 그러한데, 이는 그의 후기 시론 속에서 깊이 있게 탐색되는 것이다.

위의 인용문에서 자신이 "문학의 악惡의 언턱거리로 자신의 아내를 이용했다"는 말은 자신이 문학과 악의 내용을 시험하게 위해서 아내를 악으로 만들었다는 말로도 성립되는 것이다. 그러나 그는 바타유처럼 분명 아내를 선악의 이분법적인 구도에서 일반적인 의미에서의 악惡적인 인물로 보고 있지는 않다. 오히려 처妻가 무능하면서도 이기적인 자신에 의한 희생양이라는 점을 은연중에 이 산문에서 밝히고 있다. 그의 다른 시 「전화電話이야기」에서도 이러한 점이 잘 드러나고 있다. 이 시는 그의 처와 싸운 다음에 앨비albee라는 극작가의 부음을 전해 듣고 그의 작품을 번역해서 팔려고 전화 통화를 하는 내용이다. 그러나 당시는 아내와 싸움을 하고 나온 상태다.

그런데 아이러니하게도 그가 번역하고자 하는 작품은 시의 내용상 유추해보면 「누가 버지니아 울프를 두려워하랴」였다. 이 작품의 내용은 현대 사회 속의 부부간의 갈등에 관한 내용이다. 그는 이러한 점을 전화를 하는 동안 깨닫고 자신의 상황과 대비시켜본다. 그러면서 그는 자신이 번역하고자 하는 내용에 비추어 볼 때 자신과 아내의 싸움이 단순히 부부 간의 성격차이에만 기인하는 것이 아니라 바로 현대 자본주의 사회의 병리적 구조에서 나온 것이라는 점, 그리고 이 작품을 적시에 팔아 먹으려고 하는 자신의 속물성이 자신이 싸우고 나온 아내의 속물성보다 못하지 않다는 점을 자각한다. 결론은 그의 아내는 현대 사회의 희생적 인물이며, 자신의 속물성에 비추어볼 때 아내보다는 자신이 오히려 속물이라는 것이다. 이러한 시들로 미루어 보았을 때에도 그는 아내를 결코 미워할 수 없었다고 할 수 있다. 그러므로 그간 그를 페미니즘적 관점에서 비판하였던 여러 관점[171]들에도 약간의 수정이 요구된다. 그는 분명 아내를 이해하고 있었으며, 아내보다 자신의 속물성을 더 혐오하였기 때문이다.

그리고 「문학과 악」의 관점에서 보았을 때 그의 처妻는 그가 바라본 인물 중에 가장 생동감 있게 살아있는, 본질적인 인간상이 되기도 한다. 앞에서 인용한 시와 연관된 것으로 다음 시가 있다.

> 당신이 내린 決斷이 이렇게 좋군
>
> 나하고 別居를 하기로 작정한 이틀째 되는 날
>
> 당신은 나와의 離婚을 결정하고
>
> 내 친구의 미망인의 빚보를 선 것을

---

171 예를 들자면 정효구, 「김수영 시에 나타난 '사랑'」, 『김수영 문학의 재인식』, 프레스21, 2000; 김승희, 「젠더시스템 속의 자유인의 한계」, 『포에지』 2-3, 나남출판, 2001 가을.

물어주기로 한 것이 이렇게 좋군

집문서를 넣고 六부 이자로 十만원을

물어주기로 한 것이 이렇게 좋군

十만원 중에서 五만원만 줄까 三만원만 줄까

하고 망설였지 당신보다도 내가 더 망설였지

五만원을 無利子로 돌려보려고

피를 안 흘리려고 생전처음으로 돈 가진 친구한테

정식으로 돈을 꾸러 가서 안됐지

이것을 하고 저것을 하고 저것을 하고 이것을

하고 피를 안 흘리려고

피를 흘리되 조금 쉽게 흘리려고

저것을 하고 이짓을 하고 저짓을 하고

이것을 하고

그러다가 스코틀랜드의 에딘바라 대학에 다니는

나이어린 친구한테서 편지를 받았지

그 편지 안에 적힌 블레이크의 詩를 감동을 하고

읽었지 "Sonner murder an infant in its

cradle than nurse unacted desire" 이것이

무슨 뜻인지 알았지 그러나 완성하진 못했지

이것을 지금 완성했다 아내여 우리는 이겼다

우리는 블레이크의 詩를 완성했다 우리는

이제 차디찬 사람들을 경멸할 수 있다

어제 국회의장 공관의 칵텔 파티에 참석한

天使같은 女流作家의 냉철한 지성적인

눈동자는 거짓말이다

그 눈동자는 피를 흘리고 있지 않다

善이 아닌 모든것은 惡이다 神의 地帶에는

中立이 없다

아내여 화해하자 그대가 흘리는 피에 나도

참가하게 해다오 그러기 위해서만

離婚을 취소하자

[註] 英文으로 쓴 블레이크의 詩를 나는 이렇게 서투르게 意譯했다

— 〈상대방이 원수같이 보일 때 비로소 우리는 자신이 善의 入口에 와있

는 줄 알아라〉

[註의 註] 상대방은 곧 미망인이다

— 「離婚取消」(1966.1.29) 전문

위의 글 역시 그가 자신이 서 준 친구의 미망인[172] 의 빚보증 때문에 아
내와 별거를 하게 된 상황에 대한 이야기다. 별거를 하는 상황에서 정작
그는 자신이 벌인 일에 "피를 안 흘릴려고 / 피를 흘리되 조금 쉽게 흘리

---

172 여기서 친구의 미망인은 소설가 김이석의 미망인 박순녀로 볼 수 있다. 김현경 선생님의 회
고에 의할 때도 이러한 점은 분명하다. 박순녀에게 김수영 부부가 빚보증을 선 적이 있다고
한다. 다른 시에서도 친구의 미망인에 대한 언급이 나오는데, 그는 그 시에서 박씨라는 성을
쓰고 있는 친구의 미망인이 생계를 위해 애쓰는 것을 보고 안타까워하고 있었다.

려고" 하지만 아내는 "생전 처음으로 돈 가진 친구한테 / 정식으로 돈을 꾸러가서" 피를 흘리게 된다. 그러면서 그가 아내를 보고 느낀 것은 연민이었다.

그러나 결정적으로 그가 아내에 대한 이해를 얻게 된 계기는 황동규로 추측되는 "스코틀랜드 에딘바라 대학에 다니는 / 나이 어린 친구한테서" 받은 블레이크의 시였다. 인용된 김수영의 영시英詩 해석은 "상대방이 원수같이 보일 때 비로소 우리는 자신이 선善의 입구入口에 와있는 줄 알아라"[173]다. 이 시구를 분석해보면 악의 본성이 적나라하게 드러났을 때 오히려 "선善의 입구入口" 즉 진실성에 도달한다는 말이다.

블레이크도 바타유의 『문학과 악』에서 다루고 있는 시인이다. 불레이크는 "대립에 의해서가 아니면 아무것도 진전되는 것이 없다. 이끌림과 반감, 이성과 정력, 사랑과 증오는 인간이 존재하는 데에 필요한 것들이다. 선은 이성에 종속된 수동성이다. 악은 정력에서 나오는 능동성이다"[174] 라고 말하면서 악이 오히려 인간을 자유롭게 하고 인간답게 하는 데 필요한 요소라고 한다.

위의 시도 역시 이러한 맥락이다. 이 시에서 김수영이 말한 "선善이 아닌 모든 것은 악惡이다. 신神의 지대에는 / 중립이 없다"는 말은 이러한 맥락에서 이해가 가능한 것이다. 그리고 블레이크의 시의 한 구절대로 이 악의 본성이 드러날 때가 선이라고 한다면, 지금 막 자신들의 악마적인 본성을 드러내며 싸우고 있는 자신들의 본성은 선인 것이다.

그래서 그는 이러한 점을 깨닫고 "이것을 지금 완성했다 아내여 우리

---

173 위의 시를 직역해보면 "실행하지 못한 유모의 욕망보다는 차라리 자신의 요람 안에 들어있는 아이의 죽음이 낫다"이다. 이를 김수영은 자기식대로 의역한 것이다.
174 W. Blake, "Le Mariage du Ciel et de l'enfer"(조르주 바타유, 앞의 책, 101~102쪽에서 재인용).

는 이겼다 / 우리는 블레이크의 시詩를 완성했다 우리는 / 이제 차디찬 사람들을 경멸할 수 있다"라고 말한 것이다. 이렇게 악을 드러내놓을 수 있는 정직성이 악을 감추고 타인의 악을 경멸하는 귀족들의 위선보다 선이라는 것이다. 이러한 정직성을 그는 피흘림이라고 표현한다. 그래서 그는 피를 흘리지 않고 위선을 부리는 "어제 국회의장 공관의 칵텔 파티에 참석한 / 천사天使같은 여류작가女流作家의 냉철한 지성적인 / 눈동자는 거짓말이다"라고 말하는 것이다.

그 결과 그는 그 자신과 아내를 용서하게 된다. 그 결과 "아내여 화해하자 그대가 흘리는 피에 나도 / 참가하게 해다오 그러기 위해서만 / 이혼離婚을 취소하자"라고 화해는 요청하는데, 이 대목에서 일상의 작은 깨달음을 통해 자기 반성과 인식의 전환을 이룩하고 있는 김수영의 정직성이 드러난다. 그리고 이러한 계기로 그는 적敵에 대한 도량을 넓히는 데서만 끝나는 것이 아니라 그의 생활 즉 일상에 대한 인식의 변모를 획득하게 된다.

'너무 많은 실재성'과 '너무 밀접한 직접성'은, 그러니까 시를 찾아다니는 결과에서 오는 것이라고 생각하고, 다시 한번 내 자신에서 경고를 주는 의미에서 이런 메모를 해놓게 되었던 것이다. 그리고 이런 시작상의 교훈은 곧 인생 전반의 교훈으로도 통하는 것이다. 너무 욕심을 많이 부리면 도리어 역효과가 나는 수가 많으니 제반사에 너무 밀착하지 말하는 뜻으로도 해석된다. 이런 초월철학은 대단한 진리도 아니지만 나대로의 履行의 전후관계에서 보면 한없이 신선하고 발랄하고 힘의 원천이 된다. (…중략…)

나는 사랑을 배우기 시작하는 단계에 있다. 그를 진정으로 사랑하려면 그와 나 사이에 가로놓여있는 무서운 장애물부터 우선 없애야 한다. 그 장애물은 무엇인가. (…중략…)

욕심이다. 이 욕심을 없앨 때 내 시에는 眞境이 있을 것이다. 딴 사람의 시 같이 될 것이다. 딴 사람― 참 좋은 말이다. 나는 이 말에 입을 맞춘다. (…중략…)

이만한 여유를 부끄럽게 여기는 否定의 잔재가 남아있는 것은 나의 경우에는 너무나 당연한 일이다. 그러나 이 모순의 고민을 시간에 대한 해석으로 해결해보는 것도 순간적이나마 재미있는 일이라고 생각된다. 이런 여유가 고민으로 생각되는 것은 우리들이 이것을 '고정된' 사실로 보기 때문이다. 이것을 흘러가는 순간에서 포착할 때 이것은 고민이 아니다. 모든 사물을 외부에서 보지 말고 내부에서부터 볼 때, 모든 사태는 행동이 되고, 내가 되고, 기쁨이 된다. 모든 사물과 현상을 씨― 동기로부터 본다― 이것이 나의 새봄의 담배갑에 적은 새 메모다. 나의 '마음대로'의 새 오역이다.[175]

위의 인용 산문의 제목은 의미심장하게도 「生活의 克服」이다. 예술가로서, 생활이 '敵'이었던 김수영이 생활을 극복한다는 것은 그에게 일대 세계관적 전환이 일어났다는 점을 암시하는 것이다. 위의 산문은 담배갑에 해둔 메모 중 미국 시인 테오도르 뢰스케의 "너무 많은 실재성實在性은 현기증이, 체증이 될 수 있다― 너무 밀접한 직접성은 극도의 피로가 될 수 있다"는 말을 보고 떠오른 상념을 정리한 것이다. 여기서 이 말들의 뜻을 추리해보면 실재성이라는 말은 즉물시에서와 같이 사물의 형태를 잘 묘사하려는 성향을 말하는 것이고, 너무 밀접한 직접성은 낭만주의 시나 선동시와 같이, 직접적으로 시인의 말을 서술하

---

175 「生活의 克服」, 『전집』 2, 96쪽 참조.

는 형태를 말하는 것이다. 시에서 이러한 점이 드러나는 것에 대하여 김수영은 "시를 찾아다니는 결과에서 오는 것이라고 생각"한다고 풀이한다. 그는 대상에 대한 핍진한 묘사이든, 선전선동의 감정이입을 요구하는 시이든 거기에는 시를 "만들어내야" 한다는 강박이 존재한다고 본 것이며, 한편으로 본다면 이는 김수영이 전기시에서 부지런히 공부하고 부지런히 창작을 해야 한다면서 가졌던 강박하고도 비슷한 지점이다.

그러나 이제 그는 이 강박에서 벗어나고 싶은 것이다. 이 메모에 대하여 말하기를 "다시 한번 내 자신에서 경고를 주는 의미에서 이런 메모를 해놓게 되었던 것"이라고 말하는 점을 미루어 보았을 때에도 그러하다. 그리고 이러한 시작상의 태도의 변모는 삶을 바라보는 세계관의 변모와 관련이 깊다. 그는 "이런 시작상의 교훈은 곧 인생 전반의 교훈으로도 통하는 것이다. 너무 욕심을 많이 부리면 도리어 역효과가 나는 수가 많으니 제반사에 너무 밀착하지 말라는 뜻으로도 해석된다"고 하면서 그가 얻어낸 이 짧은 교훈 역시도 그에게 신선한 현대성의 경지로 다가온다고 말한다. 그는 이러한 자각 역시도 "신선하고 발랄한 힘"이라는, 그가 추구했던 모더니티의 길 속에 들어있는 것이라고 밝히고 있다.

그리고 다음 인용한 글은 이러한 새로운 발견이 4·19혁명과 무관하지 않다는 점을 암시하고 있다. 그는 혁명을 통해서 "어둠 속에서도 변치 않는 사랑을 배웠다"고 하였다. 혁명을 통해서 얻은 것은 정치적 성공에 대한 욕망이 아니라 사랑이라고 할 때 혁명의 실패 이후 줄곧 그가 고민했던 것은 바로 이 '사랑'을 실천하는 방법이었다. 그리고 그는 그 사랑은, 「신귀거래」 연작시와 적에 대한 아량에서 확인해 볼 수 있었던 것처럼, 일상 속에서 이루어질 수 있는 것이라고 깨달았던 것이다.

그래서 그는 사랑을 하는 방법에 대한 구체적인 고민까지 시행하게 된 것이다. 다음 인용문에서 나와 있는 "나는 사랑을 배우기 시작하는 단계에 있다. 그를 진정으로 사랑하려면 그와 나 사이에 가로놓여있는 무서운 장애물부터 우선 없애야 한다. 그 장애물은 무엇인가. / (…중략…) // 욕심이다. 이 욕심을 없앨 때 내 시에는 진경眞境이 있을 것이다. 딴 사람의 시같이 될 것이다. 딴 사람—참 좋은 말이다. 나는 이 말에 입을 맞춘다"라는 통찰이 가능한 것이다. 이는 그가 진정한 해탈의 경지를 지향하고 있다는 점을 증명하는 것이다.

그러면서도 항상 자신에게서 모든 문제의 씨앗을 발견하려 했던 김수영답게 그는 사랑의 장애 역시도 자신 안에 있는 욕심 때문이라는 자기 비판, 즉 자기 풍자의 경계에서도 물러나지 않고 있다.

그래서 그는 시를 쓰는 진경이 바로 부단한 자기 풍자와 자기 욕망을 없애는 해탈의 경지 양자 사이에서 만들어질 수 있다는 점을 깨달은 것이다. 그리고 앞에서 살펴본 '처妻'에 대한 시에서 드러난 대로, 사랑이 대상에 대한 보다 본질적이고 올바른 이해에서 비롯된다는 점을 발견했듯이 그는 이 사랑 역시도 이 풍자와 해탈의 균형 속에서 이루어질 수 있다는 점을 깨닫는다.

세계일주에 대한 산문(「시작노트」 4)에서 보았듯이 자기가 보고 싶은 것만을 보고자 하는 주체에게는 사물이 고정된 실체로 보인다. 그러나 옹졸하고 소심한 자신에 대해 풍자할 줄 알고 자신과 아내를 악을 통해서 바로 용서했듯이, 그의 열려진 시야는 사물을 열려진 시각으로 바라보게 만든다. 이 시각 즉, "모순에 대한 고민을 시간에 대한 해석으로 해결해보는 것", "흘러가는 순간에 포착하는 것"은 사물을 고정된 시간으로 보지 않고 모든 사물을 규정된 인식으로 바라보지 않겠다는 의지에서 나온다. 그리고 "모든 사물을 외부에서 보지 말고 내부에서부터 볼 때, 모든 사태는 행동이 되고, 내가 되고, 기쁨이 된다. 모든 사물과 현상을 씨 — 동기로부터 본다"는 그의 깨달음은 사랑에 대한 인식의 변화와 함께 온 것이다. 단순히 새로운 인식이라는 표현을 넘어서 이러한 열려진 태도로 볼 때만이 "모든 사태는 행동이 되고, 내가 되고, 기쁨이 된다"는 표현은 보다 힘 있는, 진실한 사랑의 태도와 흡사한 것이기 때문이다. 그리고 이러한 변모는 그의 현대성에 대한 인식에도 변화를 주게 된다.

(2) '새로움'에 대한 인식적 변모와 존재사유

전기 시세계에서 김수영은 '경험의 전체성'을 드러내주는 데 주력하고 있었다. 그러나 후기 시세계에서도 역시 이러한 경험의 전체성을 드러내주는 시가 여전히 존재하기는 하지만 1960년대 후반부에 오면 이러한 유형의 시가 점차 줄어들게 된다. 이러한 점은 이미 앞에서 살펴본 그의 시 「누이야 장하구나!」의 '풍자냐 해탈이냐'라는 그의 고민의 고백에서 이미 예고된 것이다. 그리고 이러한 인식은 김수영의 후기 산문 속에서 지속적으로 발전된 성과를 내고 있다. 그 결과 그는 시 속에서의 진정한 새로움이 무엇인가에 대한 또 다른 성찰을 하게 된다.

> 시적 인식이란 새로운 진실(즉 새로운 리얼리티)의 발견이며 사물을 보는 새로운 눈과 각도의 발견인데, (…중략…) 그의 詩에 '의미'가 있든 없든 간에, 詩에 있어서 인식적 詩의 여부를 정하려면 우선 간단한 방법이 거기에 새로운 것이 있느냐 없느냐, 새로운 것이 있다면 어떤 모양의 새로운 것이냐부터 보아야 할 것이다. 인식은 본질적으로 새로운 것이다. 나는 이 말을 백번, 천번, 만번이라도 되풀이해 말하고 싶다. (1967.2)[176]

여기서 김수영은 그가 여전히 새로움 즉 모더니티를 추구하는 면모를 보여주고 있다. 그러나 이전의 '새로움' 그 자체의 추구라는 외형적 자세에서 벗어나 '새로움'의 내용적인 면을 통찰해내고 있다. "시적 인식이란 새로운 진실의 발견이며 사물을 보는 새로운 눈과 각도의 발견"이라는 말은 진정한 모더니티는 달라야 한다는 강박관념이 아니라 무엇을 새로운 것으로 볼 것이냐라는 고민을 함축하고 있는 것이다.

그의 거의 모든 시에서 자신의 존재의 변이를 나타내는 극적인 순간이 존재하기는 하지만, 최근에 발견된 시 「판문점의 감상」[177]에 대한 산문[178]에서는 이 점을 좀 더 명확히 드러내 준다. 그는 이 시가 "단결심이 강하다는 이북以北친구가 이북以北친구를 돕겠다는 선의善意에 응하지 않는 현실에 대한 배반감背反感을 읊으려고 한 것"이라고 하면서 "이 작품을 쓰고 난 뒤의 정신상精神上의 소득이라면, 여태까지 품고 있던 이북以北친구들에 대한 어떤 외경감畏敬感 — 이것은 38이북以北 전체에서 오는 전압력全壓力이 부지 중에 작용하고 있었던 것에 틀림없다 — 이 「난센스」였다는 것을 느낀 것이다"라고 하였다. 그러면서 그는 "나로서는 이것은 커다란 지혜知慧다. 거의 혁명革命에 가까운 지혜知慧"라고 한다. 이는 그에게 시를 쓰는 것이 "새로운 진실의 발견", "커다란 지혜", 그것도 "거의

176 「詩月評 — 시적 인식과 새로움」, 『전집』 2, 589쪽 참조.
177 이 시는 전상기가 발견한 자료이다. 『경향신문』, 「送年詩」, 1966.12.30, 1면; 이 작품에 대한 해제는 『민족문학사연구』 20, 민족문학사학회, 2002에 실려 있다.
178 이 산문에서는 그가 얼마나 현실주의자인가를 알 수 있게 한다. 그는 이 글에서 "板門店, 38線, 이런 말은 自由니 正義니 하는 말처럼 우리의 머릿속에서는 이제 너무나 진력이 나는 케케묵은 抽象語같이 되었다 民族의 至上課題라는 南北統一보다도 우리들의 머릿속에는 돈에 대한 걱정이 더 크다"고 한다. 이러한 점을 미루어 보았을 때, 이 산문은 그가 바라본 현실에서 가장 중요한 모순은 분단이라는 민족적 비극이 아니라 '돈'에 대한 걱정으로 대변되는 자본주의적 모순이었다는 점을 알려주는 중요한 자료이다. 그가 극복해야 할 주요 현실적 모순은 자본주의였던 것이다. 「범한 眞實과 안범한 過誤 — 詩 「板門店의 感傷」에 대한 非詩人들의 合評에 作者로서」, 『週刊 한국』, 1967.1.15, 22쪽 참조.

혁명에 가까운 지혜"를 얻는 과정이었으며 이것이 진실한 시의 모더니티라고 인식했다는 점을 알려주는 것이다.

이러한 인식은 그의 시간에 대한 인식에도 변모를 가져온다. 먼저 앞의 인용문 「생활의 극복」에서도 "모든 사물과 현상을 씨ー동기ー로부터 본다"는 결론을 내기까지 이 고민을 "시간에 대한 해석"으로 해결하였다는 말이 있었다. 이는 '시간에 대한 해석'과 모더니티에 대한 관점의 변이가 분명 관련이 있다는 언질이다.

혁명적 시간은 직선적인 시간 의식을 내포하고 있다. 혁명적 세계관은 인간의 이성에 의한 역사적 발전에 대한 신뢰를 기반으로 한다. 근대는 '역사'는 법칙적이면서 합목적인 발전의 길을 걸어가게 된다는 순차적인 시간 의식을 갖고 있다. 그러면서 근대는 공간적 유토피아 대신 시간적 유토피아 의식을 불러들이게 된다.

그러나 이러한 미래의 유토피아를 향해 가속화되는 의식은 오히려 현재의 실재적인 위기를 무화시키게 되기도 한다. 이러한 이성중심주의적 역사 의식은 주관적인 의식범주로서, 이러한 경우 '역사'는 다양한 객관적인 사건들의 보고를 넘어서서 모든 분야에서 개별적이고도 구체적인 사건들에 통일성을 부여하는 동시에 추상화된 총체적 성격을 지닌 '의식의 통제장치'로 자리잡게 된다. 그 결과 '역사'는 경험적인 실재성과는 점점 멀어지고, 인간 의식의 범주 내에서 추상화된다.[179]

혁명의 실패는 김수영에게 혁명적 시간 의식이 내포하는 미래의 유토피아를 향한 고정된 의식에 대해 회의하게 만든다. 시 「허튼 소리」(1960.9.25)에서 "힘은 손톱 끝의 / 때나 다름없고 // 시간의 나의 뒤의 그

---

179 최문규, 「역사철학적 현대성과 그 이념적 맥락」, 『탈현대성과 문학의 이해』, 민음사, 1996, 20~35쪽 참조.

림자이니까"라는 시구나 시 「신귀거래 9 - 이놈이 무엇이지?」에서 "가지고 있는 / 시계時計도 없다 / 집에도 / 몸에도 / 그러니까 / the reason why / you don"t get / a clock / or / a watch마저 / 말할 필요가 없다"는 시구는 통상적으로 규정된 순차적 시간 의식에 대해 조롱한 것이다. 그리고 인간의 시간 의식에서 가장 문제가 되는 것은 죽음이다. 직선적인 발전의 도식을 가지고 있는 시간 의식에서 인간의 죽음은 벗어날 수 없는 것이다. 김수영이 가장 극복하고 싶어 하는 문제 중 하나가 바로 죽음의 문제였다고 할 때 이러한 시간 의식의 극복은 김수영에게 중요한 문제였다. 여기에 겹쳐진 혁명에 대한 낙관적인 시간 의식의 좌절은 그에게 이러한 직선적인 시간 의식에의 저항을 불가피하게 만든다. 위의 시간에 대한 조롱도 이러한 저항의 한 모습이다. 그리고 이러한 저항의 모습은 단지 제스춰에 머무는 것이 아니라 새로운 시간 의식의 모색으로 이어진다. 다음의 시들은 이러한 모색의 과정에서 나온 것들이다.

> 하얀 종이가 옥색으로 노란 하드롱지가
>
> 이 세상에는 없는 빛으로 변할 만큼 밝다
>
> 시간이 나비모양으로 이 줄에서 저 줄로
>
> 춤을 추고
>
> 그 사이로
>
> 四月의 햇빛이 떨어졌다
>
> 이런때면 매년 이맘때쯤 듣는
>
> 병아리 우는 소리와
>
> 그의 원수인 쥐소리를 혼동한다

어깨를 아프게 하는 것은

老朽의 美德은 시간이 아니다

내가 나를 잊어버리기 때문에

개울과 개울 사이에

하얀 모래를 골라 비둘기가 내려앉듯

시간이 내려앉는다

머리를 아프게 하는 것은

頭痛의 美德은 시간이 아니다

내가 나를 잊어버리기 때문에

바다와 바다 사이에

지금의 三月의 구름이 내려앉듯

眞實이 내려앉는다

하얀 종이가 분홍으로 분홍 하늘이

녹색으로 또 다른 색으로 변할만큼 밝다

———그러나 混色은 黑色이라는 걸 경고해준 것은

小學校때 선생님……

— 「백지에서부터」(1962.3.18)

　　이 시에서 나타난 시간은 일상적인 순차적인 시간과 다르다. 그것은 "나비모양으로 이 줄에서 저 줄로 / 춤을 추"는 시간으로 규격화된 질서를 가지고 있는 시간이 아닌 것이다. 오히려 이 시간은 이러한 질서를 무시한 정지된 것에 가깝다. 이 정지성은 주체가 몰입된 상황에서 느껴질

수 있는 주관화된 시간이다. "하얀 종이가 옥색으로 노란 하드롱지가 /
이 세상에는 없는 빛으로 변할만큼 밝"아지는 경험은 과학적인 인식으
로는 인지될 수 없는 경험이다. 일종의 착시 현상이라고도 할 수 있는 이
순간은 시간의 순간적인 정지를 경험하게 한다. 이 몰입의 순간은 "매년
이맘때쯤 듣는 / 병아리의 우는 소리와 / 그의 원수인 쥐소리를 혼동"하
게 만들기까지 하는 것이다. 그러면서 이러한 시간은 "어깨를 아프게 하
는 노후老朽의 시간"과 "머리를 아프게 하는 두통頭痛의 시간"이라는 집적
되는 시간을 거부하게 만든다.

그리고 이 시간은 "내가 나를 잊어버리기 때문에" 가능한 것이다. 그
래서 "개울과 개울 사이에 / 하얀 모래를 골라 비둘기가 내려앉듯 / 시간
이 내려앉는" 시간이 주관 속에서 안착하는 경지가 만들어진다. 주관 속
으로 안착한 시간은 주체에게 자기만의 성찰의 시간을 만들어준다. 그
래서 "바다와 바다 사이에 / 지금의 삼월三月의 구름이 내려앉듯 / 진실
이 내려앉는다"는 표현이 가능한 것이다.

그러나 김수영은 아직은 이러한 시간 의식에 대한 경계를 풀지 않고
있다. "혼색混色은 흑색黑色이라는 걸 경고해준 것은 / 소학교小學校때 선생
님……"이라는 말은 이러한 주관화된 시간이 오히려 "흑색黑色", 즉 반동
적인 태도를 만들 수도 있다고 경고하는 것이다. 이러한 주관적인 시간
의식은 역사 속에서 탈각될 위험이 크기 때문이다. 역시 현실주의자답
게 김수영은 여기서도 자기 검열을 게을리하지 않고 있었다. 이러한 시
간 의식에 대한 갈망은 절실한 것이었다.

술취한 듯한 동네아이들의 喊聲
미쳐돌아가는 歷史의 反覆

나무뿌리를 울리는 神의 발자죽소리

가난한 沈黙

자꾸 어두워가는 白晝의 活劇

밤보다도 더 어두운 낮의 마음

時間을 잊은 마음의 勝利

幻想이 幻想을 이기는 時間

— 大時間은 결국 쉬는 시간

—「長詩(二)」(1962.10.3) 후반부 —

"술취한 듯한 동네아이들의 함성喊聲 / 미쳐돌아가는 역사歷史의 반복反覆
/ 나무뿌리를 울리는 신神의 발자죽소리 / 가난한 침묵沈黙 / 자꾸 어두워
가는 백주白晝의 활극活劇"은 현실의 어두움을 말한다. 특히 "미쳐돌아가는
역사歷史의 반복反復"은 혁명의 현실적인 좌절에 대한 절망적인 표현이다.
그 속에서 그는 "밤보다도 더 어두운 낮의 마음"을 갖고 "시간時間을 잊은
마음의 승리勝利"를 갈구한다. 그러면서 그는 "환상幻想이 환상幻想을 이기
는 시간時間 / — 대시간大時間은 결국 쉬는 시간"이라는 결론을 내린다. 그
는 "미쳐 돌아가는 것이 역사의 반복" 즉 현실적으로 시간이라는 것이 잔인
한 것이라면 이러한 시간을 잊는 것이 결국 "대시간大時間"이라는 것이다.

물론 이러한 성찰 역시 아직까지는 현실과의 긴장을 가지고 있는 상
태에서 나온 것이며, 자조적 어조는 이러한 시간 의식에 대한 자신감을
상쇄시키는 점이기도 하다. 그러나 결국 시간과의 싸움은 계속 이어져
그는 시에서 시간에 대한 진정한 승리가 무엇인가에 대한 결론을 가져
오게 된다.

빌려드릴 수 없어. 작년하고도 또 틀려.

눈에 보여. 냉면집 간판 밑으로———육개장을 먹으러———

들어갔다가 나왔어———모밀국수 전문집으로 갔지———

매춘부 젊은애들, 때묻은 발을 꼬고 앉아서

유부우동을 먹고 있는 것을 보다가 생각한 것

아냐. 그때는 빌려드리려고 했어. 寬容의 미덕———

그걸 할 수 있었어. 그것도 눈에 보였어. 엔카운터

속의 이오네스꼬까지도 희생할 수 있었어. 그게

무어란 말이야. 나는 그 이전에 있었어. 내 몸. 빛나는 몸.

그렇게 매일 믿어왔어. 방을 이사를 했지. 내

방에는 아들놈이 가고 나는 식모아이가 쓰던 방으로

가고. 그런데 큰놈의 방에 같이 있는 가정교사가 내

기침소리를 싫어해. 내가 붓을 놓는 것까지

자리에서 일어나는 것까지 문을 여는 것까지 알고

防禦作戰을 써. 그래서 안방으로 다시 오고, 내가

있던 기침소리가 가정교사에게 들리는 방은 도로

식모아이한테 주었지. 그때까지도 의심하지 않았어.

책을 빌려드리겠다고. 나의 모든 프라이드를

재산을 연장을 내드리겠다고.

그렇게 매일 믿어왔는데, 갑자기 변했어.

왜 변했을까. 이게 문제야. 이게 내 고민야.

지금도 빌려줄 수는 있어. 그렇지만 안 빌려줄 수도

있어. 그러나 너무 재촉하지 마라. 이 문제가 해결
되기까지 기다려봐. 지금은 안 빌려주기로 하고
있는 시간야. 그래야 시간을 알겠어. 나는 지금 시간
과 싸우고 있는 거야. 시간이 있었어. 안 빌려주
게 됐다. 시간야. 시간을 느꼈기 때문야. 시간이
좋았기 때문야.

시간은 내 목숨야. 어제하고는 틀려졌어. 틀려
졌다는 것을 알았어. 틀려져야겠다는 것을 알
았어. 그것을 당신한테 알릴 필요가 있어. 그것
이 책보다 더 중요하다는 걸 모르지. 그것을
이제부터 당신한테 알리면서 살아야겠어━━━그게
될까?　　되면?　　안되면?　　당신!　　　당신이 빛난다.
우리들은 빛나지 않는다. 어제도 빛나지 않고,
오늘도 빛나지 않는다. 그 연관만이 빛난다.
시간만이 빛난다. 시간의 인식만이 빛난다.
빌려주지 않겠다. 빌려주겠다고 했지만
빌려주지 않겠다. 야한 선언을
하지 않고 우물쭈물 내일을 지내고
모레를 지내는 것은 내가 약한 탓이다.
야한 선언은 안해도 된다. 거짓말을 해도
된다.

안 빌려주어도 넉넉하다. 나도 넉넉하고.

당신도 넉넉하다. 이게 세상이다.

―「엔카운터 誌」(1966.4.5) 전문

위의 시는 그가 시월평을 하던 중 "이것은 제정신을 갖고 쓴 시"[180]라고 높이 평가했던 김재원의 「입춘에 묶여온 개나리」에 자극 받아 쓴 시다. 이 작품을 보고 김수영은 "무서워지기까지 하고 질투조차 느꼈"으나 이러한 사심私心을 없애고 비평을 할 수 있는 차원을 획득하기 위해 이 시를 썼다고 한다. 그 이유로 그는 "'제정신을 가진' 비평의 객체나 주체가 되기 위해서는 창조생활(넓은 의미의 창조생활)을 한다는 전제가 필요하고, 이러한 모든 창조생활은 유동적인 것이고 발전적인 것이기 때문"이라고 한다. "여기에는 순간을 다투는 어떤 윤리가 있다. 이것이 현대의 양심이"라고 쓴다.

그는 후배의 시를 비평할 수 있는 권위는 후배에게 자신이 창조생활을 하는 귀감을 보였을 때 만들어지는 것이라고 생각한 것이다. 시의 내용을 살펴보면 위의 산문의 내용대로 역시 자기 변모의 자각이 주요 주제다. 그 자각의 내용은 지금까지의 인식에서 진일보한 "시간에 대한 인식"이다.

위의 시의 내용은 『엔카운터지encounter誌』를 빌려줄 것인가 말 것인가에 관한 망설임에 대한 것이다. 이 잡지를 빌려줄 것인가 안 빌려줄 것인가 하는 문제는 그에게 중요한 문제였다. "책을 빌려드리겠다고, 나의 모든 프라이드를 / 재산을 연장을 내드리겠다고"라는 말에서도 드러나는 것처럼 그에게 '엔카운터지'는 프라이드요 지적 재산이었기 때문이

---

180 「제 정신을 갖고 사는 사람은 없는가」, 『전집』 2, 183~189쪽 참조.

다. 그렇다고 빌려주지 않는 것은 "관용寬容의 미덕"에 어긋나는 일이다. 그러면 잘못하면 소인배로 찍힐 위험이 있는 것이다. 그러나 갑자기 이 빌려주고 안 빌려주는 중요한 문제가 중요해지지 않는 순간에 다다른다. 그것은 "시간야, 시간을 느꼈기 때문"이다. 이 인식은 "책보다 더 중요하"다.

그리고 그 시간 인식은 자신이 "어제하고는 틀려졌"다는 당연한 사실 때문에 깨달아진 것이다. "어제도 빛나지 않고, 오늘도 빛나지 않고" "그 연관만이 빛"난다는 것은 "틀려진" 내용이 아니라 "틀려졌다"는 점 자체가 중요하다는 말이다. 그리고 "그게 무어란 말이냐, 나는 이전에 있었어 / 내 몸. 빛나는 / 몸"이라는 시구는 이 변모가 '몸의 변모', 즉 보다 전면적인 사유의 전환을 초래했다는 점을 시사한다.

그런데 여기서 말한 전신의 위탁을 통한 '존재의 전이'라는 중요한 시간의 인식은 하이데거의 철학과도 관련이 깊다. 그의 후기 시세계 전반에 끼치면서 철학적 편린을 드러내주고 있는 철학자는 하이데거라고 해도 과언이 아니다.

하이데거의 존재론적 사유에 있어서 시간은 중요한 개념이다. 시간과의 관련이 없으면 존재는 진정한 존재성을 얻을 수 없기 때문이다. 하이데거의 의하면 시간은 하나의 단선, 즉 지금들의 흐름으로만 생각될 수 없다. 그에게 시간은 하나의 고정된 순간에 속하는 것이 아니다.[181] 왜냐하면 시간은 "아직 지금이 아닌 것"(미래)과 "더 이상 지금이 아닌 것"(과거)이 함께 공존하고 있는 연속성으로 이루어졌기 때문이다. 그 결과 "지금"은 부분이 아니라 시간의 흐름 속에서 연속성을 갖는다. 시간

---

181 이동수, 「하이데거 시간 개념의 정치적 함의」, 한국현상학회 편, 『몸의 현상학』, 철학과현실사, 2000, 252~253쪽 참조.

이 이처럼 연속선상에 놓여 있기 때문에 존재는 이 속에서 '본질적인 존재being'로의 전이를 이룩할 수 있다. 그리고 일상적 시간과 구분되는 이 본질적 시간은 끊임없이 현실을 초월할 수 있기 때문에 존재의 초월 역시 가능하게 한다. 하이데거가 바라는 것은 죽음의 극복, 즉 존재의 초월이라고 할 때 이 존재의 초월을 가능하게 하는 이 본질적 시간 의식은 그에게도 중요한 개념이었다.

그 역시도 죽음에서 초월하기를 끊임없이 희구했던 것처럼 그 역시 이러한 시간에 전신을 위탁하기를 바랐던 것이다. "순간에 진리와 미美의 전신全身의 이행을 위탁하는" 행동은 바로 본래적 존재로의 이행이 가능한 본질적 시간 의식에 의해서만 가능한 것이기 때문이다. 그리고 이러한 시간 의식은 현실 속에서보다 시 속에서 실현되기 용이하다. 이것 때문에 하이데거 역시 미학주의자가 된 것이다. 김수영이 "끊임없는 창조의 향상을 하면서"라는 부사구를 붙인 것도 죽음의 초월이 예술 작품의 창작 과정 속에서 이루어질 수 있다고 말하기 위해서이다. 그러나 이러한 존재의 초월은 쉽게 이루어지는 것이 아니다.

電燈에서 消音으로
騷音에서 라디오의 中斷으로
模造品 銀丹에서 仁丹으로
남의 집에서 내 방으로
勞動에서 休息으로
休息에서 睡眠으로
新築工場이 아교공장의 말뚝처럼 일어서는
시골에서

새까만 발에 샌달을 신은 여자의 시골에서

무식하게 사치스러운 공허의 서울의

幹線道路를 지나

아직도 얼굴의 輪廓이 뚜렷하지 않은

발목이 굵은 여자들이 많이 사는 나의 마을로

地球에서 地球로   나는   왔다

나는 왔다   억지로   왔다

— 「X에서 Y로」(1964.8.16)

위의 시에서 「~에서 ~으로」는 존재의 전이 과정을 표현한 조사들이
다. "전등에서 소등으로", "소음에서 라디오의 중단으로" 왔다는 것은 그
의 그간의 객관적 토대와 그에 따른 인식의 변화와 관련된 것이다. 이 구
절들은 "노동에서 휴식으로", "휴식에서 수면으로"라는 구절에서처럼
자신이 점점 무기력해져 가는 상황에 대한 자조적 표현이며, "모조품 은
단에서 인단으로, 시골에서 서울로", "발목이 굵은 여자들이 많이 사는
(서울 외곽으로)"는 자본주의적 현실에서 속물화되면서 부대끼는 생활로
의 변이를 말하는 것이다. 그리고 "지구地球에서 지구地球로 나는 왔다"는
구절은 「먼 속에서부터」와 같은 몸의 운동을 표현한 것이다. 앞의 것들
이 존재 전이의 조건에 해당한다면 몸의 운동은 존재의 본질적인 운동
이자, 전면적인 전이다. 이 존재의 전면적인 전이에는 시간의 운동이 필
요하다. "지구地球에서 지구地球로" 다음에 나오는 여백은 이러한 시간의
운동을 표현한 것이다. 그러나 "나는 왔다 억지로 왔다"는 것은 이 존재
의 전이가 그리 쉽지 않았다는 점을 표현하는 것이며, 이 존재의 전이 결
과가 그리 만족스럽지 않다는 표현이기도 하다. 존재의 전이가 어려운

것은 그만큼 모든 존재의 존재성이 자명하기 때문이다.

風景이 風景을 반성하지 않는 것처럼
곰팡이 곰팡을 반성하지 않는 것처럼
여름이 여름을 반성하지 않는 것처럼
速度가 速度를 반성하지 않는 것처럼
拙劣과 수치가 그들 자신을 반성하지 않는 것처럼
바람은 딴 데에서 오고
救援은 예기치 않은 순간에 오고
絶望은 끝까지 그 자신을 반성하지 않는다

—「絶望」(1965.8.28) 전문

이 시에서 "풍경", "여름", "속도", "절망"이 반성하지 않는 태도는 그 존 재의 자명성에 온다. 그 존재의 본질적 성질은 그만큼 완고한 것이다. 특히 '절망'이라는 실체는 그 존재성을 끝까지 변모시키지 않는다. 그래 서 절망에서 헤어나오기 어려운 것이다. 이러한 존재의 자명성은 존재 의 전이를 막는 것들이다. 그러나 여기서 중요한 것은 "구원은 예기치 않은 순간에" 온다는 진리 명제다. "구원이 예기치 않은 순간에 온다는 것"은 이러한 존재성의 자명함이 깨지는 순간이 있을 수도 있다는 것이 다. 구원이라는 것이 명제의 자명성으로 환산되는 이성적 논리로는 만 들어낼 수 없기 때문이다. 시 「절망絶望」에서 "그렇게 피투성이가 되어 찾던 만년필은 / 처妻의 빽 속에 숨은 듯이 걸려있고 / 말하자면 내가 찾 고 있는 것은 언제나 나의 가장 가까운 / 내 곁에 있고"라는 시구는 언제 나 그가 찾고 있는 것은 이성적인 계산으로 찾아지는 것이 아니었다는 점을 표현한 것이다. 이러한 점은 다른 시에서도 드러나고 있다.

나는 잠자는 일

잠속의 일

쫓기어다니는 일

불같은 일

암흑의 일

깨

꽃같이 작고 많은

맨 끝으로 神經이 가는 일

暗黑에 휘날리고

나의 키를 넘어서 ―

병아리같이 자는 일

눈을 뜨고 자는 억센 일

短命의 일

쫓기어다니는 일

불같은 불같은 일

깨꽃같이 작은 자질구레한 일

자꾸자꾸 자질구레해지는 일

불같이 쫓기는 일

쫓기기 전 일

깨꽃 깨꽃 깨꽃이 피기 전 일

成長의 일

"성장의 일"은 그에게 중요한 과업이다. 혁명 직전의 김수영에게 성장의 일은 책을 통한 논리적 사숙으로 가능했다. 그러나 여기서 '성장'은 잠 속에서 혹은 "깨꽃같이 작고 많은 / 맨 끝으로 신경神經이 가는 일" 즉 자연에 대한 향유 과정에서 오는 것이다. 이 과정에서도 "성장의 일"이 "쫓기어다니는 일"인 것은 성장과정에도 힘겨운 사투가 존재하기 때문이다. 논리적으로 규명할 수는 없지만 이 생물학적인 현상 속에 바로 진정한 '성장'의 길이 있다는 성찰은 그에게 존재의 전이를 이룩하는 일의 신비로움을 일깨워준다.

시 「거위 소리」에서 살펴본 대로 자연의 신비로운 현상 하나가 존재의 전면적인 전이를 이끌어 올 수도 있으며, 구원은 항상 예기치 않는 순간에 온다는 진리는 이 생명 현상의 치열성만큼 구원의 과정이 그리 쉽게 이루어지지 않은 것이라는 점을 분명히 한다. 그러나 그 과정이 어렵다고 해서 포기할 수는 없다. 그 방법을 김수영은 철학적으로 숙고한다. 하이데거의 인식에 기반한 존재 사유는 그에게 좀 더 철학적인 성찰을 부여한다.

참음은 어제를 생각하게 하고
어제의 얼음을 생각하게 하고
새로 확장된 서울특별시 동남단 논두렁에
어는 막막한 얼음을 생각하게 하고
그리로 전근을 한 국민학교 선생을 생각하게 하고
그들이 돌아오는 길에 주막거리에서 쉬는 十분동안의

지루한 정차를 생각하게 하고

그 주막거리의 이름이 말죽거리라는 것까지도

무료하게 생각하게 하고

奇蹟을 기적으로 울리게 한다

죽은 기적을 산 기적으로 울리게 한다

—「참음은」(1963.12.21) 전문

존재의 전이는 거의 기적에 가까운 일이다. 그런데 이 기적은 "참음"
에서 나온다고 한다. 여기서 참음은 존재 사유의 차원에서 한 번 생각해
볼만하다. 이는 하이데거의 철학적 성찰 속에서 존재의 "초연한 내어맡
김Gelassenheit"이나 "기다림Warten"의 의미와 같다. 현대의 기계 문명은 존
재의 터전이라고 할 수 있는 대지를 황폐화한다. 대지의 황폐화는 현존
재의 진정한 존재성이 드러나는 것을 막는다. 이러한 대지를 구원하고
현존재를 참존재로 전이시키기 위해서는 존재의 "열린 장 자체 속으로
관여해 들어가는 소연한 내맡김"이라는 존재의 운동이 있어야만 한다.
인간의 이성적 의지로는 존재의 구원이 이루어질 수 없기 때문이다. 이
것이 기술 시대, 하이데거의 존재론적 구원에 대한 내용이다.[182]

자연스러운 내어맡김을 위해서는 존재가 욕망이 없어야 한다. '이성
적이고 폭력적인 욕망이 사라진 곳'에서 '대지와 존재, 즉 인간과 자연
이 자연스럽게 합일되어 세계의 전면적인 구원'이 이루어진다. 이것이
위의 시에서 말하는 '기적'이며, 그가 깨달은 '사랑의 과정'과도 같은 것

---

182 신상희, 「기술 시대의 자연에 대한 하이데거의 숙고」, 위의 책, 226~227쪽 참조.

이다. 사랑의 과정은 존재의 전이를 일으키는 과정이라는 점에서 그러하다.

결국 그가 깨달은 철학적인 존재 사유는 "사물을 씨 — 동기로부터 본다"[183]는 깊은 성찰을 가능하게 했고 이것이 그의 모더니티관을 보다 여유 있게 본질론적인 사유로 변모시켰다고 할 수 있다. 그러면서 김수영의 후기 시에서는 시를 통해서 존재 구원의 길, 즉 인간과 자연이 자연스럽게 합일되어 세계의 구원을 이룰 수 있는 길에 대한 본격적인 탐색이 이루어진다.

(3) '몸'과 '자연'에 대한 사유와 시적 사유로의 전환

김수영이 혁명을 미학적으로 전환시키기로 결심하기까지, 그래서 "진짜 시인이 되어서 시원하다"고 느끼기까지 그에게 정신적 고뇌가 없었다고 말할 수 없다. 혁명의 실패가 가져다 준 것은 혁명의 추진력이었던 합리적 이성에 대한 좌절감이었다. "혁명은 안되고 방만 바꾸"었을 때 그는 "인제 녹슬은 펜과 뼈와 광기 — / 실망의 가벼움을 재산으로 삼을 줄 안다"고 했다. 이때 '펜'은 합리적 이성의 산물이다. '뼈'는 풍부한 몸통 — 알찬 내용성이 사라진 앙상한 혁명의 모습이며 광기는 녹슨 이성이 배태한 쌍생아이다.

이 인식은 그에게 역사에 대한 회의와 관련된다. "(실망의) 가벼움 혹시나 역사歷史일지도 모르는 / 이 가벼움을 나는 나의 재산財産으로 삼았다"는 구절은 바로 혁명의 환희 이면에 도사리고 있는, 쉽게 진보하지 않는 역사의 잔인함에 대해 언급한 것이다. 그 결과 이성적인 진보에 대해

---

183 「生活의 克復 — 담배갑의 메모」, 『전집』 2, 96쪽.

확신하는 지식인으로서의 신념은 뿌리부터 흔들리기 시작한다. 다음의 시 역시 이러한 점을 설명해 주고 있는 것이다.

> 백성들이
> 머리가 있어 산다든가
> 그처럼 나도
> 머리가 다 비어도
> 인제는 산단다
> 오히려 더
> 착실하게
> 온 몸으로 살지
> 발톱 끝부터로의
> 下剋上이란다

— 「쌀난리」(1961.1.28) 중 일부

혁명의 실패로 인한 실망에서 헤어나지 못하고 있을 무렵, 그래도 대구에서 난 쌀난리는 그에게 "이만하면 아직도 / 혁명은 살아있는 셈이지"라는 안도감을 준다. 그것은 그가 아직도 살아있는 것은 민중의 건강성이라는 깨달음을 얻었기 때문이다. "백성百姓들이 / 머리가 있어 산다든가"라는 반어적 의문은 그 반면 쉽게 패배의식에 젖어 있는 자신과 같은 지식인들을 야유하기 위한 것이다. 이러한 자괴감이 "그처럼 나도 / 머리가 다 비어도 / 인제는 산단다"라는 자세로 표출된 것이다. 이 때문에 "발톱 끝부터로의 / 하극상下剋上"은 이성보다 몸으로 사는 건강함 때문에 가능한 것이다.

그러나 아직은 이러한 자세에 대한 확신도 자신감도 없는 듯하다. "온 몸에 / 온 몸에 / 힘이 없듯이", "머리는 / 내일 아침 새벽까지도 / 아주 내처 / 비어있으라지……"라는 말은 아직은 그가 지식인으로서의 자기 자괴감에 빠져서 존재적 변이를 이루지는 못했다는 점을 보여준다. 이는 물론 아직도 현실에 대한 환멸이 극복되지 못한 탓이기도 하다. 시 「황혼」에서 나오는 "심심해서 아아 심심해서"라는 시구나 「피곤한 하루의 나머지 시간」에서 나오는 "내가 밖으로 나가는", "사랑이 추방追放을 당하는 시간時間", 그리고 "관악기管樂器처럼 / 우주宇宙의 안개를 빨아올리다 만다"는 시구는 이러한 상황에 대한 무기력감을 보여준 것이다. 그는 아직도 자신이 지식인이라는 정체성에서 벗어날 수 없음을 정직하게 직시하고 있었다. 그러나 이러한 이성중심주의적 사유에 대한 회의는 향후 시세계의 변모에 중요한 고리로 작용한다.

이성중심적인 사유에서 벗어나려는 시도는 그의 시와 산문 양자에서 드러나고 있다.

며칠전에 아내와 그 일을 하던 것을 생각하다가 우연히 육체가 욕이고 죄라는 생각을 하면서 희열에 싸였다. 내가 느낀 罪感이 원죄에 해당하는 것인지 분명치 않은 채 내생각은 자꾸 앞으로만 달린다. 내가 느끼는 죄감은 성에 대한 죄의식도 아니고, 육체 그자체도 아니다. 어떤 육체의 구조 ― 정확히 말하면 나의 아내의 짤막짤막한 사지, 그리고 단단하디 단단한 살집, 그리고 그런 자기의 육체를 자기가 모르고 있다는 사실, 또한 알아도 할 수 없다는 사실 ― 즉 그녀의 운명, 그리고 모든 여자의 운명, 모든 사람의 운명.

그래서 나는 겨우 이런 메모를 해본다 ― '원죄는 죄(=性交) 이전의 죄'라고. 하지만 나의 새로운 발견이 새로운 연유는, 인간의 타락설도 아니고 원죄론의 긍정도 아니고, 한 사람의 육체를 맑은 눈으로 보고 느꼈다는 사실이다. 그것도 20여 년을 같이 지내온 사람의 육체를(그리고 정신까지도 합해서) 비로소 완전히 객관적으로 바라볼 수 있었다는 사실이다.

그리고 이것을 시로 쓰게 되었을 때 나는 어떤 과분한 행복을 느낀다. 요즘의 시대는 '머리가 좋다'는 것에 노이로제에 걸려있는 세상이라, (…중략…)나의 경우는 詩의 덕분으로 우선 양키의 미인보다도 더 아름답게, 추한 아내를 바라볼 수 있을 만큼이라도 둔하게 된 것을 그나마 다행으로 생각하고 자위하고 있다.[184]

이 글은 아내와의 성교性交이후에 새롭게 지각한 것을 쓴 것이다. 이 인용 단락의 앞에서 그는 예전에는 "육체가 곧 욕辱이고 죄罪라는, 아득하게 시대에 뒤떨어진 생각을 했었다"고 하였다. 그러나 "며칠 전 아내와 그일을 하던 것을 생각하다가 우연히 육체가 욕이고 죄라는 생각을 하면서 희열에 싸였다"고 한다. 그 이유는 그가 육체가 욕이 아니라 육체를 죄라고 느낀 것이 바로 원죄라는 사실을 느꼈기 때문이다. 그리고 그는 "한 사람의 육체, 그것도 20여 년을 같이 지내온 사람의 육체를(그리고 정신까지 합해서) 비로소 완전히 객관적으로 바라볼 수 있었다"고 한다. 육체가 죄라는 낡은 의식에서 벗어났을 때, 한 사람의 육체와 정신을 온전하게 바라볼 수 있었다는 것이다.

그리고 "그런 자기의 육체를 자기가 모르고 있다는 사실, 또한 알아도할 수 없다는 사실 — 즉 그녀의 운명 그리고 모든 여자의 운명 모든 사람의 운명"이라는 어구도 욕망을 억압하며 여성의 육체를 죄라고 느끼

---

184 「原罪」, 『전집』 2, 141쪽 참조.

게 하는 당대 사회의 폭력적 인식에 대해 비판하기 위한 것이다. 그는 여기서 성적 욕망을 금기시하는 당대의 통제된 인식 체계와 그 안에서 인간(특히 여성)을 그 존재 자체로 바라보기보다는 성적으로 대상화시키는 인식적 태도를 신랄하게 비판한 것이다.

그러면서 그는 그럴 때만이 비로소 여성의 "육체를(그리고 정신까지도 합해서) 비로소 완전히 객관적으로 바라볼 수 있"게 된다고[185] 주장한다.

이는 주체중심이 아니라 대상중심적인 인식 태도로 진정한 휴머니즘적 사랑의 시각이며, 이러한 사유 과정은 모두, 그가 "모든 사물을 외부에서 보지 말고 내부에서부터" 보는 방식으로 고민했기 때문에 가능한 것이다.

이 변이를 통해서 그는 전기 시세계의 이성중심적인 사유에서 벗어나게 된다. 그리고 그의 시에는 이미 이 몸의 사유가 본격적으로 대입되어 있었다.

먼 곳으로부터
먼 곳으로
다시 몸이 아프다

조용한 봄에서부터
조용한 봄으로
다시 내 몸이 아프다

---

185 이러한 김수영의 인식은 당대 풍속 통제를 위한 검열 체제와의 싸움의 과정에서 주장된 것이기도 하다. 이에 대한 자세한 내용은 본서의 2부 2장 「자본, 노동, 성―'불온'을 넘어 '반시론'의 반어」 참조.

여자에게서부터
여자에게로

능금꽃으로부터
능금꽃으로……

나도 모르는 사이에
내 몸이 아프다

— 「먼 곳으로부터」(1961) 전문

혁명 직후에 쓰인 이 시는 혁명의 실패로 인한 아픔을 형상화한 것이
다. 그런데 그는 '마음이 아프다'고 하지 않고 "몸이 아프다"고 한다. "몸
의 떨림을 전달하기 위한 것이 말의 떨림이고, 말의 떨림을 오로지 핵심
만을 뽑아 전하기 위한 것이 정신적 개념"[186]이라는 말에서처럼 이성적
인 인식의 출발점은 어쩌면 바로 몸의 인식이다. 이 때 몸의 아픔은 정신
의 아픔 이전에 존재하는 보다 근원적인 것이다. 그렇기 때문에 몸의 아
픔은 '머리'의 아픔, '심장'[187]의 아픔보다 더 절실성을 갖는다. "먼 곳으
로부터 / 먼 곳으로" 몸이 아픈 것은 이 몸이 세계 속에 거주하는 세계내
의 존재성이기 때문이다. "먼 곳에서부터 / 먼 곳으로", "조용한 봄에서
부터 / 조용한 봄으로", "여자에게서부터 / 여자에게로", "능금꽃으로부
터 / 능금꽃으로……"라는 구절은 신체가 운동하는 시간과 거주하는 공

---

186 조광제, 「몸과 말」, 『몸』, 산해. 2001 참조.
187 여기서 '머리'와 '심장'이라는 말은 김수영의 산문 「詩여, 침을 뱉어라」에서 나오는 "詩作은
'머리'로 하는 것이 아닐, '심장'으로 하는 것도 아니고, '몸'으로 하는 것이다"라는 문장에서 따
온 것이다.

간의 한정성을 표현한 것이다.

메를로-퐁티에 따르면 몸은 세계를 형성하는 재료이다. 정신은 몸을 통해서만 세계와 다른 사람의 몸과, 그리고 다른 사람의 정신과 연결될 수 있다. 정신은 몸 이외의 어떤 것과도 연결되어 있지 않으며, 따라서 우리의 몸과 다른 사람의 몸이 세계 안에서 함께 살 때만 정신은 하나의 '관계성'을 갖는다는 것이다.[188] 그렇기 때문에 몸은 존재에게 사회성을 부여한다.

그러나 이것이 또한 비극의 출발점이다. 몸은 세계와의 연관을 끊을 수 없기 때문에 고통스럽다. 혁명 의식이 소멸되어가는 세계 속에서도 김수영은 몸을 숨길 수 없으며 그래서 '몸'이 아픈 것이다. "나도 모르는 사이에 / 내 몸이 아프다"는 표현은 피할 수 없는 현실 속에서 운동할 수밖에 없는 몸의 존재성에 대한 비극적 표현인 것이다.

이러한 존재의 비극성을 돌파해 가는 과정이 그의 후기 시세계인 것이다. 그는 혁명의 체험을 설명하는 가운데 "나의 온몸에는 티끌만한 허위도 없습니다. 그러니까 나의 몸은 전부가 바로 '주장'입니다. '자유'입니다…"[189]라고 말한 바 있다. 그리고 이 온몸으로 "'느꼈다'는 것은 정말 느껴본 일이 없는 사람이면 그 위대성을 모를 것이오"라고 하였다. 그만큼 온몸의 느낌은 그에게 가장 본질적인 체험의 양태인 것이다.

그런데 근원적 인식으로서의 몸의 사유는 김수영에게 비극적인 존재 사유이기도 하면서 시적인 사유이기도 하다. 이 시가 '온몸의 시론'의 실현태이면서 시적 현상학의 표현이라는 점은 이미 김상환에 의해서 규명된 바 있다.[190] "온몸에 의한 온몸의 이행"이라는 이 온몸의 시론은 시쓰

---

188 정화열, 『몸의 정치』, 민음사, 1999, 187쪽 참조.
189 「저 하늘이 열릴 때」, 『전집』 2, 163쪽 참조.

기를 통해서 존재의 전이를 꾀하는 김수영 특유의 시작詩作 방법에 대한 가장 적절한 표현이다. 이 시에서처럼 '~에로부터 ~에로'가 반복되는 존재의 아픈 '이행'이 그에게 온몸을 던지는 시작詩作 과정인 것이다. 그래서 이 시는 인식과 행동의 통합을 꾀하는 그의 시작詩作 과정에 관한 메타포가 되기도 한다. 몸의 이행은 인식과 분리된 행동이 아니라 인식과 동시에 이루어지는 것이기 때문이다.

그리고 이러한 존재의 아픔을 극복하는 것도 시를 통해서만이 가능하다. 이것이 시인의 숙명이라고 할 때 이 시 바로 다음에 창작된 '아픈 몸이'에서 나오는 "아픈 몸이 / 아프지 않을 때까지 가자 / 온갖 식구와 온갖 친구와 / 온갖 적敵들과 함께 / 무한한 연습과 함께"라는 구절은 그의 이러한 시적 지향을 표현한 것이다. 특히 "무한한 연습과 함께"라는 시구는 "무한한 시쓰기를 통해서"라는 말로도 전환이 가능하다. 이는 그가 시 속에서 아픈 몸이 아프지 않을 때까지 존재의 숙련을 완성해야겠다는 의지를 스스로 고백한 것이다. 결국 그에게 몸의 사유는 대상에 대한 '사랑'의 인식이 되고, 존재의 전이가 이루어지는 시적 사유가 되는 것이다.

그리고 이러한 인식의 변이에는 마땅히 형식적 변이가 따르게 된다. 이 시를 쓸 당시에 김수영은 산문에서 "연극演劇…구상具象…이런 것을 미워하기 시작하면서부터 나는 다시 추상을 도입시킨 작품을 실험해보았지만 몇 개의 실패작만을 내놓고 말았다"[191]라고 한다. 이 시 「먼 곳으로부터」는 그동안 김수영의 시에서 드러나는 자기 경험의 형상화와는 거리가 먼 것이다. 자기 경험을 극화시켰던 다른 시들의 구체적인 언술에

190 김상환, 「詩 와 時」, 『풍자와 해탈, 혹은 사랑과 죽음』, 민음사, 2000, 86~89쪽 참조.
191 「새로움의 摸索─슈뻴비엘과 비어레크」, 『전집』 2, 237쪽 참조.

비할 때 이 시는 추상적인 언술로 이루어졌다. 이는 '구상' 대신에 '추상에의 실험'이라는 새로운 시적 형식을 모색한 결과다. 물론 이 당시의 시들에 이러한 형식적 모색의 결과가 당장 드러나고 있는 것은 아니지만 1960년대 후반에 들어서면 이러한 추상을 실험한 시가 눈에 띄게 많아진 것은 사실이다.

그리고 '추상抽象의 도입'을 논하는 산문 「새로움의 모색摸索」에서 그는 추상적인 시가 무엇을 뜻하는지에 대해서도 언급한 바 있다. 그는 이 글에서 "죽어가는 자기를 바라볼 수 있는 자기가 아니라, 죽어가는 자기 — 그 죽음의 실천 — 이것이 현대의 순교다. 여기에서는 이미지image는 바라볼 것이 아니라, 자기가 바로 이미지다. 이러한 의미에서 그것은 이미지의 순교이기도 하다"고 한다. 이 말 속에는 이 죽음의 실천이 온몸의 시론과 관련이 깊다는 점을 시사하고 있다.

김상환은 "김수영이 추구하는 두 가지 주제, 즉 죽음과 사랑은 중첩화되는 고통, 몸하는 몸의 정서적 함량 운동의 동심원 안에 있는 어떤 텔로스"라고 했다. 김수영은 산문 「시詩여, 침을 뱉어라」에서 "온몸에 의한 온몸의 이행이 사랑"이라고 말한 바 있다. 결국 그의 몸에 대한 인식은 그의 후기 시세계의 가장 중심되는 시적 화두였던 것이다. 그러면 이제는 온몸의 시론이 어떻게 실현되는가를 구체적으로 살펴보아야 할 것이다.

원래 형식적 기술의 추구에는 그다지 관심이 없었던 그였기도 했지만 그럼에도 그는 자신이 시에서 항상 추구하였던 시적 긴장을 위해서 많은 운산運算을 하기도 하였다. 그러나 혁명 이후의 일기에서 남긴 말에 따르면 그는 이제 이러한 운산마저 그다지 중요하지 않게 느끼게 되었다고 한다.

그리고 또하나의 변이 —

시의 運算에 과거처럼 집착함이 없다. 전혀 거울을 아니 들여다보는 것은 아니지만 놀라운만치 적어진 것이 사실이다. 기쁜 일이다. 투박해졌는지? 확실히 투박해졌다. 아니 완전한(혹은 완전에 가까운) 投身(스테미)이다. 그대신 어디까지나 조심해야 할 것은 투신을 빙자로 한 안이성이나 혹은 무책임성![192]

위의 일기문에서 드러나는 것은 그가 전혀 운산을 하지 않는 것은 아니지만 이제는 그것이 "놀라울만치 적어"졌다는 점이다. 그 결과 시는 투박해졌지만 그는 그것이 기쁘다고 한다. 그에게 그 투박함은 완전한 투신에서 나온 것이다.

투신投身이라는 의미는 김수영의 용어대로 한다면 온몸을 던진다는 것이다. "시詩의 예술성이 무의식적이라는 것"이며 "자기가 시의 기교에 정통하고 있다는 것을 모른다"[193]는 말은 투신의 의미가 의식을 넘어서 거의 무의식적 작용에 가까운 것, 자기의 의식 세계를 넘어선 무의식의 세계까지 몰입한다는 것이다. 그리고 "온몸에 의한 온몸의 이행이 바로 시의 형식"이라는 점에도 알 수 있듯이 이 투신의 경지에서는 형식적 운산이 거의 필요하지 않게 된다. 이 경지에서는 '내용'과 '형식'이 나누어져서 움직이는 것이 아니라 '내용'과 '형식'이 혼연일체되어 움직일 수 있게 된다. 그래서 "시의 형식은 내용에 의지하기 않고 그 내용은 형식에 의지하지 않는다. 그래서 시는 그림자에조차도 의지하지 않는다"[194]라

---

192 「日記抄(II)—1960년 6월 16일자」, 『전집』 2, 494쪽 참조.
193 「詩여, 침을 뱉어라」, 『전집』 2, 399쪽 참조.
194 위의 글, 400쪽 참조.

는 말이 성립한다.

　이 말의 의미는 다음 글에서도 설명된다.

　　'내용의 면에서 완전한 자유를 누리고 있다'는 말은 '내용'이 하는 말이 아
　니라, '형식'이 하는 혼잣말이다. 이 말은 밖에 대고 해서는 아니될 말이다.
　'내용'은 언제나 밖에다 대고 해서는 아니될 말이다. '내용'은 언제나 밖에다
　대고 '너무나 많은 자유가 없다'는 말을 해야 한다. 그래야지만 '너무나 많은
　자유가 있다'는 '형식'을 정복할 수 있고, 그때에 비로소 하나의 작품이 간신
　히 성립된다. '내용'은 언제나 밖에다 대고 '너무나 많은 자유가 없다'는 말을
　계속해서 지껄여야 한다. 이것을 계속해서 지껄이는 것이 이를테면 38선을
　뚫는 길인 것이다.[195]

　　대체로 그는 이 현실을 이기는 시인의 방법을 시작품상에 나타난 언어의
　서술에서 보고 있지만 나는 그것이 언어의 서술에서뿐만 아니라 (시작품에
　숨어있는) 언어의 작용에서도 찾아져야 한다고 생각하는 것이다. 이러한
　언어의 서술과 언어의 작용은 시의 본질에서 볼 때는 당연히 동일한 비중을
　차지해야 할 것이다. 그런데 전자의 가치의 치우친 두둔에서 실패한 프롤레
　타리아 시가 많이 나오고, 후자의 가치의 치우진 두둔에서 사이비 난해시가
　많이 나온 것을 볼 때, (…하략…)[196]

　현실에 자유가 없다면 이것을 고발해야 할 시의 내용은 당연히 '너무
나 많은 자유가 없다'는 말이 되어야 한다. 그러나 너무나 많은 자유가

195　위의 글, 400쪽 참조.
196　「生活現實과 詩」, 『전집』 2, 261쪽 참조.

없다는 것만으로는 이 현실을 더욱 절실하게 드러내 줄 수 없다. 이미 너무나 많은 자유가 없다는 '내용'을 말해주기에 기왕의 낡은 '형식'은 적당하지 않기 때문이다. 그렇다면 시에 있어서 형식도 변화해야 한다.

현대시에 있어서 형식이 갖는 저항적 성격은 이미 보편화된 이야기다. 아도르노는 이미 예술에 있어서 세계에 대한 전통적 미메시스가 불가능하게 된 상황에서 형식적 파괴는 자아와 세계의 고통스러운 분열을 표현해내는 그 자체의 의미를 지니고 있다고 하였다. 이를 프리드리히는 현대시의 불협화된 긴장이라고도 말하는데 이러한 형식상의 긴장은 종종 그 자체가 목표가 되기도 한다.[197] 형식은 점점 내용상으로는 표현이 불가능해진, 인간을 고통에서 해방시키는 역할을 대신 수행한다. 아방가르드의 경우처럼 형식적 파괴 자체가 행동이 되는 것이다. "'형식'이 '너무나 많은 자유가 있다'"는 말은 이러한 의미에서 말한 것이다. 그래서 '너무나 많은 자유가 없다'고 외치는 '내용'과 '너무나 많은 자유가 있다'는 '형식'의 만남은 현대시의 이상적인 형태다. 다음 인용문에 나와 있는 '언어의 서술'과 '언어의 작용'의 결합 역시도 각각 현대시에 있어서 내용과 형식의 이상적인 결합에 관한 논의다.

그러나 어쩌면 당연하게 느껴질 이 내용과 형식의 결합에 관련된 논의가 김수영의 시를 분석하는 데 중요한 것은 그가 이 내용과 형식을 시 속에서 어떻게 이끌어낼 수 있는가를 고민했다는 점이다. 그는 바로 이것이 시작 과정상의 투신 속에서는 가능하다고 한다. 시 창작 과정 속에 몰입한 상태 위에서는 내용과 형식의 결합에 관한 논의조차도 무색해진다. 시 창작 과정에 대한 기술적 운산이 의식의 세계에서 이루어지는 것

---

197 후고 프리드리히, 장희창 역, 『현대시의 구조』, 한길사, 1996, 27~33쪽 참조.

이라면 거의 무의식적 세계에 가까운 투신의 경지에서는 이러한 기술적 운산이 이루어지지 않기 때문이다.

그래서 김수영에게 이 온몸은 시론은 단순히 내용과 형식의 결합이라는 작시법상의 문제에만 국한된 문제는 아니다. 이것은 인식상의 문제와도 관련된 것이다. 온몸으로 밀고 간다는 것은 '머리'로 하는 것도, '심장'으로 하는 것도 아니라 '온몸'으로 하는 것이라고 할 때 '머리'는 이성을 뜻하며, '심장'은 감정을 뜻한다. 그럴 때 시작詩作은 이성적인 인식이나 감정적인 느낌의 표현을 넘어서는 과정이다. 시적 사유는 이성적 사유와는 다른 '몸'의 사유인 것이다.

김수영의 시에서 '몸'에 대한 인식은 이미 혁명 직전의 시에서부터 드러나고 있었다. 그런데 전기 시세계 속에서 몸의 인식은 자연에 대한 인식과 함께 이루어진 것이었다. 후기 시에서도 자연에 대한 인식이 두드러지게 나타나는데 그의 대표작 「풀」을 비롯하고 많은 시들이 자연의 심상을 형상화하고 있다. 그런데 자연을 소재로 한 시는 이미 혁명 직후에서부터 등장하고 있었다.

두 줄기로 뻗어올라가던 놈이
한 줄기가 더 생긴 것이 며칠 전이었나
등나무

잠사이에 이슬을 마신 놈이
지금 나의 魂을 마신다
無休의 怠慢의 魂을 마신다
등나무 등나무 등나무 등나무

얇상한 잎

그것이 이슬을 마셨다고 어찌 신용하랴

나의 魂, 목욕을 중지한 詩人의 魂을 마셨다고

炎天의 魂을 마셨다고 어찌 신용하랴

등나무? 등나무? 등나무? 등나무?

그의 주위를 몇번이고 돌고 돌고 돌고

또 도는 조름같은 날개의 날것들과

甲蟲과 쉬파리떼

그리고 진드기

"엄마 안 가? 엄마 안 가?"

"안 가 엄마! 안 가 엄마! 엄마가 어디를 가니?" "안 가유?"

"안 가유! 하…"

"으ㅎㅎ……"

두 줄기로 뻗어올라가던 놈이

한 줄기가 더 생긴 것이 며칠 전이었나

난간 아래 등나무

넝쿨장미 위의 등나무

등꽃 위의 등나무

우물 옆의 등나무

우물 옆의 등꽃과 활련

그리고 철자법을 틀린 詩

철자법을 틀린 人生
이슬, 이슬의 合唱이다

등나무여 指揮하라 부끄러움 고만 타고
이제는 指揮하라 이카루스의 날개처럼
쑥잎보다 훨씬 얇은
너의 잎은 指揮하라
베적삼, 옥양목, 데드롱, 인조견, 항라,
모시치마 냄새난다 냄새난다
냄새여 指揮하라
연기여 指揮하라
등나무 등나무 등나무 등나무

우물이 말을 한다
어제의 말을 한다
"똥, 땡, 똥, 땡, 찡, 찡, 찡‥‥"
"엄마 안 가?"
"엄마 안 가?"
"엄마 가?"
"엄마 가?"

등나무 등나무 등나무 등나무
"야, 영희야, 메리의 밥을 아무거나 주지 마라,
밥통을 좀 부셔주지?!"

등나무? 등나무? 등나무? 등나무?

"아이스 캔디! 아이스 캔디!"

"꼬오, 꼬, 꼬, 꼬, 꼬오, 꼬, 꼬, 꼬, 꼬"

두 줄기로 뻗어올라가던 놈이

한 줄기가 더 생긴 것이 며칠 전이었나

— 「등나무—新歸去來 3」(1961.6.27) 전문

위의 시는 시각적인 감각보다는 청각적 감각에 호소하는 시다. 등나무와 같은 한 단어를 여러 번 반복하면서 만들어내는 리듬은 이 시인이 행하는 사유과정에 독자가 자연스럽게 동화되게 만든다. 이러한 반복적 표현에 의한 리듬감은 시인과 그가 바라보는 대상, 그리고 이 시를 읽는 독자를 모두 같은 공간감각으로 존재하게 만든다.

그리고 이 시의 내용은 등나무를 응시하며 직관적으로 느낀 사유의 파편들로 이루어져 있다. 이 역시 등나무와 시인의 교감에 관한 것이다. "두 줄기로 뻗어올라가던 놈이 / 한 줄기가 더 생긴 것"은 인간사와는 무관한 일일 것이지만 그는 "밤사이에 이슬을 마신 놈이 / 지금 나의 혼魂을 마신다"고 한다. 이는 "무휴無休의 태만怠慢의 혼魂을 마"셨기 때문이다. 그리고 곧 그는 "등나무 등나무 등나무 등나무" 하면서 그 직감을 확인해본다. 그러나 곧 그는 "얇상한 잎 / 그것이 이슬을 마셨다고 어찌 신용하랴 / 나의 혼魂, 목욕을 중지한 시인詩人의 혼魂을 마셨다고 / 염천炎天의 혼魂을 마셨다고 어찌 신용하랴"라고 그 직감을 회의해보기도 한다.

"등나무? 등나무? 등나무? 등나무?"는 자신의 직감에 대해 회의해 보는 과정의 표현이다. 그러면서 "등나무"와 "등나무?"라는 두 시구들 사이에는 등나무와 시인의 혼이 정신적인 힘겨루기를 하고 있는 광경이 느껴진다. 그리고 이 힘겨루기가 이루어지는 장소는 초현실적인 곳으로 변한다. '정신', 혹은 '의식'이 아니라 나의 '혼魂'이라는 표현은 이러한 초현실적 분위기를 창조해낸다.

자연에 대한 온전한 몰입은 현실적 감각을 탈각시키기도 한다. 그러면서 이성적 논리로 표현할 수 없는 시적 감흥을 불러일으키기도 한다. 자연학자들은 이러한 감흥을 가장 시적인, 감흥이라고 말한다. 그것은 다름 아닌 다양한 자연물들에게서 받는 인상의 완결성 때문이라고 한다. 바로 이 점에서 벌목꾼의 목재와 시인의 나무가 구별되는 것이다.[198]

김수영이 바라본 자연물인 등나무는 이러한 시적인 감흥을 주고 있는 것이며, 김수영은 이 시적인 감흥을 느끼면서 이 실체를 실감하려고 하고 있다. "등나무"와 "등나무?" 사이는 바로 이 시적 감흥의 실체를 객관화해보려는 김수영의 사유 과정인 것이다. 김수영의 자연에 대한 철학적 사유 방식은 자연학자들의 사유 방식과 관련이 있을 가능성이 높다.

실제로 김수영에게는 미국의 신비주의적이고 신학적인 자연철학자 에머슨의 저작을 번역한 바 있다.[199] 에머슨이 신학자이지만, 그가 자연과 인간의 경험을 일치시키는 초월주의transcendentaism[200]를 기반으로 영적 체험과 시적 감흥에 대한 논의를 행했던 시인인 것은 김수영이 에머슨의 철학에 영향을 받았으리라는 추측을 가능하게 한다. 그래서 그의 전기 시세계의 후반에 등장하는 「여름뜰」과 같은 자연의 심상 역시 이와의 관련성을 배제하기 어렵다.

그리고 예이츠에 대한 글에서도 이러한 점이 보인다. 그는 그 글에서

---

198 R. W. 에머슨, 신문수 역, 『자연』, 문학과 지성사, 1998, 19쪽 참조.
199 R. W. 에머슨, 김수영 역, 『문화, 정치, 예술』, 중앙문화사, 1956 참조.
200 범대순, 『1930년대 영시연구』, 한신문화사, 1986, 169쪽 참조.

"합리주의자의 가정에서 태어난 예이츠였지만 그는 자연에 의해 성장되었다. 그렇게 종교적인 가문이었지만, 그는 앞에서 말한 자신의 종교, 즉 "시적 전통에서 우러나온 새로운" 종교에 의해서 자신을 키워간 것이"[201]라고 한다. 여기서의 자연은 합리주의에 반대되는 심상이다. 예이츠가 "유물론과 합리주의에 반발하여 미의 세계에 몸을 맡겼다"는 말 역시 이를 설명해 준다. 그리고 자연에의 향유가 그에게 시인의 길로 들어서게 만들었다는 말, 그리고 그것이 "시적 전통에서 우러나온 새로운 종교"라는 말은 자연의 향유가 예술가적인 사유와 관계가 깊다는 의미에서 나온 것이다.

그런데 여기서 표현한 예이츠의 행로는 김수영 자신의 행로이기도 했다. 혁명 이후에 또다시 등장하는 자연에 대한 심상은 그가 이성적 사유에 대한 회의와 새로운 시적 활로를 모색하는 과정에서 나타난 것이다. 이 시도 역시 이러한 모색 과정의 연장선상에서 바라볼 수 있다. 등나무의 성장과 시인의 혼은 과학적인 논리로는 설명이 불가능한 것이다. 그렇기 때문에 그는 "등나무?"라고 물으면서 회의해보기도 하는 것이다. 이 회의의 과정이 바로 이러한 시적 감흥의 정체에 대한 고민의 과정인 것이다. 이 시에서 분명한 것은 등나무와 그리고 등나무를 둘러싸고 있는 또 다른 자연물들과 시와의 합일된 조화다. "그의 주위를 몇번이고 돌고 돌고 돌고 / 또 도는 조름같은 날개의 날것들과 / 갑충甲蟲과 쉬파리떼 / 그리고 진드기"라는 시구와 "난간 아래 등나무 / 넝쿨장미 위의 등나무 / 등꽃 위의 등나무 / 우물 옆의 등나무 / 우물 옆의 등꽃과 활련"의 나열은 등나무와 등나무를 둘러싸고 있는 사물들 간의 조화로운 생명력

201 「신비주의와 민족주의의 시인 예이츠」, 『전집』 2, 289쪽 참조.

을 표현한 것이다.

그리고 그 생명력에 시와 인생이 동참한다. 자연과 "철자법을 틀린 시詩/ 철자법을 틀린 인생人生"의 합치는 중요한 지점이다. "철자법이 틀"리게 하는 것은 이성적이고 권력화된 규범에 대한 저항적 행위다. 철자법은 언어에 사회성을 만들어주는 법칙이지만 언어의 창조성을 억압하는 규율 기제가 되기도 한다. 자연과 이 권력화된 규범과는 상극이다. 자연에는 인간의 인위적인 규범이 틈입할 수 없기 때문이다. 그렇기 때문에 철자법이 "맞는" 시와 철자법이 "맞는" 인생은 자연과 어울리지 못한다. 물론 철자법이 맞지 않는 시와 철자법이 맞지 않는 인생은 김수영이 현재 맞고 있는 현실적 좌절감을 표현한 것이다. 그래서 이성적 논리의 상징인 혁명의 얼굴이 "금이 간"(「사랑」) 상태에서 "철자법이 틀린 시"는 오히려 새로운 진실을 말해줄 수 있으며, 거기서 진정한 시적인 탈출구가 모색될 수도 있는 것이다. 그 결과 자연과, 철자법이 틀린 '시'와 철자법이 틀린 '인생'은 화합이 될 수 있는 것이다. 그래서 김수영은 이를 "이슬, 이슬의 합창合唱이다"라고 말한 모양이다.

그러면서 이제 김수영은 자연이 자신을 이끌어 줄 것이라고 느끼기 시작한다. "등나무여 지휘指揮하라 부끄러움 고만 타고 / 이제는 지휘指揮하라 이카루스의 날개처럼 / 쑥잎보다 훨씬 얇은 / 너의 잎은 지휘指揮하라"는 시구는 이를 말해주는 것이다. 이카루스는 허망하게 날고자 하는 욕망을 좌절당할 운명이지만 그럼에도 불구하고 그 시도만은 값진 것이었듯이 김수영은 이 의지의 날개짓을 자연을 통해서 배우기를 원한다. 자연물은 과학적 인식을 주입하여 가르치는 것이 아니라 감각을 통해 느끼게 만든다. 그래서 "베적삼, 옥양목, 데드롱, 인조견, 항라, / 모시치마 냄새난다 냄새난다 / 냄새여 지휘指揮하라 / 연기여 지휘指揮하라"고 말하는 것이다. 그 결과 다음에 나오는 "등나무 등나무 등나무 등나무"
의 표현은 이전의 "등나무?"의 회의가 말끔히 가셔진 것으로 우리에게
확신의 울림을 주고 있다.

그런데 또한 중요한 것은 이러한 자연과의 화합이 그의 일상과 접목
되고 있다는 것이다. 이 시 중간 중간에 삽입된 좀 시끄럽다 싶을 정도로
느껴지는 아이와 엄마의 일상적인 대화가 조용한 자연의 움직임들과 전
혀 이질적으로 느껴지지 않는 것은 이러한 점을 말해준다. 이는 불협화
음 속의 조화인 것이다. "우물이 말을 한다 / 어제의 말을 한다"에서 우
물이라는 자연물이 말하는 "똥, 땡, 똥, 땡, 찡, 찡, 찡⋯⋯"이 ""엄마 안
가?" / "엄마 안 가?" / "엄마 가?" / "엄마 가?""라는 아이의 말과 한 연 안
에서 어울리고 있는 모습은 반복되는 어구의 리듬감과 함께 화합을 느
끼게 한다. 그리고 또다시 반복되는 "등나무 등나무 등나무 등나무"라는
반복은 이제는 거의 주술성을 띄고 있다. 그러면서 이 주술적 반복과
"야, 영희야, 메리의 밥을 아무거나 주지 마라, / 밥통을 좀 부셔주지?!"
라는 일상어의 조화, 그리고 "등나무? 등나무? 등나무? 등나무?"라는, 또
한번의 회의를 부숴주는 "아이스 캔디! 아이스 캔디!"라는 아이의 외침,
그리고 "꼬오, 꼬, 꼬, 꼬, 꼬오, 꼬, 꼬, 꼬, 꼬"라는 자연의 소리와의 조화
역시 그 리듬감 속에서 따뜻한 공명을 만들어낸다. 그러면서 이 따뜻한
공명은 일상적 삶 속에 피어나는 사랑의 아름다움을 더욱 크게 한다.
"두 줄기로 뻗어올라가던 놈이 / 한 줄기가 더 생긴 것이 며칠 전이었나"
라는 질문에 대한 답은 이 일상적 삶과의 조화 속에서 나온다.

결론적으로 이 시는 일상적인 삶 속에서 피어나는 사랑이 이 등나무
줄기를 키운 것이었다고 할 수 있으며, 이 사랑이 등나무와 시인의 혼의
교감이라는 시적인 감흥과 동질의 것이라는 점을 말해주고 있는 것이

다. 이 시 이외에도 김수영의 당시의 시에서는 시적 대상과의 정서적 공명을 추구하는 시가 존재한다.

> 바보의 家族과 運命과
> 어린 고양이의 울음
> 니야옹 니야옹 니야옹
>
> 술취한 바보의 家族과 運命과
> 술취한 어린 고양이의 울음
> 역시 니야옹 니야옹 니야옹 니야옹
>
> ―「술과 어린 고양이―新歸去來 4」중 후반부

이 시는 술이 취한 상태에서 고통스럽게 느껴지는 삶의 애환을 형상화한 시다. 위의 시는 이러한 슬픔을 논리적인 이해로 강요하지 않고 슬픈 고양이의 울음소리와 함께 형상화되어 정서적 공명을 불러일으키고 있다. 술 취한 상태에서 들리는 고양이의 울음소리는 그에게 자신, '바보'의 "가족家族과 운명運命"을 말해주는 듯이 구슬프게 들린다. 시인은 이 정서적 울림을 서술하지 않고 들리는 그대로 병치시켜 놓는다. 형태상의 특성으로서 병치가 갖는 의의는 마치 자연에서 그렇듯이, 여러 이질적인 요소들을 새로운 방법으로 결합 내지는 소환할 때 발생하는 존재 발생의 의의와 같은 것이다. 매우 이질적인 두 요소가 새로운 배열로 병치됨으로써 이제까지의 의미를 다른 의미로 전환시키기 때문이다.[202]

---

202 이승훈, 「은유」, 『詩論』, 고려원, 1979, 143~144쪽 참조.

위의 시구에서도 "바보의 가족家族과 운명運命"이라는 명제와 "어린 고양이의 울음 / 니야옹 니야옹 니야옹"이라는 청각적 음성상징어는 논리상으로는 아무런 관련이 없을 수도 있다. 고양이의 울음소리는 듣기에 따라서 다른 느낌을 전달할 수 있기 때문이다. 그러나 술 취한 상태에서 느끼는 자괴감을 표현한 바보라는 시어와, 그의 가족과 운명이라는 비관주의적 운명론이 앞으로 닥칠 삶의 고통을 감당해야 할 "어린" 고양이의 울음소리와 병치됨으로써 "어린 고양이의 울음소리"는 좀 더 비극적인 운명론을 부여받게 된다. 그러면서 전체적으로 시구의 배열에서 울려나오는 정서적 감흥은 좀 더 비극적인 운명의 전조를 연주하게 되는 것이다.

혁명의 실패로 다시 일상으로 돌아온 김수영에게 일상적인 삶은 여전히 그다지 녹녹하지 않았다. 이 시의 앞부분에 제시된, 술을 마시는 이유는 "낮에는 일손을 쉰다고 한잔 마시는 게라 / 저녁에는 어둠을 맞으려고 또 한잔 마시는 게라"로 서술되어 있다. 이처럼 그는 술 마시는 것에 그다지 대단한 명분을 붙이지 않는다. 술 마시는 일은 그저 일상일 뿐이기 때문이다. 그만큼 그에게 당시 생활은 고통스러웠던 것이다.

김수영은 「신귀거래」 연작시에서 자신이 일상으로 돌아왔다고 선포하고 있지만 그 속에서 느끼는 감흥은 여러 가지 층위로 교차하고 있었다. 일상에서 느낀 사랑의 아름다움에 대한 성찰이 이전의 시 「등나무」에서 표현되고 있다면 여전히 그는 자신의 시적인 영혼을 거스르는 일상적 삶에의 압박에 괴로워하고 있었다는 점을 위의 시 「술과 어린 고양이」가 드러낸다. 그러나 앞으로 나아가야 할 바는 무엇인가에 대한 문제제기 또한 이 시 속에서 도출해 낼 수 있다. 이 시에서는 시 「등나무」에서 깨달은 사랑의 의미는 그대로 두어도, 일상적 삶에 대한 고통은 그가 여전히 싸워야 할 대상으로 남는다. 이 두 가지는 그가 앞으로 어떻게 삶과 시의 일치를 위해 생활을 영위시켜 나가는가라는 후기 시세계를 관통하는 화두의 주요 골자다.

그리고 또한 위의 시에서 중요한 것은 그가 시 속에서 청각적 심상을 사용함으로써 그 심상을 통해서 울려나오는 시적인 감흥을 시험하고 있다는 점이다. 청각적인 것은 시각적인 것보다는 정서적 인식에 호소하는 것이며, 이성적 사유이기보다는 '몸'의 사유에 가깝다. 그것은 그가 정서적 지각을 통해 세계에 대한 인식론적 기능을 수행하는 시적 사유 방식에 관한 고민을 본격적으로 시작하고 있다는 점을 보여주는 것이기 때문이다.

그런데 위에서 분석한 시에 나오는 자연과의 교감 역시 이성적 인식이 아니라 '몸'의 인식이다. 에머슨은 "자연을 앞에 두면, 그는(인간은) 아무리 슬픈 일이 있더라고 야성의 환희가 온몸을 관류함을 느낀다"고 하면서 이 느낌은 "우주적 존재Universal Being의 흐름이 나를 관류하"는 느낌이라고 말한다. 그리고 이 느낌으로 나는(인간은) "억압되어 있지 않은 영원한 미의 애호자가 된다"[203]고 하였다. 여기서 말한 '우주적 존재의 흐름이 나를 관류하는 느낌'은 바로 자연과의 교감 속에서 나타나는 몸의 인식의 결과물이다. 그리고 이러한 몸의 인식은 "억압되어 있지 않은 영원한 미의 애호자"가 되는 느낌으로 예술적 향유의 느낌과 거의 동일한 것이다. 이것은 특히 시적 인식과 같은 것이라고 할 수 있는데, 결국 자연과의 교감에서 오는 몸의 인식은 예술적 인식, 즉 시적인 인식과 대동소이한 것이다. 그리고 에머슨이 말한 자연과의 교류를 통한 환희는 존

---

203 R. W. 에머슨, 신문수 역, 앞의 책, 20~23쪽 참조.

재의 전이를 가능하게 하는 것이다.

그런데 현실적으로 존재 사유는 죽음을 내장하고 있다고 할 때 근본적으로 비극적인 것이다. 시적인 사유가 공허해질 위험이 있는 것은 그 때문이다. 이러한 점을 극복하기 위해 김수영에게 자연의 사유가 필요한 것이기도 하다.

> 거위의 울음소리는
> 밤에도 縞瑪色 원피스를 바람에 나부끼게 하고
> 강물이 흐르게 하고
> 꽃이 피게 하고
> 웃는 얼굴을 더 웃게 하고
> 죽은 사람을 되살아나게 한다.
>
> ― 「거위소리」(1964) 전문

거위의 울음소리라는 자연의 청각심상은 "강물을 흐르게 하고 / 꽃이 피게 하고 / 죽은 사람을 되살아나게 하"는 기적을 만들어낸다. 인간의 존재 사유가 이미 끝을 내장하고 있는 공허한 것이라면 자연은 생성의 힘을 내장하고 있다. 이러한 점은 하이데거의 논리에서도 드러난 부분이다.

하이데거는 「릴케론」에서 자연은 '존재자의 근거'라고 한다. 여기서 자연은 '생장生長하는 것으로 표상'된 '생生'이라는 의미다. 그러므로 그에게 자연은 '형이상학적으로 의지의 본질'로 현존하는 것이다[204] 이에 김

---

204 M. 하이데거, 소광희 역, 『시와 철학』, 박영사, 1972, 229~231쪽 참조.

수영이 이처럼 자연의 힘을 형상화하는 데 공을 들인 이유가 밝혀진다. 김수영은 이 자연의 힘이 시적인 힘이 되기를 원했던 것이다.

발레리의 시작술은, 자연의 형성 과정이 지닌 포에시스적 성격 자체를 문제삼는다. 자연의 생성술을 자기 자신의 활동 공간에서 창조하는 영예는 더 이상 모방적이지 않은 예술뿐이라는 것이 발레리의 주장이다. 현대적인 시는 비록 그것이 최초로 주어진 자연의 한 부분만을 묘사할 뿐이라고들 하지만, 바로 그때 비로소 가능성 속에 있는 그 대상을 실제로 창출해 낸다.[205] 근대예술에서 자연은 더 이상 모방의 대상이 아니다. 자연과 인간의 합일이 불가능해진 상황에서 자연의 힘은 미적으로 재생할 수밖에 없다. 그래서 아도르노도 '자연'의 모방이 아니라 '자연미'의 모방이 근대 예술의 지향해야 할 바라고 말한 바 있다.[206]

이러한 근대예술에 대한 성찰에서처럼 김수영도 자연의 생성 과정을 시적 사유로 전환시킨다. 위의 시 「먼 곳에서부터」에서 "조용한 봄에서부터 / 조용한 봄으로", "능금꽃으로부터 / 능금꽃으로……" 전환되는, 몸으로 표상되는 존재의 전이는 이제 시에 자연의 생성 과정을 대입하여 더욱 큰 힘을 얻는다.

이러한 인식은 1950년대 말에 쓰인 시 속에서 드러난 자연에 대한 인식에서 발전된 형태이다. 거기서는 분명히 주체와 자연이라는 대상 사이의 거리가 존재한다. 이러한 현상을 보면 그때까지 그에게 자연은 새로운 현대성을 성찰하는 과정에서 발견한, 모색의 대상이었다.

---

205 한스 로베르트 야우스, 앞의 글, 189~190쪽 참조.
206 아도르노에게 자연미는 보편적인 동일성의 속박 속에 있는 사물들에 남아 있는 비동 일성의 흔적이다. 그리고 그에게 자연미의 체험은 예술작품의 심미적인 체험과 본질적으로 같은 것이다. 자연 체험 역시 예술체험에서처럼 주체의 우위가 느껴지지 않고 대상에 미메시스적으로 합일되는 심미적인 것이기 때문이다. T. W. 아도르노, 홍승용 역, 『미학이론』, 문학과지성사, 1984, 106~130쪽 참조.

그러나 혁명의 시기를 지나면서 시 「등나무」에서는 이러한 교감에 대한 실험이 존재하였고, 「거위소리」처럼 이후의 시에서는 자연의 생명력을 시적 사유로 전환시키고자 노력한다. 이러한 사유의 결과가 바로 「꽃잎」 연작시와 시 「풀」 등이다. 그리고 이 시들에서는 단지 교감의 상태를 뛰어넘어 존재의 전면적인 전이를 일으키는 자연의 힘, 시적 체험의 힘에 대하여 형상화하고 있다. 이러한 자연의 힘에 대한 고찰은 「반시론」에서 드러난 시적인 것이 무엇인가라는 본질적인 시적 인식과 결합한 결과이다. 그리고 이러한 성찰은 그의 역사관에까지 영향을 끼치는, 보다 근본적인 인식의 전환을 가져오게 된다.

(4) '침묵'과 '혼돈'의 미메시스와 '순간'의 정치학

보들레르는 시 「상응Correspondance」에서 자연(만물)과 인간의 교응을 통해서 미적 체험의 본질을 실험하려고 한다. 그리고 그 상응의 순간은 미세한 사물들이 내재하고 있는 "삶의 깊이"를 열어 보이며, 주체의 세계내적인 초월을 완성한다.[207] 김수영도 자연의 체험을 시적 체험으로 바라보고 있다는 점에서는 그와 동일한 점이 있다. 그러나 보들레르가 지향하는 바는 그 이상도 그 이하도 아닌 미적 체험 그 자체다. 그렇다면 김수영이 지향하는 시적 체험의 경지는 어떠한가를 살펴보아야 할 것이다.

김수영의 시에서는 '눈'이라는 자연물이 소재로 여러 번 등장한다. 그런데 1966년에 창작한 「눈」에 관한 「창작노우트」에서 그는 이 시가 "침묵의 한 걸음 앞의 시"를 지향한 것이라고 한 적이 있다. 그런데 그는 시

---

207 한스 로베르트 야우스, 김경식 역, 「보들레르의 알레고리의 재수용」, 『미적 현대와 그 이후』, 문학동네, 1999, 217쪽 참조.

에서 침묵이 만들어지는 경지를 왜 눈이라는 자연물을 통해 시험했을까? 그 이유는 눈의 움직임이 침묵의 행동이라는 점에 있다고 본다. 그런데 이 눈이 행하는 침묵의 행동이 어느새 세계를 하얗게 변화시킨다는 것이 중요하다. 김수영은 역시 이러한 점을 의식한 듯 눈 내리는 날에 대해 특별한 의미를 부여하고 있었다. 이 점은 또 다른 시에서 드러난다.

눈이 내리는 날에는 白羊宮의 비약이 없는 날에는

개도 짖지 않는 날에는 제임스 띵이 뛰어들어서는

아니된다 나의 아들에게 불손한 말을 걸어서는

아니된다 나의 思想에 怒氣를 띄우게 해서는

아니된다

文明의 血稅를 강요해서는 아니된다 新과 舊가

탈을 낸 돈이 없나 巡視를 다니는 제임스 띵은

讀者를 괴롭혀서는 아니된다

나를 몰라보면 아니된다. 나의 怒氣는 타당하니까

눈은, 짓밟힌 눈은, 꺼멓게 짓밟히고 있는 눈은

타당하니까 新·舊의 交替式을 그 이튿날

꿈에까지 보이게 해서는 아니된다

마지막 靜寂을 빼앗긴, 핏대가 난 나에게는

너희들의 儀式은 原始를 가리키고

奴隷賣買를 연상시킨다.

―「제임스 띵」(1965) 중 일부

위의 시는 김수영이 눈이 오는 그 순간에 얼마나 많은 의미부여를 했는가를 드러내 준다. 제임스떵이라고 장난기 어린 별명의 신문 지국 사람이 돈을 걷으러 다니는, 그것도 전에 신문을 돌린 아이가 돈을 떼어먹을까봐 감시 차 들리는 ─ 김수영이 보기에 이 탐욕스러운 인물은 눈이 오는 순수한 순간에 절대로 침범해서는 안 된다는 것이다. 그것은 단순히 순수의 표상인 눈이 꺼멓게 짓밟혀서만은 아닐 것이다. 그것은 눈 오는 순간이 그만큼 시인 자신에게 중요한 순간이기 때문이다. 그 순간은 마지막 '정적'의 순간, 즉 '침묵'의 순간이다.

고민이 사라진 뒤에

이슬이 앉은 새봄의 낯익은 풀빛의 影像이

떠오르고나서도

그것은 또 한참 시간이 필요했다

시계를 맞추기 전에

라디오의 時鐘이 나오기를 기다리는 것처럼

안타깝다.

봄이 오기 전에 속옷을 벗고 너무 시원해서 설워지듯이

성급한 우리들은 이 발견과 실감 앞에 서럽기까지도 하다

전 아시아의 후진국 전 아프리카의 후진국

그 섬조각 반도조각 대륙 조각이

이 발견의 봄이 오기 전에 옷을 벗으려고

뚜껑이 열렸다 닫히는 소리

라디오의 時鐘을 고하는 소리 대신에 西道歌와

牧師의 열띤 설교소리와 심포니가 나오지만

이 소음들은 나의 푸른 풀의 가냘픈

影像을 꺾지 못하고

그 影像의 전후의 苦悶의 歡喜를 지우지 못한다

나는 옷을 벗는다 엉클 쌤을 위해서

아시아와 아프리카의 무거운 겨울옷을 벗는다

겨울옷의 影像도 충분하다 누더기 누빈 옷

가죽옷 융옷 솜이 몰린 솜옷

그러다가 드디어 나는 越南人이 되기까지도 했다

엉클 쌤에게서 학살당한

越南人이 되기까지도 했다.

— 「풀의 영상」(1966)

위의 시는 김수영의 마지막 작품인 「풀」과의 연관성을 고민해보게 하는 작품이다. 위의 시에서 시인에게 떠오른 "풀의 영상"의 결과물이 바로 시 「풀」이 아닐까. 이 시에서 중요한 시어는 '소음'이다. 여기서 '소음'은 라디오에서 흘러나오는 "서도가와 목사의 열띤 설교소리와 심포니 등" 일상적인 소리다. 이 시에 대한 「시작노트」에는 소음에 대해 언급한 부분이 있다.

"Our problem is, as modern abstractionist, to have the wildness pure; to be wild with nothing to be wild about"(추상주의자로서 우리의 문제는 순

수한 소란스러움을 갖는 것이다 : 소란스러워지기 위하여 아무 것도 갖지 않는 소란스러워지기) 이런 말을 「풀의 影像」의 스피커 소리에 적용해 볼 때, 어떨까?[208]

프로스트의 시론에 나온 이 인용문을 언급하면서 그는 이 소음을 "소란스러워지기 위하여 아무것도 갖지 않는 소란스러워지기"라는 은유로 표현하였다. 이 시에서 그는 이 소음은 "나의 푸른 풀의 가냘픈 / 영상을 꺾지 못하고 / 그 영상影像의 전후의 고민의 환희를 지우지 못한다"고 했다. 이 말을 위의 인용구에 대입하여 분석하면 이 소음은 "푸른 풀의 가냘픈 영상"이 떠오르는 순간을 위한 "아무것도 갖지 않는 소란"이다. 그리고 "푸른 풀의 가냘픈 영상"이 떠오르는 순간은 "순수한 소란스러움", 즉 끊임없이 내부에서는 움직이고 있지만 표면에서는 고요한, 침묵의 순간에 대한 메타포다.

그러므로 풀의 영상이 떠오르는 순간은 "순수한 소란스러움"을 겸비하고 있는 침묵의 순간, 시적인 영감이 떠오르는 순간이다. 이 영감이 떠오르는 순간은 시인에게 가장 행복한 시간이다. 그래서 시에서는 이 순간이 시인에게 '고민의 환희'를 준다고 표현한 것이다. 물론 소음은 "풀의 영상"이 떠오르는 순간을 방해하는 요인이다. 그래서 이 순간은 소음을 이기는 시간이기도 하다. 그러나 오히려 이 소음의 방해가 이 순간의 쾌락을 더욱 극대화시킬 수 있을 것이다. 그래서 김수영은 "나에게 있어서 소음은 훈장"[209]이라고까지 논의한 것이다.

이 침묵의 순간인, 풀의 영상이 떠오르는 순간에 대해 언급한 부분에

208「시작노트 7」, 『전집』 2, 460쪽.
209「시작노트 7」, 『전집』 2, 459쪽.

는 그 영상 '전후'의 고뇌의 환희라는 구절이 있다. 이 순간 '전前'의 환희는 그 영상을 떠올리기까지의 시인의 내면에서 이루어지는 내적 고투의 아름다움을 표현한 말이다. '후後'의 환희라는 것은 풀의 영상이라는 결과물일 텐데 이 말에는 조금 더 분석이 필요하다.

이 시의 첫머리에서 그는 "고민이 사라진 뒤에" "풀빛의 영상이 떠오르고 나서도 그것은 또 한참 더 시간이 필요했다"고 서술하고 있다. 그리고 그 이후에 풀빛의 영상이 떠오르고 나서도 더 시간이 걸렸던 그것은 "라디오의 시종이 나오는 소리"이면서 "발견의 봄이 오기 전에 뚜껑 열렸다 닫히는 소리"라고 서술하고 있다. 뚜껑이 열렸다 닫히는 소리는 시가 완성되는 순간이다. 시가 완성되는 순간이 되어서야만 시가 결과적으로 드러내는 진리인 '발견의 봄'이 나타나기 때문이다. 결국 침묵의 순간은 '풀의 영상'이 떠오르는 순간, 즉 영감이 떠오르는 순간에서 시가 완성되는 순간까지의 기간인 것이다.

그런데 그 발견의 봄으로 가는 길은 무거운 겨울옷을 벗는 과정으로 서술되어 있다. 이는 전 아시아의 후진국 전 아프리카의 후진국, 그 섬 조각 반도조각 대륙 조각이 옷을 벗는 과정이고 시인이 제국의 군인 엉클 쌤을 위해서도 아시아와 아프리카의 무거운 겨울옷을 벗는 과정이다. 그는 이 시에서 파병된 군인 '엉클 쌤' 역시 제국의 야욕을 위해 희생된 존재일 수 있다는 점을 표현하고자 했다. 그리고 김수영에게 제국과 식민지라는 억압적 구도인, 무거운 옷을 벗어야 하는 깨달음을 가능케 한 것이 바로 '풀'의 영상이며 시다. 이 점은 김수영이 이제 현실에 대해 조급한 근시안적인 시선에서 벗어나려고 하고 있다는 점을 시사해 주는 것이기도 하다.

이 깨달음은 이미 그의 대표적인 시론인 「반시론」에서 스스로 인용한

「올페우스에 바치는 송가」의 제3장의 "참다운 입김"은 "아무것도 바라지 않는 입김"[210]인 "신적인 미풍"이라는 것을 그가 「미인」이란 시를 쓰면서 깨닫는 대목에서도 드러난다. 그는 이 시에서 또한 "배워라 그대의 격한 노래를 잊어버리는 법을"이라는 대목을 인용하면서 결국 참된 시란 머리가 앞서서 현실참여를 주장하는 시가 아니라는 것을 주장한다. 이러한 점은 물론 그의 「눈」이라는 시에서 저항시는 무용이라는 언사에서 이미 드러난 것이기도 하다. 그러면서 그는 참된 시란 사랑이며 침묵이라고 말한다.

새싹이 돋고 꽃봉오리가 트는 것도 소리가 없지만 그보다 더한 행동의 극치가 해빙의 동작 속에 담겨있다. 몸이 저리도록 반가운 침묵. 그것은 지긋지긋하게 조용한 동작 속에 사랑을 영위하는, 동작과 침묵이 일치되는 최고의 동작이다.

(…중략…)

피가 녹는 것이라고 생각해본다. 얼음이 녹는 것이 아니라 피가 녹는 것이다. 그리고 목욕솥 속의 얼음만이 아닌 한강의 얼음과 바다의 피가 녹는 것을 생각해본다. 그리고 그 거대한 사랑의 행위의 유일한 방법이 침묵이라고 단정한다.[211]

이 글에서 등장하는 '침묵'은 해빙의 과정이다. 이 글에서는 '지긋지긋하게 조용한 동작'이라고 표현되어 있는 이 과정은 단순히 얼음이 녹는 과정만이 아니다. 이 과정은 표면적으로는 조용하고 더디게 영위되고

---

210 「반시론」, 『전집』 2, 412~414쪽 참조.
211 「해동」, 『전집』 2, 143~144쪽 참조.

있지만 그 이면에서는 엄청난 노력이 존재해야 한다. 카오스라고도 표현할 수 있는 이 이면의 치열하고 거대한 움직임을 김수영은 이 침묵의 행동 속에서 감지하고 있는 것이다. 그래서 그는 이 과정을 '얼음이 녹는 것이 아니라 피가 녹는 것'이라고 표현한다. '피가 녹는 것'이란 표현은 헌신적 사랑의 절대성에 대한 메타포다. 또한 이 과정은 '새싹이 돋고 꽃봉오리가 트는 것' 같이 존재성을 꽃피우는 사랑의 길이다. 그래서 이 동작은 거대한 사랑을 영위하는 동작이 될 수 있는 것이며 이것이 자연의 순리다.

그렇다면 김수영이 시를 쓰는 과정에서 체험하는 이 침묵의 순간 역시도 해빙과 같은 거대한 침묵의 동작이다. 그리고 시적인 순간은 어쩌면 에로틱한 절정의 순간처럼 시간을 망각할 수 있는 영원의 순간[212]이다. 그 시간은 순간이지만 이 속에서는 "완전 무결한 망각"[213] 즉 주체의 죽음이 이루어지고 새로운 생성이 이루어질 수 있다. 존재의 전면적인 전이가 일어나는 것이다.

이 존재의 전면적인 전이 과정은 위의 시에서 "뚜껑이 열렸다 닫히는 소리"를 느끼는 순간과 동질의 것이다. 이 순간을 통해서 시인이 시적 대상과 동화되어 "드디어 월남인이 되는" 과정이기도 한데, 이 월남인이 되는 과정은 시 이전에 시인이 상정해 놓은 주장이 아니라 시를 쓰는 과정에서 저절로 이루어진 것이다. 시인은 후진국 아시아 아프리카라는 관념인 겨울옷을 벗음으로써 약자인 엉클 쌤도 이후엔 또 다른 약자(월남인)를 학살하게 되는 현실이라는 근원적인 진실을 알게 된 것이다.

---

212 조르쥬 바타유, 조한경 역, 『에로티즘』, 민음사, 1989, 25쪽 참조.
213 이러한 순간에 대한 표현이 그의 산문 「臥禪」에 들어있다. 이 글에서 그는 헨델의 음악이 "완전무결한 망각"이라고 서술한다. 『전집』 2, 151~152쪽 참조.

그렇다면 이러한 존재의 전면적인 전이가 이루어지는 침묵의 순간이 현실과는 어떠한 관련을 맺는가를 추론해 보아야 할 것이다. 그것이 결국 김수영이 기존의 참여시를 배격하고 도달한 나름의 시적 논리이기 때문이다. 이 역시 그의 「시작노트」에서 찾아볼 수 있다.

> 나의 딸깍 소리는 역시 행동에의 계시다. 들어맞지 않던 행동의 열쇠가 열릴 때 나의 詩는 완료되고 나의 詩가 끝나는 순간은 행동의 계시를 완료한 순간이다. 이와 같은 나의 전진은 세계사의 전진과 보조를 같이한다. 내가 움직일 때 世界는 같이 움직인다. 이 얼마나 큰 영광이며 희열 이상의 狂喜이냐![214]

"딸깍" 소리가 나는 순간이 침묵의 순간이라 할 때 여기서 김수영은 그 순간이 바로 행동에의 계시를 표현한 것이라 한다. 시인에게 행동은 현실에 대한 물리적 행동이 아니라 시쓰기 그 자체다. 시 쓰는 순간에 "세계가 같이 움직인다"는 것은 시 쓰는 순간 자체가 이미 세계를 움직이는 행동이라는 것이다. 그렇다면 시 쓰는 순간이 바로 현실 그 자체가 되는 것이다. 물론 여기서의 현실은 가상의 현실이다. 그리고 이 가상 속에서의 희열과 광희는 이 순간이 현실보다 더 본질적이라고 체험될 때 느껴질 수 있는 것이다.

김수영은 이미 현실 속에서 "혁명은 없다"라고 단언한 바 있다. 이미 끊임없이 공허하게 미끄러지는 시간성을 소유하고 있는 현대에 혁명은 존재하지 않는다. 더구나 4 · 19혁명의 실패를 경험하고 현실에서 혁명

---

214 「시작노트 2」, 『전집』 2, 433쪽.

의 길이 얼마나 힘든 길인가를 깨달은 다음에야 이 문구는 가슴에 닿을 수밖에 없다. 그러면서 그는 "혁명은 상대적 완전을, 그러나 시는 절대적 완전을 수행하는"[215] 것이라고 하였다. 이미 한 번 이루어진 혁명은, 흐르는 시간 속에서는 이미 혁명이 아니며 또다시 지연되는 사건일 뿐이라고 한다면, 시는 이러한 시간성에 맞서 시 쓰는 순간의 광휘 넘치는 전율을 통해서 절대적 완전이라는 영원성을 체득할 수 있다는 것이다. 침묵이 곧 '죽음'이라고 할 때 현대에서는 이 '죽음'만이 영원이기 때문이다.

김수영의 대표적인 산문이 「반시론」이라면 대표작 「풀」은 「반시론」의 실현태라고 할 수 있다. 김수영의 「풀」이야말로 「반시론」에서 말한 "무언가를 주장하는 글"이 아니라 "아무것도 바라지 않은 입김"이기 때문이다. 기왕의 논의 속에서도 교과서적인 의미인, '풀'의 심상을 민중으로 바라보거나 시적 자아의 분신으로 바라보는 관점에서는 벗어나 있다. 그러나 이 두 관점 모두 '풀'이라는 심상에서 뿜어져 나오는 역동성을 설명하기에는 부족하기 때문이다. '풀'은 자연물의 심상 그 이상도 그 이하도 아니다. 문제는 이 자연물의 심상이 가지고 있는 상징의 내포적 의미다.

허윤회는 시 「풀」이 문학의 본질을 내포한 문학의 꿈과 이상 그 자체로서의 시에 대한 메타포라는 점을 밝히고 있어 기왕의 시 「풀」을 바라보는 두 가지 선입견을 넘어서는 의미심장한 관점을 제기하고 있다. 그의 온몸의 시론은 존재의 투기를 통해 가능한 것이며, 그 존재의 투기는 존재의 죽음 혹은 사멸과 같은 의미일 때, 이 존재의 투기로서의 시가 영원성을 내포하고 있는 진정한 시라고 한다. 그렇다면 「풀」은 그런 존재

---

215 「日記抄(II)」, 『전집』 2, 495쪽.

의 투기와 죽음의 예견을 담고 있으면서 정치 행동으로부터도 자유로운 진정한 참여시를 위한 일보였다[216]는 것이다. 이는 온몸의 시론과 「반시론」의 논의를 종합하여 시 「풀」을 분석하는 김수영에 대한 보다 정치한 분석이다.

하지만 이러한 연구사적 성과에 더 덧붙여야 할 것이 있다. '풀'이라는 심상이 자연물이었다는 것, 그리고 자연물의 향유와 시적인 향유가 유사한 것이라고 할 때 이러한 입각점에 의한 시 「풀」의 분석은 위의 연구 성과를 좀 더 구체화시켜줄 것이다. 그러기 위해서 해야 할 시 「풀」이외에 자연물을 대상으로 한 다른 시 분석은 이러한 논의를 더 보강시켜 줄 것이다.

김수영에게 자연물에 대한 심상 중 대표적인 것으로 '꽃'이 있다. 이미 전기 시세계 속에서 꽃에 대한 시는 「구라중화九羅重花」(1954), 「꽃 2」(1956) 「꽃」(1957)의 세 편이 존재한다. 1960년대에서도 여러 편이 존재하는데 「깨꽃」(1963) 이 있고 「꽃잎」 연작시 세 편이 있다. 그 중에서도 이 「꽃잎」 연작시는 「풀」의 전작으로 이미 연구사 속에서 주목을 받은 바 있다.[217] 이들 두 편의 연구는 모두 이 연작시의 제목이 「풀」처럼 자연물의 심상이라는 점, 그리고 리듬의 반복이 가져오는 주술성을 주목하고 있으며, 후자의 연구의 경우에는 「꽃잎」 연작시와 「풀」의 상관성을 혼란의 의미와 몸의 인식이라는 두 고리를 통해서 사회성이라는 의미망으로 분석해내고 있다. 과연 후자의 연구 성과에서처럼 「꽃잎」 연작시는 「풀」 못지않게 중요한, 김수영이 치열하게 수행한 당대 고민의 결정판

---

216 허윤회, 「영원성의 시적 표현」, 『두명 윤병로교수 정년 퇴임 기념 논총』, 국학자료원, 2001, 821쪽 참조.
217 황동규, 「정직의 空間」, 『김수영의 문학─김수영 전집 별권』, 민음사, 1983; 박수연, 「〈꽃잎〉, 언어적 구심력과 사회적 원심력」, 『문학과사회』, 문학과지성사, 1999.겨울.

이다.

누구한테 머리를 숙일까
사람이 아닌 평범한 것에
많이는 아니고 조금
벼를 터는 마당에서 바람도 안 부는데
옥수수잎이 흔들리듯 그렇게 조금

바람의 고개는 자기가 일어서는줄
모르고 자기가 가닿는 언덕을
모르고 거룩한 산에 가닿기
전에는 즐거움을 모르고 조금
안 즐거움이 꽃으로 되어도
그저 조금 꺼졌다 깨어나고

언뜻 보기엔 임종의 생명같고
바위를 뭉개고 떨어져내릴
한 잎의 꽃잎같고
革命같고
먼저 떨어져내린 큰 바위같고
나중에 떨어진 작은 꽃잎같고

나중에 떨어져내린 작은 꽃잎같고

— 「꽃잎 1」(1967.5.2) 전문

꽃을 주세요 우리의 苦惱를 위해서

꽃을 주세요 뜻밖의 일을 위해서

꽃을 주세요 아까와는 다른 時間을 위해서

노란 꽃을 주세요 금이 간 꽃을

노란 꽃을 주세요 하얘져가는 꽃을

노란 꽃을 주세요 넓어져가는 소란을

노란 꽃을 받으세요 원수를 지우기 위해서

노란 꽃을 받으세요 우리가 아닌 것을 위해서

노란 꽃을 받으세요 거룩한 偶然을 위해서

꽃을 찾기 전의 것을 잊어 버리세요

　　꽃의 글자가 비뚤어지지 않게

꽃을 찾기 전의 것을 잊어 버리세요

　　꽃의 소음이 바로 들어오게

꽃을 찾기 전의 것을 잊어 버리세요

　　꽃의 글자가 다시 비뚤어지게

내 말을 믿으세요 노란 꽃을

못 보는 글자를 믿으세요 노란 꽃을

떨리는 글자를 믿으세요 노란 꽃을

영원히 떨리면서 빼먹은 모든 꽃잎을 믿으세요

보기싫은 노란 꽃을

— 「꽃잎 2」(1967.5.7) 전문

순자야 너는 꽃과 더워져가는 花園의
초록빛과 초록빛의 너무나 빠른 변화에
놀라 잠시 찾아오기를 그친 벌과 나비의
소식을 완성하고

宇宙의 완성을 건 한 字의 생명의
歸趨를 지연시키고
소녀가 무엇인지를
소녀는 나이를 초월한 것임을
너는 어린애가 아님을
너는 어른도 아님을
꽃도 장미도 어제 떨어진 꽃잎도
아니고
떨어져 물 위에서 썩은 꽃잎이라도 좋고
썩는 빛이 황금빛에 닮은 것이 순자야
너때문이고
너는 내 웃음을 받지 않고
어린 너는 나의 全貌를 알고 있는 듯
야아 순자야 깜찍하고나
너 혼자서 깜찍하고나

네가 물리친 썩은 문명의 두께

멀고도 가까운 그 어마어마한 낭비
그 낭비에 대항한다고 소모한 그 몇갑절의 공허한 投資
大韓民國의 全財産인 나의 온 정신을
너는 비웃는다

너는 열네살 우리집에 고용을 살러 온 지
三일이 되는지 五일이 되는지 그러나 너와 내가
접한 시간은 단 몇분이 안되지 그런데
어떻게 알았느냐 나의 방대한 낭비와 넌센스와
허위를
나의 못 보는 눈을 나의 둔갑한 영혼을
나의 애인 없는 더러운 고독을
나의 대대로 물려받은 음탕한 전통을

꽃과 더워져가는 花園의
꽃과 더러워져가는 花園의
초록빛과 초록빛의 너무나 빠른 변화에
놀라 오늘도 찾아오지 않는 벌과 나비의
소식을 더 완성하기까지

캄캄한 소식의 실낱같은 완성
실낱같은 여름날이여
너무 간단해서 어처구니없이 웃는
너무 어처구니없이 간단한 진리에 웃는

너무 진리가 어처구니없이 간단해서 웃는

실낱같은 여름바람의 아우성이여

실낱같은 여름풀의 아우성이여

너무 쉬운 하얀 풀의 아우성이여

— 「꽃잎 3」(1967.5.30) 전문

위의 시 세 편에서 드러나는 「꽃잎」이라는 심상의 공통점은 「꽃잎 1」에서 말한 "사람이 아닌 평범한 것"이라는 점이다. 즉 이것이 자연물, 미물이라는 것이다. 김수영은 이미 「절망」이라는 시에서 "내가 찾고 있는 것은 언제나 나의 가장 가까운 내 곁에 있고"라는 말을 통해서 이미 이성적 대명제보다는 일상 속의 작은 진실이 오히려 참진리임을 깨달은 바 있다. 위의 시 「꽃잎 3」에서도 그는 "너무 간단해서 어처구니없이 웃는 / 너무 어처구니없이 간단한 진리에 웃는 / 너무 진리가 어처구니없이 간단해서 웃는 / 실낱같은 여름바람의 아우성이여"라는 시구를 통해서 진리의 형이상학을 설파한다. 그러나 시 「절망」과 이 「꽃잎」이 다른 점은 후자의 진리가 바로 자연물을 통해서 얻은 진리라는 데 있다. 이미 시 「거위 소리」에서 자연의 영험한 생성력에 대한 숭배가 엿보이고 있었듯이 그에게 진리의 투사물은 "실낱같은 여름바람의 아우성", 자기 주위의 자연에 있었다.

시 「꽃잎 1」에서 중요한 점은 바람과 꽃잎이 떨어지는 동작이다. "바람의 고개는 자기가 일어서는줄 / 모르고 자기가 가닿는 언덕을 / 모르고 거룩한 산에 가닿기 / 전에는 즐거움을 모르"고 묵묵히 움직이는 존재다. 그래서 그 와중에 작은 변화, 즉 "조금 / 안 즐거움이 꽃으로 되어도 / 그저 조금 꺼졌다 깨어"날 뿐이다. 그러나 그저 순리에 순종하며 움직이다가도 바람은 꽃잎을 떨어뜨리기도 한다. 이 수평적인 바람의 운동을 가로질러 수직으로 하강하는 '꽃잎'의 동작은 가히 혁명적인 것이다. 이 바람에 꽃잎이 떨어지는 형국은 자연의 움직임이 단순히 순리대로의 순환인 것만은 아니라는 점을 보여 준다. "언뜻 보기엔 임종의 생명같고 / 바위를 뭉개고 떨어져내릴 / 한 잎의 꽃잎같고 / 혁명革命같고 / 먼저 떨어져내린 큰 바위같고 / 나중에 떨어진 작은 꽃잎같고"라는 표현은 여기서 나온 것이다.

비록 그 존재성이 작고 가벼운 것이지만 꽃잎 하나가 움직이는 것은 '혁명' 혹은 '큰 바위처럼' 무게 있는 움직임, 더 나아가 우주적 움직임의 재현체이다. 작은 미물의 움직임은 현상적으로는 작은 움직임에 지나지 않지만 본질적으로는 우주적 움직임이다. 작은 꽃잎이 떨어지는 것은 온 우주의 질서의 표현인 것이다. 이것은 카오스적인 운동이다. 이 카오스적인 운동은 조화로운 우주적 질서 즉 코스모스와는 표면적으로는 다른 개념이다. '혼돈'이라는 개념으로도 표현이 되고 있는 우주의 운행 원리는 정태적 의미인 코스모스와 다르게 우주 만물의 생성적 운동 과정을 표현한 것이다. 김수영은 이 원리를 「꽃잎 1」에서 꽃잎이 떨어지는 모습, 「꽃잎 2」의 "넓어져가는 소란", 「꽃잎 3」의 "실낱같은 여름바람의 아우성"으로 형상화한 것이다. 그리고 이 질서는 세상에 존재하는 모든 생명 속에 내재되어 있어, 느리게 움직이는 듯하지만 문득 떨어지는 꽃잎처럼 총체적인 존재의 변이를 만들어내기도 하는 것이다.

김수영이 생명 속에 내재된 카오스적 운동에 집중하는 것은 이러한 점 때문이다. 그리고 이러한 운동에 온 영혼이 몰입하기를 바란다. 「꽃잎 2」에서 나오는 "꽃을 주세요"라는 표현은 이러한 운동을 체험하기 위한 것이다. 그리고 "꽃을 찾기 전의 것을 잊어 버리세요"라는 말은 이 카오스적 운동과 영혼의 교감, 김수영식 표현에 의하면 "온몸을 투신"하기 위한 전언이다.

이러한 카오스의 체험은 생명체의 본질을 투시할 때 가능하고, 그래서 이성적인 시각으로는 알아볼 수 없다. 단지 영혼의 교감을 통해서 '몸'으로 느낄 때만이 '체험'되는 것이다. 그래서 「꽃잎 2」에서 "못보는 글자를 믿으세요. 노란 꽃을 / 떨리는 글자를 믿으세요"라는 말은 이 '몸'의 체험이 좀 더 본질적인 인식의 기능을 행할 수 있다고 말해주는 것이다.

그러므로 이 몰입 역시 시적인 체험이다. 카오스적 운동으로 인한 생명체의 존재론적 전이를 그는 시 속에서 체험하고 싶어한 것이다. 그래서 「꽃잎 3」에서 "우주의 완성을 건 한 자후'의 생명의 / 귀추를 지연시키고"라는 말은 이러한 자연의 카오스적 운동과의 영적인 교감을 가능하게 하는 시적 체험의 위대성을 말해주는 것이다.

그러면 「꽃잎 3」에서 나온 순자의 의미는 무엇일까? 에머슨은 자연의 체험은 어린이의 자세가 될 때만이 가능하다고 하였다. 어린이의 지각은 아직 이성적 지각으로 굳어져 있지 않고 감각적 체험에 의존하기 때문에 훨씬 더 순수한 체험을 가능하게 한다. 바타유도 보들레르의 미성년의 태도가 시적인 존재를 보여준 것이라고 말한 바 있다. 자유란 엄밀히 말하면 어린아이가 지닌 힘이라는 것이다. 자유는 행동의 질서정연함 속에 끼어들어 있는 어른에게는 하나의 꿈, 욕망, 강박관념에 불과하리라고 말한다.[218]

여기서 "네가 물리친 썩은 문명의 두께"라는 말을 통해서도 알 수 있듯이 "열네살에 고용을 살러온" 이 순자의 모습이야말로 "행동의 질서정

---

218 조르주 바타유, 앞의 글, 41~42쪽 참조.

연함이라는 강박관념에 불과한" 문명의 두께를 물리친 어린이의 형상이다. 그는 이미 박수연의 글에서도 밝혀지고 있는 대로 '몸'의 사유를 행하고 있는 존재인 것이다.

그러나 민중의 형상으로만 바라볼 수는 없다. 이 시에서 "소녀가 무엇인지를, 소녀는 나이를 초월한 것임을 / 너는 어린애가 아님을 / 너는 어른도 아님을"이라는 시구는 순자가 어린애이어도 어른이어도 상관이 없다는 말이다. 중요한 것은 '어린애스러운 태도'라고 할 때 순자의 형상은 민중이 가지는 사회학적 의미망에서 좀 멀어지기 때문이다. 김수영 역시 어린애적인 감성으로 돌아가고 싶어 했다. 그것은 역시 어린애적 감성이 가장 자연과의 교감, 시적인 교감에 잘 몰입할 수 있는 감성이기 때문이다.

결국 이 「꽃잎」의 연작시는 생명의 카오스적 운동과 그것에 영적으로 교감하는 시적인 체험의 상동성에 대해 표현한 시다. 즉 생명이 카오스적 운동을 통해서 존재의 전면적인 전이를 이룩하듯이 시적인 체험 역시 온몸의 기투를 통한 존재의 전면적인 전이를 가능하게 만든다는 성찰을 그는 이 시를 통해서 표현하고 있는 것이다.

그런데 이 꽃잎의 사유에는 김수영과 동시대에 활동했던 비판적 지식인의 전형인 함석헌의 사상과 유사한 측면이 보인다. 김수영의 산문에서도 함석헌에 대한 언급[219]이 있어 이러한 유추를 가능하게 한다. 함석헌의 생명 사상은 혁명의 사상이며, 생성의 사상이다. 그의 철학에서 생명의 운동은 순환적인 반복과 직선적인 성장이 하나로 얽혀 있는 동작

---

219 김수영은 산문에서 "오늘이라도 늦지 않으니 썩은 자들이여, 咸錫憲씨의 잡지의 글이라도 한번 읽어보고 얼굴이 뜨거워지지 않는가 시험해보아라"라고 말한 적이 있다. 이 구절을 보았을 때에도 김수영이 함석헌의 주장에 긍정적인 생각을 하고 있었다는 점을 알 수 있다. 「아직도 안심하긴 빠르다—4·19 1주년」, 『전집』 2, 173쪽.

이다. 언뜻 보기에 생명의 운동은 동일한 동작의 단순 반복, 수레바퀴가 밤낮 제자리를 도는 것 같건만 결코 제자리가 아니라 나아간 것인 것처럼, 생성의 운동을 진행하고 있는 것이다. 그렇기 때문에 생명의 운동은 혁명이 된다.

함석헌은 "생명의 가장 높은 운동은 돌아옴이다. 생각이란, 정신이란, 창조주에서 발사된 생명이 무한의 벽을 치고 제 나온 근본에 돌아오는 것이다.(…중략…) 혁명은 곧 revoltion은 다시 돌아감이다"(『함석헌 전집』 2, 68~69쪽)라고 하였다. 여기서 생명의 근본으로의 돌아옴은 위에서 설명한 생성의 운동을 표현한 어구이다. 함석헌에게 근본은 "마땅히 그래야 할 것"이라는 당위성을 지닌, "미래에 다가올 것"이라는 뜻도 되기 때문이다. 그러므로 생명의 운동은 "마땅히 그래야 할, 미래에 다가올 것"으로 전진하는 혁명이 되는 것이다.[220]

김수영의 시 「꽃잎 1」에서 "언뜻 보기엔 임종의 생명같고 / 바위를 뭉개고 떨어져내릴 / 한 잎의 꽃잎같고 / 혁명革命같고 / 먼저 떨어져내린 큰 바위같고 / 나중에 떨어진 작은 꽃잎같고"라는 표현은 위에서 인용한 함석헌의 말과 일부분 유사하다. 아직 더 구체적인 근거를 찾아보아야 하겠지만, 이 두 구절을 비교해보았을 때 이 시대의 두 진보적 지식인의 혁명적 사유가 어느 부분에서 공명하고 있는가를 알 수 있다.

그리고 또한 주목해야 할 부분은 함석헌의 생명론이 역사 의식으로 전환되고 있다는 것이다. 생명의 운동처럼 역사 또한 순환과 생성을 거듭한다는 것이 그의 역사관이었다. 김수영의 시에서도 이러한 관점이 보인다. 이러한 자연의 카오스적 운동에 대한 인식은 그에게 역사에 대

---

220 유헌식, 「정신의 자기복귀와 자기 혁명」, 함석헌기념사업회 편, 『민족의 큰 사상가 함석헌 선생』, 한길사, 2002, 166~176쪽 참조.

한 인식까지 변모하게 만든다.

미역국 위에 뜨는 기름이
우리의 歷史를 가르쳐준다 우리의 歡喜를
풀 속에서는 노란꽃이 지고 바람소리가 그릇 깨지는
소리보다 더 서걱거린다— 우리는 그것을 永遠의
소리라고 부른다

해는 淸敎徒가 大陸 東部에 상륙한 날보다 밝다
우리의 재(灾), 우리의 서걱거리는 말이여
人生과 말의 간결— 우리는 그것을 戰鬪의
소리라고 부른다

미역국은 人生을 거꾸로 걸게 한다 그래도 우리는
三十대보다는 약간 젊어졌다 六十이 넘으면 좀 더
젊어질까 機關砲나 뗏목처럼 人生도 人生의 부분도
통째 움직인다— 우리는 그것을 貧窮의
소리라고 부른다

오오 歡喜여 미역국이여 미역국에 뜬 기름이여 구슬픈 祖上이여
가뭄의 백성이여 退溪든 丁茶山이든 수염난 영감이면
福德房 사기꾼도 도적놈地主라도 좋으니 제발 순조로와라
自稱 藝術派詩人들이 아무리 우리의 能辯을 욕해도—— 이것이
歡喜인 걸 어떻게 하랴

人生도 人生의 부분도 통째 움직인다 ─ 우리는 그것을

結婚의 소리라고 부른다

─ 「미역국」(1965.6.2) 전문

미역국은 나이를 먹는다는 증거로, 이는 순차적인 발전의 메타포다. 그러나 미역국 위에 뜨는 기름은, 순차적인 발전을 상징하는 미역국과 겉돌면서 나름의 존재 형상을 가지고 있다. 그리고 기름의 또 하나의 특징은 "통째로" 움직이는 것이다. "온몸으로 움직인다는 것이다". 그래서 "미역국 위에 뜨는 기름이 / 우리의 역사歷史를 가르쳐준다 우리의 환희歡喜를"이라는 말은 역사도 역시 통째로, 온몸으로 움직인다는 말이다. 그리고 이 역사의 인식이 자연에 대한 인식과 관련이 깊다는 것을 그 다음의 시구에서 말해주고 있다. "풀 속에서는 노란꽃이 지고 바람소리가 그릇 깨지는 / 소리보다 더 서걱거린다"는 말은 자연의 카오스적 운동이 생명체의 온몸의 전이를 만들어내는 과정을 형상화한 것이다. 그리고 이러한 자연의 운행은 '영원'한 것이다. "우리는 그것을 영원永遠의 / 소리라고 부른다"는 말은 이를 지칭하는 것이다.

그리고 이러한 역사의 움직임은, 카오스의 운동 모습처럼 투쟁으로 이루어진다. "투쟁의 소리"는 이것을 말한다. 그리고 그 투쟁의 소리는 카오스 속에 온몸으로 이루어지는 것이기 때문에 그것에 대한 설명은 많은 수사어로 이루어질 수 없다. "우리의 서걱거리는 말이여 / 인생人生과 말의 간결"이라는 시구는 역사적 사건은 구구한 설명이 필요하지만 본질적인 역사적 운동의 법칙은 오히려 간결한 언어로 표현될 수 있다고 말하는 것이다.

그리고 온몸으로 움직이는 카오스적인 운동은 혼돈이지만 항상 균일하게 움직이는 항상성을 갖고 있다. "해는 청교도^{淸敎徒}가 대륙^{大陸} 동부^東^部에 상륙한 날보다 밝다"는 말은 그 날의 역사가 비록 중요한 사건이지만 그 이후의 역사는 항상 균질의 발전을 이룩한다는 말이다. 그래서 오히려 역사는 그런 의미에서 온몸의 운동 끝에 남은 운동의 연소 속에서 남은 것이다. 그러므로 "우리의 재^灾"라는 말이 가능한 것이다.

이러한 통찰은 주체로 하여금 인생에 그리고 죽음에 대한 강박에서 벗어나게 만든다. "미역국은 인생^{人生}을 거꾸로 걷게 한다 그래도 우리는 / 삼십^{三十}대보다는 약간 젊어졌다 육십^{六十}이 넘으면 좀더 / 젊어질까"라는 말은 늙는다는 것이 점점 더 인생에 대한 해탈의 경지로 가는 길이라는 말도 되고, 늙는다는 것, 즉 죽음으로 이른다는 말은 새로운 생명의 탄생을 예비하는 길이기 때문에 단지 늙어가는 소멸의 길만이 아니라는 점을 말해주는 것이기도 하다. 그러므로 이 인생의 길은 가난한 것이다. 이 길의 소리를 "빈궁^{貧窮}의 / 소리라고 부"를 수 있는 것은 경제학적인 의미가 아니라 마음을 비워가는 가난, 해탈로 인한 마음의 가난을 의미한다. 이러한 역사 법칙에 의하면 우리 현실의 미래도 그리 어둡지만을 않을 것이다. "오오 환희^{歡喜}여 미역국이여 미역국에 뜬 기름이여 구슬픈 조상^{祖上}이여 / 가뭄의 백성이여 퇴계^{退溪}든 정다산^{丁茶山}이든 수염난 영감이면 / 복덕방^{福德房} 사기꾼도 도적놈지주^{地主}라도 좋으니 제발 순조로와라"라는 시구는 이러한 희구를 담고 있는 것이다. 그래서 이러한 진리는 "자칭^{自稱} 예술파시인^{藝術派詩人}들이 아무리 우리의 능변^{能辯}을 욕해도 —— 이것이 / 환희^{歡喜}인 걸 어떻게 하랴"는 깨달음을 낳게 한 것이다.

"인생^{人生}도 인생^{人生}의 부분도 통째 움직인다 — 우리는 그것을 / 결혼^{結婚}의 소리라고 부른다"는 말은 자연의 카오스적 운동처럼 통째로 움직이는 역사를 표현한 것이다. 그런데 이 시에서 또 하나 짚고 넘어가야 할 것은 미역국 위에 뜨는 기름이 말해주는 역사의 이중적인 의미다. "해는 청교도가 대륙 동부에 상륙한 날보다 밝다"는 말이나 미역국 위에 뜨는 기름이 "우리의" 역사歷史를 가르쳐준다는 말에서 "우리"라는 관형사의 의미, 그리고 "미역국에 뜬 구슬픈 조상이여"라는 말은 김수영이 말한 역사의 움직임이 바로 동양의 후진국이라는 우리의 역사를 지칭하고 있다는 점을 말해준다.

청교도가 대륙 동부에 상륙한 날은 세계의 패권이 서구 중심으로 돌아가게 된 역사적인 날이다. 세계의 최강 미국이 그곳의 원주민들을 몰아내고 제국을 세우는 첫 날이기 때문이다. 그러나 해는 이날보다 밝다고 하였다. 이 말은 역사의 앞날은 동양의 후진국에게는 암울했던 그날보다 밝아질 수 있다는 희망을 표현한 것이다. "통째로 움직이는" 역사가 균일한 운동성을 갖는 존재 변이의 움직임이라면 그것은 낙관적 역사의식이라고도 할 수 있다. 그리고 자연의 발전법칙이 이성적으로 거부할 수 없는 진리라고 한다면 그의 이러한 역사관은 부정이 불가능한 진리다. 서구 열강이 내세우는 이성적 의지로도 파괴할 수 없는 참진리인 것이다.

그러므로 김수영의 역사관은 서구적인 의미의 진보 사관은 분명 아니다. 진보 사관이 서구적인 혁명 사관이라고 한다면 그는 혁명의 실패로 이미 그러한 역사관에서는 탈피한 것이다.

그것은 과거는 되찾아지기 전에 우선 부정되어야 한다는, 이 역시 너무나 평범한 발전의 원칙에 따른 돌음길. 부정은 끝났다 ― 나의 메모와 메모의 배경과 도구를 돌이켜볼 때 나의 내부의 저변에서 모기소리처럼, 그러나 뚜렷하게 들려오는 소리. 이 소리의 음미[221]

이 글은 사물에 대한 본질적 인식이 어떻게 역사관을 변모하게 했는지를 설명해 주는 글이기도 하다. 이 인용구 앞에 나온 "이것을 흘러가는 순간에서 포착할 때" 혹은 "모든 사물과 현상을 씨 — 동기 — 로부터 본다"는 구절과 이 구절은 그의 역사관에 대입시켜 볼 수 있는 것들이다. 모든 사물을 "흘러가는 순간에 포착한"다든지, 그럴 때 "모든 사태는 행동이 되고, 내가 되고 기쁨이 된다"는 말은 모든 사건을 결과로써만 판단하는 서구적인 역사관에 대한 저항적 발언이다. 중요한 것은 결과가 아니라 과정이며, 더 중요한 것은 그 과정을 이행하는 근본원리라는 것이 그가 깨달은 바다. 이것을 깨달았기 때문에 그는 과거의 부정, 그 "부정은 끝났다"고 할 수 있는 것이다. 과거를 통해서 역사발전의 원리를 깨닫는 것이 중요하다면 과거를 무조건적으로 부정하는 것은 이 세계의 원리를 깨닫는 방법에 적절하지 못한 태도이기 때문이다.

그래서 그는 자연의 순리를 통해서 역사의 움직임을 다른 방식으로 재구성한다. 카오스적 운동의 움직임으로 표현된 역사의 발전 원리는 때로는 순환의 사관으로 폄하될 수도 있지만 그 순환의 움직임은 때로는 함석헌의 논리대로 전복의 사관이 될 수도 있다. 해는 청교도가 대륙 상부에 상륙하는 날보다 밝다는 구절은 언젠가는 후진국 동양도 그들의 위치로 갈 수도 있다는, 서구중심주의를 가차없이 전복시킨 의미를 담고 있다.

이러한 의미에서 김수영의 시 「거대한 뿌리」와 「현대식 교량」 그리고 「사랑의 변주곡」이 읽혀져야 한다. 전 우주의 중심이 거대한 생명체가 아니라 미물에 있다는 말은 거대 담론만을 중시하는 서구적 이성중심주

---

221 「生活의 克復 —담배갑의 메모」, 『전집』 2, 96쪽.

의적 논리가 탈중심화된 표현이다. 그리고 나아가 승리의 결과만을 중시하고 승자의 미소만을 기억하는 서구의 직선적 발전 논리에 대한 반격의 의미이다.

벤야민의 말대로 역사는 지금까지 승리자의 관점에 의해 이어져 왔으며 이제 패배자의 관점에서 쓰여야 한다는 지적처럼, 인식은 변증법에서 벗어난 버려진 잔여물과 맹목적인 부분들에 관심을 기울여야 한다[222]고 했을 때, 김수영의 시 「거대한 뿌리」에서 나온 "요강, 망건, 장죽, 종묘상種苗商, 장전, 구리개 약방, 신전, 피혁점, 곰보, 애꾸, 애 못낳는 여자, 무식쟁이, 이 무수無數한 반동反動"은 결코 승리자가 아니고 "버려진 잔여물과 맹목적인 부분들"이다. 그런데 이 맹목적인 부분은 자연 속에서 미물이 가지는 위치를 점유하는 것들이다. 미물 속에서 우주의 존재적 전이가 이루어지듯이 이들 존재의 전이는 전 우주를 움직일 수 있는 것이다. 그래서 '거대한 뿌리'가 되는 것이다. 그리고 이들이 거대한 뿌리가 되는 진정한 존재성은 '사랑'에서 나온다.

> 욕망이여 입을 열어라 그 속에서
> 사랑을 발견하겠다 都市의 끝에
> 사그러져가는 라디오의 재갈거리는 소리가
> 사랑처럼 들리고 그 소리가 지위지는
> 강이 흐르고 그 강건너에 사랑하는
> 암흑이 있고 三월을 바라보는 마른나무들이
> 사랑의 봉오리를 준비하고 그 봉오리의

---

222 최문규, 앞의 책, 47쪽 참조.

속삭임이 안개처럼 이는 저쪽에 쪽빛
산이

사랑의 기차가 지나갈 때마다 우리들의
슬픔처럼 자라나고 도야지우리의 밥찌끼
같은 서울의 등불을 무시한다
이제 가시밭 덩쿨장미의 기나긴 가시가지
까지도 사랑이다

왜 이렇게 벅차게 사랑의 숲은 밀려닥치느냐
사랑의 음식이 사랑이라는 것을 알 때까지

난로 위에 끓어오르는 주전자의 물이 아슬
아슬하게 넘지 않는 것처럼 사랑의 節度는
열렬하다
間斷도 사랑
이 방에서 저 방으로 할머니가 계신 방에서
심부름하는 놈이 있는 방까지 죽음같은
암흑 속을 고양이의 반짝거리는 푸른 눈망울처럼
사랑이 이어져가는 밤을 안다
그리고 이 사랑을 만드는 기술을 안다
눈을 떴다 감는 기술 ― 불란서혁명의 기술
최근 우리들이 四.一九에서 배운 기술
그러나 이제 우리들은 소리내어 외치지 않는다

복사씨와 살구씨와 곳감씨의 아름다운 단단함이여
고요함과 사랑이 이루어놓은 暴風의 간악한
信念이여
봄베이도 뉴욕도 서울도 마찬가지다
信念보다도 더 큰
내가 묻혀사는 사랑의 위대한 도시에 비하면
너는 개미이냐

아들아 너에게 狂信을 가르치기 위한 것이 아니다
사랑을 알 때까지 자라라
人類의 종언의 날에
너의 술을 다 마시고 난 날에
美大陸에서 石油가 고갈되는 날에
그렇게 먼 날까지 가기 전에 너의 가슴에
새겨둘 말을 너는 都市의 疲勞에서
배울 거다
이 단단한 고요함을 배울 거다
복사씨가 사랑으로 만들어진 것이 아닌가 하고
의심할 거다!

복사씨와 살구씨가
한번은 이렇게
사랑에 미쳐 날뛸 날이 올 거다!
그리고 그것은 아버지같은 잘못된 시간의

그릇된 冥想이 아닐 거다

— 「사랑의 變奏曲」(1967.2.15)

이 시는 '사랑'의 위대함에 대한 그의 숭배를 보여주는 가장 대표적인 작품이다. 이미 혁명을 통해서 삶에 대한 새로운 통찰을 얻어낸 그에게 생활의 모든 부분은 이제 적이 아니라 사랑의 형상들이다. "왜 이렇게 벅차게 사랑의 숨은 밀려닥치느냐"는 감탄은 주변의 모든 사물이 사랑의 형상으로 보이는 경이로움에 대한 찬탄을 표현한 것이다.

그리고 그는 이미 혁명을 통해서 시 「사랑」에서 "어둠 속에서도 변치 않는 사랑을 배웠다"고 말했는데, 여기서는 더 나아가 "사랑의 기술"을 배웠다고 말한다. 이는 그가 혁명을 통해서 배운 사랑의 소중함에 대하여 깊이 숙고한 결과다. "눈을 떴다 감는 기술 — 불란서혁명의 기술 / 최근 우리들이 사四·일구一九에서 배운 기술"이라는 말에서 "눈을 떴다 감는 기술"이라는 말은 사랑과 시의 상동성을 표현하기 위한 것이다. "눈을 떴다 감는" 순간의 기술, 그것은 순간적이지만 전면적인 존재의 변이를 만들어내는 순간의 기술로, 시에서 침묵의 순간, 죽음을 이루어내는 기술이기도 하기 때문이다.

"그러나 이제 우리들은 소리내어 외치지 않는다"는 말은 이제 그가 이러한 성찰을 통해서 이 사랑의 기술을 격양된 어조로 주장하는 어설픔에서는 벗어났다고 말해주는 것이다. 그리고 이미 산문 「해빙」에서 말했던 해빙의 동작처럼 이 침묵의 순간은 자연의 운행의 순간과도 같다. '순간' 같지만 그것이 영원을 만들어내는 자연의 동작이 사랑의 동작이라면 그는 이를 복사씨와 살구씨의 "단단한 고요함"으로 표현하고 있다. 그리고 자연에 대한 성찰을 통해서 배운 것, 통째로 움직이는 모든 사물의 존재 이행 법칙을 믿을 때 이 사랑의 동작은 미미하지만 거대하게 움직여서 "복사씨와 살구씨가 / 한번은 이렇게 / 사랑에 미쳐 날뛸 날이 올 거다!"라는 확신을 주는 것이다.

물론 이것은 위에서 설명한 대로 직선적인 역사관에 의한 미래의 것이 아니다. 자연의 운행 법칙에 의하면 이것 역시 끊임없이 지연되는 순간의 것이다. 그렇지만 이 순간의 확장이 바로 역사적 승리의 최대치라고 한다면 그 순간은 그에게 가장 이 세상에서 가장 아름다운 순간이다. 그리고 이 순간은 시적인 순간이다. 그리고 이러한 자연과 역사의 만남, 그리고 시와의 만남을 표현한 시가 바로 「풀」이다.

> 풀이 눕는다
> 비를 몰아오는 동풍에 나부껴
> 풀은 눕고
> 드디어 울었다
> 날이 흐려서 더 울다가
> 다시 누웠다
>
> 풀이 눕는다
> 바람보다도 더 빨리 눕는다
> 바람보다도 더 빨리 울고
> 바람보다 먼저 일어난다
>
> 날이 흐리고 풀이 눕는다
> 발목까지

발밑까지 눕는다
바람보다 늦게 누워도
바람보다 먼저 일어나고
바람보다 늦게 울어도
바람보다 먼저 웃는다
날이 흐리고 풀뿌리가 눕는다

　　　　　　　　　　　　　　　　　　　　　　— 「풀」(1968.5.29) 전문

　이 시에서 가장 먼저 지각되는 것은 풀의 '형상'이 아니라 풀의 '동적인 움직임'이다. 이 동적인 움직임의 서술은 「풀」이라는 의미를 고정시키려는 의도에서 끊임없이 벗어나게 하는 역할을 한다. 그럼으로써 「반시론」에서 표현된, "의미를 이루려는 형국과 의미를 이루지 않으려는 형국의 긴장" 속에 놓여 있는 시어의 배열 속에 침묵의 공간이 형성된다. 그리고 그 움직임은 바람과 어울려 원환적 파장을 더욱 크게 한다. 풀이 바람보다 "더 빨리 눕고 / 바람보다도 더 빨리 울"지만 "바람보다 먼저 일어난다"는 형국은 이 둘의 역학적 힘 중 어느 것이 더 큰 것인가를 계산하지 않게 한다. 바람보다 "늦게 누워도", "먼저 일어나고", "바람보다 늦게 울어도, 먼저 웃는다"는다는 구절은 그저 풀이 바람의 역학에 몸을 맡기고 흔들리는 자연의 순리를 표현한 것이다. 그러나 이 자연의 순리가 바람과 풀의 동적인 움직임으로 표현되었을 때에는 그 원환적 파장으로 인하여 작은 미물이 가장 위대한 사물로 보이는 환상을 경험하게 한다. 그러면서 이 움직임은 생명의 카오스적 운동으로 전환된다. 이 카오스적 운동은 김수영이 「꽃잎」 연작시에서 서술적으로 표현한 꽃잎의 운동이 지닌 혁명적인 경지를 표상으로 전환시켜 형상화시킨 것이다.

다른 서술적인 시와 다르게 시가 짧은 행으로 이루어져 있는 까닭은 역시 「눈」과 마찬가지로 침묵의 울림이 들어있는 여백을 만들기 위해서다. 그리고 그 여백 속에서 지각되는 「풀」이라는 존재의 전체성이야말로 침묵 속에서 이루어지는 자연의 역동적인 카오스와 같은 운동의 가장 적절한 표현체인 것이다.

마지막 행인 "날이 흐리고 풀뿌리가 눕는다"는 표현은 근원으로 돌아가고자 하는 생명의 운동 법칙을 표현한 것이다. "풀뿌리"가 풀의 근원이라면 그러하다. 그리고 그 근원은 함석헌의 말을 빌려 "마땅히 그래야 할, 미래에 다가올 것"이라는 지향점이 된다면 풀뿌리로 눕는 풀의 형상은 가장 혁명적인 운동을 수행하고 있는 것이다. 그 결과 이 풀의 움직이는 형상에는 「사랑의 변주곡」에서 말한 미래적 전망이 오버랩되면서 역사성이 이전된다. 그리고 그것은 사랑의 경지이기도 하다. 김수영은 이 풀의 운동을 통해서 사랑이 이루어지는 경지. 시를 쓰는 동안에만 이루어질 수 있는 이 경지를 이 시를 통해서 보여주고 싶었던 것이다.

김수영이 혁명을 통해서 얻은 것은 시란 무엇이며, 시가 현실의 논리와 행복하게 만날 수 있는가에 대한 회의와 고통이었다. 그는 그 회의를 바탕으로 시에 대한 고민의 폭을 넓혀간다. 그것은 내용의 혁신이 아니라 시적인 것이 무엇인가라는, 단순히 형식적인 측면을 넘어서는 본질적인 고민이었다. 그 결과 시는 내용의 주장이 아니라 '존재' 자체를 육체적으로 지각할 수 있게 도와주는 것, 본모습 그대로 존재의 전체성을 드러내 주는 것이라는 점을 깨닫는다. 그리고 이 과정은 시적인 순간이라는 침묵을 통해 이루어진다. 그리고 그 침묵의 순간은 가장 시적인 순간이며 그것을 통해 현실을 논리를 끊임없이 배반하며 초월하는 시의 영원성을 획득한다. 그는 「반시론」에서 가장 본질적이고 순수한 시적 체험이 진정한 참여라는 것을 보여주었다. 이러한 열망이 거의 주술적으로 드러난 것이 바로 시 「풀」이다. 그로 인해 그의 시에서 순수시와 참여시의 경직된 이분법적 도식은 사라진다. 그래서 김수영은 단순히 순수시인으로, 그리고 참여시인으로 재단되어 문학사 속에 남지 않아야 한다.

그리고 이러한 인식의 결과는 우리에게 김수영에 대한 몇가지 선입견에서 벗어나게 만든다. 먼저 김수영이 몸과 자연에 대해 혁명 전부터 숙고하고 있었다는 점은 그의 문학적 행로에 연속성을 부여한다. 그의 후기 시세계가 전기 시세계 내에서 제기되었던 몸와 자연에 대한 사유를 진전시키는 과정이었다는 점은 그에게 혁명이 이전 시기와의 단절을 이끄는 계기이기보다는 이전의 문제 의식에 확신을 주는 과정이었다는 것을 증명한다. 이미 전후에 그는 현대성에 대한 모색 과정에서 서구적 현대성이 가지는 허구성을 깨닫고 있었고, 그 극복의 대안을 모색하고 있었던 것이라면 혁명은 이러한 그의 행로를 보다 가속화시키는 계기였던 것이다.

그리고 둘째로 이 점은 그의 혁명 체험이 가져다 준 것이 무엇인가에 대해 좀 더 직접적인 답을 주는 것이다. 현실 속의 혁명이라는 것은 그 순간이 지나면 곧 낡은 것으로 연소된다고 할 때 김수영에게 끊임없이 새로운 경지를 열어젖히는 시는 계속적으로 전진하는 혁명의 메타포가 되는 것이다. 거기다 김수영이 사유한 자연의 카오스적 역동성은 이미 종말을 배태하고 있는 현실적 시간 의식을 전복시키는 진경의 세계를 그에게 보여주게 된다. 이러한 진경을 표현하는 것이 바로 그의 시 「꽃」과 「풀」이다. 그리고 자연 속의 미물 하나하나에 내재되어 있는 '카오스적 역동성'이 보다 전면적인 존재의 전이를 가져오는 것이라면 시 속에서 몸으로 체험되는 자연과 합일된 경지는 시적 화자와 독자 모두의 존재적 전이를 불러일으키는 힘을 갖는 것이다. 이것이 그가 「반시론」에서 "아무것도 바라지 않는 입김"이라고 말한, 시가 갖는 "혁명의 절대적 완전의 수행"이라는, 보다 전복적인 힘이며, 그 힘은 현실적 역사마저 뛰어넘는 초월적 경지가 된다. 결국 혁명이 그에게 준 것은 혁명을 미학적으로 전환시키라는 사명이었던 것이다.

그런데 뉴욕 지성인파에 대한 번역을 제외하고 나머지의 번역물들은 모두 문학에 대한 본질적인 성찰에 관한 논문들이었다. 그의 일기문에 있는 "시는 상대적 완전을 수행하는 혁명을 절대적 완전에까지 승화시키는 혹은 승화시켜보이는 역할을 하는 것이 아닌가"라는 고민에서도 나와 있듯이, 전쟁과 혁명의 실패로 인한 현대 세계에 대한 염증은 시인의 입장에서 그로 하여금 예술이란 무엇인가에 대한 근원적인 인식에 대한 재고를 하게 한다. 현대적인 예술이 끊임없이 새로움을 추구하는 것이며, 그것이 예술의 영원성을 보장하는 것이라면 그는 혁명을 미학적으로 전화시키는 것이 가장 혁명적인 일임을 깨닫게 된 것이다.

제3장
　
김수영 문학에서 번역의 의미

1. '새로운' 감각과 사유의 원천

— '흥미와 영감을 주는 대상'과 '연애'하기

산문 「마리서사」에는 번역에 관한 한 에피소드가 소개되어 있다.

> 내 책상 위에는 그(김이석 — 인용자)가 『한국일보』에 연재하기로 되어 있
> 는 「대원군」의 자료를 구하다가 얻은 『40년 전의 조선』이라는 영국 여자가
> 쓴 기행문 한 권이 있다. 생전에 이석이 나를 보고 번역을 해서 팔아먹으라
> 고 빌려준 것이다. 이것을 「70년 전의 한국」이라고 고쳐가지고 『신세계』지
> 에 팔아먹으려고 했는데 잡지사가 망해서 단 1회밖에 못 실렸다. (1966)

이 산문에서 언급된 대로, 잡지 『신세계』의 1964년 3월호에는 김수영
이 번역한 이자벨라 버드 비숍 여사의 글 「은자隱者의 왕국王國 한반도한

반도―벽안^{壁眼}의 외국여인^{外國女人}이 본 70년^年 전^前의 한국^{韓國}」이 실려 있다. 김수영은 이 텍스트를 읽고 번역하면서 『거대한 뿌리』를 창작한 것으로 추측된다.[1]

그런데 아쉽게도 이 번역의 연재는 '잡지사가 망해서 단 1회'로 끝이 난다.[2] 덕분에 「거대한 뿌리」에서 등장하는 '요강, 망건, 장죽, 종묘상^{種苗商}, 장전, 구리 개, 약방, 신전, 피혁점, 곰보, 애꾸, 애 못 낳는 여자, 무식 無識쟁이, 이 무수^{無數}한 반동^{反動}'은 실제로 번역되지 못한다. 그러나 이 번역을 위한 독서의 성과로 「거대할 뿌리」라는 절창이 나왔으니 김수영 본인이 손해 본 것은 없는 셈이다.

그리고 1회밖에 번역되지 못했다고 해도 이 번역 텍스트는 김수영이 「거대한 뿌리」를 창작하던 당시의 정황을 알려줘 작품 분석의 실감을 높인다. 번역 텍스트는 「거대한 뿌리」의 작가 서문격인 셈이다. 우선 김 수영이 쓴 「역자서문」을 살펴볼 필요가 있다.

원시적인 산야를 답사하면서 본 바, 느낀 바를 빠짐없이 섬세하고 예리 하게 기록하고 정치, 산업, 교통, 풍습, 교육 등 풍물 사회백방에 관한 기탄 없는 비판과 매력있는 직언을 가한 이 기행문은 지난 날의 우리 자신의 모 습을 알기 위한 귀중한 문헌일 뿐만 아니라 오늘날의 우리 사회를 직시하 고 내일의 우리 나라를 구상하는 유익한 참고가 되리라고 생각된다.(…중

---

1 「거대한 뿌리」의 창작일은 1964.2.3, 게재일은 『사상계』 5월호이다. 이를 볼 때 번역 작업 과 「거대한 뿌리」 창작 시기는 번역이 먼저이거나 원본 탐독 직후 거의 동시에 이루어진 것 이다.
2 번역 텍스트를 보면 말미에 비숍 여사가 일본을 경유해서 도착한 인천항의 복잡한 상황에 대 해 서술한 후 '자세한 조선의 이야기를 하겠다'라는 포부를 밝힌다. 당시 김수영은 이 연재가 단 1회에서 끝날 것이라는 점을 예상하지 못한 듯 하다. 김수영, 「隱者의 王國 韓半島―壁眼 의 外國女人이 본 70年前의 韓國」, 『신세계』, 1964.3, 113쪽 참조.

략…) 원래가 한국 역사는 아는 바 희소하고, 알고 싶은 흥미도 거의 느껴
본 일이 없는 역자이지만 이 기행문에서는 이상한 흥미와 영감을 느꼈고,
이것을 번역해도 과히 욕은 먹지 않을 것이라고 자신을 얻고 감히 초역이
나마 시도해본 것이다.[3]

참으로 상투적인 역자 서문이기도 하지만, 김수영에게 비숍의 원텍
스트는 '역사'의 기록이 아니라, '흥미와 영감을 주는 대상', 그러면서 당
대 현실을 다르게 바라보게 하는 하나의 창이었다는 점을 알려준다.

이 번역문은 원텍스트의 「머리말」 부분이 번역된 것이다. 이 번역텍
스트의 특성은 소제목이 붙어 있는 것이다. 아마 김수영이 번역을 하면
서 독자를 위해 편의상 소제목을 만들어 붙인 모양이다.[4] 번역텍스트는
한국사람에 대한 첫인상이 다소간 오리엔탈리즘적 관점에서 서술되어
있다.[5]

그럼에도 불구하고 이 글의 번역을 기반으로 한 시 「거대한 뿌리」는
현재까지 진행된 김수영에 대한 탈식민주의 논의의 핵이었다.[6] 분명

---

3 위의 글, 108쪽 참조. 이 번역문은 원문에서 필요한 부분만을 뽑아서 번역하는 '抄譯' 텍스트
   이다. 즉 김수영은 이 텍스트 중 자신이 중요하다고 선택한 부분만을 선택하여 번역한 것이
   다. 여기에 이 번역 텍스트 분석의 묘미가 있다. 과연 김수영은 이 텍스트 번역을 통해서 또
   무엇을 말하고 싶었던 것인가, 이 역시 원텍스트와 초역된 텍스트 사이의 비교를 통해서
   검증될 수 있다.
4 그 소제목들을 소개하면, '한국이 어디 있는지도 모르고', '조선사람의 용모', '어학에는 놀랄
   만한 재간이 있고', '도로는 말씀이 아니다', '종교라는 것은 없다'란 '인천 상륙', '일본 사람은
   소상인뿐이지만'이다.
5 이 텍스트의 오리엔탈리즘적 관점에 대해서는 여러 연구사에서 밝혀진 바이다. 대표적으로
   한기형, 「서평 : 한 이방인의 한국 체험, 그리고 백년 ─ 이사벨라 버드 비숍 지음 『한국과 그
   이웃나라들』, 살림 1994」, 『창작과비평』 86, 1994. 겨울호, 1994. 12 등 참조.
6 대표적으로 노용무, 「김수영의 「거대한 뿌리」 연구」, 『한국언어문학』 53, 한국언어문학회,
   2004. 12가 있다. 특히 이 논문은 김수영의 시 「거대한 뿌리」와 비숍의 텍스트를 비교 분석한
   글로 주목을 요한다.

「거대한 뿌리」는 당대 사회의 후진성을 견딜 수 없어 하던 한 지식인이 드디어 그 후진성을 아름다움으로 재발견하게 되는 순간을 극화한 시이다. 그렇다면 김수영은 오리엔탈리즘적 관점의 텍스트를 읽고 오히려 전복적인 사유를 시행할 수 있는 영감을 얻었던 것이다. 어떻게 그러한 경지에 도달할 수 있었는가? 이는 다시 '미처 번역되지 못했지만 독서의 대상이었던 원텍스트—번역텍스트—창작한 시 텍스트' 삼자의 대조를 통해서 규명할 수 있을 것이다.

나는 아직도 앉는 법을 모른다.
어쩌다 셋이서 술을 마신다. 둘은 한 발을 무릎 위에 얹고
도사리지 않는다. 나는 어느새 남쪽식으로
도사리고 앉았다. 그럴 때는 이 둘은 반드시
8 · 15후에 김병욱이란 시인은 두 발을 뒤로 꼬고
언제나 일본 여자처럼 앉아서 변론을 일삼았지만
그는 일본 대학에 다니면서 4년 동안을 제철 회사에서
노동을 한 강자다.

나는 이사벨 버드 비숍 여사와 연애하고 있다. 그녀는
1893년에 조선을 처음 방문한 영국 왕립 지학 협회 회원이다.
그녀는 안경전의 종소리가 울리면 장안의
남자들이 모조리 사라지고 갑자기 부녀자의 세계로
화하는 극적인 서울을 보았다. 이 아름다운 시간에는
남자로서 거리를 무단 통행할 수 있는 것은 교구꾼,
내시, 외국인의 종놈, 관리들뿐이었다. 그리고

심야에는 여자는 사라지고 남자가 다시 오입을 하러
활보하고 나선다고 이런 기이한 관습을 가진 나라를
세계 다른 곳에서는 본 일이 없다고.
천하를 호령한 민비는 한 번도 장안 외출을 하지 못했다고…….
전통은 아무리 더러운 전통이어도 좋다. 나는 광화문
네거리에서 시구문의 진창을 연상하고 인환네
처갓집 옆의 지금은 매립한 개울에서 아낙네들이
양잿물 솥에 불을 지피며 빨래하던 시절을 생각하고
이 우울한 시대를 패러다이스처럼 생각한다.
버드 비숍 여사를 안 뒤부터는 썩어 빠진 대한 민국이
괴롭지 않다. 오히려 황송하다. 역사는 아무리

더러운 역사라도 좋다.
진창은 아무리 더러운 진창이라도 좋다.
나에게 놋주발보다 더 쨍쨍 울리는 추억이
있는 한 인간은 영원하고 사랑도 그렇다.

비숍 여사와 연애를 하고 있는 동안에는 진보주의자와
사회주의자는 네에미 씹이다 통일도 중립도 개좆이다
역사도 심오도 학구도 체면도 인습도 치안국
으로 가라 동양척식주식회사, 일본영사관, 대한민국 관리,
아이스크림은 미국놈 좆대강이나 빨아라 그러나
요강, 망건, 장죽, 종묘상, 장전, 구리개 약방, 신전
피혁점, 곰보, 애꾸, 애 못 낳는 여자, 무식쟁이

이 모든 무수한 반동이 좋다.
이 땅에 발을 붙이기 위해서는
제3인도교의 물 속에 박은 철근 기둥도 내가 내 땅에
박는 거대한 뿌리에 비하면 좀벌레의 솜털
내가 내 땅에 박는 거대한 뿌리에 비하면.
괴기 영화의 맘모스를 연상시키는
까치도 까마귀도 응접을 못 하는 시꺼먼 가지를 가진
나도 감히 상상을 못하는 거대한 거대한 뿌리에 비하면…….

—「거대한 뿌리」 전문

   이 시에서 시인은 "나는 이사벨 버드 비숍 여사와 연애하고 있다"고 한다. 여기서 '연애'는 번역을 위해 이 책과 씨름하는 과정을 서술하고 있는 듯하다. 그러나 그 과정이 그렇게 괴롭지 않기에 연애하고 있다고 설명한 것이다. 역자 서문에서 말하고 있는 것처럼 그는 "이 기행문에서는 이상한 흥미와 영감"을 느꼈고, 그래서 연애를 하고 있는 듯한 기분으로 이 책과 씨름하고 있었던 것이다. 그러면 그 흥미와 영감의 대상은 무엇이었는가?

   2연의 "안경전의 종소리가 울리면 장안의 / 남자들이 모조리 사라지고 갑자기 부녀자의 세계로 / 화하는 극적인 서울"의 아름다운 풍경이 하나요, "천하를 호령한 민비는 한 번도 장안 외출을 하지 못했다"는 것, 그리고 "요강, 망건, 장죽, 종묘상, 장전, 구리개 약방, 신전 / 피혁점, 곰보, 애꾸, 애 못 낳는 여자, 무식쟁이 / 이 모든 무수한 반동"의 형상들이 또 하나이다.

   "안경전의 종소리가 울리면 장안의 / 남자들이 모조리 사라지고 갑자기 부녀자의 세계로 / 화하는 극적인 서울"은 원텍스트의 '제2장 서울의 첫인상'[7]에서 등장하는 내용이다. 원텍스트에서는 "8시경에 되면 거대한 종이 울리는데, 이는 그들의 집으로 돌아가라는 신호이며 그제야 여인들은 밖에 나가 즐기며 그들의 친구를 방문한다"고 기술되어 있다. 그리고 "천하를 호령한 민비는 한 번도 장안 외출을 하지 못했다"는 구절은 '제29장 여성의 사회적 지위(원제는 'Social Position of Women')'[8]에 서술된 내용이다. 이 장에서는 비숍이 조선의 여성을 운둔시키는 제도에 대해서 비판하면서, 민비가 넌지시 들려준 바에 의하면 당신께서는 조선이나 서울에 대해 아무것도 아는 바가 없으며 다만 왕이 거동하는 길만을 안다는 원텍스트의 내용에 기반한 것이다. 그리고 "요강, 망건, 장죽, 종묘상, 장전, 구리개 약방, 신전 / 피혁점, 곰보, 애꾸, 애 못 낳는 여자, 무식쟁이 / 이 모든 무수한 반동"의 형상들은 번역 텍스트 곳곳에서 등장하는 당대 조선 백성들의 삶의 도구나 터전에서 그려진 그 형상들이다.

알려진 대로 김수영은 늘 한국 문화의 후진성에 대해서 개탄해 마지않던 지식인 작가이다. 그러던 그가 이 시를 통해서 표명한 이들에 대한 애정은 무엇일까?

이 시의 핵심 구절은 "전통傳統은 아무리 더러운 전통傳統이라도 좋다"이다. 이 다분히 선언적인 구절은 표면적으로는 비숍 여사가 원텍스트에서 순간순간 드러낸, 그녀가 지니고 있는 조선의 풍습에 대한 경멸감에 대한 반발에서 나온 것이다. 김수영은 이러한 태도를 이 시 1연에서 은근히 빗대어 표현하고 있다. "8·15후에 김병욱이란 시인은 두 발을

---

7 원제는 'First Impression of korea'이다. Bishop, Isabella Bird, *Korea and her neighbors : a narrative of travel, with an account of the recent vicissitudes and present position of the country*, Rutland : Charles E. Tuttle Company, 1986.

8 Bishop, Isabella Lucy (Bird,), Ibid.

뒤로 꼬고 / 언제나 일본 여자처럼 앉아서 변론을 일삼았지만 / 그는 일본 대학에 다니면서 4년 동안을 제철 회사에서 / 노동을 한 강자다"란 서술이 이를 설명해 준다. 김병욱은 모두 잘 알고 있다시피 시인 김수영이 거의 숭배하여 마지않던 월북한 문인 친구이다. '일본여자처럼 앉는' 태도(형식)는 형식이며 그의 실제 본질은 '4년 동안을 제철 회사에서 노동을 한 강자'이다. 김수영은 '일본여자처럼 앉는' 외모와는 다른, 김병욱의 노동자로서의 강건한 형상을 통해 그의 본질을 보다 대조적으로 부각시키고 싶었던 것이다. 조선의 현실 역시 마찬가지이다. 겉으로 보이는 형식과 본질의 차이, 그는 바로 버드 비숍 여사가 바라본 조선의 현실과 자신이 바라본 조선의 본질이 다른 것이라고 말하고 싶었던 것이다.

그러나 만약 김수영이 이자벨라 버드 비숍 여사의 시각에 불편함만을 느꼈다면, 김수영은 왜 서문에서 "이 기행문에서는 이상한 흥미와 영감을 느꼈고, 이것을 번역해도 과히 욕은 먹지 않을 것이라고 자신을 얻"었으며, 시에서도 "나는 이사벨 버드 비숍 여사와 연애하고 있다"고 한 것일까? 다시 비숍의 원텍스트로 돌아와 보자.

원텍스트를 보면 비숍 여사는 조선의 현실을 비교적 객관적으로 서술하려고 노력한 듯하다. 종교적인 관점이나 서구의 합리주의자의 관점에서는 조선의 정치제도나 위생적이고 비합리적인 생활 방식이 매우 불편했을 것이지만, 반면 그는 조선사람들의 총명함이나 근면함에는 칭찬을 아끼지 않는다. 또한 한국여성들의 고난에 대해서는 매우 동정적인 시선을 보내고 있다.[9]

꼼꼼한 독서가 김수영은 비숍 여사의 원텍스트가 보여주는 오리엔탈

---

9 이자벨라 버드 비숍, 이인화 역, 『한국과 그 이웃나라들』, 살림, 1994 참조.

리즘적 관점이 불편하기도 했지만, 한편 그녀가 애정을 가지고 보여준 1800년대 말 조선의 풍경들에 신선한 미적 체험, 경이감을 느꼈다고 볼 수 있다. 그래서 "연애하고 있다"고 한 것이다. 마치 연애를 하면 서로의 의견에 동의도 하지만 다투기도 하듯이.

이를 볼 때 김수영이 이 비숍 여사의 텍스트에서 얻은 가장 중요한 것은 현실에 대한 '거리감'이다. 지면을 통해서 만난, 외국 여성이 바라본 조선의 모습은 시대적 거리감과 함께 조선을 마치 이국적인 풍경처럼 바라보게 만든 것이다. 북적거리는 그 안에 있으면 고통스러웠던 현실에서 조금 벗어나서 다시 그 풍경을 바라보니 대상들에 대한 전에 없던 새로운 감각, '아름다움'이 느껴진 것이다. 이자벨라 비숍 여사와의 관계가 '연애'인 이유는 그녀의 텍스트가 그에게 이 땅에 대한 새로운 감각을 가져다 준 고마움 때문이다.

결국 시 「거대한 뿌리」는 한 영국의 지리학자가 조선을 관찰하며 보여준 오리엔탈리즘적 관점에 대한 반항과 그녀의 애정에 대한 공감이라는 양가적 감정이 공존하는 시인의 기묘한 감상문이기도 했던 셈이다. 이 기묘한 양가적 태도는 김수영이 다른 번역 작업을 하는 동안에도 느꼈을 것이다.

2. '텍스트'로 말하는 번역-'아무도 하지 못한 말' 하기

김수영의 번역작품을 찬찬히 읽다보면 어쩌면 번역 텍스트 역시도 김수영에게 시와 산문과 비등한, 하나의 텍스트가 아니었는가라는 생각이 든다. 즉 텍스트로 수용되기 전 단계의 과도기로서의 텍스트가 아니라, 바로 곧 산문처럼 종착역이기도 한, 그것도 그가 말한 대로 '아무도 하지 못한 말'을 할 수 있는 텍스트였다.

> 요즘 미국의 평론가 스티븐 마커스의 「오늘의 소설」이란 논문을 번역하면서 오늘날 우리의 시단의 젊은 세대들의 작품이 유별나게 심미적 내지 기교적으로 흐르는 원인으로도 해석할 수 있는 재미있는 시사를 얻을 수 있었는데[10]

이 산문에서 김수영은 미처 "우리의 시단의 젊은 세대들의 작품이 유별나게 심미적 내지 기교적으로 흐르는 원인으로도 해석할 수 있는 재미있는 시사"가 무엇이었는지를 말하지 않는다. 대신 그는 "스티븐 마커스의 「오늘의 소설」이란 논문을 번역하면서"라는 힌트를 남긴다. 그 텍스트를 찾아보니, 김수영이 말하고자 하는 바가 무엇이었는지가 드러난다.

> 나는 소설에 있어서의 최근의 발전 — 시적형태로 향하는 움직임, 사회를

---

10 「시월평-윤곽잡혀사는 시지. 동인지」, 『전집』 2, 543쪽.

다룰 수 있는 능력의 부족, 사상의 빈곤 — 이 근년에 와서의 비평적 기능의 전반적인 약화와 깊은 관련성이 있다는 것을 시사(示唆)하고 있다. 그것들은 모두 우리들의 문화적 사업이 오늘날 영위되고 있는 보다 더 큰 환경에 의해서 더욱더 악화되고 있다. 나는 물론 냉전(冷戰) — 그것을 저어널리즘의 표어(標語)로서가 아니라 서구문화(西歐文化)의 새로운 국면으로 생각하면서 — 을 두고 말하고 있는 것이다.

(…중략…)

냉전(冷戰)은 다른 수단에 의한 계속적인 전쟁(戰爭)의 수행(遂行)이다. 형편이 가장 좋을 때에도 옹색하고 힘이 들고 자유스럽지 못한 비평(批評)적 사고(思考)는 전쟁상태하(戰爭狀態下)에서는 특히 현대전(現代戰)의 **독재정치하(獨裁政治下)**에서는 훨씬 더 그렇게 된다. 사회(社會)는 그 자신이 포위상태(包圍狀態)에 놓이게 되고, 그 자신이 사실상 처음으로 외부(外部)로부터 위협을 받고 있다는 것을 알게 되면, 필연적으로 그에 대항하는 세력과 교전을 하기 위해서 그 자신을 유기적으로 조직하게 된다. 그의 지적, 비평적 정력은 비평의 중심적 전통에 불가피한 손해를 보면서, 응당 전례에 배치되게 된다. 그런 환경 속에서, 그 사회의 흠점과 부족과 모순을 지적하는 것을 역사적 목적으로 삼고 있는 사고의 조류를 계속해서 지배할 수 있는 사회는 거의 없을 것이다.[11] (강조는 인용자)

이 번역 텍스트에 의하면, 김수영이 말하고자 한 것은 바로 '냉전'과 '독재정치하'라는 단어이다. 그리고 왜 '냉전'과 '독재정치하'가 문제인지도 역시 상세하게 설명하고 있다. 이처럼 김수영은 스티븐 마커스Steven

---

11 스티븐 마커스, 김수영 역, 「현대영미소설론」, 『한국문학』, 1966 여름, 189쪽.

Marcus의 글을 통해 우회적으로 현대 한국 사회의 '냉전'과 '독재정치'를 비판하고 싶었던 것이다.

또한 김수영의 예술적 지향점을 설명해 주는 데 빼놓을 수 없는 중요한 작가는 마야콥스키와 그의 번역 유고(『창작과 비평』, 1968. 여름)의 원저자인 네루다이다. 이는 네루다 번역사에도 남는[12] 의미 깊은 번역으로, 실제로 당대의 한 회고에 의하면 김수영의 네루다 번역은 당대에도 큰 반향을 일으켰다고 한다.[13] 1961년 2월 3일 「일기」에는 "In love, as in all thing, Mayakovsky favoured the impossible"라는 구절이 있다. 그리고 이번에 발굴된 유고 중 'Mayakovsky'라는 단어 하나가 덩그러니 포스를 내뿜고 있는 낙서 한 장이 있다.

당시 마야콥스키의 시집은 금서였다. 산문에서 그가 인용한 마야콥스키의 시 「새로1시」도 일본판이나 영역판으로 읽었을 것이다. 네루다 역시 구하기 쉬운 텍스트는 아니었다. 노벨문학상을 탄 것이 1971년이니 김수영의 살아 생전에는 그의 시 역시 구하기 힘들었을 것이다. 이 번역의 원텍스트도 『엔카운터』지에 실린 영역시이다. 번역시를 살펴보자.

> 고양이는 얼마나 말쑥하게 자고 있는가,
>
> 다리와 몸집과 함께 자고 있는가,
>
> 표독한 발톱과 함께
>
> 무자비한 피와 함께 자고 있는가,

---

12 김현균, 「한국 속의 빠블로 네루다─수용현황과 문제점」, 『스페인어문학』, 2006 참조.

13 이 번역으로 원텍스트로 소개된 『엔카운터』가 진보적인 잡지는 아님에도 불구하고 좋은 잡지로 소개되어 독자를 늘렸고, 네루다의 시는 의식 있는 많은 학생들이 즐겨 읽던 시로 변해 있었다고 한다. 박석무, 「해방 50주년 기념 기획 : 시로 본 한국 현대사─1960년대·신동엽과 김수영·미완의 혁명」, 『역사비평』 33, 역사비평사, 1995.11 참조.

온갖 동그란 자국과 함께 자고 있는가 —

불에 탄 일련의 원주(圓周)와 함께 —

모래 빛 꼬리의

이상한 지질학을 만드는 온갖 동그란 자국과 함께.

나는 고양이처럼 자고 싶구나,

모든 시간의 털 가죽과 함께,

부싯돌처럼 거칠은 입술과 함께,

매정한 불같은 성욕(性慾)과 함께.

그리고 아무한테도 말하지 않고는,

세계 위에, 지붕과 풍경들 위에,

내 몸을 풀어 놓고 싶구나,

나의 꿈 속에서 쥐를 쫓는

불타는 욕망과 함께.

나는 자고 있는 고양이가 얼마나

파문을 던지는가를 보았더라,

얼마나 밤이 시꺼면 물처럼 고양이를 통해서 흘러나오는가를

보았더라.

그리고 때때로 고양이는 발가벗은

쓸쓸한 눈더미 속으로 떨어지거나,

아니면 아마도 뛰어들려고 했더라.

어느 때는 그것은 잠 속에서 호랑이의 증조부처럼

엄청나게 크게 자라고,

어느 때는 어둠 속에서 옥상과
구름과 분화산 위로 뛰어 오르고는 했더라.

자거라, 자, 기독교파의 의식을 갖추고
돌로 만든 듯한 수염을 뻗친,
밤의 고양이여.
우리들의 온갖 꿈을 돌보아 주렴,
너의 잔인한 심장과
너의 꼬리의 크나큰 털로
우리들의 흐리멍덩한 잠자는
용맹을 다스려 주렴

—「고양이의 꿈」 전문

어째서, 손에 이 붉은 불꽃을 들고,
그들은 홍옥을 태울 준비를 하고 있나?

어째서 황옥의 심장은 노란
벌집을 드러내고 있는가?

어째서 장미꽃은 그의 꿈의 색깔을
바꾸면서 좋아하는가?

어째서 에메랄드는 침몰한
잠수함처럼 떨고 있는가?

어째서 하늘은 유월의
별 밑에서 창백해지는가?

어디에서 도마뱀의 꼬리는 신선한
색채의 공급을 받는가?

어디에 카아네이션을 재생시키는
지하의 불이 있는가?

어디에서 소금은 투명한 그의
섬광을 얻는가?

어디에서 탄소는 새까맣게
깨어 있는 잠을 잤는가?

또한 어디에서 호랑이는 슬퍼하는
그의 줄무늬, 황금빛의 줄무늬를 사오는가?

언제부터 밀림은 그 자신의
향기를 깨닫기 시작했는가?

언제부터 소나무는 그 자신의 향기로운
냄새가 중요한 것을 알게 되었는가?

언제부터 레몽은 태양과 똑같은
법칙을 배우게 되었는가?

언제부터 연기는 날을 줄 알게 되었는가?

언제 나무뿌리들은 서로 말을 하는가?

어떻게 물은 별에서 사는가?
어째서 전갈은 독을 품고,
코끼리는 자비로운가?
무엇을 거북은 그렇게 생각하는가?
어디로 그늘은 사라지는가?
무슨 노래를 비는 되풀이하는가?
어디로 새들은 죽으러 가는가?
그리고 어째서 나무잎은 푸른빛을 하고 있나?

우리들이 아는 것은 아주 적고,
그러면서 우리들은 제법 많이 아는 체하고,
아주 느리게나 알게 되기 때문에
우리들은 질문만 하다가, 죽고 만다.
차라리 우리들은 이별하는 날의,
죽는 사람들의 도시를 위해서
우리들의 자존심을 간직해 두는 편이 좋을 게다,
그러면 거기서, 바람이 그대의

해골의 구멍 속을 뚫고 지나갈 때,

그 바람이 그대에게 그대의 귀가 있던

공간을 통해서 진실을 속삭이면서

그런 수수께끼들을 풀어 줄 것이다

—「다문 입으로 파리가 들어온다」[14]

한 네루다 연구자에 의하면, 김수영은 "현실에 대한 관심을 드러내면서도 예술의 사회적 소통 기능을 부차적인 차원으로 밀어내는 모더니즘 미학을 보여주는 것"들을 추려서 번역하였다고 한다.[15]

과연 그는 혁명의 시인 네루다의 텍스트 중 비교적 정치적 발언이 직설적으로 표출된 작품들이 아닌, 네루다의 또 다른 진면목인, 신비로운 직관력으로 세계의 본질적인 아름다움을 통찰해 내는 작품들을 번역했던 것으로 보인다. 이 번역 텍스트 말미에 있는 그의 역자 소개에 의하면 이 작품들은 『에스트라바가리오Estravagario』(1958)와 『프레노스 포데레스Plenos poderes』(충만한 힘, 1962)에서 골라낸 것들이라고 한다.[16] 이렇게 그가 이 시들을 선정한 데에는 작품들의 세계가 김수영의 당대 시의식과 만나는 부분이 있기 때문이다. 그 이유는 작품을 분석하면서 비교해 볼 일이다.

「고양이의 꿈」은 직관적인, 신비로운 미적 감수성이 돋보이는 작품

---

14 「파블로 네루다 시 6편」, 『창작과 비평』 3-2, 창작과비평사, 1968 여름 참조.

15 김현균, 「한국 속의 빠블로 네루다—수용현황과 문제점」, 『스페인어문학』 40, 한국스페인어문학회, 2006 참조. 그리고 이 연구자는 "우연의 일치이겠지만, 백낙청이 편집·해설한 『문학과 행동』(태극출판사, 1974)에 미국 시인 로버트 블라이의 「네루다의 시 세계」(김영무 역)가 김수영의 「시와 행동」과 나란히 실려 있다"는 점을 지적하면서 한국에서 네루다를 소개하는 데 『창작과 비평』과 김수영이 기여한 바가 크다고 평가한다.

16 「저자소개」, 『창작과 비평』, 1968, 여름, 183쪽 참조.

이다. 잠자고 있는 고양이의 모습이 밤의 신비로운 기운과 만나 생성하는 '파문'에 대한 노트이다. 그 파문은 고양이가 밤의 고요한 기운 속에서 꿈을 꾸기 때문에 생성될 수 있는 것이다. 잠자는 동안 '표독한 발톱'과 '무자비한 피'와 함께 잠자면서, 꿈 속에서 "발가벗은 / 쓸쓸한 눈더미 속으로 떨어지거나, / 아니면 아마도 뛰어들려고"도 하고, "호랑이의 증조부처럼 / 엄청나게 크게 자라고, / 어느 때는 어둠 속에서 옥상과 / 구름과 분화산 위로 뛰어 오르고는" 한다. 꿈 속에서는 고양이도 쓸쓸한 눈더미 속으로 떨어지거나, 아니면 옥상과 구름과 분화산, 즉 창공으로 솟아오를 수 있다. 고양이가 꾸는 꿈을 상상하면서 시적 화자는 우리들의 꿈도 함께 생각해본다. "우리들의 온갖 꿈을 돌보아 주렴"이라고 고양이에게 말을 건네면서, 용맹스러운 고양이의 모습을 통해서 꿈 속에서도 "쥐를 쫓는 / 불타는 욕망"을 발견하고 그러한 용맹한 모습을 바라보며 "우리들의 흐리멍덩한 잠자는 / 용맹勇猛을 다스려 달라"면서, 다시 회복하기를 기원한다.

이 시적 공간의 신비로움은 시적 화자와 고양이가 밤이라는 신비로운 공간 속에서 '꿈'을 꾸고 있다는 설정에서 만들어진다. 밤의 어두움과 고양이의 감각적 형상, 그리고 '꿈'의 만남은 매우 주술적인 아름다움을 만들어낸다. 이 시는 저항시인이지만, 신비로운 유미주의자이기도 했던 네루다의 시가 표출하는 매력을 잘 감지할 수 있게 하는 작품이다.

또한 위 텍스트들과 함께 번역이 되어 있는 시 「말馬들」 역시 시적 화자가 한밤중 창밖을 통해 바라본, "한 사나이에게 끌려 나온 / 열 마리의 말들이 눈속을 걸어 나오고 있"는 풍경을 보고, 그 신비로운 경관 속에서 말들의 움직임 속에, "무의식중의 샘물이, 황금의 춤이, 하늘", "아름다운 사물에 갑자기 생명을 안겨주는 불"을 보는 기이한 경험을 서술하고 있다. 이처럼 이 시들은 사물을 깊이 있게 응시하고 그 안에서 풍겨 나오는 사물 그 자체의 신비로운 광휘를 찾아내고 그것을 아름답게 시화詩化하는 네루다의 감각적 직관력이 빛나는 텍스트들이다.

다음 시 「다문 입으로 파리가 들어온다」는 인생의 작은 진리에 대한 섬뜩하면서도 고독한, 내면의 성찰을 보여주는 시이다. 번역문 지면에 기재된 역자의 「저자소개」에서도 김수영은 "이 두 시집은 네루다의 '추색秋色'이 짙은 수법", "왕년의 그의 파노라마적的인 스타일에서 경구조의 스타일로의 변화를 보여 주는 원숙한 일품들이라고 찬사를 아끼지 않"는 시집에서 뽑아낸 시들이라고 소개하고 있다.

『에스트라바가리오Estravagario』는 "근사한 해학적 자조", "그의 일부는 기쁨에 차 있고 다른 일부는 죽음을, 그리고 이제 곧 끝나게 될 이 세상의 아름다움을 생각하기 시작한 것처럼 보인다"고 네루다 자신이 한 쿠바 신문과의 인터뷰에서 밝힌 것처럼 어디서나 생기를 앗아버리는 이 편협한 교조주의에 대한 싸움, '교조주의에 대한 공격'이 이 텍스트 창작의 주요 목적이었다고 한다. 시집 『충만한 힘』은 낙관주의적인 시집으로, 재생의 주제, 새날과 함께 새로워지는 생명력이랄는 주제가 관통하고 있는 텍스트이다.[17]

이 시는 "우리들이 아는 것은 아주 적고, / 그러면서 우리들은 제법 많이 아는 체하고, / 아주 느리게나 알게 되기 때문에 / 우리들은 질문만 하다가, 죽고 만다"는 진리를 담담하게 서술한다. "해골의 구멍 속을 뚫고 지나갈 / 그 바람이 그대에게 그대의 귀가 있던 / 공간을 통해서 진실을 속삭이면서 / 그런 수수께끼들을 풀어 줄 것이다"라는 구절은, 죽음에

---

17 애덤 팬스타인, 김현균·최권행 역, 『빠블로 네루다』, 생각의나무, 2005, 537쪽 참조.

이르러서야 작은 진리를 깨닫는 어리석고 나약한 존재인 인간에 대한 이야기이다. 이 시는 공교롭게도 김수영 자신의 죽음을 예견하게도 한다.

김수영은 그의 시에서 자신을 "'시시한' 발견의 편집광"[18]이라고 지칭한 적이 있다. 그는 늘 새로운 진리를 발견하는 것, 그것을 통해 늘 새로움을 추구했다. 양식적 실험의 새로움에서 벗어나, 「이 한국문학사」, 「꽃잎」 연작시 등 후기 시의 세계에서 보여준 새로운 진리를 발견하는 순간의 경이로움을 전하고 있는 시들은 그가 이 세계에 대한 본질론적인 탐색을 게을리하지 않았던 시인이라는 점을 알려준다. 그리고 결론은 늘 '사랑'과 '혁명'에 대한 성찰로 이어졌다. 그의 말기 작품들인 「꽃잎」 연작시와 「풀」을 보면 그러한 점은 짐작할 수 있을 것이다. 네루다 역시 "원초적 자연에서 우주의 신비와 삶의 근원을 엄숙하게 찾는 '자연의 시인'"[19]이다.

김수영은 번역을 통해, 사물과 자연의 경이로움에 대해 탐색하는 방법을 배운다. 그가 네루다를 시에서 번역한 것은 그가 탐색한 진리들, 바로 이러한 삶에 대한 겸허함 때문이 아닐까? 혁명의 시인 네루다의 시를 『엔카운터』지에서 만났을 때, 그리고 자신의 시적 지향과 동질성을 갖고 있다는 점을 발견했을 때, 김수영은 얼마나 기뻤을까?

김수영은 당시 이 시를 한국어로는 읽을 수 없었기 때문에, 영어로 읽을 수밖에 없었고 이들처럼 혁명시를 쓸 수도 없었지만, 대신 '번역'을 했다. 이 역시 그에게 번역이 "아무도 하지 못한 말"을 하게 만들어주는 공간이었음을 증명한다.

---

18 「이 한국문학사」, 『전집』 1 참조.
19 우석균, 「파블로 네루다의 재평가—자연의 시인으로서의 파블로 네루다」, 『외국문학』 53, 열음사, 1997년 겨울호, 208쪽 참조.

마야콥스키와 네루다 이 두 작가는 모두 시와 혁명의 관계를 깊이 있게 사유하고 이 양자를 결합시켰던 작가들이다. 김수영이 이들에게 매력을 느꼈던 것도 바로 자신이 추구해야 할 시적 지향을 이들의 시를 통해서 고민했기 때문이 아닌가 한다. 시대와 정치적 지향성은 다소 다르지만, 이는 마치 김남주가 하이네, 네루다, 마야콥스키의 시를 번역하면서(『아침저녁으로 읽기 위하여』) 정치적 의지를 꺾지 않았던 것과 유사한 풍경이다. 물론 이 두 시인이 네루다와 마야콥스키를 바라보는 관점이 달랐을 수도 있다. 하지만 이 두 번역의 풍경은 김수영의 번역 연구 혹은 그 너머 한국 현대문학사에서 번역 연구가 앞으로 고찰할 수 있는 내용과 해야 할 내용이 무엇인가를 암시해 준다.

3. 김수영, 번역, 한국 현대지성사

지금까지 김수영의 번역 텍스트 분석을 통해서 번역 작업이 그의 문학적 세계에서 차지하는 위치에 대해서 탐색해 보았다. 그에게 번역은 생계의 한 수단이기도 했으면서, 그 과정은 학습의 시간이기도 했다. '긴장tension'과 '반시'의 의미가 바로 학습과 모색의 결과이다.[20]

시 「풀」은 바타유의 '반시'의 의미를 번역하면서 도달한 시적 언어의

---

20 본래 원논문에서는 3장에 「새로운 시적 사유의 개척─「반시론」에서 '반시'의 의미」를 수록하였으나 본서의 내용과 겹쳐 여기에서는 빼기로 한다. 이에 대한 자세한 내용은 본서 제1부 제2장 4절 1항 '(3) 존재론적 시론과 '반시(反詩)'의 의미' 참조.

실현체이다. '풀'은 "눕고" "일어서는" 역동적 서술어와 그 행간의 내포적 파장의 긴장 속에 '자유의 과잉'과 '혼돈'이라는 카오스적 운동이 실현되는 시이다. 결코 어떤 주장하는 내용을 갖고 있는 시, 소위 '반시'에 반反하는 낭만주의 시나 선동시가 아닌 것이다. 이 시는 영원성을 구가하는 비의적 시어, '선禪적인 순간'과 같은 영원성을 갖는 시어를 지향하면서 발산하는 침묵의 카오스적 운동만이 살아있는 시다. 그것이 바로 시인이 그토록 표현하고 싶었던 '혁명'의 순간이 아니겠는가? 그래서 시 「풀」은 김수영이 지향한 영원한, 절대적 힘을 갖는 것이며, 정치성이 심미적으로 실현된, 아니 정치성도 뛰어넘는 극적인 형태이다. 이는 그에게 번역 작업이 새로운 시적 사유를 개척하는 데 큰 역할을 한다는 것을 알려준다. 또한 이자벨라 버드 비숍의 번역은 그에게 「거대한 뿌리」라는 역작을 낳게 한 '흥미와 영감을 주는 대상', 즉 '새로운' 감각과 사유의 원천이었다. 이를 김수영은 "이사벨 버드 비숍 여사와 연애하고 있다"고 한 것이다. 또한 검열의 장막을 뚫고 '아무도 하지 못한 말'을 할 수 있는 '탈주'의 공간이기도 했다. 스티븐 마커스의 번역과 네루다 시의 번역은 이러한 점을 증명해 준다. 또한 이중어 세대인 김수영의 번역과 창작은 바로 '번역이야말로 정치적인 행동'이라는 점을 가장 극명하게 보여주는 실례이다.

그런데 김수영 번역의 궤적을 추적하다 보니 몇 가지 중요한 문제의식이 떠오른다. 그것은 한국 현대사에서 과연 '번역'이란 키워드는 어떤 의미였는가이다. 해방 직후부터 한국 현대사에서 번역사는 지식의 수용사 그 자체이다.

해방 이후 지식인들에게 번역은 '타자'를 통해 자신을 구성해가는 탈식민 전략이자, 전술이었다. 그랬기 때문에 번역은 국가의 정책으로도 운용되어 문화적 권력 담론에 이바지하기도 하고 역으로 개별적으로 이에 대항하는 저항담론이 생성되기도 한다.[21] 김수영은 '번역'을 통해, 당대의 전위적 담론을 수용하고 이를 통해 제국의 경계를 뛰어넘는 '혁명'의 담론을 만들어내기 위해 고투한다. 그리고 이러한 고투의 산물은 반공이데올로기하, 수용의 한계 내에서 이루어진 것이라 더욱 값진 것이라고 할 수 있다.

김수영이 번역하고 그렇지 못하더라도 산문에서 언급한 여러 저자와 텍스트를 정리해 보면 실로 방대한 양이다. 사르트르, 라스키, 앙드레 지드, 크리스토퍼 코드웰, 마야콥스키 등 그가 탐독하고 번역한 저자와 텍스트 색인 목록은 그 자체로 1950~1960년대 지성사 전반을 관통하는 것이기도 하다. 한 지성인의 지독한 연구열이 만든 이 목록은 그 자체로 우리 지지성사를 규명하는 데 중요한 목록이 아닐 수 없는 것이다.

그러나 아직도 그의 인식 세계에 끼친 번역 연구에도 많은 과제가 남아 있다. 일례로 우선 이러한 상황에서도 아직도 이 연구를 위한 1차 텍스트, 김수영의 번역 텍스트가 완벽하게 구비되지 못한 것이다. 연구를 진행할 때마다 아직도 존재를 드러내지 못한 번역 텍스트가 속속 출몰하곤 했다. 이 역시 김수영 연구 전반에서 실증적인 자료 확정이 완전하게 이루어지지 않은 문제와도 관련이 깊은 것이다. 김수영의 번역 연구도 이제 본격적으로 시작된 단계이고, 한국 현대번역사를 제대로 구성하는 문제는 이제부터 시작해야 할 단계이다.

---

21 이에 대한 자세한 사항은 박지영, 『번역의 시대, 번역의 문화정치(1945~1969) ― 냉전 지(知)의 형성과 저항담론의 재구축』, 소명출판, 2019 중 제1장 「해방기 지식 장의 재편과 번역의 정치학」 참조.

제4장

김수영의 번역가로서의 의식과 정치성

이중어 세대의 반란, '번역'으로 시쓰기

김수영은 1950∼1960년대 대표적인 시인이지만, 번역가이기도 하다. 현재까지 연구자가 수집한 번역목록에 의하면 김수영이 번역한 텍스트는 논문과 단행본 합쳐 총 60여 종에 달한다. 1953년에 번역 작업을 시작하여[1] 1968년까지 번역 작업을 했고, 특히 1960년대에는 연 평균 5∼10여 종 이상의 번역을 수행한 바 있다. 늘 끊임없이 번역 일거리가 생겼던 것을 보면 그는 당대 인정받는 프로 번역가였던 것이다.

이처럼 적지 않은 양을 소화한 번역가답게 그는 산문 속에서 번역에 대한 자의식을 곳곳에서 내비친 바 있다. 「번역자의 고독」에서는, 자신의 '창피한 오역'을 고치지 못해 전전긍긍하였고 「모기와 개미」에서는 "도대체가 우리나라에는 번역문학이 없다"고 개탄한 바 있다.

---

1 저자가 현재까지 조사한 바에 의하면 김수영이 제일 처음 번역한 텍스트는 『자유세계』, 1953년 6월호에 실린 버트람 D. 윌푸의 「소련역사재편찬의 이면」이고 마지막에 번역한 텍스트는 『창작과 비평』 1968년 5월호에 실린 파블로 네루다의 「고양이의 꿈 외 5편」이다.

그러다가 김수영은 자신의 시 「이 한국문학사」에서 번역가로서의 자부심을 이렇게 표현하게 된다.

지극히 시시한 발견이 나를 즐겁게 하는 야밤이 있다
오늘밤 우리의 현대문학사의 변명을 얻었다
이것은 위대한 힌트가 아니니만큼 좋다
또 내가 '시시한' 발견의 편집광이라는 것도 안다
중요한 것은 야밤이다

우리는 여지껏 희생하지 않는 오늘의 문학자들에 관해서
너무나 많이 고민해왔다
김동인, 박승희같은 이들처럼 사재를 털어놓고
문화에 헌신하지 않았다
김유정처럼 그밖의 위대한 선배들처럼 거지짓을 하면서
소설에 골몰한 사람도 없다……

그러나 덤삥출판사의 20원짜리나 20원 이하의 고료를 받고 일하는
14원이나 13원이나 12원짜리 번역일을 하는
불쌍한 나나 내 부근의 친구들을 생각할 때
이 죽은 순교자들을 어떻게 생각해야 하나
우리의 주위에 너무나 많은 순교자들의 이 발견을
지금 나는 하고 있다

나는 광휘에 찬 신현대문학사의 시를 깨알같은 글씨로 쓰고 있다

될수만 있다면 독자들에게 이 깨알만한 글씨보다 더

작게 써야 할 이 고초의 시기의

보다 더 작은 나의 즐거움을 피력하고 싶다

덤삥출판사의 일을 하는 이 무의식 대중을 웃지 마라

지극히 시시한 이 발견을 웃지 마라

비로소 충만한 이 한국문학사를 웃지 마라

저들의 고요한 숨길을 웃지 마라

저들의 무서운 방탕을 웃지 마라

이 무서운 낭비의 아들들을 웃지 마라

— 「이 韓國文學史」 전문

　이 시는 시인이지만 번역가로서의 의식이 강했던 그가 내부로부터 근원적으로 자기 존재성을 인정하게 되는 순간을 표현한 것이다. 늘 후진적 풍토에서 번역가로서의 고충을 토로하던 그였기에 이 시를 쓰기까지 내면에서 얼마나 많은 고투가 있었을 것인가?

　이 시에서 그는 번역가를 "덤삥출판사의 20원짜리나 20원 이하의 고료를 받고 일하는 / 14원이나 13원이나 12원짜리 번역일을 하는", "이 무의식의 대중"이라 표현하여 번역가를 하청 기술자로나 취급하는 당대의 후진적인 번역 풍토를 풍자한다. 이는 "여지껏 희생하지 않는 오늘의 문학자들에 관"한 고민에서 벗어나, "사재를 털어 문화에 헌신한다던가", "거지짓을 하면서 소설에 골몰"해야 한국문학사에 희생한다고 생각하는 고루한 인식에서 벗어났기 때문에 가능한 것이다. 그리하여 그는 번역가를 한국문학사를 충만하게 하는 '죽은 순교자'로 표현한다.

보편적으로 알려진 대로, 그가 민족주의를 혐오했다는 사실을 고려할 때, 이 '죽은 순교자'라는 의미는 단순히 한국문학을 위해 복무한다는 기능적인 민족주의적 관점으로 분석해선 안 될 것이다. 오히려 이 시는 한국문학사에서, 단지 지식을 전달하는 기능적인 차원에서만 그 실천의 정당성을 찾았던 무지함, 그래서 번역가들에 가해지는 억압적 의식을 풍자하는 것이다. 그래서, '순교자'가 아니라 '죽은 순교자'라고 표현한 것이다. 그래서 이제 그는 이에 저항하며, 번역가들의 "고요한 숨길", "무서운 방탕을 비웃지말라"고 당당하게 말할 수 있는 것이다.

사실 번역을 통하지 않고 문화 교류가 이루어질 수는 없다. 모든 문명이 번역을 통해 생동하듯 번역 활동은 단순히 외국 문물의 수입이라는 수동적인 행위라고만은 볼 수 없는 것이다. 그러나 번역 활동은 단순히 투명한 전달의 행위를 뛰어넘는다. 번역은 개방되고 확대된 문화의 장을 지향하며 단순한 모방인 닫힌 순환성을 초월한다. 번역은 여기와 저기, 지금과 그때, 우리와 그들 사이의 변증법을 형성하는 '초월적인 움직임'이다. 그리고 문화적 차이가 처리되며, 틈새의 '새로움이라는 공간'이 발생하는 이러한 개방적인 공간은 문화적 경계가 끊임없이 타협되는 공간이다.[2] 번역을 통해서 더욱 풍부해지는 잉여의 공간을 그는 스스로 체험하고 있었고, 그래서 번역가들의 활동을 무서운 방탕, 무서운 낭비라고 역설적으로 표현한 것이다. 그리고 이를 내셔널리스트의 주장을 비틀어 풍자적으로 표현한 것이다.

그는 시 「세계일주」에서 "지금 나는 이십일二十一개국의 정수리에 / 사랑의 깃발을 꽂는다 / 그대의 눈에도 보이도록 꽂는다 / 그대가 봉변을

---

2   로만 알루아레즈 · M. 카르멘 아프리카 비달, 윤일환 역, 『번역, 권력, 전복』, 동인, 2008, 154쪽 참조.

당한 식인종食人種의 나라에도 / 그대가 납치를 당할 뻔한 공산국가共産國家에도 / 보이도록"이라고 한 바 있다. 김수영은 인종과 이념으로 분할된 제국주의, 민족주의적 관념을 싫어했다. 대신 사랑과 관용을 내세운다. 이러한 김수영의 세계주의자로서의 면모는 번역을 통해 잘 드러난다. 그는 번역이 어떠한 방식으로 문화적 전이를 이룩하는가를 깨닫고 있었고, 이를 통해 오히려 진정한 한국문학사가 완성되어 간다는 신념을 나름의 방식으로 확인한 것이다.

그는 번역을 통해 생계를 해결했다. 그는 한 산문에서 "일을 하자. 번역이라도 부지런히 해서 '과학서적'과 기타 '진지한 서적'을 사서 읽자"[3]고 자기를 독려했다. 그리고 시를 썼다. 그러나 그에게 번역은 생계 그 이상의 매개체였다. "번역이 단지 하나의 텍스트가 다른 텍스트로 변환되어 두 개의 언어나 두 개의 집단이라는 이항관계 속에서 완료되는 것이 아니라, 제3항, 제4항으로 무한히 증식해가는 연쇄',[4] 단지 한 언어를 그대로 다른 언어로 '옮기는' 행위가 아니라 또 다른 창조[5]라고 한다면 그에게 '독서 → 번역 → 창작'이라는 연쇄고리는 '번역'이라는 기호가 본질적으로 지향해야 할 바를 완성시키는 과정이기도 했다.[6]

근대 이래, 한국이라는 후진적인 문화 풍토에서 전문가이기보다는 기술자 취급을 받았던 번역인들, 비평가로 인정받고 싶어 했던 해외문학파, 그리고 최고의 번역가로 인정받으면서도 늘 '창작에 대한 향수'를

---

3   김수영, 「일기초2, 1960년 9월13일자」, 『전집』 2, 민음사, 2003, 501~502쪽 참조.
4   사카이 나오키, 후지이 다케시 역, 『번역과 주체-일본과 문화적 국민주의』, 이산, 2005, 9쪽 참조.
5   윤지관, 「번역의 정치학: 외국문학의 번역과 근대성」, 『안과 밖』 10, 영미문학연구회, 2001 상반기 26~34쪽 참조.
6   이에 대한 자세한 사항은 박지영, 「김수영 문학과 번역」, 『민족문학사연구』 39, 민족문학사학회, 2009 참조.

가지고 있었다고 고백했던 1950년대 대표 번역가이자 영문학자인 여석기 등이 창작을 통해 번역의 궁극을 완성시키는 김수영의 번역 양태를 본다면 아마 복합적인 의미에서 무릎을 쳤을 것이다. 시 「한국문학사」를 보면서도 깊은 공감을 표시했을 것이다. 이렇게 번역을 통해서 서구의 선진 지식을 습득하는 데 그치지 않고, 그것을 자신의 창작에 녹여내는 데까지 이른다는 것, 여기에 김수영이라는 '번역가'의 특수성이 있는 것이다.

또한 김수영은 1950~1960년대 한국 번역계의 산증인이다. 그는 우선 1950~1960년대 주요 번역가 그룹[7]이었던 문인번역가이다. 연희전문 영문과를 잠깐 다닌 적이 있으나 매우 짧은 기간이라 전공이라 보기 어렵지만, 한국전쟁 당시 포로수용소에서 통역관을 지냈던 경력을 보았을 때, 그의 영어 실력은 능히 짐작할 수 있는 것이다.

최하림의 평전에 의하면, 그는 선린상고 재학 시절 오스카 와일드의 작품들을 원서로 줄줄 읽고 다녔다고 한다.[8] 게다가 일본어를 모국어처럼 구사했던 이중어 세대였던 점은, 해방 이후 언어적 혼란기에 번역가로서 활동하는 데 많은 기여를 했을 것이다. 그는 당대 번역 장場의 중심부에서 활동을 하면서 후진국 지식인으로서의 모순성을 몸소 체험했던 것이다.

그가 번역 작업을 했던, 1950~1960년대는 흔히 번역문학의 르네상

---

7   1960~1960년대 번역가 그룹은 크게 문인번역가와 교수번역가군으로 나뉜다. 원어역보다는 중역이 성했던 상황에서 일본어에 능통한, 식민지 교육의 수혜자인 문인들이 번역가로서의 역할을 담당하였다. 이후 대학제도가 자리를 잡아가면서 대학 강단에 선 외국문학전공자, 교수들이 부업으로 번역가로 활동을 하게 된다.(이에 대한 자세한 사항은 박지영, 「'번역'의 시대, 번역의 문화 정치—1950년대 번역 정책과 번역문학장」, 『대동문화연구』 71, 성균관대 대동문화연구원, 2010.9 참조)
8   최하림, 『김수영 평전』, 실천문학사, 2001 참조.

스기[9]로 통한다. 해방 직후부터 지속적으로 시행된 미군정의 번역 정책이 1950년대 본격적으로 전개되고, 이후 문교부 등 국가 기관으로 그 주관지가 이행되면서 번역 정책은 많은 성과물을 내놓는다.[10] 이 모두 해방과 전쟁 이후 미국과 남한의 국가 건설 프로젝트의 일환으로 진행된 것이다. 국가의 건설을 위해 서구, 특히 미국 중심의 자유주의, 반공주의 중심의 지식 체계가 요구되고 이를 위해 번역은 미국과 남한 정부에 의해 제도적으로 기획되었던 것이다. 그리고 출판사의 상업적 의도와 맞물려 1958년 세계문학전집 발간 시기를 중심으로 본격적인 번역 문학 시대가 열린다.[11]

김수영은 이러한 전후 번역 환경 속에서 미공보원의 정책에 의해 번역을 한 것이다. A. 테잇의 『현대문학의 영역』과 R. W. 에머슨의 『문화·정치·예술』(이상 중앙문화사, 1961)[12]이 그 대표적인 예이다. 또한 세

---

9 김병철, 『한국 현대번역문학사 연구』 상·하, 을유문화사, 1998.

10 1960년대 문교부가 밝힌 자료에 의하면 '1953년도부터 1960년 9월 현재까지의 업적을 보건데 그간 심의위원회에서 국문 번역 도서로서 발행하기 위하여 이의 선정된 외국도서가 212종이며 그중 번역을 거쳐 완전히 발행을 끝낸 것이 112종에 달하고 있다. 이를 연도별로 그 상황을 보면 1953년 : 58종 중 38종 / 1954년 : 24중 10종 / 1955년 : 83종 중 42종 / 1957년 : 20종 중 13종 / 1958년 : 16종 중 5종 / 1959년 : 11종 중 4종이다. 이 밖에 번역을 끝내고 인쇄에 착수 할 수 있는 분이 58종이 있다. 한편 이를 종류별로 보면 인문계가 62종, 자연계가 51종으로서 이상 번역 발행된 도서는 전국 각 대학, 공공도서관 및 특수도서관, 언론기관, 문화단체 등에 무상 배부되고 있다고 한다. 「도서번역 심의위원회 규정을 제정 — 업적 및 본 위원회 규정 제정의 의의」, 『문교공보』 58, 1960.12 참조.

11 1958년에는 정음, 동아, 을유 등 제 출판사에서 세계문학전집을 간행하게 된다(「번역의 정도 바로 잡기를 — 세계문학전집출간에」, 『동아일보』, 1958.7.3 참조). 1기와 2기에 20권씩 그리고 3기에 20권씩, 이렇게 전 육십 권이라는 방대한 기획으로 간행되는 이 전집의 간행은 「월2권」을 목표로 하고 있다. 또한 '동아'에서는 세기별로 하여 20세기의 것에 먼저 손을 대었는데 세기별로 하지 않고 있으며, '동아'의 번역진은 30대의 비교적 젊은 층이 많다는데 비하여 '정음'은 '씨니어'급이 비교적 많이 동원되고 있다고 한다.(「맞서게 만든 번역문학 — 작금의 출판가점묘」, 『동아일보』, 1958.11.26 참조)

12 이 번역 작업은 중앙문화사의 원응서의 소개로 이루어진 것이다. 김현경 선생님의 회고에 의하면, 공보원의 번역원조는 인세를 한 번에 지불하는 것으로 유명했고, 이러한 혜택 덕분에 김수영은 이 번역 작업을 시작하면서 다니던 직장을 나왔다고 한다. 결국 이후 그는 번역을 통해 생계를 해결했고, 그 덕에 시작(詩作) 활동에 전념할 수 있게 된 것이다.

계문학전집 중 『주홍글씨』(창문사, 1965)를 번역하거나, 신구문화사에서 펴낸 『노벨상문학전집』(1964)의 주요 번역가이기도 했다.[13]

이러한 상황에서 김수영은 대표적인 문인번역가로서 활발한 활동을 하는 한편, 외국문학전공자들 중심인 교수번역가들의 중역 비판에 예민하게 대응하기도 하였다. 김수영은 산문에서 번역 풍토 전반의 후진성을 개탄하며, 나름 훌륭한 번역 실력을 갖추었음에도 불구하고, 교수번역가들에게 질타를 받는 문인번역가에 대한 편견과도 싸워야 했다. 이는 곧 당대 서구중심주의, 원문중심주의에 대한 반항을 의미했다.

이러한 김수영의 번역 의식은 아직 당대의 서구중심적 지식 체계의 정치성에 대한 자각이 미처 보이지 않았던 당대 번역가들의 사고에 비해 진일보한 것이다. 물론 검열 탓일 것이지만, 아마도 전후 복구 건설이 절실한 시기였고, 전쟁 체험으로 반공주의라는 국가의 이념이 강화되어 가고 있는 시점에서 아직은, 번역가들이 자신들의 행위에 대한 비판적 거리를 갖기는 어려웠을 것으로 보인다. 물론 국가의 정책하에서 번역이 이루어지기는 하지만, 전후에 내셔널리즘, 특히 문화적 내셔널

---

13 신구문화사에서 펴낸 노벨상문학전집 중 김수영이 번역한 텍스트는 예이츠의 「데어드르」(詩劇), 「沙羅樹 庭園 옆에서 外」(詩), 「임금님의 知慧」(隨相)과 어윈 쇼의 「運命의 사람」(戲曲), 엘리엇의 「空虛한 人間들 外」(詩)와 「文化와 政治에 대한 覺書」(隨想)와 아스투리아스의 『大統領閣下』이다. 신구문화사에서 나온 『현대세계문학전집』(1968~)에서는 뮤리엘 · 스파크의 『메멘토 · 모리』와 볼드윈의 『또 하나의 나라』를 번역하였다. 신태양사에서 발간한 『日本短篇文學全集』(1969)에서는 佐藤春夫, 「女人焚死」; 丹羽文雄, 「追憶」; 大岡昇平, 「雅歌」; 田村泰次郎, 「肉體의 惡魔」; 宰田文, 「검은 옷자락」; 伊藤桂一, 「반디의 江」을 번역했다. 희망사에서 나온 『日本代表作家 白人集』에서는 이들 외에 國木田 獨步의 「少年의 슬픔」이 추가되며 이 외에 파스테르나크 篇으로 『空路』와 『後方』을 正韓出版社에서 발행된 『世界代表短篇文學全集』 시리즈에서 번역한다. 이 외에 신태양사에서 1968년 『東洋歷代偉人傳記選集6-白樂天. 蘇東坡』를 번역한다. 이 외에 벌 아이비스의 『아리온데의사랑』, 원응서와의 공역으로 Rose, Anna Perrott의 『나의 사랑 안드리스』을 중앙문화사에서 1958년 발간한다. 신태양사에서 1959년 교양신서 시리즈에는 괴테의 『젊은베르테르의슬픔』을 번역한다. 탐구당에서 1965년 나온 메리 메카시의 『여대생그룹』도 있다. Labin, Suzanne의 『황하는 흐른다』는 중앙문화사에서 1963년 번역 발행했다. 이 외에도 더 많을 것으로 보인다.

리즘이 강화되어 가고 있는 현실에서 번역론의 위치는 전통론 등 다른 논의에 비하여 다소 위축된 것도 사실이다.[14]

여기서 김수영의 존재성이 부각된다. 1950년대의 산문에서는 아직까지 본격적으로 번역가의 모습을 투영시킨 것이 드물지만, 이후 1960년대부터는 본격적으로 번역가로서의 내면을 드러내 보이고 있다. 그리하여 1960년대 그의 산문에서는 이러한 사회적 토대 속에서 점차 강화되어 가는 문화적 식민성과 이에 대응하는 번역 작업에 고뇌하는 모습을 보이고 있다.

1960년대는 4·19혁명의 시대이기도 하지만, 한편으로는 5·16군사쿠데타 이후 국가주도의 문화기획이 본격적으로 시행되는 시기이기도 하다. 이에 대한 반발로 또한 정치 의식이 성장한 새로운 세대의 등장으로 문화 의식면에서 많은 변화가 일었던 것이 사실이다.

번역 담론 역시 마찬가지이다. 혁명 직후의 반동적 상황과 이에 대응하는 저항성이 상호 충돌하는 역동적인 상황에서 지식인 잡지 『사상계』가 저항적 잡지로 변모[15]하고, 이후에 4·19 저항세대의 대표주자인 『창작과 비평』이 발간되는 등 지식인 담론 내부에서도 주요한 변화가 일기 시작한다. 중요한 것은 이 두 매체가 모두 번역계에서 중요한 역할을 한 대표적 잡지라는 점이다.[16] 특히 프랑스에서 사르트르가 발행한

---

14 1950년대에는 번역이나 번역비평이 신춘문예나 문예지의 추천으로 등장하기도 하고 1950
   년대 후반기에는 번역 논쟁이 일어나는 등 서서히 번역비평이 문단의 전면에 등장하기 시작
   한다.(이에 대한 자세한 사항은 박지영, 「1950년대 번역가의 의식과 그 문화정치적 위치」,
   『대동문화연구』 71, 성균관대 대동문화연구원, 2010.9. 참조) 그러나, 아직 번역 비평이 전문
   적인 한 분야로는 자리잡지 못한 것으로 보인다.
15 김건우, 「1964년의 담론지형 – 반공주의, 민족주의, 민주주의, 자유주의, 성장주의」, 『대중
   서사연구』 22, 대중서사학회, 2009.12, 73쪽 참조.
16 1960년대 문학 작품의 번역이 계속되고 있는 한 머리에서 문학비평, 이론의번역은 계간지
   『창작과 비평』이 주도하였다고 한다(이에 대한 자세한 내용은 김용권, 「문학이론의 번역과
   수용(1950~1970)」, 『외국문학』 48, 열음사, 1996.8, 22~23쪽 참조). 『창작과 비평』은 프랑

잡지 『현대 Les Temps Modernes』를 롤모델로 삼아 발행된 것으로 알려져 있는 새로운 매체, 저항적 인문교양지 『창작과 비평』의 등장으로 번역은 본격적으로 당대 저항담론을 형성하는 데 매우 중요한 역할을 수행하게 된 것이다. 이러한 상황에서 번역가들의 세대 교체가 이루어지고, 번역가들의 의식 역시 대사회적 의식을 갖추어가게 된다고 볼 수 있다.[17] 이러한 과정 속에 한국번역문학사의 산증인이자, 날카로운 자의식의 소유자인 김수영이 있었던 것이다.

앞서 서술했듯이, 실제로 그는 『사상계』와 『창작과 비평』 이외에도 『자유문학』, 『현대문학』, 『문학춘추』 등에 번역텍스트를 발표하기도 했다. 그중에서도 『창작과 비평』에 번역하여 발표한 파블로 네루다 Pablo Neruda의 시 「고양이의꿈, 외 5편外五篇」은 네루다 번역사에도 남는[18] 의미 깊은 번역이다. 실제로 당대의 한 회고에 의하면 김수영의 네루다 번역은 당대에 큰 반향을 일으켰다고 한다.[19] 당대 네루다의 시가 금지된 텍스트였다면 김수영에게 이 시 번역은 매우 저항적인 행동이었음에 틀림없는 것이며, 이것이 1960년대 번역의 정치성이 실현된 양태였다고도 볼 수 있는 것이다.

스에서 사르트르가 발행한 잡지 『현대』를 롤모델로 삼아 발행된 것으로 알려져 있다(이에 대한 자세한 논의는, 이용성, 「1960년대 비판적 지식인 잡지 연구-『사상계』의 위기와 『창작과 비평』의 등장을 중심으로」, 『한국학논집』 37, 한양대 동아시아문화연구소, 2003, 206~207쪽 참조).

17 『창작과 비평』 이외에도 『문학과 지성』 등 외국문학전공, 4·19세대의 등장은 번역계의 지각 변동을 일으키고, 이는 곧 바로 지식계의 지각변동으로 이어진다. 이들의 등장에 대한 자세한 사항은 박연희, 「1960년대 외국문학 전공자 그룹과 김현 비평」, 『국제어문』 40, 국제어문학회, 2007.8. 참조)

18 김현균, 「한국 속의 빠블로 네루다-수용현황과 문제점」, 『스페인어문학』 40, 한국스페인어문학회, 2006 참조.

19 박석무, 「해방 50주년 기념 기획 : 시로 본 한국 현대사-1960년대-신동엽과 김수영-미완의 혁명」, 『역사비평』 33, 역사비평사, 1995.11 참조.

그는 번역을 통해 자신의 의식을 구성하고, 이를 통해 시를 쓰면서 제국 / 식민의 논리를 뚫고 나갈 자기 논리를 만들어갔던 번역가이다. 번역가는 매개자라기보다는 임계적인liminal 존재가 됨으로써 결코 성공을 확신할 수없는 소통의 노력 속에서 만들어지는 '우리'의 공동체주의에 의해 끊임없이 감추어지는 일상적 불안정성을 드러내는 존재라고 한다.[20] 김수영은 바로 이러한 번역의 정치성을 실현한 번역가인 것이다. 특히 그가 이중어 세대인 점은 이러한 언어 권력, 단일언어중심주의의 폭력성을 몸소 체험하게 한다. 그리고 그는 곧 이러한 한계 상황을 오히려 뚫고 나갈 방도를 고민해 낸다. 그것도 번역을 통해서이다.

물론 현재까지 김수영의 번역 연구가 진행되지 않은 것은 아니다.[21] 그러나 지금까지 김수영의 번역 연구가 번역 텍스트가 어떠한 방식으로 시 텍스트로 생산되는가에 집중되었다고 한다면, 이번 연구는 그의 번역가로서의 의식 세계를 살펴보는 데 그 목적이 있다. 이미 이중어 세대로서 김수영의 자의식에 대한 연구[22]도 진행된 바 있으며, 이 논의들은 본 논문의 문제의식에 많은 시사점을 주었다. 그러나 어떻게 그의 번역 작업과 연관되는지에 대해서는 구체적으로 논의되지 않았다. 이러한 점을 보강해 내는 것이 이 장의 목적이다.

---

20 사카이 나오키, 앞의 책 참조.

21 조현일, 「김수영의 모더니티관에 관한 연구」, 『작가 연구』 5, 새미, 1998; 허윤회, 「김수영 지우기 − 탈식민주의 논의와 관련하여」, 『상허학보』 14, 상허학회, 2005.2; 박수연, 「故 김수영 산문」, 『창작과비평』, 2001 여름호; 쉬르머 안드레아스(Schirmes Andreas), 「번역가로서의 김수영」, 『문학수첩』, 2006 겨울호; 박지영, 「번역과 김수영의 문학」, 김명인·임홍배 편, 『살아있는 김수영』, 창작과비평사, 2005; 본서 1부 3장 참조. 이 밖에 이에 대한 연구사에 관한 자세한 사항은 박지영, 「시의 비밀, 사유의 궤적 찾기 − 김수영의 번역과 독서 연구」, 『김수영 40주기 추모 학술제 − 김수영, 그후 40년 자료집』, 2006.6 참조.

22 이에 대한 대표적인 연구는 서석배, 「단일 언어 사회를 향해」, 『한국문학연구』 29, 동국대 한국문학연구소, 2005.12; 한수영, 「전후세대의 문학과 언어적 정체성 − 전후세대의 이중언어적 상황을 중심으로」, 『대동문화연구』 58, 성균관대 대동문화연구원, 2007 참조.

1. 번역 풍토의 후진성 비판과 식민성의 인식

그가 번역 일을 시작한 것은 우선 생계 때문이다. 1954년 11월에 쓰인 김수영의 일기에는 이러한 자괴감이 잘 나타난다.

신문사에 들어간 아들에게 거기서 무얼 하느냐고 묻는 어머니에게 김수영이 번역도 하고 별것 다한다고 하니, 노모가 "너야 머, 그것만 있으면 어디 가도 굶지는 않는다"고 말하는 대목이 나온다. 이 글에서 그는 "참패의 극치다. 인제는 완전히 내 자신을 버리고 들어가는 것이라고 자괴감을 갖는다"[23]고 한다. 이처럼 그에게 생계를 위한 번역일은 자신을 버리는 일이기도 했던 것이다.

김수영은 친구 유정의 소개로 『자유세계』나 군사잡지 『별』[24]에 실용문을 번역하면서 번역가로서의 길을 걷기 시작한다. 이후 원응서의 소개로 미공보원의 번역 기획에 참여하면서 본격적인 길을 가게 된다.

김수영은 그의 일기에서 "은행 뒷담이나 은행 길 모퉁이에 벌려 놓은 노점 서적상을 배회하여 다니며 돈이 될 만한 재료가 있는 잡지를 골라 다니는 것은 고달픈 일이 아닐 수 없지만, 그래도 구하려던 책이 나왔을 때는 계 탄 것보다도 더 반갑다"[25]고 전한 바 있다. 그리고 덤핑 번역도 마다하지 않았고, 번역비를 받으려 구차하게 출판사를 쫓아다니기도 했다.[26]

---

23 김수영, 「일기초 1」, 『전집』 2, 483쪽 참조.
24 김현경 선생님의 회고에 의하면, 군사잡지에 번역을 하게 된 것은 친구 유정의 소개에 의한 것이라고 한다. 초기 번역 서지는 다음과 같다. 「美國軍隊內의黑人」, 『별』 1-2(1954.9), 軍事다이제스트社; 「SEATO의基本要件」, 『별』 1-3(1954.10); 「美國의壯丁召集新計劃 案4287」, 『별』 1-4(1954.11).
25 김수영, 「일기」(1954.12.30), 『전집』 2, 민음사, 2003 참조.

이러한 광경은 1950년대 문인들에게 번역이 어떠한 일이었는지를 알려주는 것이다. 1950년대 지식인들은 번역비라도 벌어보려고, 즉 생계를 위해서 외국서적과 잡지를 찾으러 다녔고 이를 들고 출판사의 편집장들을 만났다. 그의 친우인 「유정에게 보낸 편지」에서는 밀린 번역료를 주지 않는 출판사에 대한 불만이 그대로 표출되어 있다.[27] 지금도 그렇지만, 당대에는 그만큼 번역 시스템이 제대로 자리 잡히지 않아 번역가들은 생계가 힘들었던 것이다. 그래도 그는 번역 작업을 생계 활동으로만 치부하지 않았으며, 번역의 전문성에 대한 자의식도 강한 편이었다.

한번은 'Who's Who'를 '누구의 누구'라고 번역한 웃지 못할 미스를 저지른 일이 있었고, 이 책이 모 대학의 교재로 사용되고 있다는 말을 듣고 나는 담당 선생한테 부랴부랴 변명의 편지까지도 띄운 일이 있었다.

그 책은 재판이 되었는데도 출판사에서 정정을 하지 않은 모양이다. 아무리 너절한 번역서이지만 재판이 나오게 되면 사전에 재판이 나온다고 한마디쯤 알려주었으면 아무리 게으른 나의 성품에라도 그런 정도의 창피한 오역은 고칠 수 있었을 터인데, 우리나라 출판사는 그만한 여유조차 없는 모양이다. 나는 또 나대로 한 장에 30원씩 받고 하는 청부 번역 ― 번역책의 레

---

26 이러한 장면은 김수영 「모기와 개미」와 「유정에게 보내는 편지」에서 잘 나온다.
27 편지에는 이러한 내용이 들어 있다. "어제 『자유문학』에 들렀더니 광×군이 '평신저두(平身低頭)'다. 통쾌하다. 번역을 해 달란다. 원고료를 어떻게 해 주겠다고 미리 발뺌을 한다. 그런데도 작년치 밀린 고료에는 일언반구도 없다. 개새끼. 그 수에는 안 넘어간다. 그 길로 '신구(新丘)'에 들렀다. 80원쯤 호주머니에 있었다. 아시다시피 유정 장군 부재. 백×이 와서 부리나케 전화를 걸더니, 종일군도 있는 앞에서 『동아일보』에서 (심사료겠지) 단돈 천 원을 보내서 지금 돌려보내겠다고 공갈을 때렸다고 하면서, 어지간하면 공개문으로 이놈을 혼을 내주어야겠다고. 이것은 분명히 〈××〉 사장놈한테 효과를 노리는 공갈이렷다. 이 새끼도 개새끼! 모두 개새끼!" 이 글에서는 번역료를 받으러 다니면서 느끼는 그의 깊은 자괴감이 느껴진다. 심사료로 천 원을 받고도 모욕당했다고 생각하는 백철은 덤핑 번역료는 주지 않는 상황에 저절로 욕이 나온 것이다. 「유정에게 보낸 편지 다섯 통」, 『전집』 2, 472쪽 참조.

퍼토리 선정은 물론 완전히 출판사측에 있다 — 이니 재판 교정까지 맡겠다고 필요이상의 충성을 보일 수도 없다. 그러면 나보다 출판사 측이 더 싫어하는 것만 같은 눈치이고 자칫 잘못하면 비웃음까지도 살 우려가 있다. 그러나 재판이 나와도 역자가 이것을 대하는 심정은 마치 범인인 범행한 흉기를 볼 때와 같은 기분나쁜 냉담감뿐이다.[28]

이 글에서 그는 번역을 부업으로 삼은 지가 어언간 10년이 넘는다고 하면서, 일본의 불문학자 요시에 타카마츠吉江喬松가 말한, "번역을 하는 사람은 10년 안에는 단행본 번역에 손을 대서는 안 된다"는 호령을 예로 들면서 벌써 분에 넘치는 단행본 번역을 여러 권 해먹은 상황을 머쓱하게 이야기한다. 당대의 마구잡이식 번역 풍토를 비판하면서 자기도 이러한 풍조에 동참했던 상황을 반성하는 것이다.

그리고 그는 "나의 재산은 정성뿐이었다. 남보다 일이 더디고 남보다 아는 것은 없지만 나에게는 정성만은 있다고 자부해 왔"고, "원고를 다 쓰고 난 뒤에 반드시 몇 번이고 되풀이해서 읽었다. 입에 침이 마르도록 읽고 또 읽고 했다"면서 번역가로서 지니고 있던 성실한 태도에 대해서 이야기한다. 이 글은 그럼에도 불구하고 이러한 정성어린 번역 태도가 수용되지 않는 상황, 즉 오역을 고치려고 이리저리 뛰어다니는 상황과, 이를 제대로 수용하지 않는 출판사 등 당대 번역계의 후진성을 질타한다.

또한 1950년대 번역계에서는 번역비평이 발흥하면서 이러한 번역 환경에 대한 비판도 끊이지 않았다. 번역 논쟁이 일고, 특히 그 안에서는

---

28 「번역자의 고독」, 앞의 책, 56~57쪽 참조.

번역의 전문성을 제기하는 글이 많았다. 그중에서도 특히 교수번역가들이 문인번역가들의 중역 양태를 비판하는 내용이 많았다.[29] 문인번역가였던 김수영은 외국문학전공자들의 입장에 매우 불편한 심기를 드러낸다.

도대체가 우리나라는 번역문학이 없다. 짤막한 단편소설 하나 제대로 번역된 것을 구경하기가 힘이 든다. 을유문화사에서 나온 『주홍글씨』 유명한 영문학자인 최모 씨가 번역한 것인데 이것이 깜짝 놀랄 정도로 오역투성이다.[30]

노먼 메일러의 「마지막 밤」이라는 소설에 나오는, 우주선을 극도로 발전시킨 나머지 미국의 대통령과 소련 수상이 공모를 하고, 지구를 폭파시켜가지고 그 힘을 이용해서 태양계의 밖에 있는 별나라로, 세계의 초특권인약 백 명을 태운 우주선이 떠난다는, 인류를 배신하는 미국의 정치가의 위선적인 휴머니즘을 공박한 얘기, (…중략…)

미국의 대통령을 정면으로 공박한 얘기라 '반미적 운운'에 걸릴까 보아서가 아니라 이 소설의 텍스트가 없고, 일본 잡지에 번역된 것을 가지고 있어, 그것이 뜨악해서 번역을 못하고 있다. 원본이면 된다. 일본말 번역은 좀 떳떳하지 못하다. ― 이것이야말로 사대주의라면 사대주의일 것이다. 이 사대주의의 「벽」을 뚫는 의미에서도 굳이 일본 말 텍스트로 「마지막밤」을 번역해 보고 싶다.

(…중략…) 노먼 메일러의 소설을 읽고 나서는 약간 눈앞이 아찔했다. 방

---

29 이에 대한 자세한 사항은 박지영, 「'번역'의 시대, 번역의 문화 정치―1950년대 번역 정책과 번역문학장」, 『번역의 시대, 번역의 문화정치(1945~1969)―냉전 지(知)의 형성과 저항담론의 재구축』, 소명출판, 2018 참조.
30 「모기와 개미」, 『전집』 2, 민음사, 2003, 89쪽 참조.

바닥에 붙은 여편네의 머리카락을 손톱으로 떼는 셈이다. 「벽」이다. 그후에 메일러의 『대통령의 백서』라는 저서에 대한 어떤 평론가의 평문을 우연히 하나 읽고 얼마간 초조감이 누그러지기는 했다. 그러나 여편네의 방바닥의 머리카락에 대한 분격과는 달리, 이런 초조감은 누그러지는 것이 좋지 않다. 더구나 외부로부터 누그러뜨리는 것은 좋지 않다.(1966)[31]

인용한 구절이 들어있는 글은 수필 형식이지만, 소략한 번역 비평으로 보아도 손색이 없는 것이다. 그는 이 글에서 "도대체가 우리나라에는 제대로 된 번역문학이 없다"로 단언한 후, 대표적인 외국문학전공자인 최모 씨, 즉 최재서의 「주홍글씨」 번역도 엉터리라는 점을 비판한다. 이 글 후반에는 헤밍웨이의 소설을 번역한 당대 최고의 번역가인 정병조의 번역은 나름 "월등 나은 번역"이지만 그 역시 오역이 존재한다고 밝힌다.[32] 영문학 전공자이면서, 교수였던 대표적인 번역가, 최재서 번역의 오류는 당대로서는 매우 파격적인 문제제기였을 것이다.

그런데 이 번역 비판의 내면에는, 늘 "일본 말 번역이라면 떳떳하지 못하다"는 당대의 의식에 대한 반발감, 이중어 세대로서의 자의식이 작용하고 있었던 것으로 보인다. 그래서 그는 "굳이 일본 말 텍스트로 「마지막밤」을 번역해 보고 싶다"고 전한 것이다. 그는 "원본이면 된다. 일본 말 번역은 좀 떳떳하지 못하다. ― 이것이야말로 사대주의라면 사대주의일 것"이라고 질타한다. 그가 보기에 일본말 텍스트보다 서구의 원문을 숭배하는 것이야말로 사대주의인 것이다.

물론 그가 중역의 문제점을 몰랐을 리는 없다. 같은 글에서 그는 일본

---

31 「벽」, 『전집』 2. 113쪽 참조.
32 이 텍스트는 정병조가 번역한 헤밍웨이의 「무기여 잘있거라」로 보인다.

번역을 대강 베끼는 당대 번역 풍토를 부끄러워한 바 있다. 그는 영어 원역에도 능통했던 번역가였기에, 굳이 중역을 하지 않고 원어역을 할 수 있는 입장이었다. 그럼에도 불구하고 이러한 서구 원어역 숭배를 비판한 것은 바로 당대 서구중심주의를 비판하기 위한 것이 아닌가 한다.

그는 그의 친우 유정에게 보내는 편지에서 문화교류라는 미명하에 저급한 질의 한국 시를 영어로 번역하여 내놓는 풍토에도 일침을 가한 바 있다. 그는 "우리말 시로도 제대로 되지 않은 것들을 알량한 영어 실력으로 번역해 내놓을 것을 생각하니 소름이 끼"[33]친다고 한다.

이를 볼 때에도 김수영이 경멸하는 것은 제국주의에서 벗어나서 반성 없이 또 다른 식민지로 전락해 가는 상황이다. 그는 당대의 원문(영어)중심주의가 겉으로 보기에는 일본이라는 제국에 대한 거부로 보이지만, 사실은 그것에는 서구라는 또 다른 제국에 대한 욕망이 자리잡고 있다는 점을 발견한 것이다. 그러므로 그에게 일본어 텍스트 번역은 단순히 제국의 욕망을 배워가는 과정을 넘어서 이를 균열시키고 조롱하는 역할도 할 수 있는 것이다.

그리고 이 인용문을 살펴보면, 그가 번역하고 싶은 텍스트는 그 주제의식이 훌륭한 것이다. 그것이 일본어이든, 서구어로 이루어진 것이든 상관없다. 그가 노먼 메일러의 「마지막 밤」을 번역해보고 싶다고 한 것은 그 내용이 미국과 소련의 제국주의적 탐욕을 신랄하게 풍자하는 것이기 때문이다. 그렇기 때문에 그는 굳이 일본어 텍스트라도 번역해보고 싶은 것이다.

또한 검열에 대한 저항의식도 엿보인다. 왜냐하면 검열상, 이러한 내

---

33 「유정에게 보낸 편지 다섯 통」, 『전집』 2, 470쪽 참조.

용의 원서는 남한 내에서는 구하기 힘든 텍스트일 것이기 때문이다. 그나마 일본어로라도 볼 수 있다면 번역해 보고 싶다는 것은 검열의 벽을 뚫고 싶은 그의 정치 의식 때문인 것이다. 이처럼 그에게 번역은 당대 현실을 비판하는 또 하나의 매개였던 것이다. 이와 같은, 당대 문화적 상황에 대한 김수영의 객관적 통찰은 다른 산문에서도 드러난 바이다.

우리 문학이 일본서적에서 자양분을 얻었다고 했지만, 정확하게 말하자면 일본을 통해서 서양문학을 수입해 왔고, 그러한 경우에 신문학의 역사가 얕은 일본은 보다 더 신문학의 처녀지인 우리에게 중화적인 필터의 역할을 (물론 무의식적으로) 해주었다. 그러나 해방과 동시에 낡은 필터 대신에 미국이라는 필터를 꽂은 우리 문학은, 이 새 필터가 헌 필터처럼 친절하지 않다는 것을 느꼈다. 「사케와 나미다카」는 의미를 알고 부를 수 있었지만, 「하이눈」의 주제가 김시스터나 정시스터도 그 의미를 모르고 부른다. 미국 대사관의 문화과를 통해서 나오는 헨리 제임스나 헤밍웨이의 소설은, 반공물이나 미국 대통령의 전기나 민주주의 교본의 프리미엄으로 붙어나오는 크리스마스 선물이다. 그들로부터 종이 배급을 받는 월간 잡지사들은 이따금씩, 『애틀랜틱』의 소설이나 번역해 냈고, 이러한 소설들은 'O. 헨리'상을 받은 작가의 것이 아니면, 우리나라의 소설처럼 괄호가 붙은 대화 부분의 행이 또박또박 바뀌어져 있는 것이었다. 이러한 새로운 탁류 속에서 미국의 '국무성'이 '서구문학'의 대명사같이 되었고 우리 작가들은 외국문학을 보지 않는 것을 명예처럼 생각하게 되었고, 다시 피부에 맞는 간편한 일본문학으로 고개를 돌이키게 되었다.

그러나 식민지 문학으로 등장한 미국문학이라고 하지만 그의 역사는 일본문학의 3배나 되고, 그의 밀접한 배후에 장구한 역사를 가진 구라파문학과 부단히 혈액관계를 가지고 있는 문학은 일본문학처럼 다루기 쉬운 것은 아니었고, dry cleaning은 알아도 '금주주(禁酒州)'는 모르는 문학청년들이, 일제 시대에 일본책에 친자(親炙)하듯 자양분을 딸 수 있는 것은 못 되었다. 너무 성급한 판단은 내리기 싫지만 또다시 단적으로 말하자면, 해방 후의 문학청년들, 아까 말한 35세 이하의 작가들은 뿌리 없이 자라난 사람들이다. 식민문학을 벗어나지 못한 문학이 F.O.A.의 언어를 이해하지 못할 때 거기에서 무엇이 자라날 수 있겠는가?

심금의 교류를 할 수 있는 언어, 오늘날의 우리들이 처해 있는 인간의 형상을 전달하는 의무를 이행할 수 있는 언어, 인간의 장래의 목적을 위해서 선택이 이루어질 수 있는 자유로운 언어 ― 이러한 언어가 없는 사회는 단순한 전달과 노예의 언어밖에는 갖고 있지 않다.

그리고 그러한 인간사회의 진정한 새로운 지식이 담겨 있는 언어를 발굴하는 임무를 문학하는 사람이 이행하지 못하는 나라는 멸망하는 나라다. (…중략…)

내가 여기서 말하고 싶은 것은 언어의 문화를 주관하는 것이 작가의 임무이며, 그밖의 문화는 언어의 문화에 따르는 종속적인 것이며, 우리들의 언어가 인간의 정당한 목적을 향해서 전진하는 것을 중단했을 때 우리들에게 경고를 하는 것이 작가의 임무라는 것이다. 사회인의 목적은 시간을 초월한 사랑을 통해서 적시에 심금의 교류를 하는 데 있다는 것이다. 그리고 그러한 활동에 지장이 되는 모든 사회는 야만의 사회라는 것이다.[34]

이 글은 1950~1960년대 서구문학의 유입이 '국무성'을 중심으로 이

---

34 「히프레스문학론」, 『전집』 2, 283~286쪽 참조.

루어지는 광경과 이를 둘러싼 세태를 바라보는 한 전위적 지식인의 착잡한 심정을 잘 드러낸 것이다. 이 글의 중요한 주제는 이러한 문화적 풍토가 식민지 시대부터 이어져 온 것이라는 자각이다. 그래서 그는 "식민문학을 벗어나지 못한 문학이 F.O.A.의 언어를 이해하지 못할 때 거기에서 무엇이 자라날 수 있겠는가?"라고 묻는다. 같은 글에서 그는 당대의 혼란된 언어 상황을 논하면서 "우리문학이 얼마나 복잡한 식민지의 배경 속에서 살아왔는가"[35]를 개탄한 바 있다. 그는 해방은 되었으나 여전히 식민의 연속이라고 당대 현실을 진단했던 것이다.

그러면서도 그는 또한 아직도 일본문학을 수용하는 편리성에 아직 그 망령에서 벗어나지 못하고 전위적인 이론을 받아들이지 못하는 당대의 문인들도 비판하고 있다. 그는 서구문학을 수용하려면 제대로 해야 한다고 주장하고 있는 것이다.

사실 그는 무조건적으로 제국의 문학을 거부하지는 않았다.[36] 오히려 제대로 된 수용을 주장한다. 일본어 텍스트로라도 노먼 메일러의 「마지막 밤」을 번역하고 싶어 했던 것처럼, 번역을 통해서 제국의 논리를 꿰뚫어보고 싶은 심정도 있는 것이다.

그는 작가들이 "새로운 지식이 담겨 있는 언어를 발굴하는 임무"를 수행해야 한다고 한다. 그것은 작가가 "언어의 문화를 주관"해야 하고, "우리들의 언어가 인간의 정당한 목적을 향해서 전진하는 것을 중단했을 때 우리들에게 경고를 하는 것이 작가의 임무"라고 생각하기 때문이다.

---

35 그는 「히프레스 문학론」에서 우리 문학이 저조한 이유로 혼돈된 언어 상황을 들었다. 이 글에서 김수영은 당대 문학의 연령을, 1945년에 중학교 2, 3학년의 연령인 15세였던 일본어를 쓸 줄 아는 35세를 기준으로 양분한다. 이에 대한 자세한 내용은 「히프레스 문학론」, 『전집』 2, 278~286쪽 참조.
36 이러한 점은 이미 한수영과 서석배의 글에서 밝혀진 바이다.(한수영, 앞의 글; 서석배, 앞의 글 참조)

즉 "단순한 전달과 노예의 언어"가 아니라 "인간사회의 진정한 새로운 지식이 담겨 있는 언어를 발굴하는 임무를 문학하는 사람이 이행"해야 한다고 주장한다.

근대 이래 대부분의 지식 언어는 번역어이다. 번역어를 통해서 지식 체계가 완성되어간다고 할 때, 이는 분명 '번역어' 창출의 중요성과도 관련이 깊은 문제인 것이다. 그렇다면 여기서 말한 "진정한 새로운 지식이 담겨 있는 언어"란 수용 언어의 중핵에는, 시어 이외에도 번역어가 자리 잡고 있는 것은 아닌가?

이처럼 그는 번역의 정치성 전반에 대한 치밀한 고민을 수행하고 있었다. 그러다가 그는 이 글에서 드러나는 이중어 세대, 그리고 문인번역가로서의 콤플렉스 역시 점차 극복해 나간다.

2. 이중어 세대의 자의식과 '번역으로써의 글쓰기'의 정치성
─「시작노트 6」에 대한 단상

이중어 세대로서 번역가 김수영의 모습[37]을 가장 잘 보여주는 것은 「시작노트 6」이다. 이 「시작노트 6」에는 시 「이 한국문학사」, 「H」, 「눈」이 실려 있다. 앞 장에서도 소개한 바 있는 시 「이 한국문학사」는 번역에 관한 김수영의 의식 세계를 알 수 있게 한다.

---

37 이중어 세대로서 김수영의 의식 세계에 관해서는 최근에 홍성희의 논의(「김수영의 이중 언어 상황과 과오·자유·침묵으로서의 언어 수행」, 연세대 석사논문, 2015)가 나와 있다.

지극히 시시한 발견이 나를 즐겁게 하는 야밤이 있다
오늘밤 우리의 현대문학사의 변명을 얻었다
이것은 위대한 힌트가 아니니만큼 좋다
또 내가 '시시한' 발견의 편집광이라는 것도 안다
중요한 것은 야밤이다

우리는 여지껏 희생하지 않는 오늘의 문학자들에 관해서
너무나 많이 고민해왔다
김동인, 박승희같은 이들처럼 사재를 털어놓고
문화에 헌신하지 않았다
김유정처럼 그밖의 위대한 선배들처럼 거지짓을 하면서
소설에 골몰한 사람도 없다……

그러나 덤뻥출판사의 20원짜리나 20원 이하의 고료를 받고 일하는
14원이나 13원이나 12원짜리 번역일을 하는
불쌍한 나나 내 부근의 친구들을 생각할 때
이 죽은 순교자들을 어떻게 생각해야 하나
우리의 주위에 너무나 많은 순교자들의 이 발견을
지금 나는 하고 있다

나는 광휘에 찬 신현대문학사의 시를 깨알같은 글씨로 쓰고 있다
될수만 있다면 독자들에게 이 깨알만한 글씨보다 더
작게 써야 할 이 고초의 시기의
보다 더 작은 나의 즐거움을 피력하고 싶다

덤삥출판사의 일을 하는 이 무의식 대중을 웃지 마라

지극히 시시한 이 발견을 웃지 마라

비로소 충만한 이 한국문학사를 웃지 마라

저들의 고요한 숨길을 웃지 마라

저들의 무서운 방탕을 웃지 마라

이 무서운 낭비의 아들들을 웃지 마라

—「이 韓國文學史」 전문

　앞 장에서 제시한 대로 이 시는 번역가로서의 자부심을 형상화한 것이다. 그는 이 시를 통해서 번역가로서의 당대 편견, 즉 "여지껏 희생하지 않는 오늘의 문학자들에 관"한 고민에서 벗어났다는 점을 공언한다. 그것은 곧 번역가에 대한 당대의 편견, 창작중심주의라는 위계화된 인식, 혹은 "사재를 털어 문화에 헌신한다던가", "거지짓을 하면서 소설에 골몰"해야 한국문학사에 희생한다고 생각하는 고루한 인식에서 벗어났다는 의미이기도 하다.

　그리고 그는 번역가를 한국문학사를 충만하게 하는 "죽은 순교자"로 표현한다. 보편적으로 알려진 대로, 그가 민족주의를 혐오했다는 사실을 고려할 때, 이 "죽은 순교자"라는 의미는 단순히 한국문학을 위해 복무한다는 기능적인 민족주의적 관점으로 분석해선 안 될 것이다. 오히려 이 시는 한국문학사에서, 단지 지식을 전달하는 기능적인 차원에서만 그 실천의 정당성이 확보되었던 번역가들에 가해지는 억압적 의식을 풍자하는 것이다. 그래서, '순교자'가 아니라 '죽은' 순교자라고 표현한 것이다. 그래서 이제 그는 이에 저항하며, 번역가들의 "고요한 숨길", "무서운 방탕을 비웃지 말라"고 당당하게 말할 수 있는 것이다.

사실 번역을 통하지 않고 문화 교류가 이루어질 수는 없다. 모든 문명이 번역을 통해 생동하듯 번역 활동은 단순히 외국 문물의 수입이라는 수동적인 행위라고만은 볼 수 없는 것이다. 내셔널리즘적 관점, 혹은 단일언어중심주의의 의식하에서는 번역이 기여하는 바는 전달이라는, 단순기능으로밖에 보이지 않을 것이다. 그러나 번역 활동은 단순 투명한 전달의 행위를 뛰어넘는다.

번역은 개방되고 확대된 문화의 장을 지향하며 단순한 모방인 닫힌 순환성을 초월한다. 번역은 여기와 저기, 지금과 그때, 우리와 그들 사이의 변증법을 형성하는 '초월적인 움직임'이다. 그리고 문화적 차이가 처리되며, 틈새의 '새로움'이라는 공간이 발생하는 이러한 개방적인 공간은 문화적 경계가 끊임없이 타협되는 공간이다.[38] 김수영은 바로 이러한 점을, 내셔널리스트의 주장을 비틀어 풍자적으로 표현한 것이다.

그는 시 「세계일주」에서 "지금 나는 이십일二十一개국의 정수리에 / 사랑의 깃발을 꽂는다 / 그대의 눈에도 보이도록 꽂는다 / 그대가 봉변을 당한 식인종食人種의 나라에도 / 그대가 납치를 당할 뻔한 공산국가共産國家에도 / 보이도록'이라고 한 바 있다. 김수영은 인종과 이념으로 분할된 제국주의, 민족주의적 관념을 싫어했다. 대신 사랑과 관용을 내세운다. 이러한 김수영의 세계주의자로서의 면모는 번역을 통해 가장 잘 드러난다. 그는 번역이 어떠한 방식으로 문화적 전이를 이룩하는가를 깨닫고 있었고, 이를 통해 진정한 한국문학사가 완성되어 간다는 신념을 나름의 방식으로 확인한 것이다.

이러한 번역에 대한 인식은 뒤이어 서술된 「시작노트」에 더욱 면밀하

---

38 로만 알루아레즈 · M.카르멘 아프리카 비달, 윤일환 역, 『번역, 권력, 전복』, 동인, 2008, 154쪽 참조.

고 상징적으로 드러난다.

> 그대는 기껏 내가 일본어로 쓰는 것을 비방할 것이다. 친일파라고, 저널리즘의 적이라고. 이리하여 배일(排日)은 완벽이다. (…중략…) 군소리는 집어치우자. 내가 일본어를 쓰는 것은 그러한 교훈적 명분도 있기는 하다. 그대의 비방을 초래하기 위해서이기도 하다. 그러나 인기 때문만은 아니다. 어때, 그대의 기선을 제(制)하지 않았는가. 이제 그대는 일본어는 못 쓸 것이다. 내 다음에 사용하는 셈이 되니까. 그러나 그대에게 다소의 기회를 남겨주기 위해 일부러 나는 서투른 일본어를 쓰는 정도로 그쳐두자. 하여튼 나는 해방 후 20년 만에 비로소 번역의 수고를 던 문장을 쓸 수 있었다. 독자여, 나의휴식을 용서하라.[39]

이 구절에는 그가 이 글을 굳이 일본어로 쓴 이유가 드러난다. 여기서는 그동안에 그가 이중어 세대로서 겪었던 고충이 보이는 듯하다. 해방은 곧 민족어의 탈환을 의미하지만, 이중어 세대에게 그것은 탈환이 아니라 또 다른 억압이 되기도 한다. 그들에게는 모어母語에 가까운 언어(일본어)를 순식간에 사용할 수 없게 되는 재앙이기도 했다. 물론 그 이전에도 일본어를 사용하는 데 대한 자괴감은 없지 않았을 것이지만, 식민지 시대 일본어라는 언어는 일상어를 넘어 지식의 언어를 의미했기에, 이 언어를 사용해서 자신들의 의식 세계를 표현했던 지식인들에게는 매우 큰 자괴감을 부여했을 것이다. 이중어 세대에게는 조선어도 번역을 해야 할 외국어인 것이다.

---

39 「시작노트 6」(1960.2.20), 『전집』 2, 451쪽 참조.

김수영도 마찬가지이다. 그는 일기에서 시 「아메리카 타임지」의 초고는 일본어로 썼다고 고백한 바 있다.[40] 이 글에서도 일본어로 시나 글을 쓰는 것이 더욱 편했기에 오히려, 한국어를 사용하는 데 "번역의 수고'를 느꼈다고 한 것이다. 실제로 이 「시작노트」는 일본어로 쓰인 것이다.[41] 물론 일본어로 일기를 쓰곤 했던 김수영이지만, 이렇게 「시작노트」를 일본어로 쓴다는 것은 이 글에서도 밝히고 있듯 의도적인 일이다.

이 글은 '그대'라고 칭하는 'H'에게 전하는 편지글 형식으로 되어 있다. 이 시작노트에서 「이 한국문학사」, 「눈」과 함께 시 「H」를 함께 수록한 것을 보면 이렇게 추측할 수 있다. 시에서 H는 결혼한 후 더 이상 이 사회문화적 현상에 대해서 흥분하지 않는다. 그리고 정치적인 일에 흥분하는 나를 조용히 경멸하는 존재이다. H는 점차 현실에 타협하게 되어가는 이중적 지식인의 대표적 표상, 아마 김수영이 경멸하는 얼치기 민족주의자인 듯하다. 그래서 그는 H에게 "그대는 기껏 일본어로 쓰는 것을 비방할 것이다"라고 하면서, 그가 "친일파라고 저널리즘의 적이라"고 하는 비방을 초래하기 위해서 일부러 일본어를 쓴다고 한 것이다. 그것은 이 글에서 말한 대로 "배일排日은 완벽'이라는 당대의 민족주의적 의식이 허상임을 드러내 주기 위해서인 것이다.

그래서 이러한 작업은 당대의 단일언어중심주의, 민족주의에 대한 저항이기도 하다. "번역의 표상 없이는 자신의 민족어를 표상할 수가 없다"[42]고 공언한 사카이 나오키의 말처럼 번역을 통해 민족어라는 형상

---

40 「연극하다 시로 전향—나의 처녀 작」, 『전집』 2, 109쪽 참조.
41 이 글의 번역본은 『창작과비평』 3-3(1968.8)에 실려 있다. 창작과 비평사는 독자들의 편의와 당대의 반일 감정을 고려해 번역해 실은 것으로 보인다. 일본어 원문을 함께 싣지 않은 것은 연구자의 입장에서 매우 아쉬운 일이다.
42 사카이 나오키, 후지이 다케시 역, 「일본과 문화적 국민주의」, 『번역과 주체』, 이산, 2005, 12~15쪽 참조.

이 만들어지지만, 또한 번역을 통해 이러한 자민족중심주의, 단일언어 중심주의라는 이념에 균열을 가져올 수도 있는 것이다. 번역 자체는 근대의 표징이면서도 민족과 민족 사이의 쌍형상화configuration[43]와는 다른 결과를 가져온다. 번역자는 균질언어적으로 말할 수 없으며 번역자의 행위는 항상 쌍형상화 도식을 배반하기 때문이다.[44] 이러한 번역의 위력을 김수영은 실험하고 있는 것이다. 그리고 이것은 이중어 세대였기에 가질 수 있는 김수영의 능력이다.

> 나는 일본어를 사용하고 있는 것이 아니라 망령을 사용하고 있는 것이다. 아무도 사용하지 않는 것에는 동정이 간다. ― 그것도 있다. 순수의 흉내 ― 그것도 있다. 한국어가 잠시 싫증이 났다 ― 그것도 있다. 일본어로 쓰는 편이 편리하다. 그것도 있다. 쓰면서 발견할 수 있는 새로운 현상의 즐거움, 이를테면 옛날의 일영사전을 뒤져야 한다 ― 그것도 있다. 그러한 변모의 발견을 통해서 시의 레알리테의 변모를 자성하고 확인한다.(자코메티적 발견) ― 그것도 있다. 그러나 가장 새로운 집념은 상이하게 되는 것이 아니라 동일하게 되는 것이다.[45]

이 인용문에서는 그가 굳이 이 글을 일본어로 쓴 이유가 드러난다. 그는 우선 그것은 새로움, 모더니티의 실험을 위해, "아무도 사용하지 않는 것"을 사용해 보기 위해서라고 한다. 물론 "일본어 사용'이 더 편리한 점도 이러한 실험에 용이한 조건을 제공했을 것이다. 그런데 그는 "일영

---

43 '대칭성과 등가성에 의해 조직된 비교의 경쟁적 양식'이라는 의미. 위의 책, 36쪽 참조.
44 미건 모리스, 「서문」, 위의 책, 16쪽 참조.
45 「시작노트 6」, 『전집』 2, 446~453쪽 참조.

사전"을 뒤지면서 새로운 현상을 발견할 수 있다고 했다. 사전을 뒤지면서 적절한 언어를 탐색하는 것, 그것은 전형적으로 번역 과정에서 수행되는 일이다. 이를 볼 때 이 시작노트는 번역을 통해 시적 언어를 실험하는 과정을 서술한 것이다.

눈

눈이 온 뒤에도 또 내린다.

생각하고 난 뒤에도 또 내린다.

응아 하고 운 뒤에도 또 내릴까

한꺼번에 생각하고 또 내린다.

한줄 건너 두줄 건너 또 내릴까

폐허에 폐허에 눈이 내릴까

There is no hope of expressing my
vision of reality. Besides, if I did,
it would be hideous something to
look away from

내 머리는 쟈코메티의 이 말을 다이아몬드같이 둘러싸고 있다. 여기서 hideous의 뜻은 몸서리나도록 싫다는 뜻이지만, 이것을 가령 '보이지 않는 다'라는 뜻으로 해석하여 to look away from을 빼버리고 생각해도 재미있 다. 나를 비롯하여 범백(凡百)의 사이비 시인들이 기뻐할 것이다. 나를 비롯 하여 그들은 말할 것이다. 나는 말하긴 했지만 보이지 않을 것이다. 보이지 않으니까 나는 진짜야, 라고. 이에 대해 심판해 줄 자는 아무도 없다. 정동 의 지방법원에 가서 재판을 받는 것과 비슷하다. 말도 되지 않는다. 그 증거 로는 신문사의 신춘문예 응모작품이라는 엉터리 시를 오백 편쯤 꼼꼼히 읽 은 다음에 그대의 시를 읽었을 때와, 헤세나 릴케 혹은 뢰트커의 명시를 읽 은 다음에 그대의 시를 읽었을 때와는 그대의 작품에 대한 인상·감명은 어 떻게 다를 것인가. 그대는 발광해 버릴 것이다. 그러나 이 발광을 노래하라. (…중략…)

그대는 사실주의적 문체를 터득했을 때 비로소 비사실에로 해방된다. 웃 음이 난다. 이 웃음의 느낌. 이것이 양심인 것이다. 나는 또 쟈코메티에게로 돌아와버렸다. (…중략…) 침묵의 한 걸음 앞의 시. 이것이 성실한 詩일 것 이다. (…중략…) 이 시는 '廢墟에 눈이 내린다'의 八語로 충분하다. 그것이 쓰고 있는 중에 쟈코메티적 변모를 이루어 六行으로 되었다. 만세! 만세! 나 는 언어에 밀착했다. 언어와 나 사이에는 한 치의 틈사리도 없다. '廢墟에 廢 墟에 눈이 내릴까'로 충분히 '廢墟에 눈이 내린다'의 宿望을 達했다.[46]

잘 알려진 대로, 이 글은 그가 '반시'로의 실험을 시행하는 도정에서 쓰여진 것이다.[47] 이 시작노트는 쟈코메티의 잠언에 대한 번역에서 출

---

46 「시작노트」, 『전집』 2, 301~303쪽 참조.
47 이에 대한 자세한 내용은 본서 제1부 제2장 4절 1항 '(3) 존재론적 시론과 '반시(反詩)'의 의미'

발한다. 그런데 그는 이 잠언을 '각색(재창작)'하기 시작한다.

그는 자코메티의 글 중 "hideous의 뜻은 몸서리나도록 싫다는 뜻이지만, 이것을 가령 '보이지 않는다'라는 뜻으로 해석하여 to look away from을 빼버리고 생각해도 재미있다"고 한다. 그러면 "나를 비롯하여 범백凡百의 사이비 시인들이 기뻐할 것이다"라고 한다. 여기서 인용된, 자코메티의 원텍스트의 구절은 사물의 리얼리티를 표현하는 일이 얼마나 고통스러운 일인가를 표현해 준 것이다. 얼굴을 돌리도록 끔찍하게 어려운 것, 그것이 리얼리티라는 것이다. 그런데 김수영은 이를 "보이지 않는 것'이라고 바꾸어 보는 장난을 시행한다.

그는 이렇게 바꾸어 놓으면, 시인들이 "보이지 않으니까 나는 진짜야"라고 기뻐할 것이라고 가정한다. 이러한 가정은 리얼리티가 비가시적인 것을 가시화하는 것이라고 할 때, 이 어려움을 단숨에 극복시켜 줄 수 있는 변명거리를 제공해 주기 때문에 상정한 것이라고 한다. 그러면 그는 왜 이러한 장난을 시행한 것일까? 그것은 그가 번역을 통해 인식의 변이를 추구했기 때문이다.

그는 인용문에서 새로움에 대한 새로운 인식 결과 "시의 레알리테의 변모를 자성하고 확인(자코메티의 발견)"[48] 했다고 한 바 있다. 그런데 '자코메티적 발견'의 의미는 그가 번역한 글을 통해서 알아볼 수 있다. 김수영의 번역문 칼톤 레이크의 「자코메띠의 지혜知慧─그의 마지막 방문기」(김수영 역, 『세대』, 1966.4)는 그가 조각가 자코메티의 창작 방법에 흥미를 가졌다는 점을 알려준다. 이 번역문에서도, 자코메티는 리얼리티는 단순히 논리로써는 설명될 수 없는 것이라고 한다. 아마도 여기서 인용

참조.
48 「시작노트 6」, 『전집』 2, 452쪽 참조.

된 "몸서리 나도록" 어렵다는 것과 같은 뜻일 것이다.

　김수영이 번역한 칼톤 레이크의 글에 의하면 "몸서리 나도록" 어려운, 이 불가능의 경지에 도전하기 위해 자코메티가 끊임없이 대상에 대한 스케치를 고치는 고통을 감행했으며 그 결과는 늘 만족스러운 것이 아니었다고 한다.[49]

　그런데 김수영은 자코메티가 끊임없이 스케치를 고치는 과정을 언어에 시행한다. "이 시는 '폐허廢墟에 눈이 내린다'의 팔어八語로 충분하다. 그것이 쓰고 있는 중에 쟈코메티적 변모를 이루어 육행六行으로 되었다"고 서술한 창작 과정은 바로 이러한 것이다. 그리고 그는 "만세! 만세! 나는 언어에 밀착했다. 언어와 나 사이에는 한 치의 틈사리도 없다. '폐허廢墟에 폐허廢墟에 눈이 내릴까'로 충분히 '폐허廢墟에 눈이 내린다'의 숙망宿望을 달達했다"고 환호성을 지른다. 나름대로 성공했다고 자부한 것이다.

　이 시 창작의 목적은 눈이 움직이는 동작을 형상화하는 것, 즉 동적 형상화이다. 움직이는 대상을 그대로 형상화하는 것은 어려운 일hideous something이다. 그러나 그러한 상황을 표현하려는 것이 김수영의 의욕이었다고 할 수 있다.

　이 글에 따르면 김수영이 "언어에 밀착했다"고 한 것은 그의 시 '눈'이 현실 그대로의 눈의 형상, 그 리얼리티reality를 완성해 냈다는 의미는 아닌 것이다. 그는 "사실주의적 문체를 터득했을 때 비로소 비사실에로 해방된다"고 한다. 이는 즉 사실주의를 구하려고 한다면 오히려 비사실로 가야 한다는 말이다.

　실제로 그의 시를 보면, 그는 눈에 관한 무언가 개념적인 표현을 사용

49　자코메티의 이러한 창작방법은 그가 번역한 칼톤 레이크의 글에서 보여주고 있다. 칼톤 레이크, 김수영 역, 「자코메띠의 知慧－그의 마지막 방문기」, 『세대』, 66.4. 참조.

하지 않는다. 오히려 의미의 형성을 거부하도록 문맥을 조정한다. 이 시의 행이 "내린다"와 "내릴까"라는 서술어의 반복을 통해서 만들어지는 것은 "내린다"라는 규정된 의미를 파괴하면서 끊임없이 고정된 시적 사유를 부정하려는 시인의 의지에 의한 것이다. 반복되며 형성되는 "내린다"와 "내릴까"라는 시행 사이의 여백은 이 시의 시어가 고정된 의미망에서 끊임없이 벗어나도록 설정된 것이다. 그 결과 이 시는 의미의 형성이 아닌 의미의 해체인 무無, "침묵 한 걸음 앞의 시"가 된다. 그래서 이 시가 "시의 역−반시反詩[50]가 되는 것이다.[51]

그래서 그가 "몸서리나도록 싫다hideous something"를 대체했던 "보이지 않는 것hideous"은 바로 '침묵'의 언어를 의미하는 것이다. 표현하기 어렵다는 의미의, "몸서리나도록 싫은" 것에서 비대상적인 것이라는 의미의 "보이지 않는" 것으로의 이동은 표면적으로는 형상화의 "불가능함"에서 "가능함"이라는 정반대의 의미를 생산한 것처럼 보인다. 그러나 본질적으로 그 의미 내용이 다른 것은 아니다. "불가능한 것"을 "가능함"으로 만든 것, 어렵지만 해낸 것이기 때문이다. 그러면 그는 왜 하필 이러한 언어 실험 과정을 일본어로 작성한 것일까?

> 그러나 생각이 난다. 엘리엇이 시인은 2개 국어로 시를 쓰지 말아야 한다고 말한 것을. 나는 지금 이 노트를 쓰는 한편, 이상(李箱)의 일본어로 된 시 「애야(哀夜)」를 번역하고 있다. 그는 2개 국어로 시를 썼다. 엘리엇처럼 조금 쓴 것이 아니라 많이 썼다. 이것을 어떻게 생각해야 할 것인가. 내가 불만스럽게 생각하는 것은 이상이 일본적 서정을 일본어로 쓰고 조선적 서정을

---

50 조르주 바타유, 최윤정 역, 『문학과 악』, 민음사, 1995, 50쪽 참조.
51 이에 대한 자세한 내용은 본서 제1부 제2장 4절 1항 (3) 참조.

조선어로 썼다는 것이다. 그는 그 반대로 해야 했을 것이다. 그는 그렇게 할 수 있었을 것이다. 그러함으로써 더욱 철저한 역설을 이행할 수 있었을 것이다. 내가 일본어를 사용하는 것은 다르다. 나는 일본어를 사용하고 있는 것이 아니라 망령을 사용하고 있는 것이다.[52]

이 글은 그가 이상이 쓴 일본어 시 슬픈 밤哀夜를 번역하면서 얻은 의식적 경지를 실험한 것이다. 그는 이 번역을 통해서 이상이 "일본적 서정을 일본어로 쓰고 조선적 서정을 조선어로 썼다는 것"을 발견하고는 오히려 "그는 그 반대로 해야 했을 것"이라고 생각한다. "그러함으로써 더욱 철저한 역설"을 얻을 수 있었으리라고 본 때문이다. 그것은 번역을 거쳐서 드러나는 언어 간의 미묘한 뉘앙스의 차이, 그 어긋남이 오히려 새로운 시적 언어의 경지를 일구어낼 수 있었으리라는 기대 때문이다. 이를 볼 때, 그는 '번역으로써의 시쓰기'[53]를 통해서 그는 새로운 언어의 경지를 발견해 내려 했던 것이다. 자신은 제국 일본의 언어가 아니라 패전국의 '망령'을 사용하고 있다고 자조하고 있지만, 이 역시 의도적인 전제이다. '망령'이라는 의미가 '침묵'의 언어와 상징적으로 연관되어 있기 때문이다.

그는 일본어로 쓴 다른 일기에서 "지금 나는 이 내 방에 있으면서, 어딘가 먼 곳을 여행하고 있는 듯한 기분이 들고 향수인지 죽음인지 분별이 되지 않는 것 속에서 살고 있다. 혹은 일본말 속에 살고 있는 건지도 모른다"[54]고 한 바 있다. 그에게 일본어는 늘 무의식의 언어이다. '망령'

52 「시작노트 6」, 『전집』 2, 446~453쪽 참조.
53 한수영, 「전후세대의 문학과 언어적 정체성 - 전후세대의 이중언어적 상황을 중심으로」, 『대동문화연구』 58, 성균관대 대동문화연구원, 2007, 292~295쪽 참조.
54 「일기초, 1961년 2월 10일자」, 『전집』 2, 508~509쪽 참조.

인 것이다. 그러나 그렇기 때문에 진실의 언어일 수도 있다. 그래서 조선어와 일본어 번역을 통해 얻은 감각적 인식이 그에게 중요한 인식적 전이를 가져왔던 것이다.

이 시작노트가 일본어로 쓰인 이유가 결국은 '반시'로의 실험, '침묵의 언어'라는 경지를 실현하기 위해서였다고 한다면, 이 역시 조선어와 일본어라는 언어가 번역이라는 과정을 통과하면서 만들어낼 수 있는 것이다. 김수영은 일본어로 쓰고 조선어로 사유해야 하는 상황이다. 이전에는 조선어로 쓰고 일본어로 사유했을 것이다. 어느 쪽이든 상관없이, 문자와 사유체계 사이의 간극은 분명 존재하는 것이고, 그는 이 두 언어와 어긋나는 사유 체계 사이에서 발생하는 미묘한 뉘앙스의 불협화음을 번역 과정을 통해서 느끼고 싶어 한 것이 아닐까?

그는 김춘수를 비판하는 글에서 "'의미'를 껴안고 들어가서 그 '의미'를 구제함으로써 무의미에 도달하는 길도 있"다고 하였다. 이처럼 '의미'와 '무의미'가 서로 충돌하면서 만들어내는 언어적 상황이 바로 침묵의 언어라고 한다면, 일본어와 조선어가 번역을 통해 서로 넘나들면서 이러한 시적 성과를 가져올 수 있는 것은 아닐까.

번역은 본래, 두 언어 사이의 그 의미상의 넘을 수 없는 간극 때문에, 기표signifiant와 기의signifié 양자 간의 고정된 관계망을 그대로 재현할 수 없는 법이다. 그렇다면, 일본어로 쓰고 조선어로 사유하건, 조선어로 쓰고 일본어로 사유하건, 김수영이 사용한 시어들은 번역을 통과하면서 미묘한 뉘앙스의 차이를 만들어낼 수밖에 없다. 즉 번역은 시어의 의미signifié를 더욱 선명하게 하기보다는 흐트러뜨리게 되고, 이를 통해 만들어지는 시니피앙signifiant들 간의 미묘한 조합은 기의와 기표 사이의 끊임없는 미끄러짐, 즉 반시의 경지, 침묵의 언어를 만들어 낼 수 있는 것이다.

시 「눈」에서 '내린다 / 내릴까'라는 서술 어미의 변이는, 바로 시적 언어의 의미를 지워가는 과정이었던 것이며, 이것이 일본어와 조선어 사이에서 형성된, 의미와 음성 구조의 차이에서 오는 불협화음과 함께 효과의 증대를 가져올 수 있는 것이다.[55]

그는 시 「거대한 뿌리」를 창작한 이후에 쓴 메모에서도 "진공眞空의 언어 속에 어떤 순수한 현대성을 찾아볼 수 없을까? 양자가 부합되는 교차점에서 시의 본질인 냉혹한 영원성을 구출해 낼 수 없을까…아름다운 낱말들, 오오 침묵이여, 침묵이여"[56]라고 한 바 있다. 김수영에게 이 침묵의 경지는 시적 언어의 극점이다.

본래 '침묵'의 언어는 제국, 민족 등 제반 개념적 경계들을 뛰어넘는 언어이다. 진정한 언어의 침묵에 어떠한 경계가 있을 것인가? 그리고 어떤 면에서는 이러한 경지가 번역이라는 과정을 경유하면서도 만들어질 수 있는 것이다. 그렇다면 번역이야말로, 단일언어중심주의, 민족주의, 사대주의, 제국주의라는 그가 벗어나고 싶어 했던 담론들을 깨부술 수 있는 유효한 매개체가 될 수 있는 것이다.

이는 마치 차학경이 『딕테』를 통해서 실현하고자 했던 실험들, 영원한 유배 / 망명의 언어를 기꺼이 선택한 것과도 같은 의미가 될 것이다. 즉 '식민자의 언어뿐만 아니라 모어와도 어떤 아이러니컬한 거리를 유지하려는 노력의 흔적을 인식하는 읽기'[57]와 유사한 것이다.

그에게는 진정한 '시어'가 필요한 것이지, 그것이 모어이든, 일본어이

---

55 물론 이 시의 일본어 원문이 없어서 일본어 텍스트와 조선어 텍스트를 비교해 볼 수 없다. 이 때문에 그 효과를 실제적으로 분석 비교해 볼 수 없다는 점은 매우 유감이다. 그러나 이 산문의 구절들을 통해서 김수영이 추구했던 언어 실험 효과는 충분히 유추할 수 있는 바이다.
56 「가장 아름다운 우리말 열 개」, 『전집』 2, 281~282쪽 참조.
57 사카이 나오키, 앞의 글, 89쪽 참조.

든 한정지을 수 없는 것이다. 왜냐하면 영원성을 담지하는 시어는 주체의 죽음을 그 토대로 하고, 국적 혹은 인종을 담보로 하는 주체subject가 없는, 경계를 뛰어넘는 언어이기 때문이다. 이것은 비록 '망령'의 언어, 혼종된 언어이지만, 바로 진공의 언어이며, 이는 언어의 경계를 뛰어넘는 행위인 번역을 통해서 보다 극명하게 드러나는 것이다. 김수영은 이를 시행한 것이다.

제2부

김수영 문학과
검열/섹슈얼리티

제1장

김수영 시에 나타난 '자기 비하'의 심리학

'레드콤플렉스'를 넘어 '시인' 되기

1. 김수영 문학과 '자기 비하'의 심리학

이 글의 목적은 김수영 시에 나타나는 '자기 비하'의 심리학을 규명하는 데 있다. 이 글의 문제의식은 한국의 현대시 중 시인 자신의 '내면'을 성찰하는, 소위 '자화상 계열'시[1]의 거의 대부분 시적 자아가 '자기 비하'의 태도를 취하고 있다는 데서 출발한다.[2] 즉 대부분의 '자화상 계열' 시에는 냉철한 자기 비판이나 고발이 있고, 그 결과 자신의 부끄러움을 고백하는 형식으로 이루어져 있다. 예를 들면 윤동주의 시 「자화상」에서

---

1 이 글의 대상은 「자화상」이라는 제목의 시와 제목은 이와 다르지만, 자신의 내면을 성찰하는 시를 주요 대상으로 한다. 그래서 편의상 이러한 부류의 시를 '자화상' 계열의 시라고 명명하도록 한다.

2 이 글의 문제의식은 성균관대 허윤회 선생님의 조언에 힘입은 바 크다. 물론 본문에서 발생하는 논리적 모순이나 미비점이 있다면, 이는 전적으로 본인의 책임임을 밝힌다.

드러나는, 염결성의 거울로 투사되는 부끄러운 성찰과 연민 등이 그것이다. 서정주의 시 「자화상」도 마찬가지이다. "애비는 종이었다"라는 '자기 비하'적 계급적 신분 선언은 당당하게 "아무것도 뉘우치지 않"는, "이마 위에 얹힌 시詩의 이슬에는 / 몇 방울의 피가 언제나 섞여 있"는 '시인'으로 자기를 정립하기 위한 사전 포석에 해당한다.

특히 이 글의 연구대상인 김수영은 해방 이후 한국 시단의 자기 비하의 포즈가 강렬한 대표적인 시인이다. "모래야 나는 얼마큼 적으냐"라는 마지막 연의 처절한 자기 비판처럼 김수영의 대표작 「어느날 고궁을 나오면서」는 한국 시문학사에서 대표적인 '자기 비하'의 시이다. 그 대표성만큼 이 시는 신경림의 언술대로, '도덕적 순결성을 지향하는 소시민의 갈등과 고도의 청교도적 표백[3]으로 평가받으면서, 한국근대시인의 윤리적 자기 성찰의 치열함을 보여주는 시로 고평되었다.

그런데, 이러한 고평의 논리는 이 태도를 단지 시적 자아의 자기 비판이나 연민[4]에 한정하여 설명하였기에 가능한 결론이기도 하다. 왜냐하면 이러한 논리는 시인의 내면이 시적 자아에 대체로 투명하게 투사된다고 가정했을 때 가능한 논의이기 때문이다.[5] 그러나 이러한 논의는 아

---

3   신경림, 『신경림의 시인을 찾아서』, 우리교육, 2002 참조.
4   이명찬은 김수영의 시 「어느날 고궁을 나오면서」를 다룬 연구사를 개괄하는 자리에서 이러한 논의의 주류를 "화자가 '큰일'에 동참하지 못하고 '조그만 일'에만 배달려 왔음을 고백하는 자기 비판(유종호)이자 연민(김현)의 형식"으로 바라보는 관점이라고 정리한 바 있다.(이명찬, 「김수영의 「어느날 고궁을 나오면서」 다시 읽기」, 『문학교육학』 17, 한국문학교육학회, 2005, 21쪽 참조)
5   이러한 점은 김수영의 시 외에도 지금까지 연구된 '자화상' 계열 시에 대한 논의에서 공통적으로 드러나는 한계이기도 하다. 지금까지 '자화상' 계열 시에 대한 연구는 각 시인의 작가론에서 중심 텍스트로 다루어지고 있으며, 작품론의 심도 깊은 논의 대상으로도 다루어지고 있다. 그 대표적인 예가 윤동주의 '자화상'론이다. 이렇게 '자화상' 텍스트가 연구 대상으로 채택된 것은 이 시가 그의 시세계의 원형을 내포하고 있는 텍스트이기 때문이다. 이 연구들을 통해서 시인의 詩作의 근원적인 원동력이라 불리는 청교도적인 윤리의식, 혹은 원죄의식이 각 논자의 이론적 논거에 따라 규명되었다. 그런데 이러한 성과에도 불구하고 기왕의 연구

쉽게도 그의 시세계의 섬세한 본질을 해명하는 데에는 다소 부족해 보인다.

프로이트 이래 정신분석학적 철학이 이룬 성과는, '자아'란 하나의 완결된 실체가 아니라 근원적으로 분열된 것이라는 점을 밝힌 것이다. 라캉은 자아는 본래 자기의 것이 아니라 본래 타자와의 관계에 의해서만 규정될 수 있는 것, 본질적으로 타자적인 것으로 보았다. 나는 나를 바라보는 어떤 시선에 의해서만 나로 인정받는 것이다.

그렇다면 자화상이야말로 이러한 타자의 시선에 의해 규정된 세계의 표현일 수도 있다. 내가 타자가 되어 나를 바라보는 행위이지만, 여기에도 역시 타자의 시선이 깊숙이 개입되어 있기 때문이다. 그래서 거기에는 중심에 서 있는 꽉 찬 자아의 모습이 아닌 조각나 있고 흔들리고 유동적인 모습이 들어서 있는 것이다.

그런데 본래 '자기 비하'는 종교학에서 사용된 언어이다. 성경에서 '예수'가 자신이 신神임에도 불구하고 평상시에 스스로 자신을 '비하'시켜, 인간의 위치로 표현했던 태도를 말한다. 신적인 위치에 있는 사람이 신과의 관계에서 자신을 '비하'시켜 표현함으로써, 신에 대한 경외감을 표현함과 동시에 '신'과 구별되는 자신만의 정체성을 획득하는 방법이 이 '자기 비하'의 태도였던 것이다.

헤롤드 블룸은 이 종교적 용어를 인간의 논리로, 시사詩史적 논의에 대입시켜 활용한 사람이다. 거기에는 '정신분석학'이라는 현대의 인간학이 활용되었다.[6] 헤롤드 블룸은 프로이트의 방어 메커니즘을 받아들여

는 시 '자화상'에 드러난 화자의 대사회적 태도만을 문제삼아, 그 이면에 내재하고 있는 예술적 욕망은 제대로 바라보지 못하고 있다. 그 결과 윤동주의 시는 '저항시인'이라는 연역적 패러다임에 갇혀서 그가 지향한 시의식의 본질적 정체를 섬세하게 규명하지 못하는 오류를 범하고 있는 것이다.

서 본능적 욕망이 표출되는 것을 막기 위해서 자아가 늘 본능적 충동의 원천인 이드에게 불완전하고 왜곡된 허상을 전달하게 되는 점을 예술가적 욕망에 적용시켰다.

프로이트가 말하는 '자아'를 신인으로, 본능적 충동의 원천인 '이드'를 선배시인으로 대치한다면 신인은, 선배 시인의 영향력이 자신을 지배하는 것을 막기 위하여 하나의 위장된 보호막으로써 왜곡된 태도를 보이는 데 그것이 바로 '자기 비하'의 태도라는 것이다. 즉, 자신이 상정한 선배들의 영향에서 벗어나 그와 자신의 정체성을 분명 구분 짓기 위해 신인들이 취하는 하나의 도전적 제스취인 것이다. 시적 화자는 '자기 비하'를 통해 자신은 선배들의 성스러운 위치에 비해 턱없이 부족한 자라고 표명함으로써 역으로 그들의 후광에서 벗어나 그들과는 분리된 다른 정체성을 부여받을 수 있는 위치에 서게 된다. 그러므로 '자기 비하'의 태도는 오히려 스스로 예술가적 정체성을 구성하고자 하는 욕망이 큰 시인이 취하는 태도인 것이다.

이를 우리 시사詩史에 대입할 때, 유사한 사실이 발견된다. '자기 비하'의 태도가 드러나는 시를 창작한 김수영, 서정주 등은 대사회적 윤리의식 못지않게 예술가로서 자기 완성에의 욕망이 강렬했던 시인들이라는 점이다. 그렇다면 이들의 자기 비하의 태도에는 오히려 강한 자아, 그리고 세계와 당당하게 대결하는 전지적 예술가상에 대한 본질적 욕망이 숨어있는 것은 아닐까 하는 문제의식이 가능하다. 비관주의적 태도는 이미 세계와의 대결에서 패배할 것이라는 예정된 결론을 안고 있는 것이라면, 이들의 시의 시적 자아는 세계와 대결하는 존재성을 구성하려

---

6   해롤드 블룸, 윤호병 역, 『시적 영향에 대한 불안』, 고려원, 1991 참조.

했기 때문이다.

자기 비하를 당당하게 외쳤던 김수영 시의 화자도 결국은 그들의 타자였던 선배 시인들의 영향 관계에서 벗어나 당당히 자기 세계를 새로 구축할 수 있는 새로운 예술가적 정체성을 구축하기 위해 위장된 방식으로 이 '자기 비하'를 선택했다고 볼 수 있지 않을까?

이 가설이 맞는다면 이 '자기 비하'의 심리학은 한국 근현대시사 속에서 발현된 예술가적 욕망의 본질을 분석할 개념으로 적합한 것이라고 볼 수 있다. 또한 원래 종교학적 의미에서 '자기 비하'가 겸허하게 자신의 정체성을 구성해 가는 방식이었듯이, 위대한 신진 시인에게 이 태도는 '자기정체성'을 구성하는 하나의 필연적인 방식이었다. 그것은 타자와는 다른, 독자적인 자기 시학을 개척해 가는 데 따르는 하나의 '통과제의'라고 할 수 있는 것이다.

김수영은 늘 월북한 선배나 동료들에 대해 동경과 콤플렉스를 가졌다. 이는 산문 「저 하늘이 열릴」에서 드러나는 월북한 친구 김병욱에 대한 그리움과 "나는 대한민국에서는 / 제일이지만 / 이북以北에 가면야 / 꼬래비지요."(「허튼소리」), "웬만한 사람은 다 넘어갔지, 여기 남은 것은 쭉정이밖에 없어!"(「히프레스 문학론」)라는 구절들이 증명한다. 그렇다면 그가 그토록 넘어서고 싶었던 선배들의 존재가 누구인지 드러난다.[7] 대표적인 시 「어느날 고궁을 나오면서」를 분석해 보면 이는 더욱 확실해질 것이다.

---

7   그의 산문에 등장하는 선배시인들은 식민지 시대, 김소월, 김영랑 등 이외에도 유치환, 박목월, 박두진 등이다. 특히 월평에서 박목월과 박두진의 시를 좋아했는데, 이 외에는 별로 추종하고 싶은 선배상이 존재하지 않는다. 즉 그에게는, 앞으로 논의할 월북 시인들 이외에, 선배들에 대한 경외심이나 열등감이 별로 존재하지 않았다고 볼 수 있다.

2. 김수영 '자기 비하' 시 분석 — 타자 혹은 '선배 시인'의 존재성

김수영의 시를 분석하면 다음과 같다.

왜 나는 조그마한 일에만 분개하는가
저 왕궁(王宮) 대신에 왕궁(王宮)의 음탕 대신에
오십(五十) 원짜리 갈비가 기름덩어리만 나왔다고 분개하고
옹졸하게 분개하고 설렁탕집 돼지 같은 주인년한테 욕을 하고
옹졸하게 욕을 하고

한 번 정정당당하게
붙잡혀간 소설가를 위해서
언론의 자유를 요구하고 월남(越南)파병에 반대하는
자유를 이행하지 못하고

이십(二十) 원을 받으러 세 번씩 네 번씩
찾아오는 야경꾼들만 증오하고 있는가

옹졸한 나의 전통은 유구하고 이제 내 앞에 정서(情緒)로
가로놓여 있다
이를테면 이런 일이 있었다
부산에 포로수용소의 제사십야전병원(第四十野戰病院)에 있을 때
정보원이 너어스들과 스폰지를 만들고 거즈를

개키고 있는 나를 보고 포로경찰이 되지 않는다고
남자가 뭐 이런 일을 하고 있느냐고 놀린 일이 있었다
너어스들 옆에서

지금도 내가 반항하고 있는 것은 이 스폰지 만들기와
거즈 접고 있는 일과 조금도 다름없다
개의 울음소리를 듣고 그 비명에 지고
머리에 피도 안 마른 애놈의 투정에 진다
떨어지는 은행나무잎도 내가 밟고 가는 가시밭

아무래도 나는 비켜 서 있다 절정(絶頂) 위에는 서 있지
않고 암만해도 조금쯤 옆으로 비켜서있다
그리고 조금쯤 옆에 서 있는 것이 조금쯤
비겁한 것이라고 알고 있다!

그러니까 이렇게 옹졸하게 반항한다
이발쟁이에게
땅주인에게는 못하고 이발쟁이에게
구청직원에게는 못하고 동회직원에게도 못하고
야경꾼에게 이십(二十) 원 때문에 십(十) 원 때문에 일(一) 원 때문에
우습지 않으냐 일(一) 원 때문에

모래야 나는 얼마큼 적으냐
바람아 먼지야 풀아 나는 얼마큼 적으냐

정말 얼마큼 적으냐…

—「어느날 고궁을 나오면서」 전문

　이 시는 김수영이 자신의 나약한 소시민적 근성을 적나라하게 고발하는 자기 반성문에 가까운 시다. 이 시에서 "조그만 일에만 분개하는" 자신의 나약성은 "왕궁의 음탕"에 대한 분개하고 "언론의 자유를 요구하고", "월남 파병에 반대하는 자유"를 이행하는 행동과 대조적으로 서술되어 상대적으로 더욱 "옹졸하게" 된다. 이 옹졸함은 세상 사람들이 가장 사소하게 여기는 "모래"와 "바람", "먼지", "풀"에게 심판을 묻는, "나는 얼마큼 적으냐"는 구절에서 더욱 극대화된다. 이는 극단적인 '자기 비하'의 태도이다. 그런데 이러한 자기 비하적 발언의 바탕에 깔린 시적 어조가 의외로 비굴하게만 느껴지지 않는 것은 아이러니하다. 그것은 그가 "나는 비켜서 있다. 절정 위에는 서 있지 / 않고", "암만해도 조금쯤 옆으로 비켜서 있다"는 점을 스스로 명확하게 알고 있기 때문에 가능한 것이라고 할 수 있다. 물론 그 당당함 안에는 미세한 균열이 있다.

　김수영은 이 시에서 자신을 본인이 상정한 타자의 시선을 통해서 응시하고 있다. "언론의 자유"와 "월남 파병"에 반대하는, 실천적 지식인의 시선을 통해 자신을 보고 있는 것이다. 자신은 이러이러할 것이다, 혹은 이들에 비하여 자신은 이러할 것이다라고 상정한 타자적 시선은 김수영 내면 깊숙이 남아 있는 콤플렉스에 의한 것이다. 다른 시를 살펴보면 이러한 점은 더욱 분명해진다.

조그마한 용기가
필요할 뿐이다

힘은 손톱 끝의

때나 다름 없고

시간은 나의 뒤의

그림자니까

거리에서는 고개

숙이고 걸음걷고

집에 가면 말도

나즈막한 소리로 걸어

그래도 정 허튼소리가

필요하거든

나는 대한민국에서는

제일이지만

以北에 가면야

꼬래비지요

———「허튼소리」 전문

  이 시의 말미에 나오는 "나는 대한민국에서는 / 제일이지만 // 이북以北에 가면야 / 꼬래비지요"라는 구절만큼 김수영의 본심을 잘 드러내주는 구절은 없다. 그는 "대한민국에서는 제일"이라는 자부심에도 불구하고 "이북" 혹은 월북한 시인들에 대한 열등감은 버릴 수 없었던 것이다.

김수영에게 이북, 특히 사회주의는 평생 악운의 근원이었다. 부인 김현경 선생님의 증언에 의하면[8] 그는 평생 "빨갱이로 몰려서 취직을 못했"다고 한다. 특히 "4·19 전까지는", "툭하면 정보부에서 (…중략…) 글 하나 잘 못써서 말 한마디 잘못 돼도 뭐라고" 하고 새벽 네 시에 찾아오곤 했다고 한다. 이는 그의 한국전쟁 때 의용군으로 나갔던 이력과도 관련이 깊다. 한국전쟁 후 남한에 남은 사람들에게 의용군 경험은 "생존을 위해 은폐해야 하는 끔찍한 기억"[9]이었으며, 그것은 김수영에게도 마찬가지이다. 그러나 김수영은 자의에 의한 것인지, 아니면 전후 자신의 이념적 성향을 검증받아야 하는 상황에 의한 것인지 명확하게 단정할수는 없지만, 역설적으로 이러한 아픈 기억을 소설로 써야 했다. 「의용군」이란 소설의 창작이 그 맥락에서 이루어진 것으로 보인다. 비록 미완이지만, 김수영의 미완 소설, 「의용군」에서도 김수영이 극복하고 잊고 싶었던 타자가 누구인가가 잘 드러난다.

---

8 김현경·신수정, 「(시인을 찾아서 김수영) 인터뷰 : 내일 아침에는 夫婦가 되자, 집은 산 너머가 좋지 않으냐—부인 김현경 여사에게 듣는 김수영의 삶과 문학」, 『문학동네』 15-2, 문학동네, 2008 여름, 270쪽 참조.
9 배경식, 「특집 : 한국전쟁과 민중—민중의 전쟁인식과 인민의용군」, 『역사문제연구』 6, 역사문제연구소, 2001.6, 94쪽 참조.

3. '레드콤플렉스'의 형성
—이념에 대한 유토피아적 판타지와 그 좌절

김수영의 소설 「의용군」은 1953년경, 포로수용소에서 풀려나온 후 그가 자신의 전쟁 체험을 기반으로 서술한 자전적인 작품이다.[10] 이 소설의 주인공 순오는 김수영 시인의 퍼소나인 셈이다. 순오는 임화로 추정되는 임동은과 만나고, "전평 선전부에서 외신번역을 맡아보기도 하였고, 동대문 밖 어느 세포에 적을 놓고 정치강의 같은 회합에는 빠짐없이 출석하였"다. 이 역시 김수영의 실제 이력이기도 하다.[11] 이 시기 그의 이러한 이념적 성향은 해방 이전 일본에서의 좌파적 성향의 극단에서 연극 활동을 한 경력[12]에서도 이미 드러난 바 있다.

---

10 이 소설을 볼 때, 한 가지 유념해야 할 것은 이 소설이 쓰인 시기가 한국전쟁 직후로, 어쩌면 이 체험을 설명하게 기억하고 있으면서도 가장 잊고 싶었던 시기일 것이다. 즉 그에게 잊고 싶은 기억과 기억하고 싶은 기억이 혼재되어 있을, 정신적 혼란과 고통의 순간이었다. 이 소설이 미완인 것은 차마 기억하고 싶지 않은 부분이었기 때문일 것이다. 의용군 체험으로 인한 고초들 때문에라도 자신의 기억 속에서 이 의용군 체험을 반공주의적 관점에서 각색했을 가능성도 있다. 그러나 이 글이 발표하지 않은 원고라는 점은 이 글의 진실성을 역설적으로 증명해 주는 것이다. 또한 그의 부인 김현경 선생님과의 인터뷰와 이를 바탕으로 한 여타의 자료에서 이 글에 드러나는 여러 대목들이 사실인 점이 확인된 바 있다(최하림, 「김수영의 개인사의 문제들과 검토 : 최하림」, 김명인·임홍배 편, 『살아있는 김수영』, 창작과 비평사, 2005.01.15; 김현경·신수정, 앞의 글 참조). 본인도 몇 차례 김현경 선생님을 방문해 이러한 내용의 이야기를 들은 바 있다. 그러므로 일단 이 소설을 자전적 소설로서 보고, 다소 무리가 있더라도 김수영의 내면의 진실이 드러난 텍스트로 바라보고자 한다.

11 최하림, 앞의 글 참조.

12 그가 해방 이전 일본에서 활동했던 미즈시나 연극연구소의 전신인 쓰키지(築地) 소극장은 1920년대에 사회주의 연극으로 프로그램의 대부분이 짜였고, 젊은 맑스주의자들은 연극이 끝난 후거나 막간에 무대로 올라가 "청년들이여 일어서서 천황제를 무너뜨려라"라고 열변을 토했다. 동경고등사범학교에 다니던 백철(白鐵)도 열변을 토하다가 경찰에 붙들려갔다고 자신의 자서전에 썼다고 한다. 때문에 소극장은 1929년에 폐쇄령이 내려지고, 소극장의 창립 멤버였던 미즈시나 하루키는 홀로 연극연구소를 개설한다. 따라서 미즈시나 연극연구소는 쓰키지 소극장의 정신을 보이게, 보이지 않게 이어받고 있었으며, 김수영도 그 '정신'을 배웠으리라고 봐야 한다. 최하림, 위의 글 참조.

다만 그가 의용군에 입대하게 된 계기는 다소 알려진 바와는 다르다. 그는 여러 증언과 기록에서 "길에서 붙잡혀 갔다"[13]고 하지만, 소설 속 주인공 순오는 자원 입대한다.

> 월북도 하지 않고, 그렇다고 이남에 남아 그동안에 혁혁한 투쟁도 한 것이 없는 순오는 의용군에 나옴으로써 자기의 미약한 과거를 사죄하는 수밖에 없다고 생각하였다.
>
> 어째 빨리 넘어오지 않았을까? 임동은이가 없어졌을 무렵에 자기도 넘어왔더라며 이번 6·25통에 좀 더 지금과는 달리 되었을걸 하는 한탄이 순오에게 든다. 그래도 아직 기회는 있다.(4자 생략) 임동은이 같이 훌륭하게 될 기회는 이북땅 어딘가에서 필시 자기를 기다리고 있는 것이라고 굳게 믿었다.[14]

이를 볼 때 주인공의 의용군 입대는 매우 이념지향적인 것이었다. 그래서 그는 "알프스를 토파한 영웅적인 등산가나 남극의 탐험가 모양으로 자기가 생각되었"고, "강해져야겠다"고 생각한다. 그렇게 생각함으로써 자기가 공산주의를 잘 인식하고 파악하고 있는 한 사람이라는 자랑도 생긴다.

그러나 이러한 순오의 신념은 혹독한 상황에 맞닥뜨리게 된다. 제일 고통스러웠던 것은 "강해져야겠다"는 생각과 달리 점점 객관적 상황에 따라 신체적 고통이 심해진다는 것이다. "행군과 기아와 학대와 강압과 공포"로 표현된 배고픔과 신체적 고통, 공습의 공포, 그리고 무엇보다도 큰 그의 불만은 그가 입대 전 기대했던 남한 출신 의용군에 대한 "제대로

---

13 김현경·신수정, 앞의 글, 270쪽.
14 「의용군(미완)」, 『전집』 2, 609~628쪽 참조.

된 대우"가 없다는 것이다. 그는 임동은과 함께 이 해방전선에 참가한 자부심만큼 자신들을 잘 대우해 줄 것이라 믿었던 것이다. 고통과 그로 인한 불만으로 급기야 "'이 시대의 영웅은 스타알린도 김일성도 아니고 가장 불평을 잘 하는 사람이다'는 이런 실없는 생각이 들 정도"에 이른다. 낭떠러지 위에 선 집에서 어머니가 가난해서 동생들까지 자원 입대 했다고 울고 있는 악몽까지 꾸게 된다.[15]

그러다가 결국 처음의 포부와 자랑스러움과 달리, "이것이 사회주의 사회의 진보의 진상이라면 침을 뱉고 싶"은 정반대의 내면적 상황이 된다. 그러면 이러한 인식의 낙차는 어떻게 가능한 것일까?

물론 그 이유는 우선, 앞에서 설명한 생리적인 고통과 북한을 위해 기꺼이 목숨을 바쳐 출전한 남한출신들에 대한 특별 대우가 없었던 섭섭함 때문일 것이다. 그러나 그렇게만 본다면, 이유에 비해 그 혐오감이 형성되는 시간이 너무 짧고, 사유의 깊이도 없어 보인다. 이유는 좀 더 근본적인 데 있을 것이다.

이 소설에서 서술된 내용을 면밀히 살펴보면, 가장 결정적인 원인은 그와 부대원이 연천을 떠나기 위해 탄 기차의 객차 안이 아직도 "옛날에 일본 사람들이 남기고 간 그대로"라는 것을 알았기 때문이다. 즉 "일제 시대라면 누구보다도 제일 먼저 저주하고 일본을 제국주의라고 욕하는 그들이 어찌하여 이러한 것에는 무관심한 것인가?"라고 회의했기 때문이다. 그에게는 남한과 달리, 북한의 상황이 달라졌을 것이라는 큰 기대

---

15 이는 당시 청년들의 의용군 입대 동기 중 하나가 '가족 부양과 식량 문제'였다는 점을 증명해 주는 대목이다. 당시 점령 당국은 의용군에 지원하면 남은 가족들에게 특별히 식량을 배급하고 생활의 편의를 봐준다고 선전했다고 한다. (자세한 내용은 배경식, 앞의 글, 74쪽 참조) 그리고 김현경 선생님에 의하면 실제로 김수영의 둘째 동생이 그 이유로 의용군에 자원입대해 행방불명되었다고 한다.

가 있었던 것으로 보인다. "일본을 제국주의라고 욕하는 그들"이라는 형상 역시 반제국주의 노선을 분명히 하는 북한의 정치적 입장에 김수영이 동의하고 있었기 때문에 가능한 것이다. 여기서 좀 더 그에게 "북한" 혹은 그 체제인, "사회주의"란 형상이 무엇이었는가를 면밀히 추적해 보아야 할 것이다.

이남에서 공산주의의 투사들을 생각할 때에는 어디인지 멋진 데가 있다고 동경하고 무한한 동정을 그들에게 보냈으며 순오가 알고 있는 배우들이나 연출가들이 이곳을 향하여 월북할 때에도 이제는 이남 연극계도 완전히 망했다고 생각하고 그 좋아하는 무대생활도 자기도 모르는 사이에 열이 식어서 아침부터 저녁까지 으슥한 술집을 찾아다니며 술만 마시고 해를 보냈던 것이다.

순오에게 부닥치는 공산주의의 현실이 모두 새로웁고 신기하고 흥분에 찬 것이었다면 그러한 의미에서 삼팔 이북을 앞에 두고 느끼는 순오의 마음도 또한 새로울 것이었다.

책에서 읽은 지식 이외의 이곳 실정에는 무슨 아지못하는 신비한 점이 가득차있는 것같이 서먹서먹하고 보는 것 듣는 것마다 무서운 감이 자꾸 든다.

'사회주의 사회도 저렇게 보기 싫은 놈들이 날뛰고 득세하고 잘난 체하는 사회라면 어떻게 하나?'하는 진심에서 나오는 걱정이 순오에게 불같이 치밀어 올랐다.[16]

위의 인용구들은 그에게 사회주의가 "책에서 본", "지식"의 차원이었다는 점을 알려 준다. 즉 자신의 신념, 혹은 '운동'으로 체현된 사상은 아닌 것이다. 다음과 같은 구절은 그에게 공산주의자들이 얼마나 추상적인 동경의 대상이었는가를 알려준다.

처음 "순오에게 부닥치는 공산주의의 현실이 모두 새로웁고 신기하고 흥분에 찬 것"이었다가 도착한 이북이 "책에서 읽은 지식 이외의 이곳 실정에는 무슨 알지 못하는 신비한 점이 가득 차 있는 것같이 서먹서먹하고 보는 것 듣는 것마다 무서운 감이 자꾸 든" 점도 이를 말해 준다. 이남 의용군 대표를 선출하는 과정에서 적절치 못한 사람이 선출되자 "'사회주의 사회도 저렇게 보기 싫은 놈들이 날뛰고 득세하고 잘난 체하는 사회라면 어떻게 하나?'하는 진심에서 나오는 걱정이 순오에게 불같이 치밀어 올랐"던 것, 역시 역으로는 그가 가졌던 사회주의에 대한 관념이 매우 환상적이었음을 증명해 주는 것이다.

그래서 그는 심지어 "이북에는 8 · 15 후에 새로 진 멋진 집이 즐비하다"는 선전에 이끌려, "라이프 잡지 같은 것을 통하여 본 서구의 문명보다도 훨씬 더 앞서 있을 것이라고 꿈꾸고 있었던 사회주의 사회의 문명"을 기대할 수 있었던 것이다. 이러한 구절들은 그에게 "사회주의"란 아이디얼한 이념적 유토피아 그 자체였다는 점을 말해 준다. 아무리 북한 인민군의 선전이 북한을 아름다운 유토피아라고 선전한들, 불과 몇 년 사이에 북한이 "서구의 문명보다 훨씬 더 앞서 있을 것"이라고 꿈꿀 수 있었던 순진함은 바로 사회주의가 그가 "책"에서 읽은 것이었기 때문에 가능한 것이다.

---

16 「의용군」, 『전집』 2, 609~628쪽 참조.

"책"이 모든 신념과 지식의 절대적인 원천이었다는 점은 「가까이 할 수 없는 서적」, 「아메리카 타임 지」, 「서책」, 「엔카운터 지」, 「Vogue야」 등 그에게 책에 관한 시가 많았던 점에서도 증명되는 것이다. 그의 산문에 인용된 무수한 독서 체험의 편린들도 그러하다. 또한 그가 '번역'의 과정을 통해 학습을 했다는 사실은 이미 알려진 사실이다.

1920년대 초반 태생인 김수영(1921년생)의 세대는 일제 시대 때 일본에서 혹은 일제하 대학에서 식민지 고등교육을 받았던 이들이다. 이들은 아직 사회제도가 정비되기 이전인 해방기에 청년기를 거쳐 1950년대에 30~40대 장년층이 되었던 세대로, 주로 정식적 교육제도를 통해 지식을 습득하기보다는 주로 '책'을 통해 이를 습득했던 세대이다.[17] 사회주의에 대한 관념 역시 주로 해방기 초기에 쏟아져 나온 사회주의 원전[18]에 대한 독서가 그 주요 자양분이었을 것으로 추정된다. 좌파적 출판물이 홍수를 이루었던 해방기 초반의 출판유통의 토대는 해방기 청년들에게 사회주의에 대한 이상주의적 관념을 널리 유포시킨다.

게다가 당대 남한의 부패한 정치적 현실은 이러한 의식을 부추겼다고 할 수 있다. 당대 의용군에 자원입대한 사람들의 지원 동기가 "토지개혁의 성공으로 인한 북한 정권에 대한 지지와 남한정권에 대한 혐오감"[19] 때문이었다는 역사적 실증 역시 이러한 의견을 증명한다. 물론 세대는

---

17 대표적으로 김수영과 같은 서구적인 성향의 지식인들인 『사상계』에서 활동했던 동년배의 지식인들이 모두 이러한 경로를 거쳐 자신의 이념적 성향을 결정했다는 점이 이미 여러 연구를 통해 증명된 바 있다. 대표적으로 박동서, 「미국교육을 받은 한국의 엘리트」, 『한국과 미국』, 서울대 미국학연구소, 1983; 남궁곤, 『사상계를 통해 본 지식인들의 〈냉전의식〉 연구―국제질서관의 형성 및 변화를 중심으로」, 서울대 석사논문, 1987, 38쪽 참조.
18 이 시기의 출판 현황에 대한 연구에 의하면 사회주의 원전은 물론 1946년 이전까지는 좌파적 서적의 출판이 양적인 면에서 월등했다고 한다. 이에 대해서는 이중연, 『책, 사슬에서 풀리다―해방기 책의 문화사』, 혜안, 2005 참조.
19 장미승, 「북한의 남한점령정책」, 『한국전쟁의 이해』, 역사비평사, 1990 참조(배경식, 앞의 글에서 재인용).

다르더라도 그 이전 세대인 소설가 이태준이 해방 직후 소련에 가서 본 그 곳이 적어도 "문화적"으로는 진보한 유토피아적 공간이었다는 점[20]은 당대 지식인들에게 사회주의 사회가 얼마나 환상적 공간이었는가를 증명해주는 것이다.

이태준은 임화처럼 사회주의를 운동으로 체현했던 세대에 속한다. 해방기는 사회주의뿐만 아니라 모든 사상적 대안들이 모두 건국이념의 대안으로써 대치가능했던 시대이기 때문에 이들에게도 사회주의가 대단히 이상주의적인 대안으로 존재할 수밖에 없었다. 이들 선배들도 그런데 하물며 '책'으로만 접한 세대에게 이 이념의 표상이 더욱 관념적이었던 것은 어쩌면 당연한 사실일지도 모른다. 문학가동맹의 맹원이었던 순오(김수영) 역시 이러한 분위기에 젖어 있었던 것이다.

김수영에게 사회주의 사회는 실제적으로 체험할 수 있는 정치적 제도로서가 아니라 "문명"의 표상, 이미지로 먼저 다가왔다. 즉 그에게 북한은 "라이프잡지 같은 것을 통하여 본 서구의 문명보다도 훨씬 더 앞서 있을 것이라고 꿈꾸고 있었던 사회주의" 문명, 정치적인 공간이 아닌 문화적 공간, 미적 공간이었다. 그래서 그는 북한의 현실을 "예술을 좋아하고 루콜 뷰우제의 새로운 양식의 건축을 좋아하고 불란서 초현실주의 시인의 작품을 탐독하던 시절도 있었고, 초현실주의도 낡은 것이라고 술만 퍼 먹고 다니던 순오의 날카로운 심미안審美眼에서 판단"하였던 것이다. 이러한 감각에서 보았기 때문에 그는 "객차 속에 남아있는 구태의연한 일본식 구조"가 매우 실망스러웠던 것이다.

그러나 이러한 관념은, 현실에서는 실현되기 어려운 것이다. 그래서

---

20 박헌호, 「해설 : 역사의 변주, 왜곡의 증거－해방 이후의 이태준」, 『소련기행 / 농토 / 먼지』, 깊은샘, 2001 참조.

그것이 환상임을 깨닫는 데에는 그리 시간이 오래 걸리지 않았다. 그리고 꽉 잡힌 체계와 규칙을 혐오하는 그에게 북한의 질서 잡힌 모습은 "여기는 너무나 질서가 잡혀 있다!", "질서가 너무 난잡한 것도 보기 싫지만 질서가 이처럼 너무 잡혀 있어도 거북하지 않은가?"라는 의문을 갖게 한다.

이처럼 전쟁 체험 특히 고통스러운 의용군 체험은 그로 하여금 사회주의에 대한 환상에서 깨어나게 한다. 이로써 그에게 사회주의의 모습은 잠시 그의 의식 배면에서 사라진 듯하다.

4. '시인' 되기
─'냉전' 비판과 떠나지 않는 '사회주의'라는 유령과의 대결

전쟁 직후 그는 반공이데올로기 체제 속에서 살아남기 위해, 혹은 더 근원적으로 소설 의용군에서 형상화한 대로 그 끔찍했던 고통과 상처의 기억을 지우기 위해, 일견 북한 사회주의에 대한 입장을 비판적으로 정리한 듯하다.

그러나 그에게 북한 혹은 사회주의에 대한 표상체계가 영영 사라진 것은 아니었다. 김규동의 회고에서 북한 사회주의 체제는 자신이 몸담고 있는 남한 현실을 통찰하는 또 다른 거울로 무의식 깊숙이 여전히 존재하고 있었던 모양이다.

여봐 김이석, 이 무슨 고난이야. 남쪽에는 왜 나왔어. 처자를 다 버리고 빌어먹을 남조선 땅에는 왜 나왔느냐는 말이다. 그쪽에 그냥 있지. 거기서 대우받으며 소설 쓰면 되잖아. 그래 남한 땅에 나와 보니 너의 감상이 어떠하냐. 뭣이 좀 돼 갈 것 같으냐. 젠장 못살겠다. 산다는 게 이렇게 고달프고서야 사람이 대체 뭘 한단 말이냐? 문학, 시, 철학, 혁명 다 아니다. 다 틀렸다. 썩은 정치, 독재, 부정부패, 어느 하나도 바로 돼 가는 게 없으니 문학인은 이 속에서 과연 뭘 해야 하겠나. 자넨 거기 있었어야 해, 덩달아 남쪽으로 내려올 것 없었어. 안 그래?[21]

이 일화는, 월남한 친구 김이석과의 경험인 점으로 미루어보아 한국전쟁 이후의 일이다.[22] 가까운 지인이었던 김규동의 회고는 그가 남한의 현실에 대해서 얼마나 좌절하고 있었는가를 보여준다. 그는 "문학, 시, 철학, 혁명 다 아니다"라고 절규하며, 특히 이 상황 중에서도 "대우받으면서 소설을 쓰"지 못하는 상황에 가장 절망했다. 여기서도 여전히 그는 북의 예술적 토대에 대해서 부러워하고 있는 모습으로 회상된다. 이역시 그가 북한을 여전히 관념적 이상으로 바라보고 있었다는 점을 보여주는 것이기도 하다. 그는 북한이 문인을 계관시인, 혹은 인민예술인으로 호칭하고 대우해주는 상황만 부각했지, 그들의 창작 활동 역시 어쩌면 남한보다 더 엄격한 검열 밑에서 진행되고 있었다는 점은 간과하고 있었던 것이다. 그러던 중 4·19혁명은 다시금 그에게 사회주의 동지들을 무의식 깊은 곳에서 불러오게 한다.

---

21 김규동, 「김수영의 모자」, 『작가세계』 61, 작가세계, 2004.5 참조.
22 김이석은 김수영의 절친한 친구이다. 김수영이 쓴 그에 대한 추도사에 의하면 그를 처음 만난 것이 환도 후라고 했으니, 이 일화는 의용군 체험이 있었던 한국전쟁 후의 일이다. 「김이석의 죽음을 슬퍼하면서」, 『전집』 2, 71쪽 참조.

"하늘과 땅 사이에서 통일을 느꼈소. (…중략…) 헐벗고 굶주린 사람들이 그처럼 아름다워 보일 수가 있습디까! 나의 온몸에는 티끌만한 허위도 없습디다. 그러니까 나의 몸은 전부가 바로 '주장'입디다. '자유'입디다."[23]

위의 언술은 그에게 혁명 체험이 얼마나 강렬한 것이었나를 보여 준다. 혁명은 그에게 "티끌만한 허위도 없"는 상태, "몸" "전부가 바로 '주장'"이고 "자유"인 절대적인 순간을 체험하게 한다. 이 체험으로 그는 우선 북한 체제에 대한 열등감을 단번에 날려버린 듯하다.

그리고 이 체험을 통해서 그는 다시 그의 예전 동지들이 가졌던 혁명의 꿈을 공유하게 된 듯하다. 혁명 직후에 나타난 그의 시에도 그가 지향했던 이상적 정치 사상들이 그의 내부에서 꿈틀거리고 있다는 점을 증명해 준다.

'金日成萬歲'
韓國의 言論自由의 出發은 이것을
인정하는 데 있는데

이것만 인정하면 되는데

이것을 인정하지 않는 것이 韓國
言論의 自由라고 趙芝薰이란
詩人이 우겨대니

---

23 「저 하늘 열릴 때」, 『전집』 2, 162~165쪽 참조.

나는 잠이 올 수밖에

'金日成萬歲'
韓國의 言論自由의 出發은 이것을
인정하는 데 있는데

이것만 인정하면 되는데

이것을 인정하지 않는 것이 韓國
政治의 自由라고 張勉이란
官吏가 우겨대니

나는 잠이 깰 수밖에

—「金日成萬歲」(1960.10.6) 전문[24]

　"김일성 만세"라는 다소 파격적인 시구는 혁명 직후 그의 설렘이 얼마나 대단한 것이었나를 보여주는 것이다. 물론 이 시는 김일성을 '찬양한' 시는 분명 아니다. 즉 공산주의 체제를 찬양한 것은 아닌 것이다. 다만 남한 최고의 금기어인 "김일성 만세"를 인정하는 것, 그것이 바로 언론의 자유가 될 수 있음을 보여주는 매우 극단적인 비유일 뿐이다. 그러나 중요한 것은 혁명 체험을 통해서, 혹은 그 직후의 정치적으로 자유로운 순간적 여유의 공간에서 그는 이들을 적어도 '적이 아닌' 대상으로 인정

24　김수영, 「김수영 미발표 유고—김일성만세」, 『창작과 비평』, 2008 여름 참조.

할 수 있는 마음의 여유를 되찾았다는 점이다. 이 지점에서 그는 다시 한 번 '혁명'에 대해서 고민하면서 마르크스주의를 고민의 참조틀로 사유하기 시작한다.

그의 일기에는 생활 속의 의식이라든가 문학적 의식, 그리고 이를 벼리기 위해 시행한 독서 편린이 그대로 들어있다. 그런데 여기에 좌파적 성향의 필자들이 등장하고 있다. 우선 최근 발굴된 1961년 9월 9일 일기에 인용된 크리스토퍼 코드웰Christopher Caudwell, 라스키(1961.5.7 · 13 · 14일 일기)와 1961년 6월『사상계』에 실린「들어라 양키들아」서평은 이러한 점을 증명한다.

일반적으로 30년대는 문학사적으로 정치와 커뮤니즘을 향한 시대라고 일컬어진다. 그런데 이것으로 인해 영국 문학에 새로운 양식과 사상의 문학의 세기가 시작되었다고 보는 것은 타당치 않다. 그것은 역시 종래의 전통적 문학 형식을 시도했던 하나의 시도, 혹은 부르주아 문학자들의 정신적 모험에 지나지 않았다. 그리고 프롤레타리아트의 생활과 이념에 근거한 새로운 문학은 다른 곳에서 싹트고 자라났던 것이다. 오늘날 그 싹은 젝 린세이와 제임스 올드릿지, 루이스 기봉 등이다. 이들 작가를 중심으로 진보적인 노동자의 관념과 밀접한 관계를 맺으면서 점차 커다란 줄기와 가지를 키우려 하고 있다.

— 코드웰, 「몰락의 문화」[25] 후기에서

---

25 김수영의 일기에서는 이 제목으로 번역되어 있으나, 코드웰의 글을 찾아본 결과 원제는 "Studies and Further Studies in a Dying Culture"로 추정된다. 김수영, 「미발표유고」, 위의 책 참조.

레닌은 자신이 실현해야 할 사명에 대해서는 조금도 의심을 갖지 않았다. 그가 만들어야 할 미래는 커뮤니즘 사회이며, 또 그는 부르주아 사회의 제 (諸) 관계 속에 있어서의 그 맹아의 상태와, 그것을 해방하고 키우는 방법을 인식하고 있었다. 이것을 그는 직관적으로 인식하고 있었던 것만은 아니다. 이에 관한 모든 것은 그의 연설, 저작 속에 명기되어 있다. 그는 도래해야 할 세계의 특질을 확실히 알고 있지는 않았지만 ― 그것은 어느 누구도 알지 못했다 ― 그 대체적인 형태나 사회적인 제 관계를 형성시키는 가장 중요한 인과적 법칙을 알고 있었다. 이것은 과학자가 미래의 성질을 알지 못해도 일정한 인과적 법칙을 알고, 그 방향을 예견하고, 만약 필요하다면 그것을 이용할 수 있는 것과 매우 동일한 것이다. 이것이 예언의 본질이다. 즉, 비슷한 것의 일정한 연결은 현실의 과정에서 접속하고, 다른 것의 끊임없는 발전, 즉 생성의 기초가 된다. 비슷한 것과 다른 것이란 것은 서로 배타적인 실체가 아니라, 한편이 다른 한편으로 변화하고, 그리고 한편의 변화는 다른 한편의 변화이다. 질(質)이라는 것은 그것이 다른 것이기 때문에 갑자기 변증법적으로 새로운 변화로 나타난다. 그러나 양(量)이라는 것은 조금씩밖에 변하지 않는다. 그것은 기지(既知)의 제 관계의 범국 내에서 적용되진 않는다. 과학과 관계하는 것은 항상 비슷한 것 ― 전자, 시간, 공간, 방사능 및 그것들을 이어주는 에너지 항존의 법칙 등 ― 이다. 과학의 관심은 기지의 제 관계에 한정되지 않으므로, 미래의 이식 가능한 요소를 예시할 수 있다. 이 정도라면 사회 과학자는 미래를 알 수 있다. 이 인식을 레닌은 갖고 있었던 것이다. 그러나 과거의 영웅들은 미래의 양적 기초에 조차 필연적으로 무지했다. 레닌은 행동하긴 했지만, 이러한 신비주의, 즉 '행복한 총아'라는 영웅의 성질을 갖고 있지 않으며 인식자로서의 과학자의 성질을 충분히 갖추고 있었다.(여기에서 현대에는 영웅도 천재도 없다는 명제가 나왔다.)

그러나 과거의 사회 조직과는 본질적으로 다른 편성의 사회, 즉 인간이 사회적 제 관계를 인식하고, 부르주아 문화와 같이 사회의 환경을 이해하는 것만이 아니라, 사회관계를 이해하는 사회를 창조하려고 하는 인간에게는 이러한 진보성은 당연히 있어야 하지 않을까?[26]

혁명이라는 것에 대한 관념이 한 시대전과는 달라서 인제는 아주 일상다 반사가 되어 버렸다. 어떤 손에 닿지 않는 심각한 위엄의 대상이라기보다는 빚 거래를 가진 사람들이 서로 청산이라도 하는 것 같은 간단하고 당연한 사무 같은 인상을 준다. 혹은 그야말로 스포오쓰 같은 인상을 준다⋯⋯. 그처럼 현대의 혁명은 어디까지나 평범하고 상식적인 것이다. ⋯⋯ 나는 우연히도 라스키의『국가론』과 같이 이 책을 병독하게 되었는데 이 두 저서에는 결코 우연이라고 할 수 없는 즐거운 입맞춤이 도처에 보인다.

우리나라의 혁명후의 현실에서 우리들이 속고 있는 정치적 심도를 암시해 줄만한 다음과 같은 문구도 있다.

"반혁명분자들은 혁명에 반대하는 주요원인으로 공산주의반대를 내세우고 있다. 이와 같은 말에 대한 편견과 혼란은 다만 상류와 중류계급의 일부에서만 찾을 수 있다⋯⋯. 어쨌든 큐바의 혁명이 공산주의라는 선전은 대단히 현명하다. 그 선전은 큐바를 곤난케하고 당황케 한다. 왜냐하면 중류계급인들이 아직 한번도 사회 경제적인 실제문제에 대하여 참된 교육을 받은 적이 없기 때문이다. 그러나 큐바의 혁명은 대단히 강력하다는 것을 잊어서는 안된다. 대다수의 가난한 사람들은 혁명을 지지하고 있으며 미국의

---

26 김수영, 「일기」, 9월 7일, 김현경 선생님 소장본.

정책에 반대하고 있다……."

　　농지개혁, 공장건설, 교역촉진, 산업진흥 등의 경제혁명의 힘찬 모습에는
　　역자의 말마따라 정말 '손에 땀을 쥐게' 하였다.…[27]

이 두 글은 혁명 직후의 그에게는 좌파적 성향의 담론이 유효한 참조의 틀이었다는 점을 증명한다. 그는 이 글에서 "레닌은 행동하긴 했지만, 이러한 신비주의, 즉 '행복한 총아'라는 영웅의 성질을 갖고 있지 않으며 인식자로서의 과학자의 성질을 충분히 갖추고 있었다"고 한다. 그리고 "과거의 사회 조직과는 본질적으로 다른 편성의 사회, 즉 인간이 사회적 제 관계를 인식하고, 부르주아 문화와 같이 사회의 환경을 이해하는 것만이 아니라, 사회관계를 이해하는 사회를 창조하려고 하는 인간에게는 이러한 진보성은 당연히 있어야하지 않을까?"라면서 과학적 역사의식을 지향하고 실천한다는 점에서 레닌을 새로운 영웅상으로 소개하고 있다.

그리고 "프롤레타리아트의 생활과 이념에 근거한 새로운 문학"을 소개하는 맑스주의 평론가 코드웰의 글을 인용하는 구절, 그리고 혁명 직후 쿠바의 상황을 담은 책 『들어라 양키들아』의 서평에 들어있는 혁명 직후 지도부들이 보여준 경제혁명에 대한 자신감 등은 그가 혁명 직후에 이 사회에 바라고 있었던 것이 무엇이었는지를 짐작하게 한다. 김수영은 이 서평에서 현실적 개혁의 도정에서 막 경제혁명을 통해 지상낙원을 건설하려는 지도자들을 가진 쿠바를 부러워한다. 그는 우리의 경

27　김수영, 「북 리뷰 : C. 라이트 밀즈 저, 신일철 역, 들어라 양키들아―쿠바의 소리, 정향사간,
　　299면」, 『사상계』, 1961.6, 375~377쪽 참조.

우도 혁명이 분명한 역사의식을 가지고 현실적으로 완수되기를 간절히 원했던 것이다.

　이번에 발굴된 시 「연꽃」도 이러한 점을 가장 잘 증명해주는 또 하나의 텍스트가 될 것이다.

　　　　종이를 짤라내듯
　　　　긴장하지 말라구요
　　　　긴장하지 말라구요
　　　　사회주의 동지들
　　　　　　연꽃이 있지 않어
　　　　　　頭痛이 있지 않어
　　　　　　흙이 있지 않어
　　　　　　사랑이 있지 않어

　　　　뚜껑을 열어제치듯
　　　　긴장하지 말라구요
　　　　긴장하지 말라구요
　　　　사회주의 동지들
　　　　　　형제가 있지 않어
　　　　　　아주머니가 있지 않어
　　　　　　아들이 있지 않어

　　　　벌레와 같이
　　　　눈을 뜨고 보라구요

아무것도 안 보이는

긴장하지 말라구요

내가 겨우 보이는

긴장하지 말라구요

긴장하지 말라구요

사회주의 동지들

　　사랑이 있지 않어

　　작란이 있지 않어

　　냄새가 있지 않어

　　해골이 있지 않어

—「연꽃」(1961.3) 전문[28]

　4월혁명 이후 그는 사회주의자들은 '동지'로 호명한다. 물론 '동지들'이 아닌 '사회주의' 동지들이란 명칭은 역설적으로 그가 그들에게 거리를 두고 있다는 점, 즉 자신은 사회주의자가 아니라는 점을 보여주는 것이기도 하다. 그러나 '혁명'을 이루고자 하는 욕망에서 이들은 '동지'이기도 한 것이다.

　"긴장하지 말라구요"란 언술은 그들에게 행여 혁명이 완수되지 못할 것이라는 염려를 거두라는 말이다. 즉, 그들에게 아직도 우리는 혁명을 완수할 것이라는 신념이 굳건하다는 점을 강조하고 내심 자존심을 세우고 있는 것이다.

　1961년 3월이면 점차 사람들이 혁명에 대한 열정이 식어가고, 행여 이

28　김수영, 「연꽃」, 『창작과 비평』, 2008 여름.

혁명의 성과가 사라지는 것은 아닌가에 대한 의심이 들기 시작했던 시기이다. 그러나 김수영은 그렇지 않기를 간절히 바란 것이다. "긴장하지 말라구요"란 언술은 '혁명'의 완수라는 공통분모를 갖고 있는 사회주의 동지들에게 행한 언술이기도 하지만, 자기 암시이기도 한 것이다.

그러나 혁명의 실패는 그에게 이러한 기대를 무참하게 깨뜨린다. "혁명은 안되고 방만 바꾸었다"는 시 구절이 보여주듯 그에게 혁명의 실패는 크나큰 좌절과 함께 인식상에 변모를 가져 온다. 이후 그의 글에서는 점차 사회주의 사회에 대한 비판적 시선이 드러난다. 그는 다시 사회주의에 대해서 고민하기 시작한 것이다.

대표적인 것인 그가 소련 사회주의 문학에 대한 비판적인, 미국의 좌파적 자유주의 평론가들의 매체인 『파르티잔 리뷰』의 도스토옙스키론 등을 여러 개 번역[29]한 것이다. 이 글에는 '자유'라는 이념적 지향에는 동의하지만 사회주의 사상의 도식성이나 관료주의적 제도에 대해서는 반대하는 지식인들의 논리가 들어 있다. 잘 알려져 있듯이 그에게 번역은 학습과 고민의 과정이었다[30]는 점을 고려할 때, 김수영 역시 이러한 논리들을 통해 자신의 문학관을 새롭게 정립하고자 애썼을 것이다. 트릴링 등 『파르티잔 리뷰』의 기고자들의 논리, 즉 "사회주의자들의 이념적 도식"보다는 "자유주의적 상상력"을 중시하는 그들의 태도는 김수영에게서도 드러나는 것이다.

물론 이러한 태도는 당대 지식인들에게는 하나의 전형적인 '전향'의

---

29 이와 관련된 번역 목록은 다음과 같다. 조지 스타이너, 김수영 역(이하 생략), 「맑스주의와 문학비평」, 『현대문학』, 1963.3~4; 앨프리드 카젠, 「정신분석과 현대문학」, 『현대문학』, 1964.6; 리오넬 트릴링, 「쾌락의 운명」, 『현대문학』, 1965.10~11; 조셉 프랑크, 「도스또예프스끼와 사회주의자들」, 『현대문학』, 1966.12 등 참조.
30 자세한 내용은 본서 제1부 제3장 「김수영 문학에서 번역의 의미」 참조.

논리이기도 했다. 당대 소비에트를 바라보는 관점이 중요한 것은, 이러한 비판의 패턴은 전후 미국 및 서구의 냉전 논리[31]이자, 해방 후 전향한 지식인들의 주요 논리였다는 점이다.

이들의 전향 논리는 주로 당지도부 노선의 오류와 부적절한 정책에 대한 비판에 집중된다. 당노선에 대한 비판은 당의 실상을 부정적으로 폭로하기 때문에 대외적으로 당의 권위와 위신을 실추시키는 한편, 전향자에게는 자신의 행위가 변절이나 배신이 아니라 당의 발전과 자신들이 진정한 공산주의자가 되기 위한 것이라는 명분을 제공함으로써 정치적 굴복에 대한 심리적 부담을 덜어주는 위안으로 작용했다고 한다.[32]

김수영도 어쩌면 이들처럼 통해서 자신이 사회주의자가 될 수 없었던, 혹은 되지 않았던 것에 대한 자기 논리를 찾았을지도 모른다. 그러나 그는 이 안에서 자기 논리를 찾는 대신 '사회주의' 자체를 넘어서려 한 듯하다. 그가 이후에 치열하게 파고들었던 여러 대안적 이론의 참조틀이 매우 다양했던 것은 이를 증명한다.

김수영의 산문에 등장하는 우파적 지식인 '레이몽 아롱'의 『지식인의 아편』의 인용과 그 며칠 후 3월 26일에 등장하는 보수주의자 E. 버크의 존재는 그에게 보수적 지식인들의 논리들도 경청할 만한 대상이었음을

31　이러한 점은 당대 가장 전위적인 지식인군이었던 『사상계』 필자들의 냉전 논리에도 전형적으로 드러나는 것이었다. 그들이 비판하는 논리는 공산주의 자체가 갖는 이론에서 찾아낸 반신비적인 메시아 의식, 절대충성과 희생강요, 마르크스·레닌 저작물의 성전화, 지도자들의 신격화 등을 통해 종교성을 지닌 것, 의회정치의 전면적 부정과 비법화의 근거가 되는 폭력을 전제로 하는 무정부적 혁명성을 지닌 것, 독자성과 특수주의는 용인되지 않고 역사적인 존재의미를 부정하는 민족소멸론, 그리고 인간적인 차원에서 존엄성과 자유를 무시하고 기계화시킨 그릇된 방향성 등이었다(자세한 사항은 남궁곤, 앞의 글, 68쪽 참조). 이를 볼 때 물론 이들의 논리와 차이점도 존재하지만, 이들과 함께 책을 통해 공부했던 김수영 역시 이 세대의 냉전의식의 자장 속에서 치열하게 고민할 수밖에 없었던 것으로 보인다.

32　자세한 내용은 안소영, 「해방후 좌익진영의 전향과 그 논리」, 『역사비평』 26, 역사비평사, 1994.2 참조.

시사한다. 레이몽 아롱을 인용한 일기의 한 구절은 다음과 같다.

> 소수자가 폭력을 사용하는 것은 국가의 무력화, 엘리트의 몰락, 혹은 시대착오적인 제도 등으로 때때로 불가피하고 필요하게 생각될 때도 있다. 이성을 가진 사람, 특히 좌익의 인사들은 보통 치유법보다 외과의의 메스를 써야 한다. 전쟁보다 평화를, 전제정치보다 민주정치를 존중해야 하며 또 혁명보다도 개혁을 존중해야 한다. 때때로 혁명적인 폭력은 그들이 희구하는 변화를 얻기 위해서는 피할 수 없는 것 같고 또는 부가결의 조건인 듯이 보일지도 모른다. 그러나 혁명적 폭력 ●●는 옳은 것이 아니다.
>
> —R. 아롱 『知識人의 阿片』[33]

이 글은 사회주의자들의 혁명 방식에 대해 비판적인 글이다. "전쟁보다 평화를, 전제정치보다 민주정치를 존중해야 하며 또 혁명보다도 개혁을 존중해야 한다"는 논리와 "때때로 혁명적인 폭력은 그들이 희구하는 변화를 얻기 위해서는 피할 수 없는 것 같고 또는 부가결의 조건인 듯이 보일지도 모른다. 그러나 혁명적 폭력 ●●는 옳은 것이 아니다"라는 구절은 보편적인 반공주의적 언술이다. 혁명 이론 그 자체에 대한 비판이 아닌 수단에 대한 비판은 자유주의적 지식인들의 공통적인 반공담론이었다.

자유주의자 김수영 역시 이 논의를 중요하게 고려하였을 것으로 보인다. 그러나 이는 독서 텍스트이고, 이와 비슷한 논리를 보이는 그의 번역 텍스트를 볼 때에도, 그가 받아들였던 지식의 토대와 번역의 공간 역

---

33 김수영, 「김수영 미발표 유고―일기(1961.3)」, 『창작과 비평』 36-2, 창작과비평사, 2008 여름 참조.

시 검열에서 자유로울 수 없었다는 점을 고려하면, 그의 사상을 단순하게 반공주의로만 규정할 수는 없는 일이다.[34]

오히려 '삼팔선을 뚫는 길'을 원했던 산문의 글귀를 살펴볼 때, 그는 도식적인 논리를 강요하는 '냉전'을 혐오했다고 보는 편이 정확한 것이다. 이처럼 김수영은 분명 4·19혁명 이후의 잠깐 흔들렸던 좌파적 담론과 이후 자신을 둘러싼 세계를 장악하고 있는 냉전의 논리와 싸우면서 자신의 길을 찾아 고뇌하고 있었던 것으로 보인다.

점점 더 강화되어가는 반공주의라는 정치적 기류는 그에게 좌파적 성향의 논리를 더욱 무의식 깊숙이 숨겨두게 한다. 그리하여 비록 갈수록 사회주의에 대한 비판의 각이 세워지지만, 그것이 비판이든 수긍이든 그의 의식 속에서 끊임없이 행해진 좌파적 지식에 대한 탐색은 역시 그에게 여전히 이러한 지식의 좌표가 유효한 것이었음을 증명해 주는 것이다. 여전히 그에게 '사회주의' 혹은 '북한'은, 대타적인 의미에서라도 실체는 잡히지 않지만 흔적처럼 살아, 유령처럼 깊숙한 무의식 속에서나마 끊임없이 떠돌고 있었을 것이다.

---

34 김수영의 번역과 독서 텍스트의 주요 저자들이 주로 좌파였다가 자유주의자로 전향한 지식인들이 많다. 트릴링 등 『파르티잔 리뷰』의 뉴욕 지성인파 그룹, 스티븐 스펜더, 오든 등 오든 그룹까지 그러한 여정을 겪은 이들이다. 김수영이 번역한 텍스트의 저자 트릴링은 당시의 진보주의·자유주의 지식인 사회에 대해 비판적이었던 懷疑的 자유주의자로 논의되기도 하고 『엔카운터』지는 문화자유회의(Cultural Freedom : 반공주의 지식인들의 국제적 조직)의 영국 지부 기관지였다. 물론 네루다의 시를 읽은 곳이 『엔카운터』지였다는 점을 고려할 때, 무조건적으로 이 잡지들을 우파적 경향으로 몰아갈 수만은 없을 것이다. 또한 김수영이 이들의 논리를 어떠한 방식으로 받아들였는가는 또 다른 문제이다. 이러한 편향은 그가 「히프레스 문학론」에서도 언급한 바이 글에는 "미국대사관의 문화과를 통해서 나오는 헨리 제임스나 헤밍웨이의 소설은, 반공물이나 미국대통령의 전기나 민주주의 교본의 프리미엄으로 붙어나오는 크리스마스 선물"이라는 구절이 나온다. 미문화원을 통해서 잡지를 구해볼 수 있는 통제된 매체 유입 상황. 즉 당대의 검열 상황과도 관련이 깊을 것이다. 당대의 미국문화 유입 상황에 대해서는 김정현, 「60년대 근대화노선과 미국의 '문화제국주의'와 한국지식인」, 『역사비평』 15, 역사비평사, 1991 여름; 김균, 「미국의 대외 문화정책을 통해 본 미군정 문화정책」, 『韓國言論學報』 44-3, 한국언론학회, 2000.7 참조.

그러면 다시 초기의 문제의식으로 돌아오자. 지금까지 살펴본 바에 의하면, 그에게 자기 비하의 타자는 월북한 선배 문인들이라고 볼 수 있다. 그렇다면 이제는 그가 이 자기 비하의 제스춰를 통해 이 레드콤플렉스를 극복하고 있었는가에 대해 살펴보아야 할 것이다.

치열한 그의 이러한 내면의 분열은 그로 하여금 '사회주의'를 넘어선 '새로운 사유체계'에 대한 갈구로 이어지게 한다. 다음은 4·19혁명 직후의 일기의 한 구절이다.

> 6월 17일
>
> 말하자면 혁명은 상대적 완전을, 그러나 시는 절대적 완전을 수행하는게 아닌가.
>
> 그러면 현대에 있어서 혁명을 방조 혹은 동조하는 시는 무엇인가. 그것은 상대적 완전을 수행하는 혁명을 절대적 완전에까지 승화시키는 혹은 승화시켜보이는 역할을 하는 것이 아닌가.
>
> 여하튼 혁명가와 시인은 구제를 받을지 모르지만, 혁명은 없다.
>
> — 하나의 현대적 상식, 그러나 좀 더 조사해볼 문제.[35]

이 일기는 그가 앞으로 자신의 이념적 갈등과 고통을 자신의 시 창작에 녹여 내려고 노력하고 있다는 점을 말해준다. 그는 현실에서의 혁명은 늘 실패하게 되어있다는 작은 진리를 깨닫고, 그러나 끊임없이 새로움을 추구하는 시적 모더니티의 본질이 혁명 정신을 실현하는 길이라는 점을 깨닫는다.

---

35 「日記抄(II)」, 『전집』 2, 332~333쪽 참조.

革命은 안되고 나는 방만 바꾸었지만

나의 입속에는 달콤한 意志의 殘滓 대신에

다시 쓰디쓴 냄새만 되살아났지만

방을 잃고 落書를 잃고 期待를 잃고

노래를 잃고 가벼움마저 잃어도

이제 나는 무엇인지 모르게 기쁘고

나의 가슴은 이유없이 풍성하다

　　　　　　　　　　　—「그 방을 생각하며」(1960.10.30) 후반부 일부

　혁명革命은 안 되고 나는 방만 바꾸어버렸다는 말은 혁명에 대한 그의
좌절감을 표현한 것이다. 그럼에도 불구하고 "무엇인지 모르게 기쁘고 /
나의 가슴은 이유없이 풍성"한 이유는 그에게 시인으로서 자기 의식을
재정립한 인식적 변이가 있었기 때문이다. 혁명의 실패라는 잔인한 역
사적 사실 덕분에 얻은 시인으로서의 자기 인식은 그에게 인생을 바라
보는 자세에도 영향을 끼치게 된다. "나는 인제 녹슬은 펜과 뼈와 광기狂
氣 — / 실망失望의 가벼움을 재산財産으로 삼을 줄 안다"는 말이나 "이 가
벼움 혹시나 역사歷史일지도 모르는 / 이 가벼움을 나는 나의 재산財産으
로 삼았다"는 말은 그가 혁명의 실패로 인한 고통을 시적 자양분으로 삼
을 수 있었다는 의미다. 그 결과 그가 시인으로 돌아가는 길은 이제 자기
정당성을 얻게 된다.

　무엇보다도

내가 정말 詩人이 됐으니 시원하고

인제 정말

진짜 詩人이 될 수 있으니 시원하고

시원하다고 말하지 않아도 되니

이건 진짜 시원하고

이 시원함은 진짜이고

自由다

—「檄文 — 新歸去來 2」(1961.6.12) 후반부

이 시를 보면 그의 마음이 이제는 "증오^{憎惡}"와 "치기^{稚氣}"와 "굴욕^{屈辱}"을 "깨끗이 버리고" 나니 모든 것이 "편편하게 보이는" 경지, 즉 모든 것을 넓은 식견을 가지고 볼 수 있는 경지로 되었다는 점이 드러난다. 그리고 이러한 경지는 그에게 무엇보다도 "진짜 시인"이 될 수 있다는 자신감을 심어주게 된다. 인용한 시 구절은 그가 이제는 현실적 혁명의 완수가 불가능한 상황에서 벗어나 시적인 본연의 혁명을 이룩하려는 길로 들어선 것이 얼마나 그에게 큰 변모인가를 말해주는 것이다. 그리고 이 시를 보면 이러한 '혁명'을 '시'로 표현하는 것, 즉 '혁명의 미학적 전환'[36] 이 자신에게 최선의 길이었음을 그는 믿어 의심치 않았던 것으로 보인다. 그리고 그즈음인 1962년 그는 시 「전향기」(『자유문학^{自由文學}』 7-3)라는 의미심장한 시를 쓴다.

일본의 '진보적' 지식인들은 쏘련한테는

---

36 김수영의 시세계에서 '혁명의 미학적 전환'에 대한 자세한 사항은 이 책의 제1부 제2장 4절 「심미성의 심화와 생성의 시학」 참조.

욕을 하지 않는다고 한다 나도 얼마전까지는
흰 원고지 뒤에 낙서를 하면서
그것이 그럴듯하게 생각돼서
쏘련을 내심으로도 입밖으로도 두둔했었다
— 당연한 일이다

쏘련을 생각하면서 나는 치질을 앓고 피를 쏟았다
일주일동안 단식까지 했다
단식을 하고나서 죽을 먹고
그 다음에 밥을 떡국을 먹었는데
새삼스럽게 소화불량증이 생겼다
— 당연한 일이다

나는 지금 일본 시인들의 작품을 읽으면서
내가 너무 자연스러운 轉向을 한 데 놀라면서
이 이유를 생각하려 하지만
그 이유는 詩가 안된다
아니 또 詩가 된다
— 당연한 일이다

'히시야마 슈우조오'의 낙엽이 생활인 것처럼
五.一六 이후의 나의 생활도 생활이다
복종의 미덕!
思想까지도 복종하라!

일본의 〈진보적〉 지식인들이 이 말을 들으면 필시 웃을 것이다
— 당연한 일이다

지루한 轉向의 告白
되도록 지루할수록 좋다
지금 나는 자고 깨고 하면서 더 지루한
中共의 욕을 쓰고 있는데
치질도 낫기 전에 또 술을 마셨다
— 당연한 일이다

— 「전향기」 전문

　이 시는 혁명 이후 자신이 "중공의 욕을 쓰면서"도 그것이, "자고 깨고
하면서 더 지루한", 내면에 대한 시이다. "일본의 〈진보적〉 지식인들은
쏘련한테는 / 욕을 하지 않는다"고 해서 소련의 욕을 하지 않았던 그가
"쏘련을 생각하면서 나는 치질을 앓고 피를 쏟"는다. 이는 물론 그가 소
련을 욕하게 된 계기를 설명한 것일 게다. 그러나 "중공中共의 욕을 쓰"는
상황이 "자고 깨고 하면서 더 지루한" 까닭은 무엇일까? 그리고 그러면
서 "치질도 낫기 전에 또 술을 마셨"던 까닭은 또 무엇인가?
　"오五・일육一六 이후의 나의 생활도 생활이다 / 복종의 미덕! / 사상思
想까지도 복종하라!"는 구절은 그가 전체주의적으로 사상의 전향을 강
요하는 현실에 대해 빈정거리는 것이다. 그는 중공의 욕을 쓰면서도 불
편했던 것이고, 특히 이것이 5・16군사쿠데타의 결과라는 점에 굴욕감
을 느꼈던 것이다. 표면적으로 전향한 것으로 보이지만, 흔들림 속에서
도 결국 '전향'은 안 했던 것이다. 그는 살아있는 동안 내내 독재와 냉전,

반공주의, 레드콤플렉스와 끊임없이 싸웠기 때문이다.

「어느날 고궁을 나오면서」는 1965년 12월 『문학춘추文學春秋』에 실렸던 시이다. 물론 비교적 후기 시에 속하는 이 시를 통해서 자신의 무의식 깊숙이 내재한 레드콤플렉스를 고백하고 이를 극복하고 있었다. 그 이후에는 '자기 비하'의 시를 쓰지 않는다. 이후 그는 시 「여름밤」과 「꽃잎」을 거쳐 그는 「풀」의 세계로 나아간다.[37]

그의 시 「풀」의 형상이 영적靈的 체험을 가능하게 하는 시적인 세계의 표현이면서도 '혁명'의 형상이 오버랩될 수 있게 하는 것은 그가 이 콤플렉스를 극복하고 다다른 세계가 무엇이었는가를 역으로 표현해주는 것이다. '시'의 세계는 '북한 / 남한', '공산주의 / 자유주의', '좌파 / 우파'라하는 사상의 경계를 뛰어넘는 절대적 정치의 공간 '혁명'의 공간이기 때문이다.

이로써 김수영의 시 「어느날 고궁을 나오면서」는 그의 시세계 내부에서 더욱 중요한 의미를 얻는다. 이 시는 단순히 자기 성찰의 순결성만을 보여주는 시가 아니라, 그가 자기 비하를 거쳐 선배시인들에 대한 레드콤플렉스를 극복하고 새로운 자기만의 시적 세계로 들어가는 도정을 보여주는, 매우 역설적이게도 역사적인 시인 것이다.

---

37 이에 대한 자세한 사항은 위의 글, 107~210쪽 참조.

5. 이념적 '타자'를 넘어

지금까지 살펴본 대로 김수영의 시에 나타난 '자기 비하'의 태도는 곧 예술가적 욕망을 실현하기 위한 발판으로 자기 확인, 자기 주문呪文의 역설적인 형태였다. 이로써 그는 '자기 비하'를 통해 내적 정당성을 얻고 선배 시인들과는 다른, 자신의 정체성을 구성할 수 있었다. 물론 여기서의 자기 욕망은 타자와 다른 길, 자유와 혁명을 완성시키는 예술가의 길이다.

결국 그의 시에 나타난 '자기 비하'의 태도는 결국 자신에게 끝없는 열등감과 경쟁심을 부여했던, 그의 자전적 소설 「의용군」에 나오는, 임화를 비롯한 월북 시인들과 자신의 시세계를 명확히 분리하고자 하는 그의 욕망의 또 다른 표현이었다고 볼 수 있다. 그는 사회주의자는 아니지만 '사회주의'를 참조틀로 이를 넘어서는 도정에서 자신의 시세계를 정립했다.

또한 앞서 제기한 대로, 이 연구의 결론인, 김수영의 자기 비하의 심리학은 근현대 시사에 확대하여 적용시켜 볼 근거는 충분히 있다. 윤동주와 서정주, 그리고 이상 등 이들은 모두 근본적으로는 김수영과 그다지 다르지 않는 상황에서 시를 창작했다는 점 역시 연구의 필요성을 배가시키는 것이다. 물론 이들이 이념적으로 프로 시인들의 논리에 전적으로 공감했다고 보기는 어렵지만, 당대 문단, 혹은 당대 진보적 지식인의 전반적인 인식에 크나큰 영향을 주었던 '이념'의 자장 안에서 이들 역시 벗어나기는 어려웠다고 할 수 있다.

그리고 해방 후에도, 역사적 정황에 비추어볼 때 적어도 한국전쟁 이후까지 거의 대부분의 시인들에게 공통된 타자 중 하나는 이념 문학을 지향하는 프로 시인들(월북시인들)이었을 것이라는 가설은 성립 가능하다. 이들은 그들에 대한 경외감과 극복의지 사이에서 자신의 시세계를 정립해야 했을 것이다.

김수영과 정반대의 문학적 입장에 서 있었던 '순수시' 계열 시인들도 늘 '참여시'인들과의 대타적 전선에서 자기의 정체성을 세울 수밖에 없었을 것이기 때문이다. 사회적 윤리의식에 고뇌했던 시인들 역시도 '반공이데올로기'나 여타 '검열' 등 여타 억압에 의해서 그들을 타자로 세울 수밖에 없었는지도 모른다. 이들이 선택한 길은 각각 다른 길이었지만, 선배 문인들에 대한 타자 의식은 이들이 공통적으로 반드시 극복해야 할 주요 과제였다고 본다. 물론 이것은 하나의 예에 불과하지만, 결국 그들이 택한 '자기 비하'의 태도는 이들의 타자와의 연관성을 끊고 독자적인 세계로 모색해 가는 과정 중에 놓인 자아의 위장 전술이었다는 점만은 분명하다.

이로써 구체적인 형체를 찾아보기 어렵지만 의식 저변에서 '사회주의'라는 유령이, 우리 근현대 시사의 영원한 타자로서 존재하면서, 역설적으로 발전의 원동력이 되기도 했다는 점은 부인하지 못할 것이다. 앞으로의 연구를 통해서도 이러한 점은 지속적으로 규명되어야 할 것이다.

제2장

자본, 노동, 성性

'불온'을 넘어, 「반시론」의 반어

독일 검열관들······························

···

·····················멍청이들······

—Heinrich Heine, 「이념들. 르그랑의 서」[1]

---

1 Heinrich Heine, *Ideen. Das Buch Le Grand*, 1826(이 연구를 진행하는 동안 연구자를 독려하기
위해 이 산문 중 세 단어로만 이루어진 1 페이지를 제공해 주신 한국외대 독문학자 김영옥 선
생님께 감사드린다. 아마 김수영의 속마음이 19세기 독일 최고의 불온시인 하이네의 마음과
같았을 것이다).

1. 검열과 김수영

동백림 사건을 다루고 있는 박순녀의 문제작 「어떤 파리」(1970)는 몇 년 전(1968)에 타계한 김수영이 모델인 소설이다. 이 소설은 그의 삶이 당대 역사적 현실이나 통치 체제 전반과 매우 정치적으로 긴밀하게 연관된 전형이었음을 증명해 준다. 물론 이 소설에서는 김수영의 내면의 고통과 당대 체제와 싸웠던 문학적 고투가 드러나 있지 않지만, 당시 김수영의 상황과 내면을 일상적인 측면에서 잘 조명하고 있다.

정치적으로 자유주의를 꿈꾸는 양심적 지식인면서도 의용군 전력으로 끊임없이 감시받고, 이로 인해 존재론적 공포마저 느끼는 주인공 홍재, 이 '불온시인'은, 살아 생전 작가의 절친한 동료였던 김수영이다.[2] 박순녀가 바라본 작가 김수영은 참여시인이 아니라 '불온'이란 낙인으로 고통받는 양심적 지식인이었다. 국가주도의 공안사건인 동백림 사건과 김수영의 삶이 오버랩되는 이 소설은 이 두 문제의 근원이 전쟁 체험을 기반으로 한 반공이데올로기이며, 이 통치 체제 안에서는 여전히 '불온'의 공포가 지속적으로 반복된다는 점을 상기시킨다.

이 소설이 문제삼는 것은 동백림 사건으로 억울하게 간첩 혐의를 받고 있는 친구의 무죄를 아무도 증언할 수 없다는 것이다. 이는 김수영의

---

2 이 소설에서 의용군에 갔다 오고, 5·16군사쿠데타 이후에 반공주의의 공포 때문에 야반도주를 시행한 홍재의 행적은 실제 김수영의 행적과 거의 일치한다. 박순녀는 김수영 작품에도 등장하는 월남한 소설가 김이석의 부인, 미망인이었다. 김현경 선생님의 증언에 의하면 김이석 사후에도 부부는 박순녀와 지속적인 친교를 이어나갔다고 한다. 이 텍스트를 본인에게 적극 추천한 사람도 고 김수영의 부인 김현경 선생님이다. 「어떤 파리」에서는 김수영을 '불온시인'이라 칭한다. 박순녀, 「어떤 파리」, 『문학과지성』 창간호, 1970년 가을, 189·198면 참조(이 소설은 본래 『현대문학』, 1970년 6월호에 실렸다. 이를 「문학과지성」 창간호가 재수록한 것이다).

근원적인 공포와 상처이기도 했다. 그는 평생 제대로 된 발언을 할 수 없다고 괴로워한 바 있다. 이 소설의 주제는 홍재가 절실하게 부르짖었던, 증언할 수 있는 자유, '언론의 자유'이며 이는 '진정한 자유'[3]의 또 다른 이름이었다. 이 소설은 '빛'과 '색'으로 대변되는 감시 체제에 시달리는 주체의 고통에 대한 연민을 토로하고, 주인공 홍재와 진영에게 부여한 '불온'이라는 낙인은 통치자의 의도에 의해 구성된 것일 뿐, 정작 이들의 주체적인 의지나 사상의 실체와는 상관없는 것이라고 한다.[4] 이 소설은 마지막에 '파리'(프랑스대혁명이 일어난 자유의 공간)와 '진영'(잡혀온 친구의 이름)을 연호한다. 이는 작고한 김수영의 열망이기도 했다.

또한 고故 김수영의 부인은 시인이 살아 생전에 '한국에선 언론 자유가 없어서 소설은 안 된다'란 말을 입버릇처럼 했다고 전한다. 이러한 점을 증명이나 하듯 의용군 체험을 소설화한 그의 자전적 체험 소설 「의용군」은 미완성이다. 「어떤 파리」에서 서술된 것처럼, 의용군에 끌려갔던 경력과, 그 이후 포로수용소에 수감되었던 이력은 그의 삶 전반을 지배하는 이념적 낙인이었다. 한국전쟁 이후 새벽에 집밖에 사복경찰들이 와 있곤 했다는 부인의 증언은 이 이념적 낙인이 얼마나 고통스러운 것이었나를 증명해 준다.

그래서 4·19 직후에 쓴 시 「허튼소리」에서 "나는 대한민국에서는 / 제일이지만 / 이북에 가면야 / 꼬래비지요"라면서 월북한 작가들에 대한 동경심을 드러낸 그였지만, 의용군 체험은 어떠한 방식으로든 그에게 서사화하기 어려운 일이었을 것이다. 리얼리티를 보장하자니, 검열

---

3 위의 글, 189쪽 참조.
4 이러한 점은 주인공의 집을 찾아온 이들이, 어린 아들을 찾아와 낮에 학교에서 벌어진 집회의 배후로 선생님을 지목하고 이에 대한 답을 얻기 위해 의도적으로 추궁하는 장면에서 드러난다.

에 걸릴 것이고, 검열에 통과하자니 위장된 전향서사[5]를 써야 했다.

포로수용소 체험 역시 형상화되기 힘들 만큼 공포스러웠는지, 그의 시에서나 산문에서나 찾아보기 힘들다. 그는 "산문의 자유뿐이 아니다 태도의 자유조차도 있을 수가 없었다. 더구나 나처럼 6 · 25 때에 포로생활까지 하고 나온 이 사람은 슬프게도 문학단체 같은 데서 떨어져서 초연하게 살 수 있는 자유가 도저히 없었다. 감정의 자유 역시 그렇다"[6]고 하면서 자신에게 찍힌 이념적 낙인의 고통과 "감정의 자유"마저 속박하는 검열의 중압에 대해 솔직하게 토로한다.

최근에 발굴된 한 산문에서는 "4 · 26 전까지 그는 시는 어벌쩍하게 써왔지만, 산문은 전혀 알 수가 없었고 감히 써 볼 생각조차도 먹어보지를 못했다"고 하면서 이유는 "시를 쓸 때에 통할 수 있는 최소한도의 '캄푸라쥬'가 산문에 있어서는 통할 수가 없었기 때문"[7]이라고 한다. 이처럼 포로수용소에서의 체험의 끔찍함은 형상화의 가능성을 넘어선 것이었다. 게다가 "포로생활까지 하고 나온" 사람에 대한 감시와 검열 상황은 제대로 된 창작 생활을 불가능하게 만든다. 결국 그는 소설가가 되기를 포기했고 대신 상징적 형상화가 가능한 시 장르를 선택하여 시인이 되었다.

그가 시에서 추구했던 '캄푸라쥬'의 기능은 포로수용소에서 나온 직후인 1953년 5월에 창작된 「조국에 돌아오신 상병포로 동지들에게」에서 잘 드러난다.

5　그의 시 「전향기」가 대표적인 예이다. 이에 대해서는 본서의 뒤 장 「한국 현대시 연구의 성과와 전망―'운명'과 '혁명', 왜, 아직도 '임화'와 '김수영'인가?」 참조.
6　김수영, 「책형대에 걸린 시―인간해방의 경종을 울려라」, 『경향신문』, 1960.5.20.
7　위의 글.

그것은 자유를 찾기 위해서의 여정이었다.

가족과 애인과 그리고 또하나 부실한 처를 버리고

포로수용소로 오려고 집을 버리고 나온 것이 아니라

포로수용소보다 더 어두운 곳이라 할지라도

자유가 살고 있는 영원한 길을 찾아

나와 나의 벗이 안심하고 살 수 있는

현대의 천당을 찾아 나온 것이다.

(…중략…)

나는 이것을 자유라고 부릅니다.

그리하여 나는 자유를 위하여 출발하고 포로수용소에서 끝을 맺은 나의

생명과 진실에 대하여

아무 뉘우침도 남기려 하지 않습니다.

나는 지금 자유를 연구하기 위하여 〈나는 자유를 선택하였다〉의 두꺼운

책장을 들춰볼 필요가 없다.

꼭같이 사랑하는 무수한 동지들과 함께

꼭같은 밥을 먹었고

꼭같은 옷을 입었고

꼭같은 정성을 지니고

대한민국의 꽃을 이마 우에 동여매고 싸우고 싸우고 싸워왔다.

그것이 너무나 순진한 일이기에 잠을 깨어 일어나서

나는 예수 크리스트가 되지 않았나 하는 신성한 착감조차 느껴보는 것이

었다.

정말 내가 포로수용소를 탈출하여 나오려고

무수한 동물적 기도를 한 것은

이것이 거짓말이라면 용서하여 주시요,

포로수용소가 너무나 자유의 천당이었기 때문이다.

노파심으로 만일을 염려하여 말해두는 건데

이것은 촌호의 풍미도 역설도 불쌍한 발악도 청년다운 광기도 섞여 있는

말이 아닐 것이다.

(…중략…)

돌아오신 여러분! 아프신 몸에 얼마나 수고하셨습니까!

우리는 UN군에 포로가 되어 너무 좋아서 가시철망을 뛰어나오려고 애를

쓰다가 못 뛰어나오고

여러 동지들은 기막힌 쓰라림에 못이겨 뛰어나오고.

그러나 천당이 있다면 모두다 거기서 만나고 있을 것입니다.

어굴하게 넘어진 반공포로들이

다같은 대한민국의 이북반공포로와 거제도반공포로들이

무궁화의 노래를 부를 것입니다.

나는 이것을 진정한 자유의 노래라고 부르고 싶어라!

반항의 자유

진정한 반항의 자유조차 없는 그들에게

마즈막 부르고 갈

새 날을 향한 전승의 노래라고 부르고 싶어라!

그것은 자유를 위한 영원한 여정이었다.

나즉이 부를 수도 소리높이 부를 수도 있는 그대들만의 노래를 위하여

마즈막에는 울음으로밖에 변할 수 없는

숭고한 희생이여!

나의 노래가 거치럽게 되는 것을 욕하지 마라!

지금 이 땅에는 온갖 형태의 희생이 있거니

나의 노래가 없어진들

누가 나라와 민족과 청춘과

그리고 그대들의 영령을 위하여 잊어버릴 것인가!

자유의 길을 잊어버릴 것인가!

—「조국에 돌아오신 상병포로 동지들에게」 일부, 1953.5.5.

이 시에서 '자유'는 중층적인 의미로 보인다. 포로수용소에서 벌어진 반공포로들이 추구한 '자유'와, 자신이 북원훈련소를 탈출했던 순간[8]에 추구했던 것(포로수용소를 탈출하고 싶었던 간절한 욕망), 이 두 가지이다. 전자는 미국식 자유, 권력이 입버릇처럼 강조하는 통치이념인 '자유'이다. 포로수용소 내부에서, '반공'이면 무조건 '자유민주주의'가 되는 비합리적 상황에서 추구된 '저들'만의 자유이다. 후자의 것은 보편적 인간들이 추구하는 자유, 김수영이 산문(「삼동유감三冬有感」)에서 언급한 적 있는 〈25시〉라는 영화를 통해서 보았던 존재론적 자유[9]란 의미이다.

---

8 의용군에 끌려간 후 훈련받았던 곳. 이 시에 나온다.
9 김수영은 산문 「삼동유감」에서 "여편네와 어린놈을 데리고 영화 〈25시〉를 구경하기도 했다. 〈25시〉를 보고 나서 포로수용소를 유유히 걸어나와서 철조망 앞에서 탄원서를 들고 보초가 쏘는 총알에 쓰러지는 소설가를 생각하면서 나는 몇 번이고 가슴이 선득해졌다. 아아, 나는

그런데 이 시에서 시인은 전자의 자유라는 개념을 전방에 내세워, 이에 대항하는 후자의 '자유'라는 개념을 배면에 숨겨버린다. 이러한 점은 '의도적인 혼돈(또는 혼란)에서 오는 균열'을 목적으로 한 것이기도 하다. 사실(포로수용소 체험)과 역설(포로수용소 체험에 대한 해석), 진실과 거짓말을 뒤섞어 놓음으로써, 모든 것을 일원화, 단순화시킨 논리로 설명하려는 현실(정치적 이데올로기)을 균열시키는 것이다.

이 시에서는 이렇게 반어적 어법이 '캄푸라쥬'에 큰 역할을 한다. "우리는 UN군에 포로가 되어 너무 좋아서 가시철망을 뛰어나오려고 애를 쓰다가 못 뛰어나오고 / 여러 동지들은 기막힌 쓰라림에 못이겨 뛰어나오고"란 시구절에서 "너무 좋다"는 것은 "좋을 수도 있고, 그렇지 않을 수도 있다"는 반어적이고 복합적인 의미를 띄고 있는 것이다. 여기서 그가 말하고 싶었던 것은 "다같은 대한민국의 이북반공포로와 거제도반공포로들이 / 무궁화의 노래를 부를", "진정한 자유의 노래", 곧 "반항의 자유"이다.

물론 김수영 시에서 드러나는 역설, 반어, 상징 등의 수사적 기교는 모더니즘 시가 추구하는 언어의 교란, 일상 언어의 혁명이라는 근본적인 이념을 실현하기 위해 사용된다. 그러나 그러면서 동시에 이러한 시적 기교는 '검열'을 돌파하는 무기가 된다.

이를 볼 때 그의 전후 시세계는 검열과의 싸움에서부터 출발한 것이었다고 해도 과언이 아니다. 그에게 검열과의 싸움은 곧 자신에게 씌워진 이념적 낙인과의 싸움이며 정치와의 싸움이었다. 동시에 끊임없이 승복하고 싶은 자기 내면과의 싸움이기도 했다. 끊임없이 반공적 인식

작가의 사명을 잊고 있는 것이 아닌가, 나는 타락해 있는 것이 아닌가, 나는 마비되어 있는 것이 아닌가'라고 한 바 있다.

을 검증받아야 하는 상황에서 그의 억압적 심리와 피로감은 감히 상상하기 어려웠을 것이다.

그런 상황에서 김수영은 그의 시와 산문에서 끊임없이 언론의 자유를 주장한다. 그것도 "'비교적' 자유가 있다는 말은 통하지 않는다. 민주주의 사회는 말대답을 할 수 있는 절대적인 권리가 있는 사회다"[10]면서 '절대적' 자유를 부르짖는다.

사실 김수영에게 언론의 자유는 정치적 자유의 다른 이름일 뿐이다. 실제로 김수영은 정치적 발언도 서슴지 않았다.[11] 그는 4·19혁명 이후에 '김일성 만세'라는, 당대로서는 파격적인 금제어를 지면에 끌어올리면서 극단적인 방식으로 언론의 자유를 주장한 바 있다. 그럼에도 불구하고 정치적(이념적) 자유라는 적나라한 표현을 할 수 없었던 것 역시 검열의 억압 때문이다. 즉 '반공법'(국가보안법)이라는 초유의 강력한 법제에 걸리고 말았을 것이기 때문이다. 그러므로 '언론의 자유'라는 표현은 이의 완곡한 표현이었다. 또한 활자화된 언어로 자신을 표현해야 하는 작가의 입장에서 검열의 억압이란 자신의 정체성을 걸고 항변해야 할 대상이었음은 재론의 여지가 없다. 즉 운명인 것이다.

그렇다면 그는 왜 이렇게 지난하게도 검열과 싸우려고 했는가? 그것도 상대적 자유가 아닌 절대적인 자유를 요구할 수 있었던 것은, 짧은 순간이나마 경험한 진정한 '자유'의 순간이 있었기 때문이다. 일제 말기 학

---

10 「히프레스 문학론」, 『전집』 2, 민음사, 2003, 285쪽.
11 "야당은 더 이상 정치혼란을 가속화시켜서는 안 된다. 정치는 협상이므로 냉철한 이성으로 국민의 의사에 영합할 수 있는 타개방안을 모색해야지 전면선거란 쿠데타적인 성격을 띤 것이므로 신민당은 심사숙고해야 된다. 제명만으로 불충분하다." 「시국수습 : 특별담화를 보고-각계인사는 말한다.」, 『경향신문』, 1967.6.17, 1면; "당리를 초월하여 대국적 견지에서 사태를 수습하는 방향으로 가는 것이 국가와 민족의 행복이라고 생각한다. 수습할 사람은 대통령 뿐." 「비상정국을 풀자면 각계서 말하는 수습방안」, 『동아일보』, 1967.6.15, 3면.

병 동원을 피해 잠깐 동안 만주에 피신해 있다 돌아온 김수영에게 해방 공간은 하나의 해방구였다. 김수영은 잘 알려진 대로, 해방기에 문학가 동맹 사무실에서 번역 일을 하는 등 좌파적 성향이 강한 시인이었다.[12] 시인 임화에 대한 동경이 강하게 자리잡고 있었다고 한다. 그러면서도 김수영은 산문 「마리서사」에서 서술한 대로, 박인환 복쌍 등 모더니스트들과 친교 활동을 벌인다. 그가 말한 대로 이 시기는 "좌·우의 구별 없던" 정치적 자유의 시간이었기 때문에, 여러 사상적 문학적 가능성들을 열어 놓고 경험할 수 있었다.[13]

그러나 이러한 시간은 잠깐, 단정 수립 이후 검열 체제가 강화되고 곧바로 한국전쟁이 발발한 시대적 상황은 이러한 자유를 순식간에 빼앗아 간다. 잘 알려져 있듯, 가장 큰 비극은 그가 의용군에 끌려간 것이다. 이후에 북한군과 소련군을 피해 목숨을 걸고 탈출, 다시 집근처에서 남한군에 체포되는 상황은 전쟁이라는 상황의 긴박성을 보여준다. 여기서도 죽을 고비를 넘기고 다시 거제도 포로수용소에 수감되고, 석방된 이후에도 감시를 받는 고통스러운 상황은 그로 하여금 정치적 자유에 대한 갈망을 더욱 크게 만들었다.

더구나 민족주의가 저항 이데올로기였던 1960년대, 보기 드문 급진적 자유주의자인 그에게 '민족'이니 '국가'니 '외세'니 하는 거대담론 이전에, 언론의 자유가 최대의 절박한 과제였을 것이다. '검열'은 질료의 억압을 통해 개별 영혼의 자유를 잠식한다. 그래서 그는 한 산문에서

---

12 물론 그렇다고 해서 깊숙하게 관여하고 있었던 것 같지는 않다. 1922년생인 전위시인 유진오가 활발하게 문화선전 활동을 거행했던 것에 비하면, 1921년생이었던 김수영의 행적은 상대적으로 미비하기 때문이다(이에 대한 자세한 내용은 최하림, 『김수영 평전』, 실천문학사, 2001 참조).

13 이러한 내용은 「마리서사」, 『전집』 2, 109쪽; 「히프레스 문학론」, 『전집』 2, 286쪽 참조.

"언론의 자유란 이렇게 무서운 것이다. 그것은 수많은 천재의 출현을 매장하는 하늘과 땅 사이만 한 죄를 범하고 있다"[14]고 말한 것이다. 지속적인 물리적 검열의 억압은 자발적 자기 검열을 유도하게 된다. 이러한 점을 김수영은 잘 알고 있었던 것이다.

그러나 그럼에도 불구하고 끊임없이 내면적 억압과 싸웠던 김수영은 해방 공간에서부터 이승만, 박정희 통치기를 살아가면서 검열과 교묘한 신경전을 벌이게 된다. 그리고 그는 그 과정을 그의 산문과 일기에 기록해 놓고 있다. 그의 일기와 산문에서 드러난 검열과의 쟁투 과정 중 중요한 시기는 4 · 19혁명 직후 「김일성 만세」를 쓸 즈음과 1968년 이어령과 일명 '불온시' 논쟁이 벌어진 시기이다.

먼저 4 · 19혁명 직후에는 '김일성 만세'를 둘러싼 이야기들이 일기에 파노라마처럼 기록되어 있다. 그는 이 시기에, 당대 최대 금기어의 발화를 통해 검열의 금제를 폭파하려는 시도를 한 바 있다. 그런데 이 시기, 이러한 시도는 좌절된다. 혁명 직후였으나, 여전히 레드콤플렉스의 장벽은 무너지지 않았던 것이다.

두 번째 시기는 1968년 이어령과 논쟁이 붙었던 시기이다. 이 시기에 그는 리영희의 증언에 의해서도 밝혀진 대로, 논쟁 중 조선일보에 원고를 싣는 과정에 『조선일보』 내부의 자체 검열을 당하게 된다. 동시에 그는 이 시기에 공교롭게도 풍속 검열에 걸려 원고를 수정하게 되는 비운을 겪게 된다. 산문 「원죄」가 '음담淫談의 혐의를 받고' 수정을 하게 되는 상황이 산문 「반시론」에 실려 있다.[15]

공교롭게도 이 두 시기는 한국정치 사회 내부에서도 중요한 기점이

---

14 「반시론」, 『전집』 2, 406쪽.
15 「반시론」, 『전집』 2, 405쪽.

되는 시기이다. 1960년은 4·19혁명이 일어났던 해이고, 1968년 1·21 사태와 푸에블로호 납치 사건은 한반도의 냉전구조가 공고해짐으로써 4·19혁명의 기운이 사그라들고 박정희 정권의 반공주의 통치이념이 그 명분을 얻어나가던 시기이다.[16] 바로 이 시기에 검열 논쟁이 붙은 것은 기묘한 우연이라고 만은 볼 수 없다. 이는 그가 이러한 상황을 감각적으로 지각하고 있었고, 그만큼 그의 목소리가 정치적 성격을 강화시키고 있었기 때문에 일어난 반동적 현상인 것이다.

그리고 이 두 상황의 시기적 간극과 내용에도 불구하고 이 두 검열 상황은, 정치 검열과 풍속 검열이라는 1960년대 검열 통치의 두 가지 양상을 보여주는 것이다. 동시에 이 두 검열 기재의 연관성을 보여주는 것이기도 하다. 당대 정권은 사상 검열을 통해 반공이데올로기를 강화하는 한편, 풍속 검열을 통해 정권의 도덕성을 동시에 견인해 내고자 했다. 다소 도식적일 수도 있지만, 사상 검열은 반공이데올로기를 규율해 내고 풍속 검열은 개발독재 시대 노동하는 주체를 규율해 내면서 이 두 검열 체제는 체제 순응적인 주체를 양산해 내는 데 공모하게 된다. 이는 '행위'에 대한 관리, 그보다 더 궁극적으로는 '감각'에 대한 관리였다.[17] 사상 검열이 피통치자의 사상적 논리를 관장한다면 '도덕(국민윤리)'이란 기치 아래 실시하는 풍속 검열은 개별자의 비이성적 영역까지 관장하는

---

16 이에 대한 자세한 내용은 조희연, 『박정희와 개발독재 시대』, 역사비평사, 2007 참조. 이선미는 이 시기에 이호철이 쓴 「공복사회」가 유신시대로 변화하기 직전의 한국사회를 사실적으로 보여준다고 하면서 이 시기의 문학사적 중요성도 강조한 바 있다. 이선미, 「1970년대 통치성과 공모자 의식, 제도와 마음의 정치―박완서 소설을 중심으로」, 『한국문학연구학회 제86차 정기학술대회 '통치성과 문학―1960~70년대 내치(內治)의 기술과 대중의 일상' 자료집』, 2013.12.7 참조.

17 임유경은 검열은 단순히 '진압'이라는 차원에서가 아니라 '치안'이라는 관점에서 읽힐 필요가 있다고 한다. 이 때 '치안'이 문제적인 것은 '감각적인 것의 분할'과 관계하기 때문이라고 한다. 임유경, 「불가능한 명랑, 그 슬픔의 기원―1960년대 안수길론」, 한국문학연구학회, 『현대문학의 연구』 49, 2013, 205쪽 참조.

보다 치밀한 영혼 통치술[18]인 것이다.

권명아에 의하면 식민지 시대부터 시작된 풍기문란에 관한 풍속 통제는 국민화(정확하게는 비국민화)와 연계되는 통치술이다. 음란함, 풍기문란의 통제는 법제를 통해서 테두리 내에 속하는 국민과 '문제적 집단' 또는 '가치가 없는 삶'으로 규정하는 음란한 비국민을 창출해 낸다. 그리고 풍속 검열은 단지 텍스트 자체의 내용에 개입하는 데 국한되지 않고, 다중의 정념과 그 정념의 여러 거처(사랑의 공간에서 거리에 이르는)에 대한 통제와 긴밀하게 연동되어 있는, 삶 자체를 통제하는 방식이라는 것이다.[19]

김수영이 반발하고 있듯, '음란'함이란 수식어가 지칭하는 불온의 영역은 피통치자의 무의식(욕망)까지 관장하는, 전지전능한 권력을 지향하는 통치자의 의지가 관철되는 곳이다. 푸코가 『성의 역사』에서 주장하듯, '음란'의 영역, '성性'의 영역은 자본주의 개체의 노동을 관장하기 위해 억압해야 하는 공간이다.[20] 그리하여 경제개발담론이 통치 이념의 핵심으로 대두하던 1960년대, 당대 정권의 이념이 관철되는 검열 현장에서 김수영은 과감하게 금단의 영역이었던 '성性'의 영역을 시와 산문을 통해 노출시키고 있었던 것이다. 그리하여 그는 '불온'과의 싸움을 통해 개발독재(자본주의)와의 싸움을 벌인다. 김수영은 반공주의와 개발독재

---

18 풍속 통제는 생활 방식과 취향에 대한 통제를 넘어 정신과 육체, 즉 삶 자체를 통제하는 방식인 것이다. 권명아, 『음란과 혁명―풍기문란의 계보와 정념의 정치학』, 책세상, 2013.5.31, 31・37쪽; 임유경, 앞의 글 참조.

19 권명아, 앞의 글 참조.

20 푸코는 성을 그토록 엄격하게 억압하는 이유는 성이 전반적이고 집약적인 노동력의 동원과 양립할 수 없기 때문이라는 것이다. 노동력이 조직적으로 착취되는 시대에 노동력의 재생산은 허용하는 최소한으로 한정된 쾌락 이외의 다른 쾌락 때문에 노동력이 허비되는 것을 용인할 수 없다는 것이다. 혁명과 행복, 혁명과 더 새롭고 더 아름다운 다른 육체, 또는 혁명과 쾌락이 은연히 공존할 수 있게 되는 것은 바로 성의 억압이 단언되기 때문이라고 한다. 미셸 푸코, 이규현 역, 『성의 역사』 1(지식의 의지), 나남, 2010.11, 10~14쪽 참조.

라는 두 가지 통치 이데올로기를 내파해 내는 방법에 대해 고민하고 있었던 것이다.

물론 정치의견을 발표할 수 없었던 공간에서 그는 상대적으로 약한 고리('음란'의 통치술)를 친 것일 수도 있다. 이미 붉은 낙인이 찍혀 있는 상황, 게재가 불가능한 서랍 속의 불온시를 소장하고 있는 김수영이 선택할 수 있는 최대치의 방법이었다고 볼 수 있다. 그리고 그는 검열 통제에 승복한 듯한 순간에 곧바로 이를 이용하여 이를 내파할 다른 방법을 모색하였다. 그는 이 두 검열의 연관성을 잘 알고 이를 통해, 이 두 가지 검열 상황을 동시에 돌파해 낼 수 있는 방법을 고민했던 것이다.

그러면서 이 과정을 거치며 그는 새로운 문학적 경지를 이루어냈다. 그 결과가 그의 후기 대표 산문인 「시여 침을 뱉어라」와 「반시론」, 그리고 그의 유작인 시 「풀」인 것이다. 검열과의 싸움, 그것은 억압과 대결하는 방법이기도 했지만, 곧 김수영 문학적 여정의 중요한 원동력으로 작용하기도 했다.

2. 4·19혁명―정치 검열과의 싸움

김수영은 정치 검열 때문에 제대로된 자기 발언을 할 수 없었다. 이를 증명하듯, 김수영은 한 산문에서 말한 대로, 4·26 이전에는 거의 산문을 쓰지 않는다. 그러다가 혁명 직후에 쓴 산문 하나가 기고되는 과정에서 전면 삭제되는 비운을 겪는다. 4월 24일 '4·19사태에 대한 문화인의

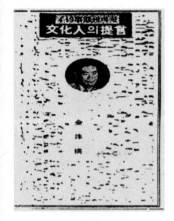

『동아일보』, 1960.4.24, 4면.
본문 전면은 다 깎여 흔적만 있고 사진
과 이름만 남아 있다.

제언'이란 릴레이식 기사[21]에서 김수영의 글이 전면 삭제된다.[22]

그에게 또 한번 산문적 진술이 좌절된 것이다. 4·19 직후부터 5·16군사쿠데타가 일어나기까지 쓰여진 시는 「하… 그림자가 없다」(『민족일보』, 4.3), 「우선 그놈의 사진을 떼어서 밑씻개로 하자」(4.26), 「기도」(5.18), 「육법전서와 혁명」(5.25), 「푸른 하늘을」(6.15), 「만시지탄은 있지만」(7.3), 「나는 아리조나 카보이야」(7.15), 「허튼소리」(9.25) 등과 최근에 발굴된 「김일성 만세」(9.25), 「연꽃」(1961.3)을 포함

하면 총 16편[23]이다. 이 시기에 그는 왕성한 필력을 발휘했다.

그리고 이 안에서도 검열과의 끊임없는 싸움은 존재한다. 특히 문제작 「허튼 소리」를 쓴 1960년 9월 25일과 「김일성 만세」를 쓴 10월 6일 이후, 이 시가 겪은 수난은 시인의 일기에 고스란히 드러나 있다.

9월 25일

「허튼소리」를 쓰다.

이 작품은 예의 '언론의 자유의 희생자'를 자처하고 나서려는 제스처의 시

---

21 『동아일보』에서 연재된 「4·19事態에 대한 文化人의 提言」은 4월 23일, 김남조의 「民權의 返還이 先決」이라는 부제의 글로 출발하여 24일날 전면 삭제된 채 기재된 김수영의 글, 「4·19事態에 대한 文化人의 提言」과 25일 실린 염상섭의 「大道로 가는 길」, 이원강의, 「忠誠이라는 것」, 박목월의 「良心에 呼訴한다」, 윤영선의 「自暴의 心情」, 李惠求의 「輿論傾聽하라」, 오화섭의 「피의 代價는 온다」, 최태응의 「國民意思대로」가 실려 있다. 여기서 김수영의 글만 전면 삭제되었다.
22 현재까지 발굴된 육필원고에서도 삭제된 원본의 내용을 확인할 길이 없다.
23 「사랑」의 경우는 전집에 1961년으로만 표기가 되어 있기 때문에 일단 제외한다.

에 불과하다.

10월 6일

시「잠꼬대」를 쓰다. 나는 아무렇지도 않게 썼는데, 현경한테 보이니 발표해도 되겠느냐고 한다.

이 작품은 단순히 '언론 자유'에 대한 고발장인데, 세상의 오해여부는 고사하고, 『現代文學』지에서 받아줄는지가 의문이다. 거기다가 거기다가 趙芝薰도 이맛살을 찌푸리지 않는가?

* 이 작품의 최초의 제목은「○○○○○」. 詩輯으로 내놓을 때는 이 제목으로 하고 싶다.

10월 18일

시「잠꼬대」를 『自由文學』에서 달란다.「잠꼬대」라고 제목을 고친 것만 해도 타협인데, 본문의 '××××'를 '××××'로(한글로-편집자 주) 하자고 한다.

집에 와서 생각하니 고치기 싫다. 더이상 타협하기 싫다.

허지만 정 안되면 할 수 없지. ' '부분만 언문으로 바꾸기로 하지.

후일 시집에다 온전하게 내놓기로 기약하고.

한국의 언론 자유? God damn이다!

10월 19일

시「잠꼬대」는 無修正으로(언문 교체 없이) 내어밀자.

10월 29일

「잠꼬대」는 발표할 길이 없다. 지금 같아서는 시집에 넣을 가망도 없다고 한다. 오늘 시 「피곤한 하루의 나머지 시간」을 쓰다. 전작과는 우정 백팔십도 전환. '일보 퇴보'의 시작(試作). 말하자면 반동의 시다. 자기확립이 중요하다.

12월 25일
「永田絃次郎」과 「○○○○○」를 함께 월간지에 발표할 작정이다.

12월 25일
「○○○○○」는 '인간본질에 대해서 설치된 諸制限을' 관찰하는 데 만족하고 있는 시이다.

이 일기에는 4·19 직후 김수영이 겪은 검열의 억압과 이를 쉽사리 수용하지 못했던 내면의 갈등과 분노가 잘 드러나 있다. 이 일기의 문맥을 따라가다 보면, 그는 이 와중에서 시를 썼으며, 이를 통해 자신의 심적 고뇌와 반발감을 표현했다. 우선 이 일기는 시 「허튼소리」에서 출발한다. 그는 이 시에서 "조그마한 용기가 필요할 뿐"이라고 서술한 후, "나는 대한민국에서는 / 제일이지만 / 이북에 가면야 / 꼬래비지요"라면서 "이북"이라는 금기어를 꺼낸 바 있다. 그가 혁명 직후 가장 말하고 싶었던 것이 이러한 사상적 금제어였던 것이다. 곧 그는 '김일성'이란 더 극단적인 금제어를 꺼낸다.

잘 알려진 대로, 사 「김일성 만세」는 전집 발행 당시(1981.9.30) 일기에서조차 '잠꼬대' 혹은 '○○○○○'로 제목이 삭제된 채 실렸다.

韓國의 言論自由의 出發은 이것을

인정하는 데 있는데

이것만 인정하면 되는데

이것을 인정하지 않는 것이 韓國

言論의 自由라고 趙芝薰이란

詩人이 우겨대니

나는 잠이 올 수밖에

'金日成萬歲'

韓國의 言論自由의 出發은 이것을

인정하는 데 있는데

이것만 인정하면 되는데

이것을 인정하지 않는 것이 韓國

政治의 自由라고 張勉이란

官吏가 우겨대니

나는 잠이 깰 수밖에

—「金日成萬歲」(1960.10.6) 전문

이 시는 김수영의 표현에 따르면 "단순히 '언론 자유'에 대한 고발장"이 그 내용이다. "김일성"을 찬양한 시는 아닌 것이다. 그러나 이 의도와 상관없이 2008년 발굴되기 이전에는, 전집 발행 당시(1981)는 물론 당대 4·19혁명 직후에도 이 시는 어떤 매체에도 실릴 수 없었다. 언론 자유의 꿈을 서술한 이 시는 처음에는 『현대문학』에 싣고자 하다 퇴짜를 맞았고, 이후에 『자유문학』 측이 달라고 할 때에는 제목과 중간에 실린 '김일성만세'라는 구절을 수정하라는 요구에 처음에는 중요한 구절만 수정해서 내밀까 하다가, 이후 "무수정으로 (언문 교체 없이) 내어밀자"고 결정한다. 이러한 과정에서 일어난 그의 내적 고뇌는 이 일기에서 언급한 시 「피곤한 하루의 나머지 시간」과 「나카타 겐지로永田絃次郎」에서 엿볼 수 있다.

> 피곤한 하루의 나머지 시간이 눈을 깜짝거린다
> 世界는 그러한 無數한 間斷
>
> 오오 사랑이 追放을 당하는 時間이 바로 이때이다
> 내가 나의 밖으로 나가는 것처럼
>
> 눈을 가늘게 뜨고 山이 있거든 불러보라
> 나의 머리는 管樂器처럼
> 宇宙의 안개를 빨아올리다 만다
>
> ─ 「피곤한 하루의 나머지 시간」(1960.10.29) 전문

이 시에서는 이러한 상황이 "사랑이 추방을 당하는 시간"으로 비유적

으로 서술되고 있다. '사랑'은 잘 알려진 대로, 4 · 19혁명 정신, 자유민주주의 시민의 이념 그 자체이다. 그리하여 이 상황은 혁명은 이루어졌으나, 그 이념이 추방당하는 순간이며, 그것은 "내가 나의 밖으로 나가는", 육체와 영혼이 분리되는 것과 흡사한 절대적 좌절의 시간인 것이다. 우주의 안개를 빨아올리고 싶지만(혁명을 체험하는 것), 그것이 좌절되는 시간이다. 김수영은 맥이 빠지는 이 순간을 이렇게 표현한 것이다. 그리고 이번에는 '이북' 이야기를 꺼낸다.

모두 별안간에 가만히 있었다
씹었던 불고기를 문 채로 가만히 있었다
아니 그것은 불고기가 아니라 돌이었을지도 모른다
神은 곧잘 이런 장난을 잘한다

(그리 흥겨운 밤의 일도 아니었는데)
사실은 일본에 가는 친구의 잔치에서
伊藤忠商事의 신문광고 이야기가 나오고
國境노 마찌 이야기가 나오다가
以北으로 갔다는 永田絃次郎 이야기가 나왔다

아니 金永吉이가
以北으로 갔다는 金永吉이 이야기가
나왔다가 들어간 때이다

내가 長門이라는 女歌手도 같이 갔느냐고

농으로 물어보려는데

누가 벌써 재빨리 말꼬리를 돌렸다……

神은 곧잘 이런 꾸지람을 잘한다

— 「永田絃次郎」(1960.12.9) 전문

위의 시 「나카타 겐지로」는 당대 최고의 이슈였던 식민지 시대 최고
의 성악가 김영길(나카타 겐지) 북송 사건[24]이 주제이다. 남한이 아니라,
북한을 자신의 조국으로 선택한 김영길의 이야기를 김수영은 '농'으로
라도 표현하고 싶었지만, 이것조차 '말꼬리를 돌'려야 하는 상황, "돌을
씹은 듯" 우연히 겪은 불운처럼 불편한, 농담으로라도 발언될 수 없는 사
건이 되었다. 김수영은 자신이 정작 하고 싶은 발언이 더 이상 발표될 수
없는 시대라는 점을 자각한 것이다. 그리하여 이 시를 통해 이 상황을
"신의 꾸지람"이란, '금기'라는 뜻을 내포한, 반어적 표현으로 서술한 것
이다.

또한 그는 산문에서 4월 혁명 직후 신문사에서 원고를 세 번이나 퇴짜
맞았다[25]고 전한다. 4·19 직후에도 언론 자유 현황이 그리 녹록지 않았
던 것이다. 1960년대 검열 연구에 의하면, 4·19혁명 직후에는 계엄령
의 선포로 잠시 신문 검열이 강화되었던 시기가 있었다고 한다. 특히 신
문의 경우 20일에서 24일까지 검열로 깎인 흔적이 보인다고 하는데,[26]
바로 김수영의 산문 「4·19사태에 대한 문화인의 제언」이 그 예이다.

---

24 일본에서 나카타 겐지로(永田絃次郎)라는 이름으로 인기를 누리던 스타 성악가로 1960년
    제6차 북송선을 타고 북한으로 간다. 이후 북에서 숙청되었다고 한다.
25 김수영, 「치유될 기세도 없이, 퇴짜의 서러움도 세 번 받고」(『조선일보』, 1960.8.22), 『전집』
    2, 38~39쪽.
26 이에 대한 자세한 사항은 임경순, 「1960년대 검열과 문학, 문학제도의 재구조화」, 『대동문화
    연구』 74, 대동문화연구원, 2011, 111~112쪽 참조.

김수영은 그의 산문에서 세 번이나 퇴짜 맞은 시도 소개한다. "한 편은 '과정'(과도정부—인용자)의 사이비 혁명행정을 야유한 것이고, 한 편은 민주당과 혁신당을 야유한 것이고, 나머지 한 편은 청탁을 받아가지고 쓴 동시"라고 한다. 특히 동시의 경우는 "사시로서 이기붕이까지는 욕을 해도 좋지만 이승만이는 욕을 해서는 안 된다는 내규"가 있었던[27] H신문사, 한국일보에서 퇴짜를 맞은 것이다. 그러나 김수영은 이 시들을 포기하지 않았다. '과정'의 사이비 행정을 야유한 「육법전서와 혁명」은 1961년 1월 『자유문학』에, 민주당과 혁신당을 야유한 시 「만시지탄은 있지만」은 역시 1961년 『현대문학』 7권 1호(1961.1)에, 동시인 「나는 아리조나 카보이야」만 이후에 유고 상태로 있다가 전집에 수록된 것으로 보인다. 그는 이처럼 신문사에서 퇴짜 맞은 시를 다른 매체에 싣는 방식으로 검열과 싸워나갔던 것이다.

산문 역시 지면을 골라서 실었다. 4·19혁명 직후의 감격이 제대로 드러난 두 산문 「자유란 생명과 더불어」(『새벽』, 1960.5), 「저 하늘이 열릴 때」(『민족일보』, 1960)는 특히 검열에 민감했던 신문에 싣지 않고 잡지에 싣거나, 『민족일보』(1961.2.13(창간호)~1961.5.19(제92호))와 같은 혁신계열 매체에 싣는 방식으로 세상에 내놓았다.

김수영은 4·19혁명 직후에 산문 「저 하늘이 열릴 때」 외에도 「쌀난리」(1961.1.28), 「황혼」(1961.3.23), 「'4·19' 시」(1961.4.14)를 『민족일보』에 실었다. 시를 잘 싣지 않는 신문, 그것도 1961년 5·16군사쿠데타 직후 혁신계라는 이유로 사장이 처형당하는 극단적 처분을 받았던 『민족일보』에 이렇게 많은 시를 실은 시인은 김수영밖에 없다. 대부분이 한 편

---

27 김수영, 「치유될 기세도 없이, 툇자의 서러움도 세 번 받고」(『조선일보』, 1960.8.22), 『전집』 2, 39쪽 참조.

정도 실었던 반면에 김수영은 확인된 것만 해도 4편이다.

그러면서 동시에, 그는 더욱 목소리를 높여 언론 자유를 주장한다. 앞서 제시한 「치유될 기세도 없이, 툇자의 서러움도 세 번 받고」(『조선일보』, 1960.8.22) 이외에도 『동아일보』에 「언론 자유와 창작의 방향 찬란한 예술을 위한 제의提議」(1960.11.10)[28]를 쓴다. 자신의 글을 세 번이나 퇴짜를 놓았다던 신문사에 언론 자유를 외치는 글을 쓴 김수영, 그는 이처럼 검열과 싸웠던 것이다.

그리고 결국 그는 이 싸움에서 한 발 물러난다. 「김일성 만세」는 이어령과의 논쟁에서 쟁점으로 떠오른 '서랍 속의 불온시'가 되어 버렸기 때문이다. 그러나 진 것이 아니라 결전의 순간을 미룬 것으로 보아야 할 것이다. 시구를 수정하라는 지시에는 순응하지 않았기 때문이다. 다만 발표하지 못한 채, "'인간본질에 대해서 설치된 제諸 제한制限을' 관찰하는 데 만족", 즉 검열의 강고함이 얼마나 큰 것인가를 체험한 데 만족하기로 한 것이다.

물론 그 이후 김수영이 정치적 발언을 하지 않은 것은 아니지만, 그가 끊임없이 정치적 자유 대신 '언론의 자유'를 부르짖는 것도 역으로 그의 좌절감을 표현한 것이기 때문이다. 그가 정작 하고 싶었던 말이 일기에 일본어로 서술되어 있거나 발표하지 않은 채 소장하고 있었던 것도 이러한 점을 증명하는 것이다. 아마 서랍 속의 불온시가 세상의 빛을 볼 날을 고대했을 것이다.[29]

---

28 민음사 판본 전집에는 이 글이 「창작 자유의 조건」이라는 제목으로 1962년에 쓰인 것으로 기록되어 있다. 이는 수정되어야 한다.

29 2008년 『창작과비평』(36-2, 2008.6) 미발표 유고가 세상에 나오기까지 너무 긴 시간이 걸렸다. 서랍 속의 불온시는 「김일성만세」 외에도 이 지면에서 발표된 「연꽃」 같은 시가 그 대표적인 예이다.

그는 이후 다소간의 시적 모색기를 가졌다고 볼 수 있다. 1961년 6월 5·16군사쿠데타 직후 쓴 「신귀거래」 연작[30]에는 '집'이라는 '일상'의 장소가 상징하는 바처럼, 혁명에 대한 패배감을 느끼고 극복해야 할 일상적 내면의 고통이 서술되어 있다. 1962년 5월에 발표한 「전향기」는 자신의 정치성을 꺾지 않겠다는 의지를 표명한 매우 의미심장한 텍스트[31]로, 그가 정치적 입장이 크게 변화하지 않았다는 점을 증명한다. 그 후 김수영은 「사랑의 변주곡」을 쓴 1967년 2월 전까지는 주로 번역과 월평 쓰는 일을 열심히 하면서 여전히 다양한 시세계를 모색한다. 「거대한 뿌리」(1964.5)라는 역작은 그 모색기에 나온 일이다. 그러다가 「어느날 고궁을 나오면서」(1965.11)에서 잠시 자기 분노가 치밀어 오르다가, 이후 1967년 2월 「사랑의 변주곡」을 중심으로 다시 혁명에 대한 사유가 본격화된다. 그 와중에 한국 사회에서는 여러 불온 사건이 터진다.[32] 이에 대응하

---

30 「신귀거래」 연작시는 「여편네의 방에 와서」(1961.6.3), 「격문」(1961.6.12), 「등나무」(1961.6.27), 「술과 어린 고양이」(1961.6.23), 「모르지?」(1961.7.13), 「복중(伏中)」(1961.7.22), 「누이야 장하고나!」(1961.8.5), 「누이의 방」(1961.8.17), 「이놈이 무엇이지?」(1961.8.25) 총 9편이다.

31 결국 전향을 안했다는 뜻을 반어적으로 전한 시라고 생각한다. 이에 대한 자세한 내용은 이 책의 앞 장 참조.

32 6·3사건 이후 1960년대 중반(1966년경)까지는 매체사만 살펴볼 때에도 격동의 시기이기도 했다. 특히 이봉범은 1964년을 주목한 바 있다. 이른바 '6·3사태' 국면에서 정치적 위기를 맞아 사상·문화통제를 공세적·강권적 방식으로 전면적 전환을 시도한 것이다. 그 과정은 사회문화적 제 세력의 분화를 촉진시키며 정치권력과 문화전반의 관계가 새로운 양상으로 전환되는 계기가 된다. 검열 체제상으로는 관권검열과 민간검열(각종 윤리위원회의 심의)의 이원화가 권력-문학예술인의 타협의 산물로서 나타난다. 이 시기부터 문학예술은 작가의 자기검열을 포함해 4~5중의 중복 검열을 거쳐야만 사회적으로 소통될 수 있게 된다. 불온 개념의 가변성 및 유동성으로 인해 사법부가 불온의 또 다른 심판자(검열자)가 되는 것도 이즈음부터이다. 분지필화사건(1965.7)에서부터 본격화된다고 한다.
또한 1960년대에는 불온 검열이 사회문화 전역으로 무차별적으로 이루어진다. 사회일반은 두말할 나위도 없고 문화영역에서도 반공법위반 사건이 속출한다. 이만희의 「7인의 여포로」사건(1964.12.18), 라디오드라마 「송아지」의 작가 김정욱 구속(1965.3.4), 희곡 「수치」 상연 보류(1965.3.8), 월북작사자 가요 방송금지(1965.5), 분지필화사건(1965.7.9), 민족주의비교연구회 사건(1967.7.25), 신동아필화사건(1968.12.6), 오적필화사건(1970.6) 등이 연속적으로 발생한다(이에 대한 자세한 내용은 이봉범, 「불온과 외설-1960년대 문학예술의

여 고민하던 김수영의 시세계는 또 한번 변화의 국면을 맞게 된다. 그리고 그 사유의 핵심에는 '에로티즘'이 놓이게 된다.

3. 자본, 노동, 성性 — 불온을 넘어, 「반시론」의 반어

1) '불온'과 '혁명' – '음란'과 '에로티즘'

1968년은 김수영이 사망한 해이다. 그해 그는 '불온'과의 한판 승부를 치르야 했다. 그는 이해 초에 이어령과 불온시 논쟁을 치르고, 산문 「원죄」가 음란 검열에 걸려 수정을 하게 된다.

그 이전에 김수영은 한국사회의 동향 특히 불온 사건에 매우 민감한 반응을 보였다. 민족주의비교연구회 사건(1967.7.25)(「지식인의 사회참여」)에 대해 옹호하고[33] 중립주의에 대한 언급이 여러 시와 산문에서 드러난다. 1960년대 중립노선은 '불온'의 영역이었다.[34] "중립사상연구소에

존재조건」, 한국문학연구학회, 앞의 책; 임유경, 「1960년대, 사상 최대의 공안사건과 '(불온) 잡지'—통혁당 사건과 『청맥』의 담론화 방식 / 양상」, 『제5회 한국언어, 문학 문화 국제학술대회 '서사의 기원과 글쓰기의 맥락', 자료집』, 2011.7.30 참조). 당대 필화사건에 대한 자세한 내용은 임경순, 「1960년대 검열과 문학, 문학제도의 재구조화」, 『대동문화연구』 74, 대동문화연구원, 2011. 이봉범, 「반공주의와 검열 그리고 문학」, 『상허학보』 15, 상허학회, 2005.8, 참조.

33 "'민비' 사건의 피고들의, 이 재판은 역사의 심판을 받을 날이 올 것이다라는 말이라든가, 우리들은 6·9부정선거의 제물이 되고 있다는 말"을 인용하면서 이런 정도의 주장을 하는 신문이나 잡지의 논설을 우리들은 하나도 구경해 본 일이 없다 한다. 「지식인의 사회참여」, 『전집』 2, 215쪽 참조.

34 1960년대 불온은 용공, 중립노선, 반미, 계급사상, 사회(민주)주의, 반전(反戰)사상, 자본주의 적대시, 성장주의(발전주의) 비판 등 광범한 의미 영역을 내포하는 개념이었다. 이봉범, 앞의 글 참조.

는 그림자도 비친 일이 없다"며 자신의 무기력함을 비참하게 응시하거나(「신귀거래新歸去來 9—이 놈이 무엇이지?」), '적극적 중립주의'의 당위성을 논한 외국학자의 글을 언급하고,[35] 이 외에도 "지난 날에는 꿈에도 생각하지 못했던 중립이나 평화통일을 학생들이 논할 수 있는 새 시대는 왔건만 아직도 창작의 자유의 완전한 보장은 요원하다"(「창작자유의 조건」)[36]고 절규한다. 또한 월남의 중립 문제와 혁신정당 문제를 언급한 시 「H」, 월남파병문제를 언급한 시 「어느날 고궁을 나오면서」는 그가 여전히 '불온'의 영역을 응시하고 매우 민감하게 반응하고 있었다는 점을 증명한다. 1968년 1월에 그가 겪은 여러 '불온시' 논쟁은 이러한 그의 정치적 태도와 무관하다고만을 볼 수 없다.

그 이전의 해, '불온'과 싸워가는 동안, 김수영이 느낀 고뇌와 좌절감은 아래의 시에서 형상화되어 있다.

사람들은 내 말을 믿지 않는다
시평의 칭찬까지도 시집의 서문을 받은 사람까지도
내가 말한 정치의견을 믿지 않는다

봄은 오고 쥐새끼들이 총알만한 구멍의 조직을 만들고
풀이, 이름도 없는 낯익은 풀들이, 풀새끼들이
허물어진 담밑에서 사과껍질보다도 얇은

---

35 "'적극적 중립주의'의 당위성을 논한 J. D. 뒤로젤 교수의 「민족주의의 장래」라는 논설"을 언급하며 이는 "국내의 필자라면 좀처럼 쓸 수도 없고 실리고 힘들 만한 내용의 것"이라 한 바 있다. 「지식인의 사회참여」, 『전집』 2, 215쪽 참조.
36 「창작자유의 조건」, 『전집』 2, 179쪽.

시멘트 가죽을 뚫고 일어나면 내 집과
나의 정신이 순간적으로 들렸다 놓인다
요는 정치의견이 맞지 않는 나라에는 못 산다

그러나 쥐구멍을 잠시 거짓말의 구멍이라고
바꾸어 생각해보자 내가 써준 시집의 서문을
믿지않는 사람의 얼굴의 사마귀나 여드름을——

그사람도 거짓말의 총알의 까맣고 빨간 혼적을 가진 사람이라고——
그래서 우리의 혼란을 승화시켜보자
그러나 그러나 그러나

일본말보다도 빨리 영어를 읽을 수 있게 된,
몇차례의 언어의 이민을 한 내가
우리말을 너무 잘해서 곤란하게 된 내가

지금 불란서 소설을 읽으면서 아직도 말하지
못한 한가지 말——정치의견의 우리말이
생각이 안 난다 거짓말 거짓말

거짓말의 부피가 하늘을 덮는다 나는 눈을
가리고 변소에 갔다온다
사람들은 내 말을 믿지 않고 내가 내 말을 안 믿는다

나는 아무것도 안 속였는데 모든것을 속였다

이 죄에는 사과의 길이 없다 봄이 오고

쥐가 나돌고 풀이 솟는다 소리없이 소리없이

나는 한가지를 안 속이려고 모든것을 속였다

이 죄의 여운에는 사과의 길이 없다 불란서에 가더라도

금방 불란서에 가더라도 금방 자유가 온다 해도

— 「거짓말의 여운 속에서」(1967.3) 전문[37]

　　이 시에서 김수영은 당대에 행해진 검열의 억압을 '정치의견'이 생각나지 않는다는 말로 우회적으로 표현한다. 그리고 이 때문에 자신은 '아무것도 안 속였는데, 모든 것을 속였'고, "한 가지를 안 속이려고 모든 것을 속였다"고 자책한다. 우리말을 아무리 잘 해도 금지된 것들은 표현할수 없기 때문이다. 그래서 온 세상은 자신의 정치의견을 숨길 수밖에 없고, 급기야 "거짓말의 부피가 하늘을 덮는다"고 한 것이다. 이 시에서 표현된, '거짓말로 시를 쓰는 시인'이라는 언사는 그가 품고 있었던 시인으로서의 고뇌가 얼마나 깊은 것이었나를 잘 보여준다. 그가 "안 속이려고 모든 것을 속인" 한 가지는 진실로 그가 표현하고 싶었던 정치의견이었던 것이다.

　　이 시를 쓴 이듬 해 그는 1968년 풍속 검열에 걸려 원고를 수정하게 되는 비운을 겪게 된다. 산문 「원죄」가 "음담淫談의 혐의를 받고" 수정을 하

37　김수영, 「거짓말의 여운 속에서」, 『창작과비평』 36-2, 창작과비평사, 1969.6, 436쪽. 이 시는 신구문화사에서 김수영 사후 전집 기획 당시에 창작과비평사가 얻어다 잡지에 실은 글이다. 전집에는 이 시가 1967.3.20에 완성된 것으로 기록하고 있다.

게 되는 상황이 산문「반시론」에 실려 있다.[38] 이 글에서 그는 "검열과 불명예스러운 협상을 했다"고 전한다.

> 그렇지만 화가 난다. 최근에는 모(某) 신문의 칼럼에 보낸 원고가 수정을 당했다. 200자 원고지 다섯 장 중에서 네다섯 군데를 고쳤다. 음담(淫談)의 혐의를 받고 불명예스러운 협상을 한 것은 이번이 처음이다. 그런데 고치자고 항복을 했을 때는, 나중에 나의 보관용 스크랩으로 두는 것만은 초고대로 고쳐놓으면 된다고 생각하고 있었는데, 막상 며칠 후에 신문에 난 것을 오려놓고 보니, 다시 원상(原狀)대로 정정을 할 기운이 나지 않는다. 겨우 두서너 군데 고치고 그대로 내 버려두었다. 그러고 보니 오히려 수정을 해준 대목이 초고보다 더 낫게 보이기까지 하는 것이 이상스러웠다.
>
> ─「반시론」

여기서 김수영이 "음담의 혐의를 받고 불명예스러운 협상을" 하여 자신에게 굴욕을 안겨주었다고 밝힌 텍스트는『동아일보』, 1968년 1월 25일에 실린 산문「원죄」이다. 다행히 자필 원고가 있고, 더구나 수정의 흔적까지 남아 있어, 협상의 과정을 살펴볼 수 있었다.[39] 이 수정의 흔적은 그가 검열을 통해서 지적받은 사항을 수정해서 게재하였다는 점을 증명한다. 여기서 드러난 협상 결과의 핵심 내용은 '성교(性交)'를 '성(性)'으로 수정한 것이다. 다음은 다시 원상태로 고쳐 전집에 실린「원죄」텍스트이다.

---

38 「반시론」,『전집』2, 405~406쪽.
39 이 원고를 제공해 주신 김현경 선생님께 이 자리를 빌어 감사드린다.

육체가 곧 욕辱이고 죄罪라는, 아득하게 시대에 뒤떨어진 생각을 한다. 아득하게 뒤떨어졌다고 하는 것은 이 새로운 내 발견이 막무가내로 성서를 연상케 하기 때문이다. 그러나 사실은 나는 성서의 원죄의 항을 잘 모른다. 내 지식으로는 원죄라면 아담과 이브의 수치심과 수태가 생각이 나고, 그후 포이에르바흐의 신학론神學論같은 것을 집적거린 탓으로, 원죄라면 무조건 케케묵은 것으로 단정하고 한번도 탐탁하게 생각해본 일이 없다. 나에겐 이제 이성異性의 수치심같은 것도 없고 성교의 매력도 한 고비를 넘었다. 그런데 며칠전에 아내와 그 일을 하던 것을 생각하다가 우연히 육체가 욕이고 죄라는 생각을 하면서 희열에 싸였다. 내가 느낀 죄감罪感이 원죄에 해당하는 것인지 분명치 않은 채 내 생각은 자꾸 앞으로만 달린다. 내가 느끼는 죄감은 성에 대한 죄의식도 아니고, 육체 그 자체도 아니다. 어떤 육체의 구조― 정확히 말하면 나의 아내의 짤막짤막한 사지, 그리고 단단하디 단단한 살집, 그리고 그런 자기의 육체를 자기가 모르고 있다는 사실, 또한 알아도 할 수 없다는 사실 ― 즉 그녀의 운명, 그리고 모든 여자의 운명, 모든 사람의 운명. 그래서 나는 겨우 이런 메모를 해본다 ― '원죄는 죄(=性交) 이전의 죄'라고. 하지만 나의 새로운 발견이 새로운 연유는, 인간의 타락설도 아니고 원죄론의 긍정도 아니고, 한 사람의 육체를 맑은 눈으로 보고 느꼈다는 사실이다. 그것은 20여년을 같이 지내온 사람의 육체를(그리고 정신까지도 합해서) 비로소 완전히 객관적으로 바라볼 수 있었다는 사실이다. 그리고 이것을 시로 쓰게 되었을 때 나는 어떤 과분한 행복을 느낀다. 요즘의 시대는 '머리가 좋다'는 것에 대한 노이로제에 걸려있는 세상이라, 중학교 아이들까지도 무슨무슨 별에는 인간의 두뇌의 몇갑절 머리좋은 생물이 살고 있단 말을 곧잘 하고, 그런 말을 들으면 어른들까지 도 "팔이 셋이나 있다지?" 하면서 멀쑥해지지만, 나의 경우는 詩의 덕분으로 우선 양키의 미인보다 더 아름답게, 추한 아내를 바라볼 수 있을만큼이라도 둔하게 된 것을 그나마 다행으로 생각하고 자위하고 있다.(1968.1)

전집에 실린 「원죄」 텍스트를 보면 성교性交가 원본대로 복원되어 있지만, 당시 동아일보 기사를 보면 성교가 '성性'으로 수정되어 있다. 필사본 텍스트를 보아도 성교에서 '교'자를 제거한 흔적이 보인다. 그 결과 『동아일보』의 원고에서는 '그 일', '성교' 등 성행위를 지칭하는 단어는 모두 생략되어 있다.

'성교'란 단어가 음란하다고 하여, '성'으로 바꾸라는 지시는 음란성을 통제하려는 풍속 검열이 적용된 결과이다. 이 기사는 신문 검열에서 "음란함에 대한 규정"에 걸렸을 것이다.[40] 이 규정에 의하면 음란물은 "함부로 성욕을 자극 또는 흥분시키고 보통인의 정상적인 성적 수치심을 해하고 선량한 성적 도의관념에 반하는 물건" 또는 "성욕을 자극, 흥분 또는 만족하게 하는 문서, 도서, 기타 일체의 물품"이라고 정의된다.[41] 법령의 경우, 형법 243조 음란물죄에 해당한다. 이 법령에는 "'음화' 등의 반포 등 음란한 문서, 도서, 기타 물건을 반포, 판매, 또는 임대하거나 공연히 전시한 자는 1년 이하의 징역 또는 1만 원(4만 원)이하의 벌금에 처한다"고 규정되어 있다.

이를 볼 때 검열 주체는 아마 '성교'라는 단어가 "함부로 성욕을 자극 또는 흥분시키고 보통인의 정상적인 성적 수치심을 해하고 선량한 성적 도의관념에 반하는" 것이라고 판단하고 삭제를 지시했을 것이다. '성교'

---

40 이봉범, 앞의 글; 임경순, 앞의 글 참조.
41 검열에 관한 여러 연구에 의하면 이 항목 외에도 여러 검열 항목들이 일제 시대의 방식을 그대로 답습했다고 한다. 대표적으로 권명아, 『음란과 혁명 – 풍기문란의 계보와 정념의 정치학』, 책세상, 2013.5.31, 292~295쪽 참조.

와 '성'의 내포적 의미 차이는 그다지 많아 보이지는 않지만, 수정 결과를 보니 검열 주체의 의도대로, 이 산문 전체에서 풍겨 나와야 할 감각적 의미 맥락이 현저히 약화되어 있었다.

식민지 시대부터 시작된 풍기문란에 관한 풍속 통제는 국민화(정확하게는 비국민화)와 연계되는 통치술이다. 음란함, 풍기문란의 통제는 법제를 통해서 테두리 내에 속하는 국민과 '문제적 집단' 또는 '가치가 없는 삶'으로 규정하는 음란한 비국민을 창출해 낸다. 그리고 풍속 검열은 단지 텍스트 자체의 내용 측면에 개입하는 데 국한되지 않고, 다중의 정념과 그 정념의 여러 거처(사랑의 공간에서 거리에 이르는)에 대한 통제와 긴밀하게 연동되어 있다. 풍속 통제는 생활 방식과 취향에 대한 통제를 넘어 정신과 육체, 즉 삶 자체를 통제하는 방식[42]인 것이다.

1967~1968년을 기점으로 김수영은 이 통치 체제의 본질이 무엇인가에 대해서 본질적으로 고민하게 되고, 이를 내파할 시적 방법론을 모색하게 된다. '음란함'이라는 통제 기준은 그 대상이 침실이라는 은밀한 개별 공간성을 뛰어 넘어, 이를 상상하는 의식(무의식, 즉 심지어 '욕망'의 범주도 포함하여) 영역까지 침식하는 것이다.[43] 그는 이렇게 영육靈肉의 구별을 뛰어넘는, 전방위적 검열 통제 범주에 크게 반발할 수밖에 없었던 것이다. 그리하여 그는 과감히 시를 통해서 침실 내부에서 벌어지는 육체적 광경은 물론 그 순간의 의식 / 무의식의 세계까지 공개하기에 이르렀던 것이다.

---

42 위의 책, 31·37쪽 참조.
43 이혜령은 식민지 시대에 행해진, 이러한 검열 통제의 결과를 이상의 「날개」를 설명하는 자리에서 식민지 시대 진정한 에로티즘은 없다는 경구로 설명한 바 있다. 이혜령, 「식민지 섹슈얼리티와 검열―'도색(桃色)'과 '적색', 두 가지 레드 문화의 식민지적 정체성」, 『동방학지』 164, 연세대 국학연구원, 2013 참조.

그것하고 하고 와서 첫번째로 여편네와
하던 날은 바로 그 이튿날 밤은
아니 바로 그 첫날 밤은 반시간도 넘어 했는데도
여편네가 만족하지 않는다
그년하고 하듯이 혓바닥이 떨어져나가게
물어제끼지는 않았지만 그래도
어지간히 다부지게 해줬는데도
여편네가 만족하지 않는다

이게 아무래도 내가 저의 섹스를 개관하고
있는 것을 아는 모양이다
똑똑히는 몰라도 어렴풋이 느껴지는
모양이다

나는 섬찟해서 그전의 둔감한 내 자신으로
다시 돌아간다
연민의 순간이다 황홀의 순간이 아니라
속아 사는 연민의 순간이다

나는 이것이 쏟고난 뒤에도 보통때보다
완연히 한참 더 오래 끌다가 쏟았다
한번 더 고비를 넘을 수도 있었는데 그만큼
지독하게 속이면 내가 곧 속고 만다.

— 「성(性)」(1968.1.19) 전문

김수영이 이즈음에 쓴, 아내와의 잠자리를 가감없이 드러낸 「성性」(1968.1.19), 대중문화(TV) 속에 등장한 원효가 성속聖俗이 같다는 잠언을 실현한다는 이야기인 「원효대사—텔레비전을 보면서」(1968.3.1) 등의 시는 김수영의 고민이 에로티즘에 잇닿아 있었다는 점을 증명한다.

임경순의 연구에 의하면 1960년대 중반에 거의 대부분의 필화 사건이 일어났으며 특히 이 시기에 신문소설에 대한 풍속 검열이 행해졌다고 한다. 1960년대, 신문소설이 공서양속을 해친다는 혐의로 처음 입건된 것은 1964년 6월 20일로, 박용구의 『계룡산』이 그 대상이다. 이 역시 형법 243조 음화 등의 반포(외설죄) 혐의였다. 이 시기에 이렇게 검열이 집중된 것은 정권이 한일회담반대투쟁 이후 당대 상황을 공안 정국으로 이끌어내려고 분위기를 조성했기 때문이다.[44] 당대 정권은 사상 검열을 통해 반공이데올로기를 강화하는 한편, 풍속 검열을 통해 정권의 도덕성을 동시에 견인해 내고자 했다. 그 도덕성은 식민지 시대부터 지속적으로 강조되어 온 군국주의적 인간상, 즉 단세포인 금욕주의로 통제된 개체를 지향하는 것이었다.

김수영의 산문 「원죄」가 검열된 1960년대 후반은 이 때부터 본격적으로 시작된 당대 정권의 검열 체계가 지속되면서, 사상은 물론 일상적 (무)의식까지 규율해내려는 검열 주체의 의도가 안정적으로 관철되어가는 시기였다. 김수영은 이러한 점을 첨예하게 인식하고 있었던 것이다.

그리하여 그는 텍스트에서 드러난 바와 같이, 음란함의 규정에 반발하고 있었던 것이다. 그는 육체가 원죄라는 생각은 인간의 육체성 그 자체가 '죄'여서가 아니라, 육체를 성교의 대상, 즉 성적 대상화된 육체로

---

44 이에 대한 자세한 내용은 임경순, 앞의 글, 124쪽 참조.

바라보았기 때문에 생긴 것이라 한다. 이 산문에서 인용한, 성경 구절에 나온 아담과 하와의 이야기처럼, 육체는 추해서 '죄'가 된 것이 아니라 육체가 부끄러워지는 순간, 인간의 육체가 성적 대상이 되면서(문명화되면서) 추해지고 '죄'스러워진 것이다. 이 점을 김수영은 이미 깨닫고 있었던 것이다. 이러한 자각은 검열자들이 바라본 '음담', 즉 음란함이라는 규정과는 이미 그 궤를 달리하는 것이다. '음란'한 문제적 시민이 아니라, 맑은 눈으로, 그가 '인간 그 자체'로 아내의 육체를 바라본 것은, 이 시기 이미 그가 이러한 음담 규정(불온)에 반발하고 있었기에 가능한 일이다.

그러다가 그는 검열과의 한바탕 전투를 치르게 된다. 이어령과의 '불온시' 논쟁은 김수영 개인 검열 투쟁사는 물론 1960년대 검열사에서 정점에 속하는 것이다. 이 논쟁은 김수영이 자신의 글 「지식인의 사회참여」(『사상계』, 1968.1)에서 이어령의 「'에비'가 지배하는 문화」(『조선일보』, 1967.12.28)라는 칼럼을 비판하면서 촉발된다.

이어령은 이 칼럼에서 당대 문화계를 개괄하면서 '정치권력이 점차 문화의 독자적 기능과 그 차원을 침해하는 경향이 있다는 점은 인정하나 그렇다 할지라도 문화의 침묵은 문화인들의 소심증에 더 큰 책임이 있다'고 당대 문화 주체들을 비판한다.[45] 이에 김수영은 그가 "창조의 자유가 억압되는 원인을 지나치게 문화인 자신의 책임으로만 돌리고 있는 것 같"다면서 이 논리를 비판한다. "우리나라의 문화인이 허약하고 비겁한 것은 사실이지만, 그들을 그렇게 만든 더 큰 원인으로, 근대화해 가는 자본주의의 고도한 위협의 복잡하고 거대하고 민첩하고 조용한 파괴작업을 이 글은 아무래도 지나치게 과소평가하고 있는 것 같다"고 한 후

---

45 불온시 논쟁에 대한 자세한 내용은 강웅식, 「전체주의적 반공주의와 순수·참여 논쟁」, 『상허학보』 15, 상허학회, 2005.8.

"내가 생각하기에는 오늘날의 '문화의 침묵'은 문화인의 소심증과 무능에서보다도 유상무상의 정치권력의 탄압에 더 큰 원인이 있다"고 한다. 더 나아가 이어령이 문화인들이 극복해야 한다고 주장한 그 대상, '가상적인 금제의 힘'인 '에비'란 말이 사실은 검열, "가장 명확한 금제의 힘"이라는 점을 강조한다. 김수영은 검열을 단순히 문학적 기교를 통해 넘어설 수 있는 것쯤으로 치부하고 있는 이어령의 태도에 심한 불쾌감을 표시한 것이다. 그러면서 그는 이 글을 쓰면서 덕분에 미처 발표되지 못하고 있는 자신의 작품을 생각하며 고무를 받고 있다고 한다. 여타 '불온한' 시들에 대해서도 마찬가지라고 한다.

그러나 논쟁은 여기서 끝나지 않는다. 이어령은 이후에 「누가 그 조종을 울리는가—오늘의 한국문화를 위협하는 것」(『조선일보』, 2.20)을 통해서 김수영을 "문화를 정치사회의 이데올로기와 동일시하는 문화인" 즉 참여파의 시인으로 단정 짓고 비판한다. 김수영도 이 태도에 반발하여 「실험적인 문학과 정치적 자유」라는 글을 쓴다. 그는 이 글에서 이어령의 무지한 참여시 인식을 비판하기 위해, "모든 전위문학은 불온하다. 그리고 모든 살아 있는 문화는 본질적으로 불온한 것이다. 그것은 두말할 것도 없이 문화의 본질이 꿈을 추구하는 것이고 불가능을 추구하는 것이기 때문이"라고 주장한다. 이 글을 통해서 김수영은 자신의 말한 불온 문학이 이어령이 말한 소위 속류 사회학적인 의미에서의 참여문학에 국한된 것이 아니라, '전위문학' 전반의 속성을 말한 것이었음을 분명히 한다.[46]

그가 이렇게 전위문학의 해방적 감각을 내세우며, 직접적인 정치적 표현 대신(물론 이것도 검열을 의식한 태도일 수 있지만), 내면의 "획일성"을 강

---

46 이 논쟁의 논점에 대해서는 강웅식의 앞의 글에 잘 정리되어 있다. 참조할 것.

요하는 검열의 폭력성을 내세웠던 것은 정치적 자유의 문제를 보다 근원적인 영혼의 문제로 바라보았기 때문이다. 그는 4·19 직후 일기에서 "「○○○○(김일성 만세―인용자)」는 '인간본질에 대해서 설치된 제 제한諸制限을' 관찰하는 데 만족하고 있는 시"라고 한 바 있다. 즉 그가 원했던 검열 철폐의 근원적인 목표는 "인간본질에 대해서 설치된 제 제한을" 모두 근원적으로 끊어낸, 자유로운 세상이었던 것이다.

이러한 점을 이어령은 몰랐던 것일까? '전위문학'의 뜻을 몰랐을 리 없었지만, 그가 지속적으로 참여문학의 한계성만을 반복적으로 제시하는 논리의 공전은 "중요한 것은 작가의 태도이지 검열이 아니라는 사태파악 안 된 어불성설의 논리"를 "문화의 본질론" 운운하며 공박했다며, 자기 논리의 근원적 보수성을 정면에서 집어 반박한 김수영의 논리에 대응하기에 쉽지 않았기 때문에 발생한 것이다. 여기서 나온 궁여지책의 논리가 바로 참여문학을 곧바로 불온문서쯤으로 치부해버리는 파시즘적 논리였던 것이다.[47]

또한 김수영은 이 논쟁의 과정에서, 한 논자와 대결하는 것을 넘어, 신문사 내부의 검열자들과도 싸움을 벌이게 된다. 리영희의 회고에 의하면 김수영과 이어령이 『조선일보』 지상에서 논전을 벌이던 중 신문사의 편집국장이었던 선우휘가 김수영에게 원고수정을 요구했다고 한다. 보수우익적 성향으로 알려진 선우휘가 김수영에게 어떠한 방향으로 수정을 요구했는지는 짐작할 수 있다.

리영희의 회고에 의하면 여기서 김수영은 이어령의 문장도 이런 식으

---

47 이러한 점을 보았을 때 이 논쟁을 순수―참여 논쟁으로 바라보는 기왕의 논의는 이 논쟁이 안고 있는 복잡하고 교묘한 검열 환경을 단순화시키는 결론이라고 볼 수 있다. 물론 이러한 파시즘적 논리가 당대 '순수'의 논리였다는 점을 감안한다면, 이러한 결론이 가능하지만 우선 김수영은 이어령이 공격하는 주적인 참여론자는 아니었기 때문이다.

로 고치도록 했느냐며, 필자에게 신문사 편집국장이 글의 일부를 고치라고 하는 반문학적 반상식적 요구를 한다면 이 원고를 한국일보에 가져가서 싣게 하겠다고 싸웠다고 한다.[48] 또한 부인 김현경 선생님도 김수영이 자신이 쓴 원고와 신문사 지상에 실린 원고가 다르다고 분노했다고 증언한다. 이처럼 이 논쟁은 유형무형 김수영에게 큰 고뇌와 분노를 안겨주었다.

이 논쟁은 김수영 개인을 넘어 1960년대 이 땅에서 검열이 어떠한 방식으로 주체들에게 위협을 가하고 있었는가를 알려주는 상징적인 사건이었다. 우선 이 논쟁은 검열 주체가 규정한 '불온'이라는 언술의 폭력성이 얼마나 위력적인 것이었나를 보여준다.

본래 '불온'은 가이드라인이 없는 용어이다. 그 내포적 의미는 검열 주체가 정하기 나름인 것이다. 유령처럼 떠돌아다니는 실체 없는 공포가 더 무의식 깊숙이 엄습하는 법이다. 언제 어디서든 찍힐 수 있는 이 붉은 낙인의 자의성은 이미 한번 이 낙인에 찍혔던 사람에게는 더 큰 공포감을 가져다 줄 것이다. 포로수용소 경험이 있는 김수영에게도 이 낙인은 끔찍하게 공포스러웠을 것이다.

또한 '불온'이란 개념은 시대적 산물이다. 박정희 정권하에서 최고의 불온은 그 지배이데올로기인 반공주의 및 발전주의에 대한 부정과 비판이 될 것이다.[49] 불온시 논쟁에서처럼 '불온하다'라는 혹은 '사회주의적'이라는 단어 하나에 의해 논쟁의 승패가 좌우되는 상황[50]은 이러한 당대 통치 이데올로기의 강압성을 상징적으로 보여주는 것이다.

48 이에 대해서는 리영희·임헌영, 『대화』, 한길사, 2005, 392~394쪽 참조.
49 이봉범, 「잡지미디어, 불온, 대중교양−1960년대 복간『신동아』론」, 『한국근대문학연구』 27, 한국근대문학회, 2013.4, 417쪽 참조.
50 이봉범, 「반공주의와 검열 그리고 문학」, 『상허학보』 15, 상허학회, 2005.8, 64쪽 참조.

더 나아가 이 논쟁의 핵심인 '서랍 속의 불온시'의 존재성은 '불온'한 것은 그것이 설령 세상에 나오지 않고 서랍 속에 있더라도 통제 대상이 된다는 점을 증명한다. 김수영은 이어령이 "불온하다고 보여질 우려"가 있는 작품을 보지도 않고 "불온하다"고 비약을 해서 단정하고 있다고 비판한 바 있다.('불온성'에 대한 비과학적 억측) 이는 특정 행동을 하지 않았다고 하더라도, 할 위험이 있으면 언제든지 잡아 가둘 수 있는 당대 국가보안법(반공법)이 대변하는 당대 정권의 통치술이 지향하는 바가 무엇인가를 보여주는 것이다.

또한 이 논쟁 과정에서 보여 준 이어령과 선우휘의 태도는 검열의 주체인 검열자가 이제는 더 이상 행정당국에 국한된 것이 아니라는 점을 말해 준다. 불온한 것에 대한 레드콤플렉스적 과민반응은 이어령과 선우휘가 대표하는 최고 권력 지식인 사회에서도 발현되고 있었다. 이 과민반응 역시 불온함의 공포에서 나온다는 것이라는 점은 감안해야 하겠지만, 검열 시스템(매트릭스Matrix 같은)에 길들여져 피검열 주체들이 미리부터 사전 검열을 실시하게 되는 웃지 못할 사태가 당대에 횡행하고 있었다. 이는 당대 검열 시스템이 매우 복합적인 구조하에 이루어지고 있었다는 점을 알려주는 것이다.[51]

그러나 김수영이 의도했든 아니든, 이 논쟁의 소득은 그가 "서랍 속의 불온시"의 존재성을 가시화한 데 있다. "불온"이라는 개념어의 기원을 탐색한 한기형은 '불온문서'를 창출해야 제국의 권력이 가시화된다'고 한다. 그러나 역으로 불온문서의 존재성 그 자체가 이러한 제국 검열의

---

51 당대 검열 시스템의 복합성에 대해서는 이봉범, 「1960년대 검열체제와 민간검열기구」, 『대동문화연구』 75, 성균관대 대동문화연구원, 2011; 이봉범, 「반공주의와 검열 그리고 문학」, 『상허학보』 15, 상허학회, 2005.8, 81쪽 참조.

벽을 균열시킨다.[52] 김수영 시 한 구절을 바꿔서 표현한다면, "불온함의 부피가 하늘을 덮"으면 그것이 곧 혁명이 된다는 의미이다. 이처럼 김수영은 서랍 속의 숨어 있는 불온시의 존재성을 전면화시키면서 검열의 주체, 국가가 갖는 권력의 억압성을 폭로하고자 한 것이다. 김수영은 "불온성은 예술과 문화의 원동력이 되는 것이고 인류의 문화사와 예술사가 바로 이 불온의 수난의 역사가 되는 것"(「불온성에 대한 비과학적인 억측」)이라고 주장한다. 김수영은 불온함이야말로 모든 (전위) 예술의 본성이라는 점을 보다 분명히 한 것이다.[53]

김수영은 이어령과 불온시 논쟁을 겪고 난 후 「시여 침을 뱉어라」란 유명한 강연을 한다. 이 강연의 내용은 김수영이 이 논쟁을 통해서 성장했다는 점을 보여 준다. 그의 대표 시론인 「시여 침을 뱉어라」가 이 논쟁 직후에 만들어진 것이라는 점은 이러한 점을 증명한다.[54] 김수영은 이 논쟁을 통해서 현 문화인들이 억압당하고 있는 '꿈'의 문제를 좀 더 논리화시키는 데 진력하게 된다.

1968년 4월 13일 부산에서 열린 문학세미나에서 강연한 강연록인 「시

---

52 이 연구에 의하면 '불온'의 어의는 곧 제국의 안정을 파괴하고 질서를 교란한 것과 동일한 의미로 이해되었다. '불온'이라는 용어를 매개로 한 자연 질서와 제국 시스템의 동일시, 그 속에는 권력에 대한 민주적 합의를 부정하고 넘어서려는 초월적 권력에의 강렬한 욕망이 숨어 있다는 것이다. 한기형, 「'불온문서'의 창출과 식민지 출판경찰」, 『대동문화연구』 72, 대동문화연구원, 2010, 451쪽 참조.

53 지금까지의 연구사도 이러한 점에 모두 동의하고 있다. 불온시란 실험적인 시와 정치제도를 비판하는 시를 포함하여 문학 본연을 노래한 새로운 시와 그 가능성까지를 포괄하는 시에 대한 별칭인 것(허윤회, 「김수영 지우기 — 탈식민주의 논의와 관련하여」, 『상허학보』 14, 상허학회, 2005. 2), "불온성이라는 개념은 문학적 기준과 정치적 기준 사이의 선택의 문제를 넘어서 '기준 자체를 의문에 부치는 것'"이며 "양자의 모순을 충분히 인정하면서도 그것이 화해를 지향했을 때의 상태를 담고 있는, 말하자면 '새로움'을 내포('극단의 대립을 통한 적대적 화해")하고 있다. 오문석, 「김수영의 시론 연구」, 연세대 박사논문, 2002. 8.

54 오문석은 이 때문에 이어령이 이 시론의 산파 역할을 했다고 빈정거린 바 있다. 자세한 내용은 위의 글 참조.

여 침을 뱉어라―힘으로서의 시의 존재」에서 그는 "시작詩作은 머리로 하는 것이 아니고 심장으로 하는 것도 아니고 몸으로 하는 것이다. 온몸으로 하는 것이다. 정확하게 말하자면 온몸으로 동시에 밀고 나가는 것이다. …내가 지금 바로 지금 이 순간에 해야 할 일은 당신의, 당신의, 당신의 얼굴에 침을 뱉는 것이다"라는 유명한 말을 남긴다.

시작作은 머리가 아니라 온몸으로 하는 것이라는 이 구절은 이어령이 논쟁에서 "문화를 정치수단의 일부로 생각하고 문학적 가치를 곧 정치사회적인 이데올로기로 평가하는 오늘의 오도된 사회참여론자들이야말로 스스로 예술 본래의 창조적 생명에 조종을 울리는 사람들"[55]이라고 비판한 맥락에 대응하는 것이다. 그는 이어령이 예술과 정치를 분리해서 생각하는 방식, 사회적 형식과 기교를 통해서 검열의 장벽을 뛰어넘을 수 있으리라는 생각에서 도출된 내용 / 형식의 이분법적 구성에 대해 일침을 가하고 싶었던 것이다.

여기서 드러난 '온몸의 시학'은 앞서 벌어진 논쟁 속에서 김수영이 제기한 '불온성'의 성격과 관련된 것이다. '불온성'이 내용과 형식의 이중 기준을 별도로 적용하지 않고 단 한 번에 양자를 평가할 수 있는 기준이라 한다면[56] 김수영에게 내용 / 형식 양자에서 기존의 틀을 깨뜨리는 파격을 추구하는 '전위문학'의 불온성도 바로 '온몸'으로 밀고나가는 것이기 때문이다.

그리고 그 즈음 또 하나의 대표 산문이 탄생하는 데 그것이 바로 김수영 시론의 총체화된 실체, 「반시론」이다. 이 글에서는 김수영이 그간 그가 치열하게 싸웠던 자본주의적 속물성과 이를 뚫고 나가기 위해 수행해야 할 노동과 시쓰기에 대한 사유가 파노라마처럼 펼쳐진다.

---

55 이어령, 「서랍 속에 든 '불온시'를 분석한다」, 『사상계』, 1968.3. 참조.
56 오문석, 앞의 글 참조.

「반시론」에서 김수영은 강연록 형식을 띄고 있었던 「시여 침을 뱉어라」에서는 할 수 없었던 검열 이야기를 한다. 그는 여전히 이어령과의 논쟁을 의식하고 있었던 것이다. 그는 이 산문에서 논쟁의 쟁점이었던 바로 그 '서랍 속의 불온시'를 꺼내 든다.

그는 이 산문에서 먼저 자기 반성조로, "생활에 과히 불안을 느끼지 않으면 정신의 불필요한 소모가 없어져서, 하늘은 둥글고 땅도 둥글고 사람도 둥글고 역사도 둥글고 돈도 둥글다. 그리고 시까지도 둥글"어진다고 한 후 그럼에도 불구하고 "이런 둥근 시 중에서도, 이 땅에서는 발표할 수 없는 것이 튀어나오는 때가 있다고 한다. 이러한 장황한 수사학은 또 다른 서랍 속의 불온시 "최근에 쓴 「라디오계界」라는 제목의 시"를 소개하기 위한 포석이었다. 그는 이번에는 시를 서랍 속에 넣어 두는 방법 대신 그가 말한 대로, "「산문」에 끼워서 어물쩍 세상에 내놓"(반시론)는 다른 방법을 선택한 것이다. 그리고 그는 또 한 번 '이북'의 소리를 소환하여 당대 운위되던 '불온'의 의미에 균열을 내려 한다.

6이 KBS 제2방송
7이 동 제1방송
그 사이에 시시한 주파가 있고
8의 조금전에 동아방송이 있고
8점 5가 KY인가보다
그리고 10점 5는 몸서리치이는 그것

이 몇 개의 빤떼온의 기둥 사이에
딩굴고 있는 폐허의 돌조각들보다도

더 값없게 발길에 차이는 인국의 음성
──물론 낭랑한 일본말들이다
이것들 요즘은 안 듣는다
시시한 라디오소리라 더 시시한 것이
여기서는 판을 치니까 그렇게 됐는지 모른다
더 시시한 우리네 방송으로 만족하는 것이다

지금같이 HIFI가 나오지 않았을 때
비참한 일들이 라디오소리보다도 더 발광을 쳤을 때
그때는 인국방송이 들리지 않아서
그들의 달콤한 억양이 금덩이같았다
그 금덩어리같던 소리를 지금은 안 듣는다
참 이상하다

이 이상한 일을 놓고 나는 저녁상을
물리고 나서 한참이나 생각해본다
지금은 너무나 또렷한 입체음을 통해서
들어오는 이북방송이 불온방송이
아니 되는 날이 오면
그때는 지금 일본말 방송을 안 듣듯이
나도 모르는 사이에 아무 미련도 없이
회한도 없이 안 듣게 되는 날이 올 것이다……

그러나 이렇게 써도 내가 반공산주의자가

아니기 위해서는 그날까지 이 엉성한

조악한 방송들이 어떻게 돼야 하고

어떻게 될 것이다

먼저 어떻게 돼야 하고 어떻게 될 것이다

이런 극도의 낙천주의를 저녁밥상을

물리고 나서 해본다

──아아 배가 부르다

배가 부른 탓이다

* 작후감──〈죽음〉으로 매듭을 지으면서

— 「라디오계」 전문

    시 「라디오계」에서 시인은 당대의 검열 상황을 제시하면서 그 억압이 사라지는 순간의 꿈을 표현한다. 이 시에서는 예전에 "비참한 일들이 라디오소리보다도 더 발광을 쳤을 때" 국내에서는 검열로 인해 들을 수 없었던 소식을 듣기 위해 금덩어리처럼 여기고 들었던 "일본 방송"을 지금은 안 듣는 것처럼, "이북방송이 불온방송이 / 아니 되는 날이 오면 / 그때는 지금 일본말 방송을 안 듣듯이 / 나도 모르는 사이에 아무 미련도 없이 / 회한도 없이 안 듣게 되는 날이 올 것"이라는 희망을 표시한다. 또한 이런 말을 쓰고도 자신이 반공산주의자가 아니기 위해서는, 즉 반공주의자가 아니면서도 무사히 이 시를 실을 수 있는, "먼저 이 방송이 어떻게 되"는 상황, 불온한 방송이 안 되는 어떠한 상황이 되어야 한다고 쓴다. 물론 그것은 요원한 일일 것이다. 그래서 '배가 부른 탓에' 가능했던 "극도의 낙천주의"란 반어적 표현을 한 것이다.

    이런 "극도의 낙천주의"에서 불구하고 그는 이 순간에도 검열에는 굴복하기 싫었던 듯하다. "이런 작품도 느닷없이 맨 작품으로 내놓기보다는 설명을 붙여서 산문 속에 넌지시 끼워 내는 편이 낫겠지만." "시란 그런 것이 아니"며, "위험을 미리 짐작하고 거기에 보호색을 입혀서 내놓는 것은 자살행위나 마찬가지이고 아예 발표하지 않고 썩혀두는 편이 훨씬 낫다"고 한다.

그러나 그러면서도 그는 산문에 끼워서 슬쩍 내놓는 방법을 선택한다. 어떠한 방식으로든 '서랍 속의 불온시'를 내놓아야 한다고 판단했던 것이며, 그만큼 이 시들을 통해 하고 싶었던 이야기가 간절했던 것이다.

사실 김수영에게 이어령의 지적, '서랍 속의 불온시'는 목 안에 든 가시와 같은 존재였을 것이다. 이 존재성을 비겁함으로 몰아붙이는 이어령의 공격에 검열의 '폭압성'이란 논리로 대응할 수밖에 없었던 김수영의 훼손된 자존심은, 이후 이 '서랍 속의 불온시'의 정치적 정당성을 입증하는 데 집중하게 한다. 이는 그가, 논쟁 당시 공격에 정작 이어령이 주적으로 삼았던 '불온성'의 핵심인 (자신에게 찍혀 있었던 낙인) 붉은 사상으로 정면대응하지 못하고 '전위문학'의 불온성이라는 언술로 포괄적으로 제시할 수밖에 없었던 자신[57]에 대한 고통스러운 반성의 태도이기도 하다. 그는 이제 '전위문학'의 '불온'성이 내포한 정치적 정당성을 입증해야 했다. 여기서 만난 불온한 전위성(모더니티)이 바로 '에로티즘의 시학'이었다. 그리고 이 에로티즘의 시학에는 풍속 검열 통제를 넘어서는 또 다른 정치적 의미(정치적 불온성)가 내포되어 있었다.

---

57 이러한 분석은 이혜령 선생님의 조언에 힘입은 것이다. 또한 개별 시 분석에 섬세한 조언을 해준 심선옥 선생님, 1960년대 전체 검열 장 안에서 벌어진 김수영 문학 검열의 의미에 대해서 조언해 주신, 임경순 선생님, 이 글을 반교어문학회 학술대회 장에서 발표할 때 성심을 다해 토론을 해 주신 임지연 선생님, 이 자리를 빌어 이 산만하고 긴 글을 읽고 정성스러운 조언을 주신 이 선생님들께 감사드린다.

2) '자본'과 '노동', '성性' ─자본주의 / 성장주의와의 대결.

「반시론」에서는 음란함이라는 '불온'과의 싸움이 지속된다.

이런 때를 지일(至日)로 정하고 있다. 지일에는 겨울이면 죽을 쑤어 먹듯이 나는 술을 마시고 창녀를 산다. 아니면 어머니가 계신 농장으로 나간다. 창녀와 자는 날은 그 이튿날 새벽에 사람 없는 고요한 거리를 걸어나오는 맛이 희한하고, 계집보다도 새벽의 산책이 몇 백 배나 더 좋다. 해방 후에 한 번도 외국이라곤 가본 일이 없는 20여 년의 답답한 세월은 훌륭한 일종의 감금생활이다.

누가 예술가의 가난을 자발적 가난이라고 부른 것을 기억하고 있는데, 나의 경우야말로 자발적 감금생활, 혹은 적극적 감금생활이라고 할 수 있을 것 같다. 그래서 나는 한적한 새벽 거리에서 잠시나마 이방인의 자유의 감각을 맛본다. 더군다나 계집을 정복하고 나오는 새벽의 부푼 기분은 세상에 무엇 하나 부러울 것이 없다.

이것은 탕아만이 아는 기분이다. 한 계집을 정복한 마음은 만 계집을 굴복시킨 마음이다. 자본주의의 사회에서는 거리에서 여자를 빼놓으면 아무 것도 볼 게 없다. 머리가 훨씬 단순해지고 성스러워지기까지도 한다. 커피를 마시고 싶은 것도, 해장을 하고 싶은 것도 연기하고 발 내키는 대로 한적한 골목을 찾아서 헤맨다. 이럴 때 등교길에 나온 여학생 아이들을 만나면 부끄러울 것 같지만, 천만에! 오히려 이런 때가 그들을 가장 있는 그대로 순결하게 바라볼 수 있는 순간이다. 격의 없이 애정으로 바라볼 수 있는 순간. 때묻지 않은 순간. 가식 없는 순간.

― 「반시론」

일상에 산재한 적들과의 싸움에 지쳐 자괴감이 들 때 그가 이를 극복하는 방법은 두 가지이다. 하나는 창녀를 사는 일탈을 시도하는 것, 또하나는 어머니가 계신 농장으로 가서 '노동'의 성스러움을 경험하는 것이다.

창녀를 사는 행위는 "자본주의의 사회에서는 거리에서 여자를 빼놓으면 아무것도 볼 게 없다"는 언급대로 자본주의의 산물이다. 푸코에 의하면 근대 자본주의 시대 성담론에서는 다음 날의 노동을 위해, 혹은 노동자를 생산하기 위해, 생식기능에 부합하지 않거나 생식기능에 의해 미화되지 않는 것은 더 이상 발붙일 곳이 없어진다. 이러한 부르주아 사회의 위선이 가장 적나라하게 드러나는 곳이 바로 유곽이다. 그래서 푸코는 오직 거기에서만 야생의 성은 실재적으로, 그렇지만 섬처럼 드문드문 모습을 내보일 수 있거나, 은밀하고 한정되고 암호화된 유형의 담론으로 이야기될 수 있을지 모른다[58]고 한다. 김수영이 창녀를 사는 행위는 바로 이러한 자본주의 시대 성 통치술에 반항하는 행위이다. 나아가 음란함이라는 규정에 대한 반항이다. 유곽의 세계는 자본주의적 효용성과 관계없는 소비적인 욕망의 세계이다. 그래서 이 안에서 벌어진 그 에로티즘의 순간을 겪고 나면 그는 마치 자본을 제압한 개선장군처럼 우쭐해지기도 한다. 그래서 그는 이 순간을 등교하는 여학생을 "격의 없이 애정으로 바라볼 수 있는 순간, 때 묻지 않은 순간, 가식 없는 순간"이라 칭한 것이다.[59] 물론 이 방식이 자본과 싸우는 진검승부가 아니라,

---

58　미셸 푸코, 이규현 역, 『성의 역사』 1(지식의 의지), 나남, 2010.11, 10~14쪽 참조.

59　물론 김수영이 자본주의를 비판하고 에로티즘의 효용성을 부각시키기 위해, 창녀와 여학생을 대상화했다는 비판을 면하기는 어려울 것이다. 이는 분명 김수영의 한계이다. 이러한 점은 이 논의의 맥락에서 벗어나는 논의이므로 이 문제는 각주 처리를 하는 데 그치기로 한다. 그러나 그는 '미인'이라는 시를 통해서 이 문제에 대한 돌파구를 찾고 있었다. 이에 대한 점은 이후 이 글에서 설명했다.

매우 비루한 것이라는 점을 김수영도 알 것이다. 그러나 이렇게라도 김수영은 싸우고 싶었던 것이다.

그리고 이제 그의 에로티즘은 노동에 대한 사유와 만난다. 흔히 사람들은 자본주의를 극복하는 방법이 건전한 노동이라고 한다. 대개의 유토피아에서는 노동하는 존재성이 성스럽게 그려져 있다. 착취당하지 않고, 인간이 일한 만큼 대가를 받고 나눠 먹고 사는 것, 그것이 통상적 의미의 유토피아[60] 사회의 형상이다.

그래서 김수영도 지일을 정해서 정직한 노동을 지향하는 "어머니가 계신 농장으로 나간다"고 한 것이다. 그러나 이 곳과 대척점에 놓인, 자본주의 사회의 거리에서는 노동이 성스럽지 않았다.

> 노란 돌격모를 쓴 도로 청소부의 한 떼가 보도에 일렬로 늘어서서 빗자루로 길을 쓸고 있다. 나는 종로 거리에서 자라나다시피 한 사람이지만 이렇게 용감한 청소부는 처음 보았다. 어찌나 급격하게 일사천리로 쓸고 나가는지 무서울 정도였다. 나는 새벽에 직장에 출근을 하지 않는 사람이라 처음 보는 풍경인 만큼 더욱 놀랐는지도 몰라도 아마 이 꼴을 자주 보는 사람도, 경기장에 들어온 관중을 무시하듯 행인을 무시하는 이들의 태도에 습관이 되려면 몇 달은 착실히 걸려야 할 것 이라는 생각이 들었다. (…중략…) 저들은 자기 일의 열성의 도를 넘어서 행인들에 대한 평소의 원한과 고질화된 시기심까지도 한데 섞여서 폭발을 하고 있는 게 아닌가. (…중략…) 그러나 그것보다도 더 무서운 것은 내가 어느 틈에 시대에 뒤떨어져 가고 있는 게

---

60 김소월의 시 「우리에게 보습대일 땅이 있다면」이나 이상화의 「빼앗긴 들에도 봄은 오는가」에서 형상화된 바람직한 세상은 행복하게 노동하는 자의 세계였다. 토마스 모어의 「유토피아」에서도 그 세상에 사는 사람들도 일정한 시간 반드시 노동을 한다.

아닌가 하는 생각이 드는 것이다. 그런 복수행위를 예사로 생각하고 있는
듯한 행인들의 얼굴. 이들은 입에 손을 대고 지나가기는 하지만 별로 불쾌
한 얼굴도 하지 않는다. 불쾌한 얼굴을 지을 만한 여유가 없는지도 모른다.
　이들에게는 청소부에 못지 않은 바쁜 직장의 아침일이 기다리고 있어서
그런지도 모른다. 좌우간 나는 청소부의 폭동보다도 행인들의 무료한 얼굴
에 한층 더 가슴이 섬뜩해졌다.

—「반시론」

　여기서 청소부의 노동은 즐거운 것이 아니라 "평소의 원한과 고질화
된 시기심까지도 한데 섞여서 폭발"을 할 만큼 억압된 것이다. 그리고
더 중요한 것은 이를 바라보는 행인들의 얼굴이 별로 유쾌하지 않다는
것이다. 노동의 가치에 대한 무심함은 바로 자본주의의 근원적 풍경이
다. 그래서 이러한 점은 소유를 초월한 상태에서나 볼 수 있는 것이다.
그래서 그는 "거지가 돼야 한다. 거지가 안 되고는 청소부의 심정도 행
인들의 표정도 밑바닥까지 꿰뚫어볼 수는 없다"고 한 것이다.
　이러한 상황이니 김수영은 이러한 자본주의의 잔인한 속성을 이제야
깨달은 "자신이 시대에 뒤떨어졌다"고 한 것이다. 그리고 그는 계속해서
이러한 자본주의 시대의 '노동'과 '성'에 대한 통찰을 수행한다.

　「성」이라는 작품은 아내와 그 일을 하고 난 이튿날 그것에 대해서 쓴 것인
데 성 묘사를 주제로 한 작품으로는 처음이다. 이 작품을 쓰고 나서 도봉산
밑의 농장에 가서 부삽을 쥐어보았다. 맨첨에는 부삽을 쥔 손이 약간 섬뜩
했지만 부끄럽지는 않았다. 부끄럽지는 않다는 확신을 가지면서 나는 더욱
더 날쌔게 부삽질을 할 수 있었다. 장미나무 옆의 철망 앞으로 크고 작은 농

구(農具)들이 보랏빛 산 너머로 지는 겨울의 석양빛을 받고 정답게 빛나고 있다. 기름을 칠한 듯이 길이 든 연장들은 마냥 다정하면서도 마냥 어렵게 보인다.

그것은 프로스트의 시에 나오는 외경에 찬 세계다. 그러나 나는 프티 부르조아적인 '성'을 생각하면서 부삽의 세계에 그다지 압도당하지 않을 만한 자신을 갖는다. 그리고 여전히 부삽질을 하면서 이것이 농부의 흉내가 되어서는 안 되겠다고 생각한다. 나는 죽고 나서 저승에 가서 심판을 받게 되면 내 아우보다 꾸지람을 더 많이 들을 것은 물론 뻔하다. 그것은 각오하고 있다.

— 「반시론」

그는 이 글에서 "「성」"이라는 작품이 "성 묘사를 주제로 한 작품으로는 처음"이라고 하면서, 이후 새로운 경험을 했다고 전한다. 이 작품을 쓰고 나서 "도봉산 밑의 농장에 가서 부삽을 쥐어보았다. 맨첨에는 부삽을 쥔 손이 약간 섬뜩했지만 부끄럽지는 않았다"고 한다. 물론 그는 그 노동의 공간이 "프로스트의 시에 나오는 외경에 찬 세계"임을 부정하지는 않는다. "그리고 여전히 부삽질을 하면서 이것이 농부의 흉내가 되어서는 안 되겠다고 생각한다. 나는 죽고 나서 저승에 가서 심판을 받게 되면 내 아우보다 꾸지람을 더 많이 들을 것은 물론 뻔하다. 그것은 각오하고 있다"고 한다. 그러나 동시에 "프티 부르조아적인 '성'을 생각하면서 부삽의 세계에 그다지 압도당하지 않을 만한 자신을 가"졌다고 한다.

김수영에게 에로티즘의 추구가 위반의 시학이라는 점은 이미 논의된 바 있다. 또한 그것이 바타유 번역의 성과인 것도 역시 밝혀진 바이다.[61] 바타유에 의하면 자본주의 세계는 "유익하지 않은 것, 쓸모없는 것은 아에 쳐다보려고도 하지 않는 '굴종적 인간'"[62]을 양산한다. 이에 대응하여 에로티즘이 중요한 것은 '아무런 쓰임이 없는 절대적 형태'[63]이기 때문이다. 그리고 인간만이 이렇게 순간적으로 죽음에 이르는 초월적이고 비의적인 순간을 경험할 수 있다. 이렇게 에로티즘이 수단화된 노동의 세계를 초월할 수 있는 수단이라는 통찰[64]은, 김수영에게 늘 내재해 있던 백수 컴플렉스. 신성한 노동에 대한 열등감을 약화시켜 주었다.

그리고 이러한 점은 그의 시의식에도 곧바로 영향을 미친다. 그는 바타유의 사유를 밀어붙인다. 「반시론」에서 '반시'란 용어도 바타유의 시론을 번역한 용어이다.[65] 그는 「반시론」에서 시 「미인」의 전문을 인용하면서 그의 시 「미인」이 릴케의 유명한 「오르페우스에 바치는 송가頌歌」의 제3장에서 "참다운 노래, 아무것도 바라지 않는 입김. 신神의 안을 불고 가는 입김"을 표현한 것이라고 한 바 있다.

　　미인을 보고 좋다고들 하지만

　　미인은 자기 얼굴이 싫을 거야

61　박지영, 「김수영과 번역, 번역과 김수영」, 『번역비평』 4, 고려대 출판부, 2010 겨울. 이미순, 「김수영 시에 나타난 바타이유의 영향」, 『한국현대문학연구』 23, 한국현대문학회, 2007 참조.
62　조르주 바타유, 조한경 역, 『에로티즘의 역사』, 민음사, 2010, 9~10쪽.
63　위의 글, 12쪽.
64　바타유에 의하면, '사유'는 금기가 내포하는 도덕의 제한을 받는다. 성은 금기의 제한을 받으며, 사유는 성이 없는 세계 속에서 형성된다. 사유는 비(非)성적이다. 절대 또는 절대적인 태도와는 대립된 지적 사유의 세계는 우리의 세계를 우리가 알고 있는 가장 빈곤하고 종속적인 세계, 유익한 사물의 개별화된 세계, 노동 활동만이 규칙이고 오직 그것이 지배하는 세계, 각자가 기계화된 질서 속에서 자기 자리만을 지켜야 하는 세계로 만든다. 반대로 바타유가 만드는 총체성은 어느 모로 보나 제한적인 사유의 세계를 초월하는 세계이다. 사유의 세계는 오직 차이와 대립만이 있을 뿐이다. 사유를 벗어나지 않고는 차이와 대립 어느 것으로부터도 자유로울 수가 없다. 창녀, 성모, 탕자, 군자 등 온갖 류의 사람들이 모여 한 세계를 이룬다.(위의 글, 24~26쪽 참조)
65　박지영, 「김수영, 「반시론」에서 '반시'의 의미」, 『상허학보』 9, 상허학회, 2002.9 참조.

그렇지 않고야 미인일까

미인이면 미인일수록 그럴 것이니
미인과 앉은 방에선 무심코
따놓은 방문이나 창문이
담배연기만 내보내려는 것은
아니렷다

이 시의 맨 끝의 '아니렷다'가 반어(反語)이고, 동시에 이 시 전체가 반어가
돼야 한다. Y 여사가 미인이 아니라는 의미의 반어가 아니라, 천사같이 아
름답다는 것을 강조하기 위한 반어이고, 담배연기가 '신적인' '미풍(微風)'이
라는 것을 암시하기 위한 반어다. 그리고 나의 이런 일련의 배부른 시는 도
봉산 밑이 돈사(豚舍) 옆의 날카롭게 닮은 부삽날의 반어가 돼야 할 것이다.
그럴 때 우리의 시에서는 남과 북이 서로 통일된다.

— 「반시론」

그가 추구했던 것은 아무것도 표현하지 않는 것, 그것이 바로 시의 역
易, 즉 '반시反詩'의 경지이다. 그는 이러한 의미에서 '담배연기' 혹은 '욕망'
을 내보내고, 인간을 인간답게 하는(「반시론」에서 언급한 오르페우스에 바치
는 송가」 제3장의 시구) '천사의 입김'을 노래하게 되었다고 한다. 그리하여
「미인」이라는 이 시 전체가 반어가 되어, 천사같이 아름답다고 굳이 강
조하지 않아도, 날카롭게 닳는 부삽날의 신성성을 표현하지 않더라도
그것을 암시하게 되는 반어의 수사학이 완성된다. 에로티즘을 직접적
으로 표현(수행)하지 않지만, 반어적으로 에로티즘 이상의 효과를 내게

된 것이다. 바타유가 하이데거와 만나 또 다른 국면으로 번역된 것이다.

그는 그의 시 「원효대사」(1968.3)에서 '성속聖俗이 같다는 원효대사'의 잠언을 소환한 바 있다. 그는 「반시론」에서 "미래의 과학시대의 율리시즈를 생각해야 한다"고 한 바 있다. 그는 이 시를 통해서는 미래까지는 아니더라도 현대판 율리시즈의 한국판[66]을 만들고 싶었는지도 모른다. 그리하여 이러한 시들은 자본의 효용성에 포획된 노동이 아닌, 날카로운 부삽날의 신성한 노동에 버금가는 가치를 갖는 것이다. 여기서 "에로티즘 = 신성한 노동 = 시"의 경지가 완성되는 것이다.

김수영은 이어령과의 논쟁에서 그가 "창조의 자유가 억압되는 원인을 지나치게 문화인 자신의 책임으로만 돌리고 있는 것"에 대해 반발하여 "우리나라의 문화인이 허약하고 비겁한 것은 사실이지만, 그들을 그렇게 만든 더 큰 원인으로, 근대화해 가는 자본주의의 고도한 위협의 복잡하고 거대하고 민첩하고 조용한 파괴작업"을 든 바 있다.

또한 김수영은 1967년 6·8부정선거(국회의원)를 비판하며, "6·8사태는 5·16군사쿠데타 이후에 추진된 '근대화'가 약 40년 후의 이 땅에 수입할 서구의 산업혁명 이후의 자본주의 문명의 총 병균의 헛게임 쇼"라고 한다. 그리고 같은 글에서 그는 "'한 나라의 번영은 부강에 있는 것이 아니라 자유에 있다'. 이 평범한 자유의 표어가 사실은 5개년 경제계획과 같은 비중으로 자유의 가치를 내세우고 있는 현정부의, 사실은 가장 허약한 맹점을 찌르는 교훈"이라고 한다.[67] 이처럼 그는 당대의 경제발전중심주의, 자본 중심의 속물성을 통렬히 비판한다.

---

66 「율리시즈」에서처럼 20세기의 문화가 더 이상 성을 금기시하는 시대가 아니라, 성을 상품화하고 탐닉하는 대중문화가 중심이 되어 가던 시기였다는 인식을 보여준 것이 아닐까 한다.
67 김수영, 「로터리의 꽃의 노이로제-시인과 현실」(1967.7), 『전집』 2, 199·201쪽 참조.

그는 권력의 사상 통제와도 싸웠지만, 자본주의의 속물성과도 끊임없이 싸웠다. 그의 시와 산문에 나타난 그 속물성의 표상이 그의 아내, 여편네였다. 시 「금성라디오」 등에 나타난 아내의 모습은 그가 끊임없이 극복해야만 할 자본에 대한 욕망을 대신한 것이었다.[68] 그리고 그 대척점에 노동의 신성함, 그리고 시작詩作의 신성성이 놓여 있었다. 그런데 김수영은 이제 이 에로티즘에 대한 자각을 통해 이 이분법적 도식을 깬다.

지극히 시시한 발견이 나를 즐겁게 하는 야밤이 있다
오늘밤 우리의 현대문학사의 변명을 얻었다
이것은 위대한 힌트가 아니니만큼 좋다
또 내가 '시시한' 발견의 편집광이라는 것도 안다
중요한 것은 야밤이다

우리는 여지껏 희생하지 않는 오늘의 문학자들에 관해서
너무나 많이 고민해왔다
김동인, 박승희같은 이들처럼 사재를 털어놓고
문화에 헌신하지 않았다
김유정처럼 그밖의 위대한 선배들처럼 거지짓을 하면서
소설에 골몰한 사람도 없다……

그러나 덤삥출판사의 20원짜리나 20원 이하의 고료를 받고 일하는
14원이나 13원이나 12원짜리 번역일을 하는

---

68 이에 대한 자세한 내용은 박지영, 「혁명, 시, 여성(성) — 1960년대 참여시에 나타난 여성」, 『여성문학연구』 23, 한국여성문학학회, 2010 참조.

불쌍한 나나 내 부근의 친구들을 생각할 때
이 죽은 순교자들을 어떻게 생각해야 하나
우리의 주위에 너무나 많은 순교자들의 이 발견을
지금 나는 하고 있다

나는 광휘에 찬 신현대문학사의 시를 깨알같은 글씨로 쓰고 있다
될수만 있으면 독자들에게 이 깨알만한 글씨보다 더
작게 써야 할 이 고초의 시기의
보다더 작은 나의 즐거움을 피력하고 싶다

덤삥출판사의 일을 하는 이 무의식대중을 웃지 마라
지극히 시시한 이 발견을 웃지 마라
비로소 충만한 이 한국문학사를 웃지 마라
저들의 고요한 숨길을 웃지 마라
저들의 무서운 탐방을 웃지 마라
이 무서운 낭비의 아들들을 웃지 마라

—「이 한국문학사」(1965.12.6) 전문

    김수영은 시「이 한국문학사」에서 "김동인, 박승희처럼 사재를 털어
문화에 헌신하는 것", "이 무서운 낭비"라 지칭한 업적을 인정한 바 있다.
그는 "여지껏 희생하지 않는 오늘의 문학자들에 관해서 너무나 많이 고
민해왔다"고 하면서 그 고민의 끝에, 이러한 낭비가 있었기에 "덤삥출판
사의 20원짜리나 20원 이하의 고료를 받고 일하는 / 14원이나 13원이나
12원짜리 번역일을 하는 / 불쌍한 나나 내 부근의 친구들"의 작업과 더

불어, 혹은 거지짓을 해가면 소설에 골몰했던 김유정과 더불어 "비로소 충만한 이 한국문학사"가 만들어질 수 있었다는 점을 자각했다고 한다. 그러면서 그는 그간 자본에 대해 가지고 있었던 무조건적인 터부에서 벗어났던 것이다. 그는 문제는 인간이 자본을 어떻게 쓰느냐에 달려있다는 점을 깨달은 것이다. 그 끝에는 그가 입버릇처럼 말한 대로, 인간에 대한 사랑이 놓여 있어야 할 것이다.

같은 시기에 쓴 산문 「미인」에서 그는 "삼십대까지는 여자와 돈의 유혹에 대한 조심을 처신의 좌우명으로 삼고 있던 것이 요즘에 와서는 오히려 그것들에 대한 방심이 약이 되고 있다"고 한 바 있다. 여기서 그는 "돈이 미인을 갖게 되는 수가 많지 미인이 돈을 갖게 되는 일이 드물다"고 하면서 "자본주의 사회에서는 돈이 없이는 자유가 없고, 자유가 없이는 움직일 수가 없으니, 현대미학의 제1조건인 동적 미를 갖추려면 미인은 반드시 돈을 가져야 한다"고 한다.[69] 이러한 주장에는 자본에 소외된 인간이 아니라 자본을 초월한 인간이라는, 인간주체성에 대한 자각이 반영되어 있다. 자본으로 살 수 있는 욕망의 대상이(여성), 욕망(자본)의 주체로 되는 경이를 꿈꾸는 것이다. 성적 욕망과 자본에의 욕망은 등치되는 것이지만, 이 둘을 모두 조정(초월)할 수 있는 주체성을 꿈꾸는 것이다. 여기에는 물론 박정희 정권의 개발중심주의, '근로하는 인간' 불온하지 않는 인간형, '선한 국민' 상에 대한 반발이 숨어 있는 것이다.

이 모든 통찰을 종합해서 얻어 낸 것이 반어의 경지이다. 그는 드디어 이어령이 말한 '참여시의 후진성', 시를 사회참여의 도구로 삼는다는, "중요한 것은 작가의 태도이지 검열이 아니라는 사태파악 안 된 어불성

---

69 이상은 김수영, 「미인」(1968.2), 『전집』 2, 145~146쪽.

설의 논리"에 대응할 시론을 완성한 것이다. "반어"는 시적 수사학이자, 적들의 검열의 폭력성을 피할 반검열의 수사학인 것이다. 그가 반시론의 마지막에 표현한 "귀납과 연역, 내포와 외연, 비호庇護와 무비호, 유심론과 유물론, 과거와 미래, 남과 북, 시와 반시의 대극의 긴장, 무한한 순환, 원주圓周의 확대, 곡예와 곡예의 혈투. 뮤리얼 스파크와 스푸트니크의 싸움. 릴케와 브레히트의 싸움. 앨비와 보즈네센스키의 싸움. 더 큰 싸움, 더 큰 싸움, 더, 더, 더 큰 싸움……. 반시론의 반어"란 구절에서 더 큰 싸움은 국가의 파시즘적 검열과의 싸움이자, 근대사회의 폭력, 자본과의 싸움인 것이다. 끊임없이 "반어"로 이어질 검열과의 싸움, 그는 그 결과를 시 '풀'로 형상화한 것이다.

시「풀」은 혁명을 군이 표현하지 않아도 혁명을 암시하는 "반어"의 시이다. 그는 반시의 반어적 수사학을 발전시켜 '시와 반시의 대극적 긴장에서 이루어지는 시', '시가 되려고 하는 의도와 시가 되려고 하지 않으려는 힘이 긴장을 일으키는 시'를 추구한다. 이를 통해 그는 (자본, 성 등) 무엇인가를 욕망하지 않지만, (검열을 넘어), 욕망하는 것의 너머trans를 선취하는 경지, 적들이 검열을 통해 비호하고자 하는 것들을 넘어서는 경지를 이루고자 했던 것이다.

4. '불온'을 넘어, 반검열의 수사학

지금까지 1960년대 김수영이 검열과 싸워가는 과정에 대해서 살펴보았다. 해방 공간에서는 좌파적 성향이 강했던 김수영은 한국전쟁 당시 의용군과 포로수용소 체험을 거치면서 무의식 깊숙이 레드(검열) 콤플렉스가 형성된다. 이러한 체험은 그로 하여금 리얼리티가 생명인 소설보다는 '캄푸라쥬'가 가능한 시를 선택하게 한다. 그의 전후 시세계는 검열과의 싸움에서부터 출발한 것이며, 그의 시세계 전반은 검열과의 싸움이라고 해도 과언이 아닌 것이다. 4·19혁명 직후 잠간 동안 검열이 이완된 공간에서조차 검열을 당한 경험은 그가 평생을 '언론 자유'를 위해 검열 체제와 싸우도록 했다.

그는 일기와 산문에서 검열과의 쟁투 과정을 기록하고 있는데, 그 중 중요한 시기는 4·19혁명 직후 「김일성 만세」를 쓸 즈음과 이어령과 일명 '불온시' 논쟁이 벌어진 1968년이다. 4·19혁명 직후에는 「김일성 만세」를 두고 사상 검열을 당하게 되고, 1968년에는 산문 「원죄」가 '음담淫談'의 혐의를 받'는 풍속 검열 상황에 직면하게 된다. 공교롭게도 이 시기에 그는 이어령과 '불온시 논쟁'을 하게 된다.

이 과정을 거치면서 김수영은 검열 체제가 생산해 낸, '불온성'과의 싸움을 벌이며 전위문학의 불온성을 정치화시키게 된다. 그 결과물이 그의 시론 「시여 침을 뱉어라」와 「반시론」에 수렴된다. 그는 이 두 산문을 통해서 내용과 형식 양자에서 '검열'과 대결하는 '온몸의 시학'을 주장하고, 에로티시즘을 통해서 '음란'이라는 '불온'과 싸울 수 있는 계기가 마련된다.

'음란'이라는 규정을 조롱하는 것은 '불온'성을 조작해 내는 당대 통치체제 전반에 대한 균열을 시도한 것이다. 그는 정치적 검열에 전면적으로 대항하기 힘든 현실에서 이 음란성 규정과의 대결을 통해서 총체적으로 당대 통치 체제에 대항한 것이다.

특히 「반시론」에서 그는 바타유의 사유를 경유하며 자본주의적 유용성과 성적 억압에 대응하는 '반어적' 통찰에 이르게 된다. 에로티즘의 철학을 통해 자본주의적 유용성과 대결하는 참다운 노동과 성의 의미에 대해서 깨닫게 된 것이다. 이는 1960년대 발전주의적 경제중심주의 논리에 대항하는 길이기도 했다. 이는 근원적으로 자본주의적 유용성에 대결하는 무위성의 철학으로, 아무것도 주장하지 않지만, 그것을 말하게 되는 시적 경지, '반시론'으로 이어진다. 그 결과가 바로 시 「풀」로, 이는 혁명을 굳이 표현하지 않아도 혁명을 암시하는 "반어"의 시이다.

"반어"는 여기서 시적 수사학이자, 적들의 검열의 폭력성을 피할 반검열의 수사학이 된다. 이것이 그가 '불온시' 논쟁에서 이어령에게 증명하고자 했던 '서랍 속의 불온시'의 정치성이며, 이를 세상에 꺼내든 자신감의 원천이다. 이를 통해 그는 (자본, 성 등) 무엇인가를 욕망하지 않지만, (검열을 넘어), 욕망하는 것의 너머trans를 선취하는 경지, 적들이 검열을 통해 비호하고자 하는 것들을 넘어서는 경지를 이루고자 했던 것이다.

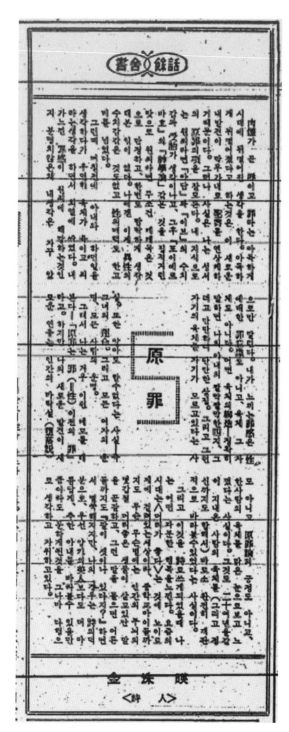

舊舍餘話

原罪

金洙暎
〈詩人〉

「원죄」, 『동아일보』, 1968.1.25. 5면.

제3장

김수영의 전쟁체험과
정치체에 대한 인식의 도정

어떤 공동체도 이루지 못한 자들의 공동체. G.B.

— Maurice Blanchot[1]

1. 수용소의 난민들, 그리고 시인 김수영

시인 김수영에게 해방 공간과 전쟁 체험은 그의 인식 전반을 규정하는 원체험으로 자리 잡고 있다.[2] 특히 그가 "좌·우의 구별 없던, 몽마르

---

1 "여기서 G.B.는 조르주 바타유(Georges Bataille)를 가리킨다. (옮긴이)"모리스 블랑쇼, 박준상 역, 「밝힐 수 없는 공동체」, 『밝힐 수 없는 공동체 / 마주한 공동체』, 문학과지성사, 2005, 11쪽.
2 이에 대한 주목할 논의로는 이미순, 「김수영의 '전쟁체험' 시 연구」, 『비교한국학』 17-3, 국제

트 같은 분위기"라고 "자랑"스럽게 회고[3]했던 해방 공간을 지나 맞닥뜨린 전쟁의 참혹한 체험은 다소 좌편향적이었던 그의 세계 인식 전반을 뒤흔들었던 끔찍한 것이었다.

지금까지 평전과 부인 등의 증언을 통해 알려진 바에 의하면 김수영은 결혼한 지 얼마 안 되어 한국전쟁이 발발하자 곧 의용군에 강제징집되었으나 여러 차례의 탈출 시도 후에 서울에 도망쳐 오다가 다시 체포되어 포로수용소 생활을 하게 된다. 이 와중에 그는 남한 쪽 서울 경찰서에서 고문을 당하기도 하고, 포로수용소 내부에서 벌어진 이념 전쟁에서 양측의 폭력에 무방비로 노출되어 있었다.[4] 이러한 끔찍했던 전쟁체험은 최근에 발굴된 그의 체험 수기 내부에서도 간접적으로 드러나고 있다.[5] 그에게 이 체험, 특히 포로생활은 '전쟁', 즉 이러한 시스템을 만들어 낸 '근대 국가'의 폭력성을 체험하게 하는 것이었다. 이로 인해 해방 공간을 몽마르트 언덕으로 추억하던 소박한 자유주의자에서 벗어

비교한국학회, 2009 참조.

3 김수영, 「마리서사」, 『전집』 2, 109쪽.

4 김수영은 결혼한 지 얼마 안 되어 6·25가 발발하자 곧 의용군에 징집되었으나 탈출하여 순천으로 도망치다가 붙잡혔고 패잔병이라고 둘러대어 다시 북한군에 편입된다. 그러나 미군이 공격해오자 평복을 입고 손들고 나가 스스로 자유인이 된다. 그러나 미군을 따라 서울에 돌아온 그는 다시 경찰에 체포된다. 그는 빨갱이라는 죄목으로 인천을 거쳐 부산 거제리와 거제도로 압송된다. 거제도에서 포로생활을 하던 김수영은 영어를 잘 구사해서 포로수용소 병원 외과원장의 통역으로 복무하면서 포로생활을 한다. 끔찍했던 김수영의 한국전쟁 체험에 대해서는 그의 자전적 미완소설 「의용군」과 최하림, 『김수영 평전』, 실천문학사, 2001; 김현경·신수정, 「(시인을 찾아서 김수영) 인터뷰: 내일 아침에는 夫婦가 되자, 집은 산 너머가 좋지 않으냐-부인 김현경 선생님에게 듣는 김수영의 삶과 문학」, 『문학동네』, 2008 여름; 김혜순, 『김수영-세계의 개진과 자유의 이행』, 건국대 출판부. 1995; 맹문재, 「김수영의 포로생활」, 『유심』, 2015.6 등 참조. 이들 텍스트의 주요 내용은 대체로 유사하다. 이 글은 박수연, 유중하 선생님과 함께 진행한 김현경 선생님 인터뷰 자료를 주 텍스트로 삼기로 한다(박수연·류중하·박지영, 「시인 김수영의 미군정기·한국전쟁기 체험(김현경, 故 김수영 미망인)」, 2011년 국사편찬위원회 구술자료 수집 지원 사업 보고서). 회고 내용은 모두 이 텍스트를 참조한 것임을 미리 밝혀 둔다.

5 최근에 발굴된 자료로는 김수영, 「시인이 겪은 포로생활」, 『해군』, 1953. 6. 김수영, 「나는 이렇게 석방되었다」. 『희망』 3-8, 1953. 8. 참조.

나 구체적으로 국가와 정치체에 대한 고민을 수행하게 되었다고 볼 수 있다.

물론 지금까지 연구에서 전쟁체험이 그의 의식 세계에 끼친 영향에 관해서 언급되지 않았던 것은 아니며, 더 나아가 그의 국가관에 관한 연구가 진행되지 않았던 것은 아니다.[6] 하지만, 둘의 연관성에 대해서는 아직 본격적으로 천착되지 못했다는 것이 저자의 문제의식이다. 이는 최근에야 부인 김현경 선생님의 증언과 포로수용소 체험에 관한 자료들이 발굴되었기 때문이다. 그랬기 때문에 그의 전쟁체험은 지금까지 그의 초기 시 전반을 싸고 도는 주요 키워드인 '설움'을 통해서 정서적으로 규명할 수밖에 없었다.[7]

그러나 이미 주지된 것처럼, 김수영은 물론, 해방 이후 남한의 진보적 지식인들의 정치(국가)이념은 해방 이후 주체적인 국가 건설 프로젝트가 강대국의 외압에 의해 좌절된 후, 한국전쟁 체험과 이를 통해 형성된 강력한 반공주의 체제에 대응하면서 구성될 수밖에 없다. 특히 해방 직후 시인 임화를 동경했던[8] 문학청년 김수영이 의용군 체험을 통해 사회주

---

6 이경수, 「'국가'를 통해 본 김수영과 신동엽의 시」, 『한국근대문학연구』 6, 한국근대문학회, 2005; 이경수, 「1950~60년대 시에 나타난 근대 국가 건설에 대한 기억 투쟁과 재현의 문제」, 『한국학논집』 41, 한양대 한국학연구소, 2007; 박승희, 「1950년대 김수영 시의 국가 / 개인의 문제와 시민성」, 『우리말글』 43, 우리말글학회, 2008; 박수연, 「국가, 개인, 설움, 속도」, 『살아있는 김수영』, 창비, 2005; 임지연, 「1960년대 김수영 시에 나타난 국가 / 법의 의미」, 『겨레어문학』 50, 겨레어문학회, 2013 등이 있다. 이 중 특히 임지연의 논의는 1960년대 혁명 이후 김수영의 사유의 궤적을 추적하는 논의로, 이 글의 주제와 잇닿아 있는 문제를 다루고 있어 주목을 요한다.

7 대표적으로 주목할 만한 논의로는 정현종, 「詩와 행동, 추억과 역사」, 『김수영의 문학』, 민음사, 1982; 고봉준, 「한국 모더니즘 문학의 미적 근대성 연구—이상(李箱)과 김수영의 문학을 중심으로」, 경희대 박사논문, 2005 중 4장; 김춘식, 「김수영의 초기시—설움과 자의식과 자유의 동경」, 『작가연구』 5, 1998; 한용국, 「김수영 시의 생활인식과 시적 대응—1950년대 시를 중심으로」, 『비평문학』 40, 한국비평문학회, 2011.6 등 참조.

8 임화에 대한 동경 의식은 그의 소설 「의용군」에서 임화를 모델로 한 인물 임동은의 존재를 통해서도 잘 드러나는 바이다. 김수영은 해방 공간에서 조선문학가동맹 사무실에서 번역 등

의 조선에 대한 깊은 실망감을 느끼는 장면은 그의 소설 「의용군」에서도 잘 드러난 바이다. 그러나 생사를 건 탈출 이후 그가 찾아간 남한 사회 역시 그에게 안온한 곳이 아니었다. 오히려 그를 주권 바깥의 존재, '포로'로 규정하는 상황은 그에게 자신이 온전하게 발 딛고 서야 할 시공간이 어떠한 정치체여야 하는가에 대해 깊은 회의를 갖게 한다. 이러한 상황에서 포로수용소에서 석방된 이후에도 일원화된 체제하에 적응하기 힘들었던 것은 어쩌면 너무나 당연한 것이다. 원하든 원하지 않든, 주체적인 선택이 불가능한 상황에서 국민이 되기 위해 그가 가져야 했던 불안과 소외 의식이 표현된 것이 바로 깊은 '설움'인 것이다. 그리고 이 '설움'이야말로, 체제 외부에 버려졌던 자가 가질 수밖에 없는 자연스러운 정서이면서도 동시에 억압적인 정치체 내부로 순응적으로 포섭될 수 없었기 때문에 발생한 정서이기도 한 것이다. 남도 북도 주체적으로 선택할 수 없는 「광장」의 이명준의 고뇌를 그 또한 지니지 않을 수 없었던 것이다.[9]

그러나 그는 이러한 상황하에서도 진보적 정치에 대한 꿈을 버리지 않았다. 그의 고민은 그간의 연구사가 밝힌 대로, 4·19혁명 체험을 통해 좀 더 구체적인 상을 얻었다고 볼 수 있다. 그러면 이제는 그 정서의 이면, 정신적 고뇌의 논리를 파헤쳐야 할 것이다. 그럴 때만이 그의 정치적 인식의 기원과 정체에 대한 설명이 보다 구체적으로 가능할 것이다. 더 나아가 이는 해방 공간과 한국전쟁, 그리고 4·19혁명을 거쳐 간 진보적 지식인의 고뇌와 사상의 한 지점을 논하는 계기가 될 수 있을 것이다.

잡무를 보는 일을 하기도 했다 한다.
9 「광장」에 나타난 국가관에 관한 주목할 만한 논의로는 김미란, 「1960년대 소설과 민족 / 국가의 경계를 사유하는 법」, 『한국학논집』 51, 계명대 한국학연구원, 2013이 있다.

2. '국민되기'의 곤혹과 대안으로서의 '자연'

김수영 포로수용소 체험은 최근에 발굴된 그의 체험 수기 내부에서 도 간접적으로 드러난 바이다. 이 두 글은 모두 1952년 거제도에서 풀려 난 후 아이젠하워의 방한으로 임시로 온양 포로수용소에서 수용되었다가 11월 28일[10]에 석방된 후 대구와 부산을 오가며 생활[11]하던 중 쓰게 된 글들이다.

이 시기 김수영은 생계와 신분 보장을 위해 잡지에 체험 수기를 실었던 것으로 보인다. 부인 김현경 선생님의 회고에 의하면, 임긍재의 청탁으로 미완의 소설 「의용군」을 창작할 당시에, 임긍재가 "원고료 많이 줄게. 너, 생활도 어려운데 말이야" 하면서 "의용군 갔다 온 이야기만 잘 쓰면 너 신분은 완전히 보장되고 앞으로 까딱없다"고 했다 한다. 김수영은 이러한 점 때문에 원고 청탁을 받아들일 수밖에 없었다.

의용군과 거제도 포로수용소를 체험한 김수영에게 전후 엄혹한 반공주의 국가 체제는 거의 공포에 가까운 것이었다. 그래서인지, 이 두 글의 논조는 매우 반공주의적이다. 특히 아래에 인용한 산문 구절의 앞 부분은 자신이 거제도 포로수용소 내부에서 겪은 포로들 간의 전쟁을 피해 부산 거제리 수용소로 피난한 후, 자신과 함께 나오지 못한 동료 포로

---

10 김현경 선생님의 증언에 의하면 김수영이 석방된 날짜는 10월 26일이다. 그러나 최근에 발굴된 「나는 이렇게 석방되었다」에 의하면 시인은, 11월28일 온양에서 석방된 것으로 기록되고 있다. 김수영, 「나는 이렇게 석방되었다」, 『희망』 3-8, 1953.8(『세계의 문학』, 2009 겨울호에 정리된 부분을 인용한다. 130쪽 참조).

11 부인 회고에 의하면 김수영 시인은 석방된 후 수원 친정에 있던 부인을 만난 후 가족들이 있는 부산에 내려갔다가 대구에서 박태진의 소개로 미국수송부대에서 잠시 취직생활을 하다가 미군에 대한 경멸감 때문에 사표를 던지고 다시 부산에 내려가게 된다고 한다.

들이 "모조리 적색포로들에게 학살들 당하였다는 소식을 들"은 상황을 서술한 것이다. 물론 이 글을 발굴한 박태일의 의견대로, 이러한 김수영의 독백은 진심이 아니라 전후 반공주의 체제하의 공포에서 벗어나기 위한 제스춰로 보아야[12] 할 것이다. 이는 전쟁 체험을 모티브로 한 소설 「의용군」이 미완인 점, 그리고 부인에게 입버릇처럼 했다고 하는, 한국에선 언론 자유가 없어서 소설을 쓸 수 없다고 했다던 고인의 전언이 이러한 제스춰에 대한 성찰에 기반한 것이라는 점에서도 증명된 것이다.

반공포로 수기로 청탁된 만큼, 이 글들에서는 포로 생활의 끔찍함을 공통적으로 전하고 있다. 여기서는 '설움'의 정체가 보다 선명하게 드러난다. 이 글에서 표현된 "아무것도 의지할 곳이 없는 느낌", "너무 서러워서 뼈를 에이는 서름"의 의미가 바로 그것이다.

> 나는 깊은 고독에 빠져버린다 모든 것과 격리당하고 말았다. 나는 인제 사회인이 아니다. 나는 포로다. 포로…… 포로…… 포로.[13]

> 세계의 그 어느 사람보다도 비참한 사람이 되리라는 나의 욕망과 철학이 나에게 있었다면 그것을 만족시켜 준 것이 이 포로생활이었다고 생각한다. (…중략…) 그러면서도 나는 꼼작달삭할 수 없는 순간순간을 별로 놀래는 마음도 없이 꾸준히 지내왔다. 나는 벌써 인간이 아니었고, 내일을 기약할 수 없는 포로의 신세가 되었다는 것 포로는 생명이 없는 것이라는 것 아니 그보다도 포로가 되었길레 망정이지…… 인간 아닌 포로 틈에 끼워서 이리로 이송되었다.

---

12 박태일, 「김수영과 부산 거제리 포로수용소」, 『근대서지』 2, 근대서지학회, 2011.1.
13 김수영, 「나는 이렇게 석방되었다」, 앞의 책, 129쪽.

거제도에 와서 보니 도모지 살 것 같은 마음이 들지 않는다. 너무 서러워서 뼈를 어이는 서름이란 이러한 것일가! 아무것도 의지할 곳이 없는 느낌이 심하여질수록 나는 전심을 다하여 성서를 읽었다. (…중략…)

나의 시는 이때로부터 변하여졌다. 나의 뒤만 따러오는 시가 인제는 나의 앞을 서서 가게 되는 것이다. 생각하면 모-도가 무서운 일이요 꿈결같이 허무하고도 설은 일 뿐이었다. 이것이 온전히 연소되어 재가 되기까지는 아직도 먼 세월이 필요한 것 같이 느껴진다.[14]

이 글에서 그는 '포로'를 "수많은 인간 아닌" 존재라고 표현한다. 포로가 되는 순간 자신은 "벌써 인간이 아니었고 내일을 기약할 수 없는" 신세였다.[15] 그는 국가 통제에 의하여 체제 밖으로 밀려났던 '벌거벗은 신체(호모 사커)'가 되어 버린 것이다. 아감벤에 의하면, 근대 국가의 주권은 생명체적 생명을 정치에서 배제시킴으로써 유지되며, 이것이 서구 정치의 본질이라 한다. 법에서 제외하는 것 자체가 법적 몸짓이며 바로 이것이 호모 사커에게 적용된다. 법적 영역은 이 형상을 제외시킴으로서 비로소 생겨난다. 따라서 '벌거벗은 생명'이라는 것은 생물학적 본질이 아니라 구별하고 제외시키는 행위의 결과로서 비로소 생겨나는 잔재이다.[16] 폭력을 규제해야 할 국가가 전쟁과 같은 비상상황을 만들고 폭력의 주체가 될 수 있다라는 경험, 그것이 그가 포로수용소 체험을 통해서 뼈저리게 깨달은 것이다.

---

14 「시인이 겪은 포로생활」, 『해군』, 1953.6; 『근대서지』 2, 근대서지학회, 2010 참조.
15 위의 글 참조.
16 조르조 아감벤, 박진우 역, 『호모 사케르』, 새물결, 2014; 에파 고일렌, 「조르지오 아감벤의 주권이론」, 『독일어문화권연구』 19, 서울대 독일어문화권연구소, 2010; 김항, 「절대적 계몽, 혹은 무위의 인간 : 아감벤 정치철학의 현재성」, 『사회와 철학』 21, 사회와철학연구회, 2011 참조.

그래서 그는 포로수용소에서 석방되었을 때에야 "인제 오늘부터 대한민국사람이란 말야!"[17]라고 외칠 수 있었다. 그리고 이러한 배제의 원리에서 벗어나려면, 그는 국민국가 통치 주체의 포섭 원리에 따라야만했다. 이러한 점에 대한 내면적 갈등이 드러난 텍스트가, 비슷한 시기에창작된 다음의 시이다.

> 그것은 自由를 찾기 위해서의 旅程이었다.
> 家族과 愛人과 그리고 또하나 不實한 妻를 버리고
> 捕虜收容所로 오려고 집을 버리고 나온 것이 아니라
> 捕虜收容所보다 더 어두운 곳이라 할지라도
> 自由가 살고 있는 永遠한 길을 찾아
> 나와 나의 벗이 安心하고 살 수 있는
> 現代의 天堂을 찾아 나온 것이다.
> (…중략…)
>
> 내가 六.二五後에 介川野營訓練所에서 받은 말할수없는 虐待를 생각한다.
> 北院訓練所를 脫出하여 順天邑內까지도 가지 못하고
> 惡鬼의 눈동자 보다도 더 어둡고 무서운 밤에 中西面內務省軍隊에게 逮捕된 일을 생각한다.
> 그리하여 달아나오던 날 새벽에 파묻었던 銃과 러시아軍服을 사흘을 걸려서 찾아내고 겨우 銃殺을 免하던 꿈같은 일을 생각한다.
> 그리고 나는 平壤을 넘어서 南으로 오다가 捕虜가 되었지만

---

17 김수영, 「나는 이렇게 석방되었다」, 『희망』 3-8, 1953.8.

내가 만일 捕虜가 아니되고 그대로 거기서 죽어버렸어도

아마 나의 靈魂은 부지런히 일어나서 苦生하고 돌아오는

大韓民國 傷病捕虜와 UN軍 傷病捕虜에게 한마디 말을 하였을 것입니다.

"수고하였습니다."

"돌아오신 여러분! 아프신 몸에 얼마나 수고하셨습니까!

우리는 UN軍에 捕虜가 되어 너무 좋아서 가시철망을 뛰어나오려고 애를

쓰다가 못 뛰어나오고

여러 同志들은 기막힌 쓰라림에 못이겨 뛰어나오고."

"그러나 天堂이 있다면 모두다 거기서 만나고 있을 것입니다.

어굴하게 넘어진 反共捕虜들이

다같은 大韓民國의 以北反共捕虜와 巨濟島反共捕虜들이

無窮花의 노래를 부를 것입니다."

나는 이것을 眞正한 自由의 노래라고 부르고 싶어라!

反抗의 自由

眞正한 反抗의 自由조차 없는 그들에게

마즈막 부르고 갈

새 날을 向한 戰勝의 노래라고 부르고 싶어라!

그것은 自由를 위한 永遠한 旅程이었다.

나즉이 부를 수도 소리높이 부를 수도 있는 그대들만의 노래를 위하여

마즈막에는 울음으로밖에 변할 수 없는

崇高한 犧牲이여!

나의 노래가 거치럽게 되는 것을 辱하지 마라!
지금 이 땅에는 온갖 形態의 犧牲이 있거니
나의 노래가 없어진들
누가 나라와 民族과 靑春과
그리고 그대들의 英靈을 위하여 잊어버릴 것인가!
自由의 길을 잊어버릴 것인가!

— 「조국(祖國)에 돌아오신 상병포로(傷病捕虜) 동지(同志)들에게」(1953.5.5) 일부

　앞서 발굴된 포로수용소 수기와 비슷한 시기에 씌여진 이 시는 이 수
필들과 마찬가지로 반공이데올로기에 충실하게 순응하고 있다. 이 역
시 사상 검증에 그만큼 강박되어 있었기 때문이다. 그래서 이 시에 등장
하는 가장 중요한 키워드는 '자유'이다.

　이 시에서 '자유'는 중층적인 의미로 보인다. 포로수용소에서 반공포
로들이 추구한 '자유'와, 자신이 북원훈련소를 탈출했던 순간[18]에 추구
했던 것(포로수용소를 탈출하고 싶었던 간절한 욕망), 이 두 가지이다.[19]

　그런데 이 시에서 시인은 전자와 후자의 자유를 혼돈스럽게 배치한
다. 이를 통해 그는 반공주의적 태도를 강조하는 듯하면서 후자의 인간
이 추구해야 할 보편적 '자유' 개념도 동시에 강조하고자 했던 것이다.
이렇듯 시에서 위장 전술을 사용했던 것은, 그만큼 그에게 포로수용소

18　의용군에 끌려간 후 훈련받았던 곳. 이 시에 나온다.
19　이 시에 대한 분석은 앞 장 「자본, 노동, 성(性)－불온을 넘어, 「반시론」의 반어」 참조.

탈출 직후의 레드콤플렉스가 심각한 수준이었기 때문이다.

　포로 생활 중 경험 중 가장 끔찍한 것은 포로수용소 내부에서 벌어지는 남한과 북한이라는 보이지 않는 국가의 대리전, 이념 전쟁이었다. 앞서 인용한 글에서 나타난 대로, 자신의 동료들이 이유 없이 적색포로들에게 살해당하는 풍경을 경험한 시인은 자신의 속마음을 감추기 위해 통역관으로서 미군 장교들 사이에 있지 않고, 남들 눈에 띄지 않는 공간, 간호사들 가까이에서 거즈를 접는 일을 할 수밖에 없었다고 한다. 이러한 경험은 1960년대 후반에 창작된 그의 대표작 「어느날 고궁을 나오면서」에서 다시 기억될 만큼 원초적인 것이었다.

　　　　옹졸한 나의 전통은 유구하고 이제 내 앞에 정서로
　　　　가로놓여 있다.
　　　　이를테면 이런 일이 있었다.
　　　　부산에 포로수용소의 제사십야전병원(第四十野戰病院)에 있을 때
　　　　정보원이 너어스들과 스폰지를 만들고 거즈를
　　　　개키고 있는 나를 보고 포로경찰이 되지 않는다고
　　　　남자가 뭐 이런 일을 하고 있느냐고 놀린 일이 있었다
　　　　너어스들 옆에서

　　　　지금도 내가 반항하고 있는 것은 이 스폰지 만들기와
　　　　거즈 접고 있는 일과 조금도 다름없다
　　　　개의 울음소리를 듣고 그 비명에 지고
　　　　머리에 피도 안 마른 애놈의 투정에 진다
　　　　떨어지는 은행나무잎도 내가 밟고 가는 가시밭

— 「어느날 고궁을 나오면서」 일부

이 시의 주요 전략은 물론 "한번 정정당당하게 / 붙잡혀간 소설가를 위해서 / 언론의 자유를 요구하고 월남파병에 반대하는 / 자유를 이행하지 못하"는 자신의 비겁함을 야유한 것이지만, 그 내용은 그렇게 단순한 것만이 아니다. 이념 전쟁으로 하룻밤 사이에 쥐도 새도 모르게 시체가 되어 나갔던 끔찍한 상황을 감안한다면, 간호사들과 스폰지를 만들고 거즈를 개키고 있는 행위는 단순히 비겁한 일이라고 치부하기 힘든, 생존을 건 행동이었기 때문이다. 물론 그 안에서 어떠한 정치적 발언을 하지 못한 것도 마찬가지의 이유 때문이다.

그는 이 시를 통해서 자신이 이렇게밖에 될 수 없는 상황이 결국 개별 주체의 문제만이 아니라는 점을 폭로하고 싶었던 것이다. 결국 이 나라에서 살아가는 주체들의 비겁성은 전쟁 체험을 통해서 경험한 '레드(빨갱이) 콤플렉스'. 언제든지 국가 밖으로 밀려날 수 있다는 공포감이라는 점을 명백하게 제시하고 싶었던 것이다.

이처럼 그에게 전쟁 체험은 국가라는 시스템의 모순과 이를 대리한 이념에 대한 환멸도 가져다 준 것으로 보인다.

> 내가 사는 지붕 우를 흘러가는 날짐승들이
> 울고가는 울음소리에도
> 나는 취하지 않으련다
>
> 사람이야 말할수없이 애처로운 것이지만
> 내가 부끄러운 것은 사람보다도

저 날짐승이라 할까

내가 있는 방 우에 와서 앉거나

또는 그의 그림자가 혹시나 떨어질까보아 두려워하는 것도

나는 아무것에도 취하여 살기를 싫어하기 때문이다

하루에 한번씩 찾아오는

수치와 고민의 순간을 너에게 보이거나

들키거나 하기가 싫어서가 아니라

나의 얇은 지붕 우에서 솔개미같은

사나운 놈이 약한 날짐승들이 오기를 노리면서 기다리고

더운 날과 추운 날을 가리지 않고

늙은 버섯처럼 숨어있기 때문에도 아니다

날짐승의 가는 발가락 사이에라도 잠겨있을 운명—

그것이 사람의 발자욱소리보다도

나에게 시간을 가르쳐주는 것이 나는 싫다

나야 늙어가는 몸 우에 하잘것없이 앉아있으면 그만이고

너는 날아가면 그만이지만

잠시라도 나는 취하는 것이 싫다는 말이다

나의 초라한 검은 지붕에

너의 날개소리를 남기지 말고

네가 던지는 조그마한 그림자가 무서워

벌벌 떨고 있는

나의 귀에다 너의 엷은 울음소리를 남기지 말아라

차라리 앉아있는 기계와같이

취하지 않고 늙어가는

나와 나의 겨울을 한층더 무거운 것으로 만들기 위하여

나의 눈이랑 한층 더 맑게 하여다우

짐승이여 짐승이여 날짐승이여

도취의 피안에서 날아온 무수한 날짐승들이여

— 「도취의 피안」(1954)

　이 시 「도취의 피안」이 이북(공산주의)에 대한 노스탤지어와 환멸을 노래한 것이라는 점은 김현경 선생님의 증언에 의한 것이다. 시인은 잠시 동안 해방 공간에서 좌파 사상에 대한 선망을 가졌었다. 그러나 그 도취의 순간이 여지없이 무너진 것은 의용군과 포로수용소 체험 때문이다. 남과 북, 이데올로기 때문에 죽고 죽이는 살인의 공간에 존재했었던 체험은 그로 하여금 어떠한 이념에도 취하지 않는 자유주의자로서 살아가게 한다. "나는 아무것에도 취하여 살기를 싫어하기 때문", 이 곳에 머물 수 없어야 하는, 또 도취해서는 안 되는 상황이 그는 서러운 것이고, 이념이 도식적이고 강압적인 방법으로 사유될 때 만들어지는 파국을 그는 제대로 보아야 한다고 믿었다. 그것이 그가 맑은 눈으로 인식해야 하는 한국의 냉혹한 현실인 것이다.

　물론 김수영의 설움의 정서에는 국가시스템 내부에 속하지 못하고 버려진 자로서의 서러움뿐만이 아니라, 가족에게 버려진 자로서의 서러움이 내장되어 있다. 특히 너무나 잘 알려진 대로 부인과 잠깐 동안이나마 이별하는 동안의 고통은 시 「너를 잃고」에 절절하게 표현되어 있다. 이 시에서는 "억만 번 늬가 없어 설워한 끝에 / 억만 걸음 떨어져 있는/ 너는 억만 개의 모욕"이라고 표현한 바 있다. 놓으려 해도 놓을 수 없는 고통은 "영원히 늬가 없어도 살 수 있는 날을 기다려야 하겠다"라고 표현한다. 사람에게 버림받은 것이 그가 의용군 / 포로 출신이라는 낙인과 생활고 때문이라는 점은, 이미 부인의 증언에 의해서도 잘 드러난 바이다.

이처럼 그에게 부인과 재결합한 1956년 이전의 삶은 국가와 가족들에게 버려진, 공적 영역과 사적 영역에서 철저히 배제된 채 영위된 것이었다. 이러한 의식이 '설움'이라는 정서로 치환될 수밖에 없었던 것이다. 그러나 중요한 것은 이 공적 영역과 사적 영역이 이분법적으로 분리된 영역이 아니라는 점이다. 전쟁 체험이 끝난 후 맞닥뜨린 삶에서 그가 맞닥뜨린 과제는 곧 삶의 정상성의 회복, 곧 '국민'으로서의 삶의 문제였다.

　　팽이가 돈다
　　어린아이이고 어른이고 살아가는 것이 신기로워
　　물끄러미 보고 있기를 좋아하는 나의 너무 큰 눈 앞에서 아이가 팽이를 돌린다
　　살림을 사는 아이들도 아름다웁듯이
　　노는 아이도 아름다워 보인다고 생각하면서
　　손님으로 온 나는 이집 주인과의 이야기도 잊어버리고 또한번 팽이를 돌

려주었으면 하고 원하는 것이다

都會안에서 쫓겨다니는 듯이 사는

나의 일이며

어느 小說보다도 신기로운 나의 生活이며

모두 다 내던지고

점잖이 앉은 나의 나이와 나이가 준 나의 무게를 생각하면서 정말 속임없
는 눈으로

지금 팽이가 도는 것을 본다

그러면 팽이가 까맣게 변하여 서서 있는 것이다

누구 집을 가보아도 나 사는 곳보다는 餘裕가 있고

바쁘지도 않으니

마치 別世界같이 보인다

팽이가 돈다

팽이가 돈다

팽이 밑바닥에 끈을 돌려 매이니 이상하고

손가락 사이에 끈을 한끝 잡고 방바닥에 내어던지니

소리없이 회색빛으로 도는 것이

오래 보지 못한 달나라의 장난같다

팽이가 돈다

팽이가 돌면서 나를 울린다

제트機 壁畵밑의 나보다 더 뚱뚱한 주인 앞에서

나는 결코 울어야 할 사람은 아니며

영원히 나 자신을 고쳐가야 할 運命과 使命에 놓여있는 이 밤에 나는 한사
코 放心조차 하여서는 아니될 터인데

팽이는 나를 비웃는 듯이 돌고 있다

비행기 프로펠러보다는 팽이가 記憶이 멀고

강한 것보다는 약한 것이 더 많은 나의 착한 마음이기에 팽이는 지금 數千

年前의 聖人과같이

내 앞에서 돈다

생각하면 서러운 것인데

너도 나도 스스로 도는 힘을 위하여

공통된 그 무엇을 위하여 울어서는 아니된다는 듯이

서서 돌고 있는 것인가

팽이가 돈다

팽이가 돈다

— 「달나라의 장난」(1953) 전문

이 시는 시기적으로 볼 때, 포로수용소 석방 직후 기거했던 부산에서 쓰인 시이다.[20] 포로수용소에서 석방된 직후 그야말로 몸과 마음이 다 피폐해진 상황에서 쓴 것이다. 이 글에서 시인은 끊임없이 돌고 있는 팽이를 부러워한다. 수용소에서 나와 비로소 버려진 자가 아니라 주권을 하사받은 자, '국민'이 되었고, 그래서 정상적인 생활이 가능해졌다. 그래서 "영원히 나 자신을 고쳐가야 할 운명運命과 사명使命"이란 말은 빨갱이라는 낙인을 끊임없이 벗어나야 하는 당시 상황을 절규하며 쓴 것이다.

그러나 그것도 생각만큼 쉬운 일이 아니다. 팽이는 이제는 스스로 도는 힘, 공통된 그 무엇을 위하여, 울어서는 아니 된다고 말해준다. 공통

---

20 김현경 선생님의 증언 역시 이러한 점을 증명해 주었다.(유중하 · 박수연 · 박지영, 앞의 글 참조)

된 그 무엇은 바로, 그를 고통에 빠트린 주범인 이념일 것이다. 아직 시인은 비행기 프로펠러(전쟁)에 팽이(일상성)보다 더 강박되어 있기 때문이다. 그래서 아직 생존을 위해 정신없이 돌아가는 전후 일상적 삶이 그저 마지막 연에서 표현한 대로, 팽이처럼 돌고 도는, '달나라의 장난'처럼 보이는 것이다. 아직 그는 전후 정신없이 돌아가는 일상의 삶에서 철저한 소외감을 느낄 수밖에 없었던 것이다. 결국 국가 체제가 요구하는 온전한 '국민'은 될 수 없었던 것이다. 그에게 1950년대 전반 '거리'에 관한 시가 두 개나 존재하는 것은 이처럼 온전한 국민으로서 '달나라' 같은 일상에 대한 두려움이 그만큼 강렬했기 때문이다.

전후에 그가 끔찍했던 전쟁 체험을 딛고 살아가는 데 가장 큰 힘이 되었던 것은, 그의 가족이었다. 일상에 안주하기 위한 이러한 사투를 시작할 수 있었던 것은 헤어졌던 부인과의 재결합을 통해 생활인으로서 안정을 얻었기 때문이다. 부인의 회고에 의하면 자신과 이별 후 김수영의 의지로 이들은 서울에서 재결합을 하게 되었다고 한다.

「폭포」와 「병풍」은 부인과 결합하고 성북동에 새살림을 차린 후 백낙청 선생의 일가인 백낙승 씨의 별장에 세를 들어 살면서 쓴 시들이다.[21] 이러한 점을 보았을 때에도 「병풍」과 「폭포」를 쓰면서 그는 본격적으로 시인으로서의 길에 들어서게 된다. 시인 자신도 회고에서 "나의 현대시의 출발을 「병풍」정도에서 시작되었다고 볼 수 있다"[22]라고 한 바 있다.

---

21 김현경 선생님의 구술 내용을 그대로 전하면 다음과 같다. "그 전의 시는 이제 「아버지의 사진」이라든지, 부산 있을 때에 「달나라의 장난」이라든지 완전 어두운 시 아니에요. 그리고 슬프지, 너무 슬프죠. 근데 「폭포」, 「병풍」 이때서부터는 제자리를 잡기 시작하고, 성북동에서는 「영사판」, 구수동에서는 「국립도서관」, 이런 것들을 썼어. 근데 그 때 가서는 내가 봐도 환해. 환한 시를 쓴 거 같아. 생활시라도 환한 시였고, 힘이 있고 그러더라고."(유중하·박수연·박지영, 앞의 자료 참조)

22 이 산문에서 그는 "트릴링은 쾌락의 부르주아적 원칙을 배격하고 고통과 불쾌와 죽음을 현대성의 자각의 요인으로 들고 있으니까 그의 주장에 따른다면 나의 현대시의 출발을 「병풍」정

이러한 자기 규정에는 여러 가지 의미가 내포되어 있었던 것이다. 「병풍」을 쓸 즈음해서 전쟁 체험의 아픔을 딛고 생활의 안정 속에 예술가로서의 자기 세계의 모색을 새롭게 시작할 수 있었기 때문이다.

1950년대 중반 이후에 가족에 대한 시와 「폭포」, 「눈」 등 예술가적 인식에 관한 시가 많은 것은 이러한 점을 보여주는 것이다.[23] 그러나 또 하나 자주 등장하는 시적 제재는 잘 알려진 대로, '자연'이다. 이러한 징후는 비교적 이른 시기인, 1953년경부터 드러나고 있었던 것이다.

> 술을 깰 때 기진맥진한 이 경지가 나는 세상에서 둘도 없이 좋으니. 이것이 내 '안다는' 것보다도 '느끼는' 것에 굶주린 탓이라고 믿네. 즉 생활에 굶주린 탓이고 애정에 기갈을 느끼고 있는 탓이라고 믿네. 즉 생활에 굶주린 탓이고 애정에 기갈을 느끼고 있는 탓이야. 그러나 나는 이 고독의 귀결을 자네에게 이야기 하지 않으려네. 거기에는 너무나 참혹한 귀결만이 기다리

도에서 시작되었다고 볼 수 있"다고 한 바 있다. 「연극 하다가 시로 전향」(1965.9), 『전집』 2, 336~337쪽 참조.

23 시 「병풍」을 보면, 그는 근대 세계의 본질에 대한 고민을 본격적으로 시작하면서 설움에 대한 정서에서 벗어나려 노력하였다는 점이 드러난다. "무엇보다도 먼저 끊어야 할 것이 설움이라고 하면서 / 屛風은 虛僞의 높이보다도 더 높은 곳에 / 悲爆을 놓고 幽島를 점지한다"는 시 구절은 그가 설움에서 벗어나고자 노력했음을 말해준다. 그가 경험한 병풍이라는 시적 대상은 또 다른 화두인 '죽음'의 문제를 제기한 것이다. "屛風은 虛僞의 높이보다도 더 높은 곳에 / 悲爆을 놓고 幽島를 점지한다"는 구절에 나와 있는 것처럼 죽음의 문제는 그에게 허위의 가장마저 허용해서는 안 되는 절대적인 문제의식이었다. 병풍이 "가장 어려운 곳에 놓여 있"으며, "내 앞에 서서 주검을 가지고 주검을 막고 있다"는 말은 이미 전쟁 체험으로 끔찍하게 체험한 죽음에 대한 공포가 그에게 얼마나 힘겨운 문제인가를 알려준다. 그리고 이즈음의 시에서는 김수영이 이 죽음의 문제를 어떻게 극복하려 했는가에 대한 여러 가지 방향이 드러난다. 시 「영롱한 목표」에서는 "새로운 目標는 이미 나타나고 있었다"는 첫 구절로 그의 의지를 드러내고 있다. 그리고 그는 새로운 목표는 "죽음보다 嚴肅하게 / 귀고리보다도 더 가까운 곳에 / 종소리보다도 더 玲瓏하게" 자리잡고 있다고 한다. 이는 그가 이전에 고민했던 죽음의 초월과 생활의 극복이라는 과제를 이제는 극복해야 한다는 점을 보여주는 것이다. 그래서 그 자세는 당당하다. 그는 "나는 오늘부터 地理敎師 모양으로 壁을 보고 있을 필요가 없고 / 老懷한 宣敎師 모양으로 낮잠을 자지 않고도 견딜만한 强靭性을 가지고 있다"고 자신감을 내비치기도 한다.

고 있는 것만 같아! (…중략…) 운명이란 우스운 것이야. 나도 모르게 내가 빠지는 것이고, 또 내가 빠져 있는 것이고 한 것이 운명이야. 실로 운명이란 대단한 것이 아니야. 그것은 말할 수 없이 가벼운 것이고 연약한 것이야. (…중략…) 이렇게 고통스러운 순간에 다닥칠 때 나라는 동물은 비로소 생명을 느낄 수 있고 설움의 물결이 이 동물의 가슴을 휘감아 돌 때 암흑에 가까운 낙타산의 원경이 황금빛을 띠고 번쩍거리네. 나는 확실히 미치지 않은 미친 사람일세 그려.

아름다움으로 병든 미친 사람일세.

— 「駱駝過飲」(1953.9)

포로수용소 체험 수기를 쓰면서 굴욕적인 생활을 영위했던 시기에 쓰인 이 구절은 그의 아픈 내면이 전해지며 더욱 절절하게 다가온다. '운명'이라 표현된 이 끔찍한 상황에서 느끼는 '생활'과, '애정'에 대한 굶주림과 기갈이 잘 드러나고 있다. 그러면서도 위의 산문에서 "고통스러운 순간이 다닥칠 때" 오히려 "비로소 생명을 느낄 수 있"다는 것은 이 끔찍한 모욕과 고통의 순간이 오히려 예술적 생명력에 대한 강한 의욕을 불어넣어 주는 것이라고 말해주는 것이다. 그래서 "설움의 물결이 이 동물의 가슴을 휘감아 돌 때" 바라보는 낙타산의 원경이 "황금빛을 띤다"는 것은 굴욕으로 예민해진 그의 감수성이 바라보는 대상에 더욱 아름답게 반응했기 때문이며, 그래서 자신을 김수영은 "아름다움으로 병든 미친 사람"이라고 칭하고 있었던 것이다. 이처럼 낙타산의 원경과 같은 자연의 아름다움은 김수영에게 위안처로서의 구실을 했다고 볼 수 있다.

자연이 주는 이러한 위안은 이 후의 시에서도 지속적으로 형상화된다. 앞서 서술했듯이 포로수용소 석방 이후 1950년대 후반, 그에게 닥친 자본주의적인 근대 일상 세계와의 대결 문제, 그리고 존재론적인 의미에서의 죽음의 문제, 그리고 무엇보다 중요한 예술가로서의 자기 정립의 문제를 한꺼번에 풀어주는 시적 주제는 바로 '자연'이었다.

애타도록 마음에 서둘지 말라
강물 위에 떨어진 불빛처럼
혁혁한 업적을 바라지 말라
개가 울고 종이 들리고 달이 떠도
너는 조금도 당황하지 말라
술에서 깨어난 무거운 몸이여
오오 봄이여

한없이 풀어지는 피곤한 마음에도
너는 결코 서둘지 말라
너의 꿈이 달의 행로와 비슷한 회전을 하더라도
개가 울고 종이 들리고
기적 소리가 과연 슬프다 하더라도
너는 결코 서둘지 말라 나의 빛이여
오오 인생이여

재앙과 불행과 격투와 청춘과 천만인의 생활과
그러한 모든 것이 보이는 밤
눈을 뜨지 않은 땅 속의 벌레 같이
아둔하고 가난한 마음은 서둘지 말라

애타도록 마음에 서둘지 말라

절제여

나의 귀여운 아들이여

오오 나의 영감이여

— 「봄밤」(1957) 전문

위의 시는 앞 시기에 쓰인 시와는 다르게, 내면의 평화가 느껴지는 시이다. 1954년 부인과의 재결합 즈음 쓰인 「나의 가족」(1954) 이래 그가 가졌던 마음의 안정이 큰 몫을 해 낸 것이다.

'전쟁' 체험의 끔찍함과 석방 이후 느꼈던 한없는 설움에서 벗어나게 해 준 것은 가족의 사랑과 '자연'이었다. "재앙과 불행과 격투와 청춘과 천만인의 생활과 / 그러한 모든 것이 보이는 밤"이라는 구절이 이를 암시해 준다. 현실이 전쟁이라는 폭력으로 얼룩져 있고, 인간사의 모든 원리들이 순리를 벗어나도, 자연의 시간은 어김없이 순리를 어기지 않는다. 인간이 현실과 역사에 대한 끔찍한 환멸에 다다랐을 때, 자연의 시간은 호명된다. 김수영 역시 끔찍한 체험과 근대 세계의 잔인한 원리에 지친 소외감을 이러한 자연의 시간, 순리에 기대어 극복하면서, 삶에 대한 위안과 지혜를 얻었던 것이다. 또한 자본주의적 "생활", 일상이 주는 피로감도 상쇄시켜 주는 것이다. 왜냐하면 자연은 만인에게 평등하게 다가오기 때문이며, 자본의 유용성과 대척점에 있는 무위의 공간이기 때문이다.

이즈음 쓰인 다른 시 「채소밭 가에서」에 나오는, "기운을 주라"는 주문은 단지 채소를 위한 것만은 아닐 것이다. 새로운 소생을 꿈꾸는 시인 자신에 대한 자기 암시이기도 한 것이다. 그래서 일단 죽음과 생활을 극복할 수 있다는 확신을 얻은 그는 자연의 시간을 통해 자신감을 얻어 자꾸만 성급해지는 마음을 한 번 가다듬는다. 이제 그는 "눈을 뜨지 않은 땅속의 벌레같이 / 아둔하고 가난한 마음은 서둘지 말라"고 한다. 거기에는 예술가로서의 자신감도 내비친다. "애타도록 마음에 서둘지 말라 / 절제節制여 / 나의 귀여운 아들이여 / 오오 나의 영감靈感이여"라는 시구는 영감과 그것을 다스릴 '절제'를 갖춘 자신에 대한 자신감을 표현한 것이다.

그리고 이 '영감'과 '자신감'으로 그는 새로운 세계관을 꿈꾼다. 물질적인 진화만을 요구하며 폭력적으로 다가오는 근대 세계의 시간관과 대결할 의지를 갖게 된 것이다. 이는 시 「레이판탄」에서 보여주었던 "죽음이 싫으면서 / 너를 딛고 일어서고 / 시간이 싫으면서 / 너를 타고 가야한다"고 표현했던 현대의 묵시론적 결론과는 다른 것이기도 하다.

이 모든 것이 '자연'에 대한 성찰과 연관된 것이다. 시인이 시를 창작하는 과정이 아름다움을 창조하는 과정이라면 그 과정은 꽃을 피우는 과정과 유사하다. 시가 연마해내는 아름다움 역시 순간의 미이자 영원의 미이기 때문이다. 김수영은 여기서 "과거過去와 미래未來에 통通하는 꽃"이라고 표현된 시의 매개를 통해서 전쟁을 통해 체험한 죽음의 공포, 시간의 한계를 극복할 수 있다고 확신한 것이다. 또한 "오히려 설움이 없기 때문에 꽃은 피어나고"라는 표현에서는, 그가 생활과의 싸움을 통해서 느꼈던 '설움'이라는 정조를 이러한 영원성의 창출이라는 자연의 시간과 이를 형상화 한 미학적 작업을 통해서 극복할 수 있다고 믿었다는 것을 알려 준다.

나는 너무나 많은 尖端의 노래만을 불러왔다

나는 停止의 美에 너무나 等閑하였다

나무여 靈魂이여

가벼운 참새같이 나는 잠시 너의

흉하지 않은 가지 위에 피곤한 몸을 앉힌다

成長은 소크라테스 이후의 모든 賢人들이 하여온 일

整理는 戰亂에 시달린 二十世紀 詩人들이 하여놓은 일

그래도 나무는 자라고 있다 靈魂은

그리고 教訓은 命令은

나는

아직도 命令의 過剩을 용서할 수 없는 時代이지만

이 時代는 아직도 命令의 過剩을 요구하는 밤이다

나는 그러한 밤에는 부엉이의 노래를 부를 줄도 안다

지지한 노래를

더러운 노래를 生氣없는 노래를

아아 하나의 命令을

———「序詩」(1957)

이 시의 제목은 「서시」다. 윤동주의 「서시」에서는 자기 자신에 대한 성찰과 앞으로의 삶에 대한 의지가 들어있었다. 김수영의 시에서도 마찬가지다. 이 시에는 지금까지의 자신의 시에 대한 반성과 앞으로의 계획이 들어있다.

먼저 그가 행한 성찰은 제일 첫 행에 나오는 "나는 너무나 많은 첨단의 노래만을 불러왔다"에서 집약적으로 드러나고 있다. 전후에 김수영이 지속적으로 추구해 온 것은 새로움^{modernity}이다. 「달나라의 장난」에서 이때까지 「구름의 파수병」에서 나온 시구처럼 "어디로인지 알 수 없으나 / 어디로이든 가야 할 반역^{反逆}의 정신"이 그가 세운 모토였다. 그러나 이 시기에는 그는 이러한 생각에 근원적인 반성을 행하고 있다. "나는 정지停止의 미美에 너무나 등한等閑하였다"는 시구가 이를 말해준다. '정지'란 앞으로만 달려가는 현대의 속도를 배반하는 포즈다.

"성장成長은 소크라테스 이후의 모든 현인賢人들이 하여온 일 정리整理는 전란戰亂에 시달린 이십세기二十世紀 시인詩人들이 하여놓은 일"이라는 시구는 이미 다른 현인들이 다 만들어 놓은 성장과 그 성장을 한 번 갈음하는 정리를 자신이 다시 반복할 필요가 있겠느냐는 말이다. 이 부분은 이제는 끔찍한 재난이 산출된 근대 세계를 만들어 놓은 현대의 발전적 시간 의식과 결별하겠다는 강인한 의지를 보여주는 것이다.

그리고 이 시대는 그가 보기에 "아직도 명령命令의 과잉過剩을 용서할 수 없는 시대時代이지만 / 이 시대時代는 아직도 명령命令의 과잉過剩을 요구하는 밤이다". 여기서 '명령'은 철학적 진리 명제, 혹은 이념이다. 그가 보기에 근대 세계는 진리(이념)의 과잉으로 인해, 초래된 폭력의 시대이지만, 그 비극은 진리(이념)의 과잉으로만 극복이 가능하다. 이러한 밤에 시인은 그래서 "부엉이의 노래를 부를 줄 안다"고 한 것이다. 이 부엉이는 "미네르바의 부엉이의 황혼녘에야 날아오른다"라는 헤겔의 명제를 생각나게 한다. 지혜는 한창 일이 벌어지고 있는 낮에 얻어지는 것이 아니라 오히려 그 모든 일이 마무리되는 황혼녘에야 얻어질 수 있다는 말이다. 진정으로 올바른 성찰은 당시의 혼란 상황 속에서는 얻어질 수 없다는 각고의 진리를 내포하고 있는 이 말을 김수영은 유념하고 있었다.

그래서 그것이 근대 세계의 폭력에 대응하기엔 나약한, "지지한 노래, 더러운 노래, 생기 없는 노래"이지만, 그것은 하나의 명령이 될 수밖에 없다고 생각한 것이다.

결국 김수영은 전쟁 체험의 공포와 소외감(설움)을 겪으면서 깨달은, 근대 세계의 광폭함을 견뎌낼 철학적 기반을 그의 가족과 자연을 통해서 얻어낸 것이다. 그것은 단지 내면의 상처를 힐링하는 차원에 머무는 것만은 아니다. 그는 이후에 새로운 인식적 탐색의 길을 모색할 용기를 얻게 된 것이다.

> 내 몸은 아파서
> 태양에 비틀거린다
> 내 몸은 아파서
> 태양에 비틀거린다
>
> 믿는 것이 있기 때문이다
> 믿는 것이 있기 때문이다
> 光線의 微粒子와 粉末이 너무도 시들하다
> (壓迫해주고 싶다)
> 뒤집어진 세상의 저쪽에서는
> 나는 비틀거리지도 않고 墮落도 안했으리라
>
> 그러나 이 눈망울을 휘덮는 싯퍼런
> 灼熱의 意味가 밝혀지기까지는
> 나는 여기에 있겠다

햇빛에는 겨울보리에 싹이 트고

강아지는 낑낑거리고

골짜기들은 平和롭지 않으냐—

平和의 意志를 말하고 있지 않으냐

울고 간 새와

울러 올 새의

寂寞

사이에서

—「冬麥」(1958) 전문

    겨울보리를 소생시키는 작열하는 "태양"은 "평화의 의지"를 상징한다. 그 의미가 밝혀지기까지, "여기에 있겠다"는 것은 그가 전쟁 체험을 통해서 간절하게 원했던 평화에의 의지가 자연의 순리가 갖는 절대적인 힘처럼, 반드시 이루어질 수 있어야 한다는 신념을 보여주는 것이다. "뒤집어진 세상" 저쪽은 폭력이 난무하던 이 현실과는 다른 곳, 평화로운 곳이다. 그는 그곳을 향한 힘, 태양의 힘을 압박해 주고 싶다고 말한 것이다.

    그리고 그는 그 힘은 인간적 시간 개념을 뛰어 넘는 공간에서 이루어지고 있다고 보고 있다. "울고 간 새와 / 울러 올 새의 / 적막寂寞 / 사이에서"라는 구절에서 표현된 시간은 현세의 직선적 시간 의식에서는 벗어난 것이다. 그 시간은 물질적으로 환산 가능한 시간이 아니다. 그것은 죽음이라는 종말을 내장하고 있는 인간적 시간을 뛰어넘는 자연의 시간이다. 김수영은 이러한 성스러운, 비의적 자연의 시간을 통해 삶에 대한 작은 진리를 얻어내고 있었다.

> 새벽에 준 조로의 물이
> 대낮이 지나도록 마르지 않고
> 젖어있듯이
> 묵은 사랑이 뉘우치는 마음의 한복판에
> 젖어있을 때
> 붉은 파밭의 푸른 새싹을 보아라
> 얻는다는 것은 곧 잃는 것이다

— 「파밭 가에서」(1959) 후반

"붉은 파밭의 푸른 새싹"은 열매가 진 후 얻어진 종자를 통해서만 얻어질 수 있는 것이다. 그는 이 현상을 통해 "얻는다는 것은 곧 잃는 것이다"라는 진리를 얻게 된다. 이 진리는 그가 앞으로 추구하게 될 사랑의 길과 관련이 깊은 것이다. "묵은 사랑"은 이전의 시 속에서 드러난 설움과 같은 자기애적 사랑이었다고도 할 수 있겠다. "얻는다는 것은 곧 잃는 것이다"라는 표현은 앞으로 그가 추구할 사랑은 현실적인 욕망에서 벗어난 공동체적 사랑이라는 추측을 가능하게 한다. 그 밖에도 시 「초봄의 뜰안에」(1958)나 「동야東夜」(1959)에서 드러나는 대로 순리대로 운행되는 자연의 질서에서 삶에 대한 여유를 배우려는 성찰적 태도는 그의 인생관의 대전환점을 시사하는 것이기도 하다. 이러한 통찰은 4·19혁명 체험을 통해서 더욱 현실적인 의미를 얻게 된다. 특히 주권을 부여하지만(국민), 그것은 주권 바깥의 존재(포로수용소 난민)를 만들어냄으로써 가능하다는 근대 국가 체제의 아이러니를 어떻게 극복할 수 있을지에 대한 탐색은 계속된다. 그리고 이 시기에 얻었던 새로운 고민인 자연에 대한 통찰 역시 인생의 고비를 넘어가면서 깊이를 얻게 되고 '혁명'과 '역사'에 대한 좀 더 구체적인 시적 표현으로 승화된다. 그러면서 '자연'에 대한 시적 표현은 1960년대 후반에 다시 등장하게 된다. 이 역시 혁명의 실패 이후 개발독재 권력과의 싸움의 도정에서 이루어낸 성찰의 결과이다.

3. 폭력을 넘어 코뮌적 상상력으로

지금까지 살펴본 대로, 김수영은 전쟁체험, 특히 포로수용소 체험을 통해서 근대 국가 권력의 모순성을 뼈저리게 체험하게 된다. 그래서 이를 극복하는 과정은 근대 문명 체제와 정반대의 극점에 놓여 있는 '자연'을 통해서나 가능한 것이었다. 근대 문명 체제와 폭력에 대한 근본적인 회의는 자연을 통해서만 치유 가능한 것이었기 때문이다. '자연'의 시간은 근대적 시간의 폭력성을 해체하면서 나아가는 '순리'의 시간, 소생의 시간, 즉 '사랑'의 시간 의식을 경험하게 한다.

이러한 인식의 끝에서 그는 정치체에 대한 고민을 해결할 새로운 실마리를 얻게 된 것이다. 그러던 중 그는 4·19혁명을 경험하게 된다. 그리고 "혁명의 육법전서는 '혁명'밖에 없다"면서 '혁명'은 「육법전서」로 상징되는 국법의 영역을 초월하는 것이라는 점을 시 「육법전서과 혁명」(1960.5.25)을 통해서 언명[24]한다.

그리고 시 「만시지탄은 있지만」에서는 혁명이 '원자탄이나 유도탄'보다 강한, '비수匕首'임을 주장한다. 그러나 이 시에는 '혁명' 이후의 정국에 대한 깊은 실망감이 표출되어 있기도 하다.

루소의 『민약론(民約論)』을 다 정독하여도
집권당에 아부하지 말라는 말은 없는데
민주당이 제일인 세상에서는
민주당에 붙고
혁신당이 제일인 세상이 되면
혁신당에 붙으면 되지 않는가
귀에 걸면 귀걸이 코에 걸면 코걸이가
제2공화국 이후의 정치의 철칙이 아니라고 하는가
여보게나 나이 사십을 어디로 먹었나
8·15를 6·25를 4·19를
뒈지지 않고 살아왔으면 알겠지
대한민국에서는 공산당만이 아니면
사람 따위는 기천 명쯤 죽여보아도 까딱도 없거든

데카르트의 『방법통설(方法通說)』을 다 읽어보았지
아부에도 여유가 있어야 한다는 말일세
만사에 여유가 있어야 하지만
위대한 〈개헌〉 헌법에 맞추어 가자면

---

24 임지연, 앞의 글, 299~300쪽 참조.

여유가 있어야지

불안을 불안으로 딴죽을 걸어서 퀘지게 할 수 있지

불안이란 놈 지게작대기보다도

더 간단하거든

베이컨의 『신논리학(新論理學)』을 읽어보게나

원자탄이나 유도탄은 너무 많아서

효과가 없으니까

인제는 다시 비수를 쓰는 법을 배우란 말일세

그렇게 되면 미·소보다는

일본, 서서(瑞西), 인도가 더 뻐젓하고

그보다도 한국, 월남, 대만은 No. 1 country in the world

그런 나라에서 집권당이면

얼마나 의젓한가

비수를 써

인제는 지조랑 영원히 버리고 마음 놓고

비수를 써

거짓말이 아냐

비수란 놈 창조보다도 더 산뜻하거든

─ 「만시지탄(晩時之歎)은 있지만」(1960.7.3) 전문

이 시에서는 혁명 직후 상황이 반동적으로 전개되어 가는 이유를 근본적으로 진단하는 구절이 있다. "8·15를 6·25를 4·19를 / 뒈지지 않고 살아왔으면 알겠지 / 대한민국에서는 공산당만이 아니면 / 사람 따

위는 기천 명쯤 죽여보아도 까딱도 없거든"이라는 구절은 결정적으로 그가 전쟁을 통해서 이 나라의 체제를 어떻게 사유하고 있었는가를 제대로 보여주는 것이다. "공산당만 아니면, 사람을 기천 명쯤 죽여도 법적인 처벌을 받지 않는 나라"가 바로 그가 전쟁을 통해 경험한 대한민국인 것이다. 김수영은 혁명 이후에야 고통스러웠던 전쟁 체험의 본질적 원인에 대해 발언할 수 있었던 것이다.

반공주의하에서는 모든 원칙이 "귀에 걸면 귀걸이, 코에 걸면 코걸이"가 되는 나라가 바로 이 나라라는 것이다. 전쟁을 통해 대다수의 주체들이 이러한 점을 체험했기 때문에, "불안이란 놈은 지게작대기보다도 / 더 간단"해져서, 이 나라의 통치 주체들은 이 "불안을 불안으로 딴죽을 걸어서", 개혁을 "뭬지게 할 수도 있"다고 바라본 것이다. 물론 불안은 '레드콤플렉스'에서 발현된 것이다.

실제 4·19혁명 직후, 혼란이 지속되면 이북에서 쳐들어올 수 있다고 생각했던, 레드콤플렉스로 인한 공포[25]는 4·19혁명의 정신을 보수화시키는 데 일조한다. 그는 이러한 점을 직시하고 있었던 것이다. 그러나 그는 이러한 반동적 상황을 비수ㄴ삐처럼 단칼에 잘라버려야 한다고 생각한다. 그리고 그렇게 혁명에 성공하면, 제3세계로서 탈식민 상황에 놓여 있는 동지 국가들, "한국, 월남, 대만은 No.1 country in the world"가 될 수 있는 진경이 펼쳐질 것이라고 염원한다.

이처럼 그는 혁명 체험을 통해 '혁명' 자체가 제국 / 식민의 경계, 근대

---

25 이에 대한 내용은 이상록, 「『사상계』에 나타난 자유민주주의론 연구」, 한양대 박사논문, 2010 중 3절; 김미란, 「'순수'한 청년들의 '평화' 시위와 오염된 정치 공간의 정화—4월혁명기에 선호된 어휘에 대한 개념사적 접근을 중심으로」, 『상허학보』 31, 상허학회, 2011; 「청년 그리고 정치적인 것—"청년 세대"의 4월혁명과 저항 의례의 문화정치학」, 『사이間SAI』 9, 국제한국문학문화학회, 2010 등 참조.

국가 체제를 뛰어넘는 경지, 매우 급진적인 이상적 정치체를 열망하고 있었고, 이는 전쟁체험으로 인해 생성되었던 근대 국가 체제에 대한 근본적인 회의감을 상쇄시킨다. 이후의 산문에서는 이 시에서도 첫 구절에 인용된 루소의 『민약론(사회계약론)』, 라스키의 『국가론』 등 민주주의 정치체에 관한 문헌들이 기록되어 있다.

7월 4일(1960년)

이러한 민주정치 혹은 인민정치의 정부만큼, 내란이나 국내의 선동에 움직여지기 쉬운 정부는 없다는 것도 함께 말해 두기로 한다. 왜냐하면 이 정체(政體)만큼, 정치의 변경에 대해서 강하고 또 부단히 응하기 쉬운 정체는 없으며 또한 이 정체만큼, 정체 유지에 열심과 용기가 필요한 정체도 없기 때문이다. 더구나 그런 정체 밑에서는 각 공민(公民)은 강한 실력과 확고한 정신으로 무장하고, 저 유덕(有德)한 파테에노 백작이 폴란드 의회에서 한 말, '우리들은 평온한 노예보다도 위험한 자유를 택한다'를 매일, 그의 배 밑으로부터 외우지 않으면 아니 된다. 만약에 신(神)들의 국민이 있다면, 그것은 민주적으로 다스려질 것이다. 그다지 완전한 정부는 인간에게는 적합하지 않은 것이다. ― 루소 『민약론(民約論)』, 제3편 제4장 「민주정치」에서

혁명 직후 김수영은 민주주의라는 정치체에 대한 연구를 집중적으로 진행한다. 이 일기에서는 루소의 『민약론』의 한 구절을 인용하고 있는데, 잘 알려져 있다시피, 루소의 『민약론』은 인민주권론, 근대 민주주의 사상을 주장한 고전이다. 자유롭고 평등한 도덕적 인간 존재가 근대 이후 타락한 본성에서 벗어나 자신의 본성을 유지하면서 살아갈 수 있는 이상적인 사회를 지향하기 위해 국가를 건립했다고 보는 루소의 텍스트

를 통해서. 김수영은 우리가 지향해야 할 정치체가 무엇인가를 고민했다고 볼 수 있다.

특히 김수영이 인용한 3편은 정치체에 관한 장으로 정부의 기능과 형태에 대해 논하고 있다. 루소는 여기서 민주정·귀족정·군주정의 세가지를 기본형으로 보고 있는데 김수영은 이 중에서도 가장 이상적인 정치체인, 국민 다수에 의한 집합적 통치를 지향하는, 국민주권의 원리에 충실한 '민주정치'에 관한 구절을 인용하고 있다.[26] 이 역시 '혁명'이 모든 정부형태를 뛰어넘는 상태, 급진적인 혁명 정부의 형태에 대해 고민하는 과정에 나온 것이다.

그래서인지 그가 인용한 이 구절에서는 그러한 정부형태, 민주정치가 "내란이나 국내의 선동에 움직여지기 쉬운 정부" 형태라는 점을 강조하고 있다. 루소는 "만약에 신神들의 국민이 있다면, 그것은 민주적으로 다스려질 것"으로, "그다지 완전한 정부는 인간에게는 적합하지 않은 것"이라면서 이러한 정치체를 궁극적으로는 거부했기 때문이다. 왜냐

---

26 첫째, 민주정에서는 국민 전체 또는 국민의 대다수가 정부에 위탁하며, 입법권과 집행권이 서로 이어져 있다. 따라서 이러한 정부 형태보다 좋은 것은 없을 것으로 보인다. 그러나 민주정은 소규모 국가로서 국민이 쉽게 집합할 수 있을 것, 습관이 소박할 것, 재산과 신분상의 평등이 존재할 것 등 실현 곤란한 조건을 전제로 한다. 따라서 민주정은 완전하지만 인간에게 적합한 것은 아니다. 둘째, 귀족정에서는 집행권이 소수의 행정관에게 위임된다. 귀족정에는 자연적인 것과 선거에 의한 것, 세습적인 것이 있지만 선거에 의한 귀족정이 가장 좋다. 셋째, 군주정에서는 정부의 형태가 단 한 사람의 행정관에게 집중된다. 그만큼 강력한 정부이기는 하지만 또한 그에 따른 결점도 많다. 특수 의지가 항상 일반 의지로 뒤바뀌려고 한다는 점에서 공공의 행복이 파괴되며 국가에 손실을 입히게 된다. 루소는 원칙적으로 군주정을 배격하고, 민주정은 이상적이기는 하지만 인간 사회에서는 도달하기 어려운 너무 높은 이상인 까닭에 선거를 통한 귀족정을 가장 타당한 정부 형태라고 생각했다. 그러나 주의해야 할 점은, 어떠한 정부 형태이든 항상 국민 주권이 그 전제가 되어야 한다는 점이다. 따라서 민주정·귀족정·군주정이라는 분류는 어디까지나 집행 권력을 구성하는 숫자상의 구별에 지나지 않는 것이 된다. 루소가 말하는 선거에 의한 귀족정이야말로 오늘날 일반적 의미로 통용되는 민주적 정부 형태에 가장 가까운 것이라고 할 수 있다. 장 자크 루소, 최석기 역, 『인간불평등기원론 / 사회계약론』, 동서문화사, 2007.12; 사사키 다케시 외, 윤철규 역, 『절대지식 고전세계』, 이다미디어, 2004 참조.

하면 만일 민주정이 되면 민중은 특수이익을 추구하고 또한 입법을 자의적으로 행할 위험이 있으므로 차라리 집행권을 타자에게 위임하는 쪽이 보다 폐해가 적을 것으로 보았기 때문이라고 한다.[27]

그러나 이러한 위험성에도 불구하고, "우리들은 평온한 노예보다도 위험한 자유를 택한다"는 파테에노 백작의 말 "그의 배 밑으로부터 외우지 않으면 아니 된다"를 인용하여 강조한 것은 김수영의 의도적 선택에서 비롯된 것이라고 볼 수 있다. 김수영은 루소의 주장에도 불구하고, 이 혁명적 시기에는 늘 국민에 의해서 전복이 가능한 이상적 정부 형태를 포기하기 힘들었던 것이다. 비슷한 시기에 창작한 「육법전서와 혁명」(1960.5.25)에서 "혁명의 육법전서는 '혁명'밖에 없"다고 발언한 맥락 역시 마찬가지로 이러한 점을 증명해 주는 것이다.

또한 김수영은 루소가 같은 책에 서술한, 늘 주권자(인민)은 집행권을 정부에 위임한다고 하더라도 그것을 제한하고 변경하고, 또한 박탈할 수 있다고 보는 루소의 견해[28]에는 힘을 얻었을 것이다. 김수영은, 이처럼 루소의 『민약론』을 통해 주권은 직접적으로 인민의 손에 있으며, 권력을 위임받은 통치자는 주권자 인민의 의지에 복종해야 한다는 인민주권론[29]을 통해, 민주주의에 대한 기본 이론을 고민했다.

물론 루소의 우려에도 어느 정도 동감하고 있었다고 볼 수 있다. 민주정치가 제대로 기능하지 못하는 상황에 대한 탐색을 지속적으로 수행했기 때문이다. 1년 이후 5·16군사쿠데타 직전, 그는 다른 일기에서는 이러한 민주정치를 가능하지 못하게 하는 근대 국가 체제에 대한 라스키

---

27 柳春生, 「루소-인민주권론」, 田中浩·田口富久治 외, 정치사상연구회 역, 『국가 사상사』, 거름, 1985, 106쪽.
28 위의 글, 103쪽.
29 위의 글.

의 논의를 인용한다.

5월 7일

이성의 변호자에 의한 그 변호의 약점은 이성이 유효하게 적용할 조건이 현재의 제도에도 존재하지 않는다는 결정적인 사실이다. 왜냐면 그것은, 거의 희생을 무시하고 제멋대로 하려는 이익집단의 활동에 의해서 독기가 스민 분위기 속에서 작용하지 않으면 안되는 그런 '이성'이기 때문이다. 이런 분위기 속에서 우리는 믿을 수 있는 뉴스의 공급을 받을 수가 없다. 이러한 분위기 속에서는, 로이드 조지가 말했듯이 그레이 경 같은 존경할 만한 정치가조차, 정책에 대한 책임을 함께 지는 동료에게조차도 중요한 보고를 들려주지 않는다. 또 이런 지적 분위기 속에서 우리의 교육제도는 국제정세의 비교적 큰 문제에 대한 지식 ─ 이것이 없이는 이성은 무력한 것이다 ─ 도 대중에게 주어지는 일이 결코 되지 않는다. 더구나 또, 이러한 분위기 속에서는 외교적 교섭의 진행방식은 마키아벨리와 홉스의 세계의 특색을 이루는 사상에 의해서 여전히 침투되어있는 것이다……. ─ 라스키, 『국가』에서.

이 부분은 해롤드 J. 라스키의 *The State in thory and practice*(New York: The Viking Press, 1935) 중 제3장 국가와 국제사회 중 일부이다.[30] 라스키는 이 텍스트를 통해 루소가 이론화했던 이상적 민주정치체가 위협받고 있는 현재의 상황에 대해 진단하고 있다. 다원적 국가론자였던 해롤드 라스키는 1950년대 후반, 일본은 물론, 한국의 지성인들 내부에서 끊임없이

---

30 저자는 1983년 두레에서 김영국에 의해 번역된 판본을 참조했다. 라스키, 김영국 역, 『국가론』, 두레, 1983, 194쪽.

회자되었던 논자이다.[31] 민주사회주의자로서 좌파적 성향이 강했던 라스키의 논저는 미국식 민주주의가 아닌, 새로운 형태의 정치체를 모색했던 지식인들에게 매우 절실하게 다가오는 텍스트였다고 볼 수 있다. 혁명을 적극 옹호하되, 소련식 사회주의에는 반대하는 개인주의적 자유주의자였던 라스키의 이론은 당시 김수영의 세계관과도 유사하여 그의 논리에 확신을 주는 것이었다고 쉽사리 추측할 수 있다.

이 텍스트에서 라스키는 현재 '혁명'을 용인하지 않는 현재의 근대 국가 체제에 대한 통렬한 비판을 행하고 있다. 특히 그는 이러한 원인을 자본주의 체제에서 찾고 있다. 이 텍스트를 집필했던 시기 라스키는 1930년대에 등장한 파시즘은 자본주의의 이익 추구에의 욕망과 민주정치에의 욕망이 부딪치는 모순적 상황에서 발생한 국가 체제라는 점을 분명히 한다. 파시즘은 자본주의의 이윤추구를 승인하기 위해 민주주의를 폐기하고 자본주의 내부의 지배권력에게 무한권력을 부여한다. 이러한 상황에서 라스키는 다원적 국가론을 좀 더 정치화시켜, 자본주의의 구조적 모순이 발생하는 그 기반 자체를 변혁시켜야 한다는 혁신적 국가론으로 기울고 있었다. 그가 인용한 3장은 '국가와 국제사회'를 다루고 있는 장으로, "우리가 사는 세계는 특정 사회 안에서의 계급간의 투쟁이 국제관계에서의 그와 같은 갈등을 반영하는 국가 간의 전쟁과 병존하는 세계"라는 점을 강조[32]하고 있다. 김수영은 이러한 점을 인용하고 싶었던 것이다.

특히 그는 제대로 된 정보가 공유되지 않고 검열을 받는 파시즘 체제

---

31 이러한 상황에 대해서는 김원홍, 「헤롤드. J. 라스키의 국가론에 관한 연구」, 건국대 박사논문, 1991 중 서론 참조. 이 외에 본서 제1부 제3장 「김수영 문학에서 번역의 의미」 참조.
32 헤롤드 J. 라스키, 김영국 역, 『국가란 무엇인가』, 두레, 1983, 195쪽.

하 비이성적인 상황에 대해 라스키가 통탄한 부분을 인용하고 있다. 이러한 점 역시 검열 체제에 특히 민감했던 4·19혁명 직후 김수영의 내면적 상황[33]이 반영된 것이기도 할 것이다. 그가 가장 언론 자유에 대해서 목청 높이 외쳤던 때가 이 시기이기 때문이다. 혁명 직후의 자유로운 분위기를 만끽하면서도 한편으로는 자신이 또다시 불온한 존재로 낙인찍힐 지도 모르는 상황에 대한 분노가 컸던 것이다.

이처럼 김수영은 루소의 『민약론』을 통해서 민주정치의 기본 원리에 대한 사유를 고민하고 있었고 라스키의 국가론을 통해서는 이러한 정치체를 불가능하게 하는 자본주의 세계 체제에 관한 성찰도 수행하고 있었다. 이는 「만시지탄이 있지만」에서 나타난 대로, 혁명이 제대로 완수되지 않는 상황을 진단하고 극복하려는 의지가 반영되어 있는 것이며, 어떤 면에서 이는 세계 자본주의 체제와 냉전 체제의 각축 속에 일어났던 한국전쟁에 대한 이론적 통찰이기도 하다.

같은 시기 그는 쿠바의 혁명 직후 혁명이 진행되는 상황을 혁명 지도자의 인터뷰를 통해 전하고 있는 C. W. 밀즈의 『들어라 양키들아』에 대한 서평을 쓰며, 라스키의 『국가론』을 또 한 번 호명한다.

> 이 책은 직접 혁명을 수행한 당사자들의 양키들에 대한 분노의 절규와 해방의 희열과 불퇴전의 집념을 저자가 요령 있게 대필한 (서한) 형식으로 되어 있다. 나는 우연히도 라스키의 『국가론』과 같이 이 책을 병독하게 되었는데, 이 두 저서에는 결코 우연이라고 할 수 없는 즐거운 입맞춤이 도처에 보인다. 전자를 구제도를 고집하는 국가의 혁명의 당위성을 주장하는 중년

---

33 4·19 직후 그의 일기에는 자신의 글이 검열당하는 상황에 대해 세심하게 기록하고 있다. 이에 대한 자세한 내용은 이 책 2부 2장 참조

학자의 믿음직한 단상 강의라고 한다면, 후자는 그것을 실천한 혁명학도들의 벌거벗은 심장이 호소하는 현대 자본주의 수위(首位) 국가의 제 죄악상에 대한 가차 없는 명세서인 것이다.

— 「들어라 양키들아」(1961.5)

이 글에서 그는 라스키와 밀즈의 혁명론에 깊은 공명을 하고 있다. 물론 문제의 핵심은 혁명이다. 이 글에서 그는 "국가의 혁명"이란 표현을 쓴다. 그리고 "수위 국가의 제 죄악상"이란 표현을 통해 서구식 민주주의에 대한 깊은 혐오감을 표출한다. 그는 과거 전쟁이라는 폭력 사태를 주도하고, 이를 통해 독재 체제를 영위했던 당대 통치 체제에 대한 극심한 혐오와 이를 극복할 혁명에 대한 소망을 내비치고 있는 것이다. 결국 그는 전쟁체험을 통해서 실감했던, 현실에서 운영되고 있는 폭력적 근대 국가 체제의 모순은 지속적인 혁명을 통해서만 극복가능하다는 점을 보여주고자 했던 것이다.

그러나 불행하게도 이 글을 쓴 직후 대한민국은 김수영의 염원과 달리, 5·16군사쿠데타라는 반동적 상황에 처하게 되고 김수영은 다시 깊은 고민에 빠질 수밖에 없었다. 왜냐하면 1961년 5·16군사쿠데타 이후 국가는 또다시 자신을 끊임없이 불온한 존재로 배제시키려고 했기 때문이다. 이 '불온성'과의 싸움이 김수영의 생애 전반의 최대의 목적이었다면, 시인에게 국가란 영역은 절대로 안온한 공간이었을 리 없다. 김수영을 모델로 한, 박순녀의 소설 「어떤 파리」(1970)에 나오는 주인공인,[34] 정치적으로 자유주의를 꿈꾸는 양심적 지식인이면서도 의용군 전력으로

---

34 김수영과 불온과의 싸움에 대해서는 위의 글 참조.

끊임없이 감시받고 이로 인해 존재론적 공포를 느끼는 홍재의 모습은 국가를 안온한 보호자로 인식하지 못하는 김수영의 모습을 그대로 투영해 준다.

이러한 상황에서 이제 국가는 전쟁기에서처럼, 불온성을 규정하는 주체, 또다시 불온한 주체를 주권의 영역에서 배제시키려는 행위 주체로 다시 등장한다.[35] 그러나 지금까지 많은 연구결과들이 이구동성을 증명하고 있듯, 혁명을 체험한 이전과 이후 김수영의 인식적 태도는 분명 달라진다. 물론 전쟁기라는 극한 상황은 아니라고 해도, 이러한 폭압적 상황에서 김수영은 끊임없이 불온성과 싸운다. 그는 시 「거짓말의 여운 속에서」(1967)에서 "정치의견政治意見의 우리말이 / 생각이 안 난다 거짓말 거짓말"이라고 한 바 있다. 그는 이 시를 통해서 정치의견의 표현이 억압된 상황과 이를 암묵적으로 용인하는 주체들의 모습을 풍자하고 있었다. 이렇게 불온과의 싸움은 4·19 직후에 쓰인 일기와 불온시 논쟁, 그리고 이러한 체험의 결과물인 「시여 침을 뱉어라」와 「반시론」에서 잘 드러난다.

이러한 점을 볼 때, 혁명의 가능성을 체험한 김수영은, 이후 영구 혁명을 통해서 끊임없이 정치체가 달라질 수 있는 인민 집단 주체의 정치체인 민주주의에 대한 신념을 거두지 않았던 것이다. 다만, 당장 현실에서는 이루어지기 힘들 것이라는 현실적 상황을 인정할 수밖에 없었다고 볼 수 있다.

---

35 이는 김미란이 연구한 대로, 이 당시 작가들(남정현, 안수길)은 "소설을 통해서 금지된 공간으로 이동한 자들과 그의 가족들이 국가의 지속적인 감시를 받는 상황을 부각시킴으로써 국가의 폭력성을 고발한다. 이 과정에서 국가는 누가 '세뇌'되었는지 확인 불가능한 공간으로 재현되며, 그에 따라 남한 공간의 정치적 불투명성이 강조된다. 김미란, 「1960년대 소설과 민족／국가의 경계를 사유하는 법」, 『한국학논집』 51, 계명대 한국학연구원, 2013 3장 참조.

또한 혁명 직후 김수영의 시에서는 이북(「허튼소리」)과 일본(「나가타 겐지로永田絃次郎」)이라는 공간이, 이후엔 만주(「만주의 여자」)가 등장한다. 이러한 공간의 등장은 국가의 경계를 남한으로만 한정해서 바라보고 있지 않다는 점을 우회적으로 보여주는 것이기도 하다.[36] 남한이라는 경계를 넘어선 인식틀의 확장은 4·19혁명 직후, 통일 논의가 다시 고개를 들기 시작하면서 가능했던 현상이다. 김수영은 경계의 확장을 통해서 탈식민과 동시에 새로운 정치체에 대해 꿈꾸고 있었던 것이다.

한반도와 일본을 넘어, 월남, 쿠바의 문제 등이 그의 시와 산문에 등장하고 있다. 이후에 「세계일주」라는 시에서 식인종의 나라, 공산국가를 타자화시켜 바라보는 모든 '세계일주'를 비판한 바 있다. 그는 시야에서는 늘 전 세계에서 벌어지는 제국주의의 횡포와 이에 대항하는 혁명적 움직임에 관한 관심을 거두지 않고 있었다. 해방기를 경험했던 세대[37]가 갖고 있었던 세계주의적 지향점을 김수영은 폭력적 국가주의 체제를 경유하면서도 잃어버리지 않았던 것이다. 아니 더욱 강화되었다고 볼 수 있다.

이러한 상황에서 그의 후기 시에서 또다시 자연물이 재등장하는 것은, 현실 정치에서 이러한 혁명적 민주주의가 실현 가능한가에 대한 절망과 그 이후의 모색에 기반한 것이다. 그러나 그 자연은 분명 혁명 이전의 자연과 그 상징적 함의가 달라진 것이다.

---

36 최인훈이 「광장」을 통해서 남과 북이라는 공간을 텍스트 내부에 불러왔고, 이후 중립국에 대한 지향점이 지도에 없는 나라, 판타지적 공간으로 표현된 것은 김수영 사유의 궤적과 함께 이 세대 공간의식의 문제로 음미해볼 만하다. 이러한 점에 대한 문제의식을 보여주며, 해방 이후 국가 경계에 대한 주체들의 사유에 대해서는 김미란, 위의 글 중 2장 참조.

37 이러한 점은 그가 참여하기도 했던 사화집 『(신시론 시집)새로운 도시와 시민들의 합창』(도시문화사, 1949)에 잘 나타나 있다. 김기림 등과 박인환이 세계주의적 인식에 경도되어 있었다는 점은 이미 여러 연구사를 통해서 밝혀진 바이다. 대표적인 논의로 정영진, 「해방기 인권감수성과 시적 전유」, 『상허학보』 44, 상허학회, 2015.6 등 참조.

한 연구사에서도 말한, "국가 / 법에 대한 사유가 단순히 이분화구도 속에서 폭력적 국가를 적대시하는 태도로부터 근원적 성찰과 윤리적 요구를 통한 복합적이고 다원적인 관계로 변화해 간 것"이 자연에 대한 사유를 기반으로 한 것이라는 점도 이러한 점을[38] 놓치지 않은 결과이다. 혁명 이전의 자연은 전쟁의 참혹함과 이후 펼쳐지는 속물적 근대화의 대척점에 놓인 피난처로서 구실을 한다. 그러나 혁명 이후의 자연은 그 자체로 '혁명의 메타포'이다.[39]

> 거위의 울음소리는
>
> 밤에도 縞瑪色 원피스를 바람에 나부끼게 하고
>
> 강물이 흐르게 하고
>
> 꽃이 피게 하고
>
> 웃는 얼굴을 더 웃게 하고
>
> 죽은 사람을 되살아나게 한다.
>
> ─「거위소리」(1964) 전문

1964년은 한일회담반대투쟁 등이 거세게 일어나면서 사회운동 전반이 새로운 분기점을 형성해 가는 시기이다. 김수영도 이러한 광경을 보며 "어제의 시를 다시 쓰러 가자"(「시」, 1964)며 의미심장한 시를 쓴다.

위의 시 「거위소리」는 바로 이 시기에 씌여진 시이다. "거위의 울음소

---

38 임지연, 앞의 글, 300쪽 참조.
39 이미 저자는 김수영의 몸과 자연에 관한 사유가 어떻게 혁명에 관한 사유를 대변해 가는지를 연구한 바 있다.(이 책 앞 장) 또한 이에 대한 중요한 논의로는 최현식, 「꽃의 의미─김수영 시에서의 미와 진리 : 오늘 왜 김수영을 다시 읽어야 하는가」, 『포에지』6, 나남출판, 2001 가을; 박수연, 「「꽃잎」, 언어적 구심력과 사회적 원심력」, 『문학과사회』12-4, 문학과지성사, 1999 겨울 등 참조.

리"로 상징되는 자연(만물)의 생명력은 "꽃이 피게 하고", "웃는 얼굴을
더 웃게 하고", "죽은 사람"도 "되살아나게" 하는 마력을 가지고 있다. 이
러한 힘은 혁명 직후 닥친 반동적 상황에 지친 김수영의 내면을 소생시
키며, 혁명에 대한 사유를 다시 시작할 수 있게 한다. 그의 정치적 상상
력이 근대적 국가 체제를 만들었던 이성적 사유의 대척점에 있는 시공
간, 자연의 생명력을 통해 다시 발동하고 있었던 것이다. 그리고 이는
당대 한일회담반대 투쟁을 수행한 이후 저항적 지식인들이 지향했던 저
항적 민족주의와는 다른 길이다.[40]

그래서 이 지점에서 우리가 기억해야 할 것은 루소, 라스키, 그리고 밀
즈 이외에 김수영의 정치적 사유에 큰 영향을 끼친 철학자가 급진적 국
제주의자[41]인 바타유와 블랑쇼라는 점이다.[42]

> 요즘 시론으로는 조르주 바타유의 『문학의 악』과 모리스 블랑쇼의 『불꽃
> 의 문학』을 일본 번역 책으로 읽었는데, 너무 마음에 들어서 읽고 나자마자
> 즉시 팔아버렸다. 너무 좋은 책은 집에 두고 싶지 않다. 집의 서가에는 고본
> 옥에서도 사지 않는 책만 꽂아두면 된다. 이왕 속물근성을 발휘하려면 이류
> 의 책이나 꽂아두라.
>
> —「시작노트 4」(1965) 중에서

---

40 이러한 당대 저항적 민족주의에 대한 거부감은 그가 신동엽을 고평하면서도 그의 시에서 쇼
비니즘의 냄새가 난다고 우려한 점(「참여시의 정리」)에서도 드러나는 것이다.
41 고재정, 「모리스 블랑쇼와 공동체의 사유」, 『한국프랑스학논집』 49, 한국프랑스학회, 2005,
2쪽.
42 이러한 점에 주목한 논의로는 이미순, 「김수영 시에 나타난 바타유의 영향」, 『한국현대문학
연구』 23, 한국현대문학회, 2007; 이미순, 「김수영 시론과 '죽음' – 블랑쇼의 영향을 중심으
로」, 『국어국문학』 159, 국어국문학회, 2011; 이 책 앞 장 「자본, 노동, 성(性) – '불온'을 넘어,
「반시론」의 반어」 참조.

위 글은 바타유와 블랑쇼의 글에 어느 정도 매혹되었는지를 잘 보여
주는 대목이다. 너무 긴박되어 있었기 때문에, 그는 이 책을 서가에 꽂
고 싶지 않은 것이다. 실제로 김수영의 유품 중에 이 두 책은 없다. 그러
나 중요한 것은 바타유의 에로티즘 사유가 없었다면 「반시론」이 가능하
지 못했을 것이라는 점이다. 특히 그는 불온과의 싸움에서 이 두 철학자
의 입론에 영감을 받은 바 있다. 바타유가 사유했던 에로티즘의 순간이
혁명적인 것은, 자본주의의 유용성과 대치된 무용성의 철학, 순간의 시
학이기 때문이다.[43]

그런데 급진적인 국제주의자인 이 두 철학자들이 추구했던 정치체에
주목해 볼 필요가 있다. 성장제일주의의 개발독재에 대응하기 위해, 에
로티즘의 철학을 수용했던 김수영의 판단에 미루어보았을 때, 이 두 철
학자의 정치 철학에 매우 공감하였다고 보아도 무방할 것이다. 이 두 철
학자의 공동체는, 공히 '체제 바깥의 공동체'라고 볼 수 있다. 블랑쇼가
바타유 철학을 통해 주장하고자 했던 공동체의 특성을 보면 묘하게 김
수영의 사유와 닮아 있다.

① 공동체는 축소된 형태의 사회가 아니며, 또한 연합을 통한 융합을 지
향하지도 않는다. ② 사회 조직에서와는 다르게 공동체에서는 과제를 수행
하는 것이 금지되어 있으며, 공동체는 어떤 생산적 가치도 목적으로 삼지
않는다. 그렇다면 공동체는 효용성의 측면에서 어떤 목적을 갖는가? 아무
목적도 갖지 않는다. 예외적으로 단 하나의 목적이 있다면, 그것은 공동체
가 타인에 대한 헌신을 그가 죽음 앞에 처했을 때조차 항구적으로 보여준다

---

43 김수영이 사유했던 자본과 에로티즘 사유의 연관성에 대해서는 박지영, 「자본, 노동, 성(性)
－'불온'을 넘어, 「반시론」의 반어」, 이 책 앞 장 참조

는 데에 있다. 타인이 고독 속에서 사라지지 않도록, 타인이 대신 죽어가고 있는 자신을 발견할 수 있도록, 동시에 타인이 자신에게 부과된 이 대리 죽음을 또 다른 자의 것으로 넘겨줄 수 있도록 하기 위해, 죽음의 대속이 연합을 대신한다.[44]

블랑쇼가 바타유의 공동체를 언급하면서 논한 공동체는 어떤 이념적 지향성이 만들어낸 유토피아 개념을 거부한다. 블랑쇼는 "바타유는 항상 공동체의 부재로 전환되게끔 되어 있는 부재의 공동체에 내맡겨져 있었다"면서 "완벽하게 규칙에서 벗어난다는 것, 그것이 공동체의 부재라는 규칙"이라는 부분을 인용하다. 그들은 모두 동일성과 내재성을 요구하는 공산주의와 파시즘의 공동체, 또한 민족, 이념, 종교를 토대로 한 모든 공동체 개념을 거부한다. 왜냐하면 이러한 이념적 공동체가 "동일자의 표식을 너무 선명하게 드러내어 개별적 주체의 영혼을 단일화시키기 때문이다. 타자와 바깥에 대한 긍정을 주장했던 이 두 철학자의 식견에서 이러한 곳은 진정한 의미의 공동체가 될 수 없다.[45]

물론 1983년에 나온 이 텍스트를 김수영이 보았을 리는 없다. 그러나 『불꽃의 문학』과 『문학과 악』을 통해서 그가 공감했던 이 두 철학자의 이념이 그의 공동체관에 영향을 끼쳤다고 보아도 무방할 것이다. 이미 「반시론」에서 '반시'의 의미가 바타유의 『문학과 악』에서 가져온 것이라는 점은 밝혀진 바이다.[46] 또한 바타유가 주장한, 자본의 유용성을 거

---

44 모리스 블랑쇼, 박준상 역, 「밝힐 수 없는 공동체」, 『밝힐 수 없는 공동체 / 마주한 공동체』, 문학과지성사, 2005, 17쪽 참조.
45 이에 대한 자세한 내용은 문정애, 「어떤 공동체도 이루지 못한 자들의 공동체」, 『오늘의 문예비평』 60, 2006 봄 참조.
46 본서 제1부 제2장 4절 1항 (3) 참조.

부하는 무용의 비의적 경지[47]인 에로티즘의 경지는 곧 타자와의 소통을 지향하고 있으며, 이는 곧 유토피아를 의미한다. 블랑쇼는 바타유의 사유를 통해 자신의 이론을 서술할 정도로, 그의 공동체 이론에 공감하고 있다. 블랑쇼는 김수영이 탐독했다고 하는, 『불꽃의 문학La part du feu』(1949)에서 문학의 본질을 이미 혁명에 비추어 설명한다.[48] 이러한 점이 「반시론」에 그대로 투영되어 있다.

> 흙은 모든 나의 마음의 때를 씻겨준다. 흙에 비하면 나의 문학까지도 범죄에 속한다. 붓을 드는 손보다도 삽을 드는 손이 한결 다정하다. 낚시질도 등산도 하지 않는 나에게는 이 아우의 농장이 자연으로의 문을 열어주는 유일한 성당이다. 여기의 자연은 바라보는 자연이 아니라 싸우는 자연이 돼서 더 건실하고 성스럽다. 아니, 건실하니 성스러우니 하고 말할 여유조차도 없다. 노상 바쁘고 노상 소란하고 노상 실패의 계속이고 한시도 마음을 놓을 틈이 없다. (…중략…)
>
> 「성」이라는 작품은 아내와 그 일을 하고 난 이튿날 그것에 대해서 쓴 것인데 성 묘사를 주제로 한 작품으로는 처음이다. 이 작품을 쓰고 나서 도봉산 밑의 농장에 가서 부삽을 쥐어보았다. 먼첨에는 부삽을 쥔 손이 약간 섬뜩했지만 부끄럽지는 않았다. 부끄럽지는 않다는 확신을 가지면서 나는 더욱더 날쌔게 부삽질을 할 수 있었다. 장미나무 옆의 철망 앞으로 크고 작은 농구(農具)들이 보랏빛 산 너머로 지는 겨울의 석양빛을 받고 정답게 빛

---

47 조강석은 김수영의 '무위의 공동체' 개념을 장 뤽 낭시의 개념을 빌어 설명하고 있다. 조강석, 「보편성과 심미적 가상 그리고 공동체 — 백석과 김수영의 시에 나타난 '사랑의 현상학'을 중심으로」, 『민족문화연구』 69, 고려대 민족문화연구원, 2015 참조. 낭시는 모리스 블랑쇼와 함께 공동체에 관한 철학을 교류했던 철학자이다.

48 고재정, 앞의 글, 185쪽; 박규현, 「블랑쇼에게서 문학의 공간을 통해 형성되는 공동체」, 『프랑스문화예술연구』 4, 프랑스문화예술학회, 2001 참조.

나고 있다. 기름을 칠한 듯이 길이 든 연장들은 마냥 다정하면서도 마냥 어렵게 보인다.

그것은 프로스트의 시에 나오는 외경에 찬 세계다. 그러나 나는 프티 부르조아적인 '성'을 생각하면서 부삽의 세계에 그다지 압도당하지 않을 만한 자신을 갖는다.

—「반시론」 중 일부

이 글에서 그는 두 철학자를 경유하며 깨달은, 시가 곧 혁명의 시공간이라는 잠언을 표현한다. 그래서 그는 "프티 부르조아적인 '성'을 생각하면서 부삽의 세계에 그다지 압도당하지 않을 만한 자신을 갖는다"라고 서술한 것이다. 에로티즘의 세계가 갖는 혁명성을 터득한 후, 그는 그간 콤플렉스였던 노동(자)의 세계에도 그다지 압도당하지 않을 만한 자신을 갖게 된 것이다. 그리고 이 에로티즘의 신성성은 시의 신성성과 통한다. 왜냐하면 에로티즘과 시의 세계 모두 탈중심적인 주체들이 자신의 죽음을 통해 타자로 향하는 통로, 공동체가 실현된 장소이기 때문이다. 무언가의 목적을 향해 움직이는 시공간이 아니라, 끊임없이 존재의 해체를 지향하는 시공간이기 때문이다. '반시'란 바로 이러한 공간을 개념화시킨 것이다.

또한 그는 "나에게는 이 아우의 농장이 자연으로의 문을 열어주는 유일한 성당"이라면서 "여기의 자연은 바라보는 자연이 아니라 싸우는 자연이 돼서 더 건실하고 성스럽다"고 한다. 싸우는 자연이란 '혁명'을 수행하는 혼돈의 시공간이다. 이러한 점이 드러난 시가 바로 그의 마지막 시 「꽃잎」과 「풀」이다.

언뜻 보기엔 임종의 생명같고

바위를 뭉개고 떨어져내릴

한 잎의 꽃잎 같고

혁명(革命) 같고

먼저 떨어져내린 큰 바위 같고

나중에 떨어진 작은 꽃잎 같고

나중에 떨어져내린 작은 꽃잎 같고

—「꽃잎 1」 후반부

꽃을 주세요 우리의 고뇌(苦惱)를 위해서

꽃을 주세요 뜻밖의 일을 위해서

꽃을 주세요 아까와는 다른 시간을 위해서

노란 꽃을 주세요 금이 간 꽃을

노란 꽃을 주세요 하얘져가는 꽃을

노란 꽃을 주세요 넓어져가는 소란을

—「꽃잎 2」 전반부

캄캄한 소식의 실낱 같은 완성

실낱 같은 여름날이여

너무 간단해서 어처구니 없이 웃는

너무 어처구니 없이 간단한 진리에 웃는

너무 진리가 어처구니 없이 간단해서 웃는

실낱 같은 여름바람의 아우성이여

실낱 같은 여름풀의 아우성이여

너무 쉬운 하얀 풀의 아우성이여

　　　　　　　　　　　　　　　　　　　　　　— 「꽃잎 3」 후반부

　「풀」의 전주곡이라고도 할 수 있는 이 「꽃잎」 연작시는 그야말로, 혼돈의 정치학을 그대로 보여주는 수작들이다. 그리고 그 진리는 시 구절처럼, 어처구니 없이 간단한 것이다. 왜냐하면 늘 자연은 우리 곁에 있었기 때문이다. 바람과 풀과 꽃이 만들어내는 풍경은 조화와 균열을 끊임없이 지속하는 카오스적 운동을 수행하는 시공간이다. 자연은, 끊임없이 분열하는, 자본의 유용성을 과감히 거부하며 끊임없이 독선과 억압을 파괴하며, 동일성을 거부하는 분자들의 운동 공간이다. 이는 그가 4·19혁명 직후 그가 혁명의 절대적 완전을 시를 통해서 구하고자 했던 의도가 실현되는 광경이다. 그래서 「꽃잎 1」에서 "언뜻 보기엔 임종의 생명같고 / 바위를 뭉개고 떨어져내릴 / 한 잎의 꽃잎 같고 / 혁명革命 같고"라고 표현한 것이다. 자연의 시공간에서 미물의 움직임은 단순한 개체 운동에 머물지 않는다.

　작은 미물의 움직임은 현상적으로는 작은 움직임에 지나지 않지만 본질적으로는 우주적 움직임이다. 작은 꽃잎이 떨어지는 것은 온 우주 질서의 표현인 것이다. 이것은 카오스적인 운동이다. 이 카오스적인 운동은 조화로운 우주적 질서 즉 코스모스와는 다르다. '혼돈'이라는 개념으로도 표현이 되고 있는 우주의 운행 원리는 정태적 의미인 코스모스와 다르게 우주 만물의 생성적 운동 과정이다. 김수영은 이 원리를 「꽃잎 1」에서 꽃잎이 떨어지는 모습, 「꽃잎 2」의 '넓어져가는 소란', 「꽃잎 3」의 "실낱 같은 여름바람의 아우성"이라는 표현을 통해서 형상화한 것이다. 그리고 이 질서는 세상에 존재하는 모든 생명 속에 내재해 있어 느리지만 총체적인 존재의 변이를 만들어내는 것이다.[49]

시 「꽃잎」 연작시가 이러한 카오스적 운동성을 표현했다면 시 「풀」에는 좀 더 구체적 맥락이 가미된다.

풀이 눕는다
비를 몰아오는 동풍에 나부껴
풀은 눕고
드디어 울었다
날이 흐려서 더 울다가
다시 누웠다

풀이 눕는다
바람보다도 더 빨리 눕는다
바람보다도 더 빨리 울고
바람보다 먼저 일어난다

날이 흐리고 풀이 눕는다
발목까지

발밑까지 눕는다
바람보다 늦게 누워도

---

49 박지영, 「김수영 시에 나타난 '자연'과 '몸'에 관한 사유」, 『민족문학사연구』 20, 민족문학사학회, 2002, 287~289쪽 참조.

바람보다 먼저 일어나고

바람보다 늦게 울어도

바람보다 먼저 웃는다

날이 흐리고 풀뿌리가 눕는다

— 「풀」(1968.5.29) 전문

이 시의 포인트는 눕고 일어나는 역동적 운동성이다. 바람보다 먼저 일어나기도 하고, 때론 바람보다 더 빨리 눕는다. 때론 좌절하기도 하고, 때론 앞서서 나간다. 바람이 풀의 움직임을 제어하는 시대적 상황, 특히 억압적 제 모순들이라고 한다면, 풀은 거기에 때론 이기기도 하고, 지기도 하면서도 끊임없이 움직인다. 김수영은 '혁명'이라는 것이 바로 그러한 운동성을 갖는다고 말하고 싶었던 것이다. 늘 이기기만 하거나, 늘 지기만 하는 것이 아니라, 이기든 지든 끊임없이 이행하고 있다는 것이 중요한 것이다. 그래서 마지막 연에서 풀뿌리가 일어서 있지 않고 "풀뿌리가" 누워 있어 그 다음에 다시 일어설 풀의 형상이 연상될 수 있는 것이다. 그리고 그러다가 어느 순간에 불현 듯, 돌출하는 메시아적 시간성을 갖고 있기도 하다.

이것이 바로 「사랑의 변주곡」(1967)에 나오는 "복사씨와 살구씨가 / 한번은 이렇게 / 사랑에 미쳐 날뛸 날"이다. 코뮌commune에는 이렇게 비가시적일 뿐 아니라 평소에는 존재한다고 감지하지 못하는 것, 들뢰즈라면 '잠재적인 것the virtual'이라고 불렀을 것이 어떤 계기로 불러내는 순간이, 또다시 기다리고 있던 것인 양 나타날 것이 분명하기 때문이다.[50] 김

---

50 이진경, 『코뮨주의―공동성과 평등성의 존재론』, 그린비, 2010, 72~73쪽 참조.

수영은 이러한 점을 4·19혁명을 통해서 경험해 본 바 있었던 것이다. 이처럼, 그의 정치체에 대한 고민과 연관시켜 본다면, 이 시 「풀」은 무언가 규정된 의미를 끊임없이 부정하는 혼돈의 언어 표상으로 늘 끊임없이 이행되는 혁명 그 자체인 것이다. 그러다가 어느 순간 돌출될 혁명적 순간에 대한 비의적 상상력을 내재하고 있는, 코뮌의 실현체인 것이다.

4. 김수영의 정치체에 대한 상상이 갖는 의미

이 글은 김수영의 전쟁체험의 상흔이 이후 그가 사유했던 정치체에 관한 인식의 도정에 어떻게 반영되는지를 살피는 데 그 목적이 있었다. 전쟁 중 의용군과 포로수용소 체험을 통해 국가가 인민들의 안온한 공간이 아니라, 폭력의 주체가 될 수 있다는 점을 경험한 그에게 근대 국가체제는 이미 공포와 환멸의 시공간이었다. 이러한 현실에 대한 고통은 1950년대 후반 자본주의 문명의 대척점에 서 있는 자연에 관한 시에서 역설적으로 드러나고 있다.

그러다가 그는 4·19혁명을 통해 인민 주체의 민주주의를 꿈꾸게 된다. 그러나 혁명의 실패로 인해 또 한 번 민주주의 정치체에 대한 상상력이 좌절되자, 또 한 번 고민의 관점을 바꾸게 된다. 이미 혁명 직후 루소와 라스키 등의 정치체 이론을 통해 공부했던 그는 이들 이론가들이 보여주는 인민주권론, 민주정의 위험성, 혹은 그것의 실현 불가능성이 인간의 욕망과 자본의 문제와 결부된 것이라는 점을 깨닫고, 향후 자본의 문제와 정치체의 문제에 대한 고민을 시작하게 된다.

그가 전쟁 체험을 통해서 가장 끔찍했던 것은 바로 개별자로서의 인간의 존엄성이 전체주의적 폭력하에 무참하게 억압받았다는 것이다. 혁명 이후에도 그가 모색했던 정치체, 민주주의 정치체에 대한 꿈이 무참하게 짓밟혔을 때, 그가 선택할 수 있었던 것은 시를 통한 혁명의 완성이었다. 그것만이 가능했다고 생각했을 때에 그에게 다가온 철학이 바타유, 블랑쇼의 철학이었다. 이미 전쟁을 통해서 근대 국가 체제하에 끔찍한 상흔을 입은 그가, 이 폭압적 근대 정치 체제 너머의 시공간을 상상하는 것은 매우 절실한 문제였다고 볼 수 있다. 그것의 실현체가 시적 공간인데, 이러한 것을 상상하고 표현할 수 있는 제제가 바로 자연이었던 것이다. 그리고 「풀」이 어떤 면에서 혁명의 메타포가 될 수밖에 없었던 것은 바로 이러한 텅빈 중심, 주체의 죽음을 통한 소통을 지향하는 공동체라는 이념의 필연적인 결과라고 볼 수 있다. 이를 통해 그는 근대 국가 체제가 만들어 놓은 '호모 사커'의 존재성에서 벗어난다.

이러한 김수영의 인식적 도정은 해방기 이상주의적 국가건설이 좌절된 후, 전쟁을 거치면서 혁명적 정치체에 대한 상상력이 제한된 상황, 개발 독재 체제하에서 전체주의적으로 강요된 정치체의 등장이라는 한국의 역사적 상황하에서 취할 수 있는 인식의 최대치였다고 볼 수 있다. 이는 형상화되는 방식은 다르지만, 같은 시대를 향유하며 '중립'의 꿈을 통해 당대의 정치체와 '다른' 것을 꿈꾸었던 신동엽과 최인훈 등 당대 지식인 작가들의 모색과 공유하는 부분이기도 하다. 그러면서도 동시에 그의 사유는 바타유, 블랑쇼 등 68혁명의 정신사적 맥락과 잇닿아 있어, 혁명적 사유의 세계사적 동시성도 전유하고 있었다.

제4장

제3세계로서의 자기 정위定位와 '신성神聖'의 발견

1960년대 참여시의 정치적 상상력

1. 들어가는 말

본 장에서는 김수영, 신동엽 등 참여시인의 시와 산문에 나타난 '신성'의 추구, 비의적 상상력에 대한 고찰을 통해 1960년대 저항적 지식인들이 추구했던 정치적 상상력의 일면을 논의하고자 한다. 잘 알려진 대로, 1960년대의 역사 인식과 문학적 감수성은 4·19혁명이라는 기원적 체험에서 자유로울 수 없다. 4·19혁명 직후 5·16군사쿠데타로 사회적으로 팽배했던 혁명적 분위기가 억압되고, 좌절의 시간이 찾아온 이후 김수영과 신동엽 등 당대 저항적 지식인들은 현실에서의 좌절을 시를 통한 혁명의 완수라는 미학주의를 통해 보상받고자 한다. 김수영은 "혁명은 상대적 완전을, 그러나 시는 절대적 완전을 수행하는"[1] 것이라고 하면서 현실에서 좌절된 혁명을 시를 통해서 완성하고자 희구했다. 신동엽 역시 시에 예언적 기능, 종교적 기능을 부여하며 시의 신성성을 추구하였다.[2] 물론 시에서 '신성성'은 '상징'의 경지를 추구하는 장르상의 본질적 요소이지만, 이들 김수영, 신동엽, 두 대표 참여시인들이 추구했던 신성의 경지에는 이들만의 특수한 당대 정치사회학적 인식이 내재되어 있는 것이다.

왜냐하면 김수영이 당대 참여시를 비판하면서 우선 "참여의식이 정치 이념의 증인이 될 수 없다"[3]고 비판했던 맥락대로, 당대 참여시에는 이러한 기본적 시적 요소가 부족했다. 그 이유는 물론 참여시인들의 창작 능력 탓이기도 하지만, 예술적인 형상성보다는 사회비판적 의식 세계를 중시했던 당대 참여시의 주요 성향이 작용한 때문이다. 대개의 참여시인들이 혁명을 노래하기는 하였으나, '지금-여기'의 현실 비판에 주안점을 두었다면, 이 두 시인의 시세계는 역사철학적 의미의 '미래 지향적'인 정치성 상상력이 상대적으로 강하게 작용하고 있었기 때문이다. 물론 이러한 정치적 상상력은 당대 남한의 정치적 상황, 특히 후진개발독재국가로서의 지정학적 위치를 어떻게 파악하느냐의 문제와 연관이 깊은 문제이다.

이 지점에서 우리가 주목해야 할 점은 1960년대는 4·19혁명 이외에도 또 한 번의 운동사적 분기가 존재한다는 점이다. 5·16군사쿠데타로 혁명 열기가 꺾인 후, 한일국교정상화를 계기로 일어난 6·3학생운동이 그것이다. 실제로 1960년대 저항 담론은 이 두 분기를 거쳐서 형성된 것

---

1 「일기초(II)」, 『전집』 2, 332~334쪽 참조.
2 이 두 시인의 시적 인식에 대해서는 박지영, 「1960년대 참여시와 두 개의 미학주의─김수영, 신동엽의 참여시론을 중심으로」, 『반교어문연구』 20, 반교어문학회, 2006 참조.
3 「참여시의 정리」, 『전집』 2, 389쪽.

이다.

당대 대표적 지식인 매체 『사상계』의 논조가 저항적으로 변한 것도 4·19혁명 직후가 아니라 박정희가 민정 이양의 약속을 어기고 대통령 출마를 선포했던 1963년 10월 이후부터이다. 그전까지 『사상계』는 쿠데타 직후, 함석헌을 제외하고는, 군사 정권에 호의적이었다. 동시에 이 시기를 기점으로 『사상계』 지식인들 내부에서 민주주의와 함께 민족주의적 인식이 대두하게 된다. 또한 반제 민족주의적 성향이 강했던 『청맥』이 1964년에 창간된 사정 역시 이러한 당대 사상적 맥락과 관련이 깊은 것이다. 당시 이 두 매체의 독자이기도 했던 학생들은 "글로벌한 세계 전체라는 스펙트럼에서 아시아나 아프리카와 같은 후진 지역 민족주의의 정당성을 사유하려는 이론적 근거와 지향을 가진 새로운 학생층"이었다.[4]

이처럼 1960년대에는 제3세계에 대한 인식이 정치 의식의 핵심 논제로 작용한다. 1960년대에는 제3세계는 물론 유럽에서도 제3세계의 혁명이 당대 세계자본주의의 구조적 모순을 극복할 대안이라고 생각했다.[5] 유럽의 진보적 청년들이 호치민을 보고 제국주의와 싸울 명분을 얻었듯, 우리도 인도의 네루가 발휘하는 정치적인 힘을 보고 중립국에 대한 꿈을 꾸기도 했다.[6] 신동엽의 대표작 「껍데기는 가라」에서 형상화된

4 　이 학생층의 대표자가 바로 시인 김지하로, 그는 이러한 이론적 스펙트럼하에서 학생운동을 하고 시를 썼던 것이다. 이에 대한 자세한 내용은 장세진, 「안티테제로서의 '반둥정신 (Bandung Spirit)'과 한국의 아시아 상상(1955~1965)」, 『사이間SAI』 15, 국제한국문학문화학회, 2013; 장세진, 「'시민'의 텔로스와 1960년대 중반 『사상계』의 변전―6·3운동 국면을 중심으로」, 『서강인문논총』 38, 서강대 인문과학연구소, 2013, 60쪽 참조.

5 　이에 대한 자세한 내용은 타리크 알리, 안효상 역, 『1960년대 자서전』 책과함께, 2008 참조.

6 　이에 대한 자세한 내용은 장세진, 「안티테제로서의 '반둥정신(Bandung Spirit)'과 한국의 아시아 상상(1955~1965)」, 『사이間SAI』 15, 국제한국문학문화학회, 2013; 권보드래, 「중립의 꿈 1945~1968―냉전 너머의 아시아, 혹은 최인훈론을 위한 시론」, 『상허학보』 34, 상허학회, 2012 참조.

중립국 표상이 이들의 정치적 상상력을 증명해 준다.[7]

　김수영과 신동엽 역시 사상적 토대 자체는 상이하지만, 이러한 1960년대 중반 이후의 전 세계적 사상 지향점에 분명 동의하고 제3세계라는 자기 정위를 기반으로 도래할 혁명적 시간에 대한 비의적秘意的 상상력에 대하여 본격적으로 고민한다. 신동엽의 사상이 반제, 반봉건적 인식을 기반으로 한다는 점은 더 말할 나위도 없는 것이며, 세계주의자였던 김수영은 당대 참여시를 평가하는 자리에서 "우리의 현실 위에 선 절대시의 출현은, 대지에 발을 디딘 초월시의 출현은, 서구가 아닌 된장찌개를 먹는 동양의 후진국으로서의 역사의식을 체득한 지성이 가질 수 있는 포멀리즘의 출현은 아직도 시기상조인가?"[8]라면서 개탄한 바 있다. "동양의 후진국으로서의 역사의식을 체득한 지성"이란 표현이 암시하고 있듯이, 김수영도 후진국, 제3세계라는 한국의 지정학적 정치성을 분명히 인식하고 있었고, 당대 참여시와는 다르게, 이를 기반으로 한 '절대시'의 출현을 꿈꾸고 있었다.

　옥타비오 파스가 중남미의 시의식에서 가장 중시한 것이 신성성[9]이었듯, 서구적 근대가 아닌 탈식민화를 수행하며 근대화 과정을 겪었던 지역의 감수성은 서구의 이성적 인식론과 그 기반을 달리하는 것이었다. 1960년대 후반, 전 세계적으로 조명받기 시작한 제3세계 문화에 대한 통찰을 수행한 피에르 고디베르에 의하면 1960년대 제3세계 문화의 핵심에 '신성에 대한 추구'라는 지향점이 자리잡고 있었다고 한다.[10] 이

7　이에 대한 자세한 내용은 김윤태, 「신동엽 문학과 '중립'의 사상」, 『실천문학』 53, 실천문학사, 1999 참조.
8　「새로운 포멀리스트들—1967년 3월 시평」, 『전집』 2, 592쪽.
9　이에 대한 자세한 내용은 옥타비오 파스, 김은중·김홍근 역, 『활과 리라』, 솔출판사, 1998.
10　"제3세계 문화는 자연과 조화를 이루고 있는 전통문화를 간직하고 있는데, 20세기 후반에 들어 솟아난 생태학적 감수성 — 다시 말하면 환경에 대한 자각 — 은 그러한 전통문화와 원시

서구 문화학자의 식견대로 1960년대 제3세계적 인식은 서구 지성계는 물론, 한국에서도 큰 영향을 끼치고 있었다.

고디베르는 서구의 이러한 경향은 이미 바타유 등 1930년대 프랑스 내부에서 일어난 신성 사회학에서부터 싹튼 것이라고 분석한다. 그후로 1930년대의 직관들은 전前-맑스주의자들이거나 극좌파거나 간에 많은 좌파 지식인들 속으로 확산될 수 있었다고 한다. 저널리즘이 그들의 지나친 급진성을 제거하지 않은 것은 아니었으나, 역사 속에서 새로운 '예언의 표지들'이 해석될 수 있었다고 한다.[11] 1930년대 신성 사회학의 대표주자인 바타유는 김수영의 인식론에 영향을 끼쳤던 사상가[12]이다.

그런데 이러한 '신성'에 대한 인식이 대개 좌파 사상의 퇴조와 맞물려 진행된 것[13]처럼, 우리도 해방과 분단, 그리고 한국전쟁을 겪으면서 좌파 사상이 좌절된 역사적 상황과 깊은 연관이 있다고 보아야 할 것이다. 좌파 사상의 통제하에서 이뤄진 저항담론의 정치적 상상력은 탈식민 국가의 내셔널리즘과 반공이데올로기로 인한 지식 체계의 한계 내부에서 설정된 문제이다. 반공이데올로기를 뚫고 구성된 저항 담론의 정치적 상상력이 당대 세계사적 인식 조류와 제3세계 내부에서 불어오는 주체

적 문화에 관심을 기울이게 하고 그 속에서 신성에 대한 관심을 길어내게 한다. 신성을 잃은 현대는 의미를 상실한 공허·황폐화·비현실의 광경을 낳을 수밖에 없다. 그러나 인류학이나 민족학적 연구를 통한 제3세계의 조명은 신성에 대한 향수와 열망을 솟아나게 하고 보편적인 신성의 추구를 유발한다"고 한 바 있다. 피에르 고디베르, 장진영 역, 『문화적인 것에서 신성한 것으로』, 솔출판사, 1993, 219쪽 참조.

11 모리스 클라벨은 이러한 성향을 '좌파 비합리주의'의 도래라고 한다

12 이에 대해서는 본서 앞장 「자본, 노동, 성(性)」 참조.

13 서구에서 이러한 경향은 1960년대 68혁명 당시 서구적 인식론이 토대부터 붕괴되면서 나타난 새로운 지식체계이자 감수성이다. 고디베르는 "모택동주의적 경향의 붕괴, 특히 중국의 환상으로부터 깨어나고, 역사와 정치에 환멸을 느끼고, 솔제니친과 굴락에 의해 충격을 받아 이루어진 프롤레타리아 좌파 경향의 붕괴는 그들의 지적 지도자들을 윤리와 인간의 권리, 형이상학과 성경, 요컨대 철학으로 돌아서게 했다"고 한다. 피에르 고디베르, 장진영 역, 앞의 글

적 인식론과 만나 '신성'을 추구하게 만든 것이다.

일례로 1960~1970년대 재야[14]의 대표이념인 '씨올의 사상'이 지향하는 메시아적 상상력, 정신주의적 지향은 의식 개혁을 통해 근본적인 개혁을 지향하는 듯하지만, 자유민주주의를 표방하면서도 이를 실현하는 방도가 제도의 개혁이라는 부면에만 귀착되면서 근본적인 체제 변혁에 이르지 못하는 한계를 갖는다. 이 역시 반공이데올로기라는 토대 내부에서 발생된 것이다.

이를 볼 때, 1960년대 저항시에 나타난 '신성', 비의적 상상력은 1960~1970년대 한국의 저항 담론이 추구하는 정치적 인식의 한 정점을 표현해 준 것이라고 볼 수 있다. 최인훈의 「총독의 소리」에서 총독의 소리를 듣는 화자가 소설가가 아니라 시인이라는 점은, 사상적 억압으로 당대 시대적 상황이 요구하는 정치적 목소리가 유토피아에 대한 논리적 상상력이 필요한 산문 장르 대신 비교적 비의적 상상력을 표현하는 데 수월한 시 장르를 통해서 발화 가능했다는 점을 보여주는 징표이기도 하다. 즉 당대 저항시에 나타난 비의적 상상력에는 당대 반제 민족주의, 제3세계적 자기 정위 문제와 좌파적 상상력의 제거라는 당대 검열 통치 체제에 대응하는 복합적인 인식이 작용하고 있었다.

14　재야가 사회와 정치영역에 실제로 처음 등장한 계기는 1964~1965년 이른바 '6·3사태'로 불리는 한일협정반대투쟁 때부터였다. 박명림, 「박정희 시대 재야의 저항에 관한 연구, 1961~1979 - 저항의제의 등장과 확산을 중심으로」, 『한국정치외교사논총』 30-1, 한국정치외교사학회, 2008.8 참조.

2. 지식 장場의 변동과 '신성'의 발견

—제3세계로서의 자기 정위定位와 '신성' 사회학의 등장

1963~1964년은 1960년대 사상사에서 전환기에 속한다. 이미 김건우의 연구를 통해서 정리된 대로, 1964년에는 반공주의와 성장주의에 입각한 공화당 정권과 민주주의, 진보적 민족주의에 입각한 저항 집단 사이에서 민족주의와 근대화론의 전유를 위해 치열한 담론 투쟁이 일어나고, 저항담론의 주된 논리는 민주주의에서 민족주의로 점차 옮겨가고 있었다. 저항담론 진영의 민족주의는 반제국주의, 혹은 반식민주의라는 제3세계 민족해방운동 차원에서 사고되기도 했다.[15]

대통령 선거가 있었던 1963년 10월 『사상계』에서 대표적 저항적 지식인 함석헌은 "어떻게 해서든지 이것(민주주의-인용자)을 지켜야 한다. 이것은 아시아, 아프리카, 남아메리카의 소위 후진국이라는 여러 나라들에서 다 일어나고 있는 역사적 대세다"[16]라며 이전과는 달라진 인식을 보여준다. 이는 제3세계 후진국 국가에 대한 동료 의식이 선명하게 드러난 구절이다.

『청맥』은 창간된 이래, 지속적으로 반외세 민족 통일 노선을 견지한다. 매체 발간 초기에 실린 기사 중 눈길을 끄는 것은 당대 참여시론의 신호탄이기도 했던, 조동일의 등단작 「시인의식론」으로, 이 텍스트는

---

15 이에 대한 자세한 내용은 김건우, 「1964년의 담론 지형—반공주의, 민족주의, 민주주의, 자유주의, 성장주의」, 『대중서사연구』 22, 2009.12; 김건우, 「「분지」를 읽는 몇 가지 독법—남정현의 소설 「분지」와 1960년대 중반의 이데올로기들에 대하여」, 『상허학보』 31, 상허학회, 2011.

16 함석헌, 「특집·새로운 지도세력의 대망: 새 혁명—싸움의 목적은 참 이김에 있다」, 『사상계』, 1963.10, 59쪽 참조.

제3세계 민족주의적 인식이 문학 장場 내부에서도 큰 변화를 일으키고 있다는 점을 알려주는 것이었다.[17]

이 글에서 조동일은 "문학사적 고찰 없이 현대시인의 위치 및 현대시인의 의식은 해명될 수 없"다면서 문학사 내부에서 시인들을 소환한다. 고전문학연구자이면서 비평가인 조동일의 이러한 주장은 1960년대 참여시 논의가 이루어지는 사회문화사적 맥락이 어떠한 것인가를 증명해준다.

그는 원시 예술로부터 '파멸시인破滅詩人으로 명명한 현대 모더니즘 시인과 유행가시인流行歌詩人까지 다루며, 그 역사적 맥락 속에서[18] "시인 의식은 영원불변한 무엇이 아니고 다른 모든 것과 함께 역사적으로 형성, 변화, 발전되었으며", "공동체 시인이나, 제관시인에게는 이런(소외-인용자) 의식이 전연 없었"으며, 이제는 이러한 자학적 도피의 여러 방법이 다 시험된 후 이제는 오히려 출발을 다시 하려는 움직임[19]이 있다고 파악한다.

이처럼 4·19혁명과 한일회담 반대 투쟁을 겪으면서 일기 시작한 민족사에 대한 관심은 현실 문학 장 내부에서부터 일기 시작한다. 조동일은 "문학사와 문학비평은 별개의 분야인가 하는데 대한 회의에서 새로운 방법론의 모색은 시작되었다"며, 이 글의 서술 동기를 밝히고 있다. "현재는 과거의 연속인 역사적 현재이고 그렇기 때문에 미래에 관련된다"[20]고 말하며, 시인의 역사적 자각을 강조한다. 지나간 과거를 통해서

---

17 1960~1970년대 대표적 참여시론은 신동엽의 「시인정신론」과 김수영의 「참여시의 정리」가 있다. 이후에 이러한 맥락을 비판하며 등장한 김지하의 「풍자야 자살이냐」가 1970년대 민중시론의 인식적 지평을 보여주는 대표 시론이다.

18 조동일, 「시인의식론」, 『청맥』, 1965.1~1966.3까지 11회 연재.

19 조동일, 「시인의식론 11(완) : 시인의 자리는 어디냐? ─ 시인의 사회적 위치에 관한 역사적 고찰」, 『청맥』, 1966.3, 149~151쪽 참조.

현재와 미래를 모색하게 된 것, 이러한 전범으로서의 과거(전통, 혹은 민속)의 발견이야말로 1960년대 중반, 혁명을 겪으며 지식인들이 체득한 바이다.

혁명이란 미래의 전망을 선취하는 것이기도 하지만, 이를 위해 때론 근원으로 되돌아가는 경향을 낳는다. 구조들이 더 이상 지탱할 수 없게 되었을 때, 사람들은 본능적으로 과거 속에서 가치를 찾고 장애를 극복하기 위한 에너지와 희망을 추구한다. '현재를 더 잘 극복하기 위해' 뒤로 되돌아가는 것이다.[21] 혁명의 실패와 그럼에도 불구하고 이 에너지를 지속시키기 위한 주체들의 열망이 이러한 정신적 지향을 생산해 낸 것이다.

그리고 이러한 정신적 지향은 당대 민족주의 담론 내부에서 발의된 것이다. 4 · 19혁명 이후 저항적 민족주의 담론의 대표적인 예는 이종률의 민족혁명론이다. '반봉건, 반외세, 반매판'을 주장하는 민자통을 결성하고 『민족일보』 창간에 깊숙이 관여했다고 알려진, 이종률의 민족혁명론도 1955년 반둥회의 이후 국제사회에서 급부상한 제3세계 민족주의[22]에 영향을 받은 바 크다. 『민족일보』는 김수영의 시 세 편이 실려 있던 매체이기도 하다.

그런데 이러한 당대 저항적 민족주의를 지탱하고 있었던 주요 인식은

---

20 위의 글, 147쪽 참조.

21 Jean Onimus, *L'a sphyxie et le cri*, Paris : Desclée de Brouwer, 1972(피에르 고디베르, 장진영 역, 『문화적인 것에서 신성한 것으로』, 솔출판사, 1993, 81쪽에서 재인용).

22 오제연의 연구에 의하면 이종률은 1958년에 『국제신보』에 '백만독자의 정치학'이라는 고정 칼럼을 장기간 연재했는데, 이 칼럼을 통해 '반둥회의'를 소개하기도 하고, 또 이집트의 나세르가 영국과 프랑스의 간섭을 물리치면서 수에즈 운하를 국유화하고 아랍통일공화국을 수립하는 것을 찬양하는 시를 지어 게재하기도 했다. 이 외에도 이종률의 민족주의에 영향을 준 사상가는 레닌과 백남운이라고 한다. 이에 대한 자세한 내용은 오제연, 「1960년대 전반 지식인들의 민족주의 모색 - '민족혁명론'과 '민족적 민주주의' 사이에서」, 『역사문제연구』 25, 역사문제연구소, 2011.4, 44쪽 참조.

후진성 담론이다. 남한이 후진 지역이라는 생각은 당대 지배층이건 저항적 지식인이건 공통으로 갖고 있었던 인식이다. 그리하여 후진국인 한국에는 선진국의 방식을 그대로 적용시킬 수 없으며 우리에게 적합한 우리만의 방식을 찾아야 한다는 생각에 두 가지 연쇄적인 결과를 가져왔는데, 그것은 '주체성'의 강조와 '민주주의' 앞에 붙는 다양한 '수식어'라고 한다. 당대 지배층이 강조한 한국적 민주주의란 수식어도 이러한 예이며, 당대 저항적 지식인들도 민주주의와 민족주의의 결합을 추구했다. 당대 저항적 지식인들이 주장하는 '반봉건, 반외세, 반매판'이라는 '3반反 테제'의 기반도 여기서 출발한 것이다.[23]

그러면서 '한국적인 것', '전통'의 창출이라는 과제가 지배층과 저항적 지식인층 양자에서 이루어지며 주도권 경쟁이 이루어지게 된다.[24] 서정주와 신동엽처럼 문학 장에서 이루어진 신라 / 백제 표상의 대결은 이러한 점을 잘 보여주는 것이다.[25] 향후 논의하겠지만, 보수적 저항 시인이자 학자인 조지훈의 전통 / 역사관과 저항적 시인 내부에서도 김수영, 신동엽의 전통관은 각기 달랐다.[26] 그러면서 1960년대는 김건우의 말대로 전통을 통해 국가의 이념과 저항담론이 각기 역사적 정통성을 확보

---

23 위의 글, 3장 참조.
24 지배층과 저항적 지식 장의 경쟁은 1960년대 후반부터 본격적으로 이루어진다. 이는 1960년대 중반부터 일기 시작한 재야의 전통 전유 현상에 대응하기 위한 당대 정권의 정책이었다고 볼 수 있다. 이에 대한 자세한 내용은 김원, 「'한국적인 것'의 전유를 둘러싼 경쟁─민족중흥, 내재적 발전 그리고 대중문화의 흔적」, 『사회와역사』 93, 한국사회사학회, 2012.3 참조.
25 이에 대한 자세한 내용은 오문석, 「전통이 된 혁명, 혁명이 된 전통」, 『상허학보』 30, 상허학회, 2010.10 참조.
26 조지훈은 서구적 민주주의를 수호하기는 하지만, 한학자였던 지식 토대와 정치적으로 보수적인 성향을 토대로 현재의 모순을 과거의 이념으로 극복하려 했다는 점에서 다분히 과거지향적인 전통관을 가지고 있었다. 이에 대한 자세한 내용은 김윤태, 「한국의 보수주의자 조지훈」, 『역사비평』 57, 역사비평사, 2001; 박지영, 「해방 후 전통적 지식인의 탈식민 민족(民族)(시문학(詩文學))사(史)의 기획─조지훈의 반공 / 보수 / 민족주의와 한국 현대시문학사 서술」, 『반교어문연구』 37, 반교어문학회, 2014 참조.

하기 위해 치열한 각축전을 벌이면서, 저항 담론 내부에서도 다양한 입론들이 생산되고 있었던 것이다. 이러한 접점에서 생산되는 문화주의적 담론은, 지배층의 경우는 통치 체제의 정당성을 확보하기 위해 구성되었다고 한다면, 저항적 지식인들에게는 '혁명의 좌절을 문화 개혁을 통해 보상받고자 하는 의도에서 기획되었다. 정치 개혁 이전에 문화 운동을 통한 정신 개혁이 선행되어야 한다는 점을 인식하였기에 고민된 것이다. 신동엽의 시 「정본 문화사대계」 등 그의 시와 산문 곳곳에서 '문화혁명'에 대한 염원이 드러나고 있는 점 역시도 이러한 맥락과 통하는 것이다.

B. 크로지어의 『신식민주의』[27]가 부완혁에 의해 번역된 것도 1965년, 이 즈음이다. 이 텍스트는 "식민지 해방과 그 고통스러운 후속기에, 신생독립국가들과 그 종전의 지배국가들 사이에 건전한 관계"를 지향하면서도, 이를 파악하는 방식은 레닌 식의 사회주의적 해법은 아니다. 그는 종전 지배국가와 신생독립국가들의 관계를 자본을 통한 새로운 지배 방식으로 인식하지 않는다. 반공주의적 입장을 보인 이 텍스트의 번역은 당대 신식민주의에 대한 지식인들의 관심이 매우 지대하였다는 점을 보여주는 것이기도 하다. 동시에 신식민주의를 바라보는 시각은 좌편향적인 것이 아니라, 반공주의 내부에서 구성되는, 저항 담론이라는 점을 증명하는 것이기도 하다. 주객관적인 상황에서 반공주의적 자장 안에 있었던 당대 지식인들은 어떻든 그 내부에서 새로운 저항담론을 모색해야만 했던 것이다.

그러면서 문학 장 내부에서는 「시인의식론」의 저자인 조동일이 동인

---

27 B. 크로지어, 부완혁 역, 『신식민주의』, 범문사, 1965.

으로 활동한 저항적 매체인 『비평작업』(1963)이 창간되며 그 안에 자유의 시인 폴 엘뤼아르의 시와 사르트르의 「실존주의와 맑스주의」가 번역되는 등, 다양한 저항적 성향의 지식이 번역되고 있었다.

이러한 시기에 김수영은 바타유와 블랑쇼를 읽고 있었다. 김수영이 서구의 인식론을 번역하며 주체적인 새로운 저항 담론을 구성해 가고 있었다면, 신동엽은 그의 사상적 저변을 이루고 있는 노장 철학, 동학 사상에 기반한 비의적 상상력을 시 속에서 지속적으로 발현시키고 있었다.

3. 혁명과 시, 그리고 '신성성'

1) 신동엽의 시와 신성성 - 제3세계 민족주의의 체화, '동학'의 메시아적 상상력

신동엽은 '신성성'을 추구하는 비의적 상상력을 비교적 일찍 드러낸 시인이다. 전쟁과 혁명의 체험은 그에게 우리 현실을 규명할 수 있는 것은 서구 철학이 아니라 바로 전통 철학이어야 한다는 점을 깨닫게 한 계기였다. 이 역시 제3세계라는 한국의 지정학적 위치에 대한 자각을 기반으로 한 것임은 물론이다. 그의 등단작 「이야기하는 쟁기꾼의 대지」는 '대지'라는 용어가 암시하는 것처럼, 자연의 순리를 중요시하는 동양 철학적 세계관이 응축되어 있다. 이 시는 남성과 여성의 사랑을 통해 인간과 대지의 충일한 결합을 표현하고 있기 때문이다. 최근 강형철에 의하여 발굴된 1959년 그의 등단작 「이야기하는 쟁기꾼의 대지」[28]의 초고에는 현재까지 알려진 아사녀 판본에 비해 한국전쟁 체험을 소재로 상당히 강도 높은 반전反戰 의식을 드러내고 있다. 특히 전쟁을 서구적 인식론, 주의主義의 폭력으로 규정하고 이를 비판하는 평화주의적 염원을 보여준다.[29] 반공주의적 휴머니즘 사상에 입각한 종래의 1950년대 전쟁시에 비해 이 시는 세계사적인 인식과 철학적 비전이 제시되어 있어, 정신주의적 지향을 지니고 있는 1960년대 저항시의 지평을 암시해 주고 있다.

그리고 「후화」에서는 시의 화자인 이야기하는 쟁기꾼이 진리를 체현한 '노동하는 자'라는 점도 동양철학적 주제 의식과 관련이 깊은 것이다. 대지에서 노동하는 자, '쟁기꾼'은 "억광 하늘 아래 절름거리며 지나간 초라빗 나그네"로, "앞도 뒤도 없는 이야기. 몇 말 노변에 뿌려놓고" 갈 뿐이지만, 그 언어는 시공을 뛰어 넘어 "억광 하늘 아래 신명"이자, "처음으로 그 곳서 빛나 뻗은 무지개 우주를 벗어나 슬어져" 간 진리의 발현체이다. 이는 노동하는 자만이 세상을 건설할 수 있다는 굳은 신념에 바탕을 두고 있는 것이다. 이는 그의 사유의 폭이 이 우주의 생성과 순환에 대한 통찰로 이어져 있었기 때문에 가능한 것이다. 대지에서의 노동은, 만물 생성의 원리이자 우주의 진리를 실현하는 일이다. 그리하여 노동하는 자의 언어는 새로운 세계(역사)를 창출할 수 있는 비의적 상상력의 실현체가 될 수 있는 자격을 갖는 것이다.

그리고 이러한 비의적 상상력은 사회·역사 의식과 만난다. 1장에서 "그들의 마을에도, 등가죽에도, 방방곡곡 벋어 온 낙지의 발은 / 악착스

---

28 신동엽, 「이야기하는 쟁기꾼의 대지(투고본)」, 강형철, 김윤태 편, 『신동엽시전집』, 창비, 2013, 78~97쪽.

29 이에 대한 자세한 내용은 강형철, 「신동엽 시의 원전비평과 코스모폴리타니즘—「이야기하는 쟁기꾼의 대지」 '투고본'을 중심으로」, 『비교한국학』 20-2, 국제비교한국학회, 2012 참조.

레 착근着根하여 수렁이 되었나니 // 그렇다 오천년간 만주의萬主義는 / 백성의 허가 얻은 아름다움 도적이었나?"라는 구절에서처럼 이 진리가 역사적 통찰을 기반으로 한 것이라는 점을 보여 준다.

또한 그 수탈의 역사는 '만주의萬主義'라는 이념적 인식이 뒷받침해 주는 것이라고 신랄하게 비판한다. 이미 이 시에서부터 신동엽이 추구하는, 노동하는 자들이 억압적인 이념과 체계 없이 평화롭게 사는 아나키적 이상 사회가 제시되어 있는 것이다. 이 시가 보여준 이러한 인식 체계는 이후 다른 시들을 통해서 좀 더 체계화된다. 그리고 이러한 신동엽의 인식론은 1960년대 이후에 강고한 제3세계적 인식과 결합한다.

> 수운이 말하기를,
> 슬기로운 가슴은 노래하리라.
> 맨발로 삼천리 누비며
> 감꽃 피는 마을
> 원추리 피는 산길
> 맨주먹 맨발로
> 밀알을 심으리라.
>
> 수운이 말하기를,
> 하눌님은 콩밭과 가난
> 땀 흘리는 사색 속에 자라리라.
> 바다에서 조개 다는 소녀
> 비 개인 오후 미도파 앞 지나는
> 쓰레기 줍는 소년

아프리카 매맞으며
노동하는 검둥이 아이,
오늘의 논밭 속에 심궈진
그대들의 눈동자여, 높고 높은
하눌님이어라.

수운이 말하기를,
강아지를 하눌님으로 섬기는 자는
개에 의해
은행을 하눌님으로 섬기는 자는
은행에 의해
미움을 하눌님으로 섬기는 자는
미움에 의해 멸망하리니,
총 쥔 자를 불쌍히 여기는 자는
그 사랑에 의해 구원 받으리라.
수운이 말하기를,
한반도에 와 있는 쇠붙이는
한반도의 쇠붙이가 아니어라.
한반도에 와 있는 미움은
한반도의 미움이 아니어라.
한반도에 와 있는 가시줄은
한반도의 가시줄이 아니어라.

수운이 말하기를,

한반도에서는

세계의 밀알이 썩었느니라.

— 「수운이 말하기를」(『동아일보』, 1968.6.27, 5면) 전문

이 시는 신동엽의 반제국주의적 인식이 우리와 "비 개인 오후 미도파 앞 지나는 / 쓰레기 줍는 소년 / 아프리카 매맞으며 / 노동하는 검둥이 아이"와의 상동성, 제3세계 민중의 연대를 기반으로 한 것이라는 점을 증명한다. 시적 화자는 "한반도의 미움"과 "쇠붙이", "가시줄"이 한반도의 것만이 아니라 세계사적인 사건에 의해 발생한 것이며, 이를 통해서 한반도에는 "세계의 밀알", 혁명의 씨앗이 발아하게 될 것이라고 언명한다. 시인은 제국의 가장 큰 희생자인 한반도가 그들과 싸우는 제3세계의 중심으로 거듭나야 한다는 것, 그것이 운명이라는 점을 말하고 싶었던 것이다.

또한 이러한 점은 그가 일찍이 반서구주의와, 연민을 가지고 세상의 만물을 평등하게 살피는 수운의 사상(동학사상)을 품고 있었기 때문에 가능한 것이다. 그의 대표작 서사시 「금강」이 동학 혁명의 서사라는 점이 말해주듯, 신동엽의 시인의식은 동학에 기대고 있다.

사상적으로 반제, 반전, 평화(민족통일)를 추구하던 사학도로서 그가 동학에 관심을 가졌던 이유는 그 사상이 그가 당대 현실 모순에 대항하기 위해 고민하고 있던 반외세, 반봉건 사상이었다는 것 이외에도 동양의 대표적인 사상인 유불선 사상을 화합한 동양적 휴머니즘 사상의 결정체였다는 점에 있다.[30] 그에게 동학 사상은 가장 한국적인 것이자 곧 제3

---

30 신동엽과 동학 사상의 영향관계, 아나키적 유토피아 의식에 대해서는 박지영, 「유기체적 세계관과 유토피아 의식」, 구중서 · 강형철 편, 『민족시인 신동엽』, 소명출판, 1999에서 이미

세계적인 것이었다. 여기서 신동엽의 문학관의 기본 뼈대가 형성된다.

오늘의 시인들은(…) 자기와 이웃과 세계, 그 인간의 구원의 역사밭을 갈아엎어 우리들의 내질을 통찰하여 그 영원의 하늘을, 그 영원의 평화를 슬프게 그리고 있는 것이다.

—「詩人·歌人·詩業家」

詩란 바로 生命의 發言 그것인 것이다. 시란 우리 認識의 전부이며 세계인식의 統一的 表現이며 生命의 浸透며 生命의 破壞며 生命의 組織인 것이다.

—「시인 정신론」

인간의 內面을 괴로워하고 부단히 차원높은 그 정신적 가치를 창조해 가려 안간힘하고 있는 作家·詩人들의 內面世界는, 국민학교 2학년식의 사고방법, 赤이냐 白이냐 식의 2次元的 사고 방법을 저 발밑에 깔아뭉개고 벗어나서, 4次元·5次元, 아니 무한차원의 세계 속을 넓이 周遊하려 하고 있다는 사실을 우선 배워야 한다.

—「선우휘씨의 홍두깨」

존재에는 세 가지의 형태가 있다. 실상적 존재, 현상적 존재, 언어적 존재. 실상적 존재와 현상적 존재의 중간에 위치하고 있는 것이 언어적 존재이다.

위의 글들을 분석해 보면 그에게 시는 '우리들의 내질', 즉 세계의 본

논한 바 있다.

질을 통찰해 낼 수 있는 '세계 인식의 통일적 표현'을 가능하게 하는 인식론적 도구이다. 그 인식은 적과 나를 구분하는 단순한 2차원적 사고방식, 좀 비약해서 본다면 주체와 세계를 분리해서 바라보는 서구의 근대적 사고방식에서 벗어나 "무한차원의 세계를 넓이 주유"하는 사고방식이다. 이 무한차원의 사고방식은 단순히 자기가 살고 있는 작은 생활 세계에만 국한하여 인식을 개진하고 있는 소시민적 사고가 아니라 우주 만물을 아우르면서 그 속에서 인간 세계를 통찰하려는 사고방식이다.

근대 이후 서구적 인식론에서 우주, 즉 자연은 개발의 대상이지 예술적 대상이 아니었다. 주체는 점차로 우주의 섭리에 순응하기보다는 개발하는 데 치중하였고, 그 결과 우주는 이들에게 개발을 위한 분석의 대상일 뿐이었다.

그러나 동양의 미학에서 자연은 여전히 미적인 대상이다. 동양철학에서 기·음양·오행의 우주는 순수 자연적 우주가 아니라 문화적 우주이다. 그래서 동양적 문화관에 의하면 이들은 표층을 초월하여 스스로가 우주의 본심과 마주하고 있다고 생각했다.[31] 그 결과 문인들, 특히 시인들에게는 이 우주의 도道를 시 속에 드러내는 것을 최상의 가치로 삼았다. 신동엽은 이러한 동양적 미학을 서구적인 도구적 이성에 물든 현실을 구원할 유일한 가치체계로 여겼던 것이다.

다음 글을 살펴보면 그의 통찰 대상이 단순히 현세에만 머물고 있지 않다는 것이 좀 더 분명하게 드러난다. 존재를 세 가지 형태로 바라보는 그의 시각이 그것이다. 실상적 존재와 현상적 존재의 이원론적 분리는 앞에서 살펴본 우주론적 존재론에 대한 개념적인 설명을 위해 상정된

---

31 장파, 유중하 외역, 『동양과 서양, 그리고 미학』, 푸른숲, 1999, 84쪽 참조.

것이다. '실상적 존재'는 세계의 본질적인 '내질'이다. 즉 우주 만물의 본원적인 존재 양태이다. '현상적 존재'는 이러한 '실상적 존재'에서 떨어져 나온 비본질적인 사물들, 즉 사물의 본원적인 운동 속에서 이탈한 인간과 같은 생명체이다. 그의 시각대로 따라가 본다면 이러한 생명체들은 본질적인 생명체의 순환 속에서 이탈하고 있기 때문에 그 존재상황이 비극적인 것이다.

또한 '실상적 존재'와 '현상적 존재'의 중간에 위치하고 있는 '언어적 존재'의 상정은 이러한 구도에서 나온 것이다. 이 언어적 존재가 바로 시라고 했을 때 신동엽은 이 시를 통해서 '현상적 존재'의 덧없음과 '실상적 존재'의 존재성을 밝혀내면서 이 '현상적 존재'들을 '실상적 존재'로 인도하고자 한 것이다. 그래서 그는 "시란 생명의 발언"이며, "우리 인식의 전부이며 세계 인식의 통일적 표현이며 생명의 침투며 생명의 파괴며 생명의 조직"이라 말하고 있는 것이다. 결국 그에게 시는 인식의 도구이자 세계 구원의 도구였던 것이다.

더 나아가 신동엽은 「시인정신론」에서 "시는 궁극에 가서 종교가 될 것이라고. 철학, 종교, 시는 궁극에 가서는 하나가 되어있을 것"이라고 했다. 그리고 다른 평론 「시인詩人·가인歌人, 시업가詩業家」에서 "철인哲人은 인생人生과 세계의 본질을 그 맑은 예지로 통찰하고 비판하는 사람이다. 시인詩人은 인생과 세계의 본질을 그 맑은 예지만으로써가 아니라 다스운 감성으로 통찰하여 언어言語로 승화昇華시키는 사람"이라고 하면서 시인을 철학자보다 우위의 위치에 두고 있다. 「시인정신론」에 나오는 전경인全耕人의 형상 역시 그가 구가하는 시인의 형상과 같은 것이다.

사실 全耕人的으로 생활을 영위하고 全耕人的으로 체계를 인식하려는 全

耕人이란 우리 세기에서 찾아볼 수가 없다 우리들은 백만인을 주워모아야한 사람의 全耕人的으로 세계를 표현하며 全耕人的인 실천생활을 대지와 태양 아래서 버젓이 영위하는 全耕人, 밭갈고 길쌈하고 아들 딸 낳고, 육체적중량에 합당한 量의 발언, 세계의 철인적ㆍ시인적ㆍ종합적 인식, 온건한 대지에의 향수적 귀의, 이러한 실천생활의 통일을 조화적으로 이루었던 완전한 의미에서의 全耕人이 있었다면 그는 바로 歸數性世界 속의 인간, 아울러原數性 世界 속의 체험과 겹쳐지는 인간이었으리라. (…중략…)

그들은 대지 위에서 자기대로의 목숨과 정신과 운명을 생활하다 돌아간의젓한 全耕人的적인 肉魂의 체득자, 詩의ㆍ哲의 〈人〉들이었다. 세계정신의 원초적이며 종말적인 인식 위에 개안했던 그들의 그 정신을 우주와 세계와 인생에게 발산하고 돌아간 위대한 대지의 철인이요, 시인들이었다.

— 「시인정신론」 중에서

이 글에서 등장하는 '전경인'이나 '원수성ㆍ차수성ㆍ귀수성 세계'라는 용어도 신동엽의 세계 인식을 드러내 주는 핵심 개념이다. '원수성ㆍ차수성ㆍ귀수성 세계'는 자연의 섭리를 통해 인간 세계의 운동 법칙을 설명하고 있는 용어이다. "땅에 누워 있는 씨앗의 마음은 원수성 세계이고, 무성한 가지 끝마다 열린 잎의 세계는 차수성 세계이고 열매 여물어 땅에 쏟아져 돌아오는 씨앗의 마음은 귀수성 세계"라는 구절은 대지에서 출발하여 대지로 돌아가는 생명의 원환론적 운명을 서술하고 있는 것이다. 그러면서 그는 지금 인류가 처한 비극은, 지금의 상황이 대지에서 이탈하여 귀수성 세계로의 귀환이 불가능한 차수성 세계이기 때문에 발생한 것이라고 진단한다. 이 역시 자연의 섭리에서 벌어진 채 인위적 발전만을 고집하고 있는 근대 사회에 대한 단적인 비판을 위해 인용된 것이다.

'전경인'이란 개념도 이와 관련된 것이다. '차수성 세계' 즉 서구 근대 사회의 특성은 분업화이다. 그는 근대사회에서는 분업화 때문에서 삶과 철학, 문학이 괴리되어 철학이나 문학인이 맹목기능자가 되면서 인간을 위한 철학과 문학이 사라져가고 있다고 한다. 이러한 맹목기능자의 맹점을 극복하고 '대지와 태양 아래서' 자연의 섭리에 순응하면서 '세계의 철인적. 시인적. 종합적 인식'을 행할 수 있는 전인적인 인간형이 '전경인'인 것이다. 그리고 바로 전경인이라는 개념을 체득할 수 있는 인물은 노동자이며, 이를 간파할 수 있는 자는 시인뿐이다. 즉 이러한 인식론하에서는 허망할 뿐인 현실, 현상적 존재를 '실상적 존재'로 만들 수 있는 자는 이러한 철학을 체득한 노동하는 자와 시인들뿐인 것이다. 이러한 인식론은 「껍데기는 가라」에서 「금강」까지 거의 모든 시를 관통하고 있다. 「껍데기는 가라」에서 '껍데기'가 현상적 존재성을 추구하는 자라고 한다면, '알맹이'는 실상적 존재성을 체득한 자들이다. 이러한 이분법은 그가 시 속에서 부르짖었던 정신주의의 핵심논리로, 이 인식론은 앞서 「이야기하는 쟁기꾼의 대지」에서도 드러난 대로 신동엽이 해방 이후 격동의 세월을 지나, 국민방위군 등 고통스러운 한국전쟁 체험을 겪은 이후 반전평화주의자로서, 제3세계 후진국가인 한국의 현실적 모순을 극복하기 위해 사유한 고투의 산물이다.

실상 신동엽의 전반적인 시세계를 볼 때, 이 시처럼 세계에 대한 분석적 인식과 그 모순에 반발한 저항적 목소리가 울려 나오는 시는 오히려 서사시 「금강」을 포함하고라도 일부에 불과하다. 특히 후기에 와서는 그의 거의 대부분의 시는 그가 꿈꿔왔던 유토피아가 이루어질 수 없는 현실에 대한 괴로움을 독백하거나(「강」, 「살덩이」 등) 그럼에도 불구하고 버릴 수 없는 유토피아에 대한 꿈이 슬프게 투사되어 있다. 대표적으로 「산문시」나 「술을 많이 마시고잔 어젯밤」과 같은 시들이 그러한데 특히 후자의 시에서 맨 마지막에 뱉은 독백 "술을 많이 마시고 잔 / 어젯밤은 자면서 허망하게 우스운 꿈만 꾸었지"라는 자조적인 표현은 이미 그가 현실 속에서는 유토피아의 실현이 어려울 수 있다는 점을 깨닫고 있었다는 점을 보여 준다. 이러한 내적 갈등을 극복하기 위해서 그는 시를 통해 이러한 철학적 인식론을 역사인식과 결합시켜, 형상화한 것이다.

흔히들 그가 추구한 '정신'은 4·19혁명의 정신인 자유와 평등이라는 이념이라고 한다. 그러나 그의 서구적 사고에 대한 불신을 안다면 이러한 의미는 분명 아닐 것이다. 오히려 그에게 4·19혁명 체험은 서구적 근대 개념인 '자유'와 '평등'이라는 개념이 현실 속에서 실현될 가능성이 희박하다고 느끼게 한다. 혁명 직후, 곧 5·16군사쿠데타가 일어난 현실은 그에게 근본적인 정신 개혁에 대해 고민하게 만들었던 것이다. 모든 분쟁의 씨앗이 바로 체계를 만들어내는 서구의 근대철학이었다고 생각한 그는 철학의 키를 동양철학, 그것도 가장 한국적인 철학이라 여겼던 '동학'사상으로 돌린다.

동학사상에서는 어떠한 체계에도 얽매이지 않으려는 정신적 참선이 가장 중요한 철학적 실천 방법이다. 동학에서는 서양의 물리적 수단을 동양철학의 정신적 측면으로 제압할 수 있다고 본다.[32] 이러한 세속적 욕망에서 초월한 정신에서만이 헌신적 실천이 나올 수 있다고 신동엽은 바라보고 있는 것이다. 이 정신은 "세속된 표정을 / 개운히 떨어버린 / 승화된 높은 의지 가운데 / 빛나고 있는, 눈"(『금강』)이라는 시의 구절에

---

32 우윤, 앞의 글, 294쪽 참조.

서도 보이는 것처럼 세속적 욕망을 버린 순결한, 그리고 어떠한 체계에
도 굴복하지 않는 고고한 의식이다. 그래서 그의 시에서 두드러지게 강
조된 것은 주체들의 정신적 각성, 깨달음을 얻는 순간이다. 그는 「금강」
에서 "이승을 담아버린 / 그리고 이승을 뚫어버린 / 오, 인간 정신 미美의
/ 지고至高한 빛"(3장)이라고 노래한다.

　또 '영원의 하늘' 혹은 '영원의 강물'이라는 모티브는 그의 시에서 자주
드러나는 시구이다.

> 하늘을 보았죠? 푸른 얼굴.
> 영원의 강은
> 쉬지 않고 흐르고 있었어
> 우리들의 발 밑에
> 너와 나의 가슴 속에
>
> 우리들은 보았어. 영원의 하늘
> 우리들은 만졌어 영원의 강물, 그리고 쪼갰어,
> 돌 속의 사랑. 돌 속의 하늘
> 우리들은 이겼어.
>
> ─「금강」 제22장 중 일부

　위의 시 구절은 「금강」에서 동학혁명의 주체들이 결전의 순간에 '영
원의 하늘'을 보는 순간이다. 그 하늘은 주체들의 발밑에, 가슴 속에 흐
르고 있었던 '영원의 강물'이기도 하다. 그렇다면 '영원의 하늘'은 이미
주체의 존재성 속에 본질적으로 잠재되어 있었던 것이다. 위에서 살펴

본 그의 세계관과 연결시키면 보다 분명해진다. '영원의 하늘, 영원의 강물'의 흐름은 현세의 흐름과 대비되어 이 현세의 속물적인 속성을 넘어서 존재하여 흐르고 있는 우주의 순리대로의 보다 본질적인 흐름이다. 그래서 이곳은 "지나간 바람과 / 내일의 하늘이 / 사이좋게 드나들고 있을 / 투명한 하늘,"(「금강」 제10장)이라는 구절대로, 인간의 유한한 숙명을 조여 오는 소멸해가는 시간의 흐름마저 존재하지 않는 곳이다. 인간이 타락한 것은 이 흐름에 동참하지 못하기 때문이라는 것이 신동엽의 통찰인데 여기에 따른다면 이 속세의 비본질적이고 한계적인 흐름을 넘어서 이 본질적인 영원의 흐름에 동참하는 것이 이 현세의 타락에서 인간 주체들이 구원되는 방법이다.

그런 의미에서 이 영원의 하늘을 본 동학의 주체들의 영혼은 구원받은 것이다. 그 구원은 그들의 죽음을 넘어선 고투의 산물이다. 이러한 흐름을 볼 수 있기 위해서는 이 현세의 속물적인 흐름에 저항하려는 부단한 정신 혁명을 통해서만이 가능한 것이며 이 정신 혁명의 극단은 죽음의 초월이다. 그래서 그들은 존재성을 포장하고 있었던 '돌'이라는 관념들을 쪼갤 수 있었던 것이다.

이는 신동엽 자신도 보았던 순간이기도 하다. 「금강」의 〈서화 2〉에서도 그는 우리도 영원의 하늘을 4·19때에 체험했다고 술회했다. 이러한 영원의 하늘을 보는 순간이 그로 하여금 시를 쓰게 했다는 내적 독백으로 들린다. 그는 이 순간을 통해서 3·1운동, 동학혁명의 주체들처럼 정신 혁명을 경험했던 것이다. 영원의 하늘을 보는 순간이 동학의 주체들에게 가능했던 것은 바로 종교적인 참선과 실천의 순간이 가져다준 비의적 상상력이 있었기 때문이다. 이것을 신동엽은 보여주고 싶었던 것이다.

그리고 그 순일한 경지는 바로 주체와 객체가 분리되지 않은 채 주체의 죽음을 경험하는 무아지경의 상태, 즉 시적인 순간, 비의적 경지이다. 산문 「선우휘씨의 홍두깨」에서 나오는 "작가·시인들의 내면세계는, 국민학교 2학년식의 사고방법, 적赤이냐 백白이냐 식의 2차원적 사고 방법을 저 발밑에 깔아뭉개고 벗어나서, 4차원·5차원, 아니 무한차원의 세계 속을 넓이 주유周遊하려 하고 있다는 사실을 우선 배워야 한다"는 구절에는 '내유內游'의 시학이 들어있다.

내유는 '잡념을 없애고 마음을 비우는 것虛靜'을 전제로 한다. 예술가들이 잡념이 없는 마음을 중시한 것은 마음에 잡념이 없어야지만 우주의 본질을 통찰할 수 있다는 철학자적 심리에 의거했기 때문이다. 기의 우주는 비어 있다. 따라서 마음을 비우는 것이 만물의 운동 법칙을 규정하는 우주의 기를 인식하는 최고의 방법인 것이다.[33] 위의 산문에서 '무차원의 세계 속을 넓이 주유하려'는 태도는 바로 이 내유의 시학에 근거한 말이라고 할 수 있다.

신동엽 평전에 의하면 그는 이 「금강」을 쓰는 동안 교향곡을 틀어놓고 시상을 가다듬었다고 한다. 이는 그가 교향곡을 들으면서 느낄 수 있는 주체와 객체가 분리되지 않는 무아지경의 경지를 체험하고 싶어했다는 점을 보여주는 것이다. 동학의 전사들이 영원의 하늘을 보는 순간도 주체와 객체가 분리되지 않는 순일한 경지라고 할 때 그는 음악 속에서 이러한 순일한 경지를 함께 느끼고 싶었던 것이다. 그렇다면 언젠가는 이러한 시적인 순간이 실상적 존재로 완전하게 전이되는 시간이 올 것이다. 이 순간이 바로 혁명의 순간인 것이다.

---

33 장파, 앞의 글, 386~389쪽 참조.

우리들은 하늘을 봤다
1960년 4월
역사를 짓눌던, 검은 구름장을 찢고
영원의 얼굴을 보았다.

잠깐 빛났던
당신의 얼굴은 우리들의 깊은
가슴이었다.

하늘 물 한아름 떠다
1919년 우리는
우리 얼굴 닦아놓았다

1894년쯤엔
돌에도 나무 등걸에도
당신의 얼굴은 전체가 하늘이었다[34]

　신동엽은 동학혁명, 3·1운동, 그리고 4·19라는 혁명적 순간을 이어 현상적 존재의 역사를 실상적 존재의 역사로 재구성한다. 이들의 공통 점은 모두 공허하게 이어지는 시간이 유토피아적 순간으로 전복되었던 순간들이다. 신동엽은 서구의 직선적인 발전 체계를 갖고 있는 역사관 을 거부한다. 대신 혁명적 순간, 전복적 시간이 출현하는 순환론적인 역

34　신동엽, 「금강」 중 〈서화 2〉, 『신동엽시전집』, 창비, 2013, 123~124쪽 참조.

사관을 승인한다.

역사철학에서는 크로노스chronos로서의 역사와 카이로스kairos로서의 역사가 대조된다. 전자가 단순한 시간의 흐름이라면, 후자는 극적 순간, 곧 갑자기 '무르익은' 시간, '종말과의 관계에서 비롯되는 의미로 충만한' 시간이다. 벤야민의 용어로 말하자면, 두 가지 시간은 각각 역사주의의 시간과 지금Jetztzeit이라는 시간에 해당한다.[35] 이 시간은 역사주의의 '공허하고 동질적인' 시간을 거부하는 동시에 영원한 국면이라는 페티시즘 역시 거부한다. 경험은 기억 속에 확고하게 정박되어 있는 사실들의 산물이라기보다 기억에서 진행되는 데이터가 수렴된 산물이며 여기서 '경험'은 아우라의 경험, 상상계의 경험, 이야기로 표현되는 경험이라 한다.[36] 물론 아우라적인 것이 혁명적 잠재력을 인식하고 있는 것처럼, 이 경험이 혁명의 기억이라는 점은 말할 것도 없는 사실이다. 신동엽에게도 '전통'이 혁명적 기억의 시간이었던 것[37]이 이러한 점을 증명해 준다.

「금강」이라는 대서사시는 비록 동학혁명이라는 역사를 담고 있지만 혁명의 이념은 현실에서 출발해서 종교적 초월로 수렴된다. 그리고 종교적 초월의 순간은 시적인 순간으로 또다시 수렴된다. 이것이 극단화되면 역사적 현실은 무화되고 문학적 형상은 점차 '무無'의 관념성을 상징적으로 강화시키는 방향으로 흐를 위험이 있다. 이를 막기 위하여 신동엽은 서사시라는 양식을 채택한다.

「후화」에 굳이 종로 5가의 노동자의 형상을 넣은 것은 자신의 종교적

---

35 테리 이글턴, 김정아 역, 『발터 벤야민 또는 혁명적 비평을 향하여』, 이앤비플러스, 2012, 135
    ~136쪽 참조.
36 위의 책, 142~144쪽 참조. 마르크스주의자인 벤야민의 역사철학과 곧바로 연결시키는 것이
    좀 비대칭적이지만, 그래도 메시아주의를 혁명적 역사관과 결합시켰던 벤야민의 철학이 신
    동엽의 철학과 유사한 점이 있다는 점은 분명한 사실이다.
37 이에 대한 자세한 내용은 오문석, 앞의 글 참조.

관념성을 역사적 구체성으로 대체시키기 위한 장치였다고 할 수 있다. 동학의 승리를 현실적 승리가 아니라, 종교적 초월로 무장한 금강의 주요 뼈대는 「금강」의 후화에 나오는 '종로5가'의 노동자와 '혁명의 분수 뿜을 날'에 대한 역사적 전망에 의해 다시 힘을 얻는다.

동학혁명, 3·1운동, 4·19혁명, 그 순간들을 누더기처럼 이어서라도 지속성을 담보하고자 했던 신동엽의 역사 의식은 혁명적 순간이 메시아적 시간으로 암흑의 현실 속에서 순간 실현되는 것을 꿈꾸는 비의적 상상력이 있었기에 가능한 것이다. 이것은 분명 직선적인 발전론을 기반으로 하는 보편적인 서구적 역사철학과는 그 기반을 달리하는 것이다.

그가 추구했던 유토피아 역시, 철학을 체득한 노동자(全耕人)들이 어떠한 억압적 주의主義도 정치 체제도 없이 살아가는 아나키적 공간으로 당대 정권이 추구했던 서구적 의미의 자본주의 국가와는 그 기반이 다른 것이었다. 그리하여 그는 저항적 민족주의, 반서구주의, 반제국주의적 인식론을 공유했던 1960년대 저항 담론의 전형이자 한계와 정점을 동시에 보여줄 수 있었던 것이다. 그래서 신동엽의 시적 성과는 혁명을 경험하면서 그것을 문학 속에 수렴하고자 노력했던 1960년대 4·19세대 문인들이 이룩했던 정점의 길이었다고 할 수 있다.

2) 김수영의 시와 신성성 - 에로티즘과 신성성, 그리고 의외성의 시간.

1960년대 중반 민족주의적 인식이 저항적 지식 장 내부에서 싹트고 있을 때, 문학에서는 자유주의적 사조 역시 발양되고 있었다. 김수영과 김승옥이 그 대표 주자이다.[38] 특히 김수영의 경우는 시적인 순간의 혁

---

38 이에 대한 자세한 내용은 김건우, 「1964년의 담론 지형 – 반공주의, 민족주의, 민주주의, 자유주의, 성장주의」, 『대중서사연구』 22, 대중서사학회, 2009.12.

명성(상징성)이 당대 사회의 속악함에 어떻게 대응해 낼 것인가를 고민하게 된다. 그리고 이러한 고민의 와중에는 제3세계라는 지정학적 인식도 자리잡고 있었다. 그러나 그의 제3세계적 인식은 신동엽 등, 당대 주체들의 저항적 민족주의 인식과는 다소 거리를 두고 있었다.

고민이 사라진 뒤에
이슬이 앉은 새봄의 낯익은 풀빛의 영상이
떠오르고 나서도
그것은 또 한참 시간이 필요했다
시계를 맞추기 전에
라디오의 시종(時鐘)이 나오기를 기다리는 것처럼
안타깝다

봄이 오기 전에 속옷을 벗고 너무 시원해서 설워지듯이
성급한 우리들은 이 발견과 실감 앞에 서럽기까지도 하다
전 아시아의 후진국 전 아프리카의 후진국
그 섬조각 반도조각 대륙조각이
이 발견의 봄이 오기 전에 옷을 벗으려고
뚜껑이 열렸다 닫히는 소리

라디오의 시종을 고하는 소리 대신에 서도가(西道歌)와
목사의 열띤 설교 소리와 심포니가 나오지만
이 소음들은 나의 푸른 풀의 가냘픈
영상을 꺾지 못하고

그 영상의 전후의 고민의 환희를 지우지 못한다

나는 옷을 벗는다 엉클 샘을 위해서
아시아와 아프리카의 무거운 겨울옷을 벗는다
겨울옷의 영상도 충분하다 누더기 누빈 옷
가죽옷 융옷 솜이 물린 솜옷……
그러다가 드디어 나는 월남인이 되기까지도 했다
엉클 샘에게 학살당한
월남인이 되기까지도 했다.
1966.3.7.

—「풀의 영상」 전문

　이 시는 소음에 관한 글, 「시작노트 7」에 인용된 시로 유명하다. 이 산문의 키워드는 "소음과 침묵의 변증법으로 탄생하는 시"이다. 그러나 이 시와 산문이 품고 있는 주제 키워드가 하나 더 있는데, 그것이 바로 "엉클 샘에게 학살당한 월남인"이란 "소음"이다.

　김수영은 이 글에 문인은 "휴식을 바라서는 아니 되고 소음이 그치는 것을 바라서는 아니된다. 싸우는 중에, 싸우는 한가운데에서 휴식을 얻는다"고 한다. 그러면서 "소리를 듣고도 안 들릴 만한 글을 써야 한다"고 말한다. 이는 현대사회, 늘 소음이 있는 생활 속에서 살아야 하는 시인은 이 숙명을 정공법으로 헤쳐나가야 한다는 것이다.

　그런데 여기서 "소음"은 물리적인 음향뿐만이 아니라, 그가 정공법으로 극복해야 할 인식체계라는 중의적인 의미의 언어이다. 그의 시 「엔카운터 지」에서 가장 거슬리는 소음이 이 시의 핵심 키워드인 "'시간의 인식만이 빛난다'에서 '시간의 인식' 같은 말"이라는 구절은 그가 늘 시인은 새로움을 추구해야 한다고 했을 때, 그가 곧바로 극복해야 할 현재의 인식체계가 되기도 한다. 현재 그가 가장 치열하게 싸우고 있는 '소음'은 바로 현재의 고민 대상이라는 의미의 메타포인 것이다.

"엉클 샘에게 학살당한 월남인"은 그가 당시 처절하게 대면하면서 극복하고자 고민하고 있는 인식체계이다. "발견의 봄이 오기 전에 벗은 속옷"을 벗은 것은 "전 아시아의 후진국 전 아프리카의 후진국 / 그 섬조각 반도조각 대륙조각"이다. 겨울옷은 아시아, 아프리카가 제3세계 국가로서 가져야 할 고난의 역사다.

그러나 그는 그 서구인 엉클 샘을 위하여 아시아와 아프리카의 무거운 겨울옷을 벗는다고 했다. 자유주의적 개인주의자 김수영은 진정한 평화는 제국주의자 개인을 위한 것이기도 하다는 점을 잘 알고 있었던 것이다. 그러면서도 그는 그 "엉클 샘"에게 학살당한 "월남인"이 되기까지 한다. 이러한 이중적 서술 전략은 학살자 엉클 샘과 월남인 사이의 제국 / 피식민의 이분법적 도식을 흐트러트린다. 베트남 전쟁이 한창인 이 시기, 제국인의 되어 제3세계 인민인 "월남인"을 학살하는 장면은, 그에게 제국 / 피식민제국을 가르는 제3세계적 인식이 이분법적 도식으로만 가를 수 있는 그리 단순한 것만은 아니라는 점을 알려준 것이다. 우리는 실제로는 엉클 샘에게 학살당하는 월남인이기도 하지만, 월남 파병을 실시하게 되면, 그 월남인을 학살하는 엉클 샘이 될 수도 있기 때문이다. 월남전 파병에 반대했던 그였기에, 그는 과연 현재의 남한의 모습이 그 이전의 제국주의 블록과 무엇이 다른가를 묻고 있는 것이기도 하다.

이러한 인식은 당대 제3세계적 인식으로 저항담론을 구축하고 있는 참여시인들에 대한 논평에서도 드러난다. 늘 그는 이러한 이분법적 도식 내부에서 만들어지는 '민족주의'적 인식의 편협성을 경계한다.

> '4월' 대신에 '동학 곰나루'가 들어앉는다. 이런 연결은 그의 특기이다. '동학', '후고구려', '삼한' 같은 그의 고대에의 귀의는 예이츠의 '비잔티움'을 연상시키는 어떤 민족의 정신적 박명 같은 것을 암시한다. 그러면서도 서정주의 '신라'에의 도피와는 전혀 다른 미래에의 비전과의 연관성을 제시해 주는 것이다." (…중략…) "그러나 그의 작품에서 전반적으로 느끼는 어떤 위구감이 있다면, 그것은 그가 쇼비니즘으로 흐르게 되지 않을까 하는 것이다."[39]

> '참여파' 신진들의 과오는 무엇인가. 이들의 사회참여 의식은 너무나 투박한 민족주의에 근거를 두고 있다. 미국의 세력에 대한 욕이라든가, 권력자에 대한 욕이라든가, 일제 강점기에 꿈꾸던 것과 같은 단순한 민족적 자립의 비전만으로는 오늘의 복잡한 상황에 놓여 있는 독자의 감성에 영향을 줄 수는 없다. 단순한 외부의 정치세력의 변경만으로 현대인의 영혼이 구제될 수 없다는 것은 세계의 상식으로 되어 있다. 현대의 예술이나 현대시의 출발점이 여기에 있다. 그런데 우리의 젊은 시가 상대로 하고 있는 민중 ─ 혹은 민중이란 개념 ─ 은 위태롭기 짝이 없다. 이것은 세계의 일환으로서의 한국인이 아니라 우물 속에 빠진 한국인 같다. 시대착오의 한국인, 혹은 시대착오의 렌즈로 들여다본 미생물적 한국인이다[40]

잘 알려져 있듯, 김수영은 앞서 분석한 신동엽의 시를 고평하면서도 그의 민족주의적 인식이 향할 수 있는 편협성에 대해서 경계하고 있다.

---

39 김수영, 「참여시의 정리」, 『창작과비평』 2-4, 창작과비평사, 1967. 12.
40 「변한 것과 변하지 않은 것─1966년의 시」, 『전집』 2, 370쪽.

그는 당대 서정주가 추구했던 '신라' 중심의 전통 담론과 다르게 신동엽의 시에서 나타난, "'동학', '후고구려', '삼한' 같은 고대에의 귀의는 예이츠의 '비잔티움'을 연상시키는 어떤 민족의 정신적 박명"을 표현한다는 점에서 그 상징성은 인정한다. 그러나 동시에 그것이 이후 쇼비니즘으로 흐르게 되지 않을까 하는 의구심을 갖게 된다고 우려한다. 또한 같은 맥락에서 '참여파' 신진들의 사회참여 의식이 너무나 투박한 "민족주의"에 근거를 두고 있다고 우려한다. 그것은 앞서 표현한 대로, "단순한 민족적 자립의 비전만으로는 오늘의 복잡한 상황에 놓여 있는 독자의 감성에 영향을 줄 수 없다"고 바라보았기 때문이다. 그 복잡한 상황은 바로 앞서 말한 제국 / 비제국의 이분법적 도식만으로는 설명할 수 없는 여러 복합적 세계 정세를 말하는 것이다. 그들은 세계 속의 한국, 후발 자본주의 국가로서의 지정학적 위치를 제대로 파악하지 않고 있다는 것이다.

그가 시 「어느날 고궁을 나오면서」에서 "언론의 자유를 요구하고 월남 파병에 반대하는 / 자유를 이행하지 못하고"라고 말한 이유 역시 단순히 반제국주의 / 민족주의적인 인식에 의한 것만은 아니었다. 이 역시 그가 우리 역시 제국의 앞잡이가 되어 우리가 월남인을 살해하는 엉클 샘이 될 수도 있다는 것을 잘 알고 있었기 때문에 가능한 것이다. 이 깨달음은 제국 / 피식민 국가의 이분법적 경계를 흐트러트린다. 그리하여 아직도 이러한 이분법적 사고에만 빠져있는 당대 참여시의 논리를 비판한 것이다.

우리 시단의 참여시의 후진성은, 이미 가슴속에서 통일된 남북의 통일선언을 소리높이 외치지 못하고 있는 데에 있다. 이것은 우리의 참여시의 종점이 아니라 시발점이다. 나는 천년 후의 우주탐험을 그린 미래의 과학소설의 서평 같은 것을 외국잡지에서 읽을 때처럼 불안할 때가 없다. 이런 때처럼 우리들의 문학적 쇄국주의가 저주스러울 때가 없다. 이런 미래의 꿈을 그린 산문이 시를 폐멸시키고 말 시대가 불원간 올런지도 모른다.

지금도 우주비행을 소재로 한, 우리들은 감히 상상조차 못할 만한 거대한 스케일의 과학시가 벌써 나타나기 시작하고 있다. 지구를 고발하는 우주인의 시. 우주인의 손에는 지구에서 갖고 온 찝찝한 빵이 한 조각 들려 있다. 이 찝찝한 빵에서 그는 지구인들의 눈물을 느낀다. 이 눈물은 성서에 나오는 아담과 이브의 최초의 눈물과도 통한다. 우리의 시의 과거는 성서와 불경과 그 이전에까지지도 곧잘 소급되지만 미래는 기껏 남북통일에서 그치고 있다. 그 후에 무엇이 올 것이냐를 모른다. 그러니까 편협한 민족주의의 둘레바퀴 속에서 벗어나지를 못한다. 우리의 미래에도 과학을 놓아야 한다.

그리고 미래의 과학시대의 율리시즈를 생각해야 한다.[41]

김수영이 기껏해야 남북통일, 근시안적 미래가 종점인 참여시의 후진성을 질타하며, 참여시인들의 민족주의를 편협하다고 우려한 것은, 이들의 사고가 단지 앞서 말한 한국이 피식민지, 후진국이라는 인식에만 빠져 점차 자본의 논리에 의해 잠식당하며, 시시각각 요동치고 있는 세계적 정세를 제대로 파악하지 못하고 있기 때문이다. 위의 산문에서 김수영이 의미심장하게 제시한 "지구를 고발하는 우주인의 시"는 1960년대 말 유행했던 공상과학 소설 영화 등에 나타난 디스토피아적 상상력을 드러낸 것으로 보인다. 김수영이 정확히 어떤 작품을 지칭한 것인지는 알 수 없지만. 1960년대 불었던 미국의 공상과학 소설[42] 붐의 영향

---

41 「반시론」, 『전집』 2, 415쪽.
42 1960년대와 1970년대 초반, "문학적"이거나 예술적 감성의 지식인적 자의식으로 가득찬 일

도 없다고 볼 수 없다. 1960년대에는 미국과 소련의 우주 전쟁, 원자탄, 핵무기 등 대량 살상 무기의 등장 등, 과학의 발달의 영향으로 디스토피아적 상상력을 가진 공상과학 텍스트가 유행했다고 하는데, 이러한 과학 소설에는 당대 냉전 체제에 대한 불안, 정치적 권력 관계에 관한 풍자적 성찰이 들어 있는 경우가 많았다. 이러한 공상과학 소설들에 대한 관심은 그가 1966년에 쓴 「벽」이라는 산문에서도 드러난 바 있다.

> 하나는 노먼 메일러의 「마지막 밤」이라는 소설에 나오는, 우주선을 극도로 발전시킨 나머지 미국의 대통령과 소련 수상이 공모를 하고, 지구를 폭파시켜 가지고 그 힘을 이용해서 태양계의 밖에 있는 별나라로, 세계의 초특권인 약 백 명을 태운 우주선이 떠난다는, 인류를 배신하는 미국의 정치가의 위선적인 휴머니즘을 공박한 얘기.[43]

이처럼 당대 공상과학소설에서는 핵/우주 전쟁으로 치닫고 있는 냉전 체제에 대한 공포와 권력에 대한 혐오감, 자본과 테크놀로지가 권력과 결합했을 때 얼마나 끔찍한 결론이 가능한가라는 디스토피아적 상상력이 표현된다. 김수영의 문제의식 역시 피식민국의 문제를 벗어나, 전세계를 엄습해오는 자본과 권력의 문제에 잇닿아 있었다. 이 문제를 깊이 사유하지 않는다면, 남북통일 이후에 닥칠 근대 자본주의의 근본적 문제인 인간과 자본/권력과 테크놀로지의 문제는 여전히 남아 인간의

련의 작가들이 형식이나 내용에 있어 높은 강도의 실험적 시도를 벌인 뉴웨이브가 영국을 중심으로 발흥했고 동시기 미국에서는 프랭크 허버트, 사무엘 R. 딜라이니, 로저 젤라즈니, 할란 엘리슨 등의 작가들이 새로운 경향, 사상, 스타일을 탐구한다. "Science Fiction", *Encyclopedia Britannica*, Retrieved 2007.01.17(위키백과 "SF"에서 재인용. http://ko.wikipedia.org/wiki/SF_(%EC%9E%A5%A5%B4. 2015.1.5).

43 「벽」, 『전집』 2, 117쪽.

고통은 사라지지 않을 것이라고 통찰해 낸 것이다.

김수영은 시 「어느 날 고궁을 나오면서」에서 베트남전 파병 반대의 문제를 논하면서 이 자본의 문제를 제기한 바 있다. 그는 언론 자유와 월남파병 문제를 논하지 못하고, "20원을 받으러 세 번씩 네 번씩 / 찾아오는 야경꾼들만 증오하고" 1원 때문에 야경꾼에게 반항하는 자신의 모습을 바로 자본의 노예로 살아가는 삶으로 표현한다. 이러한 점 때문에 그는 자본과 영합하지 않는 삶의 양태에 대해 고민하기 시작한다. 시 「금성라디오」에서는 "나를 죽이는 (여자의) 유희"로 소비의 욕망을 증오하며 두려워한 바 있다.

이러한 순간에 그는 바타유를 만나게 된다. 앞서 설명한 대로, '신성의 발견'이라는 1968년 사상적 전환은 1930년대 신성사회학에서부터 시작된 것이다.[44] 1960년대 중반 이후 김수영은 그 부류인 바타유와 블랑쇼의 문화 / 사회학적 상상력에 큰 매력을 느끼고 있었다는 점은 앞서 서술한 바 있다. 「반시론」에서 '반시'도 바타유의 개념이었다.[45] 또한 「반시론」에는 '성性', 에로티즘에 관한 성찰이 등장한다.

> 「성」이라는 작품은 아내와 그 일을 하고 난 이튿날 그것에 대해서 쓴 것인데 성 묘사를 주제로 한 작품으로는 처음이다. 이 작품을 쓰고 나서 도봉산 밑의 농장에 가서 부삽을 쥐어보았다. 맨첨에는 부삽을 쥔 손이 약간 섬뜩했지만 부끄럽지는 않았다. 부끄럽지는 않다는 확신을 가지면서 나는 더욱더 날쌔게 부삽질을 할 수 있었다. 장미나무 옆의 철망 앞으로 크고 작은 농

---

44 모리스 클라벨은 이러한 성향을 '좌파 비합리주의'의 도래라고 한다. 이에 대한 자세한 내용은 피에르 고디베르, 장진영 역, 『문화적인 것에서 신성한 것으로』, 솔출판사, 1993 참조.
45 이에 대한 자세한 내용은 본서의 제1부 제2장 4절 1항 (3) 참조.

구(農具)들이 보랏빛 산 너머로 지는 겨울의 석양빛을 받고 정답게 빛나고 있다. 기름을 칠한 듯이 길이 든 연장들은 마냥 다정하면서도 마냥 어렵게 보인다.

그것은 프로스트의 시에 나오는 외경에 찬 세계다. 그러나 나는 프티 부르조아적인 '성'을 생각하면서 부삽의 세계에 그다지 압도당하지 않을 만한 자신을 갖는다. 그리고 여전히 부삽질을 하면서 이것이 농부의 흉내가 되어서는 안 되겠다고 생각한다. 나는 죽고 나서 저승에 가서 심판을 받게 되면 내 아우보다 꾸지람을 더 많이 들을 것은 물론 뻔하다. 그것은 각오하고 있다.

—「반시론」

그는 이 글에서 "프티 부르조아적인 '성'을 생각하면서 부삽의 세계에 그다지 압도당하지 않을 만한 자신을" 가졌다고 한다. 이 글에서는 성의 세계와 프로스트의 시에 나오는 외경에 찬 세계, 그리고 부삽의 세계가 거의 동급이다. 즉 그에게 에로티즘 = 시의 세계 = 노동의 세계가 모두 성스러운 세계인 것이다.

김수영에게 에로티즘의 추구가 위반의 시학이라는 점은 앞서 논의한 바 있다.[46] 바타유에 의하면 자본주의 세계는 "유익하지 않은 것, 쓸모없는 것은 아예 쳐다보려고도 하지 않는 '굴종적 인간'"[47]을 양산한다. 이에 대응하여 에로티즘이 중요한 것은 아무런 쓰임이 없는 절대적 형태[48]이기 때문이다. 그리고 인간만이 이렇게 순간적으로 죽음에 이르는 초월적이고 비의적인 순간을 경험할 수 있다. 이는 또한 근로하는 인간을

---

46 본서 제2부 제2장 참조; 이미순, 「김수영 시에 나타난 바타이유의 영향」, 『한국현대문학연구』 23, 한국현대문학회, 2007 참조.
47 조르주 바타유, 조한경 역, 『에로티즘의 역사』, 민음사, 2010, 9~10쪽.
48 위의 글, 12쪽.

강조하며 국민을 통제하는 당대 통치전략에도 저항하는 것이다.

김수영은 1967년 6·8부정선거(국회의원)를 비판하며, "6·8사태는 5·16군사쿠데타 이후에 추진된 '근대화'가 약 40년 후의 이 당에 수입할 서구의 산업혁명 이후의 자본주의 문명의 총 병균의 헛게임 쇼"라고 한다. 그리고 같은 글에서 그는 "'한 나라의 번영은 부강에 있는 것이 아니라 자유에 있다'. 이 평범한 자유의 표어가 사실은 5개년 경제계획과 같은 비중으로 자유의 가치를 내세우고 있는 현정부의, 사실은 가장 허약한 맹점을 찌르는 교훈"이라고 한 바 있다.[49] 이처럼 그는 당대 통치계급의 경제발전중심주의와 산업화 사회의 자본 중심의 속물성을 통렬히 비판한다. 반면 에로티즘은 수단화된 노동의 세계를 초월할 수 있는 수단으로 인식하고 있었던 것이다.[50]

그리고 이러한 점은 그의 시의식과 결합한다. 그는 「반시론」에서 시 「미인」의 전문을 인용하면서 이 시가 릴케의 유명한 「오르페우스에 바치는 송가頌歌」의 제3장에서 "참다운 노래, 아무것도 바라지 않는 입김. 신神의 안을 불고 가는 입김"을 표현한 것이라고 한 바 있다. 이처럼 그가 추구했던 것은 아무것도 표현하지 않는 것, 바로 시의 역易, 즉 '반시反詩'의 경지이다.

그런데 이 경지는 에로티즘의 순간을 내포하는 동시에 초월하는 경지

---

49 「로터리의 꽃의 노이로제-시인과 현실」(1967.7), 『전집』 2, 201쪽 참조.
50 바타유에 의하면, '사유'는 금기가 내포하는 도덕의 제한을 받는다. 성은 금기의 제한을 받으며, 사유는 성이 없는 세계 속에서 형성된다. 사유는 비(非)성적이다. 절대 또는 절대적인 태도와는 대립된 지적 사유의 세계는 우리의 세계를 우리가 알고 있는 가장 빈곤하고 종속적인 세계, 유익한 사물의 개별화된 세계, 노동 활동만이 규칙이고 오직 그것이 지배하는 세계, 각자가 기계화된 질서 속에서 자기 자리만을 지켜야 하는 세계로 만든다. 반대로 바타유가 만드는 총체성은 어느 모로 보나 제한적인 사유의 세계를 초월하는 세계이다. 사유의 세계는 오직 차이와 대립만이 있을 뿐이다. 사유를 벗어나지 않고는 차이와 대립 어느 것으로부터도 자유로울 수가 없다(창녀, 성모, 탕자, 군자 등 온갖 류의 사람들이 모여 한 세계를 이룬다).(조르주 바타유, 앞의 글, 24~26쪽 참조) 이상의 내용은 본서의 2부 2장 참조.

이다. 바타유가 말한 대로 "죽음까지 파고드는 삶", 순간적으로 죽음에 이르게 하는 절대적이고 비의적인 세계, 성스러운 에로티즘의 경지를 김수영 식으로 번역한 것이다. 김수영은 이처럼 에로티즘의 세계를 관통하면서, 자본의 속물성, 자본의 시간과 대응하는 신성성에 대하여 사유하였는데, 이러한 순간은 곧 시적인 순간과 동질의 것이었다. 물론 이러한 비의적 상상력은 시간 의식, 역사 의식과 만나, 민족주의자들의 전통론과는 다른 전통론을 생산하게 한다.

나는 아직도 앉는 법을 모른다
어쩌다 셋이서 술을 마신다 둘은 한 발을 무릎 위에 얹고
도사리지 않는다. 나는 어느새 남(南)쪽식으로
도사리고 앉았다 그럴때는 이 둘은 반드시
이북(以北) 친구들이기 때문에 나는 나의 앉음새를 고친다.
八一五 후에 김병욱이란 시인(詩人)은 두발을 뒤로 꼬고
언제나 일본여자처럼 앉아서 변론을 일삼았지만
그는 일본대학에 다니면서 4년(四年) 동안 제철회사에서
노동을 한 강자(强者)다.

나는 이사벨 버드 비숍 여사(女史)와 연애하고 있다. 그녀는
一八九三년에 조선을 처음 방문한 영국왕립지학협회(英國王立地學協會會員)이다
그녀는 인경전의 종소리가 울리면 장안의
남자들이 모조리 사라지고 갑자기 부녀자의 세계(世界)로
화하는 극적(劇的)인 서울을 보았다. 이 아름다운 시간에는

남자로서 거리를 무단통행(無斷通行)할 수 있는 것은 교군꾼,
내시, 외국인(外國人)의 종놈, 관리(官吏)들 뿐이었다. 그리고
심야(深夜)에는 여자는 사라지고 남자가 다시 오입을 하러
활보(闊步)하고 나선다고 이런 기이(奇異)한 관습(慣習)을 가진 나라를
세계 다른 곳에서는 본 일이 없다고
천하(天下)를 호령하던 민비(閔妃)는 한번도 장안외출(外出)을 하지 못했
다고……

전통(傳統)은 아무리 더러운 전통(傳統)이라도 좋다 나는 광화문(光化門)
네거리 시구문의 진창을 연상하고 인환(寅煥)네
처갓집 옆의 지금은 매립(埋立)한 개울에서 아낙네들이
양잿물 솥에 불을 지피며 빨래하던 시절을 생각하고
이 우울한 시대를 패러다이스처럼 생각한다.

버드 비숍 여사(女史)를 안 뒤부터는 썩어빠진 대한민국이
괴롭지 않다. 오히려 황송하다. 역사(歷史)는 아무리
더러운 역사(歷史)라도 좋다
전통은 아무리 더러운 전통이라도 좋다
나에게 놋주발보다도 더 쨍쨍 울리는 추억(追憶)이
있는 한 인간(人間)은 영원하고 사랑도 그렇다

비숍 女史와 이야기하고 있는 동안에는 진보주의자(進步主義者)와
사회주의자(社會主義者)는 네에미 씹이다. 통일(統一)도 중립(中立)도 개
좆이다

은밀(隱密)도 심오(深奧)도 학구(學究)도 체면(體面)도 인습(因襲)도 치안
국(治安局)

으로 가라. 동양척식회사(東洋拓殖會社), 일본영사관(日本領事館), 대한
민국관리(大韓民國官吏)

이아이스크림은 미국놈 좆대강이나 빨아라. 그러나

요강, 망건, 장죽, 종묘상(種苗商), 장전, 구리개, 약방, 신전,

피혁점, 곰보, 애꾸, 애 못 낳는 여자, 무식(無識)쟁이,

이 무수(無數)한 반동(反動)이 좋다

이 땅에 발을 붙이기 위해서는

— 제3인도교(第三人道橋)의 물 속에 박은 철근(鐵筋)기둥도 내가 내 땅에

박는 거대한 뿌리에 비하면 좀벌레의 솜털

내가 내 땅에 박는 거대한 뿌리에 비하면

괴기영화(怪奇映畵)의 맘모스를 연상시키는

까치도 까마귀도 응접을 못하는 시꺼먼 가지를 가진

나도 감히 상상(想像)을 못하는 거대한 뿌리에 비하면….

— 「거대한 뿌리」 전문

이 시는 김수영이 자신의 전통론을 드러내기 위해 쓴 시이다. 내가
"내 땅에 박는 거대한 뿌리", 전통은 "신라" 표상처럼, 당대 통치 주체들
이 자의적으로 만들어 놓은 영원불변의 물화된 것과는 다른 것이다. 그
가 발견한 전통은 "주권—국민국가가 회수하여 해소할 수 없는 저자거
리의 무질서"이며 "그 무질서에 각인된 역사는 주체나 방법이 개입될 수
없는, 과거와 현재와 미래가 어디에도 환원되지 않고 켜켜이 쌓이는 역

사라고 한 바 있다. 즉 그 안에는 근대화된 제도나 인식이 마름질할 수 없는 인간 삶의 고유 논리가 지층화되어 있는 것"[51]이다.

또한 그것은 지배권력은 물론 진보주의자, 사회주의자도 추구하는 자본의 시간, 민족의 시간도 아닌, 인간의 시간이었다. 그가 동경했던 김병욱이 "일본대학에 다니면서 4년四年 동안 제철회사에서 노동을 한 강자强者"임에도 불구하고 "언제나 일본여자처럼 앉아서 변론을 일삼았"던 점은 그에게 '식민의 역사', 과거가 그렇듯 쉽사리 지워지는 것이 아니라는 점을 보여준 것이다. 그런 만큼 이 반동의 사자들은 그 모든 과거를 몸에 품고 있어 한 발자국 앞으로 걸음을 떼기 힘든 육중한 괴물이다. 쉽사리 앞으로 나가기 힘든 것이 역사이자 시간인 것이다.[52]

김수영는 이 중요한 인식을 민족주의자가 아닌, 제국인인 영국인의 시선을 통해서 알게 된다.[53] 그는 비숍 여사의 시선을 통해 그는 어느 새, 민비나 고종과 같은 권력자가 아닌, 저자거리 한국 민초들의 삶에 도달하게 된 것이다. 이러한 역설적 통찰 역시 그가 민족주의자가 아니었기 때문에 가능한 것이었다.[54] 그와 동시에 그는 혁명의 시간이란 어떻게 만들어지는가에 대한 새로운 깨달음을 얻게 된다.

> 누구한테 머리를 숙일까
>
> 사람이 아닌 평범한 것에

---

51 김항, 「알레고리로서의 4·19와 5·19─박종홍과 마루야마 마사오의 1960」, 『상허학보』 30, 상허학회, 2010, 212~213쪽.

52 이혜령, 「자본의 시간, 민족의 시간─4·19 이후 지식인 매체의 변동과 역사 : 비평의 시간의식」, 『지식의 현장, 담론의 풍경─잡지로 보는 인문학』, 한길사, 2012, 290쪽.

53 버드 비숍 여사는 서구인 중 보기 드문 한국통으로 『조선과 그 이웃나라들(Korea and Her Neighbours)』의 저자로 동학농민운동과 청일전쟁도 경험한 사람이다.

54 김수영은 이 텍스트의 번역자로 번역을 위해 이 텍스트를 탐독하던 중 이러한 혜안을 얻었다고 한다. 이에 대한 자세한 사항은 본서 제1부 제3장 참조.

많이는 아니고 조금
벼를 터는 마당에서 바람도 안 부는데
옥수수 잎이 흔들리듯 그렇게 조금

바람의 고개는 자기가 일어서는 줄
모르고 자기가 가 닿는 언덕을
모르고 거룩한 산에 가 닿기
전에는 즐거움을 모르고 조금
안 즐거움이 꽃으로 되어도
그저 조금 꺼졌다 깨어나고

언뜻 보기엔 임종의 생명같고
바위를 뭉개고 떨어져내릴
한 잎의 꽃잎같고
혁명(革命)같고
먼저 떨어져내린 큰 바위 같고
나중에 떨어진 작은 꽃잎 같고

—「꽃잎 1」 전문

꽃을 주세요 우리의 고뇌(苦惱)를 위해서
꽃을 주세요 뜻밖의 일을 위해서
꽃을 주세요 아까와는 다른 시간을 위해서

노란 꽃을 주세요 금이 간 꽃을

노란 꽃을 주세요 하얘져가는 꽃을
노란 꽃을 주세요 넓어져가는 소란을

노란 꽃을 받으세요 원수를 지우기 위해서
노란 꽃을 받으세요 우리가 아닌 것을 위해서
노란 꽃을 받으세요 거룩한 우연(偶然)을 위해서

꽃을 찾기 전의 것을 잊어버리세요
　꽃의 글자가 비뚤어지지 않게
꽃을 찾기 전의 것을 잊어버리세요
　꽃의 소음이 바로 들어오게
꽃을 찾기 전의 것을 잊어버리세요
　꽃의 글자가 다시 비뚤어지게

내 말을 믿으세요 노란 꽃을
못 보는 글자를 믿으세요 노란 꽃을
떨리는 글자를 믿으세요 노란 꽃을
영원히 떨리면서 빼먹은 모든 꽃잎을 믿으세요
보기싫은 노란 꽃을

—「꽃잎 2」 전문

김수영도 신동엽처럼 카이로스^{kairos}로서의 역사적 시간에 대해 사유한다. 이 시간은 균질화된 서구적인 시간 의식과는 다른 것이다. 시간이 무르익다가 예고 없이 예기치 않은 순간에 떨어져 내리는 꽃잎의 움직

임은 '혁명'의 순간을 상징화한 것이다.[55]

이러한 것들은 「꽃잎 2」에서 그 의미를 부여받는다. 그 꽃, 즉 혁명은 "아까와는 다른 시간을 위해서", "우리가 아닌 것을 위해서" 받아야 하는 것들이다. 그리고 그 혁명은 "꽃의 소음이 바로 들어오"는 것, "꽃의 글자가 다시 비뚤어지"는 것, "못 보는 글자를 믿"는 일이다. 이는 "보기싫은" 것이기도 하지만, "떨리는 글자"이기도 하다. 이는 모두 다 혁명의 속성을 말해주는 것이다.

김수영은 후기 시에서 자연을 통해서 혁명의 존재성을 표현하였다. 동서양을 막론하고, '자연'은 보편적으로 시에서 혁명과 시간(역사)를 표현할 때 자주 제시되던 상징이다. 절대적 진리, 역사적 합법칙성을 표현할 때 등장하는 자연의 법칙성은 혁명시의 단골로 등장하는 표상이다. 이상화의 「빼앗긴 들」과 한용운의 「님의 침묵」이 표현하는 자연의 진리는 곧 혁명적 미래를 보장하는 제법칙성을 보증한다. 신동엽도 추구하는 철학인 동학 역시 자연의 제법칙성을 통해 혁명을 논한다.

또한 자연은 김수영이 1960년대 후반 지속적으로 고민했던 자본의 원리, 즉 물질적 가치와는 전혀 다른 가치체계를 갖는 대상이다. 직선적인 발전을 추구하는 자본의 시간과는 전혀 다른 제법칙성을 표현한 것이다. 이것을 앞서 인용한 「꽃잎」 연작이 표현해 낸 것이다.

그는 시 「사랑의 변주곡」을 통해서 "복사씨와 살구씨가 / 한번은 이렇게 / 사랑에 미쳐 날뛸 날"을 예언했다. 그리고 이러한 날을 만드는 일을 해동解凍에 비유했다.

---

55 이에 대한 자세한 내용은 박지영, 「김수영 시에 나타난 '자연'과 '몸'에 관한 사유」, 『민족문학사연구』 20, 민족문학사학회, 2002, 박수연, 「'꽃잎', 언어적 구심력과 사회적 원심력」, 『문학과 사회』, 1999 겨울; 최현식, 「꽃의 의미 : 김수영 시에서의 미와 진리 — 오늘 왜 김수영을 다시 읽어야 하는가」, 『포에지』 6, 나남출판, 2001 가을 참조.

새싹이 솟고 꽃봉오리가 트는 것도 소리가 없지만, 그보다 더한 침묵의 극치가 해빙의 동작 속에 담겨 있다. 몸이 저리도록 반가운 침묵. 그것은 지긋지긋하게 조용한 동작 속에 사랑을 영위하는, 동작과 침묵이 일치되는 최고의 동작이다. (…중략…)

피가 녹는 것이라고 생각해 본다. 얼음이 녹는 것이 아니라 피가 녹는 것이다. 그리고 목욕솥 속의 얼음만이 아닌 한강의 얼음과 바다의 피가 녹는 것을 생각해 본다. 그리고 그 거대한 사랑의 행위의 유일한 방법이 침묵이라고 단정한다.

우리의 38선은 세계에서 제일 높은 빙산의 하나다. 이 강파른 철덩어리를 녹이려면 얼마만한 깊은 사랑의 불의 조용한 침잠이 필요한가. 그것은 내가 느낀 목욕솥의 용해보다도 더 조용한 것이어야 할 것이다. 그런 조용함을 상상할 수 없겠는가. 이것이 다가오는 봄의 나의 촉수요 탐침(探針)이다. 이 봄의 과제 앞에서 나는 나를 잊어버린다. 제일 먼저 녹는 얼음이고 싶고, 제일 마지막까지 남아 있는 철이고 싶다. 제일 먼저 녹는 철이고 싶고, 제일 마지막까지 남아 있는 얼음이고 싶다.

— 「해동」(1968. 2)

이 글에서처럼, 해빙의 동작처럼 이 침묵의 순간은 자연의 운행 시간과 유사한 순간이다. '순간' 같지만 그것이 영원을 만들어내는 자연의 동작이 사랑의 동작이라면 그는 이를 복사씨와 살구씨의 '단단한 고요함'으로 표현하고 있다. 자연에 대한 성찰을 통해서 배운 것, 통째로 움직이는 모든 사물의 존재 이행 법칙을 믿을 때 이 사랑의 동작은 미미하지만 거대하게 움직여서 '복사씨와 살구씨가 / 한번은 이렇게 / 사랑에 미쳐 날뛸 날'을 만들어낼 것이다.

물론 이것은 위에서 설명한 대로 직선적인 역사관에 의한 미래의 것은 아니다. 자연의 운행 법칙에 의하면 "지긋지긋하게 조용한 동작", "침묵의 동작"으로, 이러한 순간은 끊임없이 지연되기도 한다. 그러나 그 침묵의 과정이 곧 "사랑의 행위의 유일한 방법"이라고 한다. 고로 지연되고 있지만, "조용한 동작 속에 사랑을 영위하는,", 그래서 "동작과 침묵이 일치되는 최고의 동작"이라고 한 것이다. 그리고 이러한 침묵의 시간은 어느 날 갑자기 혁명의 순간으로 비약한다. 아무리 매서운 겨울이라도 해동의 순간이 오듯, 38선이라는 냉전 체제는 언젠가는 고요한 침묵 속에 폭발하는 순간이 올 것이다. 그러나 꽃이 무르익어 떨어지는 순간을 예측할 수 없듯이, 그 폭발하는 순간을 예측할 수 없지만, 반드시 온다는 확신은 분명하다.

　이러한 역사철학을 표현한 시가 바로 「풀」이다. '풀'에 대한 관심은 이미 앞서 인용한 「풀의 영상」에서부터 출발된 것이다. 시 「풀의 영상」에서 그는 "이 소음들은 나의 푸른 풀의 가냘픈 / 영상을 꺾지 못하고 / 그 영상의 전후의 고민의 환희를 지우지 못한다"고 한 바 있다. 그리고 이러한 푸른 풀의 영상은 "엉클 샘"을 위하여 "아시아와 아프리카의 무거운 겨울옷을 벗"는 자각, "뚜껑이 열렸다 닫히는 소리"를 듣는 순간 떠오른 것이다.

　　풀이 눕는다
　　비를 몰아오는 동풍에 나부껴
　　풀은 눕고
　　드디어 울었다
　　날이 흐려서 더 울다가
　　다시 누웠다

풀이 눕는다

바람보다도 더 빨리 눕는다

바람보다도 더 빨리 울고

바람보다 먼저 일어난다

날이 흐리고 풀이 눕는다

발목까지

발밑까지 눕는다

바람보다 늦게 누워도

바람보다 먼저 일어나고

바람보다 늦게 울어도

바람보다 먼저 웃는다

날이 흐리고 풀뿌리가 눕는다

—「풀」(1968.5.29) 전문

　이 시에서 중요한 것은 풀보다 풀의 '움직임'이다. 풀의 움직임은, 그가 '혼돈'이라고도 표현했던 카오스적 동작이다. 카오스야말로, 침묵 속에 끊임없이 활동하고 있는 자연의 본질적 존재성이다. 그리고 이것은 역사적 시간의 본질이기도 하다. 풀은 "비를 몰아오는 동풍에 나부껴" 눕고 울기도 하지만, 때론 더 빨리 눕고, 일어나고, 울고, 웃으며 바람과 대응하며 움직인다. 이러한 풀의 존재성은 "지긋지긋하게 조용한 동작"을 만들어내는 해빙의 과정이 눕고 울고 불현 듯 꽃잎이 떨어지는 순간, "복사씨와 살구씨가 / 한번은 이렇게 / 사랑에 미쳐 날뛸 날"을 모두 표현한다. 때론 역사적 파고에 밀려 눕고 우는 시간이 길겠지만, 풀은 먼저 일어나고 웃는다.

그리고 이 시는 혁명에 대해 무조건적인 낙관을 제시하지 않는다. 풀의 운동이 역동적이긴 하지만, 환희보다는 고통의 순간이 더 길게 형상화된 것은, 역사의 길이 그리 순탄한 것은 아니라는 점을 증명한다. 이러한 지난한 동작이 바로 혁명의 합법칙성인데, 1연이 보여주는 풀의 고난은 쉽사리 혁명이 일어나기 힘든, 진창길을 가는 역사의 본모습을 형상화한 것이다.

일어나 웃기보다는 눕고 우는 시간이 긴 풀의 카오스적 움직임, 혁명의 도래를 확신했던 메시아적 상상력은 신동엽의 세계관보다는 상대적으로 비관적이다. 마지막에 풀이 웃고 있지 않고 날이 흐리고 풀뿌리가 누워있기 때문이다. 물론 눕고 울고, 일어나고 웃는 카오스적 동작이 반복되면서 이후 풀이 일어날 것이라는 점을 암시하긴 하지만, 그것이 언제일지 확신을 주지는 못한다. 혁명이 도래할 것이라고 암시하기는 하지만, 그것의 지난함에 대해서 말하고 있는 '풀'의 비극적 파토스는 그러나 "늦게 누워도 / 바람보다 먼저 일어나고 / 바람보다 늦게 울어도 / 바람보다 먼저 웃는" 의외성으로 인해서 전복의 힘을 얻는다.

김수영이 바라보고 있는 것은 혁명의 규칙성이 아니라 의외성이다. 그것이 리얼한 것이라는 것이다. 「거대한 뿌리」에서 드러난 바대로, 시간은 그렇게 매끄럽게 진보하지 않지만, 무수한 반동들이 존재하기 때문에 진창도 아름다운 것이다. 이것이 당대 통치 주체들이 주장하는 낙관적 미래나, 민족주의자들이 주장하는 혁명에 대한 당위론적인 낙관적 전망과는 다소 다른 균열의 지점이다.

4. 1960년대 시와 신성성의 정치적 함의

지금까지 김수영 신동엽 두 시인의 '신성'의 추구라는 시의식과 시간 인식을 통해서 1960년대 진보적 지식인들의 정치적 상상력에 대하여 논의하였다. '신성의 추구'라는 당대 저항시의 특성은 좌파적 인식론이 차단당한 냉전 체제와 서구 제국에 대립하는 비서구, 제3세계라는 남한 사회에 대한 지정학적 위치를 고려한 당대 진보적 지식인들의 정치적 상상력이다. 당대 최고의 인텔리 지식인이었던 이 두 시인은 4·19혁명과 6·3학생운동을 거치면서 형성된 저항적 민족주의 담론, 특히 제3세계 후진자본주의국가라는 한국의 지정학적 인식에 큰 관심을 가졌다. 그리고 시를 통한 근본혁명, 문화혁명을 꿈꾸며, 시에서 '신성'의 추구라는 공통적인 지향성을 갖는다.

그런데 두 시인은 이러한 문제의식은 공유하고 있었으나, 그 사유의 과정과 지향점을 달랐다. 두 시인의 인식적 차이는 남한의 '후진성', 당대 주요 사회의 모순을 어떻게 이해하는가와 깊은 연관이 있는 것이다. 신동엽은 당대 남한 사회 후진성의 문제는 신식민주의, 제국 / 피식민의 문제로 바라보았고, 이를 잉태한 서구적 근대 인식을 극복하기 위해, 반제, 반전反戰, 평화(민족통일)라는 담론을 세워 서구자본주의 근대 국가라는 선진국 패러다임과는 다른 의미의 반근대 아나키즘적 이상 사회를 꿈꾸었다. 이를 위해 신동엽은 제3세계 저항적 민족주의 담론을 서구 담론에 대항하는 '동학'이라는 정통 철학을 통해 체화하였다. 이러한 철학적 인식론으로 그는 시를 철학적 예언으로 격상시키는 신성의 시학을 체계화시켰다.

이에 반해 김수영은 당대 제3세계 후진국이라는 한국의 지정학적 위치에 대해서는 인식하고 있었으나, 김수영은 '후진성'의 근원을 제국 / 피식민의 이분법을 넘어서는 '자본주의'라는 근본 문제로 바라보았다. 그래서 당대 저항담론인 민족주의 담론에도 거부감을 갖고 있었다. 이 것이 내포하고 있는 제국 / 피식민의 이원론적 인식론의 한계를 알고 이 담론들 역시 제국의 담론에 수렴될 수 있다는 것을 잘 알고 있었기 때문이다. 더 나아가 그는 이러한 이원적 인식론으로는 자본의 테크놀로지가 공격해 오는 근대 사회의 근본 모순을 극복해 낼 수 없으리란 것을 잘 알고 있었다. 그리하여 그는 이를 극복하기 위해 에로티즘과 자연의 신성성에 대한 사유를 통해 자본의 논리에 대응하는 반시론의 세계를 추구하였다. 그러면서 역사적 시간이 무언가 고정적으로 담론화된 것이 아니라, 미립자들의 구성체라는 점을 인식하고, 동시에 늘 지연되고 예외적인 순간에 찾아오지만, 이들의 카오스적 반란의 순간이 곧 혁명이라는 점을 보여주었다. 이 미립자들의 역사철학적 공간에는 제국 / 피식민, 선진 / 후진국의 이분법적 도식은 애초부터 존재하지도 않는 아나키한 사회이다.

그런데 이 두 시인의 인식론은 1960년대 제3세계 담론이 내장하고 있는, 민족주의와 세계주의가 어떠한 방식으로 길항작용을 이루며 공존하는가를 보여주는 것이다. 이 둘은 모두 제국주의를 혐오하였다. 그러나 신동엽의 사상은 아나키즘적 사유를 표방하면서도 민족주의로 수렴되었고, 김수영도 줄곧 민족주의를 경계하며 세계주의를 넘어 아나키한 사회를 꿈꾸었다.

이처럼 이들의 시에 나타난 '신성'의 추구는 1960년대 제3세계 후진국인 한국 사회의 제 모순에 대한 대응체계이자, 그 근본원인인 당대 서구식 자본주의(제국주의)적 인식체계에 대응하며 혁명의 도래를 꿈꾸는 역사철학적 인식의 산물이다. 이러한 점은 1960년대 저항 담론의 한 정점을 보여주는 것으로, 1960년대 한국 반공주의 통치 체제를 뚫고 구성된 것이라는 데 그 의의와 한계가 있다.

이들의 정치적 상상력은 미래의 비전을 경제 대국으로만 사유하게 만들었던 당대 통치 체제와 역시 고정된 유토피아적 미래를 추구하던 좌파 담론에 대한 회의와도 맞물려 생산된 것이기도 하다. 사회주의적 유토피아마저 거부하는 아나키스트인 신동엽과 자유주의자 김수영은 혁명적 역사철학, 카이로스적 신성한 시간의 돌출을 꿈꾸며, 이들과는 다른 방식의 유토피아를 건설하고자 했다. 그러나 그 유토피아가 구체적으로 어떠한 형상이며, 또 어떠한 방식으로 건설 가능한 것인가에 대해서는 여전히 표현하지 못한 채, 암시할 따름이었다. 이 역시 미래에 대한 다른 표현이 허용되지 않았던 당대 검열 체제의 결과이기도 하지만, 이들 사상의 급진성이 낳은 결과이다. 이는 분명 이념과 체제 바깥의 아나키한 공간인 유토피아였기 때문이다.

그리하여 이들은 이러한 혁명적 인식론을 시의 신성성을 통해서 표현하고자 했다. 그들에게 이러한 역사철학은 신성의 추구가 장르상의 근본 목적이기도 한 시를 통해서만 표현 가능한 것이었는지도 모른다. 이것이 1960년대 참여시의 진정한 역사적 의미이다.

제5장

한국 현대시 연구의 성과와 전망

'운명'과 '혁명', 왜, 아직도 '임화'와 '김수영'인가?

1. 현대시 연구의 소외와 난관

현재 한국 현대문학 연구는 교착 상태에 빠진 듯하다. 1990년대 소비에트 사회주의의 붕괴 후, 현실주의란 윤리적 기준 대신 '근대성Modernity'(탈근대, 탈식민주의까지 포함하여)이 새로운 철학적 화두로 대두하면서 '한국문학의 근대성 연구'는 최근까지 진행되어 왔다. 그러더니, 최근에는 다소 주춤한 상황이다. 더 나아가 이러한 이론적 사유에 대한 반성이 있어야 하지 않은가 목소리가 높다.[1] 기존 한국 현대문학 연구방법론을 넘어설 새로운 방법론의 출현을 기대하는 분위기이다.

---

[1] 이러한 점은 최근 한국 현대문학 연구자들이 참여하고 있는 학회의 학술대회 기획이 말해주는 것이다. 2011년 여성문학회 정기 가을 학술대회 주제는 '21C 여성 문학, 문화 연구의 쟁점과 전망'(11월 15일)이고, 2012년 2월 9일 개최된 상허학회 학술대회 주제는 '시대·논제·이론—문학비평과 문화연구'이다.

2004년 가까운 일본에서부터 건너 온, 가라타니 고진의『근대문학의 종언』이 번역된 후[2] 한 차례 이에 대한 반론들이 제기되면서 '근대문학 종언 논쟁'[3]이 불붙은 적이 있다. 이에 대해 한 문학전문기자는 "모처럼 반가운"이라고 표현하며 이 논쟁을 소개했다.[4] '모처럼 반가운', 그렇다. 이 전문기자가 말한 대로 한국 현대문학계에서 치열한 논쟁이 사라진 지 오래였던 것 같다. 그리고 이러한 문제의식은 그나마 학술계로 확산 되지는 못한 것 같다. 소위 비평과 학술계의 분리가 이루어지고 있는 것 이다.[5] 비평계가 근원적으로 현재의 문학 현실과 소통을 기대하는 공간 이라고 한다면, 이러한 점은 그만큼 학술계가 현실성을 멀리한다는 점 은 보여주는 것이라고도 할 수 있다. 이러한 현상까지 포함하여, 현재 한국 현대문학 학술계는 그 이전의 활기에 비해 상대적으로 정체되어 있는 것이다.[6]

---

2 가라타니 고진, 「근대문학의 종말」, 『문학동네』, 2004. 이 논쟁에 대한 소개와 고진에 대한 반론은 김영찬, 「끝에서 바라본 한국 근대문학」, 『한국근대문학연구』 19, 한국근대문학회, 2009.4 참조.

3 가라타니 고진의 종언담론은 윤리적이고 지적인 과제를 짊어지고 공감의 공동체인 네이션 형성에 일정한 기여를 했던 근대문학(소설)의 사회적 역할이 종언을 고했다는 선언적 내용 을 골자로 한다. 소설의 영역에서 근대문학의 종언이라는 도발적인 문구에 대해 근대문학이 가지는 한정된 역사성을 인정하면서도 대체로 근대문학 '이후'의 문학에 대한 신뢰를 보이는 측면이 강했다. 가령 황종연은 "근대문학의 어떤 자질이 한국문학에 살아 있다는 증거를 찾 아내려고 부심하는 일이 아니라 근대문학 이후에도 문학이 존재할 이유를 생각하는 일"에 더 주목한다. 그는 '근대문학의 종언'이 역사에 있어서 합리성과 문화에 있어서 전체성을 부여 하는 목적론적 사고방식이라는 점에서 헤겔적이라고 비판하고, 근대문학 이후가 어떤 양상 인지 논제를 삼지 않는 태도에 대해 애석하다는 부정적 태도를 견지한다.(황종연, 「문학의 묵시록—가라타니 고진의 「근대문학의 종언」을 읽고」, 『현대문학』, 2006.8. 참조) 이후 최원 식 등도 고진의 견해를 반박한 바 있다. 이상 정리는 임지연, 「'여성문학' 트러블—곤경에 처 한 21세기 여성문학 비평」, 『여성문학연구』 26, 한국여성문학학회, 2012.12. 참조.

4 최재봉, 「모처럼 반가운 '근대문학 종언' 논쟁」, 인터넷『한겨레』, 2006.8.18.

5 이러한 문제의식은 한 기획회의 중 권보드래, 김현주 선생님의 문제의식을 얻어 온 것이다. 이 학회는 이 문제의식을 가지고 다음 학술대회를 개최하기로 했다.(제1차 상허학회 연구이 사회 회의록)

6 이러한 비평계의 노력은 2013년 고봉준, 황규관, 박수연, 김수이 등이 참여한 '노동시' 논쟁으

물론 그동안 한국 현대문학 연구에서는 근대성이란 자장 안에서 다양한 방법론적 탐색이 이루어지고 있었다. 무엇보다 눈의 띄는 일은 그간 '텍스트'에만 한정되었던 연구대상이 '매체media'로 확장되었던 것이다.[7] 이 연구방법론은 문학 텍스트가 산출된 사회사적 의미망을 좀 더 구체적으로 밝혀보자는 의도에서 기획된 것으로, 그간 속류사회학적 방법이라고 비판받곤 했던 1980년대 리얼리즘 논의의 한계를 벗어나 텍스트를 둘러싸고 있는 콘텍스트의 물질적·의식적 실체를 미시적, 역동적으로 밝혀내는 데 유용한 연구 방법이었다. 매체 연구는 이후 근대문학 형성의 제반 토대와 텍스트 간의 역동적인 상호 작용을 연구하는 문학 장場 연구[8]로 이어지기도 했다. 그리하여 실증성의 강화라는 성과와 함께 한국 현대문학 연구는 문화사, 풍속사 연구로까지 확장되기도 했다.[9]

　또한 '식민 체제 연구'라는 발본적인 문제의식을 내걸고 시작된 '검열' 연구,[10] 문자 텍스트의 질료인 '언어'의 성스러운 기원을 되짚으며, 그 정

　　로 또 한번 드러난 바 있다. 이에 대한 자세한 내용은 김수이, 「얼굴 없는 노동, 자본주의의 역습」, 『창작과 비평』 34-3, 창작과비평사, 2006 겨울 외 위 비평가의 논의 참조.

7　이러한 매체 연구의 선봉장은 단연 최수일의 『『개벽』 연구』(소명출판, 2008)이다. 이외에 한기형 외, 『근대어 근대매체 근대문학―근대 매체와 근대 언어 질서의 상관성』, 성균관대 대동문화연구원, 2006.2; 천정환 외, 「식민지 근대의 뜨거운 만화경―'삼천리'와 1930년대 문화정치」, 성균관대 출판부, 2010; 근대시 연구 성과로는 박용찬, 『한국 현대시의 정전과 매체』, 소명출판, 2011.8.30. 해방 이후 현대문학 연구자 중 매체 검열 연구에는 이봉범이 그 대표이다(이봉범, 「잡지 『문예』의 성격과 위상」, 『상허학보』, 17, 상허학회, 2006.6 외 다수).

8　그 연구결과로는 민족문학사연구소 기초학문연구단, 『한국 근대문학의 형성과 문학 장의 재발견』, 소명출판, 2004; 박헌호 외, 『작가의 탄생과 근대문학의 재생산 제도』, 소명출판, 2008.8 참조.

9　대표적으로 천정환, 『근대의 책읽기』, 푸른역사, 2003; 연구공간 수유+너머 근대매체연구팀, 『신여성―매체로 본 근대여성풍속사』, 한겨레출판부, 2005; 권보드래·김진송·신명직, 『한국의 근대 세트』, 현실문화연구, 2003; 이경돈, 「『별건곤』과 근대 취미독물」, 『대동문화연구』 46, 대동문화연구원, 2004 등.

10　한기형, 박헌호와 사회학자 정근식, 최경희, 한만수 등이 의기투합하여 기획한, 검열 연구의 대표적 성과는 동아시아학술원학술회의 '식민지 검열 체제의 역사적 성격'(2004.12.17)를 출발로 하여, 최근 2011년 이혜령이 결합하여 기획 개최된 학술회의 '탈식민 냉전 국가의 형성과 검열'까지 이어지고 있다. 이러한 학술회의의 성과는 검열연구회, 『식민지 검열, 제도 텍

치성을 파헤친 '언어' 연구,[11] 이식론의 한계를 벗어나 탈경계 연구의 지평을 연 '번역' 연구[12]까지 연구 방법론을 확장시키고, 주제를 심화시키려는 노력은 지속적으로 추구되었다. 종합해 보면, 그래도 한국 현대문학 연구는 텍스트 연구만으로는 채울 수 없었던, 주체를 둘러싸고 있는 물질적 정신적 토대 연구, 정치 사회 체제 연구, 더 나아가 정신사 연구라는 지평으로 꾸준히 확장해 나아가려고 했던 셈이다.[13]

물론 이러한 연구풍토에 대한 비판도 있었다. 매체 연구의 초기 기획 의도가 희미해지면서 매체 그 자체의 실증성에만 매몰된 경우도 있기 때문이다.[14] 그리하여 그에 대한 반동으로 '문학' 텍스트로의 귀환[15]이

스트 실천』, 소명출판, 2011로 엮여 나왔다.

11 이혜령, 「기획 : 한국 근대어의 탄생 – 한글운동과 근대어 이데올로기」, 『역사비평』 71, 역사비평사, 2005.5; 한기형, 「기획 : 한국 근대어의 탄생 – 근대어의 형성과 매체의 언어전략 – 언어·매체·식민체제·근대문학의 상관성」, 『역사비평』 71, 역사비평사, 2006.6; 그 종합적 결과물로는 임형택 외, 『흔들리는 언어들 – 언어의 근대와 국민국가』(대동문화연구총서 27), 성균관대 동아시아학술원, 2008 참조. 시와 관련된 대표적인 성과는 하재연, 「1930년대 조선문학 담론과 조선어 시의 지형」, 고려대 박사논문, 2008 등 참조.

12 번역 연구 성과로는 황호덕, 『근대 네이션과 그 표상들』, 소명출판, 2005, 황호덕·이상현, 「번역과 정통성, 제국의 언어들과 근대 한국어」, 『아세아연구』 145, 고려대 아세아문제연구소, 2011.9; 황호덕, 「번역가의 왼손, 이중어사전의 통국가적 생산과 유통」, 『상허학보』 28, 상허학회, 2010.2 외 다수의 논문; 정선태, 『근대의 어둠을 응시하는 고양이의 시선 – 번역·문학·사상』, 소명출판, 2006; 본서의 경우가 이에 해당한다.

13 문학·매체의 텍스트와 담론, 그리고 정신사, 정치체제 연구를 결합시키고자 한 시도로, 이혜령, 「친일파인 자의 이름 – 탈식민화와 고유명의 정치」, 『민족문화연구』 54, 고려대 민족문화연구원, 2011; 이혜령, 「사상지리의 형성으로서의 냉전과 검열」, 『상허학보』 34, 상허학회, 2012.2; 권명아, 「풍속 통제와 일상에 대한 국가 관리 – 풍속 통제와 검열의 관계를 중심으로」, 『민족문학사연구』 33, 민족문학사학회, 2007; 김예림, 「배반으로서의 국가 혹은 '난민'으로서의 인민 – 해방기 귀환의 지정학과 귀환자의 정치성」, 『상허학보』 29, 상허학회, 2010.6; 차승기, 「"사실의 세기", 우연성, 협력의 윤리」, 『민족문학사연구』 38, 민족문학사학회, 2008; 정종현, 『동양론과 식민지 조선문학제국적 주체를 향한 욕망과 분열』, 창비, 2011; 공임순, 「박정희의 "대표 / 재현"의 논리와 "지도자상"의 구축을 중심으로」, 『동방학지』 142, 연세대 국학연구원, 2008 등의 연구가 그 예이다. 이들은 대개 식민지 시대 연구를 거쳐 최근에는 해방 이후로 그 연구의 대상을 확장해 가고 있다는 것이 공통점이다.

14 대표적으로 필자의 논문, 「'학생계' 연구」(『상허학보』 20, 상허학회, 2007.6)이 그 한계를 드러낸다.

15 한국현대문학학회의 2011년 상반기 학술대회 주제가 '텍스트로의 귀환'(2011.2)이다.

논의되기도 하였다. 문학 텍스트 연구의 신성성을 훼손하는 것은 아닌가 우려 섞인 목소리인 것이다. 이 역시 매체 연구의 기획 의도를 다시 구성하게 하고, 새로운 방법론을 모색한다는 점에서 의미 있는 기획이었다.[16]

잘 알려진 대로, 이러한 연구 방법과 대상의 확장에는 2002년부터 본격적으로 시행된 한국연구재단(구 한국학술진흥재단)의 연구지원시스템이 기여한 바가 크다. 이러한 토대와 연구 풍토는 이후 사학, 사회학 등과의 학제 간 연구의 시도라는 성과를 낳기도 했다.[17] 시스템이 가져온 공과는 아직도 진행 중인데,[18] 이를 통해 더 이상 한국 현대문학 연구자들이 텍스트 연구만으로는 먹고 살기 힘들어지는 형국이 만들어졌다.

---

16 그러나 매체 연구의 기획 목적이 텍스트만 분석했을 때 얻을 수 없는 것들을 얻어내는 데 있었던 것임을 간과해서는 안 될 것이다. 그리하여 과감히 문학 텍스트의 신성성을 해체하고 다시 출발해 본 것이다. 그리고 아무리 컨텍스트를 탐사하고 있다 하더라도, 결국 텍스트로 귀착될 수밖에 없는 것이 한국 현대문학 연구자이다. 왜냐하면, 한국 현대문학 연구자들은 늘 문학이 '사회적 상상력'의 담지체로 이를 떠안고 존재해야만 했던, 한국근현대사의 모순을 너무나 잘 알고 있기 때문이다. 식민지 시대 문인의 위치는 경성제대 법문학부 수석졸업생이 유진오가 작가를 선택했다는 유명한 예에서도 드러나는 점이며, 이러한 상황은 이후 독재 정권 하 검열통제 하라는 상황에서도 지속적으로 이어진다. 그리하여 매체에 관한 연구가 이를 산출해 낸 문화제도와 그 내부에서 생성된 텍스트와의 연관성을 제대로 규명해 낼 때, 그 안에서 오히려 문학의 이념적 우월성이 제대로 증명될 수 있을 것이다.
17 일례로 2008년 한국연구재단 프로젝트로 선정된 국문학자와 사학자 공동 연구 프로젝트, 성균관대 동아시아학술원의 '동북아 한인발행 언론매체사전 편찬 및 디지털사전 DB 구축(1945년 이후)' 사업 등이 있다.
18 2002년부터 시행된 학술진흥재단의 기초학문연구지원 분야의 지원은 그동안 배고픈 학문이라는 인문학 연구에 숨통을 틔워주는 물적 기반이 되었다. 이는 그간 소외 학문이었던 한국문학, 한국사, 한국철학 연구의 발전은 물론, 그 내부의 학문적 위계화까지 이루어내는 막강한 영향력을 끼쳤다. 물론 이후 주객이 전도되어 선연구 후지원이 아니라 선선정 후연구라는 연구패턴이 생겨 오히려 연구분야가 축소되거나, 연구지원이 끝나면 그 연구를 진행하지 못해 성과 위주의 연구가 되어버린다. 결국 주제의 심화가 아닌 확장만을 추구할 수밖에 없는 심각한 폐단을 낳았다. 무엇보다 심각한 문제의식은 늘 국가정책에 비판적이었던 인문학도들이 국가의 자본으로 공부를 하고 있다는 기묘한 자괴감이다. 국가의 돈을 편히 수령하는 못하는 이 현실 역시 늘 사회비판적 지성의 책무를 선두에서 떠안고 있었던 한국 현대 지성사의 특수성과 맞물려 있는 문제이다. 이 외에 한국문학연구 풍토에 대한 전반적인 논의는 박헌호, 「문학 '史' 없는 시대의 문학연구」, 『역사비평』 75, 역사비평사, 2006.5 참조.

프로젝트를 수행하는 국내 대학 연구소의 존재 기반이 '동아시아학', '세계 속의 한국학'으로 정립되고 있는 형편에서 한국문학 연구자가 아니라 이제는 '한국학' 연구자라는 정체성을 가져야 하기 때문이다. 물론 이것도 그리 부정적인 일만은 아닐 것이다.

문제는 오늘의 논점인 한국 현대시 연구이다. 유독 한국 현대시 연구는 이러한 연구 동향 속에서 그 중심을 잡지 못하고(않고) 있는 것이다. '소외'라고 말한다면 '소외'이고, 자처한 '고립'이라고 한다면 '고립'이다.

그간 기획된 여러 현대문학 연구 학회의 학술대회에서, '한국시학회' 등 시 연구 학회의 경우를 제외하면, 시 연구자들을 찾아보기가 어렵다. 배정된다고 하더라도 구색 맞추기 식으로 한 테마 정도가 배정될 정도이며,[19] 그나마 이는 다행한 일이다. 이러한 현상은 어떻게 해석해야 하는가? 단지 시전공자의 수적인 열세에서 기인하는 것만은 아닐 것이다. 이에 대한 해답은 앞서 설명한 한국 현대문학 연구 상황과 맞물려 있다.

우선 정확하게 확정하기는 어렵지만, 기원을 거슬러 올라가면 한국 현대시 연구가 학계의 중심에서 멀어지게 된 것도 2000년대 중반경, 한국연구재단의 기초학문연구지원 프로젝트가 시행된 이후이다. 초기 공동연구 중심으로 진행되었던, 이 연구 프로젝트 지원 사업 내부에서 현대시 전공자들이 중심멤버로서 참여한 경우는 드물다. 이미 수적으로 전공자가 적은 탓도 있고, 프로젝트 사업이 토대 연구이거나, 학제 간 연구인 경우는 대부분 시전공자가 끼어들기 힘든 것이기 때문이다. 참여

19　가까운 예로 2012년까지 현대문학 전공 소장학자들이 포진해 있는 상허학회의 학술대회를 볼 경우 시 전공자가 등장한 경우는 총 5회의 학술대회에서 '1945년 8·15 해방의 드라마(2008.11.29)' 중 「고백의 윤리와 숭고의 가면쓰기—『전위시인집』과 해방기 시의 지형도」(이기성), '4·19, 낯선 혁명—역사의 풍경과 문학의 기억'(2009.4.3) 중 「전통이 된 혁명, 혁명이 된 전통」(오문석), '해방과 분단, 분단과 전쟁 사이'(2009.7) 중 「'분실된 年代'의 자기표상—해방기 모더니스트들의 냉전 인식과 그 이념적 좌표」(박연희) 3편뿐이다.

하고 있다 하더라도 시 전공 분야 연구를 수행하기는 힘든 상황이다. 현재는 상황이 역전되어 공동과제보다 단독과제의 비중이 높아지고 있는 상황에서는 시전공자들의 선정률이 높아졌다. 시전공자들은 대부분 개인과제에 선정되어 연구 중이다.[20] 그래도 이러한 물질적 토대가 상대적으로 시 연구 성과의 산출을 다소 위축되게 했다는 점은 부인할 수 없는 사실이다. 따라서 프로젝트 주제, 즉 담론 중심으로 연구 주제가 정해지는 최근 한국 현대문학 연구 풍토에 시 연구자는 다소 거리를 둘 수밖에 없었다고 볼 수 있다.

이러한 상황에서, 방법론적 모색과는 별도로, 작년(2011)까지 한국 현대문학 연구 학회의 학술대회는 한동안 활기를 띄고 있었다. 그것은 한국 현대문학 연구의 시기적 대상이 일제 말기부터 해방기 혹은 한국전쟁기에서 4·19혁명 시기까지 옮겨가고 있었기 때문이다.[21] 그런데 이 안에서도 시전공자를 찾기 어려운 것은 단지 장르상의 속성 때문이라고 할 수 있을까?

이러한 시 연구의 난항과 달리, 근래의 시 비평계는 보기 드문 활력을 보여주고 있다. '모처럼 반가운' 논쟁이 최근에 시 비평단에서 일어나고 있다는 점이다. 그것은 바로 '시와 정치(적인 것)' 논쟁이다.[22] 이 논쟁을

---

20 2011년 개인과제로 선정된 현대시 분야는 박사후국내연수 3개, 학술연구교수 1개, 기본연구 지원사업(단독과제) 1개 등이다(2011 한국연구재단 공지사항 참조).

21 상허학회 학술대회 프로그램을 소개하면 다음과 같다. '일제 말기 미디어 장과 문화 정치'(2008.2.22), '1945년 8·15해방의 드라마'(2008.11.29), '4·19, 낯선 혁명—역사의 풍경과 문학의 기억'(2009.4.3), '해방과 분단, 분단과 전쟁 사이'(2009.7), '1970, 반-정전의 대중사회'(2010.11.27).

22 이 논쟁은 시가 정치적인 것일 수 있는가라는 의미에서 '시와 정치적인 것'에 관한 논쟁이라고 보는 것이 더 정확할 것이다. 정치와 직접적인 연관성을 가지려는 사회학적인 논쟁보다는 오히려 미학적인 급진성에 관한 논쟁이라고 보아도 될 것이다. 이 글에서는 편의상 '시와 정치' 논쟁이라고 부르기로 한다. 시와 정치 논쟁은 시인 진은영의 글, 「감각적인 것의 분배—2000년대의 시에 대하여」, 『창작과 비평』, 2008년 가을호에서 촉발되었다고 한다. 이 논쟁

통해 주체들은 신자유주의라는 자본의 욕망이 들끓는 현실과 시가 첨예한 접전을 펼친다는 점을 인식하고, 시는 정치적일 수 있는가라는 가장 본원적인 질문을 다시 묻고 있는 것이다. 그런데 이 본원적 질문 역시 비평계에서 실행된 것이지 학술계에는 그다지 큰 영향을 끼친 것 같지는 않다.

문제는 여기 있는 것 같다. 연구자가 이 논쟁에 관심을 갖게 된 것은, 정작 현대시 연구자들은 점차 현재의 연구와 현실적 접점을 고민하지 못하고 있는데, 문학 현장에서 시인과 시비평가들은 첨예한 고민을 시행하고 있었던 것이다. 신형철의 표현에 의하면, 이 논쟁은 '직접적으로 정치적이면서 동시에 첨예하고 미학적이고 싶다는, 결코 흔치 않은 이중의 욕망'[23]에서 출발한다고 말하면서 70년대산産[24] 시인들의 시적 고투를 소개한다. '자기 성찰'이 아닌 '자기 계발' 담론만이 무성한 신자유주의 시대에 '인간이 되어간다는 것'에 대한 고통을 표현한, 역시 70년대산産 신해욱의 시를 고평한다. 획일화된 인간상을 요구하는 세상에 대해 끊임없이 자아 분열을 시도하는 언어들, 이것이 2000년대 신진 시인들의 정치적 무기이다. 비평은 이러한 고투와 함께해야 한다고 결론 맺는 이 글에서 연구자들은 무엇을 얻어야 할 것인가? 우리도 고민을 해야 하는 것은 아닌가?[25]

의 자세한 전개 상황과 정리는 신형철, 「가능한 불가능─최근 '시와 정치' 논의에 부쳐」, 『창작과비평』 147, 2010.3; 임지연, 앞의 글. 이러한 논의는 향후 서정성 논의로까지 심화된 바 있다. 이에 대해서는 고봉준, 「하나에서 둘 둘에서 여럿으로」, 『오늘의 문예비평』 73, 2009.5 참조.

23 진은영의 문제제기를 소개하면 이렇게 말한다. 신형철, 앞의 글, 371쪽.

24 이 논쟁을 촉발했던 진은영 시인의 시 제목이다. 시전문을 옮기면 다음과 같다. "우리는 목숨을 걸고 쓴다지만 / 우리에게 / 아무도 총을 겨누지 않는다. / 그것이 비극이다. / 세상을 허리 위 분홍 훌라후프처럼 돌리면서 / 밥 먹고 / 술 마시고 / 내내 기다리다 / 결국 / 서로 쏘았다." 진은영, 『우리는 매일매일』, 문학과지성, 2008.

25 물론 그렇다고 해서 비평계가 현실과 소통을 이루고 있다고 보기도 어렵다. 학술장과의 분

이제 시 연구자들은 연구 주체를 위축되게 만드는 현재 학술 제도의 문제를 극복해야 하는 것과 동시에 시장경제의 논리가 개별 개체의 삶을 지배하는 '신자유주의' 시대, 문학을, 그것도 시를 연구한다는 행위의 의미를 고민해야 할 것이다.

2. 현대시 연구의 발자취-'소외'와 '고투孤鬪'의 과정

2000년대 초반까지 시 연구는 타 장르에 비해서 그리 뒤처지지 않는 추진력을 발휘한다. 당대는 근대시의 형성 과정에 관한 연구가 중요한 쟁점이었다. 그리하여 '미적 근대성'의 범주를 구성해가면서 한국 현대시의 형성 과정에 관한 연구[26]가 시행된다. 이 과정에서 '김여제, 현상윤, 최승구' 등 그간 한국 현대시문학사에서 묻혀있던 시인들이 발굴되고, 그들이 꿈꾸었던 현대시의 미적 인식이 규명되었다. 1920년대 민요시의 전반적인 담론적 지형을 구성해 내었고,[27] 이후 지속적으로 전통론, 민요시론[28]에 관한 연구가 진행되었다. 이 자장 안에서 오히려 소월

리도 이러한 점과 무관한 것은 아니다. 현실성의 문제는 연구자, 평론가, 시인 모두가 머리를 맞대고 함께 고민해야 할 문제이다.

26 이에 대한 연구는 대표적으로 정우택, 『한국 근대 자유시의 이념과 형성』, 소명출판, 2004; 정우택, 『한국 근대시인의 영혼과 형식』, 깊은샘, 2004; 심선옥, 「김소월 시의 근대적 성격 연구」, 성균관대 박사논문, 1999. 한국 모더니즘의 시의 계보학을 연구한 허윤회, 『한국의 현대시와 시론』, 소명출판, 2007 등 참조.

27 남정희, 「한국근대민요시연구」, 성균관대 박사논문, 1998.

28 정우택, 「朱耀翰의 言語 民族主義와 國民詩歌의 創案」, 『어문연구』 137, 한국어문교육연구회, 2008.3; 정우택, 「근대적 서정의 형성과 이별의 양상」, 『국제어문』 38, 국제어문학회, 2006.12; 심선옥, 「특집 : 한국 근대문학 양식의 형성과 전개-1920년대 민요시의 근원(根

시의 근대주의적 면모는 더욱 섬세하게 규명되었다. 이러한 연구는 근대 이전의 노래 양식이 서구 근대시의 유입됨에 따라 어떠한 방식으로 근대화되는가를 실증적, 이론적 양 측면에서 고찰해 내었다는 데 의미가 있었다.

그러는 과정에서 현대시 연구가 점차 변방으로 밀려나기 시작한 것은 탈식민주의 담론이 위력을 떨칠 즈음이었다. 탈식민주의의 유입은 일제 말기 파시즘(친일) 문학에 대한 관심을 추동시켰으며, 그 효과로 한동안 파시즘 문학 연구[29]는 진행된다. 탈식민주의 연구는 그간 친일 / 반일의 이분법적 논리에서 벗어나 식민지 주체의 혼종된 내면을 탐색하도록 하였다. 즉 결과론적으로 단죄하는 형식이 아니라, 그들의 내면의 욕망과 과오가 혹 우리의 내면에는 없었는가를 묻는 방식이다.[30]

시 연구자들도 친일시 연구[31]를 진행시킨다. 문제의 핵심에 서정주가 자리 잡고 있었던 것은 당연한 이치였다.[32] 이 외에도 김억, 주요한, 김용제, 최남선 등이 거론되었다.[33] 그 결과 '국민시인' 혹은 '시의 정부'라

源)과 성격」,『상허학보』10, 상허학회, 2003.2.

29 파시즘 연구는 한국연구재단 프로젝트의 일환으로 진행되기도 했다. 그 성과물로는 방기중,『일제 파시즘 지배정책과 민중생활』, 혜안, 2004 참조.

30 릴라 간디, 이영욱 역,『포스트식민주의란 무엇인가?』, 현실문화연구, 1999 참조.

31 허윤회,「1940년대 전반기의 시론에 대하여」,『민족문학사연구』32, 민족문학사학회, 2006; 허윤회,「1940년대 전반기의 서정주」,『한국문학연구』34, 동국대 한국문학연구소, 2008.6. 그 외 대표적으로 박수연,「일제 말 친일시의 계보」,『우리말글』36, 우리말글학회, 2006.4; 최현식,「이광수와'국민시'」,『상허학보』22, 상허학회, 2008.2; 최현식,「시적 자서전과 서정주 시 교육의 문제」,『국어교육연구』48, 국어교육학회, 2011.2; 고봉준,「일제 후반기 시에 나타난 향토성 문제」,『우리문학연구』30, 우리문학회, 2010.6; 고봉준,「'동양'의 발견과 국민문학」,『한국문학이론과 비평』35, 한국문학이론과 비평학회, 2007.6 등이 있다.

32 이러한 점은 이례적으로 문예지의 특집으로도 기획되었던 점이 말해주는 것이다.「특집 서정주의 친일과 지식인의 길」,『실천문학』66, 실천문학사, 2002.5. 이 외에 허윤회, 앞의 글; 남정희,「불교의 緣起論으로 본 서정주의 시」,『우리문학연구』29, 우리문학회, 2010.2.

33 박수연은'국민문학파와 국민주의','순수서정파와 언어미학주의','프로문학파와 전제주의'로 유형화하여 설명한다. 그러면서 김동환, 김용제, 김종한, 김억, 주요한 등의 시와 산문을 분석한다. 박수연, 앞의 글 참조.

는 미당[34] '서정주의 시에서 드러나는 형이상학적 요소'가 '일제의 군국주의와 강력한 국가주의'[35]의 소산이라는 점, '일제 말기의 전통론 중에서 반서구적 동양주의의 이념으로 동일화되었던 문인들이 급기야 친일파시즘의 배타적 이념으로 빠져든 것'[36] 등을 증명해 낸다.

이처럼 친일문학 논의의 장점은 주체의 내면을 논하면서, 문학정신사의 일 단면을 논할 수 있다는 것이다. 그런데 중요한 것은 한 연구사가 지적하고 있듯이, 지금까지 친일시 연구가 다른 장르들에 비해, '친일'과 아닌 것을 구별해 내고, 이를 단죄하려는 윤리적 자의식이 강하다는 점이다.[37] 그래서 친일시 연구가, 윤리적 비난이 아닌 진정한 비판이 되기 위해서는 그 전제조건으로 '식민지적 시스템과 정신구조'에 대한 포괄적이고 전면적인 연구를 수행해야 한다는 것, 친일문학 담론의 연구야말로 식민지적 조건에서 시작된 '한국문학의 특수성'을 파악하는 '열쇠'라는 의미[38]를 기억해야 한다고 주장한다. 그럴 때만이 단지 죄인과 나를 구별해 내고 자기 위안의 서사를 구사하는 데 그치지 않고, 현재 우리의 내부를 냉엄하게 성찰하고 미래의 시 문학사를 슬기롭게 기획할 수 있기 때문이다.

그런데 이 지적은 현재 한국 현대시 연구가 내포하고 있는 전반적인

---

34 김춘식, 「자족적인 '시의 왕국'과 '국민시인'의 상관성」, 『한국문학연구』 37, 동국대 한국문학연구소, 2009.12.
35 허윤회, 「1940년대 전반기의 서정주」, 『한국문학연구』 34, 동국대 한국문학연구소, 2008.6.
36 박수연, 「일제 말기 서정시 교육의 윤리학」, 『우리말글』 48, 우리말글학회, 2010.4, 31쪽 참조.
37 허윤회는 "이제 서정주의 친일이 하나의 역사적 사실이라면 그것이 그의 시세계에서 갖고 있는 의미와 이후에 그의 시세계에 미친 영향 등이 살펴져야 할 것이다"라고 하면서 이미 이러한 단죄 시스템에서 일찌감치 멀찍이 떨어져 와 있었다.(허윤회, 앞의 글 참조) 앞서 인용한 최현식, 고봉준의 논의 역시 이러한 단죄 시스템에서 벗어나 있었다고 볼 수 있다.
38 오문석, 「민족문학과 친일문학 사이의 내재적 연속성 문제 연구—최남선을 중심으로」, 한국문학연구학회, 『현대문학의 연구』, 2006; 김춘식, 「친일문학에 대한 '윤리'와 서정주 연구의 문제점」, 한국문학연구 34, 동국대 한국문학연구소, 2008.6; 허윤회, 앞의 글 참조.

한계점에 대한 것이기도 하다. 탈식민주의 연구 이후로 한국 현대문학 연구는 그 대상을 문학 텍스트 밖으로 확장하면서 정치 체제 혹은 정신 사적 연구로 진행되고 있는 상황이었다고 할 때, 현대시 연구는 그러한 추이에서는 다소 벗어나 있었기 때문이다.

때마침 진행되었던 매체 연구와 문화제도 연구 역시 시 연구자들의 고민을 더해 주었다. 시 연구자들에게 매체 연구는 그다지 매력적으로 다가오지 않았던 것이다. 우선 기질상 맞지 않는다. 실증적으로 데이터 를 짚어가며 연구하기보다는 직관적인 해석이 요구되는, 시 혹은 시인 연구라는 특성과도 관련이 깊은 것이다. 이러한 기질은 식민지 시대 프 로시 혹은 1970~1980년대 민중시의 시대를 제외하고는, 늘 당대의 가 장 첨예한 정치사회적 담론과 직접적인 연관성을 거부하고, 갖더라고 상징화시켜 표현하는 시 장르의 본질에서부터 형성된 것이기도 하다. 그래서인지 연구자들 역시 이러한 연구 방식에서 벗어나는 것을 곤혹스 러워했던 것이다.

또한 이 문제는 시 전문 매체를 제외하고는, 각 매체에 실리는 현대시 텍스트의 양이 그리 많지 않고, 있다 하더라도 그 텍스트의 분석이 그 매 체를 분석하는 데 그리 큰 영향을 미치지 않는 실상에서도 기인하는 것 이다. 특별히 그 매체에 관심이 없다면, 굳이 많은 시간과 노동력을 할 애할 필요성을 느끼지 못하는 것이다.

물론 시 연구에 매체 연구 분야의 성과가 없었던 것은 아니다.[39] 특히

---

39 시전공자의 매체 연구 성과는 정우택, 「『근대사조』의 매체적 성격과 문예사상적 의의」, 『국 제어문』 34, 국제어문학회, 2005.8; 정우택, 「『문우』에서 『백조』까지」, 『국제어문』 47, 국제 어문학회, 2009.12; 조영복, 「『장미촌』의 비전문문인들의 성격과 시 사상」, 『한국문화』 26, 서울대 규장각 한국학연구원, 2000.12 등이 있다. 문학제도 연구로는 심선옥, 「1920~30년 대 근대시의 정전화 과정」, 『상허학보』 20, 상허학회, 2007.

『근대사조』 연구는 황석우, 최승구 등을 시인 이전에 아나키스트로 바라보면서, 그들의 예술지상주의가 어떻게 아나키적 사고와 연결되는가를 성찰하고 있다. 이 연구는 이후 시인이자 사상가인 황석우[40] 연구로 집대성되었고, 이는 근대 초기, 문인들의 정치사상적 전위성, 혹은 정치와 문학의 미분리 상태를 증명해 주었다. 이육사 연구도 이러한 맥락에서 수행된 것이다.[41] 그러나 시전공자의 매체 연구는 한정된 연구자[42]가 수행하고 있으며, 이는 타전공자들보다 시전공자들이 문학 텍스트의 우월성(혹은 순수성)을 신봉하고 있다는 점을 증명해 주는 것이기도 했다.

이후 번역 연구[43]가 시행되기도 하였다. 번역 연구는 텍스트와 텍스트(컨텍스트를 포함하여)의 상호 작용을 고찰하는 데서 출발한다는 점에서인지, 매체 연구보다는 비교적 많은 시 연구자들이 수행하고 있는 편이다. 초기 번역 연구는 조선에서 '미적 모더니티'라는 인식적 전범이 형성되는 과정을 텍스트를 통해서 실증적으로 규명해 내는 성과를 낸다. 동시에 이 연구는 번역의 정치성, 즉 번역이 단지 언어를 다른 언어로 옮기는 기계적 작용이 아니라, 의식을 주입시키는 정치적 행위라는 점을 밝히고, 때론 거꾸로 번역을 통해 피식민자의 인식이 식민자의 정치적 의

---

40 정우택, 『황석우 연구』, 박이정, 2008.
41 이러한 논리의 연구로는 정우택, 「李陸史 詩에서 北方意識의 의미 −號 '陸史'의 새로운 解釋을 중심으로−」, 『어문연구』 125, 한국어문교육연구회, 2005.3; 박지영, 「이육사의 시세계−전통적 미의식과 혁명적 실천의 결합」, 『반교어문연구』 17, 반교어문학회, 2004. 이러한 상황에 비판적 논리를 제기한 논문은 류병관, 「육사의 시와 유교적 전통」, 『한국시학연구』 11, 한국시학회, 2004.11.
42 주로 정우택, 심선옥, 조영복 등이 매체 연구를 결합시키고 있다.
43 허윤회, 「정지용과 번역」, 『민족문학사연구』 28, 민족문학사학회, 2005; 본서의 제1부 제1장; 심선옥, 「근대시 형성과 번역의 상관성−김억(金億)을 중심으로」, 『대동문화연구』 62, 대동문화연구원, 2008. 최근의 연구성과로는 오문석, 「특집 : 한일병합 100년, 한국문학의 식민성과 탈식민성−1920년대 인도 시인의 유입과 탈식민성의 모색」, 『민족문학사연구』 45, 민족문학사학회, 2011.

도에 균열을 내기도 한다[44]는 점을 증명해 낸다. 그리하여 이를 통해 '이식 / 내발', '식민 / 피식민'의 위계화된 의식 질서에 균열이 생성될 수 있음을 보여줄 수 있었다.

물론 아직까지 시분야 번역 연구는 그 징후를 지속적으로 탐색 중이라고 볼 수 있다. 현재 김억 연구를 통해서 근대서정시의 인식과 형식이 구성되는 과정에 규명되고 있는 상황이다. 또한 이중언어의 문제, 직역 / 중역 문제 등 번역 연구의 주요 쟁점들이 논의되고 있는 상황이다. 그러나 식민 체제 연구, 정신사적 연구의 맥락에서 번역 연구의 정치성을 구성시키는 과제는 여전히 남아 있다고 볼 수 있다.[45] 김억,[46] 김수영 등 아직 대상도 한정되어 있는 상황으로, 시 번역 연구는 이제부터 시작인 것이다.[47]

이상으로 현대시 연구가 현재 한국 현대문학 연구 동향에서 어떠한 위치를 차지하며, 그 한계는 무엇인가를 설명해 보았다. 앞서 문제제기한 대로, 과연 현대시 연구는 중심에서 소외되었으며, 한편으론 자발적으로 고립시키기도 한 듯하다. 물론 전공의 특수성이나 수적 열세가 가장 큰 문제이기는 하지만, 그렇다고 새로운 담론을 생성해 내지도 못한 것도 사실이다.

한국 현대문학 연구자들 사이에서 현대시 연구자를 바라보는 선입견

---

44 김수영이 행한 번역이 바로 이러한 정치성을 실현한 것이다. 본서의 제1부 제1장 참조.

45 언어와 번역의 문제를 총체적으로 다루면서, 그리고 그 정신사적 의미에 대한 연구가 최근에 발표된 바 있어 주목을 요한다. 김수림, 「식민지 시학의 알레고리-백석 · 임화 · 최재서에게 있어서의 결정불가능성의 문제」, 고려대 박사논문, 2011 참조.

46 심선옥, 앞의 글; 박슬기, 「김억의 번역론-조선적 운율의 정초 가능성」, 『한국현대문학연구』30, 한국현대문학회, 2010.4; 김진희, 「김억의 번역론 연구」, 『한국시학연구』28, 한국시학회, 2010.8; 조재룡, 「불문학 : 한국 근대시와 프랑스 상징주의 시 사이의 상호교류 연구-번역을 통한 상호주체성 연구를 중심으로」, 『불어불문학연구』60, 한국불어불문학회, 2004.

47 이는 이 글을 쓸 당시의 분석이고 최근 시 번역 연구의 중심이 이상, 박용철, 김기림 등으로 옮겨가고 있다. 고무적인 현상이다.

이 있다. 현실을 초월한 '미학주의자'이거나, 소위 '전사戰士의 시'를 추구하는 좌파적 이상주의자라는 관념이 바로 그것이다. 이러한 시각은 어떤 면에서는 한국 현대 시사의 양극화된, '순수와 참여'[48]라는 두 경향과, 이를 점유하고 있는 시인들을 바라보는 관점과 일치하는 것이기도 하다. 한국의 근대시 연구는 이러한 이분법적 편견에 대면하고 이를 극복하는 과정에 있었다고 볼 수 있다. 그런데 현재 현대시 연구의 문제점을 대면하고 보니, 이러한 선입견에 쉽게 항의할 수 없게 된다. 물론 전공 장르적 특수성도 있지만, 아직 시전공자는 이 두 가지 양극화된 연구 태도에서 벗어나지 못한 것은 아닌가 의문이 들기 시작한다. 그래서 실증성이 강화되고, 텍스 외부로 대상을 확장해야 하는 현재의 연구 풍토에 깊이 발 담그지 못한 것은 아닌가 싶다. 그 결과 아직까지 시인론, 작품론의 범주에서 벗어나지 못한 것은 아닌가 싶다.

1980~2000년대 중반까지 시 연구자들은 늘 현장 비평과의 소통을 염두에 두었고, 그것이 당대 연구의 현실성을 놓치지 않으려 노력의 일환이었던 것으로 기억한다. 또한 타장르와의 공동 연구에도 주체적으로 참여했다.[49] 그러나 현재는 시 전공 연구자가 다른 장르 연구자들과 모여 공동연구를 진행하는 상황은 보기 힘들다. 물론 여러 장르가 모여 공동연구를 시행하는 풍경을 보기가 쉽지 않기 때문에 이것은 현대시 연구만의 문제도 아닐 것이다. 그렇다면 장르별, 현장별 각개전투가 시행 중인 이 상황에서 타장르, 분과와의 연대와 함께 시 연구만의 고유한 길을 찾는 방법은 없을까? 다음에 소개할 연구사는 그 고민의 길을 열어 준다.

---

48 이 시각의 대표적인 예로 김준오는 1960년대 시단을 '순수와 참여의 다극화 시대'라고 명명하였다. 김준오, 「순수·참여와 다극화시대」, 『한국현대문학사』, 현대문학사, 1989 참조.
49 이러한 공동 연구의 대표적인 예는 민족문학사 연구소 70년대 연구반의 성과인 민족문학사연구소, 『1970년대 문학연구』, 소명출판, 2006이다.

3. 극복의 실마리
─친일시 연구 그 이후, 김수영, 임화 시 연구의 현재성

    고 김수영의 부인 김현경 선생님은 시인이 살아 생전에 늘 입버릇처럼 "한국에서 소설은, 언론의 자유가 없어서 안 된다"고 말했다고 한다.[50] 이미 미완이지만, 「의용군」이라는 자전적 체험 소설이 있고, 서재에서 발견된 미발표, 미완의 초고들 속에 소설 원고들이 발견[51]된 것을 보면 시인에게 소설 창작의 욕망은 분명히 존재했던 것으로 보인다. 그러나 의용군에 끌려갔다가 도주, 다시 미군에게 잡혀 포로수용소로 수용되었다 석방된 후, 끊임없이 당국의 감시를 받았던 삶의 고난과 문인으로서 겪어내야만 하는 검열 체제의 모욕 속에서 그는 결국 소설 창작의 꿈을 접어야 했다고 한다. 그 내면의 고통을 언어로 형상화한다는 일은 쉬운 것이 아니었을 것이다. 결국 소설 「의용군」은 미완으로, 끝내 묘사할 수 없었던 내면의 고통[52]은 서사화되지 못한다. 대신 그는 시인이 된 것이다.

    한편, 상대적으로 임화의 내면적 목소리, 서정시가 창작되었던 시기는 혁명의 전망이 어두워져가는 시기이다. 이념에 대한 신념이 가능했던 시기에는 비평을 했다.[53] 즉 『현해탄』(1938)의 시기는 프로문학 해산

---

50 류중하·박수연·박지영, 「시인 김수영의 미군정기·한국전쟁 체험(미망인 김현경 구술녹취록)」, 국사편찬위원회 2010년도 구술자료 수집비 지원 과제, 2010.6.9~9.24 참조.

51 김명인, 「제 모습 되살려야 할 김수영의 문학세계」, 『창작과비평』140, 창비, 2008.6 참조.

52 김현경 여사의 회고에 의하면, 임긍재가 김수영에게 의용군 / 포로수용소 체험을 수기로 쓰면 많은 돈을 주겠다고 했다고 한다. 그러나 김수영은 차마 쓰지 못했다고 한다. 류중하·박수연·박지영, 앞의 글 참조.

53 임화는 잘 알려진 대로, 카프 해산 이후에 학예사에서 출판 사업을 진행하면서(고전발간), 문학사를 쓰기도 했다. 이 점에 대해서는 이미 연구사가 축적되어 있다.

이후이며, 해방기에 발간되었으나 일제 말기 창작된 시가 수록되어 있는, 『찬가』(1947)의 창작 시기는 일제 말기, 그리고 「다시 네 거리에서」(1950~1951)가 쓰인 시기는 한국전쟁기 북한의 패운이 짙어져 가는 시기였다.

한국 현대시문학사 최고의 혁명 시인인 이 두 사람이 시를 창작하게 된 동기와 그 자세는 한국 현대문학사에서 혁명 '시'라는 장르가 어떠한 역사철학적 의미를 갖는가를 상징적으로 보여주는 것이다. 혁명의 실패할 수도 있다는 극심한 고통의 순간에, 감히 그 고통이 서사화되지 못한 순간에 혁명을 꿈꾸었던 청년은 시를 쓴다.[54]

이미 한국근대시의 형성 과정을 논하면서 정우택[55]은, 한국 근대적 서정시의 탄생은 아이러니하게도 국적의 상실이라는 존재론적 토대의 상실과 동시에 이루어진다고 했다. 물론 이것이 보편적인 근대시의 본질이기도 하겠지만, 이처럼 한국의 혁명적 서정시가 창작되는 순간은, 식민지 조선, 해방 후 대한민국 한국 현대문학사에서 혁명 '청년'의 좌절이 바로 눈앞으로 다가왔을 때이다. 물론 혁명의 순간에도 시는 쓰이지만, 임화의 시가 그랬듯, 그 순간 쓰인 혁명시에서는 대개 시적 화자의 맨 얼굴보다는 다중의 목소리가 '가면'을 쓰고 등장하기 때문이다.[56] 서정시는 좌절의 순간에 더욱 그 내포적 함의가 깊어진다.

그런데 중요한 점은 이 두 시인의 시가 2011년 현재에 새롭게 조명되기 시작한다는 것이다. 2000년대 이후에도 임화와 김수영은 여전히 중

---

54 물론 한국문학사에서 한설야, 김남천 등의 전향소설이 존재한다. 전향서사와 시의 차이점에 대해서는 향후 연구해 보도록 하겠다.

55 정우택, 앞의 책 참조.

56 특히 해방기 정치성을 띤 선전선동시에서는 임화의 맨얼굴보다는 당위적인 목소리(당의 목소리)가 드러난다. 이기성, 앞의 글 참조.

요한 연구대상이었다.[57] 이 두 시인은 기묘하게도 2008년에 기념일을 맞이했다. 임화는 탄생 100주년(10월), 김수영은 사후 40주기(6월)로 '기념'[58]된 바 있다. 이 두 혁명 시인은 이미 운동의 시대인 1980년대는 물론 탈이념의 시대였던 1990년대에도 '근대성'이란 화두 아래 지속적으로 연구되었다. 더 나아가 현재까지 주목받고 있는 연구 대상인 것은 한국 현대문학사 통틀어 가장 위대한 혁명 시인이었던 이 두 시인의 존재성, 그 시적 함의의 풍부함을 증명해 주는 것이다.

그리고 동시에 이러한 연구 성향은 현재의 현대문학 연구 동향과도 긴밀하게 연결되어 있다. 임화의 경우도 그간 연구대상이었던 비평, 혹은 문학사가 아닌 시가 조명되고 있는 것은, 앞서 설명한 대로 친일문학 연구와 해방기 연구[59]가 진행되면서 가능한 일이었기 때문이다.

현재, 이러한 임화 시의 존재론적 성격을 잘 규명하고 있는 논문은 이기성, 「'운명'과 '고백' 사이 — 1930년대 후반에서 해방기까지 임화의 시 쓰기」(『민족문학사연구』 46, 민족문학사학회, 2011)이다. 이 논문은 시집 『현해탄』, 『찬가』를 중심으로 카프 해산 이후인 1930년대 중반 이후부터 1950

---

57 임화의 경우 32개이지만, 그중 시 연구가 거의 80%를 육박하고 있다는 점이다. 연구논문은 가장 최근에 발표된 고연숙, 「임화 시에 나타난 '바다'의 상징성 연구 — 현해탄 연작시를 중심으로」, 『인문학연구』 83, 충남대 인문과학연구소, 2011; 문종필, 「임화 시 개작 연구」, 중앙대 박사논문, 2011를 포함하여 130여 개다. 가장 눈에 띄는 것은 최근 언어 연구 동향과 함께 하는 임화의 언어관 연구이지만 시 연구가 많은 비중을 차지한다.
김수영의 경우는 가장 최근에 발표된 박사논문인 임지연, 「1950~60년대 현대시의 신체성 연구 — 김수영과 전봉건을 중심으로」, 건국대 박사논문, 2011 이외에 2000년 이후 2012년까지 국회도서관 검색 석·박사 학위 논문 135개, 학술지 논문의 경우 김지녀, 「김수영 문학 속의 '아메리카'」, 『시와문화』 17 외 234개이다.
58 이 기념일을 발판으로 조직된 임화문학연구회는 현재 활동 중이며, 김수영 기념 사업회도 현재 활동 중이다.
59 이 시기의 연구로는 허윤회, 「해방 이후의 서정주 1945~1950」, 『민족문학사연구』 36, 민족문학사학회, 2008; 진순애, 「전쟁과 인문학의 상관성 — 6.25前後의 문학텍스트를 대상으로」, 『우리말글』 30, 우리말글학회, 2004.4; 장인수, 「전후 모더니스트들의 언어적 정체성」, 국제어문학회, 『2011년 국제어문학회 봄 정기학술대회 자료집』, 2011.5.

년대까지 창작된 임화의 시를 '운명'이란 키워드로 다루고 있다. 역사적 전망, 이념적 신념이 흔들리는 시기에 임화의 맨얼굴이 드러나고, 그것이 대면하고 있었던 것이 운명이라는 점을 구체적인 시 분석을 통해 규명해 내고 있다.[60]

1930년대 중반까지 임화는 시 「현해탄」에서 "먼먼 앞의 어느날, / 우리들의 괴로운 역사와 더불어 / 그대들의 불행한 생애와 숨은 이름이 / 커다랗게 기록될 것을 나는 안다"면서 역사의 승리를 기약했었다. 그러던 그가 「찬가」에서는 "자고 새면 — 벗이여 나는 이즈음 자꾸만 하나의 운명이란 것을 생각고 있다"면서 내면의 고통을 토로한다.[61] 역사와 신화의 사이에서 길항하던 시인이 불안정한 내면을 의탁한 것이 바로 이 '운명'이었던 것[62]이다. 혁명운동이 역사적 소명이라 믿었던 청년 시인에게 암흑기의 좌절은 '운명'을 생각하게 한다. '운명'은 사상적 주체의 이상주의적 열정과는 대척지점에 놓인 단어이다. 어쩔 수 없는 것, 현실과의 사투에서 승리할 수 없다는 것을 깨달았을 때 다다른 주체의 공허함이 바로 운명이라는 괴물로 현현한 것이다. 그래도 현실에서는

---

60 임화를 '운명'으로 서술해 낸 연구자는 김윤식이다(김윤식, 『임화연구』, 문학사상사, 1989 참조). 물론 이 두 연구의 초점은 같은 듯하나 다소 다르다. 김윤식은 그의 생애사적, 문학적 연대기의 서술 속에서 그의 인생 전반을 '운명'이라는 키워드로 정리해 내고 있다. 그가 혁명가가 되지 못하고 시인일 수밖에 없었던 운명이 그의 삶을 비극적으로 이끌었다는 것이다. 반면, 이기성은 임화의 시에 나타난 '운명'이라는 시어를 통해서 일제 말기부터 한국전쟁기까지 한국 시의 내면에 대해 초점을 맞추고 있다.

61 "벗이여 나는 이즈음 자꾸만 하나의 운명이란 것을 생각고 있다"란 부제를 달고 있는 시 「자고 새면」의 전문은 다음과 같다. "이변을 꿈꾸면서 / 나는 어느 날이나 / 무사하기를 바랐다 // 행복되려는 마음이 / 나를 여러 차례 / 죽음에서 구해 준 은혜를 잊지 않지만 / 행복도 즐거움도 / 무사한 그날 그날 가운데 / 찾아지지 아니할 때 / 나의 생활은 / 꽃 진 장미넝쿨이었다 // 푸른 잎을 즐기기엔 / 나의 나이가 너무 어리고 / 마른 가지를 사랑키엔 / 더구나 마음이 앳되어 / 그만 인젠 / 살려고 무사하려던 생각이 / 믿기 어려워 한이 되어 / 몸과 마음이 상할 / 자리를 비워 주는 운명이 / 애인처럼 그립다." 시집 『찬가』 중.

62 이기성, 앞의 글, 277쪽 참조.

그 괴물과의 싸움에서 패배했지만, 시에서 시적 화자는 아직도, 여전히, 싸우고 있다. 이것이 그가 시를 쓴 이유인 것이다.[63]

김수영 연구의 경우는 임화보다 좀 더 복잡한 상황을 내포하고 있다. 늘 주목받고 있었지만, 김수영 역시 해방 이후부터 4·19 이후까지 연구가 촉발되고 있는 상황에서 특별히 더 관심을 받고 있다. 그에 대한 연구는 한동안 번역 연구로 집중된 듯하다.[64] 그러다가 그의 생애사 연구가 최근 다시 조명되고 있다.[65]

그의 생애사 연구가 중요한 것은 그의 시가 늘 당대 현실적 상황과 내면을 정직하게 반영하고 있기 때문이다. 그렇기 때문에 그의 생애사는 곧 그의 시를 분석하는 데 가장 중요한 척도가 될 수 있다. 한 시인 연구에서 수행되어야 할 실증적 고찰의 중요성이 다시 한번 증명된 것이다.[66]

---

63 다시 혁명의 시기가 와선 임화는 자기 비판을 통해 재전향을 선언하고 다시 전사의 시, 「다시 네거리에서」를 쓴다. 그러나 그는 다시 운명을 대면하게 된다. 남한이라는 혁명 투쟁의 전장을 두고 월북을 하게 되고, 바로 한국전쟁을 맞이하게 된다. 그가 지향했던 유토피아가 눈 앞에서 사라져가는 전쟁이라는 잔인한 현실 논리 앞에서 임화는 또다시 '혁명', '역사'가 아니라 '운명'을 보았던 것이다. 다시 운명과 싸워야 하는 이 고통스러운 상황은 다시 시 「너 어느 곳에 있느냐」에서 재현된다(재전향이란 다시 사회주의자로 되는 것을 의미한다. 이 용어는 후지타 쇼조, 최종길 역, 『전향의 사상사적 연구』, 논형, 2007).

64 김수영 문학의 번역 연구는 그가 시인이자 당대 일급 번역가였다는 특수성 때문이다. 그에게 번역은 서구문화를 자기화시키는 과정이자, 시화(詩化)시키는 과정이었다. 진공의 시적 언어를 통해 김수영은 제국/피식민의 정치적 위계화를 허물어버린다. 이에 대해서는 허윤회, 「김수영 지우기―탈식민주의 논의와 관련하여」, 『상허학보』 14, 상허학회, 2005.2; 연구사에 대해서는 본서의 제1부 제3장 참조.

65 대표적으로 2011년 국사편찬위원회 구술자료 수집 지원 사업에 지원하여 선정된 박수연·박지영·류중하, 「시인 김수영의 미군정기·한국전쟁 체험(미망인 김현경 구술 녹취록)」, 국사편찬위원회 2010년도 구술자료 수집비 지원 과제, 2010.6.9~9.24. 이 외에 「시인을 찾아서―김수영 시인(김현경 여사 인터뷰)」, 『문학동네』, 2008 여름.

66 일례로 김현경 여사에 의하면 김수영이 쓴 시 「도취의 피안」은 공산주의자를 비판하기 위해 쓰여진 것이라고 한다. 또 하나의 난해시가 분석될 실마리를 얻은 것이다. 물론 주체의 기억에 의지한다는 점에서 다소 과학성이 떨어질 수도 있는 구술작업의 한계도 감안해야 할 것이다. 그것도 본인이 아니라 부인이라는 점은 한계이나, 고인을 무덤에서 불러올 수는 없는 상황에서는 이것이 최선의 방법일 수밖에 없다(김수영에게 전쟁이 어떤 의미였는가는 이영준, 「내가 쓰고 있는 이것은 시가 아니겠습니까? 자유를 위한 김수영의 한국전쟁」, 『사이間SAI』

최근 생애사적 연구는 김수영이 임화를 찾아 조선문학가동맹 사무실에서 번역 일을 했던 것, 한국전쟁기에는 의용군에 끌려갔다가 이후 거제도 포로수용소에 수용되었다가 풀려났다는 점[67] 등 그의 파란만장한 개인사가 한국 현대사의 굵직한 굴절과 조응한다는 점을 증명하였다. 그리하여 일제 말기에서 해방기, 그리고 한국전쟁 직후까지 진행된 생애사 연구는 그의 시세계의 출발점을 4 · 19혁명이 아니라 해방기, 한국전쟁 시기로 끌어올리는 데 성공하였다.

현재 김수영의 생애사의 핵심은 좌파적 성향이었던 김수영의 좌절이다. 미완의 소설 「의용군」을 픽션이 아닌 수기로 보고자 하는 경향도 그러한 구도에서 가능한 것이다. 의용군에 입대한 주인공이 흠모하는 대상으로 등장하는 '임동은'을 '임화'라고 추측할 수 있는 점은 매우 중요한 것이다. 그리하여 생애사는 김수영은 혁명을 꿈꾸었고, 그것을 역사화하고 서사화하고 싶었으나, 남은 것은 내면적 고통뿐이었다는 점을 증명한다. 그 서사화할 수 없는 내면의 고통이 그로 하여금 시인이 되도록 했던 것이다.

이렇게 살펴보니 이 두 시인의 '운명'에는 공통점이 있다. 그것은 바로 '전향'의 문제이다. 임화는 해방 이후 1945년 12월에 있었던 「문학자의 자기 비판」 좌담회에서 "내 마음 속 어느 한 구퉁이에 강잉히 숨어 있는 생명욕이 승리한 일본과 타협하고 싶지 않았던가?"[68]라고 말한 바 있다. 이를 경로를 되짚어 거꾸로 해석해보면 그는 친일을 드러내놓고 수행한

3, 국제한국문학문화학회, 2007 참조). 최근 포로수용소 체험 관련 자료 발굴도 이러한 생애사에 대한 관심에 불을 붙였다. 김수영, 「시인이 겪은 포로생활」, 『근대서지』 2, 근대서지학회, 2010 참조.

67 이에 대한 자세한 사항은 박수연 · 박지영 · 류중하, 앞의 글.

68 임화, 「문학자의 자기 비판」, 『중성』 창간호, 1946.2, 44쪽(김윤식, 『임화 연구』(문학사상사, 2000)에서 재인용).

것이 아니라,[69] 내면에서 은밀하게 행한 것이다. 그의 시 「자고 새면」에서 그가 싸우고자 했던, "살려고 무사하려던 생각"을 했던 것이다. 전향이 사상적 굴복[70]이라고 한다면 임화의 이 내면적 갈등도 전향의 근거가 될 수 있는 것이다.[71]

김수영은 이 점에 있어서는 논란의 여지가 많다. 청년 시절 사상적 입장을 밝힌 적 없었으니, '전향[72]'이란 평가는 좀 과할 수 있다.[73] 그래도 김수영의 미완의 소설 「의용군」은 전향문학이라고 볼 수 있다. 의용군의 주인공이 북한 사회주의에 대한 판타지를 가졌다고 실제 북한을 가보고 실망하는 대목은 전형적인 전향 서사 중 하나이다. 즉 이념과 실제의 괴리는 전향자의 전형적인 전향 동기이다.[74] 좌편향으로 갈 수 있었던 청년이 '자유주의자'로 남는 상황도 주목해서 보아야 할 부분이다. 그럼에도 불구하고 생애 내내, 북으로 간 동료들에게 대한 선망을 버리지 않았던 점 등, 급진적(혁명적) 사고의 틀은 그대로 유지하고 있었던 점을 보면 그는 전향을 하지 않았다고도 볼 수 있는 것이다. 이는 5·16군사쿠데타 이후인 1962년 발표한 그의 시 「전향기」(『自由文學』7-3)에서 드러

---

69 임화는 자기 비판의 자리에서 "이것은(친일은) 「내」 스스로도 느끼기 두려웠던 것이기 때문에 물론 입밖에 내어 말로나 글로나 행동으로 표시되었을 리 만무할 것이고 남이 알 도리도 없는 것이나 그러나 「나」만은 이것을 덮어두고 넘어갈 수 없는 이것이 자기 비판의 양심이 아닌가 하고 생각합니다'라고 말한 바 있다. 위의 글 참조.
70 혼다 슈우고, 이경훈 역, 「전향문학론」, 『현대문학의 연구』 4, 한국문학연구학회, 1993.
71 실제로 임화는 신병으로 활발하게 활동을 안 했지만, 친일문인단체인 조선문인보국회에 가입한 바 있다.
72 전향이란 외부적 압력에 의해서 공산주의 사상을 포기한다는 의미로 일본 공산주의 사상사, 전향사에서 유래한 역사적 용어이다. 그러나 대개 전향은 사상의 전환이란 의미로 폭넓게 사용되기도 한다.
73 최근 조은정에 의해 발굴된 「탈당성명서」가 있지만 이 역시 당대의 과열된 당국의 전향 정책 탓에 이루어진 결과라고 보는 것이 옳을 것이다. 「탈당성명서」에 대해서는 조은정, 「해방 이후(1945~1950) '전향'과 '냉전국민'의 형성—'전향성명서'와 문화인의 전향을 중심으로」, 성균관대 박사논문, 2018, 32쪽 참조.
74 이에 대한 연구로는 본서 2부 1장 참조.

나는 바이다.

　　일본의 '진보적' 지식인들은 쏘련한테는
　　욕을 하지 않는다고 한다 나도 얼마전까지는
　　흰 원고지 뒤에 낙서를 하면서
　　그것이 그럴듯하게 생각돼서
　　쏘련을 내심으로도 입밖으로도 두둔했었다.
　　— 당연한 일이다

　　쏘련을 생각하면서 나는 치질을 앓고 피를 쏟았다
　　일주일동안 단식까지 했다
　　단식을 하고나서 죽을 먹고
　　그 다음에 밥을 떡국을 먹었는데
　　새삼스럽게 소화불량증이 생겼다
　　— 당연한 일이다

　　나는 지금 일본 시인들의 작품을 읽으면서
　　내가 너무 자연스러운 轉向을 한 데 놀라면서
　　이 이유를 생각하려 하지만
　　그 이유는 詩가 안된다
　　아니 또 詩가 된다
　　— 당연한 일이다

　　'히시야마 슈우조오'의 낙엽이 생활인 것처럼

五.一六 이후의 나의 생활도 생활이다
복종의 미덕!
思想까지도 복종하라!
일본의 〈진보적〉 지식인들이 이 말을 들으면 필시 웃을 것이다
— 당연한 일이다

지루한 轉向의 告白
되도록 지루할수록 좋다
지금 나는 자고 깨고 하면서 더 지루한
中共의 욕을 쓰고 있는데
치질도 낫기 전에 또 술을 마셨다
— 당연한 일이다

—「전향기」(1962) 전문

이 시에서 시인은 4·19혁명이 미완으로 끝나고 5·16군사쿠데타가 일어난 후 갑작스럽게 변해버린 현실, '사상까지도 복종하라!'고 강요하는 현실, 그리고 그 안에서 혁명에 열광했다가 그 의미를 잊고, 다시 군부 정권에 열광하는 당대 주체들의 면모를 자기 내면을 투영해서 풍자하고 있다. "'히시야마 슈우조오'의 낙엽이 생활인 것처럼 / 오五·일육一六 이후의 나의 생활도 생활이다"란 표현은 자기 풍자의 발현이다.

히시야마 슈우조菱山修三는 일본의 상징주의적 성향의 모던한 시인이다. 그는 발레리 번역가로도 유명하다. 이 시인의 창작 리스트에는 실제로 '낙엽落葉'[75]이란 제목의 시가 존재한다. 이 시는 낙엽이 떨어지는 찰나를 황홀하게 쳐다보는 시인의 미적 감각이 빛나는 작품이다. 이 시인

처럼 현실이야 어떻든 낙엽이 떨어지는 것을 멀리서 바라보면서 탐미적인 순간을 즐기는 것도 생활인 것처럼, 김수영은 '복종의 미덕'을 묵묵히 지키고 있는 자신의 내면을 쓰디쓴 냉소로 바라보고 있는 것이다.

히시야마 슈우조는 사실 김수영의 시적인 지향과는 다른 시인이다. 소위 예술지상주의적 시인인 이 시인의 시를 보면서, 자신의 모습이 이와 다르지 않을지도 모른다고 느끼고, 그것이 곧 '전향'인지도 모른다는 감각, 그것이 바로 김수영 시인이 가지고 있는 정치적 결벽증을 증명하는 것이다.

그러면서 "복종의 미덕! 사상思想까지도 복종하라! / 일본의 '진보적' 지식인들이 이 말을 들으면 필시 웃을 것이다 / ─ 당연한 일이다"라면서 사상의 복종을 요구하는 현 정치 체제를 신랄하게 비판한다. 그리고 소련과 중공을 욕하는 것을 금기로 여겼던 진보적 지식인들이 이제는 '소련'과 '중공'의 욕을 하는 상황에 대해서도 언급한다. 1950년 한국전쟁 이후 '소련'과 '중공'의 욕을 하는 것은 '전향'의 증표이다. 서구의 지식인들은 한국전쟁을 통해 스탈린을 맹비난하기 시작했고,[76] 이는 한국의 지식인들도 마찬가지로 전향의 주요 증표가 된다.[77]

---

75 「落葉アトリエ住居─其ノ三」의 전문을 전하면 다음과 같다. "また、ひとしきり落葉が降って来る、アトリエの、明取り / の硝子の上に。 / なかに降って来て停まるのがある、三、四枚。それはその / 厚い磨り硝子の上に、暫く張りついてゐる、まるで日に透いた / 褐色の大きな昆虫のやうに。さうしてやがてまた、いつのまにか / 下の表へ落ちてしまふ。 / 仕事の合間、長椅子に横になって、私はうっとりみてゐる、指先から / 烟草の灰の落ちるのも知らずに。"(菱山修三, 『豊年』, 靑磁社, 1942) 번역은 덕성여대 등에서 강의하시는 일문학자 이영아 선생님께서 애써주셨다. 번역한 텍스트는 다음과 같다. "다시 한바탕 낙엽이 떨어져 내리는 아트리에의 들창 / 유리위에. / 안에 떨어져 내려서 머무르는 것이 있다, 서너 장. 그것은 그 / 두꺼운 젖빛 유리위에 잠시 붙어 있다, 마치 햇살에 투명하게 비치는 / 갈색의 커다란 곤충처럼. 그렇게 해서 이윽고 다시, 어느 사이엔가 / 밑의 밖으로 떨어져 버린다. / 일을 잠시 쉬고, 긴 의자에 드러누워 나는 홀린 듯 보고 있다, 손끝 / 에서 담뱃재가 떨어지는 것도 모른 채."
76 한국전쟁 이후 메를로 퐁티 등 좌파적 성향의 작가들이 반공산주의자로 돌아선다. 이에 대한 자세한 내용은 정명환 외, 『프랑스 지식인들과 한국전쟁』, 민음사, 2004 참조.

그러나 김수영은 이마저 마뜩잖다. 소련과 중공에 대한 욕을 써야 하는 일, 그가 생각하기에 그 일은 말도 안 되는 일이라 '시가 안 되'기도 하지만, 또 기가 막힌 상황은 시를 써야 하는 것이기도 하다. 특히 '사상까지도 복종하라!'는 5·16 이후의 정치적 압제, 그리고 그 안에서 이루어지는 시적 화자의 내면적 갈등, 소련을 욕하기는 해야 하는데 단순히 그렇게만은 할 수 없는 상황은, 그래서 지루하다고 한, "치질을 앓고, 피를 쏟고, 치질이 낫기도 전에 술"을 마시게 한다. 결국 그는 '전향'한 것이 아니며, 전향과 비전향 사이, 판단하기 어려운 지점에서 끊임없이 고민하고 있었다고 봐야 할 것이다.

일제 말기 연구에서 이미 한 차례 전향 연구가 진행된 바 있지만, 지금의 전향 연구는 해방 이후, 그리고 그 너머 1950년대부터 1960년대라는 지평까지 넓혀져 있다.[78] 사실 혁명적 열정이 들끓었던 해방기 국가 재건 프로젝트의 좌절과 한국전쟁 이후 반공주의의 폭압 사이에 자리한 '전향'의 내면은 어쩌면 한국 현대정신사의 감추고 싶은 근원인지도 모른다. 그래서 역으로 전향의 역사는 반드시 헤집어 탐색되어야 할 상흔이기도 하다.

또한 보편적 인간학이라는 철학적 측면에서 볼 때에도, 전향 국면은 인간에게 사상이란 무엇인가, 욕망이란 무엇인가라는 본질적 질문을 던질 수 있는 가장 잔인하면서 적나라한 시공간이다. 그래서 전향문학을

---

77 소련과 중공의 당 정책에 대한 비판은 사회주의 자체를 비난하지 않아도 증명 가능한, 반공산주의자라는 증표였다. 실제로 당대 지식인들의 인식이 그러하였는데, 공산주의 자체를 비난하지 않아도, 소련과 중공의 정책은 비판하는 것을 합리적인 비판적 태도로 여겼다. 당대 지식인들의 냉전 논리에 대해서는 박지영, 「번역된 냉전, 그리고 혁명—사르트르, 마르크시즘, 실존과 혁명」, 『서강인문논총』 31, 서강대 인문과학연구소, 2011.8 참조.
78 이 시기에 대한 최근 인상 깊은 전향사 연구로는 천정환(성균관대), 「사상전향과 1960~70년대 한국 지성사 연구를 위하여」, 권보드래·천정환, 『1960년을 묻다—박정희 시대의 문화정치와 지성』, 천년의상상, 2015 참조.

연구해야 하는 것이다.

그리고 '전향사'가 아닌 '전향문학사'가 중요한 것은 전향 국면의 내면이 그만큼 표현되기 어려운 것이기 때문이다. 그 복합적인 내면적 국면을 어떻게 논리적 진술로 표현할 수 있겠는가. 김수영이 시 「전향기」에서 복잡한 수사로 종횡무진하며, 전향 여부에 대한 즉답을 회피했던 것처럼, "전향은 내부로 향한 한 줄기의 직선적 시선만으로는 묘사할 수 없는 것"[79]이다. 물론 문학텍스트로도 형상화하기 힘들겠지만, 그래도 그 난해한 내면을 표현하기엔 문학 텍스트만한 공간은 없을 것이다.

예를 들면 일본의 대표적인 전향문학 텍스트인 나카노 시게하루中野重治의 전향 소설 「시골집村の家」[80]에서, 전향 각서를 쓰고 시골에 내려온 주인공은 자신을 냉소적으로 대하며, 앞으로는 글을 쓰지 말라고 질타하는 아버지에게 앞으로 어떻게 될지 모르지만, 그래도 문학을 하겠다고 대답한다. 그에게 문학은 '전향'이라는 가시적 사실 이면에 감추어진 내적 진실을 표현할 마지막 장소였던 것이다. 대개 전향서사는 변절의 정당성을 변명하기 위해서도 쓰이기도 하지만, 이를 볼 때, 전향문학은 자신의 내면적 진실을 표현하고자 했던 절실성에서 창작되기도 하는 것이다. 여기서 '전향 / 비전향', '친일 / 저항'의 이분법적 도식이 해체되고, 대신 폭압적 역사 앞에 선 인간의 다채로운 내면적 심연이 다가오게 된다. 이러한 점이 문학 연구의 본질적 문제의식이라고 한다면, 전향문학 연구의 중요성은 배가될 것이다.

우리 역사에서도 전향의 증표는 전향선언서 등 문건이나 성명서가 아

---

79 혼다 슈우고, 앞의 글 참조.
80 中野重治, 「村の家」, 『中野重治集』, 東京 : 筑摩書房, 昭和 40(1965)(번역은 일문학자 이영아, 이 자리를 빌려 감사드린다).

니라 창작 노동을 통해 자신의 사상적 입장을 증명해 내야 했던, 문인들에게서 가장 잘 드러날 수밖에 없다.[81] 그래서 정지용과 김기림 등 한국전쟁 직전 보도연맹에 강제로 가입당했던 문인들의 목소리는 이 국면에서 더욱 두드러질 수밖에 없다.[82] 이러한 점을 생각한다면 이 두 시인의 미완의 서사, 그 대신 검열을 피해 쓰인, '시'라는 장르의 정신사적 의미는 더욱 중요해질 수밖에 없다.

임화가 비극적 운명의 소용돌이에서 최후를 마쳤다고 한다면 김수영은 4·19라는 혁명을 경험하게 되고 이 시기를 전후해서 다시 혁명 시인으로 '재전향'한다. 그리고 '시', 「전향기」를 쓴다. 다행히 김수영은 '운명'을 극복할 수 있는 역사적 계기를 현실에서 만났다. 물론 임화 역시 운명에 굴복했다고만은 볼 수 없는 것이다. 그는 분명 끊임없이 좌절하면서도 운명과 싸웠고, 그 증표를 시를 통해 남기고 싶어 했기 때문이다.

이처럼 한국 현대시문학사는 한국 현대사 중 가장 첨예한 순간에 역사와, 운명 그리고 혁명의 꼭짓점이 서로 충돌하며 소용돌이치는 공간이다. 그 안에서 고투하며 만들어진 섬광이 곧 시가 되는 것이다. 이제 시연구자는 이 안에서 역사철학적 맥락을 잡고, 다시 '시'란 무엇인가를 고민해야 할 것이다.

---

81 한국전향사를 살펴보기 위해서는 수기류의 연구가 필수적이다. 한국전쟁 당시 당국은 전향의 증표로 수기의 창작을 강요했고, 이는 곧 이념 선전의 도구가 되었다. 대표적인 것으로 오제도 편의 『적화삼삭구인집』(국제보도연맹, 1951)이 있다.

82 이에 대해서는 이봉범, 「특집 : 근대지식으로서의 사회주의와 그 문화, 문화적 표상―단정수립 후 전향(轉向)의 문화사적 연구」, 『대동문화연구』 64, 성균관대 대동문화연구원, 2008; 조은정, 「해방 이후(1945~1950) '전향'과 '냉전국민'의 형성―'전향성명서'와 문화인의 전향을 중심으로」, 성균관대 박사논문, 2018.

4. 결론을 대신하여[83]

　지금까지 21세기 한국 현대시 연구의 성과와 한계에 대해 개괄하고, 이를 극복하기 위한 방도를, 현재의 임화와 김수영 시 연구를 통해서 제시하려고 했다. 현재 임화와 김수영 연구는 현대시 연구가 지향해야 할 콘텍스트 연구와 결합된 정신사 연구의 한 지평을 열어갈 주요 연구대상이라는 점 때문이다. 한국 현대시 연구는 향후 텍스트 / 콘텍스트에 관한 실증성을 갖추어가면서, 시정신사 연구로 지향해야 할 것이다. 이것은 향후 한국학 연구의 한 방향이 될 것이기도 하다.

　그런데 임화와 김수영 연구의 현재적 의미를 논할 때 빠뜨릴 수 없는 것이 있다. 그것은 임화와 김수영의 전향 연구를 수행하는 연구자들이 대개 486세대라는 것이다. 486세대가 시를 바라보는 관점은 다소 (좌)편향적이라고 비판을 받곤 하지만, 그래도 그 단점이 장점으로 전화될 수 있는 것이다. 물론 한창 연구에 매진하고 있는 대개의 연구자가 이 세대이긴 하지만, 그래도 특별히 의미를 부여하는 것은 앞서 소개한 '시와 정치' 논쟁의 주체들이 70년대산이라는 점을 주목해서이다.

　한 비평가는 '시와 정치' 논쟁을 살펴볼 때 떠오르는 시인이 황지우[84]였다고 하는데, 대개의 연구자는 문득 김수영을 떠올렸다. 시와 정치의 합일이라는 문제를 가장 치열하게 고민한 시인 중 하나가 김수영이라는

83　이 글은 2011년 11월 19일 성균관대 '반교어문학회 창립 30주년 기념 학술발표회'에서 '학회 30년의 회고와 전망'이란 주제하에 발표된 원고로, 그 주요 대상이 성균관대 동학들의 연구였다. 이러한 특수성으로 이후 논문으로 구성하는 데 있어서 한국 현대시 연구의 중요쟁점과 연구사가 거명되지 못한 것이 있다면, 이 점 깊이 사과드린다.

84　신형철, 앞의 글 참조.

점은 반론의 여지가 없기 때문이다.[85] 그렇다면 김수영은 386세대와 70년대산 비평가들의 접점이 될 수 있는 것이다. 이 세대의 김수영론이 기다려지는 것은 바로 이 이유에서이다. 70년대산 비평가와 연구자의 만남 역시 이렇게 연구 지면을 통해서 이루어질 수 있을 것이다.

다시 486세대로 돌아와서 본다면, 그 세대가 전향문학을 바라보는 내면은 또 얼마나 복잡한 것일까? 어디서부터가 전향이고 아닌가의 경계는 참으로 묘연하다. 그럼에도 불구하고 어느 순간에 나도 혹시 전향자가 아닌가라는 의문에서 자유로울 486세대는 드물 것이다. 그래서 임화와 김수영의 전향 이면을 들여다보는 연구자의 내면 역시 불편할 것이다. 그래도 불편한 자기 내면의 진실도 대상의 내면과 함께 정면에서 들여다보아야 한다. 그렇게 한국 전향문학 연구는 연구자의 삶이 투영될 수밖에 없는 정신사 연구이다.

현재적 의미도 깊다. 정치판을 볼 때, 한나라당과 뉴라이트 연합에 속해 있는 전향자들을 보면, 한 때 아나키스트였던 황석우가 해방 이후 극우파의 기관지인, 『대동신문』[86]의 주필이었던 상황과 오버랩된다. 전향사는 현재 진행형인, 한국 현대사상사의 중요한 일면인 것이다. 그러고보니, 전향사의 제 국면엔 참 시인들이 많다.

---

85 김수영의 시를 언급하며, 시와 정치에 관한 입론을 편 글로는 정한아, 「시와 실천 — 유토피아에서 아나키로」, 『시와 시』, 2011 봄 참조.
86 『대동신문』은 극렬한 우익 논조 때문에 미군정에서 발행금지 처분을 받을 정도로 우익적 편향이 강한 신문이다.

참고문헌

제1부 김수영과 번역, 번역과 김수영

1. 1차 자료

『김수영 전집』 1(시), 민음사, 2003.

『김수영 전집』 2(산문), 민음사, 2003.

김수영, 『시여 침을 뱉어라』, 민음사, 1980.

_____, 『퓨리턴의 초상』, 민음사, 1977.

_____, 「시인이 겪은 포로생활」, 『해군』, 1953.

_____, 「나는 이렇게 석방되었다」, 『희망』 3-8, 1953.

_____, 「북 리뷰 : C. 라이트 밀즈 저, 신일철 역, 들어라 양키들아─큐바의 소리, 정향사
        간, 299면」, 『사상계』, 1961.

_____, 「신비주의와 민족주의의 시인 예이츠」, 『노오벨상문학전집』 3, 신구문화사,
        1964(『창작과 비평』 29-2, 2001 여름).

_____, 「隱者의 王國 韓半島─壁眼의 外國女人이 본 70年前의 韓國」, 『신세계』, 1964,
        3.

_____, 「판문점의 감상」, 『경향신문』, 1966.12.30;『주간한국』, 1967.1.8 재수록(『민
        족문학사연구』 20, 민족문학사학회, 2002에 발굴).

_____, 「범한 진실과 안범한 과오」, 『주간한국』, 1967.1.15.

_____, 「김수영 미발표 유고」, 『창작과 비평』, 2008.여름.

김지하, 「풍자냐, 자살이냐」, 『시인』, 1970.

_____, 『타는 목마름으로』, 창작과비평사, 1982.

박수연·류중하·박지영, 「시인 김수영의 미군정기·한국전쟁기 체험(김현경, 故 김수영
        미망인)」, 2011년 국사편찬위원회 구술자료 수집 지원 사업 보고서.

산문시대 동인, 「선언」, 『산문시대』, 가림출판사, 1962.

신동엽, 『신동엽전집』(개정판), 창작과비평사, 1980.

「도서번역 심의위원회 규정을 제정 ─업적 및 본 위원회 규정 제정의 의의」, 『문교공보』
        58, 1960.12.

「맞서게 만든 번역문학─작금의 출판가점묘」, 『동아일보』, 1958.11.26.

번역 목록

가이 듀몰, 「불란서 문단 외교사」, 『현대문학』, 1958.12.

데니스 도나휴, 「예이쓰의 詩에 보이는 人間影像」, 『현대문학』, 1962.8·10.

라이오넬 트릴링, 「快樂의 運命─워즈워드에서 도스또에프스끼까지」, 『현대문학』,
       1965.10~11.

루이스 캐롤 외, 『세계 일기 전집』, 코리아사, 1959.5.

리차드 스턴, 「이」, 『문학춘추』, 1964.7.

만코 빗츠, 「성상화」, 『문학예술』, 1955.11.

버나드 말라머드, 「정물화」, 『현대문학』, 1967.5.

버트람 D. 월푸, 「소련역사재편찬의 이면」, 『자유세계』, 1953.

수잔, 라방, 『황하는 흐른다─홍콩 피난민의 비극』, 중앙문화사, 1963.

스티븐 마커스, 김수영 역, 「현대영미소설론」, 『한국문학』, 1966.여름.

아브람 테르츠, 「고드름」, 『현대문학』, 1967.4.

알렌 테잇, 김수영·이상옥 역, 『현대문학의 영역』, 중앙문화사, 1962

월후 만코비츠, 「'차아' 아주머니가 매장된 날」, 『자유문학』, 1958.5.

이브 본느프와, 「英·佛비평의 差異」, 『현대문학』, 1959.1.

제레미 인겔스, 「고려, 두고, 인려」, 『자유문학』, 1957.11.

조지 바커, 「청년와 성인의 비유」, 『문학예술』, 1957.10.

조지 스타이너, 「맑스주의와 문학비평」, 『현대문학』, 1963.3~4

존 웨인, 「셰익스피어의 이해」, 『문학춘추』, 1965.3.

칼튼 레이크, 「자꼬메띠의 知慧─그의 마지막 訪問記」, 『세대』, 1966.4.

토마스 만, 「'지이드'의 조화를 위한 무한한 탐구」, 『문학예술』, 1957.6.

파블로 네루다, 「파블로 네루다 시 6편」, 『창작과 비평』, 1968.여름.

피터 비어렉, 「쏘련文學의 分裂相, 로보트主義에 항거하는 새로운 感情의 陰謀에 對한
       目擊記(상, 하)」, 『사상계』 10-6 1962.6; 『사상계』 10-9, 1962.9.

A. 매클리시, 「시의 효용」, 『시와 비평』, 1956.8.

_____, 「詩人과 新聞」, 『현대문학』, 1959.5~6.

A. 베크하아드, 「우주의 등대수─아인쉬타인」, 『세계의 인간상』, 신구문화사, 1963.

A. 카쟁, 「精神分析과 現代文學」, 『현대문학』, 1964.6.

C. 비제, 「反抗과 讚揚－佛蘭西現代詩展望」『思潮』, 1958.9~11

F. 브라운 편, 김수영·유영·소두영 역, 『20세기문학평론』, 중앙문화사, 1970.

J. 프랭크, 「도스또예프스끼와 社會主義者들」, 『현대문학』, 1966.12.

J. M. 코헨, 「내란 이후의 서반아시단」, 『현대문학』, 1960.4~5.

L. 아벨,「아마추어 詩人의 據點－워레스·스티븐스의 詩世界를 中心으로」, 『현대문학』,
        1958.9.

M.I, 하우스피인, 「토요일날 밤」, 『문학예술』, 1956.5.

R. 포이리에르. 「로버트 프로스트와의 對談」, 『문학춘추』, 1964.12.

R. P. 블랙머, 「제스츄어로서의 언어－詩語의 機能에 對히야」, 『현대문학』, 1959.5~6.

R. W. 에머슨, 『문화, 정치, 예술』, 중앙문화사, 1956.

W. V. T. 크라트, 「바람과 겨울눈」, 『문학예술』, 1957.7.

「美國軍隊內의 黑人」, 『별』 1-2, 1954.9.

「美國의 壯丁召集新計劃 案」, 『별』 1-4, 1954.11.

「SEATO의 基本要件」, 『별』 1-3, 1954.10.

2. 2차 자료

「집중 토론 : 한국역사학·역사교육의 쟁점－민족중심의 역사냐, 포스트모던한 역사냐」,
        『역사비평』, 역사문제연구소, 2001.

「특집 동아시아 지성의 고뇌와 모색－지구화와 내셔널리티 사이에서」, 『당대비평』,
        2001.

강만길 외, 『4월 혁명론』, 한길사, 1983.

_____, 『한국의 지성 100년－개화사상가에서 지식 게릴라까지』, 민음사, 2001

강수택, 「근대, 탈근대, 지식인」, 『한국사회학』 34, 한국사회학회, 2000.

_____, 「박정희 정권 시기의 지식인론 연구」, 『사회와 역사』 59, 한국사회사학회, 2001.

강연호, 「김수영 시 연구」, 고려대 박사논문, 1995.

강웅식, 「김수영 문학 연구사 30년, 그 흐름의 향방과 의미」, 『작가연구』 5, 새미, 1998.

_____, 「김수영의 시의식 연구－'긴장'의 시론과 '힘'의 시학을 중심으로」, 고려대 박사
        논문, 1997.

고명철, 「1970년대 민족문학론의 쟁점 연구」, 성균관대 박사논문, 2001.

고봉준, 「한국 모더니즘 문학의 미적 근대성 연구－이상(李箱)과 김수영의 문학을 중심으
        로」, 경희대 박사논문, 2005.

고재정, 「모리스 블랑쇼와 공동체의 사유」, 『한국프랑스학논집』 49, 한국프랑스학회, 2005.

_____, 「모리스 블랑쇼와 조르쥬 바타유의 정신적 교류—바타유의 『내적 체험』을 중심으로」, 『關大論文集』 26, 관동대, 1998.

_____, 「죽음 la Mort, 바깥 le dehors, 중성적인 것 le neutre, 파국 le désastre과 글쓰기 l'écrir」, 『關大論文集』 23, 관동대, 1995.

권영민, 『한국현대문학사』, 민음사, 1993.

권오만, 「김수영 시의 기법론」, 『한양언어문화』 13, 한국언어문화학회, 1995.

권혁웅, 『한국현대시의 시작방법 연구』, 깊은샘, 2001.

김건우, 「1964년의 담론지형—반공주의, 민족주의, 민주주의, 자유주의, 성장주의」, 『대중서사연구』 22, 대중서사학회, 2009.

김경숙, 「실존적 이성의 한계인식 혹은 극복의지」, 『1960년대 문학 연구』, 깊은샘.

김규동, 「寅煥의 화려한 蹉跌과 洙暎의 疎外意識」, 『현대시학』 10-11, 현대시학사, 1978.

김 균, 「미국의 대외 문화정책을 통해 본 미군정 문화정책」, 『韓國言論學報』, 2000.7.

김기중, 「윤리적 삶의 밀도와 시의 밀도」, 『세계의 문학』, 1992.

김명인, 「그토록 무모한 고독, 혹은 투명한 비애」, 『실천문학』 49, 실천문학사, 1998.

_____, 「급진적 자유주의의 산문적 실천」, 『작가연구』 5호, 새미, 1998.

_____, 「김수영의 〈현대성〉 인식 연구」, 인하대 석사논문, 1994.

김명인 · 임홍배 편, 『살아있는 김수영』, 창작과비평사, 2005.

김미란, 「'순수'한 청년들의 '평화' 시위와 오염된 정치 공간의 정화—4월혁명기에 선호된 어휘에 대한 개념사적 접근을 중심으로」, 『상허학보』 31, 상허학회, 2011.

_____, 「1960년대 소설과 민족 / 국가의 경계를 사유하는 법」, 『한국학논집』 51, 계명대 한국학연구원, 2013.

_____, 「청년 그리고 정치적인 것—"청년 세대"의 4월혁명과 저항 의례의 문화정치학」, 『사이間SAI』 9, 국제한국문학문화학회, 2010.

김병익, 「진화, 혹은 시의 다양성」, 『세계의 문학』 8-3 · 8-4, 민음사, 1983.

김상환, 『풍자와 해탈 혹은 사랑과 죽음—김수영론』, 민음사, 2000.

_____, 『해체론 시대의 철학』, 문학과지성사, 1996.

김소영, 「김수영과 나」, 『시인』, 시인사, 1970.8.

김승희 편, 『김수영 다시 읽기』, 프레스21, 2000.

김승희, 「젠더시스템 속의 자유인의 한계」, 『포에지』 2-3, 나남출판, 2001.

김용권, 「문학이론의 번역과 수용(1950~1970)」, 『외국문학』 48, 열음사, 1996.8.

김원홍, 「헤롤드. J. 라스키의 국가론에 관한 연구」, 건국대 박사논문, 1991.

김유동, 『아도르노의 思想』, 문예출판사, 1993.

_____, 「김수영 시의 모더니티(1)」, 『국어국문학』 119, 국어국문학회, 1997.

_____, 『김수영과 하이데거-김수영 문학의 존재론적 해명』, 민음사, 2007.

김윤식·김현, 『한국문학사』, 민음사, 1973.

김윤식, 『한국현대문학사』, 서울대 출판부, 1992.

김윤태, 「4·19혁명과 민족현실의 발견」, 민족문학사 연구소 편, 『민족문학사 강좌』(하), 창작과비평사, 1995.

김재용, 「김수영 문학과 분단 극복의 현재성」, 『역사비평』 40, 역사문제연구소, 1997.

김정현, 「60년대 근대화노선과 미국의 '문화제국주의'와 한국지식인」, 『역사비평』 15, 역사문제연구소, 1991.

김종윤, 「김수영의 시 연구」, 연세대 박사논문, 1987.

김주연, 「문화산업의 의미」, 『문학을 넘어서』, 문학과지성사, 1987.

김지녀, 「책, 은폐와 개진의 변증법-김수영 시의 '책'에 대한 인식을 중심으로」, 『돈암어문학』 21, 돈암어문학회, 2008.

김춘식, 「김수영의 초기시-설움의 자의식과 자유의 동경」, 『작가연구』 5, 새미, 1998.

김 항, 「절대적 계몽, 혹은 무위의 인간-아감벤 정치철학의 현재성」, 『사회와 철학』 21, 사회와철학연구회, 2011.

김현경, 「임의 시는 강변의 불빛」, 『주부생활』 5-9, 1969.9.

_____, 「충실을 깨우쳐 준 시인의 혼」, 『여원』 9, 여원사, 1968.9.

김현경·신수정, 「(시인을 찾아서 김수영) 인터뷰 : 내일 아침에는 夫婦가 되자, 집은 산 너머가 좋지 않으냐-부인 김현경 여사에게 듣는 김수영의 삶과 문학」, 『문학동네』, 2008.

김현균, 「한국 속의 빠블로 네루다-수용현황과 문제점」, 『스페인어문학』 40, 한국스페인어문학회, 2006.

김현승, 「김수영의 시사적 위치와 업적」, 『창작과 비평』, 1968.

_____, 「김수영의 시적 위치」, 『현대문학』, 1967.

김혜순, 「김수영 시 연구-담론의 특성 연구」, 건국대 박사논문, 1993

_____, 『김수영-세계의 개진과 자유의 이행』, 건국대 출판부, 1995.

남궁곤, 「사상계를 통해 본 지식인들의 〈냉전의식〉 연구—국제질서관의 형성 및 변화를 중심으로」, 서울대 석사논문, 1987.

남진우, 「미적 근대성과 순간의 시학 연구—김수영·김종삼 시의 시간의식」, 중앙대 박사논문, 2000.

노용무, 「김수영 시 연구」, 전북대 박사논문, 2001.

_____, 「김수영의 「거대한 뿌리」 연구」, 『한국언어문학』 53, 한국언어문학회, 2004.

노　철, 「김수영 시에 나타난 정신과 육체의 갈등 양상 연구」, 『어문론집』 36, 안암어문학회, 1997.8.

_____, 「김수영과 김춘수의 시작방법 연구」, 고려대 박사논문, 1998.

노향림, 「거대한 뿌리」, 『여성중앙』 9-9, 중앙일보사, 1978.9.

더글라스 로빈슨, 정혜욱 역, 『번역과 제국』, 동문선, 2002.

라이너 마리아 릴케, 김재혁 역, 『황홀의 순간』, 생각의나무, 2002.

_____, 정관진 역, 『로댕론』, 범문사, 1973.

랄프 왈도 에머슨, 신문수 역, 『자연』, 문학과지성사, 1998.

레나토 포지올리, 박상진 역, 『아방가르드 예술론』, 문예출판사, 1996.

로만 알루아레즈·M. 카르멘 아프리카 비달, 윤일환 역, 『번역, 권력, 전복』, 동인, 2008.

柳春生, 「루소—인민주권론」, 田中浩·田口富久治 외, 정치사상연구회 역, 『국가 사상사』, 거름, 1985.

리차드. M. 자너, 최경호 역, 『身體의 現象學—實存에 바탕을 둔 現象學』, 인간사랑, 1993.

마르틴 하이데거, 소광희 역, 『시와 철학』, 박영사, 1975.

_____, 오병남·민형원 역, 『예술작품의 근원』, 경문사, 1979.

마샬 버먼, 윤호병·이만식 역, 『현대성의 경험』, 현대미학사, 1994.

맹문재, 「시인, 포로수용소에 갇히다」, 『유심』 86, 만해사상실천선양회, 2015.6.

모리스 블랑쇼, 박준상 역, 『밝힐 수 없는 공동체』, 『밝힐 수 없는 공동체 / 마주한 공동체』, 문학과지성사, 2005.

_____, 박혜영 역, 『문학의 공간』, 책세상, 1998.

_____, 최윤정 역, 『미래의 책』, 세계사, 1993.

모윤숙, 「중환자들」, 『현대문학』 14-8, 현대문학사, 1968.8.

문정애, 「어떤 공동체도 이루지 못한 자들의 공동체」, 『오늘의 문예비평』 60, 2006.

문학사와비평연구회편, 『1960년대 문학연구』, 예하, 1993.

문혜원, 「아내와 가족, 내 안의 적과의 싸움」, 『작가연구』 5, 새미, 1998.

미셸 푸코, 정일준 편역, 「혁명이란 무엇인가?」, 미셸 푸코 외, 『푸코-하버마스 논쟁 재론 -자유를 향한 참을 수 없는 열망』, 새물결, 1999.

박규현, 「블랑쇼에게서 문학의 공간을 통해 형성되는 공동체」, 『프랑스문화예술연구』 4, 2001.

박동서, 「미국교육을 받은 한국의 엘리트」, 『한국과 미국』, 서울대 미국학연구소, 1983.

박석무, 「해방 50주년 기념 기획 : 시로 본 한국현대사-1960년대-신동엽과 김수영-미완의 혁명」, 『역사비평』 33, 역사비평사, 1995.

박수연, 「〈꽃잎〉, 언어적 구심력과 사회적 원심력」, 『문학과 사회』 12-4, 문학과지성사, 1999.

_____, 「故 김수영 산문」, 『창작과비평』, 2001.

_____, 「김수영 시 연구」, 충남대 박사논문, 1999.

_____, 「전근대에서 근대로, 근대에서 다른 근대로」, 『실천문학』 56, 실천문학사, 1999.

박승희, 「1950년대 김수영 시의 국가 / 개인의 문제와 시민성」, 『우리말글』 43, 우리말글학회, 2008.

박연희, 「1950~60년대 냉전문화의 번역과 "김수영"」, 『비교한국학』 20-3, 비교한국학회, 2012.

_____, 「1960년대 외국문학 전공자 그룹과 김현 비평」, 『국제어문』 40, 국제어문학회, 2007.

박윤우, 「1950년대 모더니즘 시의 '부정성 연구」, 서울대 박사논문, 1998.

박이문, 「왜 하이데거는 중요한가-시와 사유」, 『세계의 문학』 18-2, 민음사, 1993.

박지영, 「'번역'의 시대, 번역의 문화 정치-1950년대 번역 정책과 번역문학장」, 『대동문화연구』 71, 대동문화연구원, 2010.

_____, 「1950년대 번역가의 의식과 그 문화정치적 위치」, 『대동문화연구』 71, 대동문화연구원, 2010.

_____, 「김수영 문학과 '번역'」, 『민족문학사연구』 39, 민족문학사학회, 2009.

_____, 「김수영 시에 나타난 '자기 비하'의 심리학」, 『반교어문연구』 26, 반교어문학회, 2009.

_____, 「김수영의 「반시론」에서 '반시'의 의미」, 『상허학보』 9, 상허학회, 2002.

_____, 「자본, 노동, 성(性)-'불온'을 넘어, 「반시론」의 반어」, 『상허학보』 40, 상허학회, 2014.

_____, 「해방기 지식 장(場)의 재편과 '번역'의 정치학」, 『대동문화연구』 68, 대동문화
　　　연구원, 2009.

박태일, 「김수영과 부산 거제리 포로수용소」, 『근대서지』 2, 근대서지학회, 2011.

발터 벤야민, 반성완 편역, 『발터 벤야민의 문예이론』, 민음사, 1983.

배경식, 「특집 : 한국전쟁과 민중—민중의 전쟁인식과 인민의용군」, 『역사문제연구』 6,
　　　역사문제연구소, 2001.

백낙청, 「새로운 창작과 비평의 자세」, 『창작과 비평』, 1966.

_____, 「시민문학론」, 『창작과 비평』, 1969.

_____, 「역사적 인간과 시적 인간」, 『창작과 비평』, 1977.

범대순, 『1930년대 영시 연구』, 한신문화사, 1986.

보리스 그로이스, 최문규 역, 『아방가르드와 현대성』, 문예마당, 1995.

사사키 다케시 외, 『절대지식 세계고전』, 사이다미디어, 2004.

사월혁명연구소 편, 『한국사회변혁운동과 4월혁명』 1·2, 한길사, 1990.

사카이 나오키, 후지이 다케시 역, 『번역과 주체—일본과 문화적 국민주의』, 이산, 2005.

서석배, 「단일 언어 사회를 향해」, 『한국문학연구』 29, 동국대 한국문학연구소, 2005.

서우석, 「김수영—리듬의 희열」, 『시와 리듬』, 문학과지성사, 1981.

송왕섭, 「전후 「신비평」의 수용과 그 의미」, 『성균어문연구』 32-1, 성균관대 국어국문학
　　　과, 1997.

쉬르머 안드레아스(Schirmes Andreas), 「번역가로서의 김수영」, 『문학수첩』, 2006.

신경림, 『신경림의 시인을 찾아서』, 우리교육, 2002.

안소영, 「해방후 좌익진영의 전향과 그 논리」, 『역사비평』 24, 역사비평사, 1994.

알렌 로랑, 김용민 역, 『개인주의의 역사』, 한길사, 2001.

알베르트 베겡, 이상해 역, 『낭만적 영혼과 꿈』, 문학동네, 2001.

앙리 르페브르, 이종민 역, 『모더니티 입문』, 문예출판사, 1999.

애덤 팬스타인, 김현균 최권행 역, 『빠블로 네루다』, 생각의나무, 2005.

앨런 메길, 정일준·조형준 역, 『극단의 예언자들—니체·하이데거·푸코·데리다』, 새
　　　물결, 1996.

에파 고일렌, 「조르지오 아감벤의 주권이론」, 『독일어문화권연구』 19, 서울대 독일어문화
　　　권연구소, 2010.

여태천, 「김수영의 시와 근대 극복의 한 방식—'책'에 대한 인식을 중심으로」, 『우리文學研
　　　究』 35, 우리문학회, 2012.

역사문제연구소 편, 『한국의 근대와 근대성 비판』, 역사비평사, 1996.

염무웅, 「김수영론」, 『창작과 비평』, 1976.

오문석, 「김수영의 시론과 실존주의 철학」, 『국제어문연구』 21, 국제어문학회, 2000

옥타비오 파스, 김은중 역, 『흙의 자식들―낭만주의에서 전위주의까지 外』(옥타비오 파스
　　　　전집 2―시론), 솔출판사, 1999.

우석균, 「파블로 네루다의 재평가―자연의 시인으로서의 파블로 네루다」, 『외국문학』 53,
　　　　열음사, 1997.

월터 J. 옹, 이기우·임명진 역, 『구술문화와 문자문화』, 문예출판사, 1995.

위르겐 링크, 김용민 역, 「브레히트와 말코브스키의 서정시 혁신」, 김용민 역, 문학이론연
　　　　구회 편, 『담론 분석의 이론과 실제』, 문학과지성사, 2002.

유성호, 「타자의 긍정을 통해 '사랑'에 이르는 도정」, 『작가연구』 5, 새미, 1998.

유재천, 「김수영의 시 연구」, 연세대 박사논문, 1986.

유종호, 「현실참여의 시―수영·봉건·동문의 시」, 『세대』, 1963.1~2

유초하, 「상식과 철학의 지위바꿈, 또는 동서 발상법의 엇물림」, 『몸』, 산해, 2001.

윤영애, 『파리의 시인 보들레르』, 문학과지성사, 1998.

윤지관, 「번역의 정치학: 외국문학의 번역과 근대성」, 영미문학연구회, 『안과 밖』 10,
　　　　2001.상반기.

이　중, 「김수영 시 연구」, 경원대 박사논문, 1995

이건제, 「김수영 시에 나타난 '죽음' 의식」, 『작가연구』 5, 새미, 1998.

이경수, 「'국가'를 통해 본 김수영과 신동엽의 시」, 『한국근대문학연구』 6, 한국근대문학
　　　　회, 2005.

＿＿＿, 「1950~60년대 시에 나타난 근대국가 건설에 대한 기억 투쟁과 재현의 문제」,
　　　　『한국학논집』 41, 한양대 한국학연구소, 2007.

이기성, 「1960년대 시와 근대적 주체의 두 양상」, 『1960년대 문학연구』, 깊은샘, 1998.

＿＿＿, 「고독과 비상의 시학」, 『작가연구』 5, 새미, 1998.

이명찬, 「김수영의 〈어느날 고궁을 나오면서〉 다시 읽기」, 『문학교육학』 17, 한국문학교
　　　　육학회, 2005.

이미순, 「김수영 시론과 '죽음'―블랑쇼의 영향을 중심으로」, 『국어국문학』 159, 국어국
　　　　문학회, 2011.

＿＿＿, 「김수영 시에 나타난 바타유의 영향」, 『한국현대문학연구』 23, 한국현대문학회,
　　　　2007.

_____, 「김수영의 '전쟁체험' 시 연구」, 『비교한국학』 17-3, 비교한국학회, 2009.

이상록, 「『사상계』에 나타난 자유민주주의론 연구」, 한양대 박사논문, 2010.

이상섭, 『복합성의 시학—뉴크리티시즘연구』, 민음사, 1987.

이승훈, 『詩論』, 고려원, 1979.

이영준, 「꽃의 시학—김수영 시에 나타난 '꽃' 이미지와 '언어의 주권'」, 『국제어문』 64, 국제어문학회, 2015 .

이용성, 「1960년대 비판적 지식인 잡지 연구—『사상계』의 위기와 『창작과 비평』의 등장을 중심으로」, 『한국학논집』 37, 한양대 동아시아문화연구소, 2003.

이은정, 「김수영과 김춘수 시학의 대비적 연구」, 이화여대 박사논문, 1993.

이자벨라 버드 비숍, 이인화 역, 『한국과 그 이웃나라들』, 살림, 1994.

이종대, 「김수영의 모더니즘 연구」, 동국대 박사논문, 1993

이중연, 『책, 사슬에서 풀리다—해방기 책의 문화사』, 혜안, 2005.

이진경, 『코뮨주의—공동성과 평등성의 존재론』, 그린비, 2010.

이창배, 『20세기 영미시의 형성』, 민음사, 1979.

임경순, 「1960년대 지식인 소설 연구」, 성균관대 박사논문, 2000.

임병희, 「김수영의 온몸의 시학」, 『브레히트와 현대연극』 20, 한국브레히트학회, 2009.

임세화, 「김수영의 시와 시론에 나타난 시어로서의 '국어'와 '번역'의 의미」, 『인문학논총』 36, 경성대 인문과학연구소, 2014

임지연, 「1960년대 김수영 시에 나타난 국가 / 법의 의미」, 『겨레어문학』 50, 겨레어문학회, 2013.

장 자크 루소, 최석기 역, 『인간불평등기원론 / 사회계약론』, 동서문화사, 2007.

장미승, 「북한의 남한점령정책」, 『한국전쟁의 이해』, 역사비평사, 1990.

張 法, 유중하 외역, 『동양과 서양, 그리고 미학』, 푸른숲, 1999.

張隆溪, 백승도 외역, 『도와 로고스』, 강, 1997.

장인수, 「김수영 시 연구—나의 단독성과 주체성을 중심으로」, 성균관대 석사논문, 2001.

전상기, 「판문점의 감상을 둘러싼 현대시의 문제들」, 『민족문학사연구』 20, 민족문학사학회, 2002.

정과리, 「현실의 전망의 긴장이 끝간 데」, 『문학, 존재의 변증법』, 문학과지성사, 1985.

정규웅, 『글동네에서 생긴 일—60년대 문단이야기』, 문학세계사, 1999.

정남영, 「김수영의 시와 시론—난해성, 민중성, 현실주의」, 『창작과 비평』, 1993.

정영진, 「해방기 인권감수성과 시적 전유」, 『상허학보』 44, 상허학회, 2015.

정태진 편역,『뉴크리티시즘－신비평의 이론과 실제』, 원광대 출판부, 1989.

정현종,「시와 행동, 추억의 역사」,『숨과 꿈』, 문학과지성사, 1982.

정화열,『몸의 정치』, 민음사, 1999.

정효구,「김수영 시에 나타난 사랑」,『20세기 한국시와 비평정신』, 새미, 1997.

제임스 로드, 오귀원 역,『작업실의 자코메티』, 눈빛, 2000.

조강석,「보편성과 심미적 가상 그리고 공동체－백석과 김수영의 시에 나타난 '사랑의 현상학'을 중심으로」,『민족문화연구』69, 고려대 민족문화연구원, 2015.

조남현,「70년대 시의 주조」,『지성의 통풍을 위한 문학』, 평민사, 1985.

조르조 아감벤, 박진우 역,『호모 사케르』, 새물결, 2014.

조르주 바타유, 조한경 역,『에로티즘』, 민음사, 1989.

＿＿＿＿＿＿, 최윤정 역,『문학과 악』, 민음사, 1995.

조명제,「김수영 시 연구」, 전주우석대 박사논문, 1994.

조연정,「'번역체험'이 김수영 시론에 미친 영향－'침묵'을 번역하는 시작 태도와 관련하여」,『한국학연구』38, 고려대 한국학연구소, 2011.

조현일,「김수영의 모더니티관에 관한 연구」,『작가연구』5, 새미, 1998.

존 크라니어커스, 김소영·강내희 역,「번역과 문화횡단작업」,『흔적』1, 문화과학사, 2000.

최동호,『다시 읽는 김수영 시』(한국 현대시 새로 읽기 2), 작가, 2005.

최문규,『탈현대성과 문학의 이해』, 민음사, 1996.

최미숙,「한국 모더니즘시의 글쓰기 방식에 관한 연구」, 서울대 박사논문, 1997.

최유찬,「시의 자유와 '죽음'－김수영론」,『연세어문학』18, 1985.7.

최하림 편저,『김수영』, 문학세계사.1993.

최하림,『자유인의 초상』, 문학예술사, 1981

최현식,「'곧은 소리'의 요구와 탐색」,『작가연구』5, 새미, 1998.

＿＿＿＿,「꽃의 의미－김수영 시에서의 미와 진리」,『포에지』6, 나남출판, 2001.

칼 한츠 보러, 최문규 역,『절대적 현존』, 문학동네, 1998.

테오도르 W. 아도르노, 홍승용 역,『미학이론』, 문학과지성사, 1993.

피터 뷔르거, 최성만 역,『전위예술의 새로운 이해』, 심설당, 1986.

피터 오스본, 김소영·강내희 역,「번역으로서의 모더니즘」,『흔적』1, 2000.

하정일,「김수영, 근대성 그리고 민족문학」, 1998.

한계전 외,『한국현대시론사연구』, 문학과지성사, 1998.

한국사회사학회, 「특집 지식과 개념의 사회사」, 『사회와 역사』, 문학과 지성사, 2001.

한국정신문화연구원 편, 『1960년대 사회변화연구-1963~1970』, 백산서당, 1999.

한국현상학회 편, 『몸의 현상학』, 철학과 현실사, 2000.

한기형, 「서평 : 한 이방인의 한국 체험, 그리고 백년-이사벨라 버드 비숍 지음『한국과 그 이웃나라들』, 살림 1994」, 『창작과비평』 86, 1994.

한명희, 「김수영의 시정신과 시방법론 연구」, 서울시립대 박사논문, 2000

한수영, 「'일상성'을 중심으로 본 김수영 시의 사유와 방법(1)」, 『작가연구』 5, 새미, 1998.

_____, 「전후세대의 문학과 언어적 정체성-전후세대의 이중언어적 상황을 중심으로」, 『대동문화연구』 58, 대동문화연구원, 2007.

한스 로베르트 아우스, 김경식 역, 『미적 현대와 그 이후』, 문학동네, 1986.

한용국, 「김수영 시의 생활인식과 시적 대응-1950년대 시를 중심으로」, 『비평문학』 40, 한국비평문학회, 2011.6.

함석헌기념사업회 편, 『민족의 큰 사상가 함석헌 선생』, 한길사, 2001.

해롤드 J. 라스키, 김영국 역, 『국가란 무엇인가』, 두레, 1983.

허윤회, 「김수영 지우기-탈식민주의 논의와 관련하여」, 『상허학보』 14, 상허학회, 2005.

_____, 「시와 운명」, 『반교어문연구』 10, 반교어문학회, 1999.

_____, 「영원성의 시적 표현-김수영의 「풀」을 중심으로」, 『두명윤병로교수정년퇴임기념 국어국문학논총』, 태학사, 2001.

_____, 「현대를 넘어서는 새로운 시의 요청과 그 자세」, 『민족문학사연구』 13, 민족문학사학회, 1999.

홍사중, 「탈속의 시인 김수영」, 『세대』, 1968.

홍성희, 「김수영의 이중 언어 상황과 과오·자유·침묵으로서의 언어 수행」, 연세대 석사논문, 2015.

황동규 편, 『김수영의 문학-김수영 전집 별권』, 민음사, 1983.

황동규, 「알레고리와 상징의 밀회」, 『나의 시의 빛과 그늘』, 중앙일보사, 1994.

황정산, 「김수영 시론의 두 지향」, 『작가연구』 5, 새미, 1998.

황혜경, 「김수영 시의 아이러니 연구」, 이화여대 박사논문, 1998.

황호덕, 「백철의 '신비평' 전후, 한국 현대문학비평이론의 냉전적 양상」, 『상허학보』 46, 상허학회, 2016.

황호덕, 「주살(誅殺)된 달마―엽기 문화의 한 읽기」, 『불교평론』 6, 불교평론사, 2001.

檜山久雄, 정선태 역, 『동양적 근대의 창출』, 소명출판, 2000.

휴고 프리드리히, 장희창 역, 『현대시의 구조』, 한길사, 1996.

M. 칼리니스쿠, 이영욱 외역, 『모더니티의 다섯 얼굴』, 시각과 언어, 1993.

V. B. Leitch, 김성곤 외역, 『현대미국문학비평』, 한신문화사, 1993,

3. 국외논저

ジョルジュ バタイユ, 山本 功 譯, 『文學と惡』(現代文芸評論叢書), 東京 : 紀伊國屋書店, 1959.

『ハイデッガー 選集』, 理想社, 昭和四十二年 七月 一日.

M.ブランショ, 重信常喜 訳 , 『焔の文学』(現代文芸評論叢書), 東京 : 紀伊国屋書店, 1958.

Bataille. George, "La litterature et la mal", Paris : Gallimard, c1957.

Blanchot, Maurice, 'La part du feu', Gallimard, 1949,

제2부 김수영 문학과 검열 / 섹슈얼리티

1차 자료

『김수영전집』 1(시), 민음사, 2003.

『김수영전집』 2(산문), 민음사, 2003.

강형철·김윤태 편, 『신동엽시전집』, 창비, 2013.

김수영, 「김수영 미발표 유고」, 『창작과 비평』, 2008.

_____, 「북 리뷰 : C. 라이트 밀즈 저, 신일철 역, 들어라 양키들아―큐바의 소리, 정향사 간, 299면」, 『사상계』, 1961.6.

_____, 「시인이 겪은 포로생활」, 『근대서지』 2, 근대서지학회, 2010.

_____, 『김수영전집』 1~2, 민음사, 1981.

라이오넬 트릴링, 김수영 역, 「쾌락의 운명」, 『현대문학』, 1965.10~11.

류중하·박수연·박지영, 「시인 김수영의 미군정기·한국전쟁 체험(미망인 김현경 구술 녹취록)」, 국사편찬위원회 2010년도 구술자료 수집비 지원 과제, 2010.

앨프리드 케이진, 김수영 역, 「정신분석과 현대문학」, 『현대문학』, 1964.

오제도 편,『적화삼삭구인집』, 국제보도연맹, 1951.

이어령, 「서랍 속에 든 '불온시'를 분석한다」,『사상계』, 1968.3.

임　화,『임화문학예술전집』, 소명출판, 2009.

조동일, 「시인의식론」,『청맥』, 1965.1.~1966.3.

조셉 프랑크, 김수영 역, 「도스또예프스끼와 사회주의자들」,『현대문학』, 1966.

조지 스타이너, 김수영 역, 「맑스주의와 문학비평」,『현대문학』, 1963.3~4.

함석헌, 「특집・새로운 지도세력의 대망 : 새 혁명-싸움의 목적은 참 이김에 있다」,『사상
　　계』, 1963.

B. 크로지어, 부완혁 역,『신식민주의』, 범문사, 1965.

中野重治, 「村の家」,『中野重治集』, 東京 : 筑摩書房, 昭和 40(1965).

「비상정국을 풀자면 각계서 말하는 수습방안」,『동아일보』, 1967.6.15.

「시국수습 : 특별담화를 보고-각계인사는 말한다.」,『경향신문』, 1967.6.17, 1면.

2차 자료

가리타니 고진, 구인모 역, 「근대문학의 종말」,『문학동네』11-4, 문학동네, 2004.

강웅식, 「전체주의적 반공주의와 순수・참여 논쟁」,『상허학보』15, 상허학회, 2005.8.

강형철, 「신동엽 시의 원전비평과 코스모폴리타니즘-「이야기하는 쟁기꾼의 대지」, '투고
　　본'을 중심으로」,『비교한국학』20-2, 비교한국학회, 2012.

고봉준, 「'동양'의 발견과 국민문학」,『한국문학이론과 비평』35, 한국문학이론과비평학
　　회, 2007.

고재정, 「모리스 블랑쇼와 공동체의 사유」,『한국프랑스학논집』49, 한국프랑스학회,
　　2005

＿＿＿, 「일제 후반기 시에 나타난 향토성 문제」,『우리문학연구』30, 우리문학회, 2010.

＿＿＿, 「하나에서 둘, 둘에서 여럿으로」,『오늘의 문예비평』73, 2009.

권명아,『음란과 혁명-풍기문란의 계보와 정념의 정치학』, 책세상, 2013.

권보드래, 「중립의 꿈 1945~1968-냉전 너머의 아시아, 혹은 최인훈론을 위한 시론」,
　　『상허학보』34, 상허학회, 2012.

김　균, 「미국의 대외 문화정책을 통해 본 미군정 문화정책」,『韓國言論學報』44-3, 한국
　　언론학회, 2000.

김건우, 「「분지」를 읽는 몇 가지 독법-남정현의 소설 「분지」와 1960년대 중반의 이데올

로기들에 대하여」, 『상허학보』 31, 상허학회, 2011.

_____, 「1964년의 담론 지형－반공주의, 민족주의, 민주주의, 자유주의, 성장주의」, 『대중서사연구』 22, 대중서사학회, 2009.

김규동, 「김수영의 모자」, 『작가세계』 61, 2004.5.

김명인, 「제 모습 되살려야 할 김수영의 문학세계」, 『창작과비평』 140, 창비, 2008.

_____, 임홍배 편, 『살아있는 김수영』, 창작과 비평사, 2005.

김미란, 「'순수'한 청년들의 '평화' 시위와 오염된 정치 공간의 정화－4월혁명기에 선호된 어휘에 대한 개념사적 접근을 중심으로」, 『상허학보』 31, 상허학회, 2011.

_____, 「1960년대 소설과 민족 / 국가의 경계를 사유하는 법」, 『한국학논집』 51, 계명대 한국학연구원, 2013.

_____, 「4·19혁명의 정치적 상상력과 개인 서사」, 『겨레어문학』 35, 겨레어문학회, 2005.

_____, 「청년 그리고 정치적인 것－"청년 세대"의 4월혁명과 저항 의례의 문화정치학」, 『사이間SAI』 9, 국제한국문학문화학회, 2010.

김수림, 「식민지 시학의 알레고리－백석·임화·최재서에게 있어서의 결정불가능성의 문제」, 고려대 박사논문, 2011.

김영찬, 「끝에서 바라본 한국근대문학」, 『한국근대문학연구』 19, 한국근대문학회, 2009.

김 원, 「'한국적인 것'의 전유를 둘러싼 경쟁－민족중흥, 내재적 발전 그리고 대중문화의 흔적」, 『사회와역사』 93, 한국사회사학회, 2012.

김원홍, 「헤롤드. J. 라스키의 국가론에 관한 연구」, 건국대 박사논문, 1991.

김윤식, 『임화연구』, 문학사상사, 1989.

김윤태, 「신동엽 문학과 '중립'의 사상」, 『실천문학』 53, 실천문학사, 1999.

_____, 「한국의 보수주의자 조지훈」, 『역사비평』 57, 역사비평사, 2001.

김정현, 「60년대 근대화노선과 미국의 '문화제국주의'와 한국지식인」, 『역사비평』 15, 역사비평사, 1991.

김춘식, 「김수영의 초기시－설움과 자의식과 자유의 동경」, 『작가연구』 5, 새미, 1998.

_____, 「친일문학에 대한 '윤리'와 서정주 연구의 문제점」, 『한국문학연구』 34, 동국대 한국문학연구소, 2008.

김 항, 「알레고리로서의 4·19와 5·19－박종홍과 마루야마 마사오의 1960」, 『상허학보』 30, 상허학회, 2010.

_____, 「절대적 계몽, 혹은 무위의 인간－아감벤 정치철학의 현재성」, 『사회와 철학』

21, 사회와철학연구회, 2011.

김현경・신수정, 「(시인을 찾아서 김수영) 인터뷰 : 내일 아침에는 夫婦가 되자, 집은 산
　　너머가 좋지 않으냐ー부인 김현경 여사에게 듣는 김수영의 삶과 문학」, 『문학동
　　네』, 2008.

김혜순, 『김수영ー세계의 개진과 자유의 이행』, 건국대 출판부, 1995.

남궁곤, 「사상계를 통해 본 지식인들의 〈냉전의식〉 연구ー국제질서관의 형성 및 변화를
　　중심으로」, 서울대 석사논문, 1987.

리영희・임헌영, 『대화』, 한길사, 2005.

릴라 간디, 이영욱 역, 『포스트식민주의란 무엇인가?』, 현실문화연구, 1999.

맹문재, 「김수영의 포로생활」, 『유심』, 만해사상실천선양회, 2015.

문정애, 「어떤 공동체도 이루지 못한 자들의 공동체」, 『오늘의 문예비평』 60, 세종출판사,
　　2006.

미셸 푸코, 이규현 역, 『성의 역사』 1(지식의 의지), 나남, 2010.

박규현, 「블랑쇼에게서 문학의 공간을 통해 형성되는 공동체」, 『프랑스문화예술연구』 4,
　　프랑스문화예술학회, 2001.

박동서, 「미국교육을 받은 한국의 엘리트」, 『한국과 미국』, 서울대 미국학연구소, 1983.

박명림, 「박정희 시대 재야의 저항에 관한 연구, 1961～1979ー저항의제의 등장과 확산
　　을 중심으로」, 『한국정치외교사논총』 30-1, 한국정치외교사학회, 2008.

박수연, 「'꽃잎', 언어적 구심력과 사회적 원심력」, 『문학과 사회』 12-4, 1999.

＿＿＿, 「국가, 개인, 설움, 속도」, 『살아있는 김수영』, 창비, 2005.

＿＿＿, 「일제 말 친일시의 계보」, 『우리말글』 36, 우리말글학회, 2006.

박승희, 「1950년대 김수영 시의 국가 / 개인의 문제와 시민성」, 『우리말글』 43, 우리말글
　　학회, 2008.

박지영, 「1960년대 참여시와 두 개의 미학주의ー김수영, 신동엽의 참여시론을 중심으
　　로」, 『반교어문연구』 20, 반교어문학회, 2006.

＿＿＿, 「김수영 문학과 '번역'」 『민족문학사연구』 39, 민족문학사학회, 2009.

＿＿＿, 「김수영 시 연구ー詩論의 영향 관계를 중심으로」, 성균관대 박사논문, 2001.

＿＿＿, 「김수영 시에 나타난 '자연'과 '몸'에 관한 사유」, 『민족문학사연구』 20, 민족문학
　　사학회, 2002.

＿＿＿, 「김수영 시에 나타난 '자기 비하'의 심리학ー'레드콤플렉스'를 넘어 '시인'되기」,
　　『반교어문연구』 26, 반교어문학회, 2009.

_____, 「김수영과 번역, 번역과 김수영」, 『번역비평』 4, 고려대 출판부, 2010.

_____, 「김수영의 「반시론」에서 '반시'의 의미」, 『상허학보』 9, 상허학회, 2002.

_____, 「번역된 냉전, 그리고 혁명; 사르트르, 마르크시즘, 실존과 혁명」, 『서강인문논총』 31, 서강대 인문과학연구소, 2011.

_____, 「유기체적 세계관과 유토피아 의식」, 구중서·강형철 편, 『민족시인 신동엽』, 소명출판, 1999.

_____, 「자본, 노동, 성(性)－'불온'을 넘어, 「반시론」의 반어」, 『상허학보』 40, 상허학회, 2014.

_____, 「한국 현대시 연구의 성과와 전망－'운명'과 '혁명', 왜, 아직도 '임화'와 '김수영'인가?」, 『반교어문연구』 32, 반교어문학회, 2012.

_____, 「해방 후 전통적 지식인의 탈식민 민족(시문학)사의 기획－조지훈의 반공 / 보수 / 민족주의와 한국현대시문학사 서술」, 『泮矯語文硏究』 37, 반교어문학회, 2014.

_____, 「혁명, 시, 여성(성)－1960년대 참여시에 나타난 여성」, 『여성문학연구』 23, 한국여성문학학회, 2010.

박태일, 「김수영과 부산 거제리 포로수용소」, 『근대서지』 2, 근대서지학회, 2011.1.

박헌호, 「'문학' '史'없는 시대의 문학연구」, 『역사비평』 75, 역사비평사, 2006.

_____, 「해설 : 역사의 변주, 왜곡의 증거－해방 이후의 이태준」, 『소련기행 / 농토 / 먼지』, 깊은샘, 2001.

배경식, 「특집 : 한국전쟁과 민중－민중의 전쟁인식과 인민의용군」, 『역사문제연구』 6, 역사문제연구소, 2001.

사사키 다케시 외, 『절대지식 세계고전』, 사이다미디어, 2004.

신경림, 『신경림의 시인을 찾아서』, 우리교육, 2002.

신수정, 「(시인을 찾아서 김수영) 인터뷰 : 내일 아침에는 夫婦가 되자, 집은 산 너머가 좋지 않으냐－부인 김현경 여사에게 듣는 김수영의 삶과 문학」, 『문학동네』, 2008.

신형철, 「가능한 불가능－최근 '시와 정치' 논의에 부쳐」, 『창작과비평』 147, 2010.

심선옥, 「1920~30년대 근대시의 정전화 과정」, 『상허학보』 20, 상허학회, 2007.

_____, 「근대시 형성과 번역의 상관성－김억(金億)을 중심으로」, 『대동문화연구』 62, 대동문화연구원, 2008.

안소영, 「해방후 좌익진영의 전향과 그 논리」, 『역사비평』 26, 역사비평사, 1994.

에파 고일렌, 「조르지오 아감벤의 주권이론」, 『독일어문화권연구』 19, 서울대 독일어문화
    권연구소, 2010.
오문석, 「민족문학과 친일문학 사이의 내재적 연속성 문제 연구−최남선을 중심으로」,
    한국문학연구학회, 『현대문학의 연구』 30, 한국문학연구학회, 2006.
_____, 「전통이 된 혁명, 혁명이 된 전통」, 『상허학보』 30, 상허학회, 2010.
_____, 「특집 : 한일병합 100년, 한국문학의 식민성과 탈식민성−1920년대 인도 시인
    의 유입과 탈식민성의 모색」, 『민족문학사연구』 45, 민족문학사학회, 2011.
_____, 「김수영의 시론 연구」, 연세대 박사논문, 2002.
오제연, 「1960년대 전반 지식인들의 민족주의 모색−'민족혁명론'과 '민족적 민주주의'
    사이에서」, 『역사문제연구』 25, 역사문제연구소, 2011.
옥타비오 파스, 김은중·김홍근 역, 『활과 리라』, 솔출판사, 1998.
우 윤, 「동학사상의 정치·사회적 성격」, 한국역사연구회, 『1984년 농민전쟁연구』, 역
    사비평사, 1993.
이경수, 「'국가'를 통해 본 김수영과 신동엽의 시」, 『한국근대문학연구』 6, 한국근대문학
    회, 2005.
_____, 「1950~60년대 시에 나타난 근대국가 건설에 대한 기억 투쟁과 재현의 문제」,
    『한국학논집』 41, 한양대 한국학연구소, 2007.
이명찬, 「김수영의 〈어느날 고궁을 나오면서〉 다시 읽기」, 『문학교육학』 17, 한국문학교
    육학회, 2005.
이미순, 「김수영 시론과 '죽음'−블랑쇼의 영향을 중심으로」, 『국어국문학』 159, 국어국
    문학회, 2011.
_____, 「김수영 시에 나타난 바타이유의 영향」, 『한국현대문학연구』 23, 한국현대문학
    회, 2007.
이봉범, 「1960년대 검열체재와 민간검열기구」, 『대동문화연구』 75, 성균관대 대동문화
    연구원, 2011.
_____, 「반공주의와 검열 그리고 문학」, 『상허학보』 15, 상허학회, 2005.
_____, 「불온과 외설−1960년대 문학예술의 존재조건」, 『한국문학연구학회 제86차 정
    기학술대회 '통치성과 문학−1960~70년대 내치(內治)의 기술과 대중의 일상'
    자료집』, 2013.
_____, 「잡지미디어, 불온, 대중교양−1960년대 복간 『신동아』 론」, 『한국근대문학연
    구』 27, 한국근대문학회, 2013.

_____, 「특집 : 근대지식으로서의 사회주의와 그 문화, 문화적 표상-단정수립 후 전향 (轉向)의 문화사적 연구」, 『대동문화연구』 64, 대동문화연구원, 2008.

이상록, 「『사상계』에 나타난 자유민주주의론 연구」, 한양대 박사논문, 2010.

이선미, 「1970년대 통치성과 공보자 의식, 제도와 마음의 정치-박완서 소설을 중심으로」, 『한국문학연구학회 제86차 정기학술대회 '통치성과 문학-1960~70년대 내치(內治)의 기술과 대중의 일상' 자료집』, 2013.

이어령·강창래, 『유쾌한 창조』, 알마, 2010.

이영준, 「내가 쓰고 있는 이것은 시가 아니겠습니까? 자유를 위한 김수영의 한국전쟁」, 『사이間SAI』 3, 국제한국문학문화학회, 2007.

이중연, 『책, 사슬에서 풀리다-해방기 책의 문화사』, 혜안, 2005.

이진경, 『코뮨주의-공동성과 평등성의 존재론』, 그린비, 2010.

이혜령, 「두 가지 색 레드 : 치안과 풍속-식민지 검열장의 시계열적 역학과 사회주의 표상의 젠더화」, 『동아시아학술원 국제학술세미나 '근대검열과 동아시아(II)' 자료집』, 2012.

_____, 「자본의 시간, 민족의 시간-4·19 이후 지식인 매체의 변동과 역사-비평의 시간 의식」, 『지식의 현장, 담론의 풍경-잡지로 보는 인문학』, 한길사, 2012.

임경순, 「1960년대 검열과 문학, 문학제도의 재구조화」, 『대동문화연구』 74, 대동문화연구원, 2011.

임유경, 「1960년대, 사상 최대의 공안사건과 '(불온)잡지-통혁당 사건과 『청맥』의 담론화 방식 / 양상」, 『제5회 한국언어, 문학 문화 국제학술대회 '서사의 기원과 글쓰기의 맥락' 자료집』, 2011.

_____, 「불가능한 명랑, 그 슬픔의 기원-1960년대 안수길론」, 『현대문학의 연구』 49, 한국문학연구학회, 2013.

임지연, 「'여성문학' 트러블-곤경에 처한 21세기 여성문학 비평」, 『여성문학연구』 26, 한국여성문학학회, 2011.

_____, 「1960년대 김수영 시에 나타난 국가 / 법의 의미」, 『겨레어문학』 50, 겨레어문학회, 2013.

장미승, 「북한의 남한점령정책」, 『한국전쟁의 이해』, 역사비평사, 1990.

장세진, 「'시민'의 텔로스와 1960년대 중반 『사상계』의 변전-6·3운동 국면을 중심으로」, 『서강인문논총』 38, 서강대 인문과학연구소, 2013.

_____, 「안티테제로서의 '반둥정신(Bandung Spirit)'과 한국의 아시아 상상(1955~

1965)」, 『사이間SAI』 15, 국제한국문학문화학회, 2013.

장파, 유중하 외역, 『동양과 서양, 그리고 미학』, 푸른숲, 1999.

田中浩・田口富久治 외, 정치사상연구회 역, 『국가 사상사』, 거름, 1985.

정영진, 「해방기 인권감수성과 시적 전유」, 『상허학보』 44, 상허학회, 2015.

정우택, 「『근대사조』의 매체적 성격과 문예사상적 의의」, 『국제어문』 34, 국제어문학회, 2005.

_____, 『한국 근대 자유시의 이념과 형성』, 소명출판, 2004.

_____, 『황석우 연구』, 박이정, 2008.

정한아, 「시와 실천─유토피아에서 아나키로」, 『시와 시』, 2011.

정현종, 「詩와 행동, 추억과 역사」, 『김수영의 문학』, 민음사, 1982.

조강석, 「보편성과 심미적 가상 그리고 공동체─백석과 김수영의 시에 나타난 '사랑의 현상학'을 중심으로」, 『민족문화연구』 69, 고려대 민족문화연구원, 2015.

조르주 바타유, 조한경 역, 『에로티즘의 역사』, 민음사, 2010.

조영복, 「『장미촌』의 비전문문인들의 성격과 시 사상」, 『한국문화』 26, 서울대 규장각 한국학연구원, 2000.

조은정, 「해방 이후(1945~1950) '전향'과 '냉전국민'의 형성─'전향성명서'와 문화인의 전향을 중심으로」, 성균관대 박사논문, 2018.

천정환, 「사상전향과 1960~70년대 한국 지성사 연구를 위하여」, 『탈식민 냉전 국가의 형성과 검열』(2011.2.18~9 학술대회 자료집).

최하림, 『김수영 평전』, 실천문학사, 2001.

최현식, 「꽃의 의미 : 김수영 시에서의 미와 진리─오늘 왜 김수영을 다시 읽어야 하는가」, 『포에지』 6, 나남출판, 2001. 가을.

_____, 「시적 자서전과 서정주 시 교육의 문제」, 『국어교육연구』 48, 국어교육학회, 2011.

타리크 알리, 안효상 역, 『1960년대 자서전』, 책과함께, 2008.

테리 이글턴, 김정아 역, 『발터 벤야민 또는 혁명적 비평을 향하여』, 이앤비플러스, 2012.

피에르 고디베르, 장진영 역, 『문화적인 것에서 신성한 것으로』, 솔출판사, 1993.

하재연, 「1930년대 조선문학 담론과 조선어 시의 지형」, 고려대 박사논문, 2008.

한기형, 「'불온문서'의 창출과 식민지 출판경찰」, 『대동문화연구』 72, 대동문화연구원, 2010.

한용국, 「김수영 시의 생활인식과 시적 대응─1950년대 시를 중심으로」, 『비평문학』 40,

한국비평문학회, 2011.

해롤드 블룸, 윤호병 역, 『시적 영향에 대한 불안』, 고려원, 1991.

허윤회, 「1940년대 전반기의 서정주」, 『한국문학연구』 34, 동국대 한국문학연구소, 2008.

_____, 「1940년대 전반기의 시론에 대하여」, 『민족문학사연구』 32, 민족문학사학회, 2006.

_____, 「김수영 지우기－탈식민주의 논의와 관련하여」, 『상허학보』 14, 상허학회, 2005.

_____, 「정지용과 번역」, 『민족문학사연구』 28, 민족문학사학회, 2005.

_____, 『한국의 현대시와 시론』, 소명출판, 2007.

혼다 슈우고, 이경훈 역, 「전향문학론」, 『현대문학의 연구』 4, 한국문학연구학회, 1993.

황종연, 「문학의 묵시록－가라타니 고진의 「근대문학의 종언」을 읽고」, 『현대문학』, 2006.

후지타 쇼조, 최종길 역, 『전향의 사상사적 연구』, 논형, 2007.

출전

제1부

제1~2장

「김수영 시 연구—詩論의 영향 관계를 중심으로」, 성균관대 박사논문, 2002.

「번역과 김수영의 문학」, 김명인·임홍배 편, 『살아있는 김수영』, 창작과비평사, 2005.

「번역과 김수영, 김수영과 번역」, 『번역비평』 4, 고려대 출판부, 2010.

「김수영의 〈반시론〉에서 '반시'의 의미」, 『상허학보』 9, 상허학회, 2002.

제3장 「김수영 문학과 '번역'」, 『민족문학사연구』 39, 민족문학사학회, 2009.

제4장 「번역과 김수영, 김수영과 번역」, 『번역비평』 4, 고려대 출판부, 2010.

제2부 김수영 문학과 검열 / 섹슈얼리티

제1장 「김수영 시에 나타난 '자기 비하'의 심리학—레드콤플렉스를 넘어 '시인' 되기」, 『반교어문연구』 26, 반교어문학회, 2009.

제2장 「자본, 노동, 성(性)—'불온'을 넘어, 「반시론」의 반어」, 『상허학보』 40, 상허학회, 2014.

제3장 「김수영의 전쟁체험과 정치체에 대한 인식의 도정」, 『상허학보』 47, 상허학회, 2016.

제4장 「제3세계로서의 자기 정위(定位)와 "신성(神聖)"의 발견—1960년대 김수영, 신동엽 시에 나타난 정치적 상상력」, 『반교어문연구』 39, 반교어문학회, 2015.

제5장 「한국 현대시 연구의 성과와 전망—'운명'과 '혁명', 왜, 아직도 '임화'와 '김수영'인가?」, 『반교어문연구』 32, 반교어문학회, 2012.

찾아보기